CONDÉ

Le héros fourvoyé

Née à Lyon, Simone Bertière est agrégée de lettres classiques. Elle a enseigné le français et le grec dans les classes préparatoires, au lycée de jeunes filles de Bordeaux, puis la littérature comparée à l'université de Bordeaux III et à l'École normale supérieure de jeunes filles. Elle est l'auteur d'une série d'ouvrages consacrés aux reines de France et d'une biographie de Mazarin. Elle a également présenté la trilogie de Dumas, *Les Trois Mousquetaires*, *Vingt ans après* et *Le Vicomte de Bragelonne*.

Paru dans Le Livre de Poche :

DUMAS ET LES MOUSQUETAIRES

MAZARIN, LE MAÎTRE DU JEU

LES REINES DE FRANCE AU TEMPS DES BOURBONS
1. Les Deux Régentes
2. Les Femmes du Roi-Soleil
3. La Reine et la Favorite
4. Marie-Antoinette l'insoumise

LES REINES DE FRANCE AU TEMPS DES VALOIS
1. Le Beau XVIe Siècle
2. Les Années sanglantes

LA VIE DU CARDINAL DE RETZ

SIMONE BERTIÈRE

Condé

Le héros fourvoyé

ÉDITIONS DE FALLOIS

© Éditions de Fallois, 2011.
ISBN : 978-2-253-17531-5 – 1ʳᵉ publication LGF

À mon mari
　in memoriam

À mes enfants et petits-enfants

À tous ceux que j'aime

PROLOGUE

En ce lundi 10 mars 1687, la façade de Notre-Dame-de-Paris était drapée de noir. La fine fleur de la noblesse française se pressait dans la nef pour entendre l'Oraison funèbre de

Très Haut et Très Puissant Prince
LOUIS DE BOURBON
Prince de Condé
Premier Prince du Sang

Le « Grand Condé », « Monsieur le Prince le héros* », avait rendu l'âme trois mois plus tôt, salué par Louis XIV d'un hommage péremptoire : « Je viens de perdre le plus grand homme de mon royaume. » Les larmes avaient eu largement le temps de sécher. Place à la gloire ! Mais le public était surtout dévoré de curiosité. Non qu'il espérât apprendre quoi que ce fût sur le personnage. Ce n'était pas là le but des oraisons

---

* Ainsi le désigne Saint-Simon dans ses *Mémoires*, pour éviter qu'on ne le confonde avec les autres détenteurs du titre.

funèbres. Et dans son cas, l'essentiel de sa vie était de notoriété publique. Mais dans cette vie, ponctuée de provocations, certains épisodes se prêtaient mal aux louanges. Qu'on en juge. Durant la minorité de Louis XIV, il fut, entre vingt-deux et vingt-huit ans, un prodigieux chef de guerre qui apporta à la France, alors en conflit avec les Habsbourg de Madrid et de Vienne, une moisson d'éclatantes victoires. Lorsque survint la Fronde, il soutint d'abord la régente Anne d'Autriche et son ministre, Mazarin, contre les magistrats contestataires. Mais leur entente ne dura pas. Emprisonné pendant un an, puis libéré sous la pression populaire, il se lança dans une guerre civile qu'il perdit. Il passa alors aux côtés des Espagnols et, sept années durant, fit campagne avec eux contre la France. Après leur commune défaite, il avait fait sa soumission, était rentré et avait retrouvé la plupart de ses prérogatives. Mais Louis XIV le tint à l'écart des affaires et ne lui rendit une place auprès de lui que lorsque la venue de l'âge l'eut rendu inoffensif. C'était donc un héros assez sulfureux qu'il s'agissait de couvrir de fleurs. Et tout Paris grillait de savoir comment les thuriféraires officiels allaient s'en tirer.

Le fils du défunt n'avait pas lésiné. Pour l'époustouflante décoration intérieure, il s'était adressé aux meilleurs artistes. Le bruit courait qu'il y avait englouti 100 000 francs*. Selon Mme de Sévigné, cette « pompe funèbre » fut « la plus belle, la plus magnifique, la plus

---

* Autrement dit 100 000 livres. Le chiffre réel était supérieur de 30 %. Le thème de la décoration était *Le Camp de la douleur*. D'où une série de *tentes* militaires évoquant ses diverses victoires.
– Les *basses-tailles* sont des bas-reliefs.

triomphante qui ait jamais été faite ». Bien qu'elle ne fût pas invitée à la cérémonie, elle avait pu, comme tout le monde, se glisser ensuite dans la nef : « Tous les beaux esprits se sont épuisés à faire valoir tout ce qu'a fait ce grand prince, et tout ce qu'il a été. Ses pères sont représentés par des médailles jusqu'à saint Louis, toutes ses victoires par des basses-tailles, couvertes comme sous des tentes dont les coins sont ouverts et portés par des squelettes dont les attitudes sont admirables. Le mausolée, jusque près de la voûte, est couvert d'un dais en manière de pavillon encore plus haut, dont les quatre coins retombent en guise de tentes. Toute la place du chœur est ornée de ces basses-tailles, et de devises au-dessous, qui parlent de tous les temps de sa vie. Celui de sa liaison avec les Espagnols est exprimé par une nuit obscure, où trois mots latins disent : *Ce qui s'est fait loin du soleil doit être caché**. Tout est semé de fleurs de lis d'une couleur sombre, et au-dessous une petite lampe qui fait dix mille petites étoiles. J'en oublie la moitié », avoue-t-elle à son cousin Bussy-Rabutin. Mais qu'il se rassure : il aura le livre, qui l'instruira de tout en détail**. Elle lui épargne donc l'énumération des ancêtres et des victoires du prince, mais son œil fureteur est allé droit au point litigieux : sur son séjour aux Pays-Bas espagnols, les décorateurs ont opté pour l'esquive. Il n'y a rien à voir, rien à dire. L'éclat du soleil a rejeté au néant les erreurs passées. C'est ainsi qu'on réécrit l'histoire.

---

* *Lateant quae sine sole* est traduit dans le texte officiel par : « Loin du soleil, ce ne sont que ténèbres. » La traduction de Mme de Sévigné est plus exacte.

** Le livret publié dans les jours suivants, qui offrait un récit détaillé de la cérémonie.

Pour l'oraison funèbre, qu'elle n'a pas entendue, la marquise devra elle aussi attendre le texte imprimé. Mais un prélat lui a rapporté « que Monsieur de Meaux s'était surpassé lui-même, et que jamais on n'a fait valoir ni mis en œuvre si noblement une si belle matière[1] ». Tel n'est pas l'avis de son cousin : « Comme j'ai ouï parler de l'oraison funèbre qu'a faite Monsieur de Meaux, elle n'a fait honneur ni au mort, ni à l'orateur. On m'a mandé que le comte de Gramont, revenant de Notre-Dame, dit au roi qu'il venait de l'oraison funèbre de M. de Turenne. En effet, on dit que Monsieur de Meaux, comparant ces deux grands capitaines sans nécessité, donna à M. le prince la vivacité et la fortune*, et à M. de Turenne la prudence et la bonne conduite[2]. »

Monsieur de Meaux, c'est Bossuet, alors au comble de la célébrité, mais en fin de carrière. Il n'aime pas les éloges funèbres : il y faut trop déguiser la vérité. Il préfère que la personne célébrée – la reine Marie-Thérèse ou la princesse Henriette d'Angleterre prête peu à controverse. Ce n'est pas le cas cette fois-ci ! Doublement sollicité, par la famille du défunt et par le roi, il n'a pu refuser de se charger de Condé, mais il sait que c'est un honneur empoisonné. D'autant plus qu'il le connaît très bien – trop bien, peut-être**. Il chercha donc du secours dans l'histoire. Son récit des principales batailles, très solidement documenté mais vibrant de passion, sonne juste. Hélas, il

---

* La chance.
** Sa famille, originaire de Dijon, faisait partie de la clientèle des Condé. En 1648, il avait dédié sa première thèse au prince, qui lui avait fait l'honneur d'assister à sa soutenance. Il avait repris contact avec lui après son retour en France.

ne peut pas faire l'impasse complète sur sa coupable rébellion et sur un passage à l'ennemi qui, rétrospectivement, est perçu comme une trahison. Il s'en défausse en lui cédant la parole : « Puisqu'il faut une fois parler de ces choses dont je voudrais pouvoir me taire éternellement, jusqu'à cette fatale prison, il n'avait pas seulement songé qu'on pût rien attenter contre l'État ; et, dans son plus grand crédit, s'il souhaitait d'obtenir des grâces, il souhaitait encore plus de les mériter. C'est ce qui lui faisait dire, je puis bien ici répéter devant ces autels les paroles que j'ai recueillies de sa bouche, puisqu'elles marquent si bien le fond de son cœur : il disait donc, en parlant de cette prison malheureuse, qu'il y était entré le plus innocent de tous les hommes, et qu'il en était sorti le plus coupable*. *Hélas !* poursuivait-il, *je ne respirais que le service du roi, et la grandeur de l'État !* On ressentait dans ses paroles un regret sincère d'avoir été poussé si loin par ses malheurs [4]. » Voilà donc le prince lavé de toute responsabilité initiale. Portée par une formule superbe, facile à mémoriser, cette absolution rétrospective a traversé les siècles.

Bossuet avait passé rapidement sur l'épisode. Bourdaloue, dans l'oraison jumelle qu'il prononça à l'église des jésuites où fut déposé le cœur du héros, « s'y jeta à corps perdu », avec un courage qui fit pâmer d'admiration Mme de Sévigné. Mais il se contenta de développer la thèse montrant le prince

---

* Tel était aussi le point de vue de La Rochefoucauld : « Il est certain que, jusqu'à sa prison, jamais sujet ne fut plus soumis à l'autorité du roi, ni plus dévoué aux intérêts de l'État ; mais son malheur et celui de la France le contraignirent bientôt à changer de sentiments [3]. »

victime d'un destin malheureux. Tous deux l'exonéraient des fautes qui avaient causé à la France de très graves dommages, mais dont il s'était racheté depuis par son repentir. Et comme le retour tardif du prince à la pratique religieuse était venu opportunément effacer quarante ans de libertinage affiché, ils pouvaient saluer en Condé un « héros chrétien » débarbouillé de toute souillure, tout prêt à être embaumé pour figurer, inoffensif, au panthéon familial de la dynastie bourbonienne.

Pour les biographes de l'avenir, la route était toute tracée. Entre les oraisons funèbres, le décor de Notre-Dame et la série de tableaux que le défunt lui-même avait commandée pour sa galerie de Chantilly, les principaux thèmes leur étaient fournis, assortis de l'iconographie appropriée. La carrière militaire du prince, d'une extrême richesse, leur offrait une matière surabondante et gratifiante, puisqu'il leur était possible de l'y admirer sans réserve. En revanche, son parcours politique les embarrassait, en les contraignant à le suivre dans l'effroyable lacis d'intrigues entrecroisées qu'engendra la Fronde. Certains furent tentés de se satisfaire de l'explication qui leur était obligeamment tendue : son passage à l'ennemi ne fut qu'une malheureuse parenthèse dans une carrière tout entière vouée au service du roi et de l'État. Il est possible aujourd'hui, grâce aux multiples travaux effectués depuis quelques années sur cette période, sur Anne d'Autriche et sur Mazarin, de pousser la curiosité un peu plus loin que Mme de Sévigné et d'aller voir ce que cachait le bas-relief nocturne de la nef de Notre-Dame.

La présente biographie tourne donc autour d'une interrogation majeure : sa rébellion, qui l'amena d'abord à allumer sur place la guerre civile, puis à combattre dans les rangs espagnols, fut-elle vraiment un accident ou l'aboutissement prévisible d'un itinéraire ? Il était entré en prison « innocent », prétend-il ? Ceux qui l'y avaient fait mettre en jugeaient autrement : on n'emprisonne pas un tel homme sans raison. C'est donc vers ses rapports avec le pouvoir royal que doit être orientée l'enquête. Son histoire est inséparable de celle de la France. Ses origines l'enracinent dans la seconde partie du XVIe siècle, déchirée par les guerres de religion. Sa vie (1621-1686) coïncide avec la période charnière où la monarchie française achève de se consolider face à une société encore marquée d'esprit féodal, au prix de turbulences dont la Fronde, de 1648 à 1653, constitue le point culminant. La remise en ordre du royaume et la victoire sur l'Espagne mettent un terme à une période agitée que Louis XIV voudrait oublier. En 1661, lorsqu'il prend le pouvoir lui-même après la mort de Mazarin, il souligne fortement la rupture. Il y a des manières de sentir, de penser, de juger, qui ne sont plus de mise, et les comportements qui en dérivent sont condamnés. Sur la scène de nos théâtres, Corneille va bientôt céder la place à Racine. Le type de héros qu'incarnait le prince n'a plus sa place dans le monde qui se dessine. C'est donc sur un arrière-plan en profonde et rapide évolution que prend place la vie du Grand Condé.

S'il fallait le caractériser d'un mot, nulle hésitation possible : il fut un des plus grands capitaines de guerre que le monde ait connus. Mais sa carrière présente une particularité rarissime. Elle débute très tôt et très haut, et elle se déroule, si l'on peut dire, à rebours. Elle commence par la fin. À peine sorti d'une jeunesse sévèrement encadrée par un père autoritaire, six années de campagnes victorieuses le hissent au niveau de César ou d'Alexandre. À vingt-deux ans, il entre de plain-pied, sans préavis, dans la légende. Il n'en sortira jamais. Par définition, les héros de ce genre n'ont d'autre issue que la mort. Une mort rapide, si possible. Car le temps ne peut leur apporter que dégénérescence. Or la mort, qui fut sa compagne quotidienne, n'a pas voulu de lui. Bien qu'il prît des risques énormes, il est sorti de tous les combats indemne et cette invulnérabilité a renforcé son aura. Il fait figure de surhomme, soustrait à l'humaine condition. Comment le rester au cours d'une vie qui se prolonge ? La plus rude épreuve infligée à Condé par le destin fut de survivre trente-huit ans aux six années glorieuses qui l'avaient porté au pinacle.

Il aborde cette épreuve entravé par deux handicaps sous-jacents. Le premier est lié aux circonstances. Le modèle de héros qu'il incarne, et qui fait de lui l'idole de la jeune génération, est un modèle issu du passé, fondé sur l'éthique aristocratique dont se berce encore une noblesse crispée sur ses antiques prérogatives. Un modèle nourri de nostalgies et déjà presque anachronique au moment même où le jeune prince en offre la plus flamboyante illustration. Celui-ci se trouve donc très vite en porte à faux par rapport à une réalité sociologique et politique en plein changement et le problème de la durée, par lui-même crucial pour n'importe quel type de héros, se double pour lui d'un obstacle supplémentaire : il ne pourra survivre qu'en s'adaptant. Or il est d'autant moins libre de le faire que son statut de héros, ajouté à son rang de prince du sang, lui vaut de devenir, hors même de la sphère militaire, un point de mire, un arbitre, une référence, en bien comme en mal. Tout ce qu'il dit, tout ce qu'il fait est relevé, commenté, amplifié, au besoin déformé, tout tire à conséquence. Et comme il tient très fort à son image, il est largement prisonnier de l'idée qu'on se fait de lui. Sous peine de décevoir ses admirateurs et de déchoir à ses propres yeux, il est voué à la surenchère.

Le second handicap tient à sa personnalité. Il possède à l'évidence les qualités requises d'un excellent chef d'armée, intelligence, audace, intrépidité, sang-froid, rapidité de réaction, assortis d'un charisme tel que tous les jeunes gens aspirent à servir dans ses régiments, et que les ennemis vaincus ne veulent se rendre qu'à lui. Mais cela ne suffirait pas à le tirer du lot des excellents capitaines qui servaient dans les armées de l'époque. Il s'en distingue par un tempérament d'exception. Il y a chez lui des impulsions qui surclassent les intérêts d'argent ou de prestige. Une violence, une inquiétude, une insatisfaction profonde, qui le poussent à chercher toujours plus loin que ce qui s'offre, à se remettre en jeu, à courtiser le danger, à défier la mort même. Une quête de la grandeur, jusque dans la démesure, qui a pour corollaire un mépris écrasant pour l'ordinaire médiocrité du commun des mortels. Bref, des ingrédients qui composent à des degrés divers la figure d'un héros.

Mais une part de leur virulence s'épuise d'ordinaire dans l'effort préalable à l'accomplissement des exploits. Chez lui, au contraire, l'héroïsme peut se manifester à l'état pur, hors de toute contingence, comme dans la tragédie classique. Car les moyens lui sont donnés d'avance. Pour faire ses preuves, il lui faut une armée ? on la lui offre. Il ne lui manque que d'être roi.

Il ne l'est pas. Mais face à une autorité royale incarnée par un enfant et exercée par une femme, il est tenté de se comporter comme s'il l'était. Il est enclin à se substituer à elle en matière militaire, qu'il s'agisse des choix stratégiques ou de la gestion des armées. Or le sort d'un pays ne se limite pas au gain de quelques batailles. L'ordre international a des enjeux qui relèvent du pouvoir politique. La paix intérieure également. Plus grave encore : un même refus des obstacles, un même rejet des limites président à son comportement dans la vie civile. Il tend à faire de ses opinions et de ses volontés la mesure de toutes choses. Tout est permis à qui rien n'est impossible. La transgression des interdits devient pour lui une règle de vie, avec pour seul impératif l'exigence de grandeur, qui se mesure au risque couru. Et comme son exemple fascine, il est dans la société un semeur de désordre, un ferment de subversion. L'écart qui le sépare de la norme se creuse jusqu'à rendre inévitable le choc avec le monde qui l'entoure. Lancé dans une spirale dont il ne parvient pas à sortir, il se fourvoie dans un libertinage effréné et dans une rébellion irresponsable qui l'entraîne jusqu'aux frontières de la trahison.

La sanction est une double défaite. Une première fois dans les environs de Paris, lorsque les armées du roi mettent un terme, à la fin de 1652, à la guerre civile qu'il a déclenchée. Une seconde fois en Flandre, dans l'été de 1658, lorsque les Espagnols, auxquels il s'est joint, sont écrasés par Turenne à la bataille des Dunes. C'est un vaincu qui regagne la France deux ans plus tard, rétabli de justesse dans ses biens et ses titres, un vaincu prestigieux encore, mais déchu de son piédestal et prié de se faire oublier. Or il n'a pas encore quarante ans et ne se juge nullement à bout de course. Comment vieillir en héros sans déchoir ? Il réussit le tour de force d'accomplir, dans le strict respect de ses devoirs envers le roi, une extraordinaire reconversion. Ce très long quart de siècle d'effort sur soi le conduit enfin à une mort digne de lui.

*

Pour le suivre au long de cet itinéraire, le biographe rencontre bien des difficultés. Avouons-le, il est difficile d'éprouver pour lui, d'emblée, le minimum d'empathie qui conditionne le plaisir de raconter. Il n'est pas rare qu'on le trouve franchement odieux. Plus que d'autres personnages historiques qui invitent à l'identification immédiate, il nous impose, pour le comprendre, un effort d'ajustement. Nous disposons, bien sûr, des faits, largement mis à jour par les travaux des historiens. Nous sommes surabondamment documentés sur ses campagnes militaires notamment, puis sur le rôle qu'il a joué durant la Fronde. Mais dès qu'on s'interroge sur ses motifs, on se heurte à d'importantes zones d'ombre. C'était un homme complexe, et peu porté aux confidences. Sa correspondance est faite pour une large part de lettres fonctionnelles, où il dit ce qu'attend le destinataire, en vue d'un résultat à obtenir. Dans la conversation, il était coutumier des formules à l'emporte-pièce, d'une causticité blessante. Certaines ont été relevées et nous sont parvenues. Mais il serait imprudent d'y voir des jugements sérieux. Le goût de la provocation y primait sur la réflexion. D'autre part on sait que les archives de sa famille ont été nettoyées dès le lendemain de sa mort, puis au XIXe siècle, pour en éliminer tout ce qui pouvait ternir la mémoire du grand homme.

À moins donc qu'on ne découvre un fonds inconnu qui viendrait jeter sur sa personnalité quelques lueurs inédites, mieux vaut se résigner à recourir à l'image que donnent de lui les contemporains. Leur opinion n'est certes pas neutre, mais ils partagent avec lui des valeurs et un langage. Ils nous préservent à tout le moins des dangers de l'anachronisme. Grâce à eux nous sommes en mesure de remettre à leur place des comportements qui paraissent aujourd'hui scandaleux. Et l'écart qui le sépare le cas échéant des normes d'alors donne la mesure de ce qui lui est propre. Journaux, correspondances et mémoires fourmillent en outre de détails vivants, d'anecdotes révélatrices, apportant ainsi à l'image officielle un contrepoint bienvenu.

Ce livre vient après beaucoup d'autres. Est-il besoin de dire qu'il leur est grandement redevable ? La monumentale *Histoire des Princes de Condé* du duc d'Aumale ouvrit la voie à de multiples récits de moindre intérêt. Raison de plus pour signaler ici deux ouvrages relativement récents. *Le Grand Condé* de Bernard Pujo, fondé sur un dépouillement méthodique des Archives de Chantilly, apporte sur l'ensemble de la vie du prince des informations précises, détaillées, assorties de nombreuses citations. La thèse de Katia Béguin sur *Les Princes de Condé*, elle aussi fondée sur les Archives, est une étude de sociologie sur tous les membres de la famille au XVIIe siècle ; elle offre sur leur situation financière, sur leurs réseaux d'influence, sur leur mécénat, des informations capitales. L'un et l'autre de ces ouvrages sont animés par les préventions envers la régente et envers Mazarin qui étaient encore de règle au moment de leur publication. Il y avait donc place, à côté d'eux, pour une biographie plus équilibrée, qui tente d'échapper au piège de l'identification.

La présente biographie se veut d'abord historique. Or la vie de Condé dépasse largement le cadre de ses exploits militaires, dans lequel on a tendance à l'enfermer. Ils y seront évoqués à leur juste place, mais sans occulter les aspects politiques de sa carrière. Son parcours tourmenté n'est intelligible qu'en son temps, qui est très loin du nôtre. Il aide à comprendre les mentalités, en cette époque de notre histoire où la monarchie française tente d'édifier un État moderne sur les ruines du monde féodal. Dans ce monde en mutation, il n'était pas seul. En face de lui apparaîtront les autres – partenaires et adversaires ou simples observateurs. Mais une biographie est aussi l'histoire d'un individu particulier, unique, doté d'une singularité d'autant plus forte qu'il s'agit d'un héros. Certes il n'appelle pas immédiatement la sympathie, tant il est différent, excessif, hors normes.

Mais son refus des règles, des limites, des lois, son inlassable quête de l'exploit fascinent l'imagination et font rêver. Si bien qu'au bout du compte, sa vie, où coexistent les plus hauts triomphes et les plus lourdes défaites, propose à tous les amoureux de l'impossible une aventure exemplaire illustrant la grandeur et les dérives de l'héroïsme.

PREMIÈRE PARTIE

Le mirage du trône

CHAPITRE PREMIER

Une famille de rebelles

L'éclat de la carrière du Grand Condé tend à en occulter les fondements. Mais le jeune guerrier qui surgit à Rocroi n'est pas issu de nulle part. Il est un maillon d'une lignée, le fils d'un père rongé de frustrations qui voit en lui l'instrument de sa revanche. Il s'adosse à une vaste parentèle, dont il porte les espérances de fortune. Sa conduite obéit donc initialement à des impératifs familiaux, auxquels il se pliera de nouveau plus tard pour assurer l'avenir de son fils. Pour le mieux connaître, un détour du côté des ancêtres ne sera donc pas superflu.

C'est à l'ombre du trône que furent élevés les deux parents du futur héros, Henri II de Bourbon prince de Condé, et Charlotte-Marguerite de Montmorency. Difficile de réunir des origines plus prestigieuses. Le père, fils d'un cousin germain du roi, véhiculait dans son sang quelques précieuses gouttes de celui de saint Louis. La mère pouvait afficher dans son ascendance la plupart des grands noms ayant marqué l'histoire de France. Ils étaient d'âge et de condition assortis.

Selon la stratégie présidant aux mariages princiers, leur union paraissait aller de soi. Mais derrière cette brillante façade se cachait une réalité beaucoup moins reluisante. Henri de Condé était le dernier rejeton d'une lignée qui s'était engagée à fond dans le parti huguenot lors des guerres de religion, s'y était couverte de gloire, mais ruinée. Un drame familial avait achevé de faire de lui un semi-réprouvé, qui ne trouvait pas sa place dans la France réconciliée d'Henri IV. Ayant opté pour la politique du pire, il aggravait son cas en multipliant les provocations. Mais il conservait l'orgueil de son rang et avait pour idée fixe de remonter la pente et de rendre à son nom l'éclat initial.

Son mariage avec une Montmorency aurait pu – aurait dû même – constituer une première étape dans son ascension, si d'inavouables calculs du roi n'étaient pas venus le vicier au départ. Après son grand-père et son père, Henri II de Condé commença donc par inscrire un chapitre de plus dans l'histoire des rébellions chères à sa lignée.

La malédiction des cadets

La famille dont il portait le nom était à la fois très ancienne et très récente. Très ancienne parce qu'elle remontait au sixième fils de saint Louis*, Robert, comte de Clermont, fondateur de la maison de Bourbon – du nom d'une des seigneuries qu'il détenait. Très récente, parce qu'elle n'était qu'un rameau

---

* Et, en amont de saint Louis, à Hugues Capet lui-même.

adventice poussé tardivement sur cette tige. Son émergence en tant que maison nobiliaire autonome ne datait que d'une cinquantaine d'années. Elle était l'œuvre de Louis de Bourbon, premier prince de Condé. Les Bourbons sont des cadets. Situation inconfortable, tant il est difficile d'admettre que quelques années de distance dans l'ordre de naissance suffisent à créer un gouffre entre un aîné, qui est roi, et son frère, qui n'est que le premier de ses sujets. Au cœur de tous les cadets sommeille une frustration d'autant plus forte que l'écart avec les aînés est plus mince.

La branche principale de la maison de France – assez fortement ramifiée en rameaux collatéraux lorsque le tronc principal s'asséchait* – s'était maintenue au pouvoir durant des siècles, tandis que s'éteignaient les tiges intermédiaires. Les Bourbons restaient trop éloignés du trône pour pouvoir y prétendre. Longtemps ils se satisfirent de leur condition de grands feudataires, se contentant – sauf exception – d'exercer auprès du souverain leur « devoir de conseil » et d'arrondir leur patrimoine par de riches mariages qui leur apportaient terres et titres. Très prolifiques, ils avaient beaucoup de fils à établir et de filles à marier, ce qui leur valut d'entrelacer les branches de leur arbre généalogique à celles de la plupart des grandes familles de leur temps. Mais leur obéissance était précaire et le roi le savait bien. Aussi les tenait-il à l'œil et leur marchandait-il les responsabilités. Pour peu qu'il fléchît, notamment si sa succession n'était pas assurée, ou si des troubles intérieurs

---

* Ainsi lorsque, à la mort du dernier capétien direct, le trône passa à leur cousin Philippe VI de Valois.

mettaient en cause l'unité de son royaume, les ambitions politiques de ses cousins ne tarderaient pas à s'éveiller.

Au milieu du XVIe siècle, les deux facteurs se trouvèrent réunis, avec la mort prématurée d'Henri II, génératrice d'une quasi-vacance du pouvoir, et avec la Réforme. Celle-ci était en phase ascendante en Allemagne et dans toute l'Europe du Nord. Le roi avait opté pour la répression et le parti ultra-catholique prit le relais. La défense de leur foi fournit aux réformés français les meilleures raisons de s'opposer au pouvoir royal. Qu'elle promît aux éventuels vainqueurs, avec le basculement de la France dans la confession nouvelle, une vaste redistribution des responsabilités et des charges était logique : ils rêvaient d'édifier un royaume selon leur cœur. Voilà qui offrait aux jeunes gens de la maison de Bourbon des perspectives à la hauteur des ambitions qu'ils sentaient bouillonner en eux.

Un rebelle flamboyant, Louis de Bourbon, premier du nom

Sur les treize enfants de Charles de Bourbon, comte puis duc de Vendôme, cinq garçons avaient atteint l'âge adulte. Douze ans séparaient l'aîné, Antoine, du benjamin, Louis. Leur avenir respectif était tracé. À Antoine, le titre ducal, les riches domaines du Val-de-Loire, le mariage brillant avec Jeanne d'Albret, héritière du royaume de Navarre et de vastes provinces dans le Sud-Ouest. Au petit dernier, né en 1530, cadet d'une lignée cadette, le soin de se tailler par lui-même une place au soleil. Entre les deux, déjà, se glisse une faille, issue de la différence de traitement entre l'aîné et son frère. Elle ne fera que s'élargir aux générations suivantes.

Le plus jeune, Louis, c'est l'arrière-grand-père du Grand Condé, qui héritera de son prénom. Il était ambitieux, hardi, courageux. Abandonnant à un autre de ses frères l'inévitable carrière ecclésiastique, il choisit le métier des armes et participa aux derniers combats d'Henri II contre l'Espagne. Le traité de Cateau-Cambrésis, ramenant la paix, le laissa sans emploi. Il se mit donc en quête d'un « établissement ». Il était gai, brillant, beau parleur, séduisant, de tempérament amoureux. Bien que de petite taille et un peu contrefait, il rencontrait auprès des femmes un très vif succès. Il trouva le moyen d'épouser en 1551 une jeune fille de bonne noblesse, Éléonore de Roye, qui lui apporta de solides biens en Picardie et d'utiles relations dans l'Allemagne rhénane. Sous son influence, il se convertit à la Réforme, dont il devint un des adeptes les plus convaincus. Son frère Antoine avait aussi versé, non sans hésitation, du côté de Genève, tandis que Jeanne d'Albret, sa femme, s'y engageait corps et âme.

C'est en 1559 que se joua leur destin. Le jeune roi François II, un adolescent souffreteux, promis à une mort rapide, abandonnait le pouvoir aux oncles de sa femme, les Guise, ardents catholiques décidés à en finir avec l'hérésie. Les huguenots, désormais puissants et nombreux dans les plus hautes classes de la société, projetèrent de les éliminer et de les remplacer au gouvernement par les deux Bourbons, dont l'ascendance prestigieuse faisait prime. Louis, hardi jusqu'à la témérité, était le plus remarquable des deux et le plus populaire parmi les religionnaires. Il patronna en sous-main la fameuse conjuration, dite d'Amboise, dont l'échec se termina en massacre. Condamné à mort, il dut son salut à l'intervention d'Antoine. Mais celui-ci se tint ensuite à l'écart des affrontements politico-religieux et laissa de bonne grâce à son cadet la direction du mouvement. Revenu au catholicisme, il fut atteint d'un coup d'arquebuse sous les murs de Rouen, qu'il assiégeait avec les troupes royales en 1562. Il mit un mois à mourir, ayant reçu l'absolution des mains d'un prêtre catholique, mais s'étant fait lire les saintes Écritures par un médecin calviniste, non sans promettre ironiquement qu'il se ferait luthérien s'il en réchappait. Il ne manquait assurément ni de bon sens, ni d'humour – deux qualités qu'il transmit à son fils Henri IV.

Pendant les sept années qui suivirent, Louis fut donc le chef incontesté du parti huguenot. Il avait le sens de ce qu'on appelle aujourd'hui la communication. Par quel nom se faire désigner ? Comme il était prince du sang*, ses partisans l'appelaient communément *le prince*. Son frère Antoine avait mieux : il était *le roi de Navarre*. Pas de confusion possible donc. Louis transforma le nom commun en titre et, comme d'ordinaire la qualité de prince se rattachait à quelque territoire, il choisit celui de Condé, une modeste seigneurie qu'il tenait de l'héritage paternel**. Il devint

---

* Étaient ainsi nommés les descendants de saint Louis, qui avaient de son sang dans leurs veines. Dans la hiérarchie, ils venaient aussitôt après les *fils de France*, c'est-à-dire les fils de roi.

** Condé-en-Brie, à 12 kilomètres à l'est de Château-Thierry – à ne pas confondre avec Condé-sur-l'Escaut, aujourd'hui chef-lieu de canton du Nord, qui fut une place forte importante au

ainsi prince de Condé autoproclamé. Bientôt on se contenta de dire *Monsieur le Prince* tout court, comme s'il n'y en avait pas d'autres. Et l'usage – à faire s'étrangler d'indignation le pointilleux Saint-Simon [1] – se maintint jusqu'au début du XVIIIᵉ siècle. Sans préjuger de ses convictions religieuses, évidemment sincères, il est permis de penser que la perspective d'échapper à la médiocrité de sa condition de cadet contribua à son engagement dans la subversion. N'ayant rien à perdre, il pouvait tout risquer.

Son épouse, non moins bonne calviniste, mais plus réaliste, s'efforça tant qu'elle vécut de le modérer dans tous les domaines. La longue trêve qui suivit la première guerre de religion lui offrit des femmes à conquérir, faute de places fortes. Il n'attendit pas la mort de la sienne, en 1564, pour afficher sa liaison avec une des fameuses filles d'honneur de Catherine de Médicis : chassée de la cour pour inconduite, Isabelle de Limeuil provoqua un beau scandale en lui faisant apporter publiquement, dans un panier, comme « un petit chien », le garçonnet né de leurs amours. Rien ne semblait porter atteinte à ses talents de séducteur. Il fascina la veuve du maréchal de Saint-André qui, faute de pouvoir l'épouser elle-même en raison de son âge, lui fit don de son château de Vallery en lui promettant la main de sa fille ; entre-temps, la fille mourut, mais il ne restitua pas le château, dont ses descendants firent plus tard la nécropole familiale.

La situation internationale le ramena sur le terrain politique et militaire. Il s'y engagea avec une témérité

XVIIᵉ siècle. Sur les ruines de la vieille forteresse médiévale, il fit édifier une demeure au goût du jour.

accrue. Les huguenots français ne devaient-ils pas porter secours à leurs coreligionnaires néerlandais révoltés contre leur suzerain Philippe II d'Espagne ? Catherine de Médicis, qui s'opposait à toute intervention, passait paisiblement la fin de l'été 1567 dans son château de Montceaux-en-Brie. Comme naguère à Amboise, mais en profitant de l'expérience passée, ils montèrent, pour s'emparer du roi et neutraliser sa mère, un complot dont le maître d'œuvre fut Condé. Ils furent bien près de réussir. Catherine, prévenue *in extremis*, se replia sur la place forte de Meaux, où elle trouva un régiment de Suisses qui la ramena à Paris avec son fils. La « surprise de Meaux » fut pour elle une « infamie », une « trahison » : elle ne pardonna pas.

La guerre reprit, une guerre plus féroce encore que les deux précédentes, ponctuée de massacres et de pillages, laissant sur son passage une longue traînée de sang. En 1569, acculés dans leurs provinces de l'Ouest, les huguenots affrontèrent à Jarnac les troupes royales placées sous le commandement officiel du jeune duc d'Anjou – le futur Henri III. Condé, la jambe brisée, fut jeté à bas de son cheval au plus fort de la mêlée et ne put se relever. Il venait de soulever la visière de son casque pour signaler qu'il se rendait, lorsque surgit le capitaine des gardes du duc d'Anjou, qui lui tira un coup de pistolet dans la tête. Après quoi le duc fit traîner son cadavre sur un âne à travers la ville. Assassinat contraire aux « lois de la guerre » sans aucun doute. Mais y a-t-il encore des lois dans une guerre civile de cette sorte ?

Tel fut le premier prince de Condé, ambitieux, passionné, intrépide, excessif en toutes choses, mais attachant – un héros, déjà. « Aucun du siècle ne l'a surmonté en hardiesse et courtoisie, dit en guise d'oraison funèbre un de ses admirateurs ; il parlait fort disertement, plus de nature que d'art, était libéral et très affable en sa personne, et avec cela excellent chef de guerre ; mais néanmoins amateur de paix, plus grand dans l'adversité que dans le bonheur[2]. » Rebelle impénitent, il avait expérimenté dans sa courte vie toutes les modalités possibles de la subversion.

Un rebelle rechigné, Henri I*er* de Bourbon

Il laissait trois fils. Né en 1552, l'aîné Henri, premier du nom, lui succéda dans ses titres, qui étaient brillants, et dans ses biens, qui étaient médiocres : la guerre civile est coûteuse. Il offrait en tout point son contraire, aussi maussade qu'il était gai, plus scrupuleux que lui en matière religieuse, courageux certes mais sans panache, obstiné jusqu'à l'entêtement, et peu apte au maniement des hommes.

En même temps que lui, arrivait à l'âge adulte le fils de son oncle Antoine de Bourbon. La relève des générations était alors rapide, tant la guerre civile se montrait dévoreuse d'hommes. Tous deux étaient très jeunes : en 1570, Henri de Condé avait dix-huit ans, Henri de Navarre dix-sept. Leur qualité de princes du sang les plaçait d'office à la tête du parti huguenot, mais c'était l'amiral de Coligny qui en assurait la direction effective. Pas pour longtemps. Les deux cousins vécurent ensemble, consignés dans une chambre des appartements royaux, l'effroyable journée de la Saint-Barthélemy, tandis qu'on égorgeait leurs compagnons. Sommés d'abjurer pour avoir la vie sauve, ils réagirent chacun à sa manière : Condé se drapa dans son honneur de gentilhomme, « il aimait mieux mourir que trahir sa foi ». Il ne mit que quatre ou cinq jours pour céder. Henri de Navarre n'émit pas d'objection, mais, invoquant son ignorance, il demanda des délais pour se faire instruire dans une religion qu'il connaissait fort bien pour l'avoir pratiquée plusieurs années et gagna ainsi du temps. L'un était un impulsif irréfléchi, l'autre faisait preuve d'une prudence et d'un sens politique remarquables pour son âge. Entre eux deux, le contraste était vif.

L'opposition flagrante des tempéraments s'accompagnait chez eux d'une incompatibilité idéologique. Le futur Henri IV, prenant en compte les réalités, répugnait à la contrainte en matière de foi : « La religion se plante au cœur des hommes par la force de la doctrine et persuasion, et se confirme par l'exemple de vie et non par le glaive[3]. » Dans l'immédiat il se proposait modestement de faire cohabiter catholiques et protestants dans une France pacifiée. Aussi ne se priva-t-il pas de tendre la main aux modérés du parti adverse. Condé était au contraire ce que nous appellerions un intégriste, qui faisait passer le triomphe de la foi réformée avant toute autre considération et ne connaissait que la lutte armée pour y parvenir. Se posant en héritier spirituel de son père et de Coligny, il prit les devants, se proclama « chef et général des Églises réformées de France », sans pourtant parvenir à empêcher son cousin de s'imposer. Il milita à ses côtés, contraint et forcé, dans le parti des Malcontents qui comportait des catholiques modérés.

Mais la jalousie qui couvait chez lui prit un tour aigu lorsqu'il apparut, au fil des années, que la dynastie des Valois allait s'éteindre, et avec elle la branche aînée de la maison de France. Ils étaient quatre, quatre fils d'Henri II et de Catherine de Médicis, dont trois régnèrent tour à tour. Qui aurait pu penser qu'aucun d'eux ne laisserait d'enfant mâle ? Ce coup du sort frappa les esprits – surtout chez les collatéraux. Ainsi tous les espoirs étaient permis : si loin que parût le trône, il pouvait tout d'un coup vous échoir, comme ce fut le cas pour Henri de Navarre lorsque la mort du benjamin des Valois en 1584 fit de lui l'héritier désigné*.

Henri Ier de Condé se mit à détester son cousin plus chanceux. Lors des campagnes militaires, il tendit à faire bande à part, se radicalisa, n'hésitant pas à recourir aux contingents de mercenaires allemands. Pour le cas, alors jugé probable, où le royaume exploserait, il cherchait à se tailler en province un fief autonome purement protestant, où il régnerait en maître. Son remariage**, en 1586, fut un élément de cette stratégie***. Il épousa la sœur du très puissant duc de La Trémoille, maître du Poitou, pour conforter son

---

* Rappelons ici que la loi salique excluait les femmes non seulement de l'exercice du pouvoir, mais de sa transmission. Henri de Navarre avait beau être, par sa mère, cousin issu de germain avec Henri III, il ne devait la succession qu'à leur cousinage au 22e degré, qui remontait à saint Louis par les mâles.

** Sa première épouse, Marie de Clèves, était morte très jeune.

*** Il n'est pas exact, comme on l'a dit parfois, que la jeune fille ait rompu avec sa famille catholique et se soit convertie par amour

implantation dans une région où se trouvait son gouvernement de Saint-Jean-d'Angély*.

Mais il manquait de charisme, en même temps que de sens politique. Il ne put contrebalancer dans le parti l'éclatante supériorité de son cousin. L'équilibre établi à la génération précédente au profit de la branche cadette se trouva inversé, le balancier revint vers la branche aînée. Et lorsqu'il mourut brutalement, deux ans plus tard, dans des conditions suspectes, qui devaient peser sur son fils posthume, l'avenir de la maison de Condé semblait gravement compromis.

L'ombre de la bâtardise

Au début de l'automne 1587, les troupes royales acculèrent celles des huguenots en Saintonge. Le 20 octobre, Henri de Navarre se résolut à les affronter près de Coutras. À ses côtés se trouvaient, pour la première et la dernière fois, Condé et son frère cadet, Soissons. Il profita de la proclamation initiale pour marquer fermement son territoire : « Souvenez-vous que vous êtes du sang des Bourbons ! Et vive Dieu ! je vous ferai voir que je suis votre aîné. » À quoi Condé répliqua crânement : « Nous nous montrerons

---

pour lui. Les La Trémoille étaient déjà passés à la Réforme à cette date, notamment la duchesse et son fils aîné, et le mariage obéit à des considérations politiques.

* Condé, appuyé sur La Trémoille, rêvait « de se rendre absolu, sans reconnaissance d'autrui, dans les provinces d'Anjou, Poitou, Aunis, Saintonge et Angoumois au moins, laissant tout le surplus des autres provinces de France au roi de Navarre [4] ».

bons cadets. » Cependant, à peine la bataille gagnée, il se déroba. Malgré un coup de lance reçu dans le ventre, il refusa de faire une pause comme l'exigeait Navarre et remonta vers le nord en vue d'y poursuivre seul la lutte. Mais la douleur l'obligea à s'arrêter à Saintes, où sa femme le rejoignit pour le soigner. Ils y furent immobilisés deux mois, puis rentrèrent ensemble à Saint-Jean-d'Angély. Il crut alors pouvoir reprendre une vie normale et notamment remonter à cheval. Et ce fut le drame :

« Le jeudi [3 mars], ayant couru la bague*, il soupa, se portant bien. À minuit, lui prit un vomissement très violent, qui lui dura jusqu'au matin. Tout le vendredi, il demeura au lit. Le soir, il soupa et, ayant bien dormi, il se leva le samedi matin, dîna debout, et puis joua aux échecs**. Il se leva de sa chaise, se mit à se promener par sa chambre, devisant avec l'un et avec l'autre. Tout à coup il dit : "Baillez-moi ma chaise, je sens une grande faiblesse." Il n'y fut assis qu'il perdit la parole, et soudain après il rendit l'âme. Les marques de poison sortirent soudain [5]. » Dommage qu'il n'ait pas été spécifié en quoi consistaient les « marques » en question. Car nous sommes habilités, nous, à penser que sa mort fut peut-être une séquelle de la blessure reçue à Coutras, rouverte à la suite d'un exercice trop violent. Mais on vivait alors dans l'obsession du poison : nul ne douta que ce fût le cas.

---

* Sur le sens de cette expression, voir *infra*, p. 58.
** À cette époque, le dîner était le repas du midi et le souper celui du soir.

Restait à savoir d'où venait le coup. Des catholiques, bien sûr ! « Tous ces empoisonneurs sont des papistes », leur prochain objectif serait le roi de Navarre lui-même ! On se mit aussitôt en quête d'un complice dans la place. On surprit un jeune page de la princesse, nommé Belcastel, sur le point de s'enfuir à cheval, avec de l'argent et des bijoux appartenant à sa maîtresse. Coup de théâtre : c'est elle qu'il accusa du crime. En avait-il été complice ou fuyait-il simplement, avec de l'argent volé, pour se soustraire à la justice dont tous redoutaient les cruels interrogatoires ? Il profita de l'affolement général pour disparaître et on ne le retrouva jamais. On se contenta de le « défaire » en effigie*. Mais le maître d'hôtel, qui avait commis la maladresse de le laisser échapper, fut soumis à la question, condamné à mort et écartelé. Sous la torture, il déclara que le poison provenait de la cour et qu'il avait été apporté par le duc d'Épernon, qui faisait au château, en voisin, d'assez fréquentes visites. C'était là une piste malencontreuse en raison du rôle politique d'Épernon : on la laissa prudemment de côté**. Il était d'autant plus facile d'incriminer la princesse qu'il y avait dans la famille un précédent fâcheux : une certaine Jacqueline de La Trémoille était morte en prison quarante ans plus tôt pour avoir tenté d'empoisonner son mari. L'épouse d'Henri de Condé était doublement suspecte, car elle se trouvait alors enceinte de trois mois. On lui prêta

---

* C'est-à-dire de démembrer publiquement un mannequin censé le représenter.

** Épernon servait alors d'intermédiaire dans les négociations entre Henri III et Henri de Navarre.

donc une liaison avec son page, qui aurait justifié l'attentat. « C'est une dangereuse bête qu'une mauvaise femme[6] », commenta Henri de Navarre. Mais rien n'étayait l'accusation. Car à la date de la conception, elle partageait la vie de son mari. Même si elle le trompait avec le page ou avec un autre, comment savoir – en ce temps où l'on n'avait pas inventé les tests ADN – qui était le père ?

La malheureuse fut arrêtée et internée sur place. L'enfant qui vint au monde le 1ᵉʳ septembre était un garçon. On s'extasia sur la prétendue ressemblance du nouveau-né avec son géniteur légal et on lui donna le même prénom. Mais le doute subsista. Avait-on vraiment les moyens et surtout le désir de tirer l'affaire au clair ? L'hypothèse d'un crime commandité par les ultra-catholiques conservait des partisans. Mais si l'on cherchait à qui profitait la disparition du plus fanatique des dirigeants huguenots, on trouvait aussi Henri III et le futur Henri IV lui-même, puisque le défunt entravait leur réconciliation. Mieux valait ne pas creuser trop loin. Non qu'on les crût coupables personnellement, mais l'enquête risquait de soulever des questions inopportunes. Avouons-le, l'état actuel de nos connaissances ne nous permet pas d'en dire plus. Nous laisserons donc aux amateurs d'énigmes policières le soin de répertorier les diverses hypothèses possibles et d'en peser la vraisemblance respective.

En leur temps, les événements se chargèrent de reléguer ce fait divers très loin derrière une actualité brûlante. L'année 1588 vit la Ligue dresser dans Paris des barricades contre le roi et se termina par la mise à mort des deux frères de Guise à Blois, qu'Henri III paya de sa vie sept mois plus tard. Il fut assassiné le 1ᵉʳ août

1589. Les cinq années suivantes, Henri IV les consacra à conquérir pied à pied son royaume. La princesse de Condé, dont personne ne songeait à rouvrir le dossier, les passa oubliée dans sa demeure de Saint-Jean-d'Angély, sous étroite surveillance, à élever son fils dans le sentiment de l'injustice subie. Elle fut finalement tirée de sa captivité par les problèmes successoraux du royaume.

Henri II de Condé, héritier putatif du trône*

L'absence d'héritier en ligne directe avait été, on le sait, un des drames du règne d'Henri III. Or la situation risquait de se reproduire. Encore ? Mais oui ! En 1589, lors de son avènement, Henri IV, depuis longtemps séparé de son épouse Marguerite de Valois, n'avait pas de descendance légitime. À qui reviendrait le trône au cas où il disparaîtrait ? Selon les lois fondamentales du royaume, à l'héritier de la branche cadette des Bourbons, autrement dit au jeune Henri de Condé, deuxième du nom. Les doutes pesant sur sa naissance étant dépourvus de valeur juridique, cet enfant conçu par un couple marié en état public de cohabitation était légitime. Un obstacle pouvait cependant l'exclure de la succession : son appartenance à la religion réformée. Henri IV n'avait pas aimé son père et ne l'aimait pas. Bien que décidé à revenir lui-même au catholicisme, dont se réclamait l'immense majorité de ses sujets, il avait laissé élever l'enfant selon la doctrine de Calvin. En réalité il avait une idée derrière la tête : il rêvait

---

* Futur père du Grand Condé.

d'épouser sa maîtresse Gabrielle d'Estrées et de légitimer ainsi le fils qu'elle lui avait donné. Mais il savait aussi que les oppositions seraient fortes. Il gardait donc en réserve un motif pour écarter le jeune Condé.

L'initiative vint du Saint-Siège. Le pape, sous la pression de l'Espagne, n'avait pas cautionné l'abjuration du roi, qui s'était faite en 1593 sous la seule autorité de l'Église de France. Il comprit assez vite qu'il devrait s'incliner devant la vague de ralliements autour de lui, lorsqu'il fut sacré à Chartres au début de l'année suivante et fit ensuite à Paris une entrée triomphale. Mais il mena pour le principe un combat d'arrière-garde. Afin d'écarter tout risque de voir la France retomber dans l'hérésie, il exigea, pour lever l'excommunication naguère lancée contre lui, que l'héritier du trône fût élevé dans la religion catholique. C'est pourquoi, à la fin de 1595, le jeune Henri de Condé et sa mère furent arrachés à leur prison et ramenés à Paris, où ils abjurèrent aussitôt. L'enfant fut gratifié d'un titre – gouverneur de Guyenne – et d'une pension de 80 000 livres. En raison de la différence d'âge, le roi choisit de l'appeler son « neveu », bien qu'ils ne fussent que cousins, et il se résigna à le laisser paraître en public, où il fit fort bon effet.

Pour parfaire son éducation, il l'installa à Saint-Germain-en-Laye et le confia au marquis de Pisany*, un diplomate à la réputation irréprochable, assisté de l'indispensable équipe de maîtres variés. Tout d'abord, celui-ci se montra très satisfait de son élève.

---

* Deux ans plus tard, Pisany se transporta avec son pupille à Saint-Maur pour fuir une épidémie. Il épousa sur le tard une Italienne et fut le père de la célèbre marquise de Rambouillet.

Il eut alors d'excellents rapports avec sa mère. Mais leurs relations se gâtèrent rapidement et, deux ans plus tard, il se plaignait de l'influence nocive de la princesse. Il était bien décidé à démissionner lorsqu'il mourut à l'automne de 1599[7]. Vu l'âge de l'enfant, il est exclu que les mœurs soient en cause. Il s'agit sans doute d'un esprit d'insubordination, de révolte, nourri par l'orgueil de son rang, qu'il partage avec sa mère. Il est intelligent, à coup sûr, et très bien informé de la situation politique. Il sait qu'Henri IV projette d'épouser sa maîtresse, dont les fils – elle en a deux maintenant – le feraient rétrograder d'autant dans la liste de succession au trône. À l'annonce de la mort de Gabrielle, il mime une grande douleur, le visage enfoui dans son manteau, puis il relève brusquement la tête et éclate de rire : « Mme la duchesse est morte[8] ! » Mais il s'est réjoui trop tôt. Le roi, libéré, épouse Marie de Médicis, qui fait preuve d'une belle fécondité en mettant au monde un dauphin dès 1601.

Henri II de Condé n'est plus l'héritier du trône. Il cesse de bénéficier d'un traitement privilégié. Henri IV remplace son défunt gouverneur par un homme sans envergure, assortissant ce choix d'un commentaire d'une rare brutalité : « Quand j'ai voulu faire un roi de mon neveu, je lui ai donné le marquis de Pisany ; quand j'ai voulu en faire un sujet, je lui ai donné le comte de Belin[9]. » Tandis que sa mère, prudente, s'efforce de se concilier les bonnes grâces royales, il bout, lui, de colère rentrée. En réponse, semble-t-il, à cette perte de statut, il prend plaisir à afficher, en multipliant les provocations, une homosexualité qui sans cela serait passée inaperçue. En retour, il voit reparaître, insidieux, le soupçon de bâtardise – humiliation suprême ! Au moment de sa libération, la princesse sa mère a été blanchie du crime sur son mari et l'enfant reconnu comme fils de son père. Henri IV avait alors intérêt, politiquement, à ce qu'il fût tenu pour tel. Ce n'est plus le cas. Et il semble bien que, en son for intérieur, il soit persuadé du contraire. Connaît-il la vérité ou cède-t-il seulement à des préventions ? Il a laissé échapper, incidemment, des doutes sur la vertu de la jeune femme qui ont donné à penser qu'elle n'avait pas été insensible à ses avances. À mesure que passent les années, on sent croître chez lui une antipathie doublée de mépris pour ce « neveu » qui peut-être n'en est pas un, et dont le comportement répréhensible traduirait les viles origines. Il est assurément trop tard pour revenir en arrière sur son statut juridique. Mais il faut en tout cas surveiller de près et tenir à sa place cet héritier d'une très turbulente lignée.

En 1608, Henri IV n'a plus d'inquiétudes pour l'avenir : son épouse lui a donné trois fils*. Mais il n'oublie pas que les comploteurs du début du siècle ont émis des réserves sur la validité de son second mariage, donc sur la légitimité du dauphin**, et

---

* Au futur Louis XIII, né le 27 septembre 1601, s'était ajouté le 13 avril 1607 un second fils, désigné par l'initiale passe-partout N. dans les tableaux généalogiques et qui, ondoyé à sa naissance, mais jamais baptisé, mourut en 1611 sans avoir reçu de prénom. Le troisième, Gaston d'Orléans, né le 25 avril 1608 et fort bien portant, ne devait pas faire mentir la réputation de trublions des collatéraux.

** Une imprudente promesse de mariage, signée par le roi à sa maîtresse Henriette d'Entragues, constituait un engagement antérieur à son union avec Marie de Médicis et permettait à la jeune femme de réclamer le trône pour son fils, qu'elle proposait de

proposé des solutions de remplacement, encouragés par l'Espagne qui avait toujours dénoncé la loi salique et donc l'ordre de succession français. Bien que la menace ne fût plus à l'ordre du jour, mieux valait éviter de voir le jeune Condé chercher à l'étranger une épouse susceptible de soutenir d'éventuelles prétentions. Bien sûr, il était interdit à un membre de la famille royale de convoler sans autorisation, mais on n'avait pas toujours les moyens de l'en empêcher, témoin le cas du connétable de Bourbon, dont le souvenir était encore frais dans les mémoires*. Le meilleur moyen de parer à un tel inconvénient était donc de prendre les devants et de le marier, en France bien entendu. Et pour le cas où la chose lui semblerait prématurée – il avait tout juste vingt ans –, on veillerait à lui offrir un parti si éclatant qu'un refus serait impossible.

Le marché matrimonial n'offrait que deux candidates. L'une, Mlle du Maine, risquait d'apporter à son époux une parentèle largement peuplée d'ultra-catholiques nostalgiques de la Ligue**. Elle ne faisait

---

marier avec une infante pour obtenir le soutien de l'Espagne. Une conjuration menée à cette fin en 1604 avait été démantelée.

* Le connétable Charles de Bourbon, entré en conflit avec la mère de François Ier pour une question d'héritage, était passé au service de Charles Quint, qui lui offrait, avec la main de sa sœur, de quoi se tailler un royaume dans les dépouilles de la France démembrée. Mais un boulet de canon mit fin à son aventure lors du siège de Rome en 1527. L'histoire fit de lui le prototype du traître. Mais l'opinion des contemporains avait été partagée.

** Elle était fille du duc de Mayenne, le troisième des trois frères de la maison de Guise, dont les deux aînés avaient péri au château de Blois sur ordre d'Henri III. Henri IV, dans un souci de réconciliation nationale, avait amnistié ses anciens adversaires survivants.

pas le poids face à l'autre, Charlotte-Marguerite de Montmorency, d'une lignée relativement récente qui s'était hissée au plus haut niveau en fournissant à l'État de très fidèles et très compétents serviteurs. Son grand-père le fameux connétable, qui devait son prénom à sa marraine Anne de Bretagne, avait été une des grandes figures du siècle précédent. Confident et soutien des rois successifs, assez hardi pour leur dire non au risque de déplaire, assez puissant pour survivre aux disgrâces, il s'était illustré sur tous les champs de bataille, de Marignan jusqu'à Saint-Denis, où il trouva la mort à soixante-quatorze ans. Politique avisé, il s'était imposé comme un homme d'État de premier plan. Catholique assurément, mais de tempérament pondéré, il prônait la conciliation face aux huguenots et s'opposa tour à tour aux extrémistes des deux bords.

Il détenait plus de charges qu'il n'en fallait pour doter ses deux fils. À son aîné François, il réservait les principales d'entre elles, qui le fixaient en Île-de-France. Au second, Henri, il avait délégué, de son vivant, celle de gouverneur du Languedoc. Celui-ci s'y tailla une manière de fief qu'il sut préserver, par sa sagesse, des pires violences religieuses. Il resta très attaché à cette province où il était respecté et aimé, même lorsque la mort de son aîné le mit en possession de tout l'héritage. Ayant travaillé, en vain, à la constitution d'un tiers parti réunissant les modérés des deux confessions, il salua avec soulagement l'avènement d'Henri IV et l'appuya dans sa reconquête du royaume. Couvert de biens et d'honneurs, gratifié à son tour de l'épée de connétable, il s'était ensuite tenu à l'écart des intrigues et des complots et s'occupait à savourer les incomparables beautés de son domaine de Chantilly. Pour tempérer le sang fiévreux des Condé, c'était là une alliance des plus rassurantes.

Le côté des Montmorency

Implanté à dix lieues au nord de Paris, de part et d'autre de la route de Picardie, Chantilly était entré dans la famille des Montmorency par mariage deux générations plus tôt. Les héritiers successifs s'étaient attachés à l'agrandir et à l'embellir. Ils y menaient l'existence de princes de la Renaissance. Construit sur un éperon rocheux triangulaire cerné de bras d'eau alimentés par la Nonette, le vieux château arc-bouté sur ses tours d'angle avait résisté aux assauts d'envahisseurs répétés, mais il était peu confortable et d'accès malcommode. Ils lui accolèrent, au ras de l'eau, un château dans le goût nouveau, plus lumineux et mieux adapté à la vie de société brillante. Par des achats et des échanges, ils étendirent et remembrèrent leurs possessions, aménageant les jardins pour la promenade et bénéficiant au-delà, dans l'immense massif forestier quasi vierge, d'un inépuisable terrain de chasse. Amis des lettres et des arts, ils y avaient réuni livres rares, objets d'orfèvrerie, tableaux et tapisseries de prix. Le renom du château s'étendait au loin, éclipsant Fontainebleau, suscitant des convoitises. Lorsqu'il entendit Henri IV s'écrier « C'est la plus belle maison de France, plus belle que les miennes », le connétable s'empressa de parer le coup : « Sire, la maison est à vous, mais que j'en sois le concierge ! »[10]

C'est là qu'était née Charlotte en 1593 et qu'elle était élevée. Ayant perdu sa mère à cinq ans, elle avait été confiée aux soins de sa tante Diane, duchesse d'Angoulême, restée veuve sans enfants du frère aîné de son père. Dès son plus jeune âge, on put voir qu'elle serait d'une beauté exceptionnelle et on la surnomma *L'Aurore*. L'adolescente avait tenu, et au-delà, les promesses de l'enfant. Blonde aux yeux bleus, au teint de lait, comme on les aimait alors, elle joignait à la régularité des traits une grâce dans la démarche, une élégance dans les gestes, qui la mettaient très au-dessus de ses rivales et qui lui conférèrent jusque dans la maturité un charme resté inégalé. L'usage de faire élever les filles au couvent n'avait pas encore prévalu. Elle partageait donc plus ou moins la vie des adultes et sa tante ne manquait pas de l'exhiber à la cour. Dans la demeure, où l'on menait gros jeu, régnait un certain laisser-aller, inspirant quelques rumeurs malveillantes – probablement outrées[11]. Mais il est sûr qu'on y avait l'esprit ouvert et la langue affûtée, dans un climat d'aimable liberté.

Allait-il de soi que le possesseur de ces lieux enchanteurs approuverait le mariage de cette délicieuse jouvencelle avec le triste rejeton des Condé ? Il avait entendu parler du projet, comme tout le monde, mais on avait omis de lui poser la question directement. On supposait peut-être que la perspective de la voir princesse emporterait son adhésion. Eh bien non, il n'était pas prêt à accepter n'importe quoi. Il avait quatre enfants. Les mariages de ses deux aînées, issues d'un premier lit, s'étaient révélés décevants. Pour les deux derniers, nés d'une seconde épouse très aimée et trop tôt perdue, il souhaitait autre chose que des unions dictées par la politique. Les choix proposés lui déplurent. Il brava le roi, en refusant pour son fils la fillette née de la liaison de celui-ci avec la captieuse Henriette d'Entragues. Pas question, non plus, de livrer Charlotte, l'incomparable merveille, à un prétendant renfermé et sournois dont la réputation, tout prince qu'il fût, était détestable. Le seul moyen de l'y soustraire lui parut être de la marier au plus vite à un autre.

Son choix se porta sur François de Bassompierre, un gentilhomme de bonne famille allemande né dans les États du duc de Lorraine, qui, faute de trouver à s'employer chez lui, était passé au service de la France[12] – un étranger donc, moins étroitement soumis aux volontés du roi. À trente ans, grand, beau, bien fait, c'était un joyeux compagnon, toujours disposé à rire et à festoyer, se fiant aux tables de jeu pour renflouer ses finances et collectionnant les amours éphémères. Léger en apparence, mais solide, peu porté sur l'intrigue et peu sensible aux sirènes de l'ambition, il répandait autour de lui la bonne humeur.

Le temps pressant, le connétable fit l'économie des démarches préalables. Si l'on en croit les *Mémoires* de l'intéressé, il le convia à un dîner auquel il avait associé, en qualité de témoins, trois de ses amis, plus un magistrat. Et il lui proposa, tout à trac, la main de sa fille. L'offre fut précédée d'un préambule qui mérite d'être cité, tant il tranche sur les négociations matrimoniales ordinaires. Le vieil homme souhaitait quelque chose qu'il n'hésita pas à appeler par son nom, le bonheur. « Étant désormais en état de la pouvoir marier, j'ai cherché de le faire selon son contentement et le mien. Ce qui me fait chercher un mari pour ma fille et un gendre pour moi, selon notre cœur et notre désir : et bien que je pusse avoir le choix de tous les princes de la France, je n'ai point regardé de tant la loger en éminence qu'en commodité, et pour y vivre le reste de mes jours et le cours des siens avec joie et contentement. » Et Bassompierre lui paraissait le plus propre à la rendre heureuse. Il précisa que sa fille, consultée, avait souscrit à ce projet, qui « ne lui était pas désagréable ».

Éperdu de reconnaissance, l'élu promit tout ce qu'on voulait. La jeune femme serait « adorée comme une princesse et respectée comme une reine », son père trouverait en lui « non un gendre mais un serviteur ». Un baiser officiel scella l'accord des deux jeunes gens et l'on commença d'établir le contrat. Le connétable était si inquiet qu'il souhaitait un mariage immédiat, à Chantilly, sans aucune publicité. Il exigea donc de ses amis un secret absolu. L'un d'eux objecta cependant avec bon sens qu'on ne pouvait mettre le roi devant le fait accompli sans s'attirer sa colère et Bassompierre, qui était de ses familiers, se chargea de l'avertir. Henri IV connaissait assurément la petite, il l'avait vue grandir. Loin de réprouver ce mariage, il en montra de la joie. Doit-on attribuer le revirement qui suivit aux insinuations d'un jaloux ou à la déception de la duchesse d'Angoulême, rêvant mieux pour sa nièce ? Ne faut-il pas plutôt l'attribuer à un – ou deux – de ces grains de sable imprévisibles qui, selon Pascal, viennent parfois dévier le cours de l'Histoire. Une violente crise de goutte contraignit le connétable à retarder la cérémonie et, entre-temps, Henri IV tomba amoureux, à en perdre la tête.

Le roi et les sortilèges

En ce mois de janvier 1609, le carnaval battait son plein. Dans son calendrier réglé par la liturgie, l'Église avait très sagement ménagé, entre le recueillement préparatoire à Noël et l'austérité du carême, un temps de défoulement collectif, où les forces vives ordinairement réprimées pouvaient se déchaîner dans un cadre convenu. Nous avons de la peine à imaginer aujourd'hui, en dépit des survivances qu'en offrent Rio de Janeiro ou Venise, quel raz-de-marée il déclenchait à tous les étages de la société. Le déguisement et le masque permettaient à chacun de s'évader de sa condition pour vivre d'une existence imaginaire, soit par le haut, sous les traits des héros ou des divinités de légende, soit par le bas, quand le port de haillons couvrait des incongruités interdites. Des rustiques tréteaux de foire aux luxueuses salles des palais, le théâtre envahissait tout l'espace. Interactif, comme nous dirions aujourd'hui, il enrôlait acteurs et spectateurs, devenus interchangeables, dans des relations éphémères et il disqualifiait pour un temps la réalité.

Au Louvre le carnaval suivait joyeusement son cours. Parmi les divertissements sans cesse renouvelés, un grand ballet, annoncé pour le 30 janvier, devait être le clou de la saison. Les ballets de cour n'étaient pas, comme nous serions tentés de le croire, des spectacles offerts par des professionnels à une assistance passive. Formés d'*entrées* successives liées entre elles par un *argument* plus ou moins serré, ils étaient dansés par les courtisans eux-mêmes, ou du moins par les plus doués d'entre eux – honneur infiniment désirable, dans un monde où la danse tenait une place éminente parmi les activités réputées nobles, au même titre que l'escrime et l'équitation. Comme en un miroir, ils offraient à cette société fermée une image d'elle-même répondant à ses rêves. Généralement, ils empruntaient leurs thèmes à la mythologie ou aux épopées de l'Arioste et du Tasse, sauf quand la veine satirique les poussait à mimer plaisamment la réalité quotidienne. La plupart d'entre eux étaient réservés aux hommes, qui y tenaient les rôles féminins en travestis. Quelques-uns cependant, dits « ballets de la Reine », d'un ton plus relevé, permettaient aux femmes de se produire sur la scène.

Celui de janvier 1609 appartenait à cette dernière catégorie. Marie de Médicis avait opté pour la Grèce, au temps mythique où elle était peuplée de divinités, et choisi pour thème *Les Nymphes de Diane*. Elle avait confié à Malherbe le soin de rédiger les vers qui seraient chantés par les nymphes menant l'Amour prisonnier. Elle avait sélectionné pour incarner celles-ci les plus belles jeunes filles ou femmes de la cour. Quelle imprudence ! Les nymphes, même vouées à la très chaste Diane, ont été faites, chacun le sait, pour servir de proies aux dieux et aux rois sous l'œil jaloux des satyres évincés. Depuis le début du mois, on s'entraînait fébrilement dans la grande salle prévue à cet effet, qui faisait face à la chambre du roi. Celui-ci n'aimait pas la danse. Exaspéré par ce branle-bas, il s'efforçait de tenir sa porte close. Mais un jour qu'elle était entrouverte, il vit passer la fille du connétable et, frappé par sa beauté, il décida d'aller jeter un coup d'œil à la répétition. Il arriva au moment où les nymphes, en tuniques légères, brandissaient un javelot doré. Face à lui se dressait Charlotte et, quand elle leva son dard, il semblait qu'elle l'en voulût percer. « Le roi a dit depuis qu'elle fit cette action de si bonne grâce, qu'effectivement il en fut blessé au cœur et pensa s'évanouir [13]. » Le soir même, il fut pris lui aussi d'une crise de goutte qui le cloua au lit une quinzaine. Dans la journée la cour se pressait à son chevet et il revit sa chasseresse, venue dans le sillage de sa tante lui souhaiter prompt réconfort. Mais les nuits d'insomnie étaient longues et très propices au phénomène que Stendhal nommera la cristallisation.

Avouons-le, nous ne sommes pas absolument certains que Charlotte ait braqué sur lui son javelot* et cette histoire paraît trop romanesque à nos esprits positifs. Mais nous oublions que l'imaginaire de nos aînés était beaucoup plus accessible au merveilleux que le nôtre et que le néoplatonisme les avait habitués à voir dans le monde d'ici-bas le reflet d'une réalité supérieure et à chercher dans les incidents qui émaillaient leur vie des signes prémonitoires. La scène du javelot est donc très vraisemblable et elle a le mérite d'expliquer la soudaineté et l'intensité du coup de foudre qui frappa le roi.

Sa décision fut prise. Il reviendrait à son idée première et donnerait la petite à Henri de Condé. Pour

---

* Le geste de Charlotte n'est évoqué que tardivement par Tallemant des Réaux, mais il dit tenir ses informations des confidences de Mme de Rambouillet, « qui était de ce ballet ». Bassompierre, lui, n'en souffle mot. Il confirme que le roi assista bien, le 16 janvier, à une répétition et revint aussitôt sur son consentement au mariage de la jeune fille. Mais il attribue ce revirement aux propos venimeux du duc de Bouillon : ne serait-ce pas pour éviter de mettre en cause la responsabilité de sa bien-aimée ? Faute de certitude, la vraisemblance joue en faveur du geste, dans le climat très particulier du carnaval.

des raisons qui, cette fois, ne devaient plus rien à la politique, mais relevaient d'un honteux calcul. Il lui procurerait un mari de paille qui, étant donné ses goûts avérés, renoncerait à exercer ses droits conjugaux et jouerait volontiers les sigisbées rémunérés. Certes, au cours de sa longue carrière de Vert Galant, il avait perdu beaucoup d'illusions sur la vertu des femmes et sur la cupidité de leurs familles. Mais on reste stupéfait de voir à quel point cette combinaison lui paraît naturelle. L'entretien qu'il eut à ce sujet avec l'ex-fiancé offre un extraordinaire mélange de cynisme et de candeur. « Bassompierre, je te veux parler en ami. Je suis devenu non seulement amoureux, mais furieux* et outré de Mlle de Montmorency. Si tu l'épouses, et qu'elle t'aime, je te haïrai ; si elle m'aimait, tu me haïrais. Il vaut mieux que cela ne soit point cause de rompre notre bonne intelligence, car je t'aime d'affection et d'inclination. Je suis résolu de la marier à mon neveu le prince de Condé, et de la tenir près de ma famille. Ce sera la consolation et l'entretien de la vieillesse où je vais désormais entrer. Je donnerai à mon neveu, qui est jeune, et aime mieux la chasse cent mille fois que les dames, 100 000 francs par an pour passer son temps, et je ne veux autre grâce d'elle que son affection, sans rien prétendre davantage. »

Le malheureux comprit qu'il valait mieux se désister avec le sourire. Il se terra chez lui pour digérer sa déconvenue, mais fut contraint d'assister aux fiançailles de celle qu'il s'était mis à aimer du jour

---

* *Furieux* veut dire ici *fou*, et se réfère implicitement au célébrissime *Orlando Furioso* de l'Arioste.

où on la lui avait retirée. Deux longs mois s'écoulèrent ensuite avant le mariage : à l'évidence, le jeune Condé, très conscient de l'enjeu, se faisait tirer l'oreille. Mais il n'avait que vingt ans, il avait perdu son père : Henri IV n'était pas seulement son roi, c'était aussi son tuteur légal en tant que plus proche parent. Le 17 mai 1609 il épousait à Chantilly Charlotte-Marguerite de Montmorency sans aucune pompe ni solennité et il en touchait le prix*.

---

* Le roi lui accorda une gratification de 150 000 livres. Mais il n'eut pas la disposition de la dot paternelle : les 300 000 livres furent affectées au paiement des dettes de la maison de Condé, libérant les terres grevées d'hypothèques, au bénéfice de la jeune femme dont elles préservaient les intérêts [14].

CHAPITRE DEUX

De la révolte à l'allégeance

Le jeune prince de Condé ne pouvait se faire aucune illusion sur le rôle qu'Henri IV attendait de lui. Les Parisiens ricanaient, ils lui prédisaient une infortune immédiate, en murmurant qu'il ne méritait pas mieux. Et pour comble, son épouse, loin de le soutenir, contribuait à l'enfoncer. Non qu'elle le trompât. Elle se contentait d'alimenter la chronique en encourageant chez le roi une passion déraisonnable. Le malheureux finit par exploser, dans des conditions qui en firent une affaire d'État au retentissement international et il ne dut son rétablissement qu'à la disparition soudaine d'Henri IV. Quant à ses relations avec sa femme, elles en furent marquées à jamais. Cette très rude expérience explique son comportement ultérieur : l'esprit de révolte, resté vivace en lui, est désormais tempéré par un réalisme cynique.

Un amour pas comme les autres

Si les choses avaient suivi le cours prévisible, le temps les aurait vite apaisées et le roi, une fois ses désirs comblés, n'aurait pas perdu la tête. Le drame provint du fait que cet amour d'arrière-saison ne déclencha pas chez lui les appétits violemment et ouvertement charnels, dont il était coutumier. Il se nimbait, à ses propres yeux et à ceux de la jeune Charlotte, d'une sorte de pureté, sans doute illusoire, mais qui le magnifiait et le rendait licite. Il n'avait pas au départ l'intention de faire de la jeune femme sa maîtresse. Il était sincère lorsqu'il la plaçait sur un piédestal comme une idole à contempler dévotement. Car ce dernier amour est pour lui d'une nature inédite. À cinquante-six ans, sans être encore un vieillard, il est usé par les épreuves et par les excès. Et d'après Sully, il broie du noir. Il se sait mal aimé, en tant que roi et en tant qu'homme. Les catholiques intransigeants n'ont pas désarmé, les grands seigneurs regimbent devant son autoritarisme et les femmes qu'on jette dans son lit le subissent à contrecœur. La scène du Ballet des Nymphes l'arrache soudain à un réel déprimant, le transporte dans un monde où tout redevient possible. Le geste de Charlotte est imprévu, spontané, gratuit, direct. Il réveille en lui un torrent de sentiments qu'il ne se croyait plus capable d'éprouver, dans lequel la joie d'être choisi par la déesse inhibe tout d'abord la sensualité. Que la nymphe doive son apparence à un déguisement et que son javelot soit factice ne l'empêche pas – au contraire – de voir dans la scène le signe d'une élection surnaturelle. Elle est la magicienne déléguée par le destin pour lui rendre sa jeunesse.

Nul ne semble s'être interrogé sur son comportement à elle face à une pareille aventure. Selon le scénario, les chasseresses de Diane devaient s'emparer de l'Amour et voici que, hors champ, l'une d'elles avait saisi dans ses filets le roi de France. Que faire de lui ? Une fille prudente aurait aussitôt pris ses distances. Mais Charlotte était naturellement coquette – on le lui reprochera plus tard. Bien qu'elle ait agi sans réfléchir, elle n'avait pas manqué de percevoir l'effet produit. L'hommage était flatteur et la situation piquante. Songea-t-elle délibérément à le « faire marcher », comme nous disons familièrement ? Sans doute pas. Mais elle ne résista pas à la tentation de laisser filer les choses, en se contentant de renvoyer la balle. Il lui écrivit, elle répondit. Le carnaval prit fin, mais la relation amorcée dans les coulisses du théâtre se prolongea sur le mode du jeu, où ils se coulaient dans les rôles traditionnels du chevalier servant et de sa dame.

Sur ce intervint le mariage, que Charlotte n'accepta qu'à regret. Si elle avait été sage, elle aurait coupé court à l'idylle. Mais il lui aurait fallu à la fois de la lucidité et du courage, toutes choses dont on manque souvent à quinze ans. Elle se sentait innocente. Quel mal y avait-il à chercher dans l'adoration du roi de quoi la consoler de la froideur d'un époux peu aimable ? Entre elle et son mari, en effet, l'incompatibilité d'humeur avait été immédiate et radicale. Le mariage fut-il consommé ? Elle prétendit le contraire plus tard*. Elle ne tenait visiblement pas à ce qu'il le fût. De jour en jour le fossé entre eux s'élargissait. L'échange épistolaire se poursuivit donc. Pour tourner stances et madrigaux dans le style alambiqué alors en faveur, Henri IV, qui pourtant avait la plume alerte, recourait aux services de Malherbe – ce qui leur valut d'être conservés. « Astre que j'adore… », lui répliquait-elle en écho. Il cessa de se négliger, prit soin de lui, fit tailler proprement sa barbe, renouvela ses tenues, s'exhiba, en dépit de son âge, « avec un collet de senteurs et des manches de satin de la Chine ». Pour plaire à sa bien-aimée, assurément, mais surtout pour changer de peau, pour mettre sa personne en harmonie avec les forces neuves qu'il sentait bouillonner en lui, pour inscrire dans son apparence même la métamorphose intérieure qui lui avait ôté le poids des années. Et il renoua avec les joutes où s'affrontait la fine fleur de la noblesse. « Le roi se porte fort bien et rajeunit tous les jours, écrit son féal Malherbe en juillet 1609. Il ne se parle que de courre la bague**, où il fait honte à toute la cour : je l'ai vu, qu'une fois que de huit courses qu'il fit, il en eut quatre dedans [1]. » Mais les bons bourgeois, si l'on en croit L'Estoile, se montraient moins indulgents pour cette passion sénile outrageusement étalée et ils couvraient de sarcasmes l'époux réputé complaisant [2].

---

* On lit chez L'Estoile, à la date concernée : « Le dimanche 17 [mai 1609] fut fait et consommé le mariage de Mgr le prince de Condé avec Mlle de Montmorency… », mais il s'agit d'une information qui prouve simplement qu'ils passèrent la nuit dans le même lit, sans plus de précisions.

** Le jeu consistait, pour un cavalier lancé au galop, à enfiler une lance dans un anneau suspendu.

Si Henri II de Condé avait été aussi veule qu'on le prétendait, les choses auraient pu se prolonger longtemps. Mais il ne l'était pas. Il se rebella. Au mépris de l'opinion, le roi, encouragé par la jeune femme, continuait de voguer à pleines voiles dans l'univers romanesque, il ne comprenait rien, ne voyait rien venir. Le prince sollicita l'autorisation de quitter la cour et de se retirer à la campagne avec elle. Henri IV, estimant avoir beaucoup fait pour lui, lui parla « en père, en roi, en maître, en bienfaiteur » et assaisonna son refus d'une leçon de morale sur le mode paternaliste. En espérait-il vraiment des remerciements ? Le jeune homme éclata, se mit à « faire le diable » et se répandit en propos injurieux. Une violente altercation les opposa, dont les échos firent le tour de Paris, puisqu'on les trouve rapportés dans le *Journal* de L'Estoile, en guise de « petit échantillon des entretiens et devis de notre cour pendant ce mois ». Le roi, exaspéré de l'insistance de Condé, renouvela rudement son refus et « se lâcha aux menaces et injures » ; à quoi le prince répondit vertement en brandissant le mot honni de *tyrannie*. « Le roi, relevant ce mot avec aigreur, lui aurait répondu que jamais il n'avait fait acte de tyran en sa vie que quand il l'avait fait reconnaître pour ce qu'il n'était point ; et que quand il voudrait il lui montrerait son père à Paris[3]. » Henri IV était gravement coupable : on ne lance pas pareille accusation sans preuves, surtout après avoir soutenu officiellement l'avis contraire. L'opinion lui donna tort. Ce qui n'empêcha pas les sanctions financières de tomber sur le coupable : sa pension fut suspendue. Il devint « si pauvre que son bien – en 1610 – ne fut estimé que 10 000 livres de rente[4] ».

Il passa outre et emmena sa femme dans la propriété familiale de Vallery, à proximité de Sens, puis plus loin en Picardie, où il possédait des terres et des amis[5]. Il avait chargé sa mère de ne pas la quitter d'une semelle et la jeune femme enrageait de cette surveillance, qu'elle s'efforçait de tromper. Le roi la suivait à la piste déguisé en chasseur, en postillon ou en valet de chiens, avec fausse barbe ou emplâtre sur l'œil. Lorsqu'il se présentait par surprise, sous un nouveau déguisement, elle l'identifiait aussitôt, quitte à nier lorsqu'il était surpris. Il avait besoin de la voir. Elle fit peindre pour lui son portrait en cachette. Grâce à des hôtes complaisants, il put la contempler à son aise tout au long d'un repas, par un trou dans la tapisserie murale : il la savait prévenue et jouissait de cette complicité. Il lui demanda de se montrer à lui un soir sur un balcon entre deux flambeaux, les cheveux dénoués, pour retrouver quelque chose de l'éblouissement initial. Elle y consentit, il crut revoir sa déesse, il faillit s'évanouir. Elle s'écria : « Jésus ! qu'il est fou ! » L'aimait-elle ? Un peu sans doute, partagée entre l'attendrissement et le rire, reconnaissante surtout du divertissement qu'il lui apportait dans la vie morne à laquelle elle se voyait condamnée. Inconsciente, elle ne comprenait pas qu'elle jouait avec le feu.

« L'enlèvement innocent »

Vers la fin de l'automne, le couple se trouvait à Muret, près de Soissons. La distance n'ayant pas suffi à décourager le roi, le prince excédé prit les grands moyens. Le 29 novembre 1609, il embarqua son épouse dans un carrosse comme pour une promenade et sans crier gare, fouette cocher, il prit la direction de la frontière. « Quand elle s'aperçut qu'on l'emmenait, sans qu'elle sût où, elle le ressentit vivement et y fit toute la résistance qu'elle put, pleurant et disant tout ce qu'une extrême colère fait dire. Mais c'était une résolution prise, il fallut qu'elle essuyât ses larmes et prît patience. » Le lendemain, ils étaient à Landrecies, en territoire espagnol. N'avaient suivi qu'un gentilhomme secrétaire pour lui, deux femmes de chambre pour elle et trois domestiques. À l'opposé du scénario classique de comédie, où un jeune galant arrache sa bien-aimée des mains d'un barbon prêt à l'épouser, les rôles masculins se trouvaient inversés. Mais Condé était dans son droit. On fit des gorges chaudes de cet « enlèvement innocent » et de la fureur du roi, qui explosa.

Sully a donné un pittoresque compte rendu de l'entretien qu'il eut avec son maître au su de la nouvelle. « Hé bien, notre homme s'en est allé et a tout emmené, qu'en dites-vous ? — Je dis que cela ne m'est ni nouveau ni étrange, et que [...] je me suis toujours attendu à cette escapade, laquelle vous eussiez bien empêchée si vous m'eussiez voulu croire. » Comme le roi sollicitait ses conseils, Sully s'efforça de temporiser : « Si vous me pressez si fort, je ne dirai rien qui vaille ; partant je vous prie de m'excuser jusqu'à demain. — Non, je veux que vous parliez présentement. Eh bien, qu'y faut-il faire ? — Qu'y faut-il faire, dites-vous ? Rien du tout. — Comment rien ? Ce n'est pas là un avis. — Pardonnez-moi, Sire, c'est un des meilleurs que vous sachiez prendre. Il y a des maladies qui veulent plutôt du repos que des remèdes... » Et d'expliquer qu'aux yeux des Espagnols, toute démarche de sa part donnerait du prix au prince, tandis que son silence le ferait tenir pour quantité négligeable [6].

Sully parlait d'or. Mais le roi ne voulut rien entendre. D'ailleurs, il était déjà trop tard pour que l'on pût feindre de négliger la fuite de Condé. Car la situation politique donnait à son geste une signification très grave. De la part d'un prince du sang, partir pour l'étranger, où que ce fût, sans l'autorisation du souverain était toujours un acte de rébellion. Dans son cas, la date et la destination choisies assimilaient ce départ à un passage à l'ennemi. Henri IV se préparait alors à intervenir militairement en terre d'Empire dans la moyenne vallée du Rhin. Un vieil ami de la France, le duc de Clèves et Juliers, un catholique modéré dont les États constituaient un carrefour stratégique, venait de mourir sans enfants. Ses héritiers les plus proches étaient protestants, mais il y avait des catholiques sur les rangs. À la faveur des contestations entre prétendants, l'Empereur, sous couleur d'arbitrage, avait mis la main sur le duché et son choix était facile à prévoir. Henri IV ne pouvait laisser passer ce coup de force, sous peine de voir se resserrer l'étreinte des Habsbourg sur la France et de perdre son crédit auprès de ses alliés, appartenant en majorité à la Réforme. Le roi d'Espagne soutenait en sous-main son cousin de Vienne, en espérant que le fait accompli prévaudrait. Mais à Bruxelles, où gouvernaient en son nom l'archiduc Albert et son épouse, l'infante Claire-Isabelle-Eugénie, on suivait l'affaire de très près, pour tâcher d'éviter que la crise ne débouche sur un conflit ouvert*.

Dans ces circonstances, la fuite du prince rappelait fâcheusement le souvenir des guerres civiles menées pour écarter du trône Henri de Navarre. Les archiducs se trouvèrent très embarrassés. Si Condé avait amené avec lui une troupe d'« amis » en armes, ils auraient dû opter entre soutien et reculade. Mais il était seul, démuni de tout, il implorait asile pour un motif privé. Valait-il la peine d'irriter la France pour si peu ? Ils consignèrent d'abord le couple à Landrecies, accueillirent fraîchement l'envoyé du prince et le firent attendre longuement avant de rendre leur verdict. Tel Salomon, ils avaient coupé la poire en deux : ils autorisaient la jeune femme à gagner Bruxelles où sa belle-sœur, la princesse d'Orange, acceptait de la recevoir, mais ils donnaient trois jours à son mari pour quitter le pays, en lui conseillant de se replier sur la ville libre de Cologne.

Mais, quand il apparut qu'Henri IV avait choisi la guerre et qu'il allait s'en prendre à l'Espagne, le prince de Condé cessa d'être quantité négligeable. Il se vit proposer une invitation du comte de Fuentes, qui gouvernait Milan – une offre significative. La riche province de Lombardie, qui, au cœur de la plaine du Pô, assurait la domination de l'Espagne sur

---

* Attention à la nomenclature ! Les possessions espagnoles dans la région – primitivement nommées Pays-Bas – éclatèrent à la suite de la Réforme. Les provinces du nord, passées au calvinisme, firent sécession et conquirent une indépendance de fait sous le nom de Provinces-Unies : ce sont nos Pays-Bas actuels. Les provinces du sud, restées espagnoles et catholiques, gardèrent le nom de Pays-Bas : c'est l'actuelle Belgique.

le nord de l'Italie, était une des cibles désignées pour la prochaine campagne française. Un prince du sang serait entre les mains de son gouverneur un atout propre à bien des usages. Condé n'hésita pas, il partit pour Milan, où il fut reçu avec égards.

Depuis longtemps à Bruxelles, son épouse s'impatientait. Les premiers jours, elle s'était attiré un gros succès de curiosité : « Elle avait alors seize ans et ce fut l'opinion commune de tous que sa beauté répondait à ce que la réputation en avait déjà publié. Elle était merveilleusement blanche et avait en ses yeux et son visage des grâces incomparables. Elle était charmante en son parler et en tous ses gestes : sa beauté était naturellement tant recommandable d'elle-même parce qu'elle n'était secourue d'aucun artifice de femme [7]. » Elle fut d'abord enivrée de réceptions, de bals et de banquets et savoura les hommages qui montaient vers elle. Mais très vite elle se sentit étouffer. Elle traînait un parfum de scandale. Or on ne voulait pas d'histoires. Pour l'isoler plus facilement, on l'avait logée au Palais-Royal, où tout le personnel domestique faisait rempart. On écartait les hommes jeunes, dont elle risquait de tourner la tête. Elle se lassa vite d'exercer ses charmes sur les soupirants d'âge mûr, comme le célèbre capitaine Spinola. Elle comprit qu'elle était prisonnière. Et en matière de surveillance, sa belle-sœur la princesse d'Orange valait bien la belle-mère qu'elle avait laissée en France.

On ne pouvait cependant empêcher les échanges épistolaires. Elle multiplia les appels au secours, à l'adresse de son bien-aimé et de son père. Dès le mois de décembre le connétable envoyait à Bruxelles un jeune cousin pour réclamer la jeune femme en arguant des avanies qu'on lui faisait subir. Henri IV, lui, cherchait à la faire évader. Expédié sur place, le marquis de Cœuvres devait superviser l'opération. Tout était prêt pour la nuit du 13 au 14 janvier 1610. Ses deux femmes de chambre étaient complices, l'une d'elles avait déjà fait porter les vêtements de sa maîtresse à l'ambassade. Mais le secrétaire de Condé éventa le complot et fit renforcer la garde. Elle renouvela ses appels. De leur côté, son père et sa tante déposaient une protestation en forme contre les « mauvais traitements » qui lui étaient infligés.

Leurs démarches visaient deux objectifs. D'abord obtenir sa liberté. Ils insistaient donc sur ses conditions de détention, qui la livraient au mauvais vouloir de son mari. Mais, à plus longue échéance, ils projetaient de faire annuler son mariage. Sur ce dernier point, le récit de Tallemant des Réaux est féroce : « Elle se laissa persuader de signer une requête pour être démariée. Le roi avait obligé ses parents à dresser cette requête, et le connétable était un lâche qui croyait que cet amour du roi le comblerait de trésors et de dignités. Les gens de Mme la princesse, qui était fort jeune, lui faisaient accroire qu'elle serait reine... » Mais Tallemant souligne lui-même le caractère chimérique d'un projet qui aurait supposé la disparition de Marie de Médicis et de ses trois fils ! Bien qu'elle n'ait pas effectivement signé de requête en ce sens, ajoute en note A. Adam, le désir de faire annuler le mariage n'est pas douteux, ni chez le père, ni chez la fille. Donc, en conclut-il, « Tallemant décrit avec sévérité, mais avec une parfaite exactitude, le rôle que le vieux connétable joua dans cette affaire [8] ». C'est prendre celui-ci, non seulement pour un cynique, mais pour un imbécile, ce qu'il n'était pas. Le public a sans doute jasé et, voyant le roi prêt à tout pour Charlotte, il a prêté à la jeune femme les ambitions nourries naguère par Henriette d'Entragues. Mais comment son père aurait-il pu y croire ?

L'examen attentif des dates suggère une tout autre explication. La démarche que lui prête Tallemant est censée se placer *avant* son départ de France. Or c'est plus tard, à Bruxelles, qu'elle présenta en effet contre son époux une requête adressée aux archiducs, à qui elle la remit publiquement en présence de l'ambassadeur de France et du futur marquis de Châteauneuf, envoyé du roi. Ce dernier détail suggère que le texte a été rédigé à Paris par des juristes. On ne saurait, dit-elle, lui refuser sans injustice « la licence de se retirer près de ceux qui lui sont si proches », c'est-à-dire son père et sa tante, et elle se déclare décidée à présenter, à l'appui de sa demande de séparation, « les plaintes que sa pudeur et quelques bons respects l'ont empêchée jusqu'ici de découvrir, entendant poursuivre la séparation d'avec le prince son mari »[9]. Son père et sa tante avaient confié à Châteauneuf des pouvoirs en forme le qualifiant pour appuyer son action en leur nom.

En cédant aux supplications de sa fille et aux instances du roi, le connétable n'a pu écarter l'éventualité de faire d'elle une maîtresse officielle, avec les avantages que cela comporte pour la famille. Mais est-il certain que ce soit alors sa motivation ? Il souhaite avant tout la tirer des griffes d'un époux, présumé inoffensif, qui se révèle redoutable et risque de lui faire payer très cher sa légèreté : tout d'abord, la récupérer, ensuite on aviserait. N'a-t-il pas quelque mauvaise conscience à la pensée d'avoir souscrit à ce mariage biaisé ? Sa vraie lâcheté, c'est de n'avoir pas osé refuser le parti choisi par le roi pour Charlotte, comme il l'avait fait pour son fils. Mais déjà l'histoire était en marche, bousculant projets et pronostics.

Nul ne saura quels outrages la jeune femme avait à reprocher à son mari, ni ce qui serait advenu d'elle en cas d'annulation. Au moment même où les archiducs s'apprêtaient à la relâcher, le 14 mai 1610, le couteau de Ravaillac mettait une fin brutale au règne d'Henri IV. Contrairement à ce que donne à croire son idéalisation posthume, il était alors peu aimé, mal débarbouillé de son hérésie aux yeux des catholiques et trop autoritaire aux yeux des grands feudataires accoutumés à n'en faire qu'à leur tête. Il s'apprêtait à mener contre les Pays-Bas espagnols une expédition impopulaire dont le motif politique en cachait, disait-on, un autre moins avouable : il allait faire la guerre pour récupérer sa maîtresse. Et l'Espagne, de loin, versait de l'huile sur le feu, accompagnée de doublons d'or. La jeune écervelée comprit-elle qu'elle avait contribué à le déconsidérer en encourageant une passion aux manifestations ridicules et qu'elle portait dans sa mort une part, une toute petite part de responsabilité ? Elle aurait largement le temps d'y penser dans les prochaines années : il ne lui restait plus que les yeux pour pleurer. Elle n'avait rien à attendre de bon de Marie de Médicis, dont la colère contre elle fumait encore. Rien de bon non plus d'un mari gravement offensé, à qui elle était liée pour la vie.

À l'annonce de la nouvelle, Condé avait aussitôt sollicité l'autorisation de rentrer en France. Mais, politiquement, il savait son heure passée, il arriverait trop tard. La succession d'Henri IV serait réglée sans lui. Aurait-il pu prétendre à la régence ? Il avait peu de chances de l'obtenir. Mais à la séance du parlement où elle fut dévolue, pleine et entière, à Marie de Médicis, il ne serait pas resté passif comme ses cousins Conti et Soissons, il aurait bien su grappiller quelques compensations. Dommage ! Quoi qu'il en soit, la minorité du jeune Louis XIII, qui n'avait que neuf ans, permettait beaucoup d'espoirs.

De Milan, il avait écrit au connétable une lettre tout sucre tout miel, mettant les imprudences de Charlotte sur le compte des mauvais conseillers qui avaient « circonvenu sa jeunesse ». Seules « une sainte Thérèse ou les plus religieuses vierges du monde » eussent été capables de résister à tant de persuasion. Il se disait prêt à « pardonner à sa simplicité » et « à l'aimer et la chérir comme Dieu et la raison le commandent »[10]. Mais lorsque, en passant par Bruxelles sur le trajet du retour, il fut mis au courant des accusations qu'elle avait proférées contre lui, il autorisa Montmorency à la reprendre, mais refusa de la rencontrer. Lorsque l'archiduc les mit en présence inopinément, il se détourna dès qu'il l'aperçut. Ultime baroud pour sauver la face auprès d'une cour que la jeune femme avait fait retentir de ses plaintes, il comptait bien, déclara-t-il, que nul, en Espagne ni en France, « ne le violenterait pour retourner avec la princesse ; [...] il ne se réconcilierait jamais avec elle et ne la voulait plus pour femme[11] ». Le 8 juillet, il était à Mons, où il fit ses adieux à Spinola et se mit en route pour la France. Victime de l'incorrigible inconséquence d'Henri IV, il revenait avec l'auréole du martyr. Au Bourget, une troupe de treize cents cavaliers l'attendait – du beau monde : Sully, Épernon, Bellegarde... –, qui prouvait à quel point son statut avait changé. Le 16 juillet, à Paris, il retrouvait la place que lui conférait sa naissance. Enterrée l'accusation de bâtardise, prononcée par Henri IV dans un moment où il ne se contrôlait plus. À vingt-deux ans, Condé était sans conteste premier prince du sang et, après les deux frères de Louis XIII – bientôt réduits au seul Gaston d'Orléans –, en tête de la liste d'accession au trône. Il s'attela aussitôt à une tâche essentielle qui l'occupera jusqu'à la fin de ses jours : extorquer à la régente, puis au roi, le maximum d'avantages.

Du bon usage de la subversion

L'assassinat d'Henri IV a créé un choc et réveillé des peurs oubliées. Les Français se sentent orphelins, ils pleurent celui qu'ils vilipendaient quelques semaines plus tôt. Le grand bouillonnement idéologique qui avait alimenté pendant un demi-siècle des spéculations sur le fondement du pouvoir et la nature du régime idéal est retombé. Une longue suite de règnes agités, suivis de deux régicides, a prouvé le danger de s'en prendre aux institutions existantes. Et, si l'exercice de l'autorité tel que l'a pratiqué Henri IV paraît à certains un peu trop brutal, nul n'est d'accord sur la forme à donner à une monarchie « tempérée » ou « mixte », que viendraient appuyer des instances représentatives des trois « états » du royaume. Un fossé sépare désormais les très hauts nobles d'épée de la masse des gentilshommes souvent besogneux qui forment la noblesse dite seconde, et surtout de la noblesse de robe, issue de la bourgeoisie riche grâce à la vénalité des offices*. Les dirigeants des grandes maisons nobiliaires, autocrates par nature et par éducation, n'aiment pas se voir contestés. Or, les assemblées élues contestent. Tous en ont fait l'expérience : les chefs huguenots, face à l'esprit républicain qui animait les pasteurs calvinistes lors des synodes, les chefs catholiques, à travers les déchaînements populaires de la Ligue urbaine, qui avait installé un gouvernement révolutionnaire dans Paris. Ils se rallient à la monarchie, meilleure garantie contre les désordres, avec l'espoir de lui arracher personnellement le plus d'avantages possibles.

Une minorité, une régence féminine, donc un pouvoir faible : quelle aubaine ! Après un ladre vert comme Henri IV, qui marchandait subsides et pensions, on va pouvoir en profiter ! On sait bien d'ailleurs que la politique d'économies a porté ses fruits et que Sully a mis en réserve à la Bastille une montagne d'or. Marie de Médicis voit donc s'abattre sur elle une pluie de revendications qui nous paraissent souvent éhontées : comment ose-t-on, comme le fait Condé, lui demander d'indemniser les dommages subis au cours des guerres de religion ? Mais les intéressés, eux, visent moins à réparer le passé qu'à préparer l'avenir. Ce sont en fait des offres de services,

---

* Depuis François Ier, la monarchie a pris l'habitude, pour se procurer de l'argent frais, de vendre des charges, dites *offices*, notamment dans la magistrature et l'administration. Ces charges, devenues héréditaires, conféraient la noblesse, soit aussitôt, soit, le plus souvent, une ou deux générations plus tard. Ces nobles étaient dits *de robe* en raison de leur costume.

reposant sur le principe qui commande alors les relations sociales. Ces relations sont certes fortement hiérarchisées, mais elles impliquent réciprocité. Les comportements féodaux ayant la vie dure, on a remplacé les liens de vassalité fondés sur la possession de la terre par les *fidélités*, réputées choisies. On « appartient » à quelqu'un de plus haut que soi, on le sert, on partage son sort, en bien ou en mal, mais en échange, le supérieur doit à l'inférieur protection et secours. Et si le supérieur manque à ce devoir, l'inférieur est en droit d'aller s'offrir à un autre maître, à condition de déclarer préalablement sa rupture. Ce principe s'applique du haut en bas de l'échelle sociale et notamment entre les grands et le monarque – mais, dans ce dernier cas, le changement de maître a des implications plus graves. En 1610, les grands cherchent tout simplement à établir, avec une régente fraîchement installée, des rapports qui leur seront favorables. Traduit en clair, le sens de leur message à Marie de Médicis est : nous sommes prêts à vous appuyer, mais moyennant rétribution, si possible payée d'avance, en argent et en places.

Dans cette première moitié du XVIIe siècle, on ne doit donc pas confondre les nombreux soulèvements populaires provoqués par la misère, que soutiennent souvent les hobereaux de campagne solidaires de leurs paysans, avec les révoltes nobiliaires à répétition, dictées aux grands seigneurs par leur volonté de défendre la participation au pouvoir qu'ils estiment leur être due. Lorsqu'ils se disent *malcontents* à la suite de quelque refus et quittent la cour dans un grand fracas d'armes brandies, ils ne visent nullement à abattre la monarchie, mais à s'en approprier les leviers essentiels, sous le couvert d'un monarque qui n'en conserverait que l'apparence. Il leur faut donc savoir ne pas aller trop loin, saisir chaque fois le moment opportun pour « sortir d'affaire » avec profit. La menace de rébellion, conçue comme prélude à une fructueuse réconciliation, devient une sorte de chantage permanent aux libéralités royales : tout un art, dans lequel les grands finissent par passer maîtres. Il leur en restera l'habitude d'épargner la personne du roi lors de leurs révoltes, pour concentrer le tir sur les premiers ministres haïs, avec pour résultat final de conforter, comme prévisible, la monarchie absolue, à laquelle les lient des affinités profondes.

Henri de Condé a compris très rapidement comment fonctionne le mécanisme. Tout d'abord, il a adressé à Marie de Médicis une lettre pleine d'humilité pour lui offrir allégeance sans conditions. Il ne sollicitait aucune faveur précise, le temps de spécifier ses désirs viendrait plus tard. Il savait bien qu'elle ne pourrait manquer de lui restituer son statut de premier prince du sang, assorti des ressources nécessaires pour tenir son rang. Son apparente docilité lui vaut d'emblée une pension de 150 000 livres et un logement dans l'hôtel particulier que la régente a acheté récemment au banquier Jérôme de Gondi, et qu'elle lui donnera bientôt en toute propriété*. Mais ce n'est là qu'un début.

---

* L'hôtel de Condé se trouvait rue Neuve-Saint-Lambert – aujourd'hui rue de Condé, dans le quartier de l'Odéon. Il occupait, avec ses dépendances, un triangle délimité par les rues de Condé, de Vaugirard et Monsieur-le-Prince, avec à sa pointe nord l'actuel carrefour de l'Odéon. Au sud, ses magnifiques jardins faisaient face, rue de Vaugirard, à l'entrée du Luxembourg.

Ses ambitions sont à la mesure des humiliations et des frustrations endurées – immenses. Et il est d'un scepticisme absolu face aux valeurs dont l'aristocratie persiste à se réclamer. Son grand-père et son père se sont battus pour une cause, ils y ont laissé la vie, à la fleur de l'âge, et ont ruiné leur famille. On ne l'y prendra pas. Il préfère la négociation à l'action, la diplomatie à la guerre. Il est décidé à ne faire en matière d'obligations militaires que le service minimum – très peu pour le roi, à peu près rien pour la rébellion. Toujours partant pour manifester son « mécontentement », il est le premier à marchander au plus haut prix son retour à l'obéissance. Des historiens ont cru voir dans ses multiples volte-face le signe d'une inconsistance et d'une irrésolution chroniques. Elles sont seulement la preuve que les motifs invoqués pour protester ne sont pour lui que prétextes dépourvus d'intérêt : ainsi des mariages espagnols*, qu'il approuve et blâme tour à tour. L'unique but poursuivi, avec une inlassable persévérance, est d'accumuler les prébendes.

Il s'entend à faire flèche de tout bois. Au Conseil, où il siège ès qualités, il se pose en contradicteur, ergoteur et procédurier, prenant sur n'importe quel sujet le contrepied de toutes les opinions et les combattant gaillardement, « comme s'il était le plus vieux, le plus sage et le plus prudent de tous ». Et comme il joint à de solides compétences juridiques

---

* Le projet formé par la régente de mariages croisés entre d'une part Louis XIII et l'infante Anne d'Autriche, d'autre part l'héritier d'Espagne, futur Philippe IV, et Élisabeth de France, avait suscité une vive controverse avant de s'accomplir effectivement en 1615.

une grande facilité de parole, il acquiert, au détriment des ministres, la réputation d'être « le plus habile et le plus capable [12] » en matière administrative : « Il entendait aussi bien les affaires du Conseil que s'il n'eût jamais fait d'autre métier. » Mais, précise Fontenay-Mareuil, « ce n'était que pour se faire mieux acheter, puisqu'il s'apaisait aussitôt qu'on lui avait donné quelque argent [13] ». En cas de dissidence collective, il n'avait pas son égal pour rédiger proclamations et manifestes. Seul ou en liaison avec ses pairs, il ne cessa d'alterner sorties de cour avec ou sans prises d'armes, et accommodements profitables, entretenant dans le royaume un climat d'agitation permanente. Il serait lassant d'en conter ici en détail, comme il serait fastidieux de dresser la liste des dons et gratifications qu'il soutira à la régente, tant en numéraire qu'en charges et en biens-fonds.

Le jeu dura jusqu'au jour où la corde finit par casser. En 1616, le Trésor était à sec, la manne tarie et Concini, le favori italien à qui la reine avait confié le pouvoir avec le titre de maréchal d'Ancre, menaçait de recourir à la manière forte contre les trublions. Passant alors à la rébellion véritable, ceux-ci mirent au point un coup de force pour l'éliminer. Au cours des conciliabules préparatoires, ils allèrent plus loin, évoquèrent, pour le cas où la régente ne céderait pas, l'hypothèse tant de fois rebattue naguère* de faire casser son mariage : on l'enfermerait dans un couvent, on destituerait Louis XIII comme bâtard et on mettrait Condé sur le trône. Celui-ci, rendu prudent par l'expérience d'un premier exil [14], se montra

---

* Voir *supra*, p. 43.

très réservé. Fut-il tenté de courir pareil risque ? on ne sait. Comme le secret semblait éventé, il prit les devants et avertit Marie de Médicis, en se désolidarisant des comploteurs. Mais son désaveu tardif et maladroit ne suffit pas à le sauver. Le 1er septembre, il était arrêté dans le Louvre à la sortie du Conseil, tandis que les conjurés affolés couraient se réfugier derrière les remparts de leurs châteaux provinciaux[15]. Le couple Concini fit alors les frais de la colère populaire, leur hôtel particulier de la rue de Tournon fut saccagé. La régente, elle, gagna la partie. Les comploteurs avaient eu chaud : ils se contentèrent d'une offre de pardon sèche. Mais, bien qu'elle sût parfaitement que la cheville ouvrière de l'affaire avait été le duc de Bouillon et non Condé, elle garda celui-ci en prison, à cause de son rang. À titre d'exemple : c'était le plus en vue. Mais surtout parce que ce rang faisait de lui le bénéficiaire potentiel de toutes les tentatives visant à ôter le trône à Louis XIII. Elle avait été obligée, expliqua-t-elle, d'arrêter M. le prince pour son bien, pour le soustraire à l'influence pernicieuse de ceux qui l'entraînaient à mal faire, « ne retranchant pas tant sa liberté qu'ôtant aux mauvais esprits qui l'environnaient la commodité d'abuser de sa facilité et de son nom[16] ». Traduisons en clair : elle le gardait comme otage.

Les fruits de la prison

En dépit de ses protestations véhémentes, il fut incarcéré au Louvre dans une étroite chambre grillée, puis transféré à la Bastille dans la nuit du 24 au

25 septembre. Sa femme demanda à le rejoindre, mais se heurta à un refus et fut sommée de se retirer dans son château de Vallery. Avouons-le, cette initiative a de quoi surprendre. Certes il existait en la matière une édifiante tradition, relevant plus de la légende que de l'histoire. Mais un tel dévouement n'avait rien d'impératif et il est assurément naïf d'imaginer l'ancienne égérie d'Henri IV métamorphosée en une épouse aimante désireuse de partager les épreuves d'un conjoint notoirement homosexuel. À l'évidence, cette démarche avait été décidée par les deux époux d'un commun accord, pour des raisons sans rapport avec leurs sentiments respectifs. Elle fut renouvelée six mois plus tard, avec succès.

Nous avons peu d'informations sur l'existence qu'ils menaient depuis leur retour en France. Une chose est certaine : tous deux ont admis l'idée que leur union est irrévocable. Le prince a sollicité à plusieurs reprises de la régente l'autorisation d'engager une procédure en annulation – afin de se la faire refuser : il sait bien que la restitution de la dot le mettrait aussitôt sur la paille. Mais les apparences sont sauves : elle n'a pas voulu de lui, il n'a pas voulu d'elle, ils sont quittes. Contraints et forcés, ils mènent séparément leur vie personnelle. Mais ils ont compris qu'ils sont solidaires socialement. Ils s'épaulent l'un l'autre. Il n'a rien changé à ses habitudes et traîne à sa suite une troupe de mignons, servant de cible à des couplets satiriques d'une extrême crudité[17]. Mais l'hôtel particulier de la rue Neuve-Saint-Lambert est assez spacieux pour que son épouse s'y taille un espace propre. Dès la fin de 1610 en effet, il lui avait fait quitter Chantilly, où elle s'était réfugiée à son retour des Pays-Bas, afin qu'elle pût tenir à la cour la place que lui valait son titre de princesse et y nouer d'utiles relations.

La clef de leur soudain rapprochement réside dans le désir, si prégnant chez tous les grands, de perpétuer leur lignée. Au printemps de 1616, le prince était tombé malade et il « fut même en quelque péril [18] ». Il guérit. Mais il se dit qu'à vingt-huit ans, il lui fallait songer à assurer sa descendance. Politiquement, il y avait intérêt : l'existence d'un fils, garante de continuité, augmenterait ses chances en cas de vacance du trône. Affectivement, il n'aurait pas le sentiment de travailler pour des collatéraux qu'il n'aimait pas. De son côté sa femme savait qu'être la mère d'un prince du sang constituerait une solide assurance contre les aléas de l'avenir. La prison leur offrait une admirable occasion de retrouvailles, à mettre à profit pour faire des enfants.

Un événement imprévu faillit les en priver. Six mois plus tard, le 23 avril 1617, Concini était abattu à l'entrée du Louvre, avec l'assentiment tacite du jeune roi, et Marie de Médicis, exclue du gouvernement, se vit reléguée à Blois. Condé allait-il faire partie de la fournée des « victimes » de la reine mère soudain réhabilitées ? Hélas ! Il s'était aliéné Louis XIII non seulement comme fauteur de troubles, mais pour avoir traité avec désinvolture ce garçon renfermé, maussade et bégayant, dont nul ne soupçonnait la force de caractère. Il resta donc en prison, à la satisfaction générale, et il comprit que ce serait pour longtemps. En revanche, le roi écouta favorablement la requête de la princesse, qui, le 26 mai 1617, rejoignit son mari à la Bastille. L'accompagnaient, pour tout service, une seule demoiselle et un petit page noir [19].

Les deux époux se mirent à la tâche sans tarder et la jeune femme se trouva enceinte immédiatement. Mais s'ils comptaient être libérés, ils se trompaient. On consentit seulement à les transférer à Vincennes où l'air était meilleur et où elle aurait plus de facilités pour ses couches. Le 20 décembre 1617, elle mit au monde avant terme un fils qui mourut aussitôt. Le 5 septembre 1618 ils eurent ensuite deux jumeaux, qui ne vécurent pas. Enfin, le 29 août 1619, leur persévérance fut récompensée par une heureuse naissance. Lourde déception : ce n'était qu'une fille, Anne-Geneviève de Bourbon-Condé, future duchesse de Longueville. Pour le fils tant désiré, ce serait partie remise. Mais la remarquable fécondité de la princesse autorisait tous les espoirs.

S'il occupait à plein temps la jeune mère, le séjour en prison laissait au père le loisir de réfléchir. Ce fut une chance car il lui évita de prendre des décisions à chaud. Sa conviction est faite, il pense que la rébellion, à long terme, ne paie pas et qu'il est plus sage de s'attacher au détenteur du pouvoir. Mais la difficulté est alors d'identifier ce détenteur. La période ouverte par le « coup d'État » – ou « coup de majesté » comme on voudra l'appeler – d'avril 1617 est grosse d'incertitudes. Car Louis XIII a certes pris le pouvoir, il est majeur, mais il n'a pas encore seize ans, on ne sait ce que valent les conseillers qui l'appuient. Face à lui se dresse Marie de Médicis, à qui restent fidèles une partie de l'administration et un bon nombre de grands seigneurs. Et on voit s'imposer bientôt, à son service, un personnage dont on ne sait trop que penser, mais dont l'évidente habileté manœuvrière laisse présager qu'il ira loin : Armand Du Plessis, évêque de Luçon – futur cardinal de Richelieu. Comment savoir qui sortira vainqueur des deux « guerres de la mère et du fils » ?

Condé, alors à Vincennes, n'eut pas à prendre parti dans la première, qui avorta grâce à l'entregent de M. de Luçon. Mais il en tira pour la suite d'utiles enseignements. Dans l'immédiat, il en profita. Il n'était coupable de rien. Comment lui refuser le bénéfice de l'amnistie générale ? Louis XIII lui accorda sa libération, assortie d'une déclaration qui imputait son incarcération « aux artifices et mauvais desseins de ses adversaires » et Marie de Médicis, se sentant visée, en éclata de colère. Dans la seconde guerre qui suivit, Condé se rangea résolument du côté du roi et conseilla la manière forte. Une foule de ses anciens amis se trouvait dans l'autre camp, comptant jouer sur l'intimidation comme naguère avec la régente. Mais quand ils se virent face aux troupes royales décidées à en découdre, beaucoup se débandèrent, en une déroute si ridicule que ce combat fut surnommé la « drôlerie des Ponts-de-Cé ». En renonçant à la contestation systématique, Condé avait choisi le camp du vainqueur. Avec pour l'instant un résultat négatif : il s'était aliéné Marie de Médicis et son artificieux conseiller, sans avoir pu, pour autant, dissiper l'antipathie qu'il inspirait à Louis XIII.

Double déception donc, familiale et politique, à l'aube des années 1620. Mais cet homme, qu'on dit irrésolu et versatile, poursuit avec obstination les buts qu'il s'est fixés. Et, bientôt, la malchance s'éloigne. Le fils tant désiré vient au monde à dix heures du matin le 8 septembre 1621, dans l'hôtel particulier parisien où tout ce qui compte à la cour défile pour l'admirer. Notre héros s'appellera Louis, deuxième du nom, en double hommage à son arrière-grand-père fondateur de la lignée et au roi régnant. Il portera du vivant de son père le titre de duc d'Enghien. Le père en question n'est pas là. Il est en Berry, en semi-disgrâce. Mais sa joie ne fait pas de doute, lorsque lui parvient l'heureuse nouvelle. Une joie immodérée, égoïste, possessive. Comme si cet enfant n'appartenait qu'à lui, à lui seul, il somme son épouse de le lui amener dès qu'il sera en état de voyager. Pas question de le laisser aux mains d'une faible femme, « plus tendre qu'éclairée ». Qu'elle se consacre à l'éducation de sa fille ! Il lui ôte leur fils, qu'il fera élever en Berry, sous sa direction exclusive. Plus tard, lorsque leur naîtra en 1629 un second garçon, Armand, maladif et contrefait, il ne lui portera pas le même intérêt. C'est à l'héritier du nom et des titres, voué à perpétuer la lignée, qu'il réserve sa prédilection.

Plus hostile aux huguenots que le roi lui-même

Henri de Condé s'accommodait mal d'être tenu à l'écart des affaires, pour lesquelles il se croyait quelque compétence. Il avait goûté au pouvoir dans les premières années de la régence et en gardait la nostalgie. Il cherchait donc à conquérir la confiance du roi. Il crut en trouver l'occasion lors des deux campagnes entamées par celui-ci contre les protestants. Profitant des troubles du début du règne, ils avaient outrepassé les droits que leur concédait l'Édit de

Nantes. Ils administraient au détriment des catholiques les régions où ils étaient majoritaires et la possession de « places de sûreté » leur permettait d'entretenir un appareil militaire redoutable. Très bien organisés, ils formaient une sorte d'État dans l'État. Or leurs chefs avaient soutenu Marie de Médicis lors des guerres dites « de la mère et du fils ». Louis XIII, une fois maître du pouvoir, avait décidé de les réduire à l'obéissance – sans pour autant leur refuser la liberté de conscience et de culte. Objectif politique et non religieux, mais qui menaçait directement leur volonté d'expansion.

Condé poussait le roi « à faire prévaloir son autorité par la force [20] ». Il était certes catholique, mais, compte tenu de ses origines, les mesures radicales qu'il préconisait à l'égard des huguenots surprirent. Il soutenait en effet que seule l'éradication de l'hérésie rétablirait la paix dans le royaume. Les contemporains lui prêtèrent des vues intéressées. Caressant toujours l'espoir d'accéder au trône, dit Fontenay-Mareuil, « il s'imaginait qu'il ne pourrait jamais être roi bien paisible et bien absolu sans être estimé bon catholique, et qu'il lui était même plus nécessaire de le témoigner qu'à un autre, à cause de ses pères ». Et sa préférence pour les jésuites venait de ce qu'il les tenait pour « les plus autorisés parmi les catholiques » [21]. Il avait été écarté de la campagne de 1621, qui visait entre autres cibles la zone d'influence de sa famille maternelle en Poitou. Il dut se contenter de maintenir le calme en Berry et en Bourbonnais. Mais lors de la campagne suivante, en Languedoc, il fut parmi les plus ardents et les plus impitoyables, sans pour autant qu'on puisse mettre à son seul actif le sac d'une place comme Négrepelisse : les habitants, qui avaient dû, selon les termes de l'édit, accepter d'abriter une garnison royale de quatre cents hommes, les avaient égorgés en pleine nuit, par surprise, l'hiver précédent et le roi « avait déclaré qu'il les châtierait tous de la même manière [22] ».

Mais Condé se mêlait sans cesse de ce qui ne le regardait pas. Louis XIII s'irritait de recevoir de lui des avis non sollicités qui, même judicieux – surtout judicieux ? –, étaient ressentis comme des empiétements sur son propre pouvoir de décision. Le prince insistait pour que le démantèlement des places de sûreté protestantes fût poussé à son terme. Son zèle parut intempestif, eu égard aux résultats. Car l'entreprise piétinait, il fallut négocier. En dépit de ses protestations véhémentes, le roi se résigna à accorder aux rebelles la paix de Montpellier, qui ne faisait que repousser le problème. Mécontent, il tint rigueur à Condé d'avoir été d'avis contraire. Libéré par le retour de la paix, celui-ci sollicita l'autorisation de faire, sous prétexte de pèlerinage à Notre-Dame-de-Lorette, un voyage de cinq mois en Italie et rentra en Berry se faire oublier.

Reste une question, qu'on ne peut éviter de se poser, avec le recul. Son adhésion au catholicisme fut-elle purement opportuniste, comme le suggère Fontenay-Mareuil ? Si l'on en croit Bassompierre, il est sincère, il porte à sa religion une « ardente affection [23] ». Il n'a pas fait de confidences. Mais une chose est sûre : si son engagement dans la campagne contre les protestants visait uniquement à consolider sa position auprès de Louis XIII, il est clair qu'il a manqué son but, par son outrance. La haine des huguenots, le désir d'anéantir leur parti revêtent chez cet homme si maître de lui, si calculateur, une intensité telle qu'on y pressent un élément passionnel. Cette violence ne doit rien à l'ambition. Elle ne concerne pas l'avenir, mais le passé, comme s'il avait un compte personnel à régler avec la religion réformée, dans laquelle son père et son grand-père se sont lancés, pour leur malheur et pour celui de leurs descendants. En se réclamant du catholicisme, c'est l'héritage moral, spirituel et politique de ses aînés qu'il répudie. Ce fils et petit-fils de chefs rebelles huguenots est prêt à devenir le plus ferme soutien du trône et de l'autel.

Le ralliement sans réserve

Il en aurait fallu davantage pour faire tomber les préventions morales et politiques nourries par le roi à son endroit. Louis XIII ne l'aime pas, il continue de voir en lui un fauteur potentiel de désordres et redoute sa capacité de nuisance. Et par une malchance imprévue, Richelieu a réconcilié Marie de Médicis avec son fils. Ils sont donc trois, en haut lieu, à ne pas vouloir de lui. Quatre ans durant le prince, en pénitence dans son gouvernement de Berry où il se morfond, se voit refuser obstinément l'autorisation de se rendre à Paris. Il se tient tranquille. Mais en 1626, le voici soudain sollicité de toutes parts et soumis à forte tentation. Va-t-il plonger à nouveau dans la révolte ? Tous ses amis ou prétendus tels l'y incitent. Sa mère et sa femme y trempent jusqu'au cou.

À l'origine de ce branle-bas, le mariage projeté pour son fils cadet par Marie de Médicis. En bonne banquière florentine, elle vise la plus grosse dot du royaume, celle de Marie de Montpensier. Pourquoi se presser ? le jeune garçon n'a que dix-sept ans. Oui, mais la jeune fille en a trois de plus et elle est très convoitée. Une raison supplémentaire plaide en faveur de cette union. La santé du roi est mauvaise. Marié depuis onze ans*, il n'a toujours pas d'héritier. Il est donc urgent d'assurer la survie de la lignée. La perspective de voir son frère procréer tandis que lui-même demeurait stérile a certes dû être désagréable à Louis XIII. Mais comment accepter l'idée qu'après Gaston, l'héritier du trône soit Henri de Condé ? Le mariage est donc décidé conjointement par le roi et par sa mère. À leurs côtés, Richelieu, qui, depuis leur réconciliation, a grimpé peu à peu les marches du pouvoir, doit les aider à faire face à l'opposition qui se déchaîne.

Gaston, poussé par ses compagnons de bamboche, regimbe à l'idée de se mettre la corde au cou. Autour de lui se rassemble, sous le nom de « parti de l'aversion au mariage », une vaste coalition de participants à motivations diverses. Les plus engagées sont les femmes, à commencer par Anne d'Autriche, peu désireuse de voir une belle-sœur lui disputer l'honneur de mettre au monde un héritier. Parmi ses amies, la mère et l'épouse de Condé poussent à la roue. On les comprend : la naissance de fils au foyer de Gaston ferait reculer d'autant leur lignée sur la liste successorale. Le trône miroitait si fort à l'horizon que le prince

---

* Son mariage, célébré en 1615, ne fut effectivement consommé qu'en 1619. Anne d'Autriche, depuis lors, avait fait au moins deux fausses couches.

fut tenté. Tous les grands, retrouvant le chemin de la révolte, s'engouffraient dans la brèche ouverte contre le pouvoir. Il fut pressenti, averti des amples ramifications du complot, mais sa relégation en Berry le préserva de s'engager plus avant. Bien lui en prit. Lorsque Louis XIII découvrit que les comploteurs, misant sur sa mort, tenaient à garder son frère libre pour qu'Anne d'Autriche pût l'épouser, il fit arrêter et traduire en jugement le maréchal d'Ornano, gouverneur de Gaston. Condé le connaissait assez pour savoir qu'il ne pardonnerait pas. Et, comme il avait pu observer et apprécier à sa juste valeur l'intelligence politique de Richelieu, il en conclut que les clefs de l'avenir étaient entre les mains des deux hommes. Il n'attendit donc pas de voir le pauvre Chalais payer de sa vie une entreprise ratée contre la vie du cardinal pour faire sa soumission.

Richelieu servit d'intermédiaire. En mai 1626, Condé, sur ordre de Louis XIII, eut avec lui à Limours une entrevue discrète, au cours de laquelle « il lui parla avec grand témoignage d'affection au service du roi et soumission à sa volonté[24] », et sollicita son « amitié » – un mot très fort qui implique alliance. La déclaration d'allégeance qu'il adressa ensuite au souverain mêle une profonde humilité à une extrême solennité : loin de se mêler aux factions contraires à son service, « il demeurera à jamais à lui envers et contre tous, absolument et sans conditions. Il l'offre, et lui jure, sur la damnation de son âme, aujourd'hui qu'il a communié, et le supplie d'en prendre créance » ; sur toutes choses, il s'en remet à lui, « ne désirant rien tant que de voir Sa Majesté régner absolument, et que chacun sous lui tienne sa partie ; [...]

en quelque lieu qu'il soit il sera toujours très content, pourvu qu'il soit assuré de ses bonnes grâces… »[25].

Le roi prolongea cependant d'une année son purgatoire berrichon. Ce fut encore Richelieu qui présida à la réconciliation définitive le 6 octobre 1627. Voici les propos préalables que lui tint Condé, tels qu'il les nota à chaud : « Pour conclusion, arrive tout ce qui pourra, je ne ferai plus de folie ; je me tiendrai bien avec le roi, avec la reine, que j'estime un pilier inébranlable*, et avec les ministres. Fasse le fol qui voudra, je n'en serai point[26]. » Suivaient un ensemble de conseils témoignant de l'autoritarisme le plus radical : « ruiner les huguenots », « ne pardonner plus aux factieux », renflouer les caisses de l'État aux dépens des financiers sans brimer le peuple, « qui n'en peut plus » et mettre au pas les parlements.

Une telle volte-face vint accréditer, chez les contemporains et chez beaucoup d'historiens, son image très négative : un opportuniste dépourvu de convictions personnelles, prêt à toutes les bassesses pour assurer sa fortune. Et le montant de ladite fortune à sa mort vint conforter leur mépris. Mais la fidélité avec laquelle il tint sa parole donnée au roi et la continuité des services rendus ne sont pas le fait d'un manœuvrier à la petite semaine. Arlette Jouanna a cité son cas, dans un livre qui a fait date, pour montrer que « le ralliement à l'absolutisme pouvait dépasser le stade de la résignation intéressée et être le fruit d'un engagement personnel sincère[27] ». En vérité, le prince a bel et bien renoncé à ses folies. Le désordre,

---

* Il s'agit de la reine mère, bien sûr, dont Richelieu passe alors pour le favori.

il le connaît, il a pratiqué en virtuose l'art de brouiller les affaires et de scandaliser. Il en a vu les méfaits. Maintenant qu'il entre dans l'âge mûr et qu'il a charge d'âme, il ne peut plus le supporter. Il ne fait d'ailleurs que s'abandonner à son tempérament autoritaire, qui accepte mal la contradiction. À ses yeux, une famille, une province, un royaume bien gérés impliquent que chacun y trouve sa place et s'en accommode, à charge pour le maître de la lui rendre aussi supportable que possible. « Jamais il n'y a eu maison mieux réglée » que la sienne. Il donnait à ses serviteurs des gages modestes, mais, à la différence du Dom Juan de Molière, il les leur versait ponctuellement chaque premier de l'an et les protégeait en cas de besoin. Paternalisme sécurisant, qui lui valut des fidélités durables.

Son rejet de la Réforme repose également sur son horreur du désordre. À ses yeux le catholicisme, avec son dogme fixé et son clergé hiérarchisé, est un facteur d'ordre. L'esprit de libre examen, qui prévaut chez les réformés, encourage au contraire la contestation dans tous les domaines. Et si, dans le vaste renouveau spirituel qu'offre la Contre-Réforme, il préfère au mysticisme de Bérulle ou de Saint-Cyran le militantisme de terrain des jésuites, c'est qu'ils visent non à approfondir l'itinéraire spirituel des élites, mais à contrôler la vie quotidienne de la population en immergeant les fidèles dans des pratiques collectives de dévotion. Dans cet esprit, lui-même « avait soin d'envoyer ses domestiques à la messe, les dimanches et fêtes, et le jour de Pâques, il avait accoutumé, pour obliger ses gens à faire leur devoir en ce saint jour, de leur faire distribuer à chacun un quart d'écu [28] ». Selon lui, l'autorité absolue du souverain, répercutée à travers le royaume par les courroies de transmission que sont les grands et leurs clientèles, et appuyée sur l'enseignement du clergé, avait pour fonction de faire régner l'ordre, condition de la paix et de la sécurité de tous.

Que cet ordre fût conforme à la volonté de Dieu ne faisait pour lui aucun doute. Sur ce que pouvait être sa vie intérieure, nous ne savons rien. Comment conciliait-il notamment son goût des jeunes garçons avec les commandements de l'Église ? Une chose est sûre en tout cas : au fil des années, il manifesta une tendance croissante à l'austérité, refusant le luxe, les divertissements, la vie de cour, le théâtre – par avarice, disait-on, par manque d'intérêt assurément.

Tel était l'homme intelligent, revenu de très loin et lesté d'expérience, qui s'apprêtait à diriger lui-même jusque dans les moindres détails l'éducation du fils que le ciel lui avait donné.

CHAPITRE TROIS

Une éducation en vase clos

Henri de Condé avait d'excellentes raisons pour installer son fils en Berry. Laissant se décanter à Paris une situation politique instable, il avait su mettre à profit son séjour forcé pour y parachever son enracinement territorial. Il voyait loin et juste. À l'origine sa famille, relativement récente, n'avait nulle part d'assise importante. Or il savait combien l'attachement à un lieu, avec les réseaux de fidélités qui en découlent, est utile à la pérennité d'une lignée. Il s'applique donc à fournir à son héritier des racines. Le « Grand Condé » ne sera pas un Parisien : sa vie, ses goûts, ses choix, sa trajectoire politique portent la marque de son éducation provinciale.

L'implantation berrichonne

Depuis toujours, Henri de Condé enviait les quelques grands seigneurs, maîtres incontestés chez eux – Lesdiguières en Dauphiné, Épernon en

Angoumois, Montmorency en Languedoc –, qui, forts de leur assise locale, se sentaient en mesure de faire face à toute menace, même venant du roi. Il s'est donc efforcé, lui aussi, de se constituer un fief. Il a consacré l'essentiel des gratifications soutirées à la régente à des acquisitions foncières. Il les voulait concentrées. Trop dispersées, les quelques terres qui lui étaient revenues se prêtaient mal à regroupements. Il préféra les négocier par vente ou échange pour édifier des domaines cohérents. Comment a-t-il choisi le Berry ? À l'origine, le hasard d'une offre à saisir, peut-être : il acheta le comté de Châteauroux – bientôt érigé en duché-pairie – dès 1612. La région, centrale, à moyenne distance de Paris, à l'écart des grands itinéraires, passait pour paisible. Dès 1616, il y était suffisamment attaché pour demander, au traité de Loudun, à échanger son gouvernement de Guyenne pour celui du Berry, pourtant moins prestigieux. Il y joignit par achat, en 1620, celui du Bourbonnais voisin. En 1621 enfin, il acquit de Sully, pour 1 200 000 livres, un vaste ensemble comprenant notamment la vieille forteresse de Montrond, en cours de modernisation.

Mettant à profit les séjours forcés qu'il y faisait, il avait accompagné cette prise en main territoriale de la région d'une politique destinée à se concilier les habitants. En dépit de son austérité native, il offrit à ses assujettis de quoi animer leur quotidien morose, tout en leur assurant la tranquillité : « Il y entretenait deux excellentes troupes de comédiens français et italiens, de grands équipages de fauconnerie et de vénerie. La bonne chère, le jeu, les bals, les ballets, et la conversation douce et familière avec ses amis, lui faisaient passer une vie agréable, qui lui avait acquis l'amitié du général et du particulier de cette ville [Bourges] et de toute la province. Il prenait un soin non pareil à entretenir le repos des familles, en terminant à l'amiable les procès et les querelles. Il employait son crédit envers les ministres pour faire modérer les tailles et les impôts : il faisait vivre chacun dans l'ordre ; il contenait les gens de guerre dans l'observation exacte des règlements. Il avait su allier sa débonnaireté naturelle avec l'autorité que sa naissance lui donnait ; en telle sorte qu'il était également aimé, craint et respecté[1]. » Ce portrait, brossé par un de ses serviteurs, est certes flatté, mais l'efficacité de la politique ici décrite ne fait pas de doute : grâce à un judicieux dosage de paternalisme et de démagogie, la maison de Condé disposerait dans la région d'une clientèle fidèle et dévouée durant des années. Elle y avait trouvé son point d'attache.

Ce n'est pas à Bourges, capitale de la province, qu'il installa son fils, mais à Montrond, huit lieues plus au sud. Perché sur une colline rocheuse au confluent du Cher et de la Marmande, le château, corseté d'une enceinte de remparts, dominait le village de Saint-Amand placé en contrebas. Il abritait une garnison. Le motif invoqué pour justifier ce choix était la santé de l'enfant, d'autant plus préoccupante que trois de ses aînés n'avaient pas vécu. « L'air de ce lieu est doux et bénin [...]. Le prince fut dans ses premières années d'une complexion fort tendre et fort délicate ; il donnait peu d'espérance d'une longue vie : cela faisait redoubler de la lui conserver. » D'autre part, la place étant des plus fortes, il y serait en sûreté « si monsieur son père par quelque intrigue de cour fût venu à retomber dans les malheurs qui lui arrivèrent à la fin de la faveur du maréchal d'Ancre[2] » – en clair, s'il devait à nouveau tâter de la prison. Santé donc, sécurité aussi, à l'abri des commissaires du roi comme des brigands de grand chemin. D'autre part, Condé serait plus libre de choisir et pourrait plus aisément contrôler les serviteurs qui en auraient la charge. À Paris, il eût été contraint de concéder le soin de l'élever à des gens de haute qualité, plus soucieux de leur fortune que de l'intérêt de leur pupille. Sur place, au contraire, il prendrait des gens du cru lui devant tout, qui s'en montreraient reconnaissants. Et, au-delà d'eux, la province entière se sentirait honorée de se voir confier l'éducation d'un prince du sang, dont la présence entraînerait un regain d'activité. La venue de son fils s'inscrit donc dans la politique générale menée pour asseoir son statut de grand feudataire.

Mais le choix d'un lieu à ce point isolé et clos trahit aussi chez Condé une obsession tout autre que sécuritaire. Il tient à couper son fils du monde en général et de sa mère en particulier pour le soustraire à l'air du temps. Il veut l'élever lui-même – par précepteurs étroitement dirigés – pour lui éviter ses propres erreurs, pour l'amener directement au niveau de lucidité, d'expérience, de réalisme qu'il n'a atteint lui-même que la trentaine bien sonnée. Pourquoi une telle hâte ? Il reste hanté par le mirage du trône, comme il l'a toujours été depuis son enfance. À cette date, seuls l'en séparent Louis XIII et Gaston d'Orléans – et, bien sûr, leurs enfants à naître, mais pour l'instant aucun ne s'annonce. Et l'exemple d'Henri IV, que précédaient pourtant les quatre fils

Valois, est là pour montrer que même l'improbable peut arriver. Il vise donc à rendre son fils prêt à exercer le pouvoir suprême au plus tôt si l'occasion se présente, il l'élève en vue du trône, comme un futur roi. Si elle ne se présente pas, il lui aura du moins donné les capacités nécessaires pour exercer auprès du souverain le traditionnel « devoir de conseil » – c'est aussi un droit ! – lui permettant de peser sur la direction des affaires. Moderne Pygmalion, il s'apprête à faire de ce fils son chef-d'œuvre, au moyen d'une éducation hors du commun.

La petite enfance

Toujours en mouvement, le prince va et vient. Il ne réside pas à Montrond, mais le plus souvent à Bourges, sauf quand il voyage au loin. Méticuleux et tatillon à l'extrême, il a organisé jusqu'aux moindres détails la vie dans la forteresse et il veille à l'application de ses directives. Il a chargé un de ses fidèles, François de Vignoles, de superviser l'ensemble en tant que gouverneur. Pour s'occuper du nourrisson, il préfère la compétence à la qualité : il veut des femmes d'origine modeste, mais « soigneuses et expérimentées à élever des enfants ». À la tête de la nursery, dame Perpétue Lebègue, épouse d'un conseiller au présidial de Bourges, règne donc sur une équipe d'auxiliaires, dont la chronique n'a pas retenu le nom. Firent-elles toujours preuve de la fermeté souhaitée par le père ? Si l'on en croit la légende familiale, l'enfant sut très vite les mener par le bout du nez : « Il n'eut pas plutôt quitté les langes, qu'on reconnut en lui une vivacité au-delà de son âge ; et quand il commença à parler, on découvrit je ne sais quelle fierté, qui combattait autant qu'un enfant pouvait faire la domination des femmes qui en avaient soin ; et ce ne leur était pas une chose facile de le faire coucher, lever ou manger quand elles le jugeaient à propos. Il ne craignait que M. son père ; et quand il était absent, il était malaisé de le contraindre à quoi que ce fût. Il acquit en peu de temps assez de finesse pour obtenir par flatterie ce qu'il avait envie d'avoir. Il eut d'abord un esprit d'application pour tout ce qu'on voulut lui faire apprendre ; et comme quelque argent était le divertissement du soin qu'il y prenait, il s'empressait de savoir ce qu'on voulait qu'il apprît pour aller à ses fins, qui étaient ses jouets[3]. » En somme, bien que les visites de sa mère aient été réduites au minimum sur ordre du prince, il eut sa part de tendresse, comme tous les enfants princiers, grâce aux femmes qui veillaient à son bien-être quotidien. Le mépris de son père pour les préjugés lui permit en outre d'échapper à la compagnie complaisante d'enfants sélectionnés tout exprès et de frayer librement avec les gamins du village, dont il s'instituait général en chef, pour une guerre imaginaire, dans les fossés du château.

Dans cette vie d'une régularité d'horloge, le 6 mai 1626 fait date. C'est la première fois qu'il sort de son nid d'aigle de Montrond. Ce jour-là, dans la vaste cathédrale Saint-Étienne de Bourges qui rutile des coulées de lumière jaillies de ses célèbres vitraux, tous les notables se pressent pour assister à son baptême*. Sa grand-mère la princesse douairière remplace la reine Marie de Médicis, sa marraine officielle. Quant à son parrain, le roi en personne, il est représenté par le duc Henri II de Montmorency, frère de sa mère. Il n'a pas encore cinq ans, mais déjà il sait lire et écrire et son maître, le Père Pelletier, lui a fait répéter longuement ce qu'il aurait à dire. Très à l'aise dans un somptueux habit gris de lin, battu d'or et d'argent, il répond d'une voix claire aux questions rituelles et récite même son *credo* en latin – exploit aisé pour une mémoire toute neuve ! C'est son oncle qui le tient sur les fonts pour l'aspersion sacramentelle.

Tout est bien : Louis II de Bourbon Condé, duc d'Enghien, prince du sang, a fait honneur à sa lignée. La parenthèse se referme. Retour immédiat à Montrond, où il va devoir se mettre au latin pour de bon, ainsi qu'aux rudiments des mathématiques, en attendant d'aborder les études sérieuses. L'usage voulait que les enfants princiers fussent instruits à domicile par les soins d'une troupe d'éducateurs variés, gouverneur, sous-gouverneur, précepteurs, spécialistes de disciplines diverses, qui n'échappaient pas toujours à la cacophonie. Condé, lui, a décidé que son fils irait au collège, chez les jésuites, où il suivrait en compagnie de ses condisciples berrichons le cursus mis au point par ces pédagogues renommés.

---

* L'usage était, chez les princes, d'ondoyer les enfants dès la naissance pour les faire entrer dans le sein de l'Église, et de retarder la cérémonie du baptême pour leur donner la possibilité d'y prendre part et en accentuer la solennité.

Collégien à Bourges

Le Collège Sainte-Marie, où le jeune garçon entama sa scolarité le 2 janvier 1629, à l'âge de sept ans et demi, avait une excellente réputation. Il accueillait les fils de la petite noblesse et de la bourgeoisie locales. Dès 1627, le prince avait gratifié l'établissement d'une dotation renouvelable, destinée à l'agrandissement et à la modernisation des lieux, et à l'édification d'un logis pour le duc d'Enghien et « autres enfants de Mgr le prince, si aucuns en naissaient ». En attendant que les locaux prévus fussent disponibles, il installa son fils dans l'ancien hôtel de Jacques Cœur où il descendait lui-même lorsqu'il était de passage à Bourges : une demeure magnifique, qui conciliait un confort rare pour l'époque avec une décoration d'un goût raffiné, si bien que le provisoire devint définitif, semble-t-il, d'après Lénet[4]. En son absence il déléguait son autorité à un gentilhomme dauphinois nommé La Buffetière et à deux jésuites, le Père Pelletier et le Père Gontier, « l'un fort austère et l'autre fort doux », qui devaient suivre au pied de la lettre ses instructions et lui rendre un compte exact des faits et gestes du garçon. Le reste de la « maison » se composait, en toute simplicité, « d'un médecin, d'un chirurgien, d'un apothicaire, d'un chef de chaque office, d'un contrôleur, de deux valets de chambre, d'un page, de deux valets de pied, d'un carrosse et de quelques chevaux de selle ».

Une courte distance séparait l'hôtel de Jacques Cœur du collège des jésuites, situé rue Mirebeau. Le jeune prince s'y rendait matin et soir, comme les autres écoliers. Il y était mis au régime général, avec quelques nuances toutefois. Dans la salle de classe, sa place était entourée d'un balustre doré, marquant une limite interdite à franchir, et, derrière lui, sur le mur, étaient peintes les armoiries familiales. Le régent du collège l'instruisait de concert avec le père jésuite qui était son précepteur domestique. Autrement dit, les leçons reçues en commun étaient doublées par des répétitions particulières. Pour une fois, les louanges ne mentent pas, il était véritablement comblé de dons et « apprenait tout avec une facilité merveilleuse ». Nul besoin de favoritisme pour qu'il fût toujours le premier. Et ses bons maîtres se plaisaient à le mettre en vedette, en « le faisant réciter et déclamer », afin que ses prouesses augmentent leur renom. Quant au latin, son père pensa lui en familiariser la pratique en exigeant que toutes ses lettres fussent rédigées dans cette langue : « *Domine mi pater...* » ânonne le malheureux, dans une prose qui sent fort l'école. Mais il fallut y renoncer, sous peine de se limiter à des échanges minimaux.

Les exercices physiques et les délassements, comme le jeu de paume et la danse, se changeaient pour l'enfant en autant d'occasions de surpasser les autres. Pas une minute de son temps n'était libre : « Les heures de la prière, de la messe, des repas et des divertissements étaient réglées. » Rien n'échappait à l'œil de son père, directement ou par éducateurs interposés. Celui-ci « voyait ses compositions [...], le faisait danser devant lui, [...] le voyait jouer à la paume et aux cartes, pour juger de son adresse et de son humeur ». Contrôle permanent, obligation continue de faire ses preuves, contrainte de tous les instants – châtiment impitoyable pour les manquements, comme le jour où il fut cruellement fouetté, avec raison d'ailleurs, pour avoir arraché les yeux à un moineau. Il faut que le garçon ait eu une extrême force de caractère et de grandes ressources intérieures pour résister à ce régime terrifiant.

Heureusement, il y avait Montrond, où il retournait passer trois mois chaque été pendant les vacances. Il y trouve d'abord de l'air, de l'espace : de quoi respirer. Il découvre la chasse et s'en grise. Mais la sanction tombe : sa meute dépasse le nombre de chiens permis. Il se répand en excuses et promet de les limiter à neuf. Il se passionne surtout pour les travaux qui se déroulent sous ses yeux. Afin de posséder à Montrond un refuge assuré en cas de poursuites, le prince a entrepris d'en faire une place inexpugnable. Pour diriger les opérations, qui s'étaleront sur vingt ans, il a recruté un ingénieur, Jean Sarrazin, promu « intendant des fortifications ». En ces temps où la guerre reposait en grande partie sur l'attaque et la défense de places fortes, l'enseignement des mathématiques – ou plus exactement de la géométrie – dispensé aux jeunes nobles consistait surtout en un calcul des angles de tir. Les saillants et rentrants des murailles visaient à procurer des emplacements d'où balayer plus largement le champ de l'adversaire, tout en restant à l'abri de ses coups. Mais entre la théorie et la pratique, il y a loin. À Montrond, le jeune garçon voit appliquer les leçons apprises et comprend la nécessité de les adapter. Il y découvre l'importance du terrain, généralement accidenté, auquel doit s'accrocher un rempart. Il apprend à repérer les points vulnérables. Incomparables « leçons de choses », dont il recueillera bientôt le fruit. Il n'était pas quitte pour autant avec ses éducateurs : une heure et demie d'étude le matin, autant l'après-midi et une révision d'un quart d'heure avant le coucher. « Les visites se feront et seront reçues aux autres heures[5] », y compris celles de sa mère.

Soumis à un tel régime, on ne s'étonnera pas de le voir monter allègrement d'une classe à l'autre, toujours en tête du peloton, gratifié à la fin de la rhétorique d'un prix d'honneur, « pour la grâce merveilleuse dans l'art de dire et d'écrire[6] ». Au terme du cycle de philosophie, il soutint vaillamment deux thèses face à des camarades chargés de la contradiction. Il les dédia protocolairement à Richelieu et au roi[7]. En 1635, il quitta le collège couvert d'éloges par ses maîtres : « Esprit et caractère formés, où domine une piété digne d'un prince très chrétien ; [...] qui épanouit en lui les plus brillantes vertus [...]. Son âge tendre et sa culture avancée, les solides fondements de ses progrès feront de lui, au jour où il sera un homme, le puissant soutien de la religion et du royaume. » Les bons pères pouvaient lui être reconnaissants : il ne les avait pas forcés à mentir sur ses dons. Quant à son avenir, il faudrait voir.

À quatorze ans, il aurait dû normalement quitter l'étude pour entamer sa formation militaire. Il avait besoin d'activités utiles. « C'est un esprit auquel il faut de l'emploi », signalait le Père Pelletier à son père. Au lieu de quoi celui-ci, sous prétexte qu'il n'était pas de complexion assez robuste, lui imposa une nouvelle dose de leçons. « Il le fit retourner à Montrond pour quelques mois. Il envoya avec lui le docteur Mérille, homme le plus fameux de son siècle*, qui lui enseigna les *Institutes* et les règles du droit, et qui en disputait tous les jours avec lui. Il lui faisait encore lire l'histoire de France et la romaine, les mathématiques, et lui fit voir la plus grande partie de l'Écriture sainte : tant ce bon père craignait que monsieur son fils ignorât quelque chose[8]. »

La chute des Montmorency

À vrai dire, Henri II de Condé avait à cette époque d'autres raisons de garder l'adolescent sous sa coupe. Plus que jamais il souhaitait le soustraire à l'influence de sa mère et donc l'empêcher d'aller à Paris. Au grief ancien de frivolité s'ajoutait désormais une crainte d'ordre politique : il voulait éviter au jeune duc d'Enghien d'être entraîné dans la chute de sa famille maternelle.

Les Montmorency, qui avaient fait très grande figure au siècle précédent, avaient mal accepté le renforcement du pouvoir royal. Ils étaient riches, puissants, libéraux, tolérants – mais d'esprit indépendant. Le connétable, on l'a vu, avait su éviter les éclats avec Henri IV. La génération suivante n'hésita pas à défier l'autorité cassante de Louis XIII. Le premier à s'y heurter fut un collatéral, François, comte de Bouteville, duelliste impénitent qui se faisait une gloire de braver les édits. Condamné par contumace, interdit de séjour à Paris, il poussa la provocation jusqu'à venir se battre en pleine

---

* Edmond Mérille, professeur de droit à l'Université de Bourges, passait pour l'un des plus savants jurisconsultes du XVIIe siècle. Les *Institutes de Justinien* étaient un manuel de droit.

place Royale. Arrêté, il fut aussitôt exécuté en juin 1627. La princesse de Condé était intervenue pour lui en vain. On plaignit son épouse, qui attendait un enfant*, mais il en avait vraiment trop fait pour que le châtiment parût immérité.

Le cas d'Henri II de Montmorency, lui, atteignit en profondeur toute la noblesse. Unique frère de la princesse de Condé, il était l'héritier de la branche aînée. « Vaillant, généreux, affable, libéral et magnifique, chéri et respecté des gens de guerre [9] », il avait fidèlement servi le roi dans toutes les campagnes du début du règne. Depuis son mariage d'amour avec une jeune Italienne, Marie-Félice des Ursins, il passait pour le modèle des héros de roman, beau, charmeur, traînant tous les cœurs après soi en dépit d'un strabisme marqué. Comme tous ses aînés, il aimait les arts et les artistes, même si ceux-ci pensaient mal. Lorsque Théophile de Viau fut poursuivi et condamné à mort pour ses poèmes libertins, il lui offrit protection et asile. Il se partageait entre Chantilly et son gouvernement du Languedoc. Richelieu, qui ne l'aimait pas, l'avait contraint de se démettre de l'amirauté à son profit, et le bâton de maréchal, obtenu en 1630, ne le consolait pas de n'avoir pas obtenu, comme son père, la connétablie : car les maréchaux étaient nombreux, mais il n'y avait qu'un seul connétable. En outre, il s'indignait des atteintes portées aux libertés de sa province par les réformes de la fiscalité que s'efforçait de mettre en place Richelieu. Déçu et mécontent, il se laissa embarquer par le duc d'Orléans dans une vaste opération militaire destinée,

---

* Cet enfant sera le maréchal de Luxembourg, un des meilleurs capitaines des armées de Louis XIV.

avec l'appui de l'Espagne, à débarrasser la France du ministre détesté.

Une armée amenée du Nord par le duc devait rejoindre en Languedoc celle que Montmorency se chargeait de lever sur place. Après divers contretemps, elles firent leur jonction à Lunel, dans un état d'impréparation totale. Déboulant du Limousin, les troupes royales commandées par le maréchal de Schomberg les affrontèrent le 1er septembre 1632 aux alentours de Castelnaudary. Tout se joua en une demi-heure. Sans coordonner leurs mouvements, les principaux conjurés – sauf Gaston, bien sûr : on n'expose pas l'héritier du trône – se jetèrent dans la mêlée avec une folle témérité et se firent tailler en pièces. Henri de Montmorency fonça en aveugle au cœur des rangs ennemis, insensible aux coups d'épée qui entaillaient sa chair de toutes parts, et il finit par s'effondrer, « couvert de feu, de sang et de fumée [10] », à demi écrasé par son cheval abattu. Ce comportement quasiment suicidaire amena certains, comme Goulas, à penser que, ayant pris conscience de son erreur et faute de pouvoir reculer, il n'avait vu d'autre issue que la mort [11]. Schomberg fit l'impossible pour laisser à ses partisans le temps de l'emporter – en vain. Ceux qui le firent prisonnier pleuraient sur lui. On le conduisit au château de Lectoure, pour y être soigné, afin qu'on pût le juger, le condamner et l'exécuter.

Il fut exemplaire. Il plaida coupable, il reconnut qu'on l'avait capturé l'épée à la main, il souscrivit d'avance à son châtiment, « il méritait la mort, dit-il, puisqu'il avait été assez malheureux pour prendre les armes contre son roi [12] ». Peu à peu, à l'image du révolté tendit à se substituer celle d'une victime, entraînée par les circonstances, voire celle d'un saint, tant il appelait ardemment l'expiation. Derrière lui, les grands firent bloc, implorant la pitié du roi. Tous avaient plus ou moins trempé, au cours de leur carrière, dans des actions militaires subversives : aucun n'y voyait un crime. La princesse de Condé sa sœur, la reine Anne d'Autriche, le duc de Savoie, le pape Urbain VIII, suivis par tous les seigneurs les plus considérables de la cour, supplièrent en vain. Louis XIII resta impitoyable. À Toulouse, où le gouverneur était très aimé, le peuple grondait et l'on dut renoncer à l'exécuter en public. Suivant de peu la condamnation arbitraire du maréchal de Marillac*, celle de Montmorency révolta. On avait fait d'eux des martyrs, justifiant d'avance les futures révoltes nobiliaires**.

Le prince de Condé s'était contenté, pour plaider la cause de son beau-frère, de déléguer un de ses gentilshommes, ce qui lui fut beaucoup reproché. Mais toute intervention de sa part n'aurait pu que nuire, compte tenu de l'animosité que lui portait le roi. Et il est probable, surtout, qu'en se démarquant des protestataires, il cherchait à protéger l'avenir de son fils, qu'il ne

---

* Le maréchal était le frère du garde des Sceaux Michel de Marillac, chef de file du « parti dévot », appuyé par Marie de Médicis, qui préconisait une politique opposée à celle adoptée par Louis XIII : développer la prospérité intérieure et améliorer le sort des populations, au lieu d'engager la France dans une guerre contre l'Espagne catholique, qui faisait le jeu des protestants d'Europe du Nord. Tous les grands mouvements caritatifs de l'époque appartenaient à cette mouvance. L'éviction de Marie de Médicis en 1630 entraîna la mise au pas du parti dévot, les deux Marillac servant de victimes exemplaires (l'aîné mourut en prison, l'autre sur l'échafaud).

** La plus grave, celle du comte de Soissons en 1641, faillit tourner très mal pour le roi. L'année suivante, la conjuration de Cinq-Mars fut démantelée avant d'avoir pu passer au stade armé.

pouvait concevoir hors de la faveur royale. Le jeune garçon n'avait que onze ans lors du drame. Mais il n'avait pas été possible de le lui cacher. Au retour de Toulouse, sa mère, faisant halte à Montrond, l'avait serré dans ses bras en pleurant. Se souvenait-il de cet oncle qui l'avait porté sur les fonts baptismaux, en lieu et place du roi qui le condamnait ? Seul descendant mâle de sa lignée, il deviendra son héritier.

À un double titre. Sur le plan financier d'abord. Légalement, les biens des criminels de lèse-majesté étaient confisqués au profit de la couronne. Ainsi fut fait dans un premier temps. Mais au bout d'un an, le roi consentit à appliquer une clause du testament du défunt connétable, stipulant qu'au cas où son fils n'aurait pas d'enfants, les biens de celui-ci reviendraient à ses sœurs. Il restitua donc la fortune des Montmorency aux trois destinataires désignées – à la réserve de ses plus beaux fleurons, Chantilly et Dammartin, qu'il conserva pour lui-même. Or cette fortune était énorme. Henri II de Condé vit lui tomber du ciel trois millions de biens-fonds, principalement en Bretagne et au nord-est de Paris, qu'il s'occupa aussitôt de remembrer et de faire fructifier[13].

D'autre part, Henri de Montmorency laissait derrière lui tout un réseau d'amis, d'obligés, de serviteurs, une vaste clientèle qui, se trouvant privée de chef, se tourna tout naturellement vers ses parents les plus proches, c'est-à-dire le couple de Condé. À lui seul, le prince, connu pour son allégeance à Richelieu, n'aurait sans doute pas suffi à les fixer. C'est autour de son épouse qu'ils se regroupèrent. Ils y rejoignirent de nombreux membres du parti dévot, autre cible de la politique royale. Les deux groupes se recoupaient d'ailleurs en partie. À Paris, l'hôtel de Condé, où la princesse régnait quasiment sans partage, devint le rendez-vous de tous ceux qu'avait atteints dans leur statut social et dans leurs convictions politiques et religieuses la disparition du gouverneur du Languedoc après celle du maréchal de Marillac. Autrement dit un pôle de contestation larvée où, faute de pouvoir s'en prendre à Louis XIII, on se consolait en daubant sur son ministre.

Les embarras du prince de Condé

La position de Condé est alors très inconfortable. Il a beau s'appliquer, depuis 1625, à servir le roi, il ne parvient pas à conquérir son estime. À cause de ses rébellions passées ? En partie sans doute. À cause de sa trop visible appétence pour le pouvoir et les honneurs ? Sûrement. Mais il s'y ajoute désormais son évidente incompétence en matière militaire, dont il fait, à chaque nouvelle campagne, l'éclatante démonstration. Les plus indulgents attribuent ses déboires à du « malheur », autrement dit à de la malchance. C'est un euphémisme. Sa faiblesse, son talon d'Achille, c'est qu'il déteste le métier des armes et s'y montre inapte, dans une société qui en fait le mérite essentiel à quoi l'on reconnaît le gentilhomme. Par lâcheté, par crainte d'y laisser sa peau ? C'est possible. Parfois il choisit d'en plaisanter : « Il est vrai, je suis poltron, mais ce bougre de Vendôme l'est encore plus que moi [14]. » Mais son fidèle Lénet s'efforce de nuancer le verdict : « Il a été malheureux à la guerre : aussi confessait-il qu'il n'y avait jamais pris plaisir, et qu'il ne s'était pas appliqué à l'entendre. Il savait contenir une armée dans la discipline, et la faire subsister ; il se fiait du reste à ses lieutenants généraux, qu'il savait bien choisir quand cela dépendait de lui. Il n'était ni brave ni timide*, comme ceux qui ne l'aimaient pas le publiaient. Il allait partout où le devoir d'un général l'appelait, sans affectation et sans crainte : jamais on ne l'a vu éviter un péril à l'ombre de sa qualité ; et pour peu qu'il eût eu de bons succès à la guerre, il y eût acquis plus de réputation que ceux de sa naissance qui étaient ses contemporains[15]. »

En fait, ce qu'il déteste c'est moins la guerre en soi, que la manière dont s'y comporte la jeunesse turbulente, téméraire, avide de se distinguer, cherchant le risque pour lui-même, par défi, jouant sa vie à la légère, pour une chimère de gloire – selon un modèle magnifié par la littérature. L'héroïsme gratuit lui semble du gâchis. La guerre est pour lui un moyen, en vue d'obtenir un résultat, une récompense : des territoires nouveaux pour un roi, des avantages et des prébendes pour un sujet. Ses goûts le portent vers l'administration, pour laquelle il montre en effet des dons remarquables. « Il avait l'âme d'un intendant de grande maison », d'un intendant militaire, aurait pu ajouter Tallemant, auteur de ce mot féroce. Hélas, en tant que premier prince du sang, il lui fallait commander des troupes et diriger des opérations. Très efficace pour assurer le maintien de l'ordre lors des troubles locaux, il échouait dès qu'il se trouvait confronté à des armées de métier. Il se trompait régulièrement sur le point faible par où attaquer une place, il oubliait de faire garder les passages permettant d'y introduire des secours, il ne savait comment coordonner les mouvements des différents corps. Il

---

* *Du reste* : pour le reste. – *Timide* : timoré, poltron.

laissait la bride sur le cou aux généraux qui commandaient sous lui et omettait d'établir avec eux le moindre plan d'action. La plupart de ses entreprises se soldèrent donc par des échecs.

Louis XIII, qui mettait à très haut prix les capacités militaires, le méprisait. Il continua pourtant de l'employer, faute de capitaines fiables, en ces temps de révoltes endémiques : au moins, sa fidélité était sans faille. En 1631, il lui confie, en sus du gouvernement de Berry, celui de Bourgogne, dont le détenteur, Bellegarde, avait comploté avec Gaston d'Orléans*. Le prince peut alors faire preuve de ses éminentes qualités d'administrateur. Mais il sent bien qu'il restera exclu des Conseils, écarté des lieux où se prennent les décisions, qu'il n'aura jamais la « faveur » du roi, cette relation personnelle avec le souverain, cette estime à tonalité affective si précieuse aux yeux des grands[16]. Il lui faut se borner à recevoir les ordres, à courir là où on l'envoie, à y faire ce qu'on lui a prescrit – bref à jouer les exécutants, alors qu'il rêve de commander. Situation ambiguë et fragile, où il regorge de besogne – une étude récente a recensé les nombreuses missions qui lui incombèrent et dont il se tira honorablement –, mais il reste toujours menacé, à la merci du moindre faux pas.

Il peut cependant compter sur un protecteur de poids, le cardinal de Richelieu en personne, sorti vainqueur du « grand orage » de 1630 qui a vu l'éviction, à son profit, de Marie de Médicis et de ses partisans. Leur alliance s'est nouée un peu plus tôt, lorsque Richelieu, se préparant à rompre avec la reine mère à qui il devait sa carrière, cherchait des appuis parmi la haute

---

* Il abandonne alors le Bourbonnais.

noblesse. Devenu tout-puissant, mais toujours menacé lui aussi, il avait besoin d'hommes liges : au plus haut niveau, il n'avait pas tellement le choix, les complots contre lui renaissaient de leurs cendres sans désemparer. Condé arpenta donc les provinces à son service pour désamorcer les conflits, apaiser les mécontentements suscités notamment par le tour de vis fiscal, et ses talents de négociateur firent merveille. En retour, le ministre soutenait son protégé et lui épargnait les sanctions appelées par ses défaillances aux armées.

Or Henri de Condé, comme Richelieu lui-même, vieillissait : ils appartenaient à la même génération, avec trois ans seulement de différence. Le cardinal, prévoyant, songeait déjà à la relève – pour Condé, pas pour lui-même ! La réputation prometteuse du jeune duc d'Enghien, complaisamment orchestrée par son père, est remontée jusqu'à la cour. Voici un garçon à qui son rang présage dans les années à venir un rôle de premier plan. Le cardinal veut se l'attacher. Il a sur son éducation des vues qui ne correspondent pas totalement avec celles du prince. Il est bien décidé à intervenir quand le moment viendra. Pour l'instant, rien ne presse. Mais qu'attend donc le prince pour lui faire donner l'indispensable éducation militaire ? Or cette seule pensée fait trembler le père anxieux. Le chemin qui y conduit lui paraît semé d'embûches. Pour un garçon de sa qualité, en effet, cette éducation ne peut se faire qu'à Paris. Mais l'y envoyer comporte tant de risques ! Dans une « académie* », il subira l'influence de ses condisciples, imbus du périlleux amour de la gloire. À l'hôtel de Condé, il fréquentera la société de sa mère, dont l'animosité non

---

* Sur les académies militaires, cf. *infra*, p. 123.

dissimulée à l'égard du cardinal est encore plus à redouter que sa prétendue frivolité. Ne risque-t-il pas de se compromettre ? Et, en tout état de cause, il va lui échapper. Le prince s'efforce donc de retarder à tout prix le moment fatal.

La présentation au roi est la première étape, incontournable, dans une carrière nobiliaire. S'y dérober serait une offense gravissime. Condé se plie à la règle. Il emmène son fils à Paris au début de 1636. Le 19 janvier, le jeune duc d'Enghien, encadré de ses parents, a l'honneur d'être introduit auprès du souverain et exécute face à lui une irréprochable révérence. Mais il n'est pas question de le laisser sur place. Son père, faisant d'une pierre deux coups, a prévu pour lui une vaste tournée en Bourgogne, étalée sur l'année entière. D'abord, il sera loin de la capitale. Ensuite, il fera, sur le terrain, l'apprentissage des tâches de gouvernement – en l'occurrence celles de représentation –, tandis que sa visite, en retour, contribuera à accroître la popularité de son père parmi les populations concernées [17]. La mission n'est pas un simple voyage de découverte, elle a des enjeux importants. Le prince n'est gouverneur que depuis 1631 dans cette Bourgogne où le duc de Bellegarde conserve des amis. Il n'a pas eu le temps d'y acquérir une large et solide clientèle comme en Berry. De plus, la province est frontalière de la Comté – autrement dit la Franche-Comté –, qui appartient à l'Espagne à qui la France vient de déclarer la guerre. Le jeune duc devra faire preuve de doigté et se montrer capable de faire face à des accidents imprévus.

Si convaincu qu'il soit de ses talents, le prince a donc pris soin de l'encadrer fermement. Il part flanqué de son précepteur, le Père Pelletier, de son gouverneur,

M. de La Buffetière, et de son médecin, un nommé Montreuil, munis les uns et les autres d'instructions détaillées. Il marchera sur les traces de son père, qui a préparé le terrain par des tournées antérieures. De plus, il a reçu l'ordre de lui envoyer des comptes rendus réguliers. Dès la première étape, son voyage, dûment préparé, prend des allures triomphales. Il est accueilli avec des honneurs par les notables d'Auxerre, au milieu des acclamations populaires. Il se plie, comme il convient, à l'inévitable visite de la ville, qui a pour lui le mérite de la nouveauté. Le lendemain, il se voit gratifié d'une escorte de trois cents gentilshommes pour gagner Dijon, où, par un froid polaire, l'attendent trois mille hommes sous les armes, qu'il doit passer en revue. Il reçoit ensuite les délégations de tous les corps importants, qui le régalent tour à tour de discours auxquels il répond de bonne grâce. Après quoi il s'installe pour plusieurs mois dans le palais des ducs de Bourgogne où il expédie les affaires courantes avec l'aide de ses mentors, tout en découvrant la ville et sa région.

Le croyez-vous délivré des études ? Son père, qui a fixé à ses éducateurs un programme très précis – philosophie, histoire et italien –, trouve le temps, bien qu'il mène campagne en Franche-Comté, de s'enquérir de ses progrès. « Je lis avec contentement les héroïques actions de nos rois dans l'histoire, pendant que vous en faites de très dignes pour la grossir, en me laissant un bel exemple et une sainte ambition de les imiter », lui écrit l'écolier docile. Mais un peu plus tard il laisse percer son impatience : « Si mes désirs étaient accomplis, je serais au camp pour y servir »[18]. Quand ce père se décidera-t-il à le traiter enfin comme un homme ? En pleine chaleur estivale, il dépense à la chasse ou en activités physiques diverses un trop-plein d'énergie que le médecin, inquiet, soigne à coups de purgatifs et de saignées.

Les événements se chargent de rompre la monotonie de son existence. 1636, c'est l'année tragique, celle de la prise de Corbie, qui risque d'ouvrir aux Espagnols la route de Paris. Les armées qui arpentent le Nord et l'Est traînent dans leur sillage des maladies infectieuses, indifféremment nommées pestes, qui déciment les populations. Le jeune duc reçoit l'ordre de quitter Dijon pour Avallon. Il y trouve un havre de paix, de l'air pur, des hôtes qui le traitent comme un coq en pâte en souvenir d'un précédent séjour de son père. Ah, qu'il fait bon gagner les cœurs dans ces conditions ! Mais à la mi-novembre, l'extension de l'épidémie le déloge. Sans consulter le prince, le Père Pelletier ramène son pupille à Auxerre – une faute, peut-être, pour laquelle le garçon prend soin de présenter des excuses. À l'approche des fêtes, les voyageurs sont de retour à Paris. Plus moyen de biaiser désormais : il faut libérer le jeune duc du cocon qui l'emprisonnait et le lâcher enfin dans le monde.

Le bilan d'une éducation

Le jeune garçon a été doté d'un bagage intellectuel très supérieur à celui des adolescents de son milieu. Non que la noblesse néglige l'instruction de ses rejetons, comme on se plaît trop souvent à le dire. Mais leurs études sont poussées moins avant et visent des objectifs différents. L'enseignement qu'on leur dispense, dans les milieux cultivés du moins, est dépourvu de finalité pratique, il doit simplement fournir à la vie en société le plaisir d'aimables conversations, à l'écart de tout pédantisme. L'affectation d'ignorance passe pour un raffinement de politesse et l'on s'apprête à définir « l'honnête homme » comme « celui qui ne se pique de rien ». L'accent est mis sur les arts – littérature, poésie, musique –, qui ne servent qu'à l'agrément. Plutôt que l'histoire de nos rois, un gentilhomme lit les romans de chevalerie ou *L'Astrée* et il tourne le madrigal avec plus de grâce que le discours latin.

Rien de tout cela dans le programme élaboré pour le duc d'Enghien, qui semble destiné à un clerc. Esprit curieux, ouvert, non conformiste, rebelle aux idées toutes faites, le prince de Condé a entrevu le changement de nature en train de s'opérer alors dans l'État, avec le passage de la monarchie judiciaire à la monarchie administrative. Disons, en très gros, qu'après avoir longtemps abandonné aux grands feudataires le soin de gérer leurs domaines, en se contentant d'exercer sa justice sur tous en dernier recours, le roi a entrepris de se substituer à eux dans une bonne partie de leurs prérogatives. Il s'appuie pour cela sur un corps d'officiers*, dépendant directement de lui, qu'il gratifie à terme de l'anoblissement et à qui il concède, sous conditions, la transmission héréditaire. Cette noblesse dite de robe, issue de la bourgeoisie riche, entre en concurrence avec la noblesse d'épée, qui, cantonnée dans ses fonctions militaires, voit lui échapper les tâches de gouvernement.

---

* Attention : le terme d'*officiers* (détenteurs d'un office) ne concerne que peu l'armée, chasse gardée de la noblesse traditionnelle, mais essentiellement la magistrature et l'administration. Leur tenue était la *robe*, d'où leur nom.

Car pour avoir quelque poids dans les affaires administratives, il faut des compétences. La noblesse française, à la différence de celle d'outre-Manche, n'y a pas pris garde et a omis d'en pourvoir ses enfants.

Condé fut un des premiers à se préparer au changement qui s'ébauche. Comment a-t-il acquis lui-même la formation nécessaire ? On ne sait. Mais il a tenu à la faire donner à son fils. D'où l'histoire, celle des rois plutôt que celle des grands capitaines. D'où les mathématiques, pouvant servir à calculer les taux d'intérêt tout autant que les angles de tir. D'où les matières juridiques, dont la présence insolite dans son cursus n'a pas été assez soulignée. D'où la « dispute », c'est-à-dire la controverse, indispensable pour faire prévaloir une opinion. D'où enfin l'insistance sur le latin, parce que c'est la langue dans laquelle étaient rédigés « l'un et l'autre droit », le civil et le canon, celui de l'État et celui de l'Église et que le préalable à tout débat est d'en comprendre les termes. Dès que l'âge de son fils le lui a permis, il a joint les travaux pratiques à la théorie : la Bourgogne offre un terrain privilégié, par la multiplicité des problèmes qu'elle pose. Pour lui, l'ordre des priorités est clair : apprendre à gouverner une province – et qui sait ? un État – est plus important que d'apprendre à faire manœuvrer une armée sur le terrain. Pour régler les conflits, la parole peut être plus efficace que l'épée. Et la preuve est faite en ce qui le concerne : les talents du négociateur en mission finissent par faire oublier les erreurs du stratège en campagne.

Intelligent, solidement pensé, le programme éducatif du prince est donc truffé de bonnes intentions. Reste à savoir s'il est parfaitement adapté. Tout d'abord, il pèche par excès : l'élève doit maîtriser une masse de connaissances digne de Gargantua. Les cours communs dispensés au collège étant doublés par des répétiteurs, l'emploi du temps s'alourdit d'autant, ne laissant aucune place à l'évasion, à la rêverie. A-t-il besoin d'autant de soutiens, d'ailleurs ? Car les obstacles sont calculés pour qu'il en vienne à bout, face à des compétiteurs éperdus de respect. Il lui suffit de se montrer docile et réceptif, il sera premier de sa classe, il le sait bien. Cet enseignement est très normatif. Rien d'imprévu, rien d'inutile, on lui enseigne ce qu'il doit savoir. Il assimile avec facilité : pas d'erreurs, pas d'échecs, un parcours sans fautes, bien balisé par ses éducateurs en vue de satisfaire l'orgueil paternel. Aucun appel à l'initiative. Rien qui parle à la sensibilité, à l'émotion. Et fort peu de gaîté. Jamais livré à lui-même, l'adolescent est soumis à une surveillance permanente, source d'inévitable tension. Dans cet étouffoir, la joie de vivre n'a pas de place. Son père, qui l'idolâtre, croit devoir se montrer avare de compliments. Ne faut-il pas faire de lui un homme ?

Pourquoi le garde-t-il si longtemps confiné à l'écart, hors du milieu qui doit être le sien, soumis à une formation qui ne correspond pas à ce qu'on attend d'un jeune noble, voué par son rang au métier des armes et non aux tâches administratives ? Sachant qu'il faudra bien se plier aux usages, il semble avoir tenu à lui donner une double formation et privilégie donc les disciplines intellectuelles avant que ne s'exerce l'influence adverse de l'Académie militaire. L'intention est bonne. Mais appliquée en circuit fermé, cette éducation omet de préparer le jeune garçon à la vie en société.

Pourquoi, d'autre part, le tient-on aussi serré ? Lorsqu'on enquête sur cette période, on ne peut se défendre d'un malaise, tant le contraste est vif entre l'extrême docilité de cet enfant, dont la conduite frise la perfection, et la surveillance précautionneuse dont on l'entoure. Il est évident que ses éducateurs ont peur de quelque chose. Les archives – mais sont-elles intactes ? – n'y font que des allusions indirectes. Le soin qu'on apporte à limiter ses efforts physiques et à l'empêcher de sortir aux heures chaudes laisse supposer des craintes pour sa santé. Mais on semble redouter aussi la violence d'un tempérament nerveux porté aux excès, jusqu'à devenir ingouvernable dans ses colères. L'enseignement religieux, prodigué à haute dose sur injonction paternelle, fut l'antidote auquel on demanda de combattre ses démons intérieurs. Les jésuites avaient la réputation de savoir former les caractères. Ils semblent être venus à bout de l'adolescent, non sans pressentir que s'accumulait en lui une masse de frustrations.

Au moment où il lui faut prendre le large, l'extrême sollicitude dont il a bénéficié parce qu'on le jugeait fragile risque de devenir un handicap. Au lieu de l'aguerrir, son père a édifié autour de lui des protections, des barrières contre les agressions extérieures, physiques et morales, et aussi contre les dangers qui pourraient provenir de lui-même. Il en a fait une plante de serre, poussée, au sens que donnent à ce terme les horticulteurs, jusqu'à une floraison splendide. Mais ce résultat survivra-t-il au grand air ? Le contact brutal avec le monde réel risque de bouleverser les valeurs qu'on lui a inculquées et d'ébranler le bloc de certitudes sur lequel se fondait sa sécurité.

CHAPITRE QUATRE

La découverte du monde

Le jeune garçon qui débarqua de sa province en janvier 1637 avait un peu plus de quinze ans. Certes son nom était un sésame propre à lui ouvrir toutes les portes, mais il lui restait beaucoup à apprendre pour faire figure honorable dans un monde qui avait ses rites, ses codes, ses clans. Au premier abord, son apparence physique ne plaidait pas en sa faveur. Sa croissance, fort lente, n'était pas terminée. Son père s'en désolait si fort que deux ans plus tard Richelieu s'efforçait toujours de le consoler : « Il est crû de plus de deux doigts et croîtra encore, autant qu'on peut juger, de beaucoup[1]. » Mais en dépit du pronostic cardinalice, le « Grand Condé » ne dépassera jamais une honnête moyenne, il n'aura pas la stature des héros de légende, dominant d'une tête la foule de ses compagnons. « Il n'était pas des plus grands, mais sa taille était toute parfaite. » Comprenons qu'il n'avait ni dissymétrie ni bosse, se tenait droit comme un *i* pour ne pas perdre un pouce de taille, et que la vivacité jointe à la souplesse lui assurait une démarche élégante. Mais Dieu qu'il était laid ! Un visage allongé et osseux sous une masse de cheveux sombres, un front fuyant, un nez aquilin déjà, coupant comme une lame, une bouche trop grande, que les dents projetées en avant faisaient saillir par rapport au menton. Cependant ses yeux, d'un bleu profond, rayonnaient d'une telle intelligence et d'une telle force concentrées qu'on ne voyait plus qu'eux et qu'on subissait leur emprise. « Il y avait dans toute sa physionomie quelque chose de grand et de fier, tirant à la ressemblance de l'aigle », notera un peu plus tard Mme de Motteville, traduisant l'impression générale [2].

Dans l'immédiat, l'aiglon se prépare à exercer sa puissance de séduction dans le salon de sa mère et auprès de ses condisciples de l'Académie militaire. Ne croyons pas qu'il soit libre, pourtant. Son éminentissime protecteur a seulement convaincu le père anxieux que son statut social ne permettait plus de le tenir aussi ouvertement en lisières : à quinze ans, on est réputé être adulte. Il fallait détendre quelque peu la laisse. Le jeune garçon jouit donc d'un logement autonome, sa « maison », un peu plus étoffée qu'à Bourges, se compose de son ex-gouverneur, La Buffetière, rebaptisé gentilhomme de la chambre, de son écuyer Francine, de deux pages, d'un contrôleur, d'un aumônier, de quatre valets de pied, de deux valets de chambre, d'un cocher, d'un postillon, de six chevaux de carrosse et de quelques chevaux de selle, et d'un chef de chaque office [3]. Voilà de quoi poser un homme ! Certes. Cependant le Père Pelletier est toujours là, chargé de recevoir les instructions du prince et de lui faire son rapport. L'apparente liberté du duc d'Enghien n'est donc qu'une fiction. Mais comme le monde, autour de lui, doit croire à cette fiction, il peut se permettre d'en profiter, à charge pour lui d'affronter les réprimandes encourues. Une sorte de *modus vivendi* s'établit tandis que se transforme à grande vitesse la personnalité de l'adolescent et que les éducateurs courent derrière lui avec un temps de retard. Cette période faste perdure quatorze mois, jusqu'au moment où Richelieu le fait réexpédier en province, sous couleur de promotion.

La revanche de la princesse

L'octroi d'un domicile propre ne visait pas à faire plaisir au jeune homme, mais à l'empêcher d'habiter à l'hôtel de Condé, colonisé par sa mère. La raison avancée fut la distance qui séparait l'hôtel familial de l'école où il apprendrait le métier des armes. On ne pouvait cependant lui interdire de s'y rendre en visite. Et sa mère, comme on pense bien, ne manqua pas de lui en ouvrir toutes grandes les portes. Les deux époux menaient à l'amiable des existences séparées. Ils avaient en commun l'orgueil de leur lignée, le sentiment d'appartenir à une espèce supérieure et une ambition démesurée pour leur fils aîné. M. le prince rêvait pour lui du trône de France, Mme la princesse « eût voulu voir sur la tête du duc d'Enghien toutes les couronnes de l'Europe[4] ». Elle n'avait accepté qu'à contrecœur la réclusion de son enfance en Berry en milieu purement masculin, car elle pensait qu'une belle carrière ne se prépare qu'à proximité du roi et que les femmes y peuvent utilement contribuer.

Maintenant qu'il était censé voler de ses propres ailes, elle comptait bien prendre sa revanche.

C'était l'époque où Mme de Rambouillet, confinée chez elle par sa médiocre santé, voyait converger dans sa célèbre *Chambre bleue* « ce qu'il y avait de plus galant à la cour et de plus poli parmi les beaux esprits du siècle[5] ». Gaie, généreuse, libérale, d'une piété sans ostentation, raisonnable sans étroitesse, elle cherchait à procurer à ses hôtes les agréments d'une gaîté de bon aloi, fondée sur l'imprévu, la surprise, la merveille. Sa demeure était avant tout un lieu où ils pouvaient s'amuser avec élégance. Elle ne savait qu'inventer pour les distraire. Et s'il s'agissait de jeux littéraires, ils relevaient, hors de tout pédantisme, du badinage léger dans lequel excellait son poète favori, Vincent Voiture. Mais la galanterie était sommée de revêtir les formes épurées du romanesque et, si l'on s'y querellait, ce devait être sur la régularité d'une rime ou la chute d'un sonnet.

Mme la princesse était liée à elle par des amies communes et, sans prétendre rivaliser en éclat avec son salon, l'hôtel de Condé offrait lui aussi un climat agréablement détendu. Frivole, bien sûr, grondait M. le prince. Elle avait la frivolité des femmes de son milieu, à qui la vie mondaine tenait lieu d'horizon, tout occupée de spectacles, de fêtes, de bals, de conversations légères – de cancans aussi. Moins prude que Mme de Rambouillet, elle filait depuis des années le parfait amour avec le cardinal de La Valette, ecclésiastique sans vocation comme tant de malheureux cadets. Il faisait figure auprès d'elle de chevalier servant attitré, dans la plus pure tradition courtoise et le respect des convenances : leurs entretiens privés se déroulaient dans un cabinet à la porte largement ouverte, où chacun, sans les entendre, pouvait les voir. Mais on racontait qu'elle avait enfin récompensé sa persévérance le jour où il menaça d'aller partager le sort des pestiférés de l'hôpital Saint-Louis si elle continuait à le repousser[6], et leur longue et solide liaison avait fini par prendre un aspect quasi conjugal.

Ce n'est pas elle qui constituait le principal attrait de l'hôtel de Condé aux yeux de la jeunesse dorée, mais sa fille aînée, alors dans tout l'éclat de ses dix-huit ans. Du plus jeune fils, Armand, il était peu question pour l'instant : le malheureux, que sa taille tordue vouait à l'Église, était très pris par ses études chez les jésuites parisiens du Collège de Clermont, avant d'être envoyé à Bourges pour y terminer sa formation en théologie. L'aînée, Anne-Geneviève, était d'une beauté moins parfaite que sa mère, mais plus séduisante encore. « Elle avait la taille admirable, et l'air de sa personne avait un agrément dont le pouvoir s'étendait même sur notre sexe, observe Mme de Motteville. Il était impossible de la voir sans l'aimer et sans désirer de lui plaire. Sa beauté néanmoins consistait plus dans les couleurs de son visage que dans la perfection de ses traits. Ses yeux n'étaient pas grands, mais beaux, doux et brillants, et le bleu en était admirable : il était pareil à celui des turquoises. Les poètes ne pouvaient jamais comparer qu'aux lis et aux roses le blanc et l'incarnat qu'on voyait sur son visage ; et ses cheveux blonds et argentés, et qui accompagnaient tant de choses merveilleuses, faisaient qu'elle ressemblait beaucoup plus à un ange, tel que la faiblesse de notre nature nous les fait imaginer, qu'à une femme[7]. »

Autour d'elle gravitait un essaim de jeunes personnes de qualité, plus jolies les unes que les autres, dont la vivacité avait de quoi étourdir le jeune provincial élevé parmi des hommes. Lui, qui n'avait jamais accordé à sa tenue d'autre intérêt que fonctionnel, découvrait les subtilités de la coquetterie. Il n'avait jamais lu de romans, on allait lui faire rattraper le temps perdu. Il n'avait jamais composé de vers, sinon peut-être en latin ; on lui ferait écouter Voiture. Mieux encore ! Lorsqu'il arrive à Paris, au début de 1637, toute la ville bruit du triomphe inattendu remporté par la pièce d'un auteur de comédies au demeurant fort estimables. Les représentations du *Cid*, commencées dans la première semaine de janvier, attirèrent au théâtre du Marais des foules enthousiastes et reçurent même l'honneur de séances privées au Palais-Cardinal et au Louvre. Rien, hélas ! ne permet d'affirmer que le duc d'Enghien y assista. Mais il perçut forcément l'écho des polémiques qu'elles déclenchèrent.

Or ces polémiques avaient deux cibles. L'une, technique, concernait les atteintes aux règles promulguées par les doctes sur la manière de bâtir une pièce de théâtre : l'on peut penser qu'il n'y prit pas garde. Mais l'autre, morale, s'en prenait au contenu, jugé scandaleux puisque Chimène épousait finalement le meurtrier de son père : tel était, ne l'oublions pas, le dénouement initial, sur lequel Corneille crut bon de jeter quelque doute dans les éditions ultérieures. N'en déplaise à toutes les gloses accumulées sur la pièce par des générations de commentateurs, elle célèbre *in fine* la victoire de l'amour. Et le spectateur s'en réjouit, parce que la pièce est bâtie exprès pour cela.

Tout au long de quatre actes, les héros y luttent vaillamment contre leur passion. Mais on ne peut s'empêcher de trouver piètre figure aux deux pères qui s'insultent pour une blessure d'amour-propre, alors que le fils s'en va défendre le royaume contre les envahisseurs. « Que de maux et de pleurs nous coûteront nos pères ! » gémissent en chœur les amoureux, bien plus raisonnables que leurs orgueilleux géniteurs. Le triomphe de l'amour sur une vengeance absurdement érigée en devoir est aussi celui de la jeunesse sur les vieux. Comment une pareille pièce aurait-elle laissé indifférent le duc d'Enghien ?

L'influence du milieu familial ne jouait pas seulement sur le plan culturel, elle affectait jusqu'à son mode de vie. Veut-on un exemple ? En juin 1637, au moment de la Pentecôte, il fait à Paris une température caniculaire. En pareil cas, la réponse de ses médecins ordinaires consiste à le tenir enfermé aux heures les plus chaudes et à le saigner. À défaut de Chantilly, qui fait figure dans la famille de paradis perdu, sa mère possède à titre personnel un château à Saint-Maur. Elle l'y emmène pour fuir les miasmes de la ville. La Marne, toute proche, invite la jeunesse aux baignades. En eau libre, en eau fraîche. Il est probable qu'il n'a encore rien connu de tel et il est sûr que son père, averti, va désapprouver. D'où une habile parade : « Je suis venu passer les fêtes à Saint-Maur et y séjournerai encore quelque temps, M. Guénault ayant jugé à propos de me baigner pour me donner une plus parfaite santé, que je ne souhaite que pour être plus en état de vous obéir et de vous faire paraître que je suis, Monsieur mon père, votre très humble fils et très obéissant serviteur[8]. » Comme l'astucieux garçon sait user habilement de l'autorité indiscutable de Guénault, un médecin déjà réputé, pour déguiser en médication une agréable partie de plaisir !

Au contact du clan maternel, les préceptes inculqués par le prince et le mode de vie préconisé par lui commencent de perdre aux yeux de son fils leur statut de dogme, et ce d'autant plus rapidement que l'image paternelle se trouve également écornée par ses nouveaux amis de l'Académie militaire.

L'Académie royale

Les invitations familiales n'étaient que des parenthèses dans la vie du jeune duc, qui passait le plus clair de son temps à l'Académie royale. Il s'agissait en fait d'un de ces établissements privés, mais patronnés et subventionnés par les autorités, qui proposaient aux jeunes gentilshommes, à l'issue du collège, une formation les préparant au métier des armes* et, plus largement, à la vie en société propre à leur condition. Elles étaient dirigées par des écuyers et la base de l'enseignement était l'équitation. Ne nous y trompons pas : lorsqu'ils y entraient à quinze ans, tous les garçons savaient se tenir sur un cheval. Il s'agissait de tout autre chose. L'équitation qu'on leur enseignait était au simple fait de savoir monter ce que la danse

---

* Les Écoles royales militaires, qui fonctionnaient en parallèle, s'en distinguaient du fait qu'elles s'adressaient aux gentilshommes pauvres. Elles ne firent pas concurrence aux académies, à recrutement beaucoup plus relevé.

est à la marche. Et très logiquement, la danse figurait aussi au programme. Ces deux exercices attestaient la recherche d'une forme de perfection, non utilitaire, gratuite, par laquelle le noble se distinguait du vulgaire. Ils exigeaient une parfaite maîtrise de son propre corps d'une part, de sa monture d'autre part. Quiconque a vu l'exhibition du célèbre manège de la Hofburg à Vienne ou, plus simplement, les spectacles offerts ici ou là en France pourra se faire une idée du genre de travail demandé aux élèves : danser avec leurs chevaux.

L'escrime y avait sa place, mais le maniement des armes était largement associé à l'équitation, parce que les nobles combattaient à la tête de la cavalerie. Faute d'adversaires réels, les courses de bagues* permettaient de tester l'adresse des concurrents. Les disciplines intellectuelles se limitaient à leurs applications pratiques : ainsi des notions de mathématiques utiles pour l'artillerie et les fortifications. On donnait aux élèves une teinture de tout ce qu'il était de bon ton de savoir dans leur milieu, un peu de musique, d'histoire, de philosophie, au choix. Mais on y cultivait chez tous les belles manières, la « vertu » – entendue au sens de courage –, l'esprit chevaleresque, dans la tradition des grandes épopées italiennes ou des *Amadis de Gaule* et autres romans.

L'académie où entra le duc d'Enghien était la plus réputée. Elle avait été créée dans le jardin des Tuileries par Antoine de Pluvinel, qui avait eu l'honneur de former Louis XIII et avait consigné les fruits de son expérience dans un livre qui marqua son temps,

---

* Voir *supra*, p. 58, note.

L'Instruction du Roi en l'exercice de monter à cheval. Après sa mort, son manège fut transféré par Richelieu dans la rue du Temple. Lorsque le jeune homme y entra, l'établissement venait de passer sous la direction d'un autre écuyer réputé, M. de Benjamin. Il avait l'assurance d'y rencontrer les rejetons des plus grandes familles nobles.

En procurant à son fils un logement à proximité, le prince de Condé comptait sur cette virile institution pour contrebalancer l'effet débilitant de la société maternelle. Hélas, le remède était pire que le mal. Certes, le duc ne déçut pas les espérances placées dans ses capacités : il brilla dans les exercices physiques. « Toute la cour allait admirer son air et sa bonne grâce à bien manier un cheval, à courir la bague, à danser et à faire des armes [9]. » N'ayant plus grand-chose à apprendre sur le plan intellectuel, il disposait de temps libre. Et il se fit des amis. Pas forcément ceux qu'eût souhaités son père. En cette année 1637, la guerre continuait, avec des hauts et des bas. On n'avait plus à redouter de voir les Espagnols atteindre la capitale, mais les frontières du Nord et de l'Est étaient le lieu d'affrontements permanents et, en Périgord, les paysans, excédés par la pression fiscale, se révoltaient. Tous les élèves de l'académie avaient des frères et des cousins à l'armée, ils rêvaient eux-mêmes d'en découdre, de prendre des risques, de se couvrir de gloire : émulation contagieuse, à laquelle le duc d'Enghien n'était pas le dernier à s'associer. Parallèlement, il commençait à s'émanciper dans d'autres domaines – en matière religieuse peut-être, sur le plan des mœurs très certainement.

À l'évidence, il s'est passé des choses qui inquiètent ses mentors et appellent une reprise en main. Les quelques documents dont nous disposons ne permettent pas d'en savoir plus. Mais en octobre 1637, par exemple, il lui est interdit d'assister à l'hôtel de Condé à une représentation théâtrale privée dont les actrices devaient être sa sœur et ses amies. Il n'y avait là rien d'extraordinaire : on pratiquait ce genre de divertissement chez la marquise de Rambouillet. Le Père Pelletier croit devoir appuyer ce refus – à la fois sanction et mesure préventive – sur l'autorité de Benjamin en personne : « Nous trouvions, est-il expliqué au prince, qu'il ne lui était pas expédient de converser souvent avec les femmes et les filles, car enfin on y prend feu à la longue [10]. » En clair, la période des passions commence, il est en butte aux premières manifestations de la puberté. Est-ce si grave ? Elle semble prendre chez lui un tour aigu, marqué par des crises violentes, dues à « l'emportement des sens et l'exaltation de la vanité ». Chez ce garçon enivré d'orgueil par ses succès, elle risque de balayer, en même temps que les interdits classiques d'ordre sexuel, l'ensemble des préceptes moraux et religieux dont il a été gavé. Le Père Pelletier, à l'austérité trop rigide, va céder la place à un confrère plus psychologue, le Père Mugnier, chargé de ramener l'égaré au bercail.

Mais un préalable s'impose : l'éloigner de Paris, puisque c'est là qu'il subit les influences désastreuses – belles amies ou compagnons d'étude – qui l'écartent du droit chemin. Cette crainte de Paris tourne chez son père à l'obsession, jusqu'à commander l'orientation donnée à sa carrière, avec la complicité de Richelieu, à qui il réussit à la faire partager.

Le gouvernement de Bourgogne

Au printemps de 1638, le duc d'Enghien quitte la capitale sans se douter qu'il en restera écarté, sauf pour de brefs passages, durant deux ans et demi. La pilule lui a été royalement dorée. Le souverain lui confie, en l'absence du prince désigné pour commander l'armée de Guyenne, le soin de gouverner la Bourgogne à sa place. Il n'est pas difficile de deviner la main de Richelieu derrière cette promotion très insolite en raison de son jeune âge. Sa joie est-elle sans mélange ? « Je tâcherai en toute occasion de vous témoigner mon obéissance », écrit-il à son père en l'avisant qu'il en a reçu la commission officielle. Il part dûment chapitré et encadré d'un conseil compétent : outre son premier gentilhomme attitré, M. de La Buffetière, et son secrétaire, Girard, on y trouve d'éminents notables locaux, le marquis de Tavannes, lieutenant du roi en Bourgogne, Bouchu, premier président du parlement de Dijon, et d'Orgères, l'intendant de finances de la province. Rien que de très normal.

Mais ce qui l'est moins, ce sont les consignes données par le prince au Père Mugnier pour régenter sa vie quotidienne. « Ledit père fera lire tous les jours à mon fils pendant une heure quelque livre de l'Histoire, de l'Écriture sainte ou de piété », il lui fera faire une demi-heure de mathématiques, il devra lui choisir un confesseur ; « il fera continuer à mon fils ses dévotions et l'emmènera à la Congrégation* pour le moins

---

* Chez les jésuites, espèce de confrérie d'écoliers, d'artisans, de bourgeois, qui s'assemblaient ordinairement tous les dimanches dans une chapelle.

des deux premiers dimanches l'un ». Suivent des prescriptions d'ordre médical : l'empêcher d'aller à la chasse lors des grosses chaleurs et, lorsqu'il voudra y aller, le faire partir de bon matin jusqu'à neuf heures et ne le laisser y retourner qu'à quatre heures de l'après-midi au plus tôt. Enfin, il est prescrit que le Père Mugnier devra coucher « dans [son] cabinet » et manger à sa table, sans autoriser à partager ses repas que les quelques personnes nommément désignées sur une liste[11]. En résumé : jamais le malheureux n'aura une seconde de liberté, hors de la vue et de l'ouïe de son argus.

De telles prescriptions laissent deviner, en négatif, une partie de ce dont l'intéressé s'était rendu coupable l'année précédente. Mais elles ne permettent pas de comprendre ce que son père compte faire de lui. Car appliquées à un garçon de dix-sept ans, fier et volontaire, chargé de responsabilités officielles, elles ne peuvent aboutir à terme qu'à une explosion. Par bonheur, le prince est loin, il a d'autres soucis et ne peut tout contrôler. Le Père Mugnier semble s'être tiré avec doigté d'un rôle délicat, car le duc ne lui en voulut pas et le garda longtemps à son service*.

Aidé de ses auxiliaires, le gouverneur en herbe prend ses fonctions très au sérieux, veillant à détourner de sa province le cantonnement ou le passage des troupes royales en transit, inspectant les fortifications existantes et en établissant le relevé, dessinant lui-même le plan d'un fortin à construire et

---

* Le Père Mugnier le suivit dans ses campagnes jusqu'en 1647, avant d'être nommé recteur du collège de Sens. Il mourut en 1651.

faisant rectifier sur place une erreur de tracé qui empêchait deux bastions de se rattacher à la courtine. Il intervient aussi dans les questions administratives, notamment pour apaiser les litiges des autorités locales entre elles ou avec le pouvoir royal. Bref il fait son travail au mieux. Mais l'image du prince n'est pas sortie intacte de la confrontation avec la réalité. Car, en cette année 1638, il s'est passé deux choses qui l'ont fait choir du piédestal où il s'était hissé à des fins éducatives, érigé en référence absolue dans tous les domaines.

D'abord, le 5 septembre 1638, Anne d'Autriche a mis au monde un dauphin, le futur Louis XIV : une naissance miraculeuse qu'on n'attendait plus et qui souleva dans la France entière une explosion de joie. Mais elle faisait reculer d'un cran le prince de Condé et son fils sur la liste de succession – et même davantage, puisqu'elle laissait espérer, au-delà, le rétablissement de la continuité dynastique, comme il advint en effet. Le prince de Condé n'y pouvait certes rien, mais cette naissance mettait à bas les chimères d'accession au trône qu'il avait pu nourrir pour sa propre maison et rendait caducs les calculs qu'il avait faits dans ce but. Et surtout elle fragilisait sa situation, dans la mesure où l'on n'allait plus voir en lui et en son fils des héritiers potentiels, donc des gens à ménager.

Or cette situation était gravement compromise par un autre événement, survenu deux jours plus tard, dans lequel il portait cette fois une lourde responsabilité. Depuis la déclaration de guerre à l'Espagne en 1635, son incapacité en matière militaire s'étalait au grand jour. En 1636, chargé de la conquête de la Franche-Comté, réputée facile puisqu'elle était très mal fortifiée, il s'était montré incapable de s'emparer de la capitale, Dole, et avait dû battre en retraite à l'arrivée d'une armée de secours. Cette fois-ci, avec pour adjoint le duc de La Valette ulcéré de ne pas commander en chef, il assiégeait Fontarabie. Pour faire face à ses douze mille hommes, la place ne disposait que de sept mille défenseurs. Ne pouvant être secourue par la mer, puisque la flotte française venait de détruire l'escadre espagnole, elle était aux abois. Paris s'apprêtait déjà à fêter la victoire. Les mineurs avaient bien travaillé : le 7 septembre, lors de la mise à feu, un large pan de mur s'effondra. Au lieu d'ordonner l'assaut, ou du moins d'aller inspecter la brèche, Condé consulta La Valette qui affirma, prétendit-il ensuite, qu'elle n'était pas praticable. Nul ne sait si elle l'était ou non pour entrer dans la place, mais elle le fut assurément pour en sortir ! Cinq cents assiégés s'y ruant par surprise suffirent à semer la panique parmi les troupes françaises qui se débandèrent en désordre, abandonnant sur place toute leur artillerie.

Témoignant d'une rare impéritie, l'affaire était grave. Elle le devint plus encore par ses suites. Car la faute était telle qu'on chercha un responsable – en principe le général en chef. Mais Condé rejeta la faute sur son second. Protégé par Richelieu, lui-même était alors intouchable. Le duc de La Valette jugea prudent de prendre les devants et se réfugia en Angleterre. Après quoi tous deux s'accusèrent mutuellement par factums interposés. L'affaire fit grand bruit parce que le fugitif n'était pas n'importe qui : il était fils du très puissant duc d'Épernon, le dernier survivant des grands mignons d'Henri III, un patriarche de quatre-vingt-quatre ans, encore redoutable, capable de tenir tête à Louis XIII ; il était frère du cardinal de La Valette, ami personnel du ministre et amant de la princesse de Condé. Entre deux maux, il faut choisir le moindre. Richelieu sacrifia le passé à l'avenir, il misait sur le duc d'Enghien. Il laissa le roi, qu'irritait l'indocilité du clan Épernon, faire condamner La Valette à mort par contumace, pour un motif mal établi : refus délibéré de participer au combat « par un mouvement de jalousie envers son chef* ». Mais il n'était pas fier de lui. « Cette affaire, nota-t-il lui-même, fut trouvée plus sale que nous ne le pensions. » Au ridicule, elle ajoutait l'ignominie.

Les scandales soulevés par les échecs de son père atteignaient directement le duc d'Enghien. Sa réaction immédiate, bien naturelle, fut de le soutenir. Lors de l'affaire de Dole, durant son premier voyage en Bourgogne, il avait eu connaissance des *Pasquins*** qui couraient contre le prince, s'était appliqué à les faire saisir et détruire. Après Fontarabie, il réagit à chaud par l'indignation : « Je reçois l'affliction qu'il a plu à Dieu de nous envoyer comme un coup de sa main [...] puisque tout Paris sait, à ce qu'on m'a dit, la lâcheté et la trahison de ceux qui voulaient vous engager en ce dangereux pas. Ce qui me console plus tous les jours, c'est que Dieu a pris un singulier soin de votre personne et vous a conservé miraculeusement. » Mais il croit aussi devoir lui rapporter que de

---

* La Valette rentra en France après la mort du roi.
** Écrit satirique anonyme. Le nom vient d'une statue de Rome, sur laquelle on avait l'habitude de coller les textes de ce genre.

fâcheuses rumeurs circulent sur son compte dans les cabarets de la ville, l'accusant d'avoir fait préparer, trois jours avant l'explosion de la mine, une chaloupe destinée à lui permettre de rejoindre au large le vaisseau amiral – autrement dit d'abandonner le siège [12]. Par la suite il a lu, bien sûr, le grand discours justificatif publié par La Valette, qu'il qualifie d'« impertinente pièce » : il en ordonne la destruction systématique. « Je me suis informé s'il n'y en a point d'autres dans Dijon et on m'a assuré qu'il n'y en avait point »[13], ajoute-t-il.

Il affiche donc une solidarité familiale sans faille. Mais il est trop intelligent pour n'avoir pas compris que le prince n'a décidément rien d'un héros, ni sur le plan professionnel – ses prétendus « malheurs » à la guerre ne relèvent pas de la malchance mais de l'incapacité –, ni sur le plan moral – le lavage de linge sale public entre lui et son second n'a rien de chevaleresque. Il n'a pas de peine à deviner ce que pensent les amis de sa mère ou ses condisciples de l'académie. Comment reparaître devant eux la tête haute ? En bonne éthique nobiliaire, le seul moyen de sauver l'honneur est pour lui de se montrer le héros que son père n'a pas su être. L'aspiration à la gloire militaire, commune à tous les garçons de son âge et de son milieu, trouve dans la situation en porte à faux qui lui est faite un aiguillon qui la décuple. Quand lui donnera-t-on enfin les moyens de montrer ce qu'il vaut ?

Justement, voici que s'offre une chance d'approcher le roi. Dans l'été de 1639, Louis XIII, qui s'en va rencontrer à Grenoble sa sœur Chrétienne, régente de Savoie, annonce qu'il fera étape à Dijon. Comment y faire face ? Branle-bas de combat : le jeune duc écrit à son père pour lui demander conseil. Mais tout va trop vite, déjà le roi est là, il faut improviser, sur des thèmes convenus, à vrai dire : visite des villes et des places fortes, fêtes et banquets – trop généreux pour les intestins fragiles du souverain. Richelieu, qui fait partie du cortège, ne tarit pas d'éloges sur son protégé : « Il a beaucoup d'esprit, de discrétion et de jugement. » Le moment est venu de combler enfin ses vœux en parachevant son éducation militaire par une vraie campagne face à l'ennemi : « Je crois qu'il sera de votre prudence de lui choisir cet hiver un vieil gentilhomme bien expérimenté de la guerre et lui donner avec lui plus de liberté en sa conduite ; pour la campagne qui vient, ma pensée est que vous ne voudrez pas qu'il la fasse sans la voir avec le plus vieil maréchal de France qui commande les armées du Roi, afin qu'il sache mieux l'instruire en ce que doit un prince de sa qualité [14]. »

« Je suis le plus heureux garçon du monde puisque vous m'avez fait l'honneur de témoigner être content de moi », écrit l'apprenti gouverneur à son père le 26 septembre, de Dijon. Heureux, le jeune duc ? Oui, certes, puisque ce père, si avare de compliments, a enfin rendu justice à son mérite. Heureux surtout, parce que les portes de l'avenir semblent devoir s'entrouvrir pour lui. Mais il lui faut payer d'un prix dont il mesure encore mal l'ampleur les responsabilités militaires que Richelieu fait miroiter à ses yeux.

Marchandages matrimoniaux

Le prince de Condé n'avait gagné aucun surcroît de prestige à une médiocre campagne en Roussillon. Il se sentait vieillir. Atteint de l'inévitable goutte, qui frappait alors toute la noblesse masculine – pour cause d'alimentation trop riche en gibier –, il souffrait surtout de la douloureuse « maladie de la pierre », c'est-à-dire de coliques néphrétiques, auxquelles les eaux de Forges n'apportaient qu'un faible soulagement. Il devait beaucoup à Richelieu, dont le soutien venait de le tirer d'un très mauvais pas. Il souhaitait, avant de mourir, assurer à ses enfants sa puissante protection. Aucun moyen ne semblait plus solide, en ce temps, que les réseaux familiaux. D'où l'idée, caressée depuis des années, d'unir son fils à une nièce du cardinal, mais il était alors un peu tôt, la fillette n'ayant que quatre ans. Elle en avait douze désormais, le moment venait de réactiver le projet. Il savait bien que le cardinal n'était pas immortel, mais on pensait, à cette date, qu'il survivrait à Louis XIII. Pour aider le duc d'Enghien à traverser les turbulences d'un éventuel changement de règne, nul ne paraissait plus qualifié. Et en tout état de cause, il ferait bon avoir part à son héritage, présumé fabuleux.

La lettre protocolaire qu'il adressa au cardinal est parvenue jusqu'à nous. « Après que pour le salut de la France, Dieu inspira le Roi de vous appeler dans son Conseil », et compte tenu « des mille obligations que je vous ai, desquelles la seule mémoire me rendrait ingrat si je ne vous en témoignais d'éternelles reconnaissances », j'ai attendu avec impatience le temps de le faire et, puisque le temps « est accompli, je vous supplie de me faire l'honneur, avec la protection du Roi, que mon fils aîné recherche en mariage Mlle de Brézé, votre nièce, et que le tout s'achève au plus tôt et sans délai, mon âge me faisant désirer avant de mourir voir mon fils marié. » Il ajoutait : « Mon fils brûle du même désir que moi d'avoir votre alliance, et vous savez que ma femme a la même passion »[15].

Cette lettre nous paraît aujourd'hui d'une obséquiosité confondante. Elle l'était moins, en son temps, où les usages autorisaient, imposaient même, des outrances dans la flatterie dont nul n'était dupe, mais dont l'absence eût choqué. En revanche, la démarche personnelle qu'il fit auprès de Richelieu et dont fut témoin le chancelier scandalisa les contemporains : il se serait mis à genoux devant lui pour demander sa nièce, tout en lui offrant, pour son neveu, la main de sa fille. La réplique du cardinal fit mouche : « Une demoiselle peut bien épouser un prince, mais une princesse ne doit pas épouser un gentilhomme. » Et Tallemant de commenter brutalement, en rapportant l'anecdote : « Feu M. le prince fit tant de fautes dans les emplois de guerre qu'il eut, qu'il fut réduit à offrir ses enfants[16]. » Il avait bien entendu « consulté » sa femme et son fils, quitte à ne tenir aucun compte de leur avis. Car il ment assurément sur leur prétendu enthousiasme. La princesse en fut très contrariée, mais elle n'y pouvait rien. Quant au principal intéressé, il ne semble pas en avoir mesuré aussitôt les implications.

La demande officielle est datée du 11 février 1640, à Dijon, où le prince se trouvait donc avec son fils. Il est probable qu'il lui mit le marché en mains : le mariage lui vaudrait l'appui du cardinal pour la grande carrière militaire dont il rêvait. À quoi s'ajoutèrent sans doute des considérations sur le salut de ses frère et sœur. Bien que très loin d'être son égale, la « demoiselle » concernée, Claire-Clémence de Maillé-Brézé, appartenait à une famille de très ancienne noblesse angevine, dont les ancêtres se targuaient de remonter aux croisades. À l'âge de sept ans, elle avait perdu sa mère, Nicole Du Plessis, une sœur de Richelieu, et celui-ci avait confié la fillette à l'épouse d'un de ses fidèles secrétaires, Mme Bouthillier, qui l'avait élevée avec grand soin dans son château campagnard des Caves, près de Pont-sur-Seine. Elle n'avait qu'un frère, de neuf ans son aîné, qui occupait depuis l'année précédente les importantes fonctions de commandant des galères du roi. Rien que d'honorable dans tout cela. On parlait peu de son père, le maréchal Urbain de Brézé, un original, qui vivait alors en ours, retiré sur ses terres en compagnie d'une redoutable servante maîtresse. Et on jetait un voile pudique sur le souvenir de sa malheureuse mère, qui avait dû être internée pour graves troubles mentaux*.

Telles que les choses se présentaient, ce n'était pas une union inacceptable. À cette date, le jeune duc, coupé depuis des mois du milieu parisien, était redevenu plus docile. Il n'était encore amoureux de personne et, de toute façon, le mariage n'avait pas grand-chose à voir avec l'amour. Il s'inclina sans grande résistance. La récompense promise vint aussitôt. Il apprit qu'il participerait à la campagne qui allait s'ouvrir sur la frontière du Nord. Quand il passerait

---

* Selon Tallemant, elle croyait son postérieur en verre et refusait de s'asseoir, par crainte de le briser [17].

par Paris au mois d'avril pour s'y rendre, il lui faudrait en profiter pour faire la connaissance de sa fiancée. Le choc fut rude, il tomba de haut. À douze ans, c'était encore une enfant, de très petite taille pour son âge, timide et maladroite, dépourvue de grâce avec son air de paysanne endimanchée. L'idée d'être attaché toute sa vie à une pareille épouse le révulsa. Mais il était trop tard pour reculer. Il continua sa route vers l'armée en maudissant conjointement son père et le cardinal et en réfléchissant aux échappatoires possibles.

Premières armes

Pour ses débuts, le duc d'Enghien fut gâté. Il eut droit à un siège, un grand siège, doté d'enjeux importants, sortant de la routine dans laquelle on s'enlisait depuis qu'on avait cessé de trembler pour Paris après l'offensive avortée de 1636. Chaque été, désormais, Français et Espagnols se disputaient les places fortes dont le tissu serré jalonnait la frontière du Nord. Ils s'emparaient tour à tour de telle ou telle d'entre elles, au hasard des occasions, et ces « victoires » venaient gonfler le palmarès de leurs généraux. Mais comme aucun des deux n'avait assez d'hommes pour tenir les places conquises, chacun se trouvait contraint de dépouiller l'une pour renforcer l'autre. Il suffisait, si l'on voulait passer à l'attaque, de se tenir informé de l'évolution des effectifs. Il en résultait un absurde jeu d'échanges qui faisait changer les places de mains sans modifier l'équilibre général des forces.

Mais cette fois-ci, Louis XIII voulait en finir avec l'Artois et il avait programmé la conquête de sa capitale, Arras. La province avait été rattachée à la France au temps de Louis XI, mais le jeu des donations et des mariages l'avait fait passer aux ducs de Bourgogne, puis aux Habsbourg à la fin du XVe siècle. Très attachés aux souverains madrilènes qui leur accordaient une large autonomie, les habitants de la ville passaient pour « plus Espagnols que les Castillans » et un proverbe, assorti d'une gravure satirique, clamait leur invincibilité : « Quand les Français prendront Arras, les souris mangeront les chats. » Henri IV s'y était cassé les dents par deux fois. C'était donc à forte partie que s'attaquait son successeur.

Trois armées distinctes devaient converger vers l'objectif. Le duc d'Enghien fut affecté, comme volontaire sans responsabilités propres, à celle du maréchal de La Meilleraye, un cousin germain de Richelieu, censé veiller à sa sécurité. Pour sa formation militaire, le choix, sans être brillant, n'était pas catastrophique. La seule compétence du maréchal concernait l'art des sièges : « Hors la tranchée, qu'il entendait assez bien, il ne savait rien à la guerre », dit Tallemant, ajoutant qu'il était « brave, mais fanfaron, violent à un point étrange »[18]. Le jeune duc rejoint l'armée à Vervins, à la fin d'avril. Il rend compte à son père de son impatience : « Nous allons entrer dans le pays ennemi, on ne dit pas encore la place qu'on doit attaquer[19]. » Il n'a des opérations qu'une vue partielle, mais qui témoigne d'une compétence certaine : la place de Charlemont, près de Givet, lui paraît « parfaitement bonne », trop forte pour qu'on s'y risque, estime le maréchal. Celle de Mariembourg, à laquelle on s'attache quelques jours, se révèle également imprenable. Une longue chevauchée sous une pluie battante, le conduit jusqu'en Artois, où s'engagent enfin les opérations.

Elles offrent à l'observateur un cas d'école. Qu'on en juge. Tout d'abord, les attaquants doivent se garder de l'armée espagnole qui ne manquera pas de se porter au secours de ses compatriotes. C'est pourquoi ils se hâtent d'édifier tout autour de la ville, derrière leurs positions, une circonvallation* longue de cinq lieues avec ponts sur la rivière. Ils se trouvent donc en relative sécurité, mais dans l'inconfortable position d'assiégeants assiégés, lorsque arrivent les troupes adverses. À mesure que le temps s'écoule, ils ont à affronter de graves problèmes de ravitaillement. Les combats se déroulent alors non pas sous les murs de la ville, mais autour des convois de vivres et de munitions destinés à leur camp. Et l'issue demeure très incertaine jusqu'au moment où une armée de secours française vient débusquer les Espagnols. Plutôt que de raconter ici les péripéties de ce siège, qui dura du 19 juin au 9 août et dont le lecteur curieux trouvera un récit détaillé dans les *Mémoires* de Montglat[20], nous nous en tiendrons à ce qu'on peut savoir du jeune duc, novice découvrant la guerre.

Il est là pour s'instruire, il a du pain sur la planche. Qu'a-t-il appris ? Il a fait peu de commentaires. Mais on peut être sûr que son sens de l'observation ne fut

---

* La circonvallation est une ligne de défense formée d'une tranchée avec palissade et parapet, construite par les assiégeants sur leurs arrières pour se protéger d'une éventuelle armée de secours.

pas pris en défaut. Il avait étudié dans les livres les règles de la poliorcétique. Mais il a pu se convaincre qu'elles ne suffisent pas à remporter un siège. Il aurait pu tirer de celui qu'il a vécu un répertoire des fautes à éviter. Il a repéré aussitôt la plus grave de toutes, le manque de cohésion dans le commandement : la juxtaposition de trois armées, dirigées par trois généraux distincts, d'avis différents, qui tirent à hue et à dia et négligent de se concerter, entraîne des flottements dans les manœuvres et un affaiblissement général de la discipline. Il a vu aussi combien étaient essentielles d'une part la connaissance du terrain, de l'autre l'intendance : hommes et chevaux ne marchent pas sans manger. Il a mesuré surtout l'importance des aléas, face auxquels la rapidité d'adaptation est décisive. Précieuses leçons pour le jour où il commandera en chef.

Mais le plus important est que cette expérience l'a changé, l'a révélé aux autres et aussi à lui-même. Ce fut d'abord une épreuve physique, car il tenait à partager la vie de ses compagnons. Ce garçon hyperprotégé, qu'on jugeait fragile, patauge allègrement dans la boue, supporte la faim, la soif, l'inconfort, le manque de sommeil sans rechigner et sans en souffrir. Il n'est pas censé combattre, mais il ne laisserait pas sa place pour un empire. Une première tentative se termine en déception : il se joint à une troupe de douze cents cavaliers, déguisés en fourrageurs, mais l'ennemi détale en les apercevant. Son vrai baptême du feu, il l'obtient plus tard, face aux troupes du cardinal-infant : « Je ne vous ai pas écrit de ma main, explique-t-il à son père, parce que je suis extrêmement las d'avoir couché cinq nuits sur la terre derrière nos lignes, en ayant toujours bataillé, et d'avoir été audevant du convoi, et d'avoir été armé durant cinq heures qu'a duré le combat. » Lorsque arrivent enfin les renforts français, on mesure par contraste les souffrances subies par ceux qui étaient sur place : « Les ducs d'Enghien et de Nemours, et les autres qui venaient du siège, étaient hâlés, vêtus de gros buffles, maussades et crasseux ; et ceux qui venaient de la cour étaient couverts de broderies d'or et d'argent, avec de belles plumes, et parés comme pour aller au bal »[21]. Crasseux ? sûrement. Maussades ? peut-être, à l'idée qu'on aurait pu leur envoyer tous ces courtisans plus tôt. Mais malades ? absolument pas : le jeune duc se porte comme le Pont-Neuf.

Il a soutenu aisément le choc psychologique et nerveux que constituent les échanges de coups de feu, le spectacle du sang et de la mort, la tension nerveuse précédant l'action, et l'exaltation qui l'a saisi lorsqu'il se jetait en avant, pistolets ou sabre au poing, dans la mêlée. Son ardeur au combat, son énergie, son intrépidité, son sang-froid firent l'admiration de tous. « Il commença de faire paraître son courage, et d'établir cette haute réputation qu'il a poussée depuis si haut[22]. » Après la capitulation d'Arras, il assista en bonne place au *Te Deum* célébré dans la cathédrale, puis s'en alla recevoir à Amiens les félicitations du roi et de son ministre. Comment aurait-il pu prévoir, alors, qu'un jour il assiégerait à nouveau la ville, mais aux côtés des Espagnols, et que cette fois-là il échouerait à la prendre* ?

---

* En 1654. Voir *infra*, p. 526-527.

Dans l'esprit de Richelieu, cette campagne était pour lui un examen qualifiant pour des fonctions supérieures : il s'en est tiré haut la main. Intérieurement, il l'a vécue comme une épreuve initiatique, qui assurait le passage entre son enfance indûment prolongée et l'âge adulte. Il se prépare à secouer le joug paternel et à mépriser les injonctions cardinalices. Mais il est impossible de faire marche arrière en ce qui concerne le mariage : le compte à rebours est commencé.

Un mariage imposé, deux victimes

La campagne militaire lui avait quasiment fait oublier Mlle de Brézé. Son père dut insister pour qu'il lui écrive un mot ou demande de ses nouvelles. À son retour de Picardie, il passa le voir à Vallery puis fila droit sur Dijon sans s'arrêter dans la capitale. Il est plus écœuré que jamais à l'idée de l'épouser. Ses brillantes prestations à la guerre lui ont fait comprendre qu'il n'avait pas à mendier l'appui de Richelieu pour faire une belle carrière dans l'armée. Il mesure après coup la servilité des calculs paternels en même temps que leur inanité : il a été sacrifié pour rien. Pourtant, à l'envoyé du cardinal qui s'inquiète du manque d'inclination qu'on lui prête pour la jeune fille et de l'aversion qu'il aurait à se marier, il répond que ce sont de faux bruits et qu'il tient « à grand honneur la faveur de ce mariage ». Aurait-il pu faire autrement ? Il avait laissé engager sa parole. En la reniant il se déshonorerait. C'est sans doute vers cette époque qu'il confia à Lénet ses espérances secrètes – la mort du roi ou du cardinal, également malades, lui rendrait sa liberté – et même ses tentations : il lui prend parfois le désir « de se jeter dans Dole » pour se mettre à couvert des persécutions conjointes de son père et du cardinal.

Mais il ne commit pas l'irréparable. Tout alla très vite. Richelieu prit prétexte des fiançailles pour donner en son palais une fête grandiose où fut conviée toute la cour. On y joua une tragicomédie, *Mirame*, signée de Desmarets de Saint-Sorlin, mais qui passait pour être de lui, et qui fut tièdement accueillie en dépit d'une mise en scène somptueuse. Elle fut suivie d'un de ces bals d'apparat où les couples évoluaient tour à tour, en centre de piste, sous les yeux impitoyables du cercle des courtisans : une rude épreuve pour la plus expérimentée des danseuses, qui tourna au désastre pour la pauvre fiancée. Comme elle était fort petite, raconte Mlle de Montpensier, on lui avait donné pour rehausser sa taille des souliers si hauts qu'elle ne pouvait marcher. Elle s'étala tout de son long en dansant une courante et peina à se relever, empêtrée dans ses vêtements d'apparat alourdis de bijoux. Toute la compagnie éclata de rire, y compris le duc d'Enghien. Mais il en ressentit à coup sûr une humiliation profonde. Les belles amies de sa sœur, qu'il n'avait pas vues depuis deux ans, étaient là. Il les voyait soudain d'un autre œil et, par comparaison, il mesurait ce dont on l'avait privé. C'est sans doute à ce moment-là qu'il commença d'éprouver pour l'une d'entre elles, Marthe du Vigean, un sentiment qui devait se muer en une violente passion.

Trois semaines plus tard, la signature du contrat provoqua une rude déception. Non seulement la jeune femme devait renoncer à l'héritage de son oncle et se contenter de sa dot, mais de plus la dot en question, d'un montant promis de 600 000 livres, ne serait payée en numéraire que pour moitié, le reste étant donné sous forme de quelques terres de médiocre qualité. Le rusé cardinal voulait montrer ainsi que la cupidité légendaire de Condé n'était pour rien dans la demande en mariage et que seul avait compté l'honneur de son alliance. Le prince était furieux. En bon procédurier, il contre-attaqua en déposant secrètement devant notaire, avant le mariage, une protestation en bonne et due forme*.

Le 11 février, l'archevêque de Paris donna la bénédiction nuptiale aux fiancés dans la chapelle du Palais-Cardinal et, après un banquet et un nouveau spectacle, ils furent conduits en procession dans leur chambre, où on les abandonna. Au matin, nul ne se risqua à leur demander, selon la formule consacrée, s'ils étaient « contents l'un de l'autre ». Comme on pouvait le prévoir, le mariage n'avait pas été consommé. Et dans les jours qui suivirent, le jeune duc tomba malade, « si grièvement que l'on crut qu'il en mourrait [23] ».

Deux mois durant, il demeura prostré, détaché de tout, replié sur lui-même, tenant parfois des propos incohérents, proches du délire. Il dépérissait à vue d'œil. Bref, il souffrait de ce qu'on appelle aujourd'hui

---

* À condition d'être faite *avant* l'engagement concerné, c'était une démarche juridiquement recevable pour plaider ensuite le consentement forcé et le frapper de nullité.

une dépression. Il était clair que son cas ne relevait pas des clystères et des saignées familiers aux médicastres de l'époque. Son père fit appel à un jeune médecin qui l'avait soigné avec succès en Guyenne, Bourdelot, féru de philosophie, dont le savoir dépassait déjà largement le cadre des thérapies en usage. Nous ignorons comment celui-ci procéda pour établir le contact avec son patient. Mais ses qualités de psychologue furent sans doute plus actives que les tisanes, tout juste propres à lui « dégorger la rate ». Dès le début d'avril, il signalait une amélioration sensible, avec reprise marquée des fonctions majeures, notamment une faim « canine » qui tournait à l'obsession : mais c'était le signe que la vie renaissait en lui. Bientôt, le malade renoua avec quelques activités : « Il a été voir travailler des chevaux dans le manège pendant deux heures... Sa toux diminue... Il ne se met presque plus en colère... Néanmoins, il parle très peu de tout le jour... Je ne sais si les romans qu'il se fait lire de six heures du matin à huit heures du soir occupent son esprit... ou s'il se les fait lire pour avoir excuse de ne pas parler. » Tiens, tiens, des romans ! Ce choix, si contraire aux préceptes éducatifs paternels, n'était pas innocent. On aimerait savoir qui les lui avait conseillés, procurés. Ils furent efficaces, en tout cas : le 3 mai, il se déclarait « parfaitement rétabli ». Une cure de lait d'ânesse le débarrassa de son mal de gorge. Il était prêt pour une nouvelle campagne militaire.

Cette maladie est la première attestée – mais n'y en eut-il pas déjà durant sa jeunesse ? – d'une série qui en comportera plusieurs autres, avec quelques variantes dans leurs manifestations. Doté d'un tempérament hypernerveux, très porté à la colère, il somatise de façon spectaculaire les graves contrariétés. Plus il a pris sur lui pour y faire face et plus la nature se venge. Les crises sont impressionnantes. Elles le contraignent à cesser brusquement toute activité, moyennant quoi il s'en tire sans dommage assez rapidement. Cette particularité, si elle avait été remarquée par ses éducateurs, expliquerait le soin apparemment excessif qu'ils prennent de sa santé.

Une chose est certaine en tout cas, il éprouve pour sa malheureuse épouse une répulsion insurmontable, dont il ne guérira pas, quoi qu'elle fasse. Elle grandira, elle embellira, elle s'instruira, elle se polira suffisamment pour faire bonne figure dans le monde, elle se battra courageusement pour lui lorsqu'il sera en danger. Rien n'y fera. Elle restera inséparable à ses yeux des circonstances dans lesquelles elle lui a été imposée, de sa liberté violentée, de sa vie privée gâchée – pour rien ! Dans l'immédiat, il a une idée fixe. La non-consommation étant un des motifs admis par l'Église pour l'annulation d'un mariage, il est fermement décidé à se réserver cette porte de sortie. Et Richelieu, qui l'a bien compris, est non moins décidé à le faire plier. Leur lutte dure dix-huit mois, dans un climat de fin de règne où se joue l'avenir du pays.

Échappatoires

Le duc d'Enghien se garde bien d'affronter le cardinal en face. Il pratique l'esquive, il se dérobe, comme il l'a vu faire aux armées qui refusent le combat. Pour fuir son épouse, il dispose à la belle saison d'un moyen très sûr, la guerre. La date à laquelle il se déclare rétabli – 3 mai – ne doit rien au hasard, c'est celle où l'on met en route la campagne de 1641. Il y trouve, outre sa liberté, de multiples agréments. À vrai dire, le siège d'Aire-sur-la-Lys, dans lequel il est engagé officiellement cette fois, lui offre peu de satisfactions. Nulle armée de secours ne lui donnera l'occasion d'un combat : les troupes espagnoles étant retenues ailleurs, Aire se rend sans tarder. Il se console avec deux autres places moins prestigieuses, La Bassée et Bapaume, qui offrent quelque résistance et lui permettent de se dépenser. Mais toute campagne comporte des temps morts et il les met à profit pour mener joyeuse vie en compagnie d'amis de son âge, prompts à jeter par-dessus bord les contraintes de la vie civile. Au diable les préceptes moraux et religieux. On a tous les droits quand on risque sa vie chaque jour. Et quelques-uns y laissent la leur en effet.

L'information circule vite, ne manquant pas de provoquer une algarade paternelle. « Je m'estime le plus malheureux des hommes puisque vous témoignez être fâché contre moi, répond le coupable du camp de La Bassée [...]. J'attendrai avec impatience l'honneur de vous pouvoir entretenir, ou pour vous demander pardon si j'ai failli, ou pour vous faire voir la vérité de tout [24]. » Il croit avoir du temps devant lui : le prince est à Pézenas. Mais la riposte est rapide. Richelieu qui, lui, est à Amiens, prend le relais, il le convoque, l'interroge, se déclare satisfait de son action militaire, mais l'envoie faire une cure à Forges, et lui donne rendez-vous ensuite à Paris. À cette date, le ministre et le père n'ont pas exactement les mêmes objectifs. Ce dernier, au loin, s'affole. La question du mariage n'est pour lui que partie d'un ensemble. Il n'a pas vu grandir son fils. Il constate avec désespoir que celui-ci s'émancipe de jour en jour, lui échappe et que, sur le plan moral et religieux, les fruits de ses efforts éducatifs sont perdus. Il est pathétique de le voir compter sur Richelieu pour le remettre dans le bon chemin : « J'ai une extrême obligation à M. le cardinal, écrit-il à son homme de confiance Chavigny à la fin du mois de septembre, d'avoir envoyé mon fils à Forges ; de là il lui a ordonné d'aller l'attendre à Paris. Il est très juste qu'il aille voir sa femme, mais, croyez-moi, la demeure de Paris, M. le cardinal et moi absents, lui est très dommageable. Si vous le trouvez à propos d'en dire un mot, et qu'il allât aux champs en quelque lieu, où retournant près M. le cardinal, ce serait son grand bien. Pardonnez-moi si je vous mande cela [...]. Mon fils doit obéir à M. le cardinal en tout comme à son père ou comme à son maître, je le veux ainsi[25]. » Mais, du haut de ses vingt ans, le duc d'Enghien est bien décidé à n'obéir désormais ni à père ni à maître.

Sur le moment, les eaux ferrugineuses de Forges, pourtant réputées revigorantes, ont eu des effets sédatifs sur l'humeur du patient. Éloigné des « influences pernicieuses » dont il subissait la contagion – ou soucieux d'abréger ce temps de purgatoire ? – il a promis « de faire des merveilles ». Mais le résultat dont s'est réjoui trop vite le Père Mugnier est passager. Dès son retour à Paris, la *dolce vita* reprend de plus belle, animée par la présence des jeunes filles. Il affecte de se montrer irréprochable à l'égard de son épouse, la traînant à sa suite dans toutes les fêtes de cour, où elle fait de la figuration, quand elle ne sert pas de repoussoir. Mais il ne la touche pas.

Le prince en appelle à nouveau au cardinal, qui promet d'« éloigner le duc des lieux où il se pourrait gâter » et expédie la famille à la campagne, au château de Mello, sous la houlette de Mme la princesse dûment chapitrée. Auprès de l'intéressé, Richelieu a mis les points sur les *i*, « il pourrait le venir trouver après avoir fait le bon fils et le bon mari* huit à dix jours à Mello ». C'est de l'extérieur que vint alors le secours, pour le duc, sous la forme d'une épidémie de variole. Sa petite épouse fut atteinte. Alors que tous s'enfuyaient, il tint à rester à son chevet, montrant à la fois son courage face au danger et son respect des convenances. Lui est-il arrivé de souhaiter qu'elle en meure ? c'est plus que probable. Plus tard, à chacune de ses maladies, le prince et la princesse ne se gêneront pas pour spéculer ouvertement sur son éventuelle disparition. S'il y songea, lui, il n'en montra rien. Elle guérit, et ils rentrèrent tous deux à Paris s'installer dans un nouveau logement que leur avait trouvé Richelieu, à l'écart de l'hôtel de Condé. Mais il en aurait fallu davantage pour l'empêcher de poursuivre, durant tout l'hiver, sa vie débridée, que pimentait le plaisir de défier par là ses mentors.

Au printemps de 1642, cependant, il apparaît soudain que la guéguerre qu'il mène contre le cardinal pour se soustraire à son mariage n'est plus de saison. Louis XIII et son ministre, très gravement malades

---

* *Faire le bon mari* est une expression consacrée pour désigner les relations conjugales.

l'un et l'autre, sont promis à disparaître à brève échéance. Quelle place pourra se tailler le jeune duc d'Enghien dans le nouveau régime ? Son avenir va se jouer dans les mois à venir.

L'initiation à la politique

Depuis deux ou trois ans Richelieu est en perte de vitesse et se sent très menacé. La poursuite de la guerre à outrance contre les Habsbourg, décidée en plein accord avec le roi, mais dont il porte publiquement la responsabilité, puisqu'il est son bras armé, a suscité contre lui une violente impopularité. L'augmentation de la pression fiscale a provoqué un peu partout des révoltes paysannes, Va-nu-pieds en Normandie et Croquants en Périgord. Les grands, exaspérés d'être écartés des instances de décision, ont retrouvé le chemin de la révolte. Ils ont pour porte-drapeau Gaston d'Orléans, frère du roi, qui se croit assuré d'avoir part au gouvernement, voire d'exercer la régence, lors de la minorité qu'imposera le très jeune âge du dauphin. À peine le duc d'Enghien a-t-il tâté de la guerre extérieure, contre l'Espagne, qu'il se trouve confronté à la subversion intérieure, sous ses deux modalités de prise d'armes aux fins d'intimidation et de conjuration en vue de coup d'État.

En 1641, quelques grands seigneurs se jugeant mal récompensés de leurs services avaient quitté la cour et s'étaient rassemblés autour du comte de Soissons, à qui le duc de Bouillon avait offert comme base arrière la place forte de Sedan, qu'il possédait à titre personnel. Ils avaient battu le rappel des mécontents, sollicité l'appui de l'Espagne, réuni une armée et, rejetant toutes les offres de négociations, ils s'étaient mis en campagne pour libérer la France de la prétendue tyrannie de Richelieu. De quoi rappeler des souvenirs au prince de Condé, qui reconnaissait dans cette équipe les fils de ses amis de jadis. Mais il était cette fois du parti adverse. Le 6 juillet, les troupes royales envoyées pour les arrêter furent battues à plates coutures dans le bois de La Marfée, à quelque distance de Sedan. La France tout entière se serait-elle engagée à la suite du vainqueur, comme le crurent certains observateurs à l'époque ? On ne le saura pas. Car le comte de Soissons, en pleine euphorie de sa victoire, fut atteint d'un coup de pistolet dans l'œil dont il tomba mort aussitôt*. Lui disparu, son parti se décomposa et les participants n'eurent qu'un souci, se faire oublier. Affecté à l'armée de Flandre, le jeune duc d'Enghien resta tout à fait étranger à l'affaire, dont il n'eut que des échos tardifs. Tout au plus apprit-il que la prise d'Aire-sur-la-Lys en fut facilitée, parce qu'elle fixa au loin un contingent espagnol.

En 1642 au contraire, il est aux premières loges lors des péripéties provoquées par la conjuration de Cinq-Mars. La campagne commence tôt cette année-là : Louis XIII veut achever la conquête du Roussillon. Le 3 mars il se met en route pour Narbonne où il arrive le 11, deux jours avant le cardinal. Pour

---

* Le coup vint-il d'un gendarme ennemi encore sur place, d'un espion du cardinal infiltré dans ses troupes, ou de sa propre maladresse, car il avait l'habitude de relever la visière de son casque avec son pistolet ?

présider le Conseil, il a laissé à Paris le prince de Condé*. Le duc d'Enghien s'en va donc procéder à sa place à l'ouverture des États de Bourgogne, auxquels il parvient à extorquer 800 000 livres de crédits exceptionnels pour la campagne qui s'ouvre. Il doit ensuite rejoindre le cardinal à Narbonne le 15 avril. À quel titre ? Il n'est rattaché à aucune armée. Aucune fonction militaire précise ne lui est confiée. Avec la troupe d'amis personnels qui l'accompagnent, il constitue une force d'appoint, à toutes fins utiles.

À Narbonne, où le climat est irrespirable, tant y rôdent la suspicion et la peur, il trouve Richelieu malade et aux cent coups. La conjuration organisée contre lui par le favori du roi, Cinq-Mars, a été maintes fois contée : reprenant des objectifs devenus traditionnels, elle vise à éliminer le cardinal et à imposer au roi la signature d'une paix blanche dans laquelle les belligérants se restitueraient mutuellement leurs conquêtes. Le roi passe aux yeux des conjurés pour avoir donné à l'entreprise son consentement tacite, par les plaintes sur l'humeur tyrannique de son ministre et sur les misères infligées au pauvre peuple, qu'il déverse dans les oreilles complaisantes du stupide jouvenceau. Les préparatifs ont été poussés très loin : le texte d'un traité, cautionné par Gaston d'Orléans, a été porté à Madrid avec échange

---

* Lorsque le roi s'absente pour un certain temps, il doit être représenté à la tête du Conseil par un membre de sa famille proche, parce que la monarchie est dynastique. En cas d'absence prolongée, on parle de régence. La charge est une marque de confiance ; elle n'exige pas obligatoirement de compétences, mais celles-ci ne nuisent pas.

de signatures. Pour éliminer le cardinal, il y a deux solutions, l'une honorable mais hasardeuse, le faire disgracier et renvoyer par le roi, ou l'autre, plus expéditive, le liquider d'un coup de poignard. L'intéressé s'en doute. Il s'est dissocié de l'escorte royale au cours du voyage dans le Midi, évitant ainsi Lyon où l'attendaient des assassins.

Le duc d'Enghien n'eut pas grand-peine à comprendre la gravité de la situation. Cinq-Mars se risqua à lui faire des avances, qu'il repoussa sans hésiter, par sens de l'honneur : il « appartenait » à Richelieu. Peut-être aussi par lucidité politique. Il recruta parmi la noblesse du cru assez de jeunes gens pour former avec ses amis une troupe de huit cents cavaliers, qui servirent de gardes du corps au ministre dans toute la période ambiguë où celui-ci arpenta la Provence, de forteresse en forteresse, pour éviter les sicaires qu'il croyait pulluler à la cour. On sait comment finit l'affaire. À la mi-juin, la découverte d'un exemplaire du traité lui permit de convaincre le roi de la trahison de son favori, qui fut condamné à mort et décapité à Lyon le 12 septembre en même temps que son ami et complice de Thou. Trois jours plus tôt, Perpignan s'était rendue, la conquête de Salces n'était plus qu'une formalité, le Roussillon devenait français.

Sans attendre l'exécution de Cinq-Mars, le roi était reparti pour Paris. Richelieu, couvert de plaies, incapable de se lever, voyageait dans la fameuse litière qu'on ne pouvait introduire dans une chambre qu'en élargissant les fenêtres. Il s'arrêta dans la station thermale de Bourbon-Lancy et y attendit le duc d'Enghien, qu'il avait envoyé superviser la fin de la campagne et surveiller les deux généraux, jaloux l'un de l'autre et peu sûrs. Bien qu'il n'eût pas combattu, c'est le duc qui eut l'honneur de recevoir la capitulation de Perpignan au nom du roi. Tout au long de ce drame, sa fidélité à Richelieu fut sans faille. Le surcroît de prestige qu'il a acquis grâce à lui au cours de cette année dramatique a-t-il suffi à contrebalancer l'animosité inspirée par son mariage forcé ? Pas tout à fait : un incident mineur fut l'occasion de crever l'abcès.

L'adieu à Richelieu

Sur le trajet ramenant le duc d'Enghien vers le Nord, il devait faire étape à Lyon et y saluer au passage l'archevêque, frère de Richelieu, revêtu lui aussi de la pourpre. Une corvée de plus, qui le contrariait. Une querelle récurrente opposait cardinaux et princes du sang sur un grave point de préséance : lesquels devaient « céder le pas » aux autres ? En tant que princes de l'Église et chefs du premier ordre du royaume, les cardinaux exigeaient une priorité que leur refusaient les proches du roi, censé tenir directement son pouvoir de Dieu*. Le duc s'inclina devant le ministre – il ne pouvait pas faire autrement –, mais il refusa de s'effacer devant un de ses plus obscurs collaborateurs, un Italien roturier de surcroît. Il finit par

---

* Rappelons que les trois ordres composant la société sont le clergé, la noblesse et le tiers-état. La question de préséance entre les deux premiers n'est pas futile, car elle n'est qu'un aspect d'un vaste conflit séculaire, les papes prétendant exercer sur les rois un magistère politique que ceux-ci contestent.

consentir à une solution mixte : il laisserait la prééminence au nommé Mazarin uniquement en présence de Richelieu, englobant ainsi le serviteur dans l'hommage rendu au maître. Mais l'affaire lui avait laissé quelque rancœur contre les cardinaux, dont celui de Lyon fit les frais.

Arrivé dans la ville sur le soir, il soupa tranquillement avec ses amis et se contenta d'envoyer un de ses officiers saluer le prélat en son nom. Hélas, une réception somptueuse l'attendit en vain à l'archevêché : toute la ville fut témoin de l'affront. Or Richelieu était d'autant plus susceptible en ce qui concernait son frère que sa promotion avait paru injustifiée : il l'avait tiré de la Grande Chartreuse où il était moine pour en faire le primat des Gaules. C'était un fort brave homme, qu'on soupçonnait d'être un peu fou parce qu'il n'avait pas d'ambitions politiques. Au moins dirigeait-il paisiblement le diocèse de Lyon. Le faux pas du duc d'Enghien déclencha chez Richelieu une colère homérique, assortie de jurons qui laissèrent les témoins scandalisés. Et il somma le coupable d'aller présenter ses excuses à l'archevêque. Entre-temps celui-ci s'était mis en route vers le Sud. Le duc ne parvint à le rejoindre qu'à Orange, où il s'exécuta. Et il se remit en route pour Bourbon-Lancy, où il arriva d'humeur massacrante dans les derniers jours de septembre.

Il déversa sa bile auprès du fidèle Lénet : le cardinal n'était qu'un tyran, qui avait poussé à bout la reine, la reine mère, Monsieur et tant d'autres, qui s'était servi cyniquement du prince de Condé pour des missions en tout genre, sans lui faire de faveurs autres qu'intéressées, et sans lui accorder la grâce de

Montmorency, et qui lui avait imposé sa nièce sans contrepartie. Après quoi, il lui fallut bon gré mal gré affronter la fureur cardinalice. Sur le choc initial, nous ne savons pas grand-chose, en dehors de ce qu'il écrivit à son père, minimisant l'incident : « Le cardinal fut un peu fâché contre moi [...]. Il m'en parla et me fit la réprimande [26]. » Mais il est attesté que son refus des relations conjugales fut au cœur de leur conversation. Et cette fois, Richelieu l'emporta : le mariage fut consommé aussitôt après.

Nul biographe ne semble s'en étonner. Il est tout de même étrange que le jeune duc, après avoir escompté pendant deux ans que la mort de Richelieu lui rendrait sa liberté, se soumette soudain au moment où cette mort paraissait imminente. Aucun besoin de discuter, il lui suffisait d'attendre. Prétendre que l'inflexible autorité du cardinal l'a fait plier est une plaisanterie. Cette autorité du cardinal a subi un rude coup durant l'été. Certes il a recouvré l'essentiel de son pouvoir, il peut encore faire ou défaire une carrière. Mais il ne peut plus traiter en enfant indiscipliné un homme qui l'a vu en position de faiblesse, l'a soutenu, protégé, et qui a pris face au danger des initiatives intelligentes : leur relation a changé. Que l'incident de Lyon les ait mis tous deux en colère n'est sans doute pas une mauvaise chose : l'un et l'autre y ont épuisé leur violence. Ils peuvent s'aborder plus sereinement*. Or cet entretien, programmé dès avant leur séparation dans le Midi, est un entretien testamentaire. Souhaiter, à l'avance, la mort

---

* Il n'était pas rare que Richelieu, très coléreux, le regrette ensuite, au point de faire des excuses.

du cardinal est une chose, la voir en face en est une autre. Dans la bouche d'un moribond, les paroles prennent un autre poids. Le revirement du duc d'Enghien ne relève que d'une seule explication possible : Richelieu l'a convaincu qu'il devait accepter son mariage.

Leur conversation n'ayant pas eu de témoins, nous ne saurons jamais ce qu'il lui a dit. Il disposait d'arguments de tous ordres, que nous laissons au lecteur le loisir d'imaginer. Entre les principes moraux et religieux, le sens de l'honneur, la solidarité familiale, et les motifs intéressés, l'éventail était vaste. Mais il est certain que la crise récente, ayant mis en évidence les options politiques des uns et des autres, pesait désormais sur les choix du duc d'Enghien. Après avoir soutenu publiquement le cardinal comme son homme lige, il ne pouvait plus dénoncer son mariage, sauf à voir ce soutien taxé d'hypocrisie. Or l'inébranlable fidélité du père et du fils durant les crises de 1641 et de 1642 constituait leur principal atout auprès de Louis XIII, qui serait le seul maître pour les mois à venir. L'exigence morale et la sagesse politique parlaient d'une même voix. Le cardinal eut-il le temps, avant de mourir le 4 décembre, la satisfaction d'apprendre que sa nièce était enceinte ? ce n'est pas sûr. Mais parmi les ultimes recommandations qu'il fit au roi sur les hommes à employer, on sait qu'il lui conseilla de confier au jeune duc le commandement de l'armée de Picardie pour la campagne de l'année suivante.

Le duc d'Enghien avait désormais les moyens de ses ambitions. Pour peu de temps cependant. À lui de saisir l'occasion par les cheveux. Quant à la suite, qui vivrait verrait. Mais si l'on en croit La Rochefoucauld, dès avant la mort du roi, une alliance verbale aurait été conclue, en secret, entre Anne d'Autriche et lui : elle s'engageait à le préférer si possible à Gaston d'Orléans pour tous les emplois lorsqu'elle serait régente, et il promettait « d'être inséparablement attaché à ses intérêts et de ne prétendre que par elle toutes les grâces qu'il désirerait de la cour[27] ».

Aucun doute : son éducation était terminée.

DEUXIÈME PARTIE

Les années prodigieuses

CHAPITRE CINQ

Naissance d'un grand capitaine

En dépit de la conquête du Roussillon, l'avenir s'annonçait mal pour la France au début de l'année 1643. Le grave échec subi à Honnecourt l'été précédent laissait la frontière du Nord perméable et la capitale pouvait à nouveau être menacée. Richelieu était mort, qui passait pour l'âme de la résistance à l'Espagne. Au sortir des entretiens qu'il avait eus avec lui dans ses tout derniers jours, Louis XIII avait signifié fermement que rien ne serait changé dans l'orientation politique : la guerre continuerait jusqu'à obtention d'une paix sûre et durable. Mais lui-même, dévoré par la maladie qui le minait depuis longtemps, approchait de son terme et son fils n'avait pas cinq ans. Philippe IV comptait donc sur le changement de règne imminent pour imposer à la France la paix blanche qu'il souhaitait. Car la régence allait échoir, selon toute probabilité, à sa propre sœur, la reine Anne d'Autriche, qui n'avait cessé de montrer jusqu'alors ses sympathies pour la cause espagnole.

C'est dans ces conditions que le duc d'Enghien fut appelé à prendre en main la direction des opérations dans la région la plus menacée de toutes, face aux armées ennemies solidement adossées aux Pays-Bas. Le 15 février, Louis XIII lui fit l'honneur insigne de le convier à dîner privément à Versailles, qui n'était alors qu'un simple rendez-vous de chasse*. C'était aussi un moyen de le tester. Le courant, entre eux, passa bien. Le roi, on le sait, avait le goût des questions militaires, on le disait « très soldat », il eût aimé payer de sa personne si ses fonctions et sa santé ne le lui avaient pas interdit et il suivait avec passion le déroulement des campagnes. Il trouva sans peine un terrain d'entente avec le duc, à qui il annonça d'emblée sa nomination, confirmée une semaine plus tard par un pouvoir en bonne et due forme : il commanderait « les armées de Flandre et de Picardie ».

En soi, cette décision n'avait rien de surprenant. En un temps où chacun s'attendait à une vaste redistribution des cartes et où les fidélités vacillaient, il était naturel que Louis XIII fît coiffer les états-majors par un homme sûr, politiquement parlant. Mais quel serait son rôle militaire ? Que savait-on de ses compétences ? Il n'avait que vingt et un ans. Il s'était certes montré courageux au siège d'Arras, mais il n'avait jamais commandé d'armée. Il se voyait soudain chargé d'en diriger deux, de coordonner l'ensemble de leurs mouvements et de prendre les décisions stratégiques requises.

---

* Il s'agit du petit château que Louis XIV préserva et autour duquel il ordonna l'ensemble des bâtiments.

On put croire un instant à une nomination de pure forme. Les rois, on le sait, se faisaient souvent représenter dans certaines de leurs fonctions par des membres de leur famille, sans que cela implique de véritables responsabilités de leur part. « Les maréchaux ont de tout temps obéi aux princes du sang, le respect qu'ils leur ont porté étant fondé sur ce qu'ils* peuvent devenir leurs maîtres. Mais les rois néanmoins, en faisant servir les maréchaux de France sous les princes du sang, leur ont toujours conservé le même pouvoir dans leurs armées que lorsqu'ils commandent seuls[1]. » Autrement dit, les princes sont obéis à condition de ne rien ordonner ! Le rôle d'Enghien semblait entrer dans cette catégorie, puisque sa promotion ne fit d'abord qu'un mécontent, Gaston d'Orléans qui, d'un rang plus élevé, estimait qu'elle lui revenait. Les maréchaux pensaient rester maîtres de la décision, en s'accommodant tant bien que mal du blanc-bec qu'on leur lâchait dans les jambes. Mais si l'intéressé prétendait commander pour de bon, il empiéterait sur leurs prérogatives, à ses risques et périls.

Le duc comprit vite qu'il ne serait pas accueilli à bras ouverts. Il serait jugé sur pièces, impitoyablement. Les jours du roi étant comptés, il n'avait que peu de temps pour faire ses preuves. Et la fâcheuse réputation de son père accentuait sur lui la pression : parviendrait-il à être plus « heureux » que lui à la guerre ? En cas d'échec, il s'en remettrait difficilement. Il jouait donc son avenir à quitte ou double dans la campagne qui s'engageait.

---

* Sur le fait qu'ils...

Préparatifs

Le nom d'armées était bien pompeux pour désigner le ramassis de troupes mises à sa disposition. Très éprouvées par les défaites de l'année précédente, elles avaient été disséminées un peu partout pour leurs quartiers d'hiver, en fonction des possibilités. Elles avaient fondu par suite des pertes sur le terrain, mais surtout des désertions, qu'entraînait un important retard dans le paiement des soldes. En prévision de la mort du roi, leurs officiers, en grand nombre, étaient partis pour Paris afin de veiller à leurs intérêts. Croyant la victoire impossible, elles étaient démoralisées et jugeaient inutile de se battre puisque la paix allait être signée. Le duc d'Enghien s'occupa de compléter les effectifs par des recrues et, tant pour les empêcher de se débander que pour protéger le pays de leurs exactions, il les consigna dans des places fermées, assez proches les unes des autres pour qu'elles fussent faciles à regrouper. Puis il fit ce que nous appellerions de l'action psychologique pour leur redonner courage. Il ne faisait pas partie des vaincus de La Marfée et d'Honnecourt, il avait pris Arras et vu capituler Perpignan : il portait chance. Sa seule présence, sa jeunesse, sa fougue avaient un autre impact que les objurgations des vieux maréchaux désenchantés. Il avait été rejoint, à titre de volontaires, par la joyeuse bande d'amis qu'il avait entraînés avec lui en Roussillon. À eux tous, ils répandaient autour d'eux un optimisme communicatif.

Les instructions données par le roi au nouveau général étaient on ne peut plus vagues : « s'opposer aux desseins de l'ennemi, quels qu'ils pussent être ».

Mais l'inspiration en était défensive : « Au cas qu'ils veuillent attaquer quelque place, l'intention de Sa Majesté est qu'il aille à eux avant qu'ils ne soient retranchés afin de rompre leur dessein, soit en prenant un poste avantageux d'où il les puisse incommoder, en sorte qu'il les empêche de faire leur circonvallation, soit en combattant. » L'objectif était de les faire renoncer au siège, autant que possible sans avoir à les affronter directement. Il avait ordre « de ne s'engager à rien dont l'issue ne doive, par toutes les apparences humaines, être glorieuse pour les armes de Sa Majesté ». Prudence donc : il devrait « prendre conseil en toute occasion » d'un vieil habitué du terrain, François de L'Hôpital, fraîchement promu maréchal afin de lui donner l'autorité requise pour tempérer la hardiesse du jeune duc.

Les troupes dont il dispose ne sont pas parfaitement unifiées. Elles sont formées par la juxtaposition de corps qui ont chacun leurs officiers et dont les soldats ont des habitudes communes. Il lui faudra donc tenir compte de la spécificité des uns et des autres, inégalement combatifs, inégalement fiables. Parmi ses mestres de camp*, il peut compter sur deux cavaliers entreprenants et expérimentés, Sirot et surtout Gassion, tandis qu'il sait qu'il y a peu à attendre de d'Espenan et que La Ferté-Senneterre est assujetti au maréchal de L'Hôpital. Il va découvrir très vite les inconvénients que comporte la fragmentation des commandements, génératrice de dissensions.

Car les Espagnols qui, de Bruxelles, suivent attentivement l'évolution de la maladie du roi, sont bien

---

* À peu près l'équivalent de nos colonels.

décidés à profiter de la période de flottement qui suivra sa mort pour s'emparer du maximum de terrain avant la signature de la paix. Une grosse armée se met en route sous les ordres du gouverneur des Pays-Bas, don Francisco Melo de Braganza. À Paris, la rumeur annonce vingt mille fantassins et dix mille cavaliers. Le duc d'Enghien, sur place, en rabat d'un bon quart : « J'ai un avis qu'ils ne seraient que quinze à seize mille à pied et six à sept mille chevaux[2]. » D'autres disent vingt-six à vingt-huit mille au total. Lui-même en avait vingt-trois mille, mais il était moins bien pourvu en cavalerie et surtout en artillerie : six canons contre dix-huit. Parti des alentours de Valenciennes, Melo longe la frontière de Picardie en laissant planer le doute sur sa destination. Le duc le suit, en gagnant du terrain, prêt à l'affronter. C'est alors, le 14 mai, qu'il reçoit une lettre de son père lui disant que le roi se meurt et lui intimant l'ordre de rentrer à Paris d'urgence.

Sa réponse est un refus cinglant : « Vous saurez que les ennemis ne sont qu'à une journée de moi et que demain nous serons en présence. J'ai nouvelles de toutes parts que leur dessein est d'entrer en France du côté de Vervins, ils sont déjà à Hirson. Jugez si mon honneur ne serait pas engagé au dernier point de laisser l'armée dans cette conjoncture-là, outre que je vois une perte générale de toute l'armée si après la mort du roi je l'abandonne à la vue des ennemis, et je ne me vois pas trop en état de vous servir avec un écuyer à Paris. » Et la feinte soumission qu'il affiche pour terminer est d'une ironie féroce : « Si pourtant vous jugez que je sois plus en état de servir l'État et vous, tout seul à Paris, qu'ici à la tête d'une armée de vingt-cinq mille hommes, qui sont tous bien intentionnés, j'abandonnerai volontiers tous les intérêts et l'honneur pour vous rendre le service que vous souhaiteriez de moi[3]. » Difficile de lui dire que sa requête est non seulement honteuse, mais également stupide ! Aucun débat cornélien entre le service de l'État et les affaires familiales n'a présidé à son choix. À Paris, son père est parfaitement capable de défendre tout seul les intérêts de leur maison. Son destin à lui se joue ici, à l'armée, où il a obligation de résultats. La bataille qu'il se prépare à livrer, il la désire passionnément, depuis longtemps. Rien au monde ne saurait l'en priver.

Rocroi

Deux jours plus tard, il apprit coup sur coup que Louis XIII était mort et que Melo avait entrepris d'assiéger Rocroi. Tenue par une garnison de quatre cents hommes seulement, la place était condamnée. Sa possession risquait d'ouvrir à l'ennemi la vallée de l'Oise et la route de Paris. Bien que Gassion ait réussi à y jeter quelques troupes, l'état-major français se montra très pessimiste. Le maréchal de L'Hôpital déconseillait l'affrontement, ne voulant pas s'exposer à une défaite : tout au plus devait-on essayer d'y introduire des renforts supplémentaires, sans grand espoir, avant de sonner la retraite. Enghien argua que, s'ajoutant à la perte de Rocroi, notre dérobade équivaudrait à une déroute et aurait un effet désastreux pour le prestige de la France à l'aube du nouveau règne. Gassion se déclara d'accord, ainsi que Sirot, et un troisième mestre de camp. Malgré les réticences des autres et l'opposition déclarée de L'Hôpital, le duc fixa le combat au lendemain. Mais en fait la bataille se déroula en deux temps.

La place forte s'étendait à l'extrémité nord d'un plateau à la végétation pelée, bordé à l'est par des bois pentus, à l'ouest par des marécages. Au sud*, un village et d'autres bois achevaient de faire du terrain une sorte de champ clos. Le duc arriva en vue de ses murs avec toute son armée, dans le courant de l'après-midi, alors que les Espagnols le croyaient fort loin. Connaissant la faiblesse de la garnison, ils comptaient la prendre très vite. D'emblée, ils avaient emporté quatre des cinq demi-lunes et n'avaient pas jugé utile de se protéger par une circonvallation**. Ils ne purent donc se dérober à l'affrontement. À cette époque, les batailles se présentent toutes de façon identique au départ. Voici ce qu'il faut savoir pour comprendre le déroulement des opérations, lors de celle-ci et des suivantes. Les deux armées se placent face à face, en position symétrique. Au centre, du dispositif, l'infanterie, sur deux ou trois rangs, en échiquier pour faciliter les tirs. On la nomme généralement « la bataille », parce qu'elle en est le cœur. Lente et lourde, elle a surtout pour rôle de tenir, sauf vers la fin, où elle charge pour emporter la décision. Répartie entre les deux ailes, la cavalerie, très mobile, mène l'attaque, avec pour but de rompre les lignes

---

* Plus exactement sud-sud-ouest. Pour simplifier, nous dirons simplement nord, sud, est, ouest.

** Les *demi-lunes* sont des bastions avancés extérieurs au rempart. Pour la *circonvallation*, voir *supra*, note de la page 139.

ennemies et d'y semer la panique. L'artillerie se dissimule généralement au sein de l'infanterie. Quant à la réserve, mi-cavaliers mi-fantassins, elle se trouve au centre, derrière l'ensemble, prête à intervenir n'importe où.

Au soir du 18 mai, il était trop tard et les troupes trop fatiguées par leur journée de marche pour engager le combat. Mais le duc d'Enghien tenait à occuper la position de son choix. Il déploya donc son armée est-ouest face à Rocroi, dos au sud, et les ennemis, pris de court, durent s'aligner précipitamment en face, avec la ville derrière eux. Au centre, d'Espenan, commandant l'infanterie, avait devant lui les fameux *tercios* espagnols, dirigés par un vétéran redouté, Fontaines – en espagnol Fuentes. À l'ouest, l'aile gauche de La Ferté, coiffé par L'Hôpital, faisait face à la cavalerie d'Alsace du duc d'Isembourg ; du côté est, à l'aile droite, Gassion et Enghien lui-même, en position un peu surélevée, étaient opposés à la cavalerie de Flandre emmenée par le duc d'Albuquerque. À l'arrière, au sud, se trouvait Sirot avec la réserve. La soirée se serait bornée à un échange de tirs à distance, sans l'initiative imprévue de La Ferté, poussé par L'Hôpital. Les deux hommes continuaient de désapprouver la décision prise. Apercevant un passage libre sur sa gauche, La Ferté y engagea ses cavaliers, dans l'espoir d'atteindre la place et d'y faire entrer des renforts. Mais du coup, il les isolait du reste de l'armée et les exposait à se faire envelopper. De loin le duc s'en aperçut et se rua pour combler le vide ainsi creusé, cependant que les ennemis, en coupant court à l'échappée de l'imprudent, achevaient de rétablir l'ordonnance des lignes françaises. L'alerte avait été chaude. Pour le combat décisif du lendemain, il donna donc des ordres très fermes : nul ne devait bouger pendant qu'il réglerait d'abord son compte à la cavalerie d'Albuquerque. Il ne déclencherait l'attaque générale qu'ensuite.

La nuit qui suivit s'est prêtée admirablement, dans la légende du Grand Condé, à agrandissement épique. L'ultime tournée d'inspection, le bivouac sur place, avec les feux rougeoyant dans la nuit claire, « si proches que les deux camps ne semblaient qu'une même armée », le chef se roulant dans son manteau et s'endormant à même le sol au milieu de ses troupes, dans un silence quasi surnaturel. Des souvenirs littéraires s'imposaient, que ne manqua pas de relever Bossuet : « À la nuit qu'il fallait passer en présence des ennemis, comme un vigilant capitaine, il se reposa le dernier, mais jamais ne reposa plus paisiblement. À la veille d'un si grand jour, et dès la première bataille, il est tranquille, tant il se trouve dans son naturel : et on sait que le lendemain, à l'heure marquée, il fallut réveiller d'un profond sommeil cet autre Alexandre*[4]. »

À vrai dire, ce n'est pas à l'heure prévue qu'on l'éveilla, mais sensiblement plus tôt, à trois heures, parce qu'un déserteur venait de signaler que Melo attendait vers sept heures une armée de renfort, commandée par le général Beck, gouverneur du Luxembourg, et qu'il avait dissimulé dans le bois qui descendait à l'est vers la Meuse une troupe de mousquetaires destinés à lui ouvrir le chemin. Le duc

---

* Allusion à un épisode très connu de la vie d'Alexandre, dormant paisiblement à la veille de la bataille d'Arbeles[5].

décida d'attaquer aussitôt, avant son arrivée. Après avoir fait nettoyer le petit bois, il se lança dès les premières lueurs du jour en compagnie de Gassion contre la cavalerie adverse, qui, saisie en plein sommeil, fut dispersée en moins d'une heure.

C'est alors qu'il aperçut, à l'autre bout du plateau, son aile gauche enfoncée, son artillerie passée aux mains de l'ennemi et son infanterie prise de flanc qui commençait à se débander : sans attendre le signal, La Ferté, récidivant, s'était avancé dans l'espoir d'atteindre la place forte, et la cavalerie d'Alsace s'était enfoncée comme un coin dans les lignes françaises, y causant des dommages qui semblaient irréparables. Le duc d'Enghien conçut alors une manœuvre d'une hardiesse inouïe, consistant, au grand galop, à déborder tout au long l'infanterie espagnole par l'arrière du côté nord, pour venir prendre à revers la cavalerie d'Alsace, tandis que notre réserve, intacte, bloquerait celle-ci du côté sud. La tenaille ainsi constituée remplit merveilleusement son office et renversa la situation. Quelle fut la répartition des rôles entre lui-même et Gassion dans l'exécution de cette manœuvre ? Les témoignages divergent. Si l'on en croit Montglat, c'est Gassion qui, renonçant à poursuivre la cavalerie de Flandre, se chargea de contourner les Espagnols par l'arrière, tandis que le duc d'Enghien se repliait en hâte vers le sud pour rameuter les fuyards et aider la réserve à soutenir le choc frontal avec les Alsaciens ; il précise même que Sirot dut inviter celui-ci à modérer son élan, afin de laisser à Gassion le temps d'arriver en face, pour conjuguer très précisément leurs deux attaques[6]. Mais qu'il n'ait pas mené lui-même la chevauchée de style wagnérien que lui prêtent certains récits importe peu. C'est à lui qu'est due la décision instantanée qui transforma la probable défaite en victoire.

À huit heures du matin, le 19 mai, il ne restait plus, immobile au milieu du terrain, que le bloc compact, hérissé de piques, de l'infanterie ennemie. Au centre, les *tercios viejos*, composés non pas de mercenaires, mais d'Espagnols « naturels », triés sur le volet, réputés invincibles. De part et d'autre, les bataillons italiens et bourguignons. À l'arrière, en réserve, des Allemands et des Wallons. Au milieu d'eux, leur chef, le vénérable Fontaines, perclus de goutte, trônait dans sa chaise à porteurs, le bâton de commandement à la main. Trois fois le duc, reconnaissable à son panache blanc, mena ses troupes à l'assaut, cavalerie et infanterie mêlées. Trois fois les rangs espagnols s'entrouvrirent pour laisser tirer les canons, faisant des ravages dans les rangs français. Mais l'artillerie récupérée par Sirot put entrer en jeu. Alors que se préparait un quatrième assaut, on aperçut, à travers la muraille humaine fissurée, le corps de Fontaines effondré, blessé à mort. Les officiers survivants firent signe avec leurs chapeaux qu'ils souhaitaient se rendre. Mais un malentendu ou une traîtrise déclencha alors une fusillade qui, si elle eût atteint le duc d'Enghien, aurait changé cette reddition en tragédie. La réplique des Français furieux tourna au massacre et il eut toutes les peines du monde à leur arracher les officiers espagnols. Ultime épisode, qui permet d'enrichir la figure du héros d'une vertu supplémentaire : il « joignit au plaisir de vaincre celui de pardonner[7] ». Après quoi il s'agenouilla pour rendre grâce à Dieu de lui avoir accordé la victoire. Plus encore que la manœuvre tournante qui avait permis de rétablir une situation gravement compromise, c'est la défaite des *tercios* qui frappa les imaginations. Elle signait la fin d'un mythe : il était désormais possible de vaincre l'Espagne.

Les leçons d'une victoire

On avait frôlé le désastre ! À qui la faute ? Il est permis de s'étonner après coup qu'aucun blâme n'ait frappé La Ferté, bien que ses initiatives intempestives aient mis en danger l'ensemble des troupes. Pis encore, nul ne se demande ce qui serait advenu si sa manœuvre avait abouti et s'il avait réussi à faire entrer dans Rocroi tout ou partie du corps qu'il commandait. L'armée ainsi amputée aurait eu le choix entre se faire écraser ou – comme l'avait préconisé le maréchal de L'Hôpital – battre en retraite. En fait les deux hommes n'avaient pas renoncé à leur plan et tentaient de le faire prévaloir sur le champ de bataille. Leur préméditation semble confirmée par le fait que le marquis de La Vallière, n'arrivant sur le terrain que dans la matinée du 19 et croyant la bataille perdue, vint porter à Sirot – de la part de qui ? – « l'ordre de se retirer avec son gros ». Mais, celui-ci, « qu'une longue expérience avait rendu plus clairvoyant dans les combats, lui répondit sans s'étonner* : "Je vois bien, Monsieur, que vous ne savez pas comment on gagne les batailles ; pour moi, je veux gagner celle-ci." Et marchant en même temps contre les ennemis à

---

* *Son gros* : le gros de ses troupes. – *S'étonner* : s'affoler.

demi rompus de la charge qu'ils avaient faite, non seulement il les arrêta, mais il les fit fuir à leur tour, et donna le loisir à M. le prince de rallier nos troupes étonnées, de les ramener au combat, et de se frayer un chemin à une des plus entières victoires qui se soient peut-être vues de nos jours »[8].

De cette anecdote ressortent divers enseignements. D'abord elle illustre les effets désastreux du partage des responsabilités entre les chefs, destiné à fournir de l'emploi à une multiplicité d'officiers qui doivent leur grade à leur rang dans la hiérarchie nobiliaire plus qu'à leur compétence*. Par bonheur, cet usage sévit dans toutes les armées d'Europe, ce qui en répartit équitablement les méfaits. Après Rocroi, le duc d'Enghien, seul aux commandes, aura l'autorité requise pour imposer ses plans : collecte des renseignements, étude du terrain, concertation générale, préparatifs soigneux, minutage précis des manœuvres. Mais sa hardiesse continuera de faire peur. Comme Turenne, il déteste les sièges, qui sont sans cesse à recommencer, mais qu'affectionnent à la fois les généraux chevronnés et les troupes mercenaires, parce qu'ils sont moins dangereux, et qu'ils procurent aux uns des lauriers faciles et aux autres de profitables pillages. Il n'existe selon lui qu'un moyen efficace de gagner la guerre, c'est d'anéantir dans des batailles rangées le potentiel militaire ennemi. Mais une telle idée est difficile à faire partager aux futurs acteurs.

---

* On verra même au XVIIIe siècle des généraux commander tour à tour, à jour passé. Dans tous les domaines, la plupart des offices fonctionneront « par semestres » puis « par quartiers » pour les mêmes raisons.

L'autre enseignement concerne la coordination des mouvements et donc la circulation des mots d'ordre le long d'un front qui s'étend sur deux de nos kilomètres. Toute bataille est pleine d'imprévus. La grande force du duc d'Enghien est la rapidité d'adaptation. Il change tout d'abord ses plans avant le combat, en y ajoutant le nettoyage préalable du petit bois et en avançant l'heure de l'attaque. Puis il les modifie à nouveau lorsqu'il aperçoit le désastre sur son aile gauche. On doit remarquer qu'il a choisi de se placer en surplomb sur une légère élévation de terrain, de façon à avoir une vue d'ensemble du champ de bataille : il procédera toujours ainsi, servi en cela par sa vue perçante ou, si l'on préfère, son regard d'aigle. Reste qu'il ne pouvait être partout à la fois et que les deux mestres de camp qu'il avait choisis ont été, même sans ordres explicites, totalement en phase avec lui. Par-dessus tout, chez tous trois, c'est la volonté de gagner, la foi en la victoire, contrastant avec la mollesse des défaitistes, qui emportèrent la décision. Et si les premiers épisodes n'offrirent au duc d'Enghien, confiné dans son rôle de général en chef, aucune occasion d'action éclatante, il se rattrapa lors de l'attaque frontale des *tercios* qu'il mena lui-même, à trois reprises, face aux balles et aux boulets, prenant des risques inouïs, en une sorte de défi personnel à la mort dont il sortit transfiguré.

La nouvelle de la victoire arriva dans la capitale au moment où l'on s'apprêtait à déposer le corps de Louis XIII dans la crypte de Saint-Denis. Elle venait confirmer une prémonition qu'avait eue le roi agonisant : « Je rêvais, dit-il au prince de Condé, que votre fils le duc d'Enghien en était venu aux mains avec les ennemis, que le combat était fort rude et opiniâtre et que la victoire a longtemps balancé ; mais qu'après un rude combat, elle est demeurée aux nôtres, qui sont restés maîtres de la bataille [9]. » Elle prenait à cette lumière une aura surnaturelle. Plus prosaïquement, elle repoussait pour un bon moment tout risque d'invasion et paraissait d'excellent augure pour le règne de son fils. Nous laisserons ici au lecteur le soin d'imaginer la liesse générale et nous lui épargnerons la lecture des lettres de félicitations adressées au héros du jour. Mais son triomphe faisait grincer beaucoup de dents. Le duc d'Orléans s'indigna que les drapeaux pris à l'ennemi, au nombre de cent soixante-dix, aient été déposés à l'hôtel de Condé et non chez lui avant leur transfert à Notre-Dame pour le *Te Deum* : n'était-il pas, en droit, le chef des armées ?

Très vite, bien que le jeune seigneur eût rendu à Gassion un hommage appuyé et demandé pour lui une promotion, ou voire à cause de cela, des rumeurs circulèrent, insinuant qu'il lui avait volé le mérite de la victoire : « La vérité ou la médisance, note dans son *Journal* le très honnête magistrat Olivier Lefèvre d'Ormesson, dit que le duc d'Enghien voulut le combat contre le sentiment du maréchal de L'Hôpital, qui fit ses protestations, et des anciens maréchaux de camp, qui jugeaient la conséquence et le péril de la France en perdant la bataille, et que, dans le combat, son aile avait plié et lui-même s'en était fui d'abord ; mais que Gassion, à qui l'on attribue le gain de la bataille, ayant poussé les ennemis devant lui, rallia les fuyards et fit revenir le duc d'Enghien, auquel ayant dit qu'il allât attaquer avec un escadron en tête, lui s'en alla avec deux mille chevaux, et ayant renversé tout ce qui se présenta à lui, il vint prendre par-derrière le même escadron, qui fut rompu, et là fut la grande tuerie. Que cela soit vrai ou faux, je m'en rapporte* [...]. Ce qu'il faut dire de ce combat, c'est que Dieu a combattu pour nous [10]. »

Cette rumeur est sans aucun doute fondée sur le moment où le duc a fait marche arrière, pour aller contourner par le sud l'infanterie française et former avec Sirot la seconde branche de la tenaille qui devait broyer la cavalerie espagnole, pendant que Gassion, seul – contrairement à la version qui a prévalu [11] –, contournait les *tercios* espagnols par le nord en bousculant leur réserve. Mais dire qu'il a « fui » est d'une évidente mauvaise foi et placer cette prétendue fuite au tout début du combat, avant le désastre de l'aile gauche est invraisemblable si l'on songe à son intrépidité face aux *tercios*, qui, elle, est incontestable. La rumeur, d'autre part, insiste sur la prudence des vieux maréchaux, mais omet de signaler la faute qu'ils ont commise sur le terrain et leur propre déconfiture : L'Hôpital blessé, hors de combat, et La Ferté fait prisonnier, avant que le succès de la manœuvre tournante ne le délivre.

La conclusion à tirer de cette polémique est que le triomphe du jeune héros ne fait pas plaisir à tout le monde et, plus encore, que sa façon de le gérer est

---

* *Je m'en rapporte* : je ne tranche pas. – Gassion envoie le duc d'Enghien *attaquer avec un escadron en tête* : attaquer cet escadron adverse en le prenant de face.

incompréhensible. Pourquoi ne vient-il pas à Paris, comme tout un chacun, cueillir les fruits de sa victoire ? Quel orgueil le pousse à remettre en jeu dans une nouvelle entreprise le capital de crédit et de prestige acquis à Rocroi ? Les craintes du prince de Condé redoublent. Son risque-tout de fils engage à la légère sa carrière et sa vie sur des coups de dés et, de surcroît, il se fait des ennemis en foule : « Tant plus il acquiert de gloire, tant plus de malheur arrivera à ma maison [12] ! »

Le siège de Thionville

À la mi-mai, la saison des combats est à peine entamée. Resté sur place auprès de son armée, le duc d'Enghien s'efforce de planifier la suite de la campagne pour exploiter sa victoire. Il sait que la règle vaut pour tous les grands capitaines : excellent latiniste, il a pu méditer sur la page célèbre où Tite-Live évoque le verdict porté sur le chef carthaginois qui avait écrasé les Romains à Cannes : « Tu sais vaincre, Hannibal, mais tu ne sais pas profiter de la victoire [13]. » Il n'a qu'un désir, lui, c'est de pousser son avantage face à un ennemi affaibli. Lui-même a besoin d'un second succès substantiel pour confirmer que le premier n'était pas un simple coup de chance. Et il a les meilleures raisons de se hâter : est-il assuré de disposer encore d'une armée le mois prochain et d'être autorisé à s'en servir à son gré ? Aussi insiste-t-il pour mettre en œuvre au plus tôt le siège de Thionville. En prenant les devants, au moyen de suggestions dûment motivées, il espère influer sur les orientations encore incertaines du régime qui se met en place : car, il l'a appris par son père, de lourdes incertitudes pèsent sur les semaines à venir.

Il s'était passé beaucoup de choses en effet depuis son départ de Paris. Louis XIII avait prévu, pour gouverner durant la minorité de son fils, un Conseil collégial destiné à priver de tout pouvoir effectif son épouse et son frère, dont il se défiait. Certes Anne d'Autriche serait régente, Gaston d'Orléans lieutenant général du royaume – c'est-à-dire chef des armées – et le prince de Condé présiderait le Conseil en question, mais à leurs côtés siégeraient quatre grands commis sortis tout droit de l'écurie de Richelieu : Chavigny et son père, Bouthillier, le chancelier Séguier et le cardinal Mazarin. Les décisions y devaient être prises à la majorité des voix. Le calcul est vite fait : on voyait tout de suite qui gouvernerait ! Mais ses dernières volontés se heurtaient à deux obstacles. Tout d'abord, elles étaient contraires aux lois fondamentales du royaume, qui interdisaient à un roi de disposer de sa succession. Ensuite, elles supposaient une parfaite entente entre les quatre comparses, ce qui n'était évidemment pas le cas. Au lendemain de sa mort, Anne d'Autriche avait donc fait casser son testament par le parlement* et, le soir même, elle avait nommé Mazarin principal ministre. En dépit de cette promotion stupéfiante, chacun s'attendait à de vastes bouleversements.

Après Rocroi, deux options s'offraient à elle : en profiter pour négocier aussitôt la paix, ou poursuivre la

---

* Rappelons que le parlement de Paris – il y en avait aussi dans les principales provinces – n'était pas une assemblée de représentants élus, mais une chambre de justice tranchant en dernier recours, composée de magistrats propriétaires de leurs charges.

guerre jusqu'à la défaite totale des Habsbourg de Madrid et de Vienne, comme le voulait son époux. Autour d'elle, les avis étaient très inégalement partagés. Dans leur énorme majorité les Français souhaitaient la paix immédiate. Quant à son frère Philippe IV, il était persuadé que l'amour de son pays natal l'inciterait à traiter. Elle ne disposait d'aucune marge temporelle. Car la bataille de Rocroi, programmée avant la mort de Louis XIII, appartenait au passé. C'était comme un point final, un exploit où le règne précédent avait jeté ses derniers feux. Si elle optait pour la continuité, elle devait le faire savoir tout de suite. La moindre hésitation de sa part, le moindre délai seraient interprétés comme le prélude à une volte-face et démobiliseraient les énergies ; déjà, nos alliés protestants songeaient à tirer leur épingle du jeu en monnayant leur retrait. Or, bien que personne ne s'en doutât encore, sa décision était déjà prise : elle continuerait la guerre contre l'Espagne. Elle n'était pas « devenue française » par miracle à la naissance de son fils, mais seulement du jour où la France s'était incarnée, non pas dans la personne de Louis XIII, qu'elle n'aimait pas, mais dans celle de Louis XIV, qu'elle adorait. Cette conversion fut tardive, elle datait des derniers mois du règne. Afin de conserver intact le pouvoir de son fils, tant à l'intérieur du royaume que sur le plan international, elle avait choisi de s'appuyer sur Mazarin, le parrain de l'enfant, pour conduire celui-ci jusqu'au jour où il serait capable de gouverner*.

---

* Voir sur cette question la mise au point circonstanciée de S. Bertière, dans *Mazarin, le maître du jeu*.

Lorsque Enghien proposait d'assiéger Thionville, il allait donc au-devant des vœux de la régente. Le choix était judicieux. Cette place, située sur la Moselle à une dizaine de lieues en aval de Metz, était un nœud vital pour les Espagnols sur leur itinéraire de communication avec les Pays-Bas*. Elle commandait aussi, par la rivière, une voie d'accès vers la France. Inutile de dire qu'elle était très puissamment fortifiée. Le duc avait opté pour un siège particulièrement difficile, parce qu'il tenait à faire la démonstration de sa compétence dans le domaine technique où ses aînés prétendaient à la supériorité. La chance joue dans une bataille rangée, elle n'a que peu à voir dans le succès ou l'échec d'un siège. En tout état de cause, un grand capitaine doit avoir les deux cordes à son arc. Il n'eut pas à en débattre avec son état-major, nul n'osait désormais s'opposer à lui, même le très vieux duc d'Angoulême, fils bâtard de Charles IX, qu'on lui avait donné pour remplacer le maréchal de L'Hôpital mal remis de ses blessures : « Je doute qu'à cause de son âge et de son incommodité il vous puisse soulager, mais vous le trouverez fort complaisant et presque toujours de l'avis du dernier qui parle [14] », lui avait écrit son beau-frère. En revanche il conservait d'Espenan et Gassion.

---

* Au cours de cette guerre, les troupes espagnoles ne pouvaient accéder directement à leurs provinces des Pays-Bas par mer, puisque la marine hollandaise tenait la Manche. Grosso modo, ils devaient transiter chez leurs alliés italiens – Toscans ou Génois – puis par la Lombardie qui leur appartenait, passer les Alpes, longer le Jura, traverser l'Alsace et de là obliquer vers Bruxelles à bonne distance des Provinces-Unies. Thionville se situait sur la dernière partie du trajet.

Il fut prêt très vite, et comme la patience n'était pas son fort, il s'irritait que la réponse tarde à venir et il prenait pour de la mauvaise volonté ce qui n'était que l'indispensable pesée des enjeux au plus haut niveau. Des enjeux politiques : la poursuite de la guerre allait heurter le « parti dévot », une vaste nébuleuse réunissant des gens de sensibilité religieuse diverse, mais qui tous réprouvaient un conflit mené avec l'appui d'alliés protestants contre la très catholique Espagne. Des enjeux financiers : comment parviendrait-on à en couvrir les dépenses ? car les caisses étaient vides et la pression fiscale atteignait la limite du supportable. Mais le duc d'Enghien qui, si l'on en croit son père, jetait son argent personnel par les fenêtres pour entretenir son armée, admettait mal que la cour lui marchandât les moyens qu'il réclamait. Et il écumait de colère qu'on n'eût pas nommé Gassion maréchal sur-le-champ à sa demande*.

Il finit par recevoir, le 8 juin, l'avis que la reine « avait déféré à ses avis touchant le siège de Thionville ». Cette formule lui rend l'hommage qu'il mérite. Ses suggestions ont pesé dans le choix d'Anne d'Autriche : elle savait qu'elle disposait avec lui d'un exécutant de grand talent. Mais la décision politique, essentielle, a été prise par elle et par Mazarin, dans un délai relativement court – trois semaines après la proclamation de la régence. Avis à l'Europe entière : la guerre continuait ! Enghien n'en demandait pas plus lorsqu'il se mit en route en direction de la Flandre, pour inquiéter les Bruxellois et inciter l'état-major ennemi à dégarnir les places de Lorraine. Puis, avec le gros de son armée, il fonça sur

---

* Voir *infra*, p. 275.

Thionville où l'avait précédé un corps amené de Reims par le marquis de Gesvres. La place était bâtie sur la rive gauche de la Moselle, dans une plaine adossée à l'ouest à un cirque de collines. Elle communiquait avec la ville, située au sud-est sur la rive droite, par un pont dont le point d'ancrage était fortifié. La rivière et les collines lui offraient une protection naturelle importante, complétée par un ensemble de bastions, de demi-lunes, de fossés remplis d'eau. Largement approvisionnée en vivres et en munitions, elle passait pour imprenable. Seule, la faiblesse de sa garnison, récemment réduite à un effectif d'un millier, la rendait vulnérable. Mais l'ennemi ayant réussi à faire entrer par le pont un renfort de cinq cents hommes, il fallut se résigner à appliquer ce que nous appellerions aujourd'hui le protocole classique du siège.

Nous ne reviendrons pas sur les détails de l'entreprise, déjà décrits à propos d'Arras* : mise en place d'une circonvallation avec fossés et palissades pour parer à l'attaque d'une armée de secours, creusement de tranchées pour accéder aux murs, percements de sapes et explosions de mines pour ouvrir des brèches dans le rempart. Tout ceci fut long et coûteux, mais se passa sans anicroches. Aucun contingent adverse ne montra le bout de son nez et l'interception d'une lettre prouva que le général Beck n'était pas en mesure d'intervenir. À la fin de juillet, les mines commencèrent à sauter, le marquis de Gesvres, cherchant la gloire pour les beaux yeux de la princesse de Gonzague, s'en approcha imprudemment et fut enseveli sous l'éboulement d'un bastion. En face la canonnade et le corps à corps firent

---

* Voir *supra*, p. 138-140.

des morts, dont le gouverneur et le major de la place, et celle-ci se rendit le 8 août, avec les honneurs de la guerre. Le duc d'Enghien avait été présent partout sur le terrain d'un bout à l'autre du siège, prouvant que sa vaillance rimait avec sa compétence. Et il couronna son triomphe en répondant en latin à la harangue du maire qui lui remettait les clefs de la ville. Il était vraiment un héros complet.

Durant le siège, ses relations avec Mazarin s'étaient améliorées. Il demandait des renforts, il en reçut. Il lui fallait de l'argent, beaucoup d'argent, notamment pour payer les terrassiers. Il avait fixé son budget à 400 000 livres, il n'en toucha que la moitié. « Ménagez les deniers, lui écrivit Mazarin, il y a grande disette. » Et M. le prince confirme : « Il y a ici peu d'argent, on fait état de 100 000 écus pour les travaux*. On dit que chacun y fait profit et que vous payez avec profusion le double de ce qu'il faut [15]. » Bref, M. le duc fait désormais figure d'incorrigible panier percé. Mais il a gagné son pari contre ses détracteurs : « Lorsqu'on appréhendait l'issue de ce siège, l'on blâmait M. d'Enghien de l'avoir entrepris ; l'on disait qu'il devait conserver son avantage de la bataille de Rocroi. Maintenant qu'il a bien réussi, l'on approuve son dessein, comme marque d'un grand courage et d'une grande prudence [16] », conclut non sans ironie Lefèvre d'Ormesson. Mais au *Te Deum* en l'honneur de Thionville, le seul prince présent aux côtés de Condé fut Gaston d'Orléans, parce que, murmurait-on, les autres « se liguaient tous ensemble contre la maison de

---

* La livre n'est qu'une monnaie de compte. On payait en écus, une pièce d'un écu valant trois livres.

Bourbon et ne voulaient pas témoigner joie pour les prospérités du duc d'Enghien [17] ».

Interlude

Une fois Thionville remise en état de défense, pourquoi ne pas pousser son avantage aux alentours avant l'hiver ? Le duc acheva de verrouiller la vallée de la Moselle en s'emparant de Sierck à deux lieues en aval. Sur instructions de Mazarin, il songea ensuite à régler son compte à l'armée de Beck, dont la menace avait pesé sur lui à deux reprises et, pourquoi pas ? à prendre au retour la place de Longwy. Mais Beck s'enferma dans sa citadelle de Luxembourg. Il décida donc de rentrer à Paris, sans en solliciter l'autorisation. Un courrier l'atteignit en route, porteur d'un message de Mazarin, formulé de façon flatteuse mais insistante, qui l'invitait à renoncer à son voyage vers la cour « pour en préparer un contre les ennemis ». Passant outre, il arriva le 15 novembre à Paris, où ses raisons furent jugées assez fortes pour qu'on lui donne quitus de sa décision. Mais le ministre eut le dernier mot, puisqu'il dut repartir quinze jours plus tard, au tout début d'octobre [18].

Par malheur, le temps ne se prêtait pas à l'offensive. Or la situation s'était aggravée sur les bords du Rhin. La mort de Louis XIII et la perspective de voir s'accélérer les négociations de paix avaient inspiré à l'Empereur le même raisonnement qu'à son cousin de Madrid : il lui fallait des victoires pour peser dans les discussions. Il avait confié à son allié le duc de Bavière le soin d'accentuer la pression dans la vallée du Rhin et en Alsace*. Le maréchal de Guébriant, qui commandait l'armée de l'Est, s'y trouvait en grande difficulté et il réclamait des secours. La saison était trop avancée et ses troupes en trop mauvais état pour envisager une contre-offensive conjuguée avec le duc d'Enghien. Celui-ci eut seulement pour rôle de prendre en main un corps de troupes réuni à Bar-le-Duc et de le lui amener : mission accomplie sans incidents à Saverne le 20 octobre. Guébriant ayant pu franchir à nouveau le Rhin et reprendre pied en Allemagne, il s'offrit quelques jours pour faire à travers l'Alsace une tournée de prestige, qui lui valut un accueil royal à Strasbourg. Puis il installa sa propre armée dans des quartiers d'hiver bourguignons et se décida à regagner la capitale le 15 novembre.

Il dut y affronter la colère paternelle. Pour des motifs politiques d'une part : après son double triomphe, il n'aurait jamais dû accepter une mission indigne de lui, sans avoir préalablement obtenu sa récompense. Pour des motifs familiaux d'autre part : il persistait à ignorer son épouse bien qu'elle lui eût donné un fils le 29 juillet. À vrai dire, cette naissance n'enchantait pas les grands-parents. Tous deux caressaient, depuis la mort de Richelieu, l'espoir que leur fils pourrait un jour

---

* L'Alsace faisait alors partie des biens patrimoniaux des Habsbourg, mais leur pouvoir y était limité par la présence d'un certain nombre de villes libres – dont Strasbourg – qui s'administraient elles-mêmes. Dans les années 1630, elle avait été conquise et occupée par le duc Bernard de Saxe-Weimar, qui louait son armée au plus offrant, en l'occurrence la France. À sa mort en 1639, Richelieu avait racheté cette armée, dite des Weymariens, et s'était substitué à lui dans l'occupation de l'Alsace. L'un comme l'autre avaient ménagé les villes franches, qui s'efforçaient de rester étrangères au conflit entre Paris et Vienne.

contracter une autre union. La princesse ne pardonnait pas à sa belle-fille un mariage où elle voyait une mésalliance en même temps qu'une insulte à la mémoire de son frère Montmorency. Quant au prince, les récents triomphes du duc d'Enghien avivaient ses regrets : il aurait pu désormais prétendre tellement plus haut ! Leur première réaction semble avoir été très négative. La comtesse de Moret, témoin oculaire, raconta « que lorsqu'on annonça que c'était un garçon, l'on vit M. le prince et Mme la princesse changer de visage, comme ayant reçu un coup de massue, et qu'ils en témoignèrent très grande douleur ; que Mme la princesse, à qui l'on présentait plusieurs nourrices, avait dit qu'il ne fallait point choisir, que la première était bonne pour ce que c'était [19] ». La naissance d'une fille n'eût pas affecté la lignée. Mais en tant qu'aîné, ce fils, d'ascendance médiocre, resterait, même si son père se remariait, l'héritier du nom, des titres et des biens de la maison de Condé. D'où d'inavouables espoirs.

Mais leur impitoyable orgueil fit scandale. « Il faut qu'ils craignent que recevant si mal une grâce de Dieu, il ne les en punisse », conclut Lefèvre d'Ormesson en rapportant les propos ci-dessus. Et le prince, qui s'était publiquement roulé par terre aux pieds de Richelieu pour obtenir la main de sa nièce, comprit très vite qu'il devait en assumer les conséquences. Encore fallait-il que le duc d'Enghien fût à l'unisson. Celui-ci assiégeait Thionville quand la nouvelle lui était parvenue et il n'avait soufflé mot. Quinze jours plus tard, il n'en avait toujours pas accusé réception : « Je suis étonné que mon fils ne m'ait rien écrit sur l'accouchement de sa femme et de son fils. C'est le plus bel enfant du monde et une bénédiction de Dieu incomparable, s'exclame le grand-père. Il faut l'en remercier et aimer sa femme qui est bonne, vertueuse et qui lui donnera de très beaux enfants. Elle a de la fièvre : un mot de son mari la guérira [20]. »

Ce mot, nous ne savons pas s'il l'a écrit. Elle guérit cependant. Et l'enfant ne mourut pas. Nous ne savons pas non plus s'il trouva le temps d'une visite lors de la quinzaine qu'il passa dans la capitale à la fin de septembre. Quand il rentra le 15 novembre, après s'être attardé le plus possible en Alsace, il se trouva à court de prétextes pour se dérober. À quoi bon lutter d'ailleurs ? l'étau se refermait inexorablement. Il s'exécuta. Claire-Clémence n'avait pas encore seize ans, mais elle n'était plus une petite fille empruntée et gauche. Elle avait grandi et embelli. Les Carmélites de la rue Saint-Jacques, chez qui son oncle l'avait placée pendant la campagne de Roussillon, lui avaient enseigné les bonnes manières, puis elle avait beaucoup appris sur le tas, à la cour et dans les salons. Il n'avait plus à rougir d'elle. Mais elle lui vouait un de ces amours soumis, obstinés, envahissants, qui deviennent un fardeau pour celui qui ne peut y répondre. Se dépensant en efforts pour lui plaire, sans cesse à l'affût d'un mot ou d'un geste en retour, elle finissait par l'exaspérer. Quant au nouveau-né emmailloté dans ses langes, il lui jeta à peine un regard.

Cependant son père s'activait à préparer le baptême, sans grand faste, puisque le deuil de Louis XIII n'était pas terminé. La cérémonie eut lieu à Saint-Sulpice dans l'après-midi du samedi 12 décembre. Son déroulement inciterait à sourire s'il n'était pas si triste pour la jeune mère, tant les protagonistes étaient à contre-emploi. L'enfant fut porté sur les fonts par

Mme la princesse, qui, *in petto*, le vouait aux gémonies, et par Mazarin, pour lequel toute la famille éprouvait un mépris sans bornes, tout en flattant en lui le premier ministre. Il fut prénommé Henri-Jules, en l'honneur de ses deux grands-pères et de son parrain. Autre source de surprise : ni le prince de Condé, ni le duc d'Enghien n'assistaient à ce baptême. Non pour marquer une quelconque réprobation, mais pour une question de préséance, dit-on, afin de n'avoir pas à « céder le pas » au cardinal dans l'église[21]. Mais les amateurs de cancans en furent pour leurs frais : on fit savoir, en propres termes, que le duc d'Enghien avait enfin « couché » avec sa femme[22].

Cet hiver-là ressembla pour lui au précédent, en moins gai puisque les festivités restaient suspendues jusqu'au « bout de l'an » après la mort du roi. Son existence prit alors le rythme qui était celui de tous les militaires d'Europe, une alternance de campagnes estivales et de trêves hivernales, en contraste complet, perturbant les comportements. Les fêtes de Noël étaient à peine passées que déjà l'on songeait pour lui à la campagne suivante et, comme on pouvait s'y attendre, elle s'inscrivit dans le prolongement des actions menées précédemment. Il trouva le moyen d'y faire preuve de nouveaux talents.

La campagne d'Allemagne

Au début de l'hiver, l'armée d'Allemagne, bien que renforcée grâce aux renforts amenés par le duc d'Enghien, s'était vu infliger un double désastre par les forces bavaroises. La prise de Rottweil avait coûté la vie au maréchal de Guébriant et son remplaçant, Rantzau, s'étant aventuré dans la haute vallée du Danube, se laissa surprendre fin novembre par les Bavarois que commandait Mercy, un redoutable capitaine de guerre lorrain. Battu à plates coutures, il fut fait prisonnier avec une bonne partie de ses troupes. Les célèbres Weymariens, préposés à la garde du Rhin, se trouvaient désorganisés. Pour les reprendre en main, Mazarin fit alors appel à Turenne, qui, jeune encore, venait de s'illustrer en Italie du Nord et d'y gagner la promesse d'un bâton de maréchal. Il avait pour les diriger trois atouts majeurs : il parlait leur langue, il était protestant comme la plupart d'entre eux et il connaissait très bien la région. Dès le printemps, son armée reconstituée et renflouée de nouvelles recrues était opérationnelle.

Mais à cette date l'Allemagne ne faisait pas partie des priorités du cardinal, qui préférait porter l'effort contre l'Espagne, noyau dur du conflit. Il songeait donc à envoyer le duc d'Enghien vers la frontière du Nord-Est. C'est alors qu'entra en lice un nouveau candidat à la gloire militaire, et non des moindres. Gaston d'Orléans, jaloux de son jeune cousin, exigea de diriger une opération, bien qu'il passât pour ne pas aimer la guerre. Inutile de dire qu'un échec de l'oncle du roi aurait produit dans l'opinion européenne un effet désastreux. On lui proposa un objectif réputé facile, la place de Gravelines sur la côte flamande, et l'on s'efforça de mettre toutes les chances de son côté : une puissante armée constituée des meilleures unités et l'appui de deux maréchaux chevronnés, Gassion et La Meilleraye. À toutes fins utiles, le duc d'Enghien avait été placé en attente sur la Meuse, prêt à venir à la rescousse au cas où les choses tourneraient vraiment mal. Il n'en fut pas besoin heureusement, mais le siège traîna en longueur, car on avait sous-estimé la ténacité des assiégés, qui ne se rendirent qu'à la fin de juillet.

Le duc d'Enghien avait reçu d'importants renforts, il disposait d'une bonne armée, prête à servir, il se morfondait dans les Ardennes en rêvant à de possibles projets – la prise de Trèves par exemple. Mais il resta paralysé tant que le sort de Gravelines fut en suspens. Enfin, dans la dernière semaine de juillet, Mazarin apprit que les Bavarois venaient de mettre le siège devant Fribourgen-Brisgau : Turenne plaidait pour une opération d'envergure, affirmant qu'on ne devait pas rater cette occasion de s'assurer la maîtrise du Rhin. Mais, seul, il ne pouvait rien. Il réclamait qu'on lui envoie l'armée réunie par le duc d'Enghien, en précisant, pour couper court à des rumeurs circulant dans Paris, qu'il se placerait protocolairement sous ses ordres*.

Le cardinal donna alors carte blanche au duc et lui abandonna l'initiative des opérations : « En tout cas, vous savez, Monsieur, qu'étant sur les lieux je vous laisse la dernière résolution de ce que vous aurez à faire qui sera toujours approuvé ici de quelque succès** qu'elle soit suivie [23]. » Le duc d'Enghien, directement averti, n'avait pas traîné à se mettre en marche. Mais si rapide qu'il fût, il ne put arriver à

---

* Turenne a dix ans de plus, davantage d'expérience et il est de très grande famille. Mais le titre de prince du sang prime.

** Résultat, bon ou mauvais.

temps pour sauver Fribourg. Grosse déception, la place avait capitulé le 28 juillet. Les vainqueurs étaient encore là, retranchés sur les hauteurs boisées du Schönberg. Dans ces conditions, inutile de chercher à reprendre la place. L'entente fut parfaite entre Enghien et Turenne, tous deux partageant la même préférence pour l'action offensive rapide. Ils tombèrent d'accord pour tenter de détruire l'armée ennemie, le premier l'attaquant de front, le second opérant un mouvement tournant afin de la prendre par l'arrière.

La journée du 3 août se solda, au prix d'affrontements meurtriers, par un match nul. Les deux généraux firent leur jonction le soir au pied du Schönberg, mais ne purent empêcher Mercy de se replier à l'aube sur une hauteur voisine, le Josephberg. Après une journée de repos, le duc d'Enghien repassa à l'attaque, avec des pertes également très lourdes, sans résultats décisifs. Le duc y acquit grand honneur, « ayant combattu à pied, à cheval, et s'étant mêlé de telle façon qu'il avait eu deux chevaux tués sous lui, son épée rompue à sa main d'un coup de mousquet, le pommeau de sa selle emporté et qu'il avait reçu trois coups de mousquet dans sa cuirasse [24] ». Trois jours durant, les deux armées, à quelques pas l'une de l'autre, pansèrent leurs plaies. Puis au matin du 9, Mercy sonna la retraite, laissant les Français maîtres du terrain. Et, pour échapper à ses poursuivants, il abandonna tout le bagage et une partie des canons, ce qui permit à nos deux généraux de sauver l'honneur, *mezza voce* cependant, car leur but n'était pas atteint et Fribourg demeurait aux mains d'une garnison bavaroise : « Si l'armée de Bavière n'a pas été absolument défaite, au moins elle a été ruinée à un point tel qu'elle aura bien de la peine à s'en remettre. Pour nous certainement, nous y avons perdu du monde, mais non pas en comparaison des ennemis ; la perte est tombée beaucoup plus sur les officiers que sur les soldats », écrit Enghien à Mazarin. Même son de cloche chez Turenne, qui souligne en outre la parfaite intelligence entre les chefs. Tous deux restent discrets, en revanche, sur la médiocre prestation de l'infanterie française, composée de mercenaires francophones, rétifs à l'idée de se battre en terre allemande* et mal entraînés à se passer des services de l'intendance [25].

Cette dernière raison pesa dans la délibération qui suivit : les deux généraux écartèrent l'idée de s'enfoncer en Allemagne du Sud à la poursuite de Mercy, loin de leurs bases. Mais allaient-ils se contenter d'assiéger Fribourg, désormais largement munie de vivres et de munitions ? Ils continuaient de songer « à des choses plus considérables ». C'est au duc d'Enghien que revient le mérite d'avoir conçu un plan extrêmement audacieux, sans être irréaliste : s'emparer des places qui jalonnaient la vallée du Rhin en aval de l'Alsace. Turenne applaudit au projet et mit à son service sa connaissance des lieux et des hommes. Le temps pressait, les communications avec Paris étaient lentes et peu sûres. Le duc, fort du blanc-seing initial accordé par Mazarin, décida de se passer de son autorisation.

---

* Réciproquement les mercenaires allemands répugnent à combattre en France. Seuls les Suisses sont vraiment polyvalents.

Fribourg ne se trouvait qu'à quelques lieues de la place de Brisach, une position clé pour la défense de l'Alsace, tenue par la France depuis la mort de Bernard de Saxe-Weimar. Cette place possédait le seul pont disponible sur le Rhin en aval de Bâle, car les Strasbourgeois contrôlaient très étroitement celui de Kehl. C'est là que les deux généraux, regorgeant d'imagination, mirent au point l'expédition en moins de cinq jours. Les ressources locales leur fournirent armes et munitions. Ils trouvèrent sur les marchés de Strasbourg abondance de ravitaillement et les banquiers leur procurèrent du numéraire pour solder les troupes. On ne sait qui eut l'idée d'utiliser le fleuve pour acheminer tout ce matériel. Mais c'est Turenne qui négocia avec le Suisse Erlach, gouverneur de Brisach, le prêt d'une flottille de bateaux et avec le premier magistrat de Strasbourg l'autorisation de passer sous le pont de Kehl. De la rive, deux ou trois cents mousquetaires surveillaient le convoi. Le gros de l'armée ne mit que cinq à six jours pour gagner Philippsbourg, place stratégique qui commandait l'accès septentrional à la Forêt-Noire. Le secret avait été bien gardé, on ignora leur objectif jusqu'à la dernière minute.

La place n'opposa aux assiégeants qu'une défense médiocre. Au bout de quinze jours, la garnison fit battre la chamade et obtint de se retirer avec les honneurs de la guerre. « On a pris cette place à fort bon marché », conclut Turenne. Il convenait d'exploiter cette victoire. Philippsbourg était situé sur la rive droite du Rhin. Les chalands de transport, recyclés en pont de bateaux, permirent de traverser le fleuve à volonté. En cueillant au passage Spire et Worms, nos troupes s'avancèrent jusqu'à Mayence, plus au nord, sur la rive gauche. L'archevêque Électeur, allié de l'Empereur, s'étant enfui à leur approche, les chanoines de la cathédrale se sentaient incapables d'en assurer la défense. Les conditions généreuses accordées aux autres places achevèrent de les convaincre : le 17 septembre, ils remirent en grande pompe les clefs au duc d'Enghien, non sans échange de harangues latines. La plupart du temps, ce sont les bourgeois des villes qui forcèrent les garnisons à céder ou à s'enfuir et qui ouvrirent leurs portes aux vainqueurs, moyennant la promesse que leurs droits et privilèges seraient respectés et qu'on leur épargnerait toute exaction. D'après l'ambassadeur de Suède, le succès du duc d'Enghien vint du fait « qu'il sut protéger les paysans partout, la justice à Spire, le commerce à Strasbourg, et qu'il apparut non en conquérant, mais en protecteur des libertés de l'Allemagne [26] » – une formule dont les traités de Westphalie feront bientôt un axiome.

Mal commencée à Fribourg, la campagne de 1644 se termine donc pour le duc d'Enghien par un nouveau triomphe : de Brisach à Mayence, la vallée du Rhin se trouve sous contrôle français. Il a confirmé sa réputation de vaillance, poussée jusqu'à la témérité, et parfois de façon gratuite. Il a su coopérer à l'amiable avec un collègue inférieur par le rang, mais au moins égal en compétence et supérieur en âge. Sa rapidité de réaction et sa capacité d'adaptation sont apparues de nouveau avec éclat, mais il y a ajouté une facette inédite. On le savait excellent tacticien sur le champ de bataille ; il s'est révélé bon stratège, capable de concevoir et de mener à bien des opérations d'ensemble. Et

Mazarin l'a bien compris, qui lui fait confiance. Enfin la manière dont il s'est comporté avec les vaincus témoigne d'un sens politique certain – tiré peut-être de son expérience bourguignonne : il paraît en mesure de gouverner au mieux les pays conquis.

Bref il a conquis ses galons de très grand capitaine. Reste à voir s'il se comporte aussi bien dans la vie civile que dans celle des camps.

CHAPITRE SIX

Le nouvel Alexandre

Au printemps de 1643, le duc d'Enghien, nommé par Louis XIII moribond à la tête de l'armée de Picardie, passait encore aux yeux de l'opinion pour un de ces privilégiés à qui son rang tenait lieu de mérite. Six mois plus tard, il rentrait chargé de lauriers. Au concert de louanges se mêlaient cependant quelques notes discordantes : Rocroi ? un coup de chance. Thionville ? un succès technique. La campagne de 1644 fit taire les détracteurs : il avait confirmé l'essai. Mais, devenu le centre des conversations, le point de mire des regards, il se mue alors en un personnage de légende et il cesse de s'appartenir. D'une part, il est l'idole d'une jeune noblesse turbulente qui l'identifie aux héros des romans dont elle fait ses délices. Et pour répondre à son attente, lui-même tend à se conformer à ce modèle. D'autre part, il devient le porte-étendard de toute une parentèle aspirant grâce à lui à la plus haute fortune. Il se retrouve prisonnier d'un milieu, d'une famille, au moment où il se croit au contraire libéré de toutes contraintes.

Une parfaite incarnation du héros

Plutôt que César, c'est Alexandre dont le nom revient le plus souvent dans l'avalanche d'éloges en prose et en vers qui s'abat sur lui : plus jeune, plus impulsif, moins contaminé de politique, le prince macédonien correspond mieux à l'image du héros parfait qui prévaut alors. Mais cette image est préalablement passée par le filtre des romans, qui l'a enrichie d'une donnée nouvelle, l'indispensable galanterie. Comme la vie mondaine est constituée pour l'essentiel de divertissements dont les thèmes sont empruntés aux œuvres romanesques, il s'ensuit une confusion croissante entre réalité et fiction : ces jeunes gens finissent par vivre dans un univers virtuel, doté de ses lois, de ses rites, de son langage. C'est dans cet univers que s'immerge le duc d'Enghien l'hiver entre les épisodes guerriers. Quoi qu'en dise Bossuet, ses lectures ne se bornent pas aux *Commentaires* de César[1]. Nous avons vu qu'il avait trompé l'ennui à la fin de sa grande maladie en se faisant lire des romans – mais lesquels ? Deux témoignages plus tardifs, échelonnés dans le temps, nous fournissent deux titres. Chaque fois, il s'agit d'œuvres à succès.

Il est trop jeune pour se plaire à *L'Astrée*, comme c'est encore le cas du futur cardinal de Retz. Mais il se délecte du *Polexandre* de Gomberville, un roman-fleuve fourre-tout, évolutif, que l'auteur remanie d'édition en édition de manière à coller au goût du jour, et où chacun peut trouver sa ration d'aventures et d'intrigues sentimentales, dans le cadre raffiné d'une cour princière. Or cette lecture est l'occasion d'un échange où la réalité se calque sur la fiction. Voici une anecdote. Son ami Maurice de Coligny était amoureux de sa sœur et rêvait d'un moyen peu ordinaire de lui découvrir sa passion. « Le roman de *Polexandre* était fort à la mode, et fut en vogue principalement à l'hôtel de Condé [...]. Le duc d'Enghien le lisait à toute heure et y remarqua une lettre tendre et passionnée qu'il montra à Coligny, qu'il estimait infiniment. Celui-ci ne manqua pas de profiter d'une occasion si favorable et proposa au duc d'Enghien d'en faire une copie et de la mettre dans la poche de la duchesse. » Le duc s'acquitta aisément de sa mission. « Je n'en sais pas davantage, ajoute le narrateur anonyme, mais il y a apparence que la lettre fut lue, et que la duchesse ne s'en plaignit pas [2]. » Attention, Coligny ne cherche pas à se faire passer pour l'auteur d'une lettre que tout lecteur de Gomberville peut reconnaître sans peine, mais à faire bénéficier son amour de l'aura romanesque qui entoure celui du héros pour la belle Alcidiane. Les citations, soustraites de leur contexte, deviennent ainsi un langage codé réservé aux initiés.

Un peu plus tard, le roman, sous l'influence de la guerre franco-espagnole, tend vers l'épopée. L'image littéraire du héros se modifie. Il continue de se battre pour sa dame. Mais ses exploits sont désormais d'ordre militaire et se déroulent sur fond d'histoire. Le duc d'Enghien, devenu prince de Condé, en est la figure emblématique. La Calprenède, le maître du nouveau genre, se place doublement sous son patronage, en le montrant sous les traits d'un lecteur de sa *Cassandre* dans la dédicace de la *Cléopâtre* qu'il lui adresse : « J'ai su que mon précédent ouvrage doit sa plus grande réputation au bonheur qu'il a eu de vous divertir, qu'on vous a vu plusieurs fois donner des heures, dans la tranchée, aux volumes de *Cassandre* et que vous avez voué à sa lecture une partie des nuits qui ont succédé aux grandes journées que vous avez rendues fameuses par vos victoires [3]. » Il n'a plus à imiter les romans, ce sont les romans qui le prennent pour modèle. Dans beaucoup d'entre eux – comme *Artamène ou Le Grand Cyrus*, de Madeleine de Scudéry –, voire au théâtre – comme dans *Nicomède*, de Corneille –, l'image du héros réel se profile derrière des prête-noms plus ou moins transparents. À charge, pour lui, de ne pas faire mentir le portrait. Faute de quoi, il deviendra beaucoup plus tard, sous le nom de Tyridate, une des têtes de turc de Bussy-Rabutin dans son *Histoire amoureuse des Gaules*.

Une telle gloire, s'abattant soudain sur un être encore jeune et mal préparé aux embûches de la vie de cour, est grosse de dangers. L'un des premiers réside en lui-même : l'exacerbation de l'orgueil dû à son rang. Tout lui est dû. La conjonction de la naissance et du mérite justifie tous les privilèges et autorise toutes les ambitions. Il supporte impatiemment les limites, les lois, les interdits. Mais du « tout est possible » au « tout est permis », la frontière est étroite. Et il se heurte au réel. La vie n'est pas un roman au *happy end* obligatoire, et il n'y est pas isolé. Sa soudaine montée au zénith fait de lui le champion d'une vaste parentèle qui en espère des retombées.

Le milieu familial

Avec la régence, le centre de gravité de la famille s'était déplacé, au détriment du prince, au bénéfice de la princesse. C'est autour d'elle que gravitait désormais la vaste nébuleuse des parents et alliés, attirés par l'espoir de prébendes à partager.

Henri II de Condé avait toujours détesté la vie mondaine. Depuis quelque temps, il se laissait aller : « Ceux qui l'avaient vu jeune disaient qu'il avait été beau ; mais, sur ses dernières années, il était sale et vilain, et avait peu de marques de cette beauté. Ses yeux, qui étaient fort gros, étaient rouges. Sa barbe était négligée, et d'ordinaire ses cheveux étaient fort gras. Il les passait toujours derrière ses oreilles, si bien qu'il n'était nullement agréable à voir [4]. » Il s'abstenait donc d'aller à la cour, où il n'était pas le bienvenu. Malade, il réservait ses dernières forces pour ce qu'il considérait comme essentiel, le « bien de l'État » et surtout le sien propre. Au Conseil de régence, qu'il présidait, il veillait à ce que « les lois fussent appliquées » et « protégeait toujours la justice », ce qui lui valut l'exaspération de la reine et l'estime des magistrats. Mais il ménageait avec soin le maître du jour, Mazarin. Les historiens hésitent à suivre Tallemant des Réaux affirmant qu'il aurait été un bon souverain, capable d'éviter la Fronde. Ils sont très explicites en revanche sur la dextérité avec laquelle il faisait fructifier ses liquidités dans les « affaires du roi », c'est-à-dire dans les avances faites au Trésor par des consortiums de financiers, à des taux flirtant avec l'usure. Cela en toute discrétion, bien entendu [5].

Il n'avait jamais eu de considération pour sa femme que lorsqu'il la trouvait propre à servir ses intérêts à la cour. Du temps de Louis XIII, l'amitié de celle-ci pour la reine était plutôt un handicap. Mais l'accession d'Anne d'Autriche à la régence avait changé la donne : la princesse se trouvait désormais au cœur du pouvoir. Elle sut ne pas en abuser. « Si elle n'était pas touchée d'amitié autant qu'elle le témoignait à la reine, ajoute malicieusement Mme de Motteville, elle l'était du moins de ses caresses* et du plaisir de la faveur. [...] Elle aurait été au désespoir de voir sa famille se brouiller à la cour, autant par douleur d'en perdre la douceur que par la considération de ses plus grands intérêts [6]. » Mais elle ne répugnait pas à toucher les dividendes très concrets de cette faveur : la régente restitua à sa famille le plus beau fleuron de l'héritage Montmorency, le domaine de Chantilly, que s'était réservé Louis XIII. L'âge n'avait pas éteint en elle le goût de briller. Elle plaisait par l'extrême courtoisie de ses manières, que mettait en valeur par contraste sa mine majestueuse. Mais cette affabilité de façade cachait une fierté rude et pleine d'aigreur, qui éclatait lorsqu'on osait lui déplaire. Jamais elle ne transigeait sur les égards dus à son rang.

Sa fille, Anne-Geneviève de Bourbon, était mariée depuis juin 1642 à un noble et riche veuf qui avait le double de son âge. Très fortement implanté en Normandie, dont il était gouverneur, il n'avait conservé qu'une fille de son premier mariage. C'était le plus haut parti que le prince de Condé pût trouver. Issu du

---

* Le mot de *caresses* désigne à l'époque, au sens figuré, des amabilités verbales.

fameux bâtard d'Orléans, Dunois, dont les exploits remplissaient les chroniques, il avait du sang de saint Louis dans les veines – mais hélas ! par la main gauche. Or le rang marital primant dans la hiérarchie nobiliaire sur celui de naissance, la jeune duchesse se dépitait que son mariage l'eût déchue de son état de princesse du sang et enrageait que son humble belle-sœur Claire-Clémence, inversement promue pour les mêmes raisons, eût désormais le pas sur elle. Elle n'aimait pas son mari, mais elle remplissait ses devoirs en assurant le maintien de sa lignée. Trois maternités, coup sur coup, lui permirent enfin, après deux filles mortes très vite, de lui donner un fils en janvier 1646. Après quoi, elle s'arrêta. En ces premières années de la régence, celle qu'on qualifierait plus tard de « grande enchanteresse » et de « diablesse à face d'ange » ne défrayait pas encore la chronique par ses amours tumultueuses. Elle se contentait de l'encens que lui prodiguaient ses admirateurs et de leurs lamentations sur son déplorable sort. « Elle est comme une rose en la saison nouvelle, / Qui tombe entre les mains d'un passant malappris », soupirait le poète Sarasin. Mais la rose avait des épines, comme on s'en apercevrait bientôt.

Cette orgueilleuse famille n'avait pas le triomphe discret. Le duc d'Orléans s'en agaçait. Certes, il ne songeait pas à disputer à l'hôtel de Condé son rôle de rendez-vous de la jeunesse à la mode. Son épouse, répugnant aux mondanités, menait une vie renfermée. Lui-même avait pour société des amateurs de bonne chère jouant gros jeu et préférant aux subtilités alambiquées de la poésie galante les couplets satiriques et les chansons à boire, dont il passait lui-même pour connaître une bonne centaine. Il se serait volontiers accommodé de cet état de choses tant que Mazarin réglait ses énormes dettes de jeu, si la faveur des Condé auprès de la régente ne s'était accompagnée d'une montée en puissance politique. Mais sur ce point, comme sur la répartition des commandements militaires, Gaston d'Orléans, se montrait fort chatouilleux. Et sa fille aînée, Mlle de Montpensier, née de son premier mariage, l'était encore plus que lui.

Ils n'étaient pas les seuls. Une autre maison princière prétendait avoir accès au pouvoir. Les Vendôme étaient eux aussi de race royale, mais entachée de fraîche bâtardise. César était l'aîné des enfants légitimés d'Henri IV et de Gabrielle d'Estrées. Il avait trempé, avec son frère Alexandre, dans la première conspiration contre Richelieu, celle de Chalais. Tous deux, dépossédés de leurs charges, avaient tâté de la prison. Alexandre y était mort, César, libéré, avait préféré mettre la Manche entre le cardinal et lui. Rentré d'Angleterre dans la dernière fournée de proscrits, il estimait que les souffrances subies ouvraient droit à réparation, pour lui et surtout pour ses deux fils. Il ne pouvait compter sur l'aîné, Louis, duc de Mercœur, homme d'une extrême droiture et d'une profonde piété, pour se lancer dans la course aux honneurs. Mais le second, François, duc de Beaufort, courageux, portant beau, affichait de vastes prétentions. Il avait fait des débuts prometteurs puisque Anne d'Autriche lui avait confié la garde du dauphin durant l'agonie de son mari. Il se voyait déjà l'arbitre de la régence. Pour le ministère, les Vendôme avaient un candidat tout prêt, l'évêque de Beauvais, un de leurs fidèles, homme fort respectable mais aussi peu qualifié que possible pour l'emploi – « une bête mitrée », dira le cardinal de Retz[7]. La nomination imprévue de Mazarin avait mis à bas leurs projets.

Rétrospectivement les premières semaines de la régence laissèrent le souvenir d'un « paradis sur terre ». Anne d'Autriche répandait les bienfaits à pleines mains, il suffisait de demander et l'on obtenait. « Il n'y avait plus que quatre petits mots dans la langue française : "La reine est si bonne !"[8]. » Mazarin lui avait sagement conseillé de doser ses faveurs non en fonction de ses sympathies, mais de manière à maintenir l'équilibre entre les grandes maisons rivales, afin que leurs ambitions se neutralisent les unes par les autres. Bref, il appliquait la vieille règle : diviser pour régner – d'autant plus indispensable qu'il manquait d'autres moyens d'action. Mais dès l'été de 1643, ce fragile équilibre se rompit en faveur des Condé. L'irruption du duc d'Enghien dans la vie publique fit éclater au grand jour les antagonismes et figea les rapports de force.

L'affaire des lettres perdues

Tout commença par une rivalité entre femmes. Bien qu'elle fût son aînée, Mme de Montbazon pouvait, grâce à ses formes sculpturales, disputer à la délicate Mme de Longueville la palme de la beauté. Séparée de fait d'un époux qui avait cinquante ans de plus, elle menait une vie fort libre : « Elle n'aimait que son plaisir et, au-dessus de son plaisir, son intérêt. Je n'ai jamais vu personne, ajoute le cardinal de Retz, qui eût conservé dans le vice si peu de respect pour la vertu[9]. » Or son intérêt était en cause dans la haine qu'elle vouait à la duchesse de Longueville : le duc, qui était auparavant son amant attitré, avait rompu avec elle pour se marier, suspendant la pension de 20 000 écus qu'il lui servait. Elle s'était rabattue sur le duc de Beaufort, qu'elle s'entendait à faire languir.

L'étroitesse des cercles mondains obligeait les deux dames à se fréquenter. Un jour où son salon regorgeait de monde, Mme de Montbazon aperçut par terre deux billets, qu'elle s'empressa de ramasser. C'étaient des lettres d'amour, écrites par une femme à un cavalier. Ni signature, ni nom de destinataire[10]. Elle en fit une lecture publique, au milieu des éclats de rire et elle les prétendit de Mme de Longueville, à l'adresse de Maurice de Coligny. La comparaison des écritures prouva bientôt le contraire, mais la calomnie avait couru, visant à brouiller la duchesse avec son époux. L'offense était grave. Mme la princesse porta l'affaire devant la reine, exigeant réparation. Anne d'Autriche hésita. Elle aimait la princesse et elle avait besoin du duc d'Enghien : elle céda, la coupable fut contrainte à amende honorable. Le 8 août, elle dut se rendre à l'hôtel de Condé noir de monde et réciter un couplet d'excuses dont le texte avait été collé au revers de son éventail pour qu'elle ne pût invoquer un trou de mémoire. Elle le débita très exactement, mais sur un ton si désinvolte qu'elle semblait dire : « *Je me moque de ce que je lis.* » L'incident servit de test : les grands prirent parti massivement pour elle, montrant à quel point les Condé étaient peu aimés. Quelques jours plus tard, elle croisa la reine qui s'apprêtait à prendre une collation au restaurant de Renard, dans le jardin des Tuileries, accompagnée de la princesse. En refusant de se retirer, elle la contraignit de faire demi-tour. « Elle fut si insolente qu'elle demeura et mangea la collation apprêtée pour la reine. » Mais le lendemain, elle recevait l'ordre de quitter Paris.

C'est qu'entre-temps, l'affaire avait eu des prolongements politiques. Plus les semaines passaient et plus les Vendôme voyaient s'amenuiser leurs chances d'accéder au pouvoir par l'entremise de Beaufort et de l'évêque de Beauvais. Ils jugeaient Mazarin responsable de leur déconvenue et tirèrent donc des plans pour l'éliminer. Les contemporains ne prirent pas au sérieux ce ramassis de songe-creux écervelés, qui donnaient des airs mystérieux aux moindres bagatelles : ils les nommèrent par antiphrase les *Importants*. Nous savons aujourd'hui, par le témoignage d'un des participants [11], qu'ils projetèrent bel et bien d'assassiner le cardinal. Le soutien apporté par la reine à la princesse de Condé fut l'étincelle qui déclencha le processus. Les comploteurs étaient maladroits, le projet fut éventé. Le 3 septembre, Beaufort fut arrêté sans difficulté et conduit à Vincennes où il devait passer cinq ans : à l'époque, on manqua de preuves pour faire son procès. Les Importants se dispersèrent. Quant à l'évêque de Beauvais, il fut renvoyé dans son diocèse. Politiquement, l'affaire était close, pour le plus grand bénéfice de Mazarin.

Mais elle eut des suites à titre privé. Lors de l'incident des lettres perdues le duc d'Enghien n'était pas sur place, il assiégeait Thionville. Mais le seul bruit de son nom suffit à faire peur. L'honneur de sa sœur était en jeu. Qu'arriverait-il s'il s'en mêlait ? Mazarin ne tenait pas à le revoir à Paris trop tôt. Or il se permit, pour y venir, de quitter l'armée sans autorisation. Il arriva le 15 septembre sans avoir tenu compte du contre-ordre qui lui avait été remis en cours de route. Il venait évidemment mettre son grain de sel dans l'affaire. La cour passa l'éponge sur la désobéissance : déjà il était quasiment intouchable. Mais elle marqua le coup en le renvoyant là où il aurait dû aller, en Alsace pour accompagner des troupes*. Avait-il promis de ne pas entrer dans la querelle ? Certes, des édits sévères proscrivaient les duels, mais chacun sentait que l'honneur de Mme de Longueville exigeait du sang. Le duc s'abstint personnellement. Se commettre avec un adversaire de rang inférieur était indigne de lui. Tout au long de sa vie, il se contentera de protéger les duellistes, sans participer à leurs ébats.

Dans le cas en question, Coligny était tout désigné comme champion de sa dame. Beaufort étant en prison, il choisit de s'en prendre à l'un des plus ardents partisans de Mme de Montbazon, le duc Henri de Guise. Il repoussa toute conciliation. Le combat eut lieu à l'aube du 12 décembre, sous les yeux, dit-on, de sa bien-aimée discrètement installée à une fenêtre de la place Royale. Elle n'eut pas de quoi pavoiser. Il fut si pitoyable que son adversaire l'outragea d'un coup de plat d'épée, refusant de s'abaisser à le tuer. Dans un ultime assaut désespéré, il fut sérieusement blessé et désarmé[12]. Bravant l'interdiction de son père, le duc d'Enghien le fit transporter dans le château des Condé à Saint-Maur pour le mettre à l'abri des poursuites. L'après-midi du même jour, on baptisait son fils à Saint-Sulpice, où les

---

* Cf. *supra*, p. 185.

questions de préséance ne furent sans doute pas seules à expliquer son absence. Maurice de Coligny, déshonoré par sa lamentable défaite, avait perdu le goût de vivre. La blessure de son bras s'infecta, la gangrène s'y mit, il fut question de l'amputer. À force de soins, on le prolongea jusqu'au mois de mai, au prix d'atroces souffrances.

Cette affaire est doublement instructive pour le duc d'Enghien. Ses triomphes militaires lui ont valu par réfraction, dans la vie civile, un prestige, un pouvoir et des responsabilités dont il commence tout juste à prendre conscience. Et ils exigent d'autres talents que la conduite d'une armée : on l'attend au tournant. Mais pour l'instant lui et les siens ont quasiment fait l'unanimité contre eux. D'autre part, il vient de découvrir, à travers le cas de sa sœur et de Mme de Montbazon, la capacité de nuisance des femmes qui jouent de leur séduction. Il s'apprête à en faire l'expérience à ses dépens.

« *La seule que ce prince ait véritablement aimée*[13]... »

Tous les mémorialistes en sont d'accord, le duc d'Enghien ne connut dans sa vie qu'un seul amour profond, véritable, pour une amie de sa sœur qui s'appelait Marthe du Vigean. Amour impossible, puisqu'il était marié. La jeune fille était sage, elle renonça à lui et choisit la vie religieuse : cette idylle émouvante et pure, qui tranche sur le relâchement général des mœurs dont se désolent les moralistes, ajoute au portrait du héros farouche une touche de sensibilité bienvenue. Mais si l'on en suit d'un peu plus près les péripéties, sans pour autant mettre en cause l'incontestable vertu de Marthe, l'histoire prend une coloration tragique.

Parmi les jeunes filles en fleurs papillonnant autour de sa sœur aînée, elle était une des plus admirées pour sa très grande beauté, et on appréciait sa douceur. On la disait promise à un nommé Saint-Maigrin. Mais le duc d'Enghien était lui aussi tombé sous son charme. Ses débuts dans la carrière militaire ayant polarisé un temps ses énergies, c'est seulement dans les années 1644-1645 que leur idylle atteignit son apogée, puis se brisa.

En ce temps-là, les lieux et les temps s'y prêtaient. L'hôtel de Condé voyait croître sa réputation de « temple de la galanterie et des beaux esprits ». Durant les mois d'hiver, la présence du héros auréolé de ses victoires lui conférait un attrait de plus. Le guerrier cédait alors la place à l'homme de goût intelligent et cultivé, ennemi des envolées oratoires, mais jouant adroitement du mot d'esprit, arbitre indiscuté des querelles littéraires. Veut-on un échantillon des jugements cinglants qu'il portait sur toute chose ? L'abbé d'Aubignac venait de composer une tragédie, *Zénobie*, pour illustrer la vertu des règles nouvelles qu'il avait tirées d'Aristote : « Je sais bon gré à M. d'Aubignac [...] d'avoir si bien suivi les règles d'Aristote, commença-t-il ; mais je ne pardonne point aux règles d'Aristote d'avoir fait faire une si méchante* tragédie à M. d'Aubignac [14]. »

---

* Mauvaise.

Dès les premiers beaux jours, puis à l'automne, Chantilly prenait le relais comme rendez-vous de la société mondaine*. « Outre la beauté du site, la chasse, le jeu, la musique, la comédie, les promenades avec une extrême liberté, et généralement tout ce qui rend la campagne agréable se trouvaient en ce lieu en abondance[15]. » L'immensité du domaine, où l'on pouvait se perdre, offrait un décor propice aux rêveries romanesques, voire aux désirs plus réalistes. Lorsque les combattants, au retour des armées, venaient y passer les derniers beaux jours, ils y trouvaient à faire d'autres conquêtes. On n'y voyait « Aucun amant qui ne servît son roi, / Aucun guerrier qui ne servît sa dame ».

« La jeune du Vigean y était, pour laquelle le duc d'Enghien avait alors beaucoup de tendresse et d'amitié. Elle, de son côté, y répondait assez, et tout le monde les favorisait[16]. » Mais quand il rime pour eux, Voiture, discret, s'en tient à des termes généraux :

> Vigean est un soleil naissant,
> Un bouton s'épanouissant,
> Ou Vénus qui, sortant de l'onde,
> Brûle le monde.
>
> Sans savoir ce que c'est qu'amour,
> Ses beaux yeux le mettent au jour ;
> Et partout elle le fait naître,
> Sans le connaître.

---

* Les Condé ne reprirent possession de Chantilly qu'en octobre 1643. C'est donc à partir de 1644 qu'y débutent les séjours estivaux.

Car « jamais amour ne fut plus passionné de la part du prince, connu ni écouté avec plus de conduite, d'honnêteté et de modestie de la part de Mlle du Vigean », nous dit-on. Certes. Mais cette honnêteté aurait dû lui interdire de prêter l'oreille à ses avances, puisqu'il n'était pas libre. Si elle l'a écouté, si elle a laissé se développer le flirt initial en une vive passion réciproque, c'est tout simplement qu'il lui a fait espérer l'annulation de son mariage, pour cause de consentement forcé. Pourquoi cette annulation lui a-t-elle soudain paru possible à ce moment-là ? Parce que ses récents exploits l'ont convaincu que la cour n'avait plus rien à lui refuser. Durant toute la morte-saison de 1644-1645, ils se sont bercés de l'idée qu'ils pourraient être l'un à l'autre, au grand jour, pour la vie entière. Ils y furent encouragés par Mme la princesse, prête à tout pour conserver l'affection de son fils. Hélas, le reste de leur entourage se chargea de dissiper rapidement cette illusion.

L'attaque vint d'abord de Mme de Longueville et elle eut des rebondissements. On en trouve le récit détaillé dans les *Mémoires* de Mme de Nemours, fille du premier lit de son époux, qui scrute d'un œil aiguisé par la haine le comportement de sa belle-mère [17]. Mme de Longueville « avait vu d'abord sans chagrin comme sans conséquence » l'amour de son frère pour Mlle du Vigean et en avait fait son intime amie, jusqu'à entrer dans la confidence, tant que cet amour ne lui sembla pas menacer l'emprise qu'elle-même exerçait sur lui. Mais bientôt entrèrent en jeu les relations très particulières qui unissaient les deux aînés des enfants Condé. L'orgueil partagé de leur race et la conscience aiguë de leur exceptionnelle valeur, lui pour le courage, elle pour la beauté, ont tissé entre eux des liens très forts, pouvant prendre, chez ces tempéraments portés aux extrêmes, une forme passionnelle. On en vit pour lors une des premières manifestations. Anne-Geneviève est l'aînée. Elle est très possessive. Son frère lui appartient. Depuis qu'il s'est mué en héros, elle recueille les retombées de sa gloire et n'a nulle envie de les partager avec l'ancienne amie devenue rivale.

Lorsque ses victoires semblèrent promettre au duc d'Enghien une irrésistible montée en puissance, elle jugea intolérable de céder à une autre la moindre miette du crédit qu'elle avait auprès de lui. En arrière-plan s'y ajoutait sans doute une jalousie de femme supportant mal qu'une autre attirât un si haut hommage. Elle invita d'abord Marthe du Vigean à se tenir à distance – sans résultat. Puis, elle envoya le marquis d'Albret faire le galant auprès d'elle, afin de la faire passer pour coquette et d'en dégoûter son frère. Mais Chabot, le confident des amoureux, leur révéla son stratagème, qui eut pour seul effet de renforcer leur passion. Et il conseilla au duc de détourner l'attention en faisant mine d'en courtiser une autre. La très piquante Angélique de Montmorency-Bouteville, fille du fameux duelliste décapité sous Louis XIII, était toute désignée pour remplir cet office, tant elle s'entendait à capter les regards et à enjôler les soupirants. Mais les deux intéressés s'aimaient trop pour jouer de façon crédible la comédie de l'indifférence. Leur idylle, devenue publique, donna lieu, sous la plume de Sarasin, à une célébration versifiée très explicite :

Enghien, délices de la Cour,
Sur ton chef éclatant de gloire,
Viens mêler le myrte d'amour,
À la palme de la Victoire.

Ayant fait triompher les lis
Et dompté l'orgueil d'Allemagne,
Viens commencer pour ta Phylis
Une autre sorte de campagne.

Ne crains pas de montrer au jour
L'excès de l'amour qui te brûle :
Ne sais-tu pas bien que l'amour
A fait un des travaux d'Hercule ?

La jeune femme eut l'imprudence, pour se justifier auprès de la duchesse de Longueville, d'invoquer leurs espoirs de mariage. Alors celle-ci avertit son père. Le prince tenait d'autant plus à préserver l'union qui était son œuvre qu'il avait déjà engagé, au nom de sa belle-fille, un procès contre l'autre nièce de Richelieu, Mme d'Aiguillon, outrageusement avantagée par le testament du cardinal. Aussi fit-il un « éclat épouvantable », en disant pis que pendre des deux amants. Le duc d'Enghien, pour se venger de sa sœur, révéla à son époux ses galanteries, mais ce dernier en avait pris son parti et ne bougea pas. En tout état de cause, le scandale avait rendu la rupture inévitable et les malheureux durent s'incliner. Lorsqu'il partit pour l'Allemagne, à la mi-mai de 1645, il savait qu'il ne la reverrait plus. En homme accoutumé à extérioriser sans retenue ses sentiments, il avait l'habitude, à chaque séparation, de mêler ses larmes à celles de sa bien-aimée. Mais cette fois, submergé de douleur, il s'évanouit.

Il fallait survivre pourtant. Marthe du Vigean paya très cher le fait d'avoir été un temps l'élue du héros. Car elle en devint intouchable. Il n'y avait d'autre avenir, pour une fille de son milieu, que le mariage ou le couvent. Elle n'avait pas de vocation religieuse affirmée. Après sa rupture avec le duc d'Enghien, des prétendants fort honorables se présentèrent. Le prince de Condé fit échouer toutes les démarches, allant jusqu'à dire à un candidat « qu'il le plaignait d'épouser une femme de qui son fils était amoureux, et amoureux favorisé [18] ». Pensant, non sans quelque raison, que le fait de la côtoyer à la cour, même dûment mariée, compromettrait toute chance de voir son fils accepter enfin l'épouse qu'il lui avait imposée, il tenait à l'écarter sans recours. Il ne restait à Marthe d'autre refuge qu'un couvent. La capitale et ses environs en offraient un assortiment assez varié pour qu'elle pût choisir. Elle était pieuse et profondément déçue par le monde. Elle repoussa les maisons aimables à la clôture perméable et opta pour le Carmel, dont la règle était d'une extrême dureté. En juin 1646, elle reçut la visite de Chabot, qui avait été le confident de ses amours : elle lui révéla qu'après « un combat effroyable avec elle-même », elle avait brûlé les lettres et le portrait de celui qu'elle avait aimé. Elle entra comme novice chez les Carmélites de la rue Saint-Jacques en 1647, fit profession deux ans plus tard et les portes se refermèrent sur elle jusqu'à sa mort*.

Quant au duc d'Enghien, il trouva dans l'action militaire et politique un puissant dérivatif. Mais sa vie privée en resta marquée. Loin de se rapprocher de son épouse, il la tint pour responsable de son bonheur brisé. Il en conçut une vive aversion pour les femmes de son milieu et une solide méfiance à l'égard de l'amour. « Malgré sa jeunesse il faisait déjà profession de mépriser cette folle passion, pour se donner entièrement à celle de la gloire. Il faisait le fanfaron contre la galanterie, et disait souvent qu'il y renonçait, et même au bal, quoique ce fût le lieu où sa personne paraissait davantage [20]. » Il jurait qu'on ne l'y reprendrait plus. Dans l'immédiat, saisi d'un désir de révolte indifférenciée, il se jeta dans une frénésie de plaisirs, se complaisant à bafouer les lois, les règles, les contraintes et à encourager chez ses amis toutes les formes d'insoumission.

« Le protecteur des fidèles amants »

Autour du duc d'Enghien tourbillonnait une joyeuse troupe de têtes brûlées qu'on surnommait les *petits maîtres*. C'étaient bien souvent des cadets d'excellente famille voués pour cause de droit d'aînesse à entrer dans la carrière militaire par la

---

* Des années plus tard, le prince ne l'avait pas oubliée. Dans une lettre adressée à sa sœur Anne, il charge celle-ci de témoigner ses respects aux Carmélites, « particulièrement à celle que vous savez que j'honore infiniment [19] ». Elle mourut au Carmel en 1665.

petite porte en faisant leurs preuves sur le terrain. À l'armée, ils formaient à ses côtés, hors du cadre officiel, une sorte de garde rapprochée dans laquelle il puisait ses mestres de camp, ses commensaux, ses estafettes : à eux le privilège envié d'apporter à la cour la nouvelle d'une victoire. Ils étaient jeunes, batailleurs, téméraires et l'émulation les poussait à risquer leur vie. Comme ils payaient un lourd tribut à la guerre, la liste en est incertaine, en perpétuel renouvellement, avec passage des titres d'un frère à l'autre. Les plus connus sont les deux Châtillon-Coligny ; les deux Goyon, marquis de La Moussaye ; Toulongeon, un demi-frère du maréchal de Gramont ; Pisany, le fils de la marquise de Rambouillet, Louis Poussart du Vigean, le frère de Marthe, et bien d'autres. Parmi eux, il y en avait quelques-uns qui, peu portés sur les armes, préféraient compter sur leur bonne mine pour conquérir la main d'une riche héritière. Ce sont eux qui, encouragés, voire aidés par le duc, défrayèrent en 1644-1645 la chronique scandaleuse.

Il faut savoir que le renforcement de l'autorité royale s'était accompagné, depuis un siècle, de diverses mesures durcissant la législation matrimoniale. Contrairement à une idée trop souvent répétée, le mariage – un sacrement qui engageait pour la vie reposait uniquement aux yeux de l'Église sur le libre consentement des conjoints, en présence d'un prêtre. Elle prenait donc à contrepied le droit des parents à disposer de leur progéniture. Or cette solution radicale présentait des inconvénients évidents. On tenta de les limiter grâce à la publication des bans. Mais comme le mariage avait d'importantes implications d'ordre civil, notamment en matière de filiation et d'héritage, les rois en profitèrent pour intervenir. La société était patriarcale. Sous la pression des chefs de famille, on promulgua une loi interdisant aux enfants de convoler hors consentement parental avant l'âge de trente ans pour les garçons et de vingt-cinq pour les filles. De son côté le droit canon, lui, fixait l'âge minimal à quatorze ans pour les garçons et douze pour les filles – donc à la puberté. Avec pour résultat que, entre quatorze et trente pour les uns et douze et vingt-cinq pour les autres, le mariage des enfants était abandonné au bon vouloir de leurs parents – lesquels n'en faisaient pas toujours bon usage. Il existait bien un recours : un mariage clandestin, béni par un prêtre, puis consommé, était impossible à annuler. Mais pour décourager les amateurs, on avait rangé ce cas dans la rubrique des « rapts par séduction », assimilables à des viols, et donc passibles des pires châtiments.

Une telle législation était évidemment inapplicable lorsque les deux tourtereaux étaient d'accord pour simuler un rapt joyeusement consenti. Du temps de Louis XIII et de Richelieu, les candidats hésitaient pourtant. Sous la « bonne régence » au contraire, on vit fleurir les enlèvements. Dans les récits contemporains, la plupart d'entre eux relèvent du vaudeville. Les héros étaient en général des amis du duc d'Enghien. La certitude d'avoir leurs arrières assurés leur donnait des ailes. Le duc croyait-il toujours, lorsqu'il les soutenait, protéger de « fidèles amants [21] » ? Certains étaient de bien mauvais sujets, chez qui l'appât d'une brillante fortune primait sur le sentiment. Mais il prenait plaisir, par leur entremise, à bafouer les interdits et à régler ses comptes avec des pratiques matrimoniales dont il n'avait que trop souffert.

Quelle joie, par exemple, de voir le dernier fils de la marquise de Sablé, le frivole chevalier de Boisdauphin, « beau comme un ange » et « ne songeant qu'à suivre ses inclinations », tourner autour de la timide Mme de Coislin, hésiter, se faire désirer, jusqu'à la résoudre à un mariage clandestin accompli à la sauvette dans la maison de sa future belle-mère, entre cinq et dix heures du soir. Le plus drôle de l'aventure est qu'elle se trouvait parfaitement libre de l'épouser au grand jour, puisqu'elle était veuve et donc émancipée. Mais elle n'osait affronter son père, le chancelier Séguier, qui la destinait à un riche barbon. Impitoyable aux faibles, servile envers les forts, il était peu aimé. Tout Paris fit des gorges chaudes du bon tour qui lui fut joué. Il fallut pourtant bien l'en avertir. Comme personne ne s'y risquait, ce fut Mazarin qui se dévoua [22].

Le duc d'Enghien s'était borné dans ce cas à faire partie des rieurs. L'année suivante, il intervint en tant que maître d'œuvre dans deux affaires qui firent grand bruit. L'une concernait son ami très proche, Gaspard de Coligny, devenu, par la mort de son aîné le duelliste, l'héritier du nom et des biens des Châtillon. Sa famille cherchait pour lui une épouse protestante. Or il s'éprit d'Isabelle-Angélique de Montmorency-Bouteville, sur qui pesait un double handicap : elle était catholique et dépourvue de fortune. Pour le détourner de ce projet, son père l'expédia en Hollande. Le duc d'Enghien le rapatria discrètement, organisa un enlèvement consenti, les hébergea à Château-Thierry en Champagne où ils furent aussitôt mariés, et les expédia à Stenay, place qui lui appartenait, en attendant que les familles se résignent*. Et il lui céda en pleine propriété le château et la terre de Mello, provenant de l'héritage Montmorency, dont la princesse abandonna l'usufruit [24].

L'autre affaire fit davantage de bruit encore. Même différence de religion, même disparité de fortune, mais celle-ci jouait en sens inverse, entre une richissime héritière et un prétendant désargenté. De là à voir en lui un coureur de dot, il n'y a qu'un pas, qu'on est fort tenté de franchir. Les Rohan étaient une des plus anciennes et des plus fières familles nobles de Bretagne, et un des piliers du parti protestant. Or le duc était mort, laissant une fille unique, Marguerite, objet de toutes les convoitises. Elle était belle, intelligente et riche. Elle avait repoussé tous les prétendants et « passé sa première jeunesse dans la réputation d'avoir une si grande fierté et une vertu si extraordinaire, qu'on ne croyait pas qu'elle pût jamais être touchée d'aucune passion [25] ». Au début de la régence, elle avait déjà vingt-six ans. Elle pouvait disposer d'elle-même, et c'est sur elle-même que Chabot entreprit de la conquérir. Une gageure ! C'était un gentilhomme de bonne et illustre maison, mais pauvre comme Job, qui se soutenait dans le monde par d'aimables qualités : « Quoiqu'il ne fût pas beau, il avait fort bonne mine, beaucoup d'esprit, était bien

---

* Mme de Motteville [23] explique l'affaire puis donne un compte rendu fort plaisant de la scène où Mme de Bouteville, échevelée et en larmes, vint demander justice à la reine, sous l'œil narquois de Mme la princesse, qui était complice des amoureux.

fait de sa personne et dansait parfaitement bien. » Dépourvu de vocation militaire, il avait suivi le duc d'Enghien dans quelques campagnes sans zèle excessif, préférant le servir dans ses amours que sur le terrain et partageant tous ses secrets. Toutes ses énergies tendaient à faire aboutir ses visées sur Mlle de Rohan, « où il trouvait avec raison incomparablement mieux son compte qu'à la guerre [26] ».

La tactique adoptée peut faire figure de cas d'école. Il prit son temps. Sous le nom de parent et d'ami, il devint un de ses familiers, l'habitua à sa présence. Il l'égayait de sa gaîté et de sa bonne humeur, tout en se tenant dans les termes du plus grand respect. Bref, il s'insinua peu à peu dans son cœur, et quand elle s'en aperçut, il fut impossible de l'en pouvoir chasser. Alors il se déclara, puis, comme elle hésitait, il joua de la menace du départ. Un ami se chargea de la prévenir : si elle l'abandonnait, il était résolu de s'en aller hors de France sans espoir de retour. À quoi elle répondit, tout bas : « Je ne sais pas si je me pourrai résoudre à l'épouser ; mais je sens bien que je ne puis souffrir qu'il s'en aille [27]. » Le dernier obstacle était affaire de prestige : elle ne voulait renoncer ni à son nom, ni à son rang. Le duc d'Enghien aimait Chabot : il promit d'y remédier. Après la célébration clandestine du mariage, il obtint de la régente la transmission de la duché-pairie de Rohan à son protégé, qui en prit le nom. La contrepartie de cette insigne faveur fut qu'ils élèveraient leurs enfants dans la religion catholique, au grand désespoir de toute la maison de Rohan, qui ne pardonna pas.

Les mariages ici évoqués firent scandale parce qu'ils bravaient l'ordre établi, en l'occurrence l'autorité parentale. Mais ils n'enfreignaient pas les lois morales ou religieuses, dans la mesure où ils visaient à des unions légitimes et reposaient sur le consentement des intéressés. Mais le succès des enlèvements simulés et l'appui que leur apportait ouvertement le duc d'Enghien comportaient des risques de déviation. Il accordait sa protection sans contrôle à tout gentilhomme poursuivi, même dans des circonstances douteuses. Ce fut le cas pour Bussy-Rabutin, le fameux cousin de Mme de Sévigné. Ce présomptueux personnage, en quête d'une épouse pour renflouer sa fortune, avait jeté son dévolu sur une jeune, riche et aimable veuve qu'il enleva sans lui demander son avis, persuadé que deux jours de tête-à-tête suffiraient à la faire tomber sous son charme. Mais Mme de Miramion, qui de surcroît était fort pieuse, se défendit avec énergie, parvint à lui échapper et porta plainte. L'affaire fit scandale. Grâce à l'intervention du duc d'Enghien, le coupable s'en tira avec des excuses et il se joignit à la troupe qui papillonnait autour de son bienfaiteur.

Une autre affaire d'enlèvement faillit mal tourner lorsque la jeune enlevée, ayant pris en haine son séducteur, refusa de l'épouser et se réfugia dans un couvent à Reims. Le duc menaça, pour la récupérer, de rompre les portes du monastère et d'en violer la clôture. Mais, comme la jeune personne maintenait son refus, le ravisseur se vit inculpé de rapt. Le duc, exigeant une abolition en sa faveur, heurta profondément les magistrats du parlement par son arrogant mépris des lois. Le coupable fut sauvé par la découverte de lettres de la jeune friponne qui la montraient initialement consentante et on le libéra. Mais assurément le duc aurait mieux fait de se renseigner avant de lui accorder son appui [28]. Il n'a pas encore découvert les ressources que peuvent offrir les mariages en matière politique. Ce sera pour plus tard. Ils ne sont pour l'instant qu'une manifestation parmi d'autres de son goût pour la provocation dans tous les domaines.

La tentation libertine

Chacun sait que le terme de *libertin* revêt à cette époque deux acceptions distinctes, l'une concernant les mœurs, l'autre la pensée. Le « libertinage érudit » était le fait d'hommes de grande culture, très frottés de philosophie antique, qui revendiquaient le droit de débattre sur quantité de points dont l'Église faisait matière de foi. Il pouvait aller de pair, chez eux, avec des mœurs irréprochables. Celui du duc d'Enghien et de ses amis était au contraire de l'espèce la plus triviale, il consistait à se moquer de la morale sexuelle. Mais comme ladite morale s'adossait à la religion, la rejeter avait pour conséquence inéluctable l'impiété. On touche ici à l'un des trous noirs de sa vie, un de ceux dont les traces ont été effacées des documents et dont les biographes évitent de parler, sinon à mots couverts pour valoriser son retour final à la norme. Mais suffisamment d'indices affleurent pour nous éclairer.

Il a tiré un trait sur les femmes du monde. On lui prêtera des maîtresses, la belle Toussy, par exemple, ou, plus tard, l'irrésistible Isabelle-Angélique de Bouteville, devenue veuve. Elles sont un des attributs obligés de son personnage de héros, qui se doit de courtiser les plus réputées. Mais rien n'indique qu'elles aient exercé sur lui une quelconque influence. Il se montre aisément grossier avec les femmes en général : « Comme il n'y cherchait que les agréments du corps, il n'avait pas tous les égards et toutes les honnêtetés que la noblesse française a coutume d'avoir pour elles. » On sait en revanche qu'il fréquentait les maisons closes et Olivier Lefèvre d'Ormesson fait à une incommodité récoltée auprès d'une professionnelle de Saint-Cloud l'honneur d'une mention dans son *Journal*[29]. Il a voulu goûter à Ninon de Lenclos, à moins que ce ne fût l'inverse. L'essai ne fut pas concluant. Faisant allusion au proverbe latin « *Vir pilosus, autfortis, aut luxuriosus** », elle s'écria : « Ah, monseigneur, il faut que vous soyez bien courageux ! »

Reste la question de l'homosexualité, qui est attestée par des allusions pas très nombreuses, mais suffisamment explicites. Une chanson dit de Gaspard de Châtillon qu'« Il était le grand mignon / De Condé, chose assurée », et une autre affirme – en termes très crus – que ledit Châtillon préférait ses valets à sa jolie maîtresse. Quant à François de La Moussaye, il passe pour avoir rédigé avec le duc d'Enghien, sur un bateau que secouaient dangereusement les flots du Rhône, un couplet en latin macaronique expliquant qu'ils ne risquaient pas la noyade, puisque, en tant que sodomites, ils étaient voués à périr par le feu[30]. Pour écarter ces imputations, il est illusoire de répliquer qu'il avait assez montré, en

---

* « Un homme velu est soit courageux, soit luxurieux. »

s'éprenant de Marthe, qu'il était sensible aux dames, et que d'autre part il s'était efforcé de marier tous ses amis pour les « établir ». Car il n'y a nulle incompatibilité : ils sont tout simplement, sereinement, en toute bonne conscience, bisexuels. Le cas est fréquent dans les sociétés guerrières, où se développent des amitiés masculines très vives, cimentées par les périls affrontés en commun. La Grèce en fournit la référence première avec ses couples d'amis célèbres, qui ont aussi leurs concubines. Et il est constant que ces amitiés entre hommes répondent à des besoins affectifs que les femmes se montrent incapables de combler. Si le duc d'Enghien, bientôt prince de Condé, aime quelqu'un après Marthe, c'est Châtillon, dont la mort au combat de Charenton lui arrachera des larmes rappelant celles d'Achille sur Patrocle. La division saisonnière de l'année en deux parts, l'été à la guerre où l'on restait entre soi, l'hiver à la cour, où l'on courait les femmes faciles, s'accommodait très bien de cette bisexualité, sans pour autant porter atteinte à la prééminence permanente de l'amitié.

C'est avec ses amis qu'il se bat, c'est avec eux qu'il fait « débauche ». Le mot attire aussitôt en notre esprit l'épithète de « crapuleuse ». À tort. Une « débauche », à laquelle vous pouviez inviter des commensaux, était alors l'équivalent de ce que nous avons appelé tour à tour une ripaille, une bamboche, une bombe, une fiesta : un repas presque toujours entre hommes, soigné, copieux, généreusement arrosé, où la conversation pouvait se donner libre cours sur des sujets interdits ou grivois, sans forcément s'encanailler. Que certaines débauches aient dégénéré, c'est certain, mais les témoignages qui nous sont parvenus les imputent à d'autres groupes que les petits-maîtres du duc d'Enghien. Il n'était ni un sensuel, ni un gourmet, comme par exemple le duc d'Orléans. Son plus grand plaisir était de se moquer des gens et ses traits étaient redoutables. Sa « cabale libertine et garçaillère » arpentait Paris sans retenue en créant du scandale, bousculant et molestant les gens, sûre de l'impunité, se faisant haïr des populations. Et il incitait d'autres groupes rivaux à une escalade de provocations : certains brûlèrent ainsi un soir d'ivresse « l'échelle » du Temple – c'est-à-dire le gibet et les marches y conduisant –, profanant d'un même coup la justice royale et celle de Dieu.

Qu'il eût cessé de pratiquer est un fait. Son impiété était notoire, elle se prolongea presque jusqu'à sa mort. Comme il est normal, elle évolua au fil des années. Pour autant qu'on puisse le savoir, aucun questionnement métaphysique, aucune remise en cause du dogme ne semble présider au départ à son rejet de la religion. Il ne faut donc pas parler dans son cas de scepticisme. La source de ce rejet n'est pas intellectuelle, mais existentielle, il s'inscrit dans la grande crise de révolte qui marque sa sortie tardive de l'adolescence. Victimes de la place excessive qu'ils avaient tenue dans son éducation, les impératifs d'ordre religieux sont disqualifiés, en même temps que les lois morales et sociales, comme entraves à sa liberté. Et comme il n'a pas tous les jours l'occasion de violer quelque principe essentiel, il s'en tient à la menue monnaie de l'impiété, jurant et blasphémant comme un soudard, tournant les dévots en ridicule et dénonçant, sous le nom de superstition, les pratiques cultuelles encouragées par l'Église. Mais le dogme paraît être resté à l'abri de ses sarcasmes. Allons même plus loin. La morale héroïque est fondée sur la négation de la peur. Or les craintes ne se bornent pas à des objets d'ordre matériel. En pleine Contre-Réforme, l'Église catholique pratique volontiers ce qu'on a appelé la « pastorale de la peur », jouant sur la crainte de l'enfer pour maintenir les fidèles dans le droit chemin. La fascination pour les interdits – le supranaturel, les esprits, le diable – en est le reflet. Il est logique que le jeune héros pousse son défi à la peur au-delà de la sphère du visible. Mais quel mérite y aurait-il à rejeter la religion si Dieu n'existait pas ? Les purs agnostiques sont sereins, plutôt que combatifs. La révolte postule l'existence de Dieu. L'impiété, même agressive, même prolongée, n'implique pas forcément l'athéisme.

Pour caractériser le duc d'Enghien soudain propulsé au faîte de la gloire, le terme qui vient à l'esprit est la démesure – en bien comme en mal. Tout est chez lui porté au paroxysme : l'orgueil, la violence, le mépris, tournés contre les autres, le rendent haïssable. Mais il se rachète par les épreuves qu'il s'impose à lui-même, jamais satisfait, infligeant à son corps des efforts inouïs, poussant toujours plus loin, plus haut la quête de l'exploit, prenant des risques fous, se mettant en jeu dans une suite de défis indéfiniment renouvelés. Un chercheur d'absolu à sa manière, fascinant et inquiétant, largement imprévisible.

Mais cette forme d'héroïsme n'a pas d'autre finalité qu'elle-même, elle ne vise qu'à l'accomplissement personnel. Elle montre ses limites dès qu'intervient le destin collectif d'une société ou d'un État. Elle est condamnée à se heurter aux impératifs très concrets de la politique.

CHAPITRE SEPT

La quête de l'impossible

Deux années de campagne – 1643 et 1644 – ont suffi pour faire du duc d'Enghien un général pas comme les autres. L'opinion a d'abord été frappée par le surgissement stupéfiant d'un grand capitaine en la personne d'un garçon de vingt-deux ans, qui semblait n'avoir eu aucun besoin d'apprentissage. Puis elle a été impressionnée de voir ses succès se renouveler – et ce dans des conditions souvent difficiles, presque désespérées. Elle a cru y discerner le signe d'une élection. Car un tel « bonheur », obstinément répété, ne relève plus d'un simple coup de chance. Loin de déprécier sa valeur personnelle, il la rehausse en la situant sur un plan autre qu'humain : bonheur et mérite sont la preuve qu'il est promis à un grand destin. « Chacun s'étonne de la bonne fortune du duc d'Enghien, auquel il semble que les grands exploits soient réservés […]. Chacun est dans l'admiration de la vertu et du bonheur du duc d'Enghien, qui fait des actions que la postérité croira fabuleuses*[1]. » Il passe pour invincible et l'on attend de lui monts et merveilles. Parmi les généraux, il se singularise enfin par un autre trait : il prend lui-même des risques inouïs, il n'y a « personne au monde qui se hasarde davantage ». Certes il est de règle, en ce temps-là, que les chefs mènent leurs troupes à l'assaut. Mais pas avec une aussi folle audace. Et jusqu'alors, il n'a pas reçu une égratignure. Est-il donc invulnérable ? À l'image des grands conquérants de l'Antiquité se superpose alors celle des héros de la mythologie, les demi-dieux à double ascendance, divine et humaine, bénéficiant d'une protection surnaturelle. Qu'il le veuille ou non, il fait figure de surhomme.

Autant dire que, pour la suite, la barre est placée très haut. Il est tenu de faire aussi bien et si possible mieux. S'il fait moins bien, il décevra. Il est comme un athlète de haut niveau qui remet son titre en jeu chaque année. Avec cette différence qu'il n'a pas d'autre compétiteur que lui-même. Il y a chez lui, depuis l'enfance, depuis l'éducation imposée par son père en tout cas, la volonté d'aller toujours plus loin, de pousser ses capacités jusqu'à l'extrême. Il est de ceux à qui il suffit de dire que quelque chose est impossible pour les entendre répondre : « Je veux le faire, je peux le faire. » Dans l'immédiat, son désir d'accomplissement individuel a pour champ d'action la guerre. Concentré sur ses projets, il ignore superbement les servitudes qui peuvent peser par ailleurs sur l'État, et il enrage de ne pas obtenir, à la demande, les

---

* *Vertu* au sens du latin *virtus* : courage. – *Fabuleuses* : dignes d'entrer dans la légende, la fable.

moyens en hommes et en matériel dont il a besoin pour triompher.

Reste à savoir si la quête de l'exploit fabuleux doit être une priorité pour les généraux d'un pays en guerre. Plus le duc d'Enghien se repaît de l'encens qui monte vers lui, plus il devient difficile à manier. Que faire de lui ? Ce n'est pas un professionnel, il n'a pas une armée avec laquelle il fait corps, comme Turenne par exemple*. Pas de territoire attitré non plus. Il ne figure pas sur l'organigramme de base des armées. Mazarin décide de l'utiliser comme un joker pour faire face aux situations difficiles. À son crédit, deux qualités : il se porte aux points menacés avec une extrême rapidité et il formule sur la gravité de leur situation un diagnostic très sûr. En revanche, il a pour péché mignon de prendre des initiatives qui ne correspondent pas forcément à la stratégie d'ensemble du ministre.

Les enjeux de la guerre

Une brève mise au point historique est ici indispensable, si l'on veut rendre intelligible le contentieux qui va s'accumuler entre Mazarin et lui. Car certains des biographes du prince, s'appuyant sur un très vaste dépouillement d'archives, épousent aveuglément ses griefs, faute d'une connaissance précise de l'environnement historique – sans se demander notamment dans quelles conditions travaillait le ministre, de quels

---

* C'est le cas pour Turenne à partir de 1644, quand il prend en main l'armée d'Allemagne.

moyens il disposait et quels étaient ses objectifs. À croire que celui-ci n'avait pas d'autre but que de rabattre la superbe d'un trop brillant héros. Il avait, hélas ! beaucoup de soucis plus importants.

Depuis que Charles Quint avait réuni en ses mains le double sceptre de Madrid et de Vienne, la France tentait de faire pièce à la maison de Habsbourg, qui prétendait, comme l'indiquait son arrogante devise – A.E.I.O.U. –, à la monarchie universelle*. Ses États enserraient le territoire français comme dans une tenaille. Louis XIII s'était engagé contre elle en 1635 dans une guerre qu'il était décidé à mener jusqu'à l'obtention d'une paix juste, sûre et durable. Mazarin, en acceptant d'être le parrain du dauphin, avait pris l'engagement de poursuivre cette politique et il y avait converti la régente. Mais la guerre coûtait très cher, le Trésor était vide et l'État lourdement endetté. La fiscalité ordinaire avait atteint ses limites : les catégories populaires, victimes d'augmentations successives, devenaient insolvables. Il existait bien un moyen d'en sortir, faire payer les innombrables privilégiés – nobles et riches bourgeois des villes – qui échappaient à la taille roturière, en les atteignant par le biais d'impôts indirects. Détenant sans partage le pouvoir législatif, le roi n'aurait pas dû y rencontrer d'obstacles. Mais la création de toute nouvelle taxe devait être soumise au parlement de Paris** pour la procédure d'enregistrement – en principe une opération de

---

* *Austriae est imperare orbi universo* : « Il appartient à l'Autriche de commander au monde entier » (avec ses colonies d'Amérique).

** Attention : le terme de *parlement* ne désignait pas une assemblée de représentants élus, comme aujourd'hui, mais une

routine. Le seul recours du parlement face à des mesures qui lui déplaisaient consistait à faire traîner les choses. Et à partir de 1645, comme toutes lui déplaisaient, il se mit à multiplier les procédures dilatoires, dans l'espoir de contraindre le gouvernement à mettre fin au plus vite à une guerre qui ruinait le pays. Chacun en était bien d'accord : seul le retour de la paix permettrait le rétablissement de l'équilibre financier.

Depuis l'année précédente, une lourde machine diplomatique réunissant des représentants de toutes les parties en cause – protestants à Osnabrück, catholiques à Münster – travaillait en Westphalie sur les clauses du futur traité. Certes tous les belligérants la souhaitaient, cette paix, tant ils étaient épuisés. Mais pas aux mêmes conditions. L'Espagne offrait « généreusement » de passer l'éponge sur les conquêtes réciproques et de revenir au *statu quo ante*. Ce à quoi la France ne pouvait consentir, sous peine de voir perdu le fruit de huit années de combats en majorité victorieux et de se retrouver comme auparavant avec une frontière du nord-est poreuse, qui mettait Paris à portée d'une armée ennemie en deux ou trois jours de marche. Mazarin repoussait une offre de paix aussi désastreuse. Mais de nombreux catholiques français, qui n'avaient jamais accepté le conflit « sacrilège » entre notre pays et l'Espagne, ne manquaient pas de s'en indigner.

---

cour de justice, composée de magistrats propriétaires de leurs charges. Celui de Paris joignait à ses activités judiciaires quelques tâches d'ordre administratif.

À Münster, les pourparlers évoluaient en fonction des opérations militaires. D'où un effort de chacun des belligérants pour mettre à son actif le plus de conquêtes possibles avant le processus final. La France avait pour principaux alliés la Suède et les Provinces-Unies*. En face d'elle, une coalition à deux têtes, Philippe IV d'Espagne et l'empereur d'Allemagne, Ferdinand III, appuyé sur quelques-uns de ses vassaux germaniques, dont le puissant duc de Bavière. À l'évidence, le noyau dur de cette coalition était Philippe IV. Mazarin s'efforça donc, dans un premier temps, de porter des coups sévères à ses armées sur la frontière du nord-est. Après la brillante conquête des places contrôlant le Rhin, l'Allemagne n'était à ses yeux qu'un terrain d'importance secondaire. À partir de 1646 au contraire, les priorités, on le verra un peu plus loin, furent renversées. Les différentes affectations du duc d'Enghien se trouvaient donc conditionnées par des considérations politiques et non purement militaires. Ce qui impliquait de sa part un minimum de docilité dans l'application des directives. Mais il y avait un talent que les bonnes fées avaient oublié de déposer dans son berceau, le sens de la diplomatie. Il fut donc affecté, en quatre ans, à quatre terrains d'action distincts, où son génie de tacticien continua de briller, mais où il essuya quelques déconvenues.

---

* Autrement dit les provinces converties au calvinisme et révoltées contre la domination espagnole, qui forment aujourd'hui les Pays-Bas.

1645 : Nördlingen

Les années se suivent et se ressemblent. Au printemps de 1645, notre armée d'Allemagne appelle de nouveau à l'aide. Turenne, qui avait passé l'hiver sur place avec elle, pansant les plaies laissées par la bataille de Fribourg, comblant les vides, se préparait dès le début avril à attaquer Mercy, qu'on savait affaibli et qu'on supposait démoralisé depuis l'écrasante défaite subie par les troupes de l'Empereur à Jankau. Et c'est lui qui se laissa surprendre, ayant imprudemment laissé ses cavaliers se disperser dans les villages en quête de fourrage pour leurs montures. En dépit de sa forte supériorité numérique, il subit une cuisante défaite le 5 mai à Mergentheim.

À sa décharge, il faut dire qu'il avait affaire à un des généraux les plus remarquables de son temps. Jamais, observe le maréchal de Gramont, dans tout le cours des deux longues campagnes faites contre lui par le duc d'Enghien et Turenne, « ils n'ont projeté quelque chose dans leurs conseils de guerre qui pût être avantageux aux armes du roi, et par conséquent nuisible à celles de l'Empereur, que Mercy ne l'ait deviné, et prévenu de même que s'il eût été de quart avec eux, et qu'ils lui eussent fait confidence de leur dessein[2] ». Non qu'il disposât de renseignements supérieurs : il les interprétait mieux. Il avait alors la cinquantaine, ayant arpenté l'Allemagne en tous sens, il connaissait le terrain comme personne et en jouait avec une habileté remarquable pour provoquer le combat ou s'y dérober au besoin. Et il avait en main une excellente armée, qu'il faisait vivre « sur l'habitant » avec un talent consommé, sachant qu'hommes et chevaux ne marchent pas le ventre vide et que l'efficacité du ravitaillement est une des conditions du succès. Il avait renoncé à poursuivre Turenne, faute de moyens. Celui-ci, ayant sauvé une partie de sa cavalerie, avait battu le rappel des alliés suédois et hessois et caressait l'espoir d'une revanche. Mais il réclamait, d'urgence, le concours du duc d'Enghien.

Le duc était depuis la mi-mai à Châlons, en attente d'une affectation. Il reçut une instruction officielle lui enjoignant de se porter aussitôt que possible en Allemagne « pour y remettre les choses en état ». Tout en lui promettant d'importants moyens, Mazarin lui laisse entendre qu'il lui faudra patienter : une bonne partie de l'été sera nécessaire pour mettre sur pied une armée opérationnelle. Le duc se fait fort, lui, d'y réussir beaucoup plus tôt. Dès la fin juin, il peut annoncer un contingent de douze mille hommes, au point que Le Tellier, surpris, croit devoir le féliciter : « Vous avez réussi à augmenter vos effectifs alors que d'habitude ils diminuent [3]. » Il a multiplié les recrues, certes, mais que valent-elles ? S'est-il seulement posé la question ? « Il avait tellement accoutumé de vaincre, qu'il ne croyait pas pouvoir jamais être battu, et il se croyait par avance déjà victorieux [4]. »

Il rejoignit Turenne aux environs de Mannheim le 2 juillet. À peine arrivé, il se querella avec le chef du contingent suédois allié, Königsmark, qui désapprouvait ses objectifs. Comme ils avaient aussi mauvais caractère l'un que l'autre et qu'aucun n'acceptait la moindre contradiction, on aboutit à une rupture avec échange d'insultes, où les responsabilités semblent partagées. Et Turenne vit partir à regret les quatre mille Suédois dont il s'était procuré l'appui et trembla que les Hessois n'en fissent autant. Même ainsi amputée, l'armée française conservait cependant sa supériorité numérique. Enghien et Turenne se lancèrent donc à la poursuite de Mercy, en direction du sud-est, vers le Danube. Dans quel but ? Il n'y avait pas là-bas de places fortes à conquérir et à occuper, même temporairement, à titre de monnaie d'échange, comme c'était le cas dans la vallée du Rhin. Enghien n'avait qu'une idée en tête : détruire l'armée bavaroise. L'ennui est que Mercy, de son côté, nourrissait des pensées symétriques : il visait à détruire l'armée française. Et pour l'instant, c'était lui qui menait le jeu, en traçant une piste qui éloignait chaque jour un peu plus les Français de leurs bases, tandis que lui, se rapprochait des siennes : la Bavière, au-delà du Danube, lui offrait un refuge inexpugnable. Il filait paisiblement son train, tout proche, mais jamais menaçant, endormant la méfiance. Et puis, un jour, il s'arrêta. Les généraux français attablés pour dîner virent débarquer un reître criant que les ennemis n'étaient qu'à une demi-lieue et ils crurent à une plaisanterie. Mais devant son insistance, ils se décidèrent à aller voir. Et ils aperçurent en effet l'armée bavaroise qui se mettait en bataille sur une hauteur proche, d'où elle pouvait observer tous leurs mouvements[5]. Mercy avait choisi le lieu, la date, l'heure et le terrain.

Fallait-il faire face ou se dérober ? Turenne hésita. L'emplacement sur lequel Mercy disposa son armée en ordre traditionnel lui était très favorable. La plaine, enserrée dans la boucle d'une rivière, comportait de part et d'autre une colline et un château, qui serviraient d'appui à ses ailes. Il y avait installé en surplomb son artillerie. Au centre un gros village, Allerheim, offrait à son infanterie la protection naturelle des murs, des enclos et des haies. Enghien, toujours impatient, opta pour l'attaque immédiate. Il répartit la cavalerie entre l'aile droite, avec Gramont et Chabot, et l'aile gauche, avec Turenne et les Hessois et prit lui-même la direction de la « bataille » au centre – son artillerie étant échelonnée tout le long du front. Il tenait à s'emparer d'abord du village, pour soustraire son infanterie aux tirs ennemis. Il était quatre heures de l'après-midi lorsqu'il engagea le combat. Au premier assaut contre le village, les fantassins liégeois de Marsin se débandèrent. Au second, ce fut le tour de leurs collègues français, emmenés par La Moussaye, et le prestige personnel du duc échoua à galvaniser dans un troisième assaut le reste d'une infanterie en déroute. Pendant ce temps, à l'aile droite, les cavaliers français, qui se croyaient à l'abri d'un défilé prétendument impraticable, étaient balayés par une charge furieuse des troupes de Jean de Werth, qui les mena si loin que, croyant la partie gagnée, elles se mirent à piller les bagages.

Jamais la situation n'avait été aussi grave pour le duc d'Enghien. Et cette fois-ci, ce n'est pas à lui qu'il appartint de la renverser, mais à Turenne. À l'aile gauche, celui-ci attaqua courageusement la cavalerie adverse, la fit reculer et parvint à atteindre la colline où se trouvait l'artillerie ennemie, qu'il retourna contre le village. La Moussaye put alors, avec le duc d'Enghien, amener des troupes pour l'encercler. La nuit tombait. Ses occupants, jugeant le combat perdu, se rendirent, sans se douter qu'à cinq cents pas de là, toute la cavalerie de Jean de Werth restait opérationnelle. Quand ce dernier s'en aperçut, il était trop tard, la reddition était faite. Les troupes françaises restaient maîtresses du champ de bataille. L'avaient-elles vraiment mérité ? Turenne sauva la situation par son sang-froid, sa lucidité, son courage. Mais ce fut tout de même un combat étrange, où les uns et les autres semblaient marcher à l'aveuglette, accumulant les « fautes » contre le simple bon sens. À cela une explication : les Bavarois n'avaient plus de chef. Dans le feu des premiers assauts contre Allerheim, Mercy était tombé mortellement blessé. L'absence de commandement se fit sentir très vite. L'information circula mal. Son armée, démoralisée, ne s'en remit pas. Les survivants se retirèrent vers le Danube, sur la tête de pont de Donauwörth, dont les Français ne cherchèrent pas à les déloger, se contentant de se « rafraîchir » dans la ville voisine de Nördlingen avant de regagner la vallée du Rhin.

Le duc d'Enghien rendit à Turenne un hommage public largement mérité. Quant à savoir si la gloire doit en rester au duc plutôt qu'à son collègue, il est permis de laisser au reclus de Sainte-Hélène la responsabilité de son opinion. Mais on tient à ajouter ici, parmi les agents essentiels de la victoire, le mousquetaire anonyme dont la balle bien ajustée avait atteint en pleine tête le plus redoutable adversaire de nos deux héros.

Une chose est sûre en tout cas : Enghien est trop lucide pour être satisfait de lui. Il a trop pris sur lui-même, il s'est trop donné dans ces engagements meurtriers. Bien qu'il n'ait pas été blessé, il a eu deux chevaux tués sous lui, il a reçu un coup de pistolet dans le coude et une balle qui lui a laissé une forte contusion dans la cuisse. Mais surtout il est atteint dans son amour-propre : comme à Fribourg, tous ses assauts frontaux ont échoué. Au cours du trajet de retour, il tomba malade avec les symptômes habituels – très forte fièvre, « accompagnée de beaucoup d'accidents qui firent même craindre pour sa vie[6] ». Il insista auprès de son ami Gramont pour être ramené à Philippsbourg, à quatorze lieues de là. La région était truffée d'ennemis. Deux solutions possibles : une escorte importante, qui obligeait à réduire d'autant les effectifs dont disposait Turenne, ou un détachement réduit, plus rapide, mais plus exposé aux aléas. On opta pour la seconde solution. Une troupe de mille chevaux, marchant jour et nuit, parvint à convoyer le malade installé sur un brancard, à l'insu des ennemis. De temps en temps, il avait un transport au cerveau causé par la violence de sa fièvre. Une fois installé dans un bon lit à Philippsbourg, il retrouva ses esprits, mais il restait abattu par une dysenterie tenace. On le rapatria à petites étapes. En France l'attendaient sa famille et ses amis éplorés. Le 10 octobre, hâve, les joues creuses, la tête rasée, il arriva à Chantilly, où il retrouva la petite chambre familière que sa mère avait préparée pour lui. Bientôt les visiteurs se pressèrent à son « lever », en le traitant de Monseigneur et d'Altesse[7].

La maladie lui a épargné de vivre en direct les discussions soulevées par cette campagne, tant dans l'opinion publique que dans le cabinet ministériel. Lorsque parvinrent à la cour les nouvelles de Nördlingen, Anne d'Autriche fut saisie de joie. Voyant arriver Mazarin, « elle alla au-devant de lui d'un visage riant et satisfait. Il la reçut en lui disant d'un ton grave : "Madame, tant de gens sont morts, qu'il ne faut quasi pas que Votre Majesté se réjouisse de cette victoire"[8] ». Le bilan était en effet effroyable. Et la bonne noblesse qui entourait la reine y était d'autant plus sensible que c'étaient ses enfants qui avaient payé le plus lourd tribut. Des questions commencent alors à poindre dans les esprits. D'abord, le modèle d'héroïsme pratiqué et donné en exemple par cette tête brûlée de duc d'Enghien n'est-il pas abusivement dangereux ? Autrement dit, n'y aurait-il pas moyen de gagner des batailles avec moindre gloire, mais à moindres pertes ? Et de ce point de vue, sa fameuse invulnérabilité n'apparaît plus que comme un injuste privilège. Ensuite, à quoi a servi une victoire si chèrement payée ? Le duc n'a rien conquis, rien conservé, il n'a même pas détruit l'armée bavaroise, elle renaît de ses cendres et tout est à recommencer.

Or, en décembre 1645, Turenne, de sa propre initiative, a fourni le contre-exemple qu'on attendait. Sans faire de bruit, en douceur, il a reconquis Trèves, dont l'annexion brutale par l'Empereur avait été en 1635 le *casus belli* décisif. Il n'eut pas à se battre, il commença d'investir la ville, puis négocia avec les habitants, qui contraignirent le gouverneur espagnol à capituler à la première sommation. Il rétablit sur son trône notre allié l'Électeur et la principauté resta dans l'orbite française. D'où la double comparaison avec le bilan de Nördlingen : « Vous avez vu la reddition de Trèves sans coup férir ; toute la campagne sanglante de M. le duc d'Enghien ne nous a pas produit tant d'avantage que cette expédition[9]. » La rumeur contre le coût humain d'une certaine forme d'héroïsme commence tout juste à naître. Elle ne fera que prospérer les années suivantes.

L'opinion n'est pas seule à réagir. Mazarin, de son côté, analyse les comptes rendus militaires. Pour ménager l'amour-propre du prince du sang commandant en chef, les récits officiels ont occulté un élément essentiel : ce sont ses troupes à lui qui ont lâché pied. Bien que réunies sous son unique commandement, il commandait en effet deux armées complètement différentes. Celle de Turenne, des Weymariens pour l'essentiel, à qui s'ajoutaient des Hessois, était composée d'Allemands, accoutumés au pays, à la manière d'y subsister, habitués à combattre ensemble sous la conduite de leur général. Ils avaient un esprit de corps, et de l'endurance à revendre. Les troupes amenées par le duc d'Enghien étaient un ramassis assemblé à base d'emprunts aux garnisons de diverses places, augmenté de recrues faites à la va-vite. Il n'avait pas eu le temps de les prendre en main. La sanction est là, indiscutable : l'infanterie française s'est débandée au premier tir adverse, elle a été catastrophique – pis encore qu'à Fribourg, l'année précédente. Et cette fois-ci, la cavalerie n'a pas fait mieux. Les seuls à s'être correctement battus sont les Allemands de Turenne : « La cavalerie allemande a gagné la bataille, écrit le maréchal à sa sœur dès le lendemain. M. le duc m'a fait là-dessus plus de compliments devant toute l'armée que je ne vous saurais dire. [...] La cavalerie française en s'enfuyant a emporté tout cela [ce qui subsistait de son infanterie] de sorte qu'il n'y est resté que la cavalerie allemande et les Hessiens qui le soutenaient. M. le duc ne savait assez se louer des Allemands et en effet il leur a obligation de sa vie ou de sa liberté [10]. »

D'autre part, il est apparu clairement que la méthode préconisée par le duc pour « détruire l'armée bavaroise » est d'une efficacité discutable. On devra imaginer autre chose que des affrontements présumés décisifs. Mazarin tire donc de l'épisode la leçon qui s'impose : le duc d'Enghien ne remettra plus les pieds en Allemagne à la tête d'une armée. Et il est permis de penser que Turenne ne s'en plaindra pas. C'est sur lui, en étroite coordination avec le Suédois Wrangel, que reposera la mise en œuvre de la stratégie qui amènera Maximilien de Bavière à crier grâce et obligera l'Empereur à signer la paix.

1646 : Dunkerque

La paix ! Elle semble alors à portée de main. Mais chacun l'entend à sa manière. Et tandis que les négociateurs discutent, opérations militaires et manœuvres politiques se poursuivent, pour influer sur leurs décisions. La France, on le sait, a affaire à deux adversaires distincts : le roi d'Espagne et l'empereur d'Allemagne. L'idéal serait, bien sûr, de parvenir à imposer aux deux une paix satisfaisante. Mais si Ferdinand III donne des signes de lassitude, Philippe IV, lui, se montre plus coriace que jamais. En ce printemps de 1646, Mazarin a décidé, dans le cadre de la stratégie mise au point en commun, d'accorder la plus large liberté de manœuvre à Turenne en Allemagne. Contre Philippe IV, face à qui plusieurs fronts sont ouverts, il disperse ses offensives – en Italie, en

Catalogne, en Flandre – plus pour acquérir des places destinées à servir de monnaie d'échange que dans l'espoir de lui porter des coups décisifs. Car il sait que la diplomatie espagnole mène contre lui une partie serrée.

Que faire du duc d'Enghien dans ces conditions ? Mazarin se défie de son penchant pour les initiatives aventureuses. Depuis le mois d'avril, le duc attend avec ses troupes, dans les environs de Vervins, le moment de prendre part à une campagne dirigée par le duc d'Orléans. Ordres, contre-ordres. Après avoir beaucoup tergiversé en fonction des démarches supposées de l'ennemi, puis tenu à Arras un grand conseil de guerre, la cour, au début juin, a enfin fixé l'objectif : le siège de Courtrai. Trois corps séparés y participent, respectivement commandés par Enghien, Rantzau et Gramont. Informé de la présence d'une forte armée ennemie aux alentours de Tournai, le duc d'Enghien propose de l'affronter, avec l'espoir de s'ouvrir la route jusqu'au cœur des Pays-Bas. Mais Gaston d'Orléans commande : on doit se contenter de prendre Courtrai. Les troupes espagnoles font une apparition, mais se retirent sans essayer de secourir la place, qui se rend au bout de treize jours.

Que faire ensuite ? L'initiative d'assiéger les places côtières de Flandre vint, semble-t-il, de Gaston d'Orléans, qui s'était illustré deux ans plus tôt à Gravelines. Mazarin parut s'en désintéresser. Avant de s'en prendre à Dunkerque, il fallait se rendre maître de Mardick, importante place protégeant le grand port, à qui elle était reliée par un chenal maritime. Dès son arrivée, dans les premiers jours d'août, le duc d'Enghien se lança à l'assaut du glacis sablonneux qui la défendait, en se couvrant de gloire et de sang, mais sans autre résultat que d'occasionner de grandes pertes parmi les siens. Une certaine contre-attaque, opérée à chaud avec ses amis face à une sortie imprévue des assiégés, passa dans la légende comme un des plus hauts faits du héros. Elle passa aussi pour une des plus meurtrières : « On se plaignait de M. le duc d'Enghien, qui faisant sans nécessité la fonction de soldat s'exposait trop souvent à la mort et faisait périr quantité de noblesse [11]. » À quoi il faut ajouter que ce siège était absurde, la garnison de Mardick étant renouvelée chaque jour et vivres et munitions y arrivant régulièrement par voie maritime [12].

Les familiers du duc d'Enghien purent souffler un peu grâce à une blessure qui l'empêcha quelque temps de payer de sa personne et d'y entraîner celle des autres. Il était dans la tranchée lorsqu'une grenade « mit le feu à de la poudre à canon, dont il eut le visage tout brûlé, en sorte qu'il fut alité pendant quinze jours, ayant le visage tout couvert d'emplâtres. Il ne laissait pas de donner tous ordres dans son quartier avec la même vigilance que s'il eût été debout [13] ». Mais la victoire ne fut acquise que lorsque nos alliés hollandais se décidèrent enfin, au bout de trois semaines, à fermer le canal qui alimentait la place.

Mardick ayant capitulé et l'été tirant à sa fin, le duc d'Orléans jugea la campagne achevée et regagna la cour, laissant sur place son jeune cousin ravi d'avoir enfin les mains libres. « Il méditait quelque grand dessein dont il pût avoir l'honneur tout seul. Il voulait faire une entreprise de remarque pour augmenter sa réputation ; et comme il était ambitieux, il ne jetait ses yeux sur rien de médiocre [14]. » Dunkerque, repaire de corsaires aux exploits célèbres, était chargé pour l'imagination d'une forte valeur symbolique. Le grand port avait été attribué à l'Espagne par le traité de Cateau-Cambrésis en 1559 et il était d'une importance vitale pour ses provinces flamandes. Sa conquête offrait au duc d'Enghien un objectif digne de lui.

Hélas, tel n'était pas l'avis de Mazarin, qui avait prévu de laisser Rantzau à Mardick pour surveiller la côte et d'envoyer les ducs d'Orléans et d'Enghien s'emparer de Menin, une position très « chatouilleuse pour l'ennemi », aux alentours de Courtrai. Le cardinal répugnait à disperser ses troupes dans des places éloignées, sans avoir les moyens d'y installer des garnisons suffisantes. Son idée était de concentrer, au cœur de la Flandre, un ensemble de villes fortes assez proches les unes des autres pour pouvoir se secourir mutuellement et formant un bloc assez compact pour arrêter une éventuelle offensive ennemie. De plus, notre alliance avec les Provinces-Unies avait du plomb dans l'aile et il savait bien que les Hollandais verraient d'un mauvais œil notre installation dans le grand port flamand, concurrent des leurs. Ce n'était pas tout à fait par hasard que leur flotte avait tant tardé à fermer le canal de Mardick. Politiquement, il valait mieux ne pas leur fournir une raison supplémentaire de nous lâcher.

Un bref retour en arrière est ici indispensable pour expliquer ce qui était en train de se passer. Les souverains espagnols avaient conservé de l'héritage bourguignon de Charles Quint dix-sept provinces, dites Pays-Bas, correspondant à la Belgique et aux Pays-Bas actuels. Ces provinces s'étaient révoltées et, en

1579, neuf d'entre elles, converties au calvinisme, avaient fait sécession et entamé une interminable guerre de libération, avec l'appui de la France. Elles avaient acquis, sous le nom de Provinces-Unies, une autonomie de fait, sanctionnée par une trêve. L'Espagne ayant repris la lutte, elles avaient signé avec la France une alliance défensive et offensive. Ainsi s'expliquait leur présence à nos côtés dans cette guerre. Mais les habitants n'étaient pas d'accord entre eux. La noblesse terrienne, très proche à tous égards de la noblesse française, restait fidèle à l'alliance, tandis que la grande bourgeoisie marchande des régions littorales, tirant sa fortune du commerce, était lasse d'un conflit qui perturbait les échanges et limitait son enrichissement. Or avec la maladie et la mort probable du stathouder Guillaume de Nassau – un cousin de Turenne –, le pouvoir allait échapper à la noblesse terrienne. L'Espagne disposait alors d'un atout maître : il lui suffisait d'offrir aux Provinces-Unies ce qu'elle leur refusait depuis tant d'années pour des raisons de principe, l'indépendance pleine et entière, et elles se retireraient du combat. Il ne lui en coûterait rien, qu'une blessure d'amour-propre, l'aveu qu'elle avait dû céder. En revanche, elle y gagnerait de pouvoir tourner toutes ses forces contre la France, avec ses arrières protégés.

Or c'est le moment que choisit le duc d'Enghien pour mettre Mazarin devant le fait accompli. De son propre chef, il marche sur Dunkerque, il s'empare de Furnes, qu'il fortifie, et il s'adresse directement à notre ambassadeur en Hollande pour obtenir l'envoi d'un contingent néerlandais. Le ministre, au lieu des félicitations espérées, lui donne un accord glacial :

l'entreprise est à ses risques et périls ! Et de multiplier ensuite les mises en garde circonstanciées. N'importe qui à la place de l'intéressé se serait posé des questions. Et ses officiers généraux s'en posent : ils sont tous d'avis contraire. Mais lui ne doute de rien. Faut-il admirer son opiniâtreté ? faut-il la trouver absurde ? Toujours est-il que les faits semblèrent lui donner raison. En dépit des pronostics pessimistes, le siège de Dunkerque se déroula avec une facilité merveilleuse. « Cette entreprise parut hardie ; mais le bonheur voulut que cette place fût épuisée d'hommes et de munitions de guerre, à cause du secours qu'elle avait envoyé à Mardick ; et il n'y avait plus d'armée ennemie assez forte pour craindre quelque obstacle. Ainsi, par une favorable rencontre de plusieurs choses, ce beau dessein se rendit plus facile que vraisemblablement on ne le pouvait espérer ; et la prudence du duc d'Enghien fut aussi grande à les bien remarquer pour en tirer ses avantages, que sa valeur à les bien exécuter [15]. » Il faut ajouter que la flotte hollandaise croisait au large – ultime cadeau avant le lâchage ? La tranchée fut ouverte le 25 septembre, on se battit dans la pluie et le vent, qui soulevait des nuages de sable. Renonçant à l'espoir d'être secouru, le gouverneur demanda composition et se rendit le 11 octobre.

Deux anecdotes, datant de cette période, éclairent la personnalité du duc d'Enghien de façon assez inquiétante. Il montrait pour ses proches une sollicitude abusive : « J'ai ouï dire, rapporte Mme de Motteville, que la fatigue qu'il se donnait dans les présentes occasions était étonnante. Comme il avait mis dans les premiers emplois des guerres ses jeunes favoris, gens de condition, mais qui étaient sans expérience, il voulait réparer leurs fautes par ses peines et ses actions, et ne voulait point qu'on s'aperçût de leurs manquements, de peur d'être accusé de trop favoriser ses amis, et de manquer de discernement dans le choix qu'il en faisait. Ce qui paraissait une bonne volonté envers eux procédait aussi de sa sagesse, de sa capacité, de son ambition : car pour la bonté, c'est une qualité que les grands ne connaissent guère et ne pratiquent pas souvent [16]. » D'autre part, il se brouilla avec Gassion. Ils avaient vaincu ensemble à Rocroi et ne s'étaient pas côtoyés depuis. Le vieux maréchal crut pouvoir se prévaloir de leurs anciennes relations pour changer quelque chose à un ordre reçu. Le duc, au lieu de l'en reprendre en privé, lui infligea une algarade publique devant toutes les troupes, lui disant « qu'il n'avait qu'à obéir aveuglément à ses commandements, étant son général, qui en savait plus que lui, et qu'il lui apprendrait l'obéissance comme au dernier goujat de l'armée [17] ».

Aux yeux de l'opinion parisienne, qui juge sur pièces d'après les résultats, les quelques ombres relevées dans la geste du duc d'Enghien ne ternissent nullement son image : « Il surpasse maintenant les plus grands héros, ayant fait quatre campagnes admirables terminées par la prise de Dunkerque, non pas seulement par bonheur, mais par valeur et conduite, donnant lui seul tous les ordres, les exécutant et ayant été deux fois blessé dans cette campagne et plusieurs des siens tués autour de lui, vigilant, libéral, caressant [18]. » Mais lorsque disparaît soudain son père, le 26 décembre 1646, certains comprennent que ce facteur d'équilibre risque de lui manquer*. Il n'y a pas de remède, le changement de génération est acquis : c'est désormais sous le nom de Condé et avec l'appellation de *Monsieur le Prince* qu'est désigné l'ex-duc d'Enghien, qui transmet son ancien titre à son fils.

1647 : la Catalogne

L'année 1647 débuta sous de fâcheux auspices : comme prévu, l'Espagne signa le 7 janvier avec les Provinces-Unies les préliminaires de paix leur promettant l'indépendance. Débarrassée d'un de ses adversaires, elle se préparait visiblement à poursuivre la guerre. Tout espoir de voir les négociations se terminer par une paix globale s'évanouissait. Mazarin en conclut que la seule solution consistait à la priver, symétriquement, de son principal allié. La plupart des États d'Allemagne, ravagés depuis près de trente ans par une guerre impitoyable, appelaient de leurs vœux une paix à laquelle se refusaient l'Empereur et surtout le duc de Bavière, champion de la cause catholique. Les précédentes campagnes, on l'a vu, n'étaient pas parvenues à venir à bout de ce dernier. Son riche et fertile duché constituait un sanctuaire jusqu'ici inviolé et la misère terrible qui sévissait alentour lui offrait un réservoir inépuisable de mercenaires pour regonfler ses armées. Turenne proposa alors de concentrer l'effort sur lui et, tout en refusant l'affrontement direct, de lui rendre la vie impossible en lui coupant ses sources de ravitaillement, puis de l'atteindre dans

---

* Voir *infra*, p. 282.

ses forces vives en ravageant la Bavière : une « stratégie indirecte » d'une remarquable efficacité, dont divers aléas retardèrent le succès, mais qui fut décisive [19].

En attendant, il fallait tenir tête à l'Espagne et la contraindre si possible à se battre sur plusieurs fronts. Elle avait sur son propre sol deux abcès de fixation, immobilisant des troupes. En 1640, deux provinces périphériques, irritées de ses pressions centralisatrices, s'étaient révoltées et avaient sollicité l'appui de la France. Cet appui s'était borné pour le Portugal à l'envoi de subsides, mais il avait abouti en Catalogne à une passation de pouvoirs au bénéfice de Louis XIII, sous réserve que celui-ci y serait représenté par un vice-roi, l'ensemble des charges et fonctions étant exercées par des Catalans. Louis XIII avait profité de la résistance espagnole pour conquérir et annexer, en deçà des Pyrénées, la Cerdagne et le Roussillon. Mais, en Catalogne même, la situation était incertaine. L'Espagne tenait encore des places clefs, dont le port de Tarragone et la forteresse de Lérida. La prolongation de la guerre imposait la présence de troupes françaises, source de frictions, et parmi les habitants, divisés, certains commençaient à regretter la domination castillane. Il se posait donc là-bas un double problème, militaire et politique.

Le maréchal de La Mothe-Houdancourt avait échoué sur les deux tableaux. Les Catalans, prétend une *Gazette*, sont « enragés contre lui, disant qu'il a ruiné de fond en comble la province la plus riche de toute l'Europe. Ils le taxent d'avoir diverti à son profit les deniers du roi et de la province, d'avoir mené à la boucherie plusieurs milliers de Catalans et de

Français inconsidérément, d'avoir laissé ruiner les armées par son mauvais ordre, d'avoir connivé avec l'ennemi[20] », et d'avoir manqué, par avarice, l'occasion de prendre Lérida. Il se retrouva en prison et en 1646, on envoya à sa place, « pour y rétablir nos affaires », le comte d'Harcourt, héros des récentes campagnes d'Italie. Lequel fut plus honnête, mais pas plus heureux. Il assiégeait Lérida lorsqu'une armée de secours, feignant tout d'abord de renoncer à l'attaquer, endormit sa méfiance, puis revint à l'improviste et le bouscula brutalement. Il ne put empêcher les renforts de pénétrer dans la citadelle et dut abandonner dans sa fuite éperdue son artillerie et son bagage. Il rentra l'oreille basse et on lui chercha un successeur – autant que possible meilleur. L'offre n'était pas large : le nom de Condé s'imposa.

Autant le dire tout de suite : Condé se cassa les dents sur Lérida. Ce fut le premier échec de sa carrière. Comme il tenait déjà rigueur à Mazarin d'avoir repoussé ses sollicitations et freiné ses initiatives, il resta persuadé que celui-ci l'avait envoyé en Catalogne avec l'intention expresse de l'humilier. Il ne se rendait pas compte qu'il était très difficile à employer. Que faire de lui ? Plus un héros est grand, moins il est gouvernable, surtout quand il a mauvais caractère. Condé exige de commander à tous et de décider partout. Il faut pourtant bien faire place à d'autres généraux. En Allemagne, il s'est montré incapable de faire équipe avec les Suédois : mieux vaut compter pour cela sur Turenne. En Flandre, la sagesse est pour l'instant de tenir les places acquises sans prendre de risques : il n'est pas l'homme qui convient. En Catalogne au contraire, on lui offre une tâche quasi impossible à la hauteur de ses ambitions, la prise de Lérida, et il ne trouvera pas grand-chose d'autre à y faire, puisque le siège de Tarragone est impraticable sans le concours de la flotte, qui est repartie. En revanche, la compétence administrative dont il a fait preuve en Bourgogne peut laisser espérer qu'il remettra de l'ordre dans les affaires de la province. Mazarin, même s'il le supporte mal, n'est pas homme à tout faire pour qu'il échoue : il raisonne en termes d'efficacité et a toujours plusieurs fers au feu. S'il gagne, tant mieux, une victoire sur l'Espagne est toujours la bienvenue ; s'il perd, tant pis, l'enjeu n'est pas vital et cela lui rabattra un peu de son arrogance ; et surtout, dans les deux cas, il fixe en Catalogne une armée espagnole et il n'encombre pas les autres terrains. Cependant il n'est pas question de lui accorder tous les moyens qu'il réclame pour mener la lutte : l'argent disponible, quand il y en a, doit soutenir la campagne d'Allemagne. Il n'a donc pas tort lorsqu'il se plaint d'être réduit à la portion congrue. Mais cela ne suffit pas à prouver qu'il y eut de la part du ministre une mauvaise volonté délibérée.

L'entreprise contre Lérida sembla se présenter sous les meilleurs auspices. Condé trouva sur place les restes de la circonvallation établie par son prédécesseur, que les Espagnols avaient négligé de détruire. Il put donc très vite accéder au rempart pour mettre en action les sapeurs. C'est alors que les choses se gâtèrent. Le roc sur lequel était bâtie la citadelle se révéla si dur qu'il fut impossible d'y creuser le moindre emplacement pour les mines. Dans l'armée directement exposée aux coups de l'ennemi, les pertes se multipliaient – dont les deux ingénieurs artificiers avec tous leurs hommes. Bon nombre de soldats catalans désertaient. Le temps passait, la chaleur montait. Chaque soir, le gouverneur de la place s'offrait le luxe de narguer très courtoisement le prince en lui envoyant deux petits mulets chargés de glace et d'eau de cannelle « pour le rafraîchir de la fatigue du jour [21] ». Munie de tout le nécessaire pour tenir, Lérida était imprenable et les assiégeants, coincés au pied de l'escarpement, risquaient de s'offrir dangereusement aux coups de l'armée du marquis d'Aytona, qui venait à la rescousse.

Connaissant « l'humeur haute et fière » de Condé, le maréchal de Gramont croyait qu'il allait s'y opiniâtrer jusqu'à la mort. À son extrême surprise et au grand soulagement des autres officiers, il décida de renoncer. Il prit le temps nécessaire, dix ou douze jours, pour évacuer en bon ordre artillerie, vivres et munitions et les répartir dans diverses places. Sans jamais aventurer ses troupes dans un combat incertain, tout en prenant parfois des risques personnels importants, il imposa ensuite à l'armée d'Aytona un harcèlement qui incita celui-ci à regagner l'Aragon et on se retrouva dans la situation initiale : l'Espagne conservait Lérida et Tarragone, mais les Franco-Catalans occupaient la plupart des points qui en commandaient l'accès. La France restait suffisamment implantée en Catalogne pour que son retrait pût faire l'objet d'un marchandage.

Ce n'était pas un résultat négligeable. À l'impossible nul n'est tenu. Le prince n'avait accompli aucun exploit surhumain, mais il avait été parfait. En haut lieu, nul, même Mazarin, quoi qu'on en ait dit, ne lui tint rigueur de son échec. On se réjouit au contraire qu'il se soit montré raisonnable et on y trouva de nouvelles raisons de l'admirer. « C'était une sagesse au-dessus de l'âge de M. le prince d'avoir [...] remporté une victoire sur son humeur et sur son inclination, qui lui coûtait plus que toutes les fatigues passées. [...] Il ne manquait à toutes les preuves qu'il avait données de son courage, qu'une occasion d'en donner de sa prudence pour être estimé le plus grand capitaine de son siècle [22]. » Ce n'était là que justice. Mais son arrogance lui avait valu beaucoup d'ennemis et ses succès beaucoup de jaloux. Lorsqu'il rentra à Paris, il trouva la ville inondée de chansons inspirées par son échec. Il contre-attaqua d'une plaisanterie en reconnaissant lui-même que « son dada demeura court à Lérida » et Voiture se chargea de lui faire un mérite de cet aveu, ne sachant qu'un homme en France « Qui de la sorte osât rimer / Et l'osant, osa se nommer [23]. » Mais rien n'empêcha la formule, assortie de sous-entendus grivois, d'obtenir la plus large diffusion.

Une autre chanson dut lui être particulièrement désagréable, parce qu'elle touchait à un point douloureux, la lâcheté avérée de son père, qu'il avait d'abord niée, avant de s'en démarquer à toute force :

> Ils reviennent, nos guerriers,
> Fort peu chargés de lauriers ;
> La couronne en est trop chère
> Lère la lère, lanière,
> Lère là,
> À Lérida.

> La Victoire a demandé :
> Quoi ? le prince de Condé ? –
> Je l'avais pris pour son père […]
> À Lérida.
>
> Quand il a changé de nom,
> Il a perdu son renom,
> Pour lui je n'ai rien pu faire […]
> À Lérida.
>
> Ce bon prince, assurément,
> Parut bien ouvertement
> Le digne fils de son père […]
> À Lérida [24].

Mais, heureusement pour lui, les événements allaient si vite que Lérida devint bientôt de l'histoire ancienne.

1648 : Lens

Pendant que Condé piétinait en Catalogne, il s'était passé beaucoup de choses ailleurs. En Allemagne, la stratégie indirecte avait payé. Maximilien de Bavière, devant les ravages infligés à son duché, avait crié grâce et signé le 14 mars 1647 l'armistice d'Ulm, selon lequel il se retirait des combats. Turenne aurait voulu poursuivre, mais Mazarin crut que c'en était assez pour décider l'Empereur à en faire autant. Laissant les Suédois achever la campagne contre ce dernier, il souhaita que Turenne, soudain disponible, vînt soutenir les armées de Flandre et de Picardie, à qui l'Espagne infligeait des coups sérieux. Une mutinerie coupa court au projet : la cavalerie allemande de Turenne refusa de se battre ailleurs que chez elle ! L'affaire était grave : aux rancœurs habituelles concernant le retard de paiement des soldes s'ajoutaient en sous-main les ambitions de quelques officiers désireux de jouer les *condottiere* pour leur propre compte. Turenne en vint à bout, mais les mécomptes s'accumulaient : on avait perdu tout espoir de déstabiliser la Lombardie, la révolte napolitaine, soutenue à vrai dire sans grande conviction par Mazarin, venait d'être écrasée, Condé renonçait à s'emparer de Lérida ; pendant ce temps en Flandre, où nos généraux prenaient des initiatives discordantes – Gassion finissant par se faire tuer devant Lens –, l'archiduc Léopold-Guillaume, désormais à la tête des troupes espagnoles, continuait de grignoter nos positions, récupérant une partie du terrain que nous avions conquis sur les Pays-Bas. Enfin, une très large publicité fut donnée à la paix hispano-hollandaise. De tout cela, l'Empereur conclut qu'il était prématuré de se retirer du conflit et Maximilien de Bavière, reniant en novembre la parole donnée à Ulm, se prépara à reprendre la campagne. Pour avoir cru la paix à portée de main six mois plus tôt, Mazarin se voyait contraint de la négocier en position beaucoup moins favorable. Il avait perdu un an. Mais on doit souligner qu'il ne pouvait s'agir que d'une paix partielle, avec la partie germanique de la coalition. L'Espagne, elle, était résolue à mener la lutte jusqu'à la victoire complète.

Le 30 janvier 1648, le traité de La Haye consacra la défection des Provinces-Unies et, signal très clair,

Philippe IV ordonna aussitôt à ses représentants de quitter le congrès de Westphalie. Il disposait pour gagner la partie qui lui restait à jouer de deux atouts, ne s'excluant pas : l'invasion militaire de la France et la guerre psychologique. L'invasion a été préparée par le grignotage de l'année 1647. La guerre psychologique, relevant de ce que nous appelons de l'*intox*, reposait sur une assimilation implicite entre la paix accordée aux Hollandais « à des conditions très avantageuses » et celle que le roi d'Espagne offrit « généreusement » à sa sœur, sans autre précision, et que Mazarin lui fit refuser. Il se gardait bien de dire que ce qu'il offrait n'était que la fameuse paix blanche, pour nous désastreuse, puisqu'elle annulait tous les acquis de huit ans de guerres largement gagnantes. Et une bonne partie de l'opinion, déjà dressée contre la guerre pour des raisons financières, morales ou religieuses, s'empara de l'argument pour organiser une campagne de dénigrement contre le ministre et encouragea le parlement à lui refuser les crédits indispensables à la poursuite des opérations.

Comprenant qu'il était illusoire de négocier avec Madrid, Mazarin décida de pousser les feux sur le terrain en Allemagne. Il n'eut qu'à lâcher la bride à Turenne et à Wrangel : voyant son armée écrasée à Zusmarshausen le 17 mai 1648 et son duché occupé, Maximilien de Bavière capitula, tandis que les vainqueurs caracolant dans les États patrimoniaux des Habsbourg, faisaient une incursion jusqu'au cœur de Prague, dans le château royal. Ils étaient sur le point de prendre Vienne lorsqu'on dut les arrêter : l'Empereur demandait la paix. Ses dernières hésitations

La quête de l'impossible

furent balayées par le « corps germanique* », qui menaçait de signer sans lui. Ainsi se termina heureusement la guerre de Trente Ans, le 24 octobre 1648, par les traités dits de Westphalie, conformes aux vœux de la France.

En parallèle, Mazarin avait pris soin de mettre en défense la frontière du nord-est. La tâche incombait tout naturellement à Condé. En avril 1648, il ne s'agissait plus de pousser des pointes en territoire ennemi, mais de consolider le réseau de places détenues. D'où la conquête d'Ypres, pour servir de relais entre Dunkerque et Courtrai. Hélas, l'archiduc en profita pour reprendre cette dernière ville : opération de diversion destinée à tromper sur son véritable but. Tandis que Condé s'épuise en vitupérations contre ses collègues jugés incapables, il fond vers le sud-est en direction de Landrecies et de la frontière, au plus proche de Paris : les informateurs dont il dispose dans la capitale lui ont fait dire que le parlement est en pleine révolte et que le peuple en ébullition l'attend comme un sauveur.

Le grand mérite de Condé est d'avoir saisi aussitôt le sens de sa manœuvre et d'y avoir réagi sans tarder. Comme au temps de Rocroi, les deux armées s'épiaient, se suivaient, en quête d'un terrain propre à un engagement décisif qu'elles semblaient cependant vouloir éviter. L'Espagnol en effet misait beaucoup sur les troubles qui s'aggravaient dans la capitale. Le prince, inquiet, demanda qu'on lui permît de faire un

---

* Autrement dit l'ensemble des souverains, grands et petits, qui, faisant partie du Saint Empire romain germanique, étaient représentés en Westphalie à ce titre.

saut en grand secret jusqu'à Paris. Il ne pouvait engager la bataille sans l'autorisation de son chef nominal, le duc d'Orléans, qui ne manquerait pas de tergiverser, voire de refuser. Or il y avait urgence. Il lui fallait pour le court-circuiter un ordre de la reine, qu'elle lui donna bien volontiers, à l'insu de son beau-frère qui se fâcha lorsqu'il l'apprit [25]. Il eut avec le cardinal des entretiens dont rien n'a filtré, mais il est probable que Mazarin pesa avec lui les chances de succès dans une bataille rangée où la France jouerait son va-tout et le pressentit d'autre part sur un éventuel concours dans le cas où il faudrait user de la force contre le parlement.

Pour affronter l'archiduc, il avait besoin de renforts. La guerre étant gagnée en Allemagne, on pouvait dégarnir les places du Rhin. Il obtient donc que le baron d'Erlach, gouverneur de Brisach, se mette en route avec quatre mille hommes pour le rejoindre du côté d'Arras au début août. Tant que celui-ci n'est pas là, il parvient à éviter le combat que lui offre avec obstination l'archiduc. Ensuite il s'efforce de choisir son terrain. L'ennemi l'a devancé. Les deux armées se trouvent finalement face à face le 19 août, sous les murs de Lens, dont les Espagnols viennent de s'emparer. Leur position est meilleure et ils sont supérieurs en nombre. Pas question de les attaquer dans ces conditions. Condé a donc recours à une ruse : il simule une retraite, en espérant que l'ennemi quittera ses positions pour le suivre. À l'aube du 20 août, ses troupes font mine d'abandonner le terrain et, comme l'archiduc ne semble pas s'émouvoir, il suscite à titre de provocation une escarmouche de cavalerie, dans laquelle il manque d'ailleurs de se faire prendre. Et cette fois-ci, le général Beck entraîne son chef à la poursuite des prétendus fuyards qui, en un point soigneusement choisi, font volte-face et mènent l'assaut. Le combat lui-même se déroule selon le schéma habituel, la cavalerie dispersant les ailes, puis débordant et isolant le carré des fantassins hispaniques réduits à demander grâce. Seul détail imprévu : les portes de la ville de Lens s'ouvrent pour accueillir non pas les fuyards, mais les vainqueurs, car les Français faits prisonniers deux jours plus tôt, ayant retourné la garnison, ont pris possession de la place.

Pressé de poursuivre sur sa lancée, pour confirmer que son succès de Lens n'a pas épuisé toutes ses ressources, il se porte au secours de Rantzau qui assiège Furnes. Comme souvent, il paie par des accès de fièvre les moments d'extrême tension qu'il vient de vivre. Incapable de se déplacer à cheval il doit emprunter un chaland pour faire quelques lieues et c'est en inspectant une tranchée qu'il est abattu par un coup de mousquet, heureusement amorti sur sa hanche par son pourpoint de buffle. On l'évacue sans connaissance et on l'expédie à Chantilly où l'attend le célèbre Guénault : ce n'est qu'une contusion, douloureuse, certes, mais sans gravité, qui humanise opportunément le héros, au terme de la dernière de ses grandes campagnes.

Lens est une victoire sans appel, moins meurtrière du côté français que les précédentes – peut-être parce qu'on s'y battait seulement pour vaincre, et pas pour briller. Coûteuse aux Espagnols – le général Beck est blessé à mort – et humiliante par le nombre d'étendards capturés. Elle fait taire les défaitistes en France et ôte à Philippe IV l'espoir d'une capitulation prochaine. Sur le terrain, la France a gagné la guerre contre les deux têtes de la coalition, Madrid et Vienne, grâce à deux capitaines d'une qualité exceptionnelle, Condé et Turenne, dont la complémentarité a été parfaite et qui sont l'un et l'autre au sommet de leur talent. Mais la régente et Mazarin, faute d'avoir été capables d'expliquer les vrais enjeux du conflit qui nous opposait à l'Espagne, ont perdu, sur le plan intérieur, la guerre psychologique. Ils se sont aliénés des foules de gens de tous bords, coalisés contre une autorité royale rendue nécessaire par la croissance de l'État, mais qui les lèse dans leurs intérêts, les atteint dans leurs convictions, les perturbe dans leurs habitudes, et passe donc à leurs yeux pour tyrannie. Déjà la Fronde roule sur sa lancée, échappant à ses initiateurs. Elle va retarder pour dix ans la signature de la paix générale qu'on aurait pu – qu'un aurait dû – obtenir en octobre 1648.

Au cours de ses dernières campagnes Condé a atteint à une forme de maturité. L'héroïsme perd chez lui de sa gratuité et cesse d'être pure exhibition de vaillance inouïe. Il consent à remplacer la quête de l'impossible par la poursuite d'objectifs tangibles. À Lérida et à Lens, il s'est montré raisonnable, réaliste, sans rien compromettre de son prestige. Il n'a plus rien à prouver. Est-ce la raison pour laquelle le destin choisit de mettre fin à sa trajectoire ? En 1648, à Lens, s'achève sa carrière de rival d'Alexandre. Il ne le sait pas encore. Il n'a que vingt-sept ans. Il lui reste un bon bout de vie à parcourir avant d'être figé à jamais dans sa gloire par le verbe sonore de Bossuet.

CHAPITRE HUIT

Le prix de ses services

Le duc d'Enghien, quelles que fussent les motivations complexes qui le jetaient sur les champs de bataille à la poursuite de l'exploit, a rendu à son roi et à son pays d'inestimables services. Pour parachever l'image de leur héros, certains biographes veulent croire qu'il l'ait fait gratis. Et d'opposer à la rapacité de son père son noble désintéressement. Ne refuse-t-il pas, après ses victoires, de regagner Paris au plus vite pour les monnayer ? « Il est trop fier pour demander des récompenses pour lui, mais il les réclame, souvent haut et fort, pour ceux qui se sont courageusement battus à côté de lui [...]. Il se contente de l'intime fierté de ce qu'il a accompli[1]. » Cette illusion tient à une conviction d'ordre moral ancrée dans nos mentalités par l'éducation républicaine : défendre sa patrie est un devoir, qui n'appelle d'autres gratifications qu'honorifiques. Mais nos aînés ne pensaient pas du tout ainsi. Pour juger correctement du comportement de Condé et pour comprendre les ressorts du conflit qui l'opposera bientôt à la régente, il faut connaître les habitudes de son temps.

Tout service mérite salaire

Au XVIIe siècle, il y a beau temps que le service des armes a cessé d'avoir pour seule contrepartie l'exemption fiscale – le fameux « impôt du sang » permettant à la noblesse d'épée d'échapper à la taille roturière. Il est vrai qu'on avait ensuite accordé le même privilège à tant de gens qui ne se battaient pas... S'édifiant peu à peu sur les ruines de la féodalité, la monarchie avait dû lâcher du lest aux grandes familles dont elle confisquait les prérogatives. Les rois avaient donc pris l'habitude de récompenser ceux qui les servaient bien. Mais ce qui était de leur part largesse occasionnelle devint très vite une obligation, dotée de règles tacites. C'est avec Louis XII et surtout avec François Ier que le système se mit en place. Pour financer les guerres d'Italie, ils aliénèrent une partie de leurs pouvoirs judiciaires entre les mains de la riche bourgeoisie : propriétaires de leurs *offices*, les magistrats obtinrent le droit de les transmettre à leurs héritiers, et les plus haut placés d'entre eux accédèrent à la noblesse dite de robe. Les rois escomptaient y gagner leur fidélité, oubliant qu'ils leur donnaient aussi des moyens de nuisance dont on verrait plus tard les effets.

En parallèle, que faire des nobles traditionnels, ayant pour unique métier les armes sous peine de dérogeance ? Ils avaient une assise considérable dans les provinces, où ils détenaient en toute propriété de très vastes biens fonciers. Leurs prétentions étaient grandes et leur orgueil immense. Les rois avaient besoin d'eux, mais ils les redoutaient. Ils choisirent de déléguer aux plus fidèles des charges importantes, voire prestigieuses, mais à titre purement personnel et si possible pour une durée limitée. Les plus prisées d'entre elles furent les *gouvernements* de provinces. À l'origine, ils étaient en nombre réduit – douze au temps de François Ier. Puis, pour satisfaire aux demandes, on les subdivisa et on y ajouta ceux des principales places fortes[2]. Le souverain en disposait à son gré. Il pouvait les retirer à leur titulaire si celui-ci se montrait indigne. Il les récupérait, en principe, lors de son décès. Bref il était censé en conserver le contrôle.

Les gouvernements procuraient des revenus variables suivant les cas, mais toujours considérables. De plus, comme ils comportaient le droit de nomination à des quantités de fonctions subalternes, ils étaient source de pouvoir et permettaient de se constituer une clientèle. Enfin, en période de troubles, les forteresses offraient des « places de sécurité* » d'où l'on pouvait braver toute menace. Le rêve des très hauts seigneurs était donc de décrocher une charge dans une région où ils étaient déjà implantés, pour concentrer leurs moyens d'action. Puis ils s'efforçaient de s'y perpétuer et de la transmettre à leurs héritiers en obtenant pour eux la *survivance*. La règle d'or, pour les rois, était de s'y opposer, en offrant aux

---

* C'est l'expression utilisée par l'Édit de Nantes pour désigner les villes dont l'administration était confiée aux protestants. Ces places leur avaient permis de créer une sorte d'État dans l'État.

postulants des gouvernements éloignés de leurs bases territoriales et en dissociant systématiquement le gouvernement des places fortes de celui des provinces où elles étaient situées. D'autre part ils s'appliquaient à doser leurs faveurs de façon équilibrée entre les clans nobiliaires afin d'éviter de faire trop de « malcontents ». Ils espéraient ainsi éviter la formation de vastes ensembles échappant à leur autorité. Mais cent ans d'affaiblissement du pouvoir central avaient eu raison de leurs efforts : Épernon en Guyenne, Montmorency en Languedoc et Lesdiguières en Dauphiné régnaient sans partage sur d'immenses portions du territoire.

Au début du XVIIe siècle, le fait est là : les gouvernements de provinces ou de places se sont mués en principautés – grandes ou petites – quasiment autonomes, qui se veulent héréditaires. Les détenteurs de ces charges s'y accrochent avec d'autant plus d'énergie que l'avenir de la dynastie, affaibli par deux minorités, semble incertain. Qui sait dans quel sens soufflera demain le vent de la faveur ? Ils redoutent la concurrence des cadets de grande maison, exclus de la succession paternelle, pour qui les campagnes militaires sont le seul moyen d'obtenir un « établissement » digne d'eux. Aspirant à la sécurité de l'emploi, ils tentent de fermer le portillon derrière eux, contribuant ainsi à bloquer le système puisque le nombre des fonctions à départir n'est pas indéfiniment extensible.

Louis XIII, appuyé sur Richelieu, refusa de se plier à ce jeu et donna un grand coup de pied dans la fourmilière, mettant à bas certains des bastions patiemment élevés par les grandes familles depuis un siècle.

À l'occasion des révoltes nobiliaires qui secouaient périodiquement son règne, il procéda à de vastes redistributions des gouvernements – dont la parentèle du ministre avait largement profité. Mais tous deux étaient morts beaucoup trop tôt pour que leurs mesures répressives aient porté des fruits durables. Les exclus comptaient, pour leur revanche, sur la régence qui allait suivre : Anne d'Autriche et Gaston d'Orléans n'avaient-ils pas été, comme eux, les victimes de l'impitoyable cardinal ? À peine arrivée au pouvoir, la reine se vit en butte à une nuée de réclamations. Elle donna ce qu'elle put, dans les limites de ses ressources : après huit ans de guerres, le Trésor était vide. Difficile, sans argent, de créer des fonctions nouvelles. La question des gouvernements relevait de la quadrature du cercle : fallait-il les rendre à leurs anciens titulaires ou les laisser aux nouveaux ? Elle ferait un mécontent dans les deux cas. Mazarin la persuada, contre son intention première, de ménager les serviteurs de Richelieu : lui devant tout, ils seraient reconnaissants, tandis que les autres ne verraient qu'un dû dans la restitution de leurs biens naguère confisqués. Il parlait en connaissance de cause : il sortait lui-même de l'écurie du défunt cardinal.

Cette situation, dont ni les uns ni les autres n'étaient responsables, aide à comprendre la frénésie revendicatrice qui s'empare des grands au début de la régence et leur engagement ultérieur dans la Fronde. Elle explique des comportements qui nous paraissent aberrants. Tous demandent le plus, pour être assurés d'obtenir quelque chose et ils surveillent d'un œil jaloux les faveurs accordées à leur voisin. Si l'on touche à leur « état », ils crient au scandale.

Quiconque se voit confier, à titre temporaire, le moindre gouvernement estime avoir des droits sur lui. Il peut le négocier, l'échanger – avec l'autorisation du roi tout de même ! S'il se le voit retirer, il demande qu'on l'indemnise, même si son exclusion est le châtiment d'une faute grave. Et il suffit que lui-même ou un de ses aînés l'ait détenu dans le passé pour qu'il en réclame la restitution. Comment les bons serviteurs du roi ne s'indigneraient-ils pas de ce que reçoivent les mauvais ? Le simple fait d'avoir fait leur devoir justifie à leurs yeux des prétentions extravagantes et provoque leur fureur s'ils sont éconduits. L'usage d'un même mot « *récompense* » pour désigner le salaire de loyaux services et le dédommagement versé en cas de confiscation en dit long sur la fragilité du pouvoir exercé par le souverain sur la haute noblesse. Mais la guerre contre l'Espagne ne pouvait être menée sans elle, qui fournissait tous les hauts cadres des armées.

Voici quelques exemples, choisis parmi des gens qu'on reverra plus loin. Le prince de Marcillac, futur duc de La Rochefoucauld – et auteur des célèbres *Maximes* –, avait été mêlé, dans les milieux proches d'Anne d'Autriche, à diverses intrigues hostiles à Richelieu et y avait compromis sa carrière. Il estimait qu'elle lui devait compensation. Déçu, il se consola en songeant qu'il lui restait des moyens de se « venger » : « Je me vis en état de faire sentir à la reine et au cardinal Mazarin qu'il leur eût été utile de m'avoir ménagé[3] », écrit-il avec arrogance dans ses *Mémoires* des années plus tard.

Le cas des La Tour d'Auvergne est encore plus instructif. Ils sont deux, Frédéric-Maurice, duc de

Bouillon, et Henri, vicomte de Turenne. Comme l'indique leur nom, leur famille était originaire du centre de la France où elle restait solidement implantée. Mais leur père, converti à la Réforme, avait épousé, grâce à l'appui d'Henri IV dont il fut le compagnon d'armes, l'héritière de la principauté de Sedan et du duché de Bouillon, qui passèrent entre ses mains après la mort de celle-ci. Son second mariage, avec la fille du fondateur des Provinces-Unies, Guillaume le Taciturne, vint conforter son statut international. Mais lui-même et son fils aîné avaient la fibre comploteuse. Ils trempèrent tour à tour dans toutes les révoltes nobiliaires du règne de Louis XIII, en leur offrant à Sedan une base arrière inexpugnable. Mouillé jusqu'au cou dans la conjuration de Cinq-Mars pour avoir contresigné le traité avec l'Espagne, Frédéric-Maurice dut, pour échapper à la peine capitale, céder au roi sa citadelle. Il n'avait qu'une idée en tête, la récupérer. Ne manquant pas d'audace, il osait prétendre qu'il l'avait perdue « pour le service de la reine et pour lui conserver ses enfants*[4] ».

Son frère cadet, dépourvu de fortune, avait choisi de faire carrière en France, avec l'espoir d'y obtenir un établissement substantiel. Mais il avait fait, comme son aîné, une fixation affective sur Sedan, un bien d'autant plus précieux qu'il leur permettait à tous deux de prétendre à la cour au rang de « princes étrangers ». Il refusait donc de dissocier ses ambitions personnelles de celles de son aîné. D'où deux sources

---

* Allusion à l'un des prétextes avancés par les conjurés pour justifier la conjuration auprès des hésitants.

de mécontentement potentiel. Il était évident, pourtant, que la reine ne pouvait rendre une place stratégique commandant l'entrée en France sur un point vulnérable, à « un homme de cabale [5] » qui n'en avait fait jusque-là qu'un usage subversif. Elle en laissa le gouvernement à Fabert, un maréchal sorti du rang, et n'eut qu'à s'en féliciter. Mais les deux frères évincés se lancèrent dans bien des aventures avant de se décider à en faire leur deuil.

Tel était l'état d'esprit de la noblesse lorsque déboula sur le théâtre le duc d'Enghien, bouleversant l'équilibre que la régente s'efforçait de maintenir entre les prétendants aux diverses charges.

L'irruption du duc d'Enghien

Quinze ans durant, le vieux prince Henri de Condé avait monnayé sa docilité. Il n'avait rien d'autre à offrir. Elle s'était révélée fort rentable. Mais il était connu comme un fidèle de Richelieu. La disparition de celui-ci ouvrait pour lui une période à haut risque. En dépit des offres de service faites par le duc d'Enghien à la future régente durant l'agonie de Louis XIII, la faveur dont jouissait auprès d'elle le duc de Beaufort semblait ouvrir un boulevard à la maison de Vendôme, ennemie des Condé. Le prince se rassura en voyant Mazarin accéder au pouvoir, puis reprit pleine confiance avec la défaite des *Importants*. Il se crut revenu au bon vieux temps de Marie de Médicis, où il suffisait de gronder un peu pour lui arracher des faveurs. Au Conseil, qu'il suivait assidûment, il se mit à jouer les défenseurs du droit et de la justice. Il s'attirait ainsi la sympathie des magistrats – cela pouvait être utile – et surtout il faisait sentir au gouvernement qu'il fallait compter avec lui, non sans agacer le ministre, qui lisait fort bien dans son jeu. Mais il avait désormais en main un atout de choix : les exploits de son fils, qui méritaient assurément récompense. « Le plus grand témoignage que je puisse rendre à M. le duc d'Enghien de l'estime que j'ai pour lui, disait Mazarin, est de souffrir comme je le fais la mauvaise humeur de M. le prince, qui décrie autant qu'il peut toutes nos affaires [6]. »

Le duc, en effet, ne s'associe pas à la course aux prébendes qui accompagne d'ordinaire les victoires remportées. Après Rocroi, après Thionville, il rabroue vertement son père qui l'invite à venir au plus tôt recueillir le fruit de ses travaux, non parce qu'il en réprouve le principe, mais parce qu'il n'est pas d'accord sur la marche à suivre. Échaudé par la vie, le vieux prince estime qu'il vaut mieux tenir que courir et battre le fer pendant qu'il est chaud. Et puis, en bon père, il s'inquiète des risques pris par son fils, il craint pour sa vie et cherche à freiner ses ardeurs. Le jeune duc, lui, tient à poursuivre sur sa lancée, il croit en sa bonne étoile et il préfère défier la mort au combat plutôt que de croupir dans des tâches administratives. Il en a goûté naguère en Bourgogne : il n'a pas la vocation. Cependant il ne méprise pas les gouvernements, il apprécie l'honneur qu'ils apportent et les revenus qu'ils génèrent. Mais pourquoi se donnerait-il la peine de venir les mendier, alors que son père s'en acquitte pour lui ? Bref, il s'instaure entre eux un partage des tâches. Au fils le soin de s'assurer par ses victoires des droits à la « reconnaissance » de la reine, au père celui de les monnayer. Leurs dissentiments tiennent à leur caractère respectif. Le fils se rebiffe contre la prudence excessive du père et, enivré de sa gloire, il accentue sans mesure les pressions sur la cour que celui-ci voudrait doser.

Après Rocroi et Thionville, il fallut bien faire quelque chose pour eux. Le prince osa laisser entendre que son fils n'accepterait plus de commander une armée tant qu'il n'aurait pas reçu de gouvernement. Et il exposa ses desiderata, par ordre d'importance décroissante : le Languedoc avec la citadelle de Montpellier, la Guyenne avec le Château-Trompette de Bordeaux, ou les Trois-Évêchés, avec la place de Metz. Ils parurent exorbitants. La réponse de la reine consista à accorder une autre province et une autre place forte, en prenant soin que la seconde ne fût pas située sur le territoire de la première. Aucune n'était disponible ? Qu'à cela ne tienne : on en libéra. Au lendemain de Rocroi, on avait envisagé la Champagne, dont le titulaire, le maréchal de L'Hôpital grièvement blessé au combat, passait pour moribond. Comme le maréchal avait eu le mauvais goût de guérir, on l'invita donc à démissionner – contre indemnité, tout de même. C'est aussi par démission « consentie » qu'on libéra la place de Stenay[7]. Le prince, pour l'instant, s'en déclara satisfait.

Que demande le duc d'Enghien ? Tout simplement, des ressources pour mieux combattre et des récompenses pour ses « amis » qui ont bien servi. Rien que de très normal et de très honorable. Mais il a une façon déplorable de demander. La condition de prince du sang, qui le place juste au-dessous du duc d'Orléans, lui confère par rapport aux fonctions militaires un statut particulier. Elle lui donne le droit de commander en chef – sauf quand celui-ci est là, ce qui est rare puisqu'il n'aime pas la guerre. Mais il ne fait pas carrière dans l'armée. Il pourrait, comme son père, y aller en traînant des pieds. S'il y va, c'est de son propre gré et pour son bon – son extrême – plaisir. Il estime donc faire une grande faveur à la régente en daignant conduire ses armées et mettre son génie militaire à son service. Plus il remporte de victoires et plus enflent ses prétentions. À mérite exceptionnel, on doit un traitement exceptionnel. Il se croit vite en droit de tout exiger d'elle. Tout ? Tous les moyens de poursuivre sa trajectoire de héros, sans tenir compte des contingences, du monde extérieur, du réel.

Que veut-il vraiment ? Nul ne le sait et les contemporains le soupçonnent de ne pas le savoir lui-même. Le ciel lui a tant offert au départ ! Il n'a pas d'objectif déterminé, à long terme. Ardent, passionné, impétueux, il vit dans l'instant, enivré de l'encens que lui prodigue son entourage. Les biens matériels ? Il est assuré de les avoir grâce à son père. Les honneurs lui sont acquis. Seule fêlure : l'échec de sa vie privée, qui contribue à faire de la guerre et des camps son milieu de prédilection. Aspire-t-il au pouvoir ? Certainement pas sous une de ses formes concrétisées, impliquant des tâches et des responsabilités. Il n'est pas sûr qu'il ait songé à s'emparer du trône, qui a tant fait rêver son père. Ayant subi durant son adolescence prolongée une étroite sujétion, il en conserve une hantise de l'enfermement qui le poursuivra toute sa vie. Il ne veut qu'une chose, ne plus obéir, ne plus rencontrer d'obstacle à ses volontés, être libre.

Sa passion pour la guerre se nourrit de ce désir. La conduite d'une armée lui donne un sentiment exaltant de toute-puissance. Sur le terrain, c'est lui qui commande et on lui obéit – en principe du moins. Bravant la mort elle-même, il ne craint rien ni personne. Il enrage de dépendre, pour l'administration et l'intendance, d'un gouvernement présumé incompétent, qu'il méprise : un enfant de cinq ans, une reine espagnole, un ministre italien et roturier ! Comment osent-ils ne pas souscrire à ses volontés ? Ses exigences doivent être satisfaites en totalité, et tout de suite ! Dans son esprit, ce sont des ordres et il s'indigne qu'ils souffrent la moindre objection. Veut-on des exemples ? Le soir même de Rocroi, il sollicite un bâton de maréchal pour Gassion. Aucun obstacle, la promotion est largement méritée. Mais la remise officielle ne sera faite qu'à l'automne, parce qu'un premier bâton a été promis à Turenne, qui ne peut interrompre sa campagne d'Italie pour venir le recueillir*. Il n'y a là rien d'offensant, mais le duc d'Enghien s'en irrite. Il presse son père d'intervenir au sujet des charges qu'il a sollicitées pour ses officiers, « car autrement, écrit-il, tout le monde croira

---

* Gassion, poussé par les Condé, s'étant permis d'insister, Mazarin lui dit : « M. de Turenne, qui doit aller devant, n'est pas si hâté. » Et Gassion eut cette superbe réponse : « M. de Turenne honorera la charge, et moi j'en serai honoré »[8]. – La double cérémonie, avec prestation de serment, eut lieu en effet, d'abord pour Turenne le 16 novembre 1643, puis pour Gassion le lendemain. Tous deux étaient huguenots, ce qui avait freiné leur carrière du temps de Louis XIII.

que je suis fort impuissant à servir mes amis ou que je ne me suis point soucié de leurs intérêts [9] ».

Aveu révélateur : s'agit-il seulement de leurs intérêts, ou aussi des siens propres ? Dans la société du temps, le pouvoir d'un homme est fonction de son crédit, de sa capacité à rendre des services, à distribuer des charges, à procurer des honneurs. Ce crédit, judicieusement utilisé, se renforce de lui-même en retour parce qu'il permet de s'attacher des fidèles, ou de simples clients, appelés à user pour leurs patrons de leur influence à des échelons plus modestes de la pyramide. Ainsi le duc écrit à son père au sujet de Gassion : « Ce sera de plus une créature que vous ferez, et qui nous pourra bien servir utilement en des rencontres [10]. » Aucun désintéressement ne préside donc à cette quête de faveurs pour ses « amis » au sens très large du terme. Il serait fort surpris de se le voir reprocher : une telle démarche est de règle à l'époque. D'ailleurs, bien qu'elle revête des formes très diverses, on la retrouve à la base de tous les réseaux de pouvoir dans quelque régime que ce soit. Elle exige évidemment que le chef de file conserve la confiance de l'instance souveraine, sauf à voir tout l'édifice s'effondrer. Dans une monarchie, la disgrâce ne pardonne pas, Henri II de Condé avait fini par le comprendre pour son plus grand profit.

Le duc d'Enghien ne fait donc que transposer à l'armée la méthode pratiquée avec succès par son père pour verrouiller toutes les fonctions administratives de Bourgogne. Mais il applique la méthode dans l'ordre militaire – un domaine autrement sensible que l'administration provinciale. Et il l'applique avec une stupéfiante brutalité. « Je suis obligé de dire à Votre

Majesté, osait-il écrire à la reine, que j'ai trouvé les esprits des principaux chefs si fort aigris et aliénés que si Votre Majesté ne leur donne pas satisfaction... » Interceptée par le prince, la lettre valut au téméraire un conseil de prudence : « Vous allez un peu bien vite et prenez trop les affaires à cœur. » C'est tout ? Déjà le père sait qu'il n'a plus de prise sur le héros qui vient d'éclore.

Fort de la prise de Thionville, celui-ci récidiva et au-delà. Il procéda lui-même à la distribution des charges dans la place conquise, réduisant la régente à entériner. Il violait ainsi une règle fondamentale. Le roi de France était le chef suprême des armées, éventuellement remplacé, en cas de régence, par le lieutenant général du royaume, en l'occurrence le duc d'Orléans. Les nominations relevaient de lui. Anne d'Autriche ne pouvait, sans porter une grave atteinte à son autorité, laisser le jeune duc d'Enghien en disposer à sa guise. Elle fit donc le tri parmi ses demandes, accordant à son candidat le gouvernement de Thionville, mais refusant la lieutenance à un de ses amis. Il s'obstina, maintint celui-ci dans les lieux contre les ordres formels et ne céda que sur intervention de sa mère [11]. Mais il ne décolérait pas.

L'épreuve de force qu'on voit s'amorcer ici fut appelée à prendre par la suite une telle âpreté qu'on est tenté de lui prêter des motivations qu'elle n'avait sans doute pas au départ. Elle repose sur bien des malentendus. Il est exclu que le duc d'Enghien ait songé, dès l'origine, à se créer une clientèle militaire à des fins politiques, pour appuyer une éventuelle subversion. Comme tous les grands capitaines, il voulait disposer d'une armée à sa main, propre à servir ses projets de conquête, avec de jeunes compagnons partageant ses idéaux plutôt que des vétérans vieillis sous le harnais. Mais, à la différence d'un Turenne, par exemple, qui avait avec ses officiers des relations de chef à auxiliaires, il souhaitait, en plus, retrouver dans cette armée le petit groupe chaleureux et libre qui était le sien dans la vie civile, celui des petits-maîtres, ses intimes. Il y cherchait une société. Face aux défaillances relevées chez les autres, il défendait les mérites de ses favoris avec une conviction qui manquait parfois de clairvoyance, mais pas de sincérité. Il entrait donc une grande part d'affectivité dans ses réactions. Après leur avoir fait des promesses inconsidérées, il tenait les refus de la cour pour affronts personnels, d'autant plus humiliants que ses candidats étaient plus proches de lui, parce qu'ils le vouaient à perdre la face. Prisonnier de sa colère, il prêtait à Mazarin et à la régente une hostilité qu'ils n'éprouvaient pas au départ.

Ceux-ci, ravis de ses victoires, n'avaient *a priori* aucune envie de lui être désagréable. S'ils se défiaient de quelqu'un, c'était de son père, insatiable quémandeur dont il fallait freiner l'appétit de prébendes. Mais avec lui, au moins, on pouvait négocier. Au contraire les exigences brutales du fils mettaient en cause l'autorité royale. Si la régente laissait le duc d'Enghien, auréolé d'une telle gloire, disposer des nominations dans l'ordre militaire, elle perdrait le contrôle de l'armée. En temps de disette financière, en temps de guerre, autant dire qu'elle serait réduite à l'impuissance. De plus, l'évidente partialité du jeune héros en faveur de ses familiers était préjudiciable à la bonne entente entre les chefs. La maîtrise de l'armée impliquait en effet le maintien d'un équilibre entre les différents officiers, animés par un même espoir de promotion et de récompenses. Une prudente répartition des faveurs conduisait donc parfois à bousculer la hiérarchie des mérites. Certains vaincus de la veille se trouvèrent ainsi promus, non pour narguer Enghien, mais par souci de se ménager des appuis hors de sa sphère – politique exige. La liste comparée des propositions faites par le duc et des charges obtenues montre que la cour avait choisi de déférer à ses vœux pour les nominations de second ordre, mais de marchander à ses candidats les postes clés [12]. La démarche relevait non tant d'une volonté délibérée de l'abaisser, lui, que de la règle générale incitant à éviter, en tous domaines, les concentrations de pouvoirs. Mais cette politique déclencha chez lui et chez ses amis proches une sorte de manie de la persécution quasi pathologique, qui l'encouragea à durcir ses exigences. Si bien qu'au bout du compte, la reine et Mazarin finirent par lui manifester pour de bon l'hostilité qu'il leur prêtait à tort au début. Et, déjà, ses relations avec la cour commençaient d'être empoisonnées par une grave pomme de discorde, autour de laquelle se cristallisèrent toutes ses passions, la question de l'amirauté.

L'amirauté

Le 14 juin 1646, Armand de Maillé-Brézé, qui commandait l'escadre française en Méditerranée, venait de mettre en déroute la flotte espagnole au large d'Orbitello lorsqu'un boulet de fauconneau le frappa en pleine tête sur son vaisseau amiral. Grâce à d'officieux amis provençaux, la nouvelle en parvint au prince de Condé avant d'atteindre la cour, prenant celle-ci au dépourvu. Le défunt était l'unique frère de la jeune duchesse d'Enghien. Il n'avait que vingt-sept ans et ne laissait pas d'enfants. Sa mort libérait une fonction d'une importance sans équivalent. Communément désignée sous le nom d'amirauté, la *Grande maîtrise et surintendance générale des mers, navigation et commerce* avait été créée à son propre bénéfice par Richelieu en 1632, par regroupement des anciennes amirautés, au nombre de cinq – celle de Paris, et celles de Bretagne, Guyenne, Languedoc et Provence, naguère jumelées avec la charge de gouverneur. Il en avait dépossédé sans ménagements les détenteurs. L'ayant prise pour lui, il en avait délégué la lieutenance à son neveu, Armand de Brézé, à qui il la légua par testament. Sur les conseils de Mazarin, la régente avait maintenu celui-ci dans la charge, en dépit des prétentions du duc de Vendôme, qui en avait autrefois détenu la portion bretonne. Elle n'avait eu qu'à s'en louer. À la différence de la plupart de ses lointains prédécesseurs, dont certains n'avaient jamais mis les pieds sur un navire, l'intéressé avait tenu à commander lui-même son escadre et s'y était couvert de gloire dans une série de brillantes victoires navales [13].

Sous sa nouvelle appellation, la surintendance des mers accordait à son détenteur un pouvoir absolu sur la marine : défense des côtes, gestion de la flotte et de son personnel, achat et construction de navires, nomination des officiers. Il avait juridiction sur toutes les affaires maritimes. Enfin, en sus de droits et redevances variés, il percevait un important pourcentage sur l'ensemble des prises faites en mer, par arraisonnement de navires ennemis ou sur épaves. Argent et pouvoir ! Quelles magnifiques perspectives s'ouvraient devant la maison de Condé ! Le prince se mit aussitôt en campagne. Il prévint son fils, alors immobilisé en Flandre par le siège de Courtrai et l'abreuva de conseils : qu'il prenne le deuil et le fasse prendre à toute sa maison, « cela étant dû comme héritier du défunt », et qu'il n'oublie pas d'afficher sa sollicitude pour son épouse affligée ! Il fallait tout faire pour qu'aux yeux de tous, la transmission de la charge parût aller de soi. Car déjà la duchesse d'Aiguillon, à qui le prince disputait en justice une part des biens légués par Richelieu, rappelait que la jeune femme avait renoncé lors de son mariage à l'ensemble de l'héritage.

Dès le 28 juin, du camp de Courtrai, le duc d'Enghien a pris sa plus belle plume pour solliciter Mazarin d'intervenir en sa faveur auprès de la reine : « La confiance que j'ai dans votre amitié me fait croire que vous serez très sensiblement touché du déplaisir que j'ai de la perte de M. de Brézé ; vous savez qu'il n'avait rien de plus proche que mon fils, que c'est son seul héritier [...]. Il est mort dans le service et j'y suis actuellement. Je suis sûr que vous aurez la bonté de demander ses charges et gouvernements pour moi et pour mon fils. » Pas de chance, sa lettre s'est croisée avec celle où le cardinal lui révèle que la décision de la reine est déjà prise : « Sa Majesté m'a commandé de vous écrire de sa part que, l'occasion se présentant de s'assurer un avantage si solide dans le royaume, comme toutes charges qui vaquent, Sa dite Majesté a résolu de s'en prévaloir en la prenant pour elle, ne doutant point que vous ne soyez très aise de tout ce qui regarde son contentement et ses intérêts »[14]. Lorsque l'avis qu'elle gardait l'amirauté lui fut transmis par un envoyé officiel, il répondit « qu'il en était ravi, parce qu'il voyait bien que la reine le faisait pour la lui donner avec plus de libéralité ; aussi qu'il lui en aurait l'obligation tout entière et serait obligé de l'y servir avec plus de zèle ». Espère-t-il vraiment lui forcer ainsi la main ? Compte tenu de sa propension à l'ironie, on est tenté d'y voir quasi une insulte. Auprès de Brienne, « il s'emporta à dire que la reine ne pouvait disposer de cette charge sans M. le duc d'Orléans », sans toutefois accabler Mazarin, sur la faiblesse supposée duquel il espérait faire pression[15]. Et il s'employa à se concilier l'appui de Monsieur, aux côtés de qui il était en campagne.

Mme de Motteville, confidente de la reine, a vu les lettres qu'il lui envoya pour cette affaire. Elle en conclut qu'il avait un sens très vif de ses intérêts. « Par leur style, il était aisé de juger que ce prince ne voulait pas que le sang de France lui fût inutile, et qu'il avait une fierté de cœur qui pourrait un jour incommoder le roi. On disait de lui que son courage et son génie le portaient aux combats plutôt qu'à la politique. En cette occasion néanmoins, il en observa toutes les règles ; et quittant cette audacieuse manière dont il avait accoutumé de chicaner à Monsieur toutes choses, il commença à s'humilier tout entièrement à lui. [...] Leur liaison alla si avant, que ce prince ne put éviter d'écrire à la reine et au cardinal en faveur du duc d'Enghien : ce qui causa aussitôt de grandes inquiétudes au ministre. L'inimitié de ces deux importantes personnes lui plaisait beaucoup davantage que leur union [16]. »

Face à ces subtiles manœuvres, le coup de tête du vieil Henri de Condé parut tristement hors de saison. Se croyant revenu à l'heureuse époque où il suffisait à un grand seigneur malcontent de se retirer sur ses terres pour faire trembler une régente, il bouda Fontainebleau, où se tenait alors la cour, et s'en alla ostensiblement dans son château de Vallery. Se plaignant qu'une injustice imméritée était faite à sa fidélité à toute épreuve, « continuée depuis vingt-cinq ans », il exigea qu'un secrétaire d'État, Le Tellier, vînt entendre ses doléances. Mais les temps étaient bien changés. Nul négociateur ne se présenta. La cour traita sa fausse sortie en incident mineur. Il fila sur la Bourgogne et somma son fils de quitter l'armée au plus vite, pour venir « achever avantageusement [ses] affaires [17] ». Il finit par regagner Paris l'oreille basse, non sans avoir fait une brève apparition à Fontainebleau, pour sauver la face. Perclus de goutte et de gravelle, il était à bout de forces. Après une agonie chrétienne exemplaire, il s'éteignit le lendemain de Noël 1646, chez lui, à l'hôtel de Condé, âgé de cinquante-huit ans.

Il laissait peu de regrets, « n'ayant jamais pris soin de faire des amis ni de les conserver ». Mais sa disparition inspirait tout de même à Olivier Lefèvre d'Ormesson une vue prémonitoire : « En général, [le défunt] n'est pas regretté. Néanmoins je crois que l'État fait une grande perte, étant le plus capable qui entrât dans les conseils, et très bon pour arrêter la trop grande liberté des ministres et pour retenir M. le duc d'Enghien, s'il était capable de se mécontenter[18]. » Certes, à son lit de mort, l'ancien rebelle assagi avait conseillé à ses enfants « de ne jamais manquer à ce qu'ils devaient au roi », en les assurant que « le plus grand malheur qui pût arriver à un prince du sang était de faire un parti contre son souverain, parce que c'était perdre une bonne place, pour devenir les esclaves de tous ceux qui les pouvaient servir »[19]. Mais un tel conseil était-il en mesure, auprès du jeune capitaine grisé par ses lauriers, de remplacer l'éducation politique qui ne lui avait pas été donnée – autrement dit, l'art de négocier ?

Un héritier bien pourvu

M. le duc d'Enghien, qu'il convient désormais de nommer *Monsieur le Prince*, allait ajouter à son prestige personnel, qui était immense, toutes les ressources de la maison princière de Condé, dont il devenait le chef, sans frein ni contrepoids. Son père avait amassé une fortune considérable, évaluée aujourd'hui par les historiens spécialisés à plus de seize millions de livres*. Pour en protéger le capital, il la légua par testament à sa femme, qui passait pour aussi avare que lui, à charge pour elle de servir à leur fils aîné une rente de 800 000 livres annuelles, et au cadet une de 100 000. Si l'on en croit la rumeur, celle-ci aurait déclaré en guise d'oraison funèbre « qu'elle n'avait jamais eu que deux belles journées

---

* À titre de comparaison, Richelieu aurait amassé une vingtaine de millions selon Joseph Bergin, *Pouvoir et fortune de Richelieu*[20].

avec M. le prince, qui furent le jour qu'il l'épousa, par le haut rang qu'il lui donna, et le jour de sa mort, par la liberté qu'il lui rendit et le grand bien qu'il lui laissa[21] ». Il est vrai que ce grand bien provenait, pour une bonne moitié, de l'héritage Montmorency. Loin de se trouver brimé par cette disposition, le nouveau prince, en digne fils de ses parents, préféra transformer sa rente en biens-fonds, qui lui rapportaient à leur tour des revenus*.

Cependant il ne manquait pas de sujets de mécontentement. Selon la règle de la survivance, la régente lui avait transféré sans discuter les honneurs et charges ayant appartenu à son père. Elle lui ouvrit l'accès au Conseil**. Elle lui conféra la Grande Maîtrise de la Maison du roi, qui plaçait sous son autorité théorique l'ensemble des personnels assurant la vie quotidienne du souverain et rapportait 100 000 livres annuelles. Elle lui transmit les gouvernements de Bourgogne et de Berry, tandis qu'il cédait à son frère ceux, plus modestes, qu'il détenait en Champagne et en Brie. Dans ces établissements prestigieux, il ne voyait qu'un dû, tandis que la cour estimait lui faire une grâce. Ne pouvait-il donc pas s'en contenter, au lieu de réclamer inlassablement la « récompense » de l'amirauté, « avec une humilité apparente et une véritable hardiesse », comme si elle lui avait appartenu, ce qui n'était pas le cas[22] ?

---

* Il entrera en possession de l'héritage quatre ans plus tard, à la mort de sa mère.

** Le Conseil, dépourvu de pouvoirs propres, ne faisait guère qu'entériner les décisions de la reine et de son ministre. Mais il était possible d'y émettre des avis, voire des objections, et on y était tenu au courant des affaires.

Exaspérée, la reine révisa à la baisse les compensations qu'il faudrait lui consentir. On ne lui en accorda même pas la lieutenance, sous l'autorité nominale de la reine, parce qu'elle l'aurait rendu trop puissant [23]. On lui offrit le comté de Clermont-en-Argonne, avec en prime les droits royaux – aides et gabelles : une manne – ainsi que les places de Dun et Jametz, s'ajoutant à celle de Stenay, en pleine propriété : des biens non négligeables, dont la maigre surface était contrebalancée par l'importance stratégique. Mais cela lui parut sans aucune commune mesure avec ce qu'il exigeait.

Le refus de l'amirauté l'atteignit d'autant plus profondément qu'il avait été public. Il porta au crédit dont il se targuait un coup dont les effets se firent très vite sentir. Lorsque son ami Châtillon, qu'il avait désigné pour le gouvernement d'Ypres, fut évincé, il tempêta : « Je vois bien, osa-t-il écrire à Mazarin, qu'il faut toutes les campagnes que je reçoive quelque petite mortification, mais surtout il est assez rude de servir avec la passion avec laquelle je sers et de se voir hors d'état de rien faire pour soi ni pour ses amis. [...] Je vois fort peu de gens dorénavant qui se veuillent adresser à moi pour obtenir quelque grâce et je serai fort circonspect à en demander de peur de me discréditer tout à fait [24]. » Vécue comme un affront, cette affaire laissa en lui une brûlante blessure – analogue à celle qu'infligeait au duc de Bouillon la perte de Sedan. Une de ces plaies capables d'inhiber toute réflexion raisonnable et d'engendrer des comportements irrationnels, les empêchant de comprendre qu'aucun chef d'État, quel qu'il fût, ne pouvait, sans trahir les intérêts du pays, céder à leurs exigences [25].

De Rocroi à Lens, les relations du jeune héros avec Mazarin se sont envenimées, par sa faute. En considérant le moindre obstacle apporté à ses vœux comme un signe de mauvaise volonté délibérée – ce qui n'était pas le cas au départ – et en y répondant par des pressions accrues, il a fini par inspirer au ministre la décision très justifiée de freiner ses initiatives et de limiter ses pouvoirs. Cette incapacité à tenir compte d'autrui, à sortir de son point de vue, à admettre la discussion, à tenir compte du réel, est pour une part le fruit de l'adulation que lui porte son entourage. Ses victoires ont achevé de le convaincre qu'il pouvait tout. Sur le champ de bataille, peut-être. Mais il est très mal préparé aux responsabilités qui l'attendent, celles de chef de famille et, bientôt, d'acteur politique.

« Un certain air d'inceste »

Selon les usages du temps, sa position d'aîné lui donnait autorité sur le reste de la famille. Ce n'était pas une sinécure. Sa sœur et son frère, qui avaient eux aussi subi à contrecœur les volontés de leur père, n'avaient aucune envie de se plier à celles de son successeur. Or le nouveau prince, autocrate s'il en fût jamais, exigeait de sa famille la même docilité que de son armée. Il réprouvait le personnage de femme libérée que commençait à jouer sa sœur et il désapprouvait la répugnance que manifestait son frère devant la carrière ecclésiastique tracée pour lui. Mais les membres de cette fratrie ne faisaient jamais rien comme tout le monde. Tous trois avaient une prédilection pour les extrêmes. Ils partageaient même orgueil, même outrance, même goût de la provocation, même désir de trancher sur le vulgaire. Cette violence donnait à leurs relations un tour passionnel, les faisant passer sans transition de l'amitié la plus tendre à une rage et une fureur incroyables. Et le parfum de scandale qui accompagnait leurs faits et gestes était à leurs yeux une précieuse singularité. Mme de Longueville avait accompagné un temps son époux en Westphalie, où il présidait la délégation française pour les négociations de paix. Il n'y exerçait qu'un rôle décoratif, l'essentiel étant débattu dans la coulisse par Servien. Rejetant sur Mazarin la responsabilité du retrait espagnol, il avait déclaré en rentrant que, si on l'avait laissé faire, la paix aurait été conclue à notre entière satisfaction – ce qui était faux, mais plaisait à l'opinion –, et il en avait tiré un surcroît de considération dont bénéficiait sa femme. N'était-il pas temps pour elle de prendre part aux affaires du pays ?

À la mort de son père, elle avait déjà vingt-sept ans. Elle ne pouvait plus rivaliser avec les fraîches beautés de quinze ans, à peine écloses. La petite vérole avait laissé sur son visage quelques marques, qui altéraient la pureté de son teint diaphane. Pour préserver son pouvoir de séduction, elle misa donc sur son esprit et son charme. « Mme de Longueville a naturellement bien du fonds d'esprit, mais elle en a encore plus le fin et le tour, note le cardinal de Retz. [...] Elle avait une langueur dans les manières, qui touchait plus que le brillant de celles mêmes qui étaient plus belles. Elle en avait une, même dans l'esprit, qui avait ses charmes, parce qu'elle avait des réveils lumineux et surprenants[26]... » Bref, c'était une de ces femmes qui appellent, qui suscitent les chevaliers servants. Mais c'en était fini des amours romanesques comme au temps de Coligny. Cette « diablesse à face d'ange » avait jeté par-dessus bord règles et interdits. Elle partageait avec son frère le mépris des convenances. « Je n'aime pas les plaisirs innocents », aurait-elle déclaré. Jugeant ne plus rien devoir à la maison de Longueville après lui avoir donné un héritier, elle affichait désormais sa liaison avec le prince de Marcillac, futur auteur des *Maximes* : chacun savait à l'automne de 1648 que l'enfant qu'elle portait était de lui.

Elle prétendit bientôt à un magistère mondain. « En ce temps-là, ni son esprit ni celui de toute sa cabale n'étaient point d'avoir des desseins ni de l'habileté ; et quoiqu'ils eussent pourtant tous beaucoup d'esprit, ils ne l'employaient que dans les conversations galantes et enjouées, qu'à commenter et raffiner sur la délicatesse du cœur et des sentiments [...]. Ceux qui y brillaient donc le plus étaient les plus honnêtes gens selon eux et les plus habiles ; et ils traitaient au contraire de ridicule et de grossier tout ce qui avait le moindre air de conversation solide[27]. » Mme de Motteville renchérit sur ce verdict et, féroce, elle attribue cette affectation de subtilité au besoin de dissimuler les lacunes de sa culture : « L'occupation que donnent les applaudissements du grand monde [...] avait ôté le loisir à Mme de Longueville de lire, et de donner à son esprit une connaissance assez étendue pour la pouvoir dire savante. Elle était trop préoccupée de ses sentiments, qui passaient alors pour des règles infaillibles, et ne l'étaient pas toujours... » Bref, « elle faisait profession publique de bel esprit » et « vivait en reine » au milieu de sa cour éperdue d'admirateurs. Et la reine, la vraie, « ne goûtait pas » ses façons[28].

La séparation due au séjour à Münster de la duchesse n'avait pas amélioré ses relations avec son aîné : l'affaire Du Vigean laissait des traces, ils s'étaient quittés brouillés, ils se retrouvaient en froid. Cependant, ils cachèrent avec soin leur animosité, lui par souci d'afficher dans la famille une entente de façade, elle pour continuer de recueillir quelques miettes de sa gloire. Mais elle rêvait de succès personnels. Or voici qu'en 1648 les affrontements se déplacent du plan militaire au plan civil, des champs de bataille de Flandre au parlement de Paris. La reine est en première ligne, la Grande Mademoiselle, fille du duc d'Orléans, s'agite. Bref, il y a place pour des interventions féminines. Ses admirateurs « n'oublièrent rien pour lui mettre dans la tête combien il était grand et beau à une femme de se voir dans les grandes affaires ». L'idée qu'elle pourrait s'engager dans un parti opposé à celui de son trop docile frère, serviteur zélé de la reine et du cardinal, donnait du piment aux intrigues projetées. « Ce fut La Rochefoucauld qui insinua à cette princesse tant de sentiments si creux et si faux. Comme il avait un pouvoir fort grand sur elle, et que d'ailleurs il ne pensait guère qu'à lui, il ne la fit entrer dans toutes les intrigues où elle se mit que pour pouvoir se mettre en état de faire ses affaires par ce moyen[29]. » On ne débattra pas ici, faute de preuves, sur la responsabilité du futur moraliste dans les orientations politiques de la duchesse, ni sur la sincérité de l'amour qu'il lui porta[30]. On notera simplement que la jeune femme se dispose, à l'insu de son aîné, à jouer un rôle déterminant dans les événements qui s'annoncent.

Les passions de Mme de Longueville auraient été moins dangereuses si elles n'avaient eu des répercussions sur le cadet de la fratrie, Armand de Bourbon, prince de Conti. Il avait dix ans de moins qu'elle, huit de moins que leur frère. Il était bossu, « très bossu ». Sa condition de cadet et son infirmité se conjuguaient pour le vouer à l'Église. Le vieux prince l'avait confié à ceux qu'il jugeait les plus propres à le préparer à son futur état, les jésuites, et il s'était efforcé de donner au métier imposé des couleurs séduisantes. « Le mardi 10 juillet [1646], conte Olivier Lefèvre d'Ormesson, je fus en Sorbonne à la *tentative** de M. le prince de Conti. Il était sur un haut dais élevé de trois pieds à l'opposite de la chaire du président, sous un dais de velours rouge, dans une chaire à bras avec une table ; il avait la soutane de tabis violet, le rochet et le camail comme un évêque. Il fit merveilles avec grande vivacité d'esprit. Ce que l'on y pouvait trouver à redire, c'est qu'il insultait à ceux qui disputaient contre lui, comme soutenant la doctrine des jésuites, en Sorbonne, avec ostentation. Il y avait quantité de jésuites en bas, auprès de lui. M. le coadjuteur présidait, qui disputa fort bien et avec une grande déférence. Tous les évêques s'y

---

* La *tentative* était l'acte public qui terminait les études de théologie et permettait d'accéder au grade de bachelier. – Le mot *dais* désigne à la fois l'ensemble de l'édicule où est installé le candidat, dont l'estrade qui lui sert de base, et le dais proprement dit, qui surplombe le tout. – Le *tabis* est une étoffe de soie somptueuse. – Le participe présent *soutenant* se rapporte à Conti, bien sûr, et non à ses adversaires.

trouvaient, dont MM. de Bourges, le coadjuteur de Montauban et Lescot, évêque de Chartres, disputèrent couverts. Mais les bacheliers qui disputèrent étaient nu-tête. Pour lui, il fut toujours couvert. M. le prince était vis-à-vis du président, adossé contre le haut dais de son fils [31]. » Être ainsi traité en évêque à dix-sept ans laissait bien augurer de sa future carrière : la pourpre lui était promise. On lui gardait au chaud un de ces chapeaux de cardinal que le pape concédait aux souverains catholiques. On espérait ainsi le réconcilier avec le destin tracé pour lui.

Intelligence, orgueil, a noté d'Ormesson. Ce n'était pas « un zéro », quoi qu'en ait dit le cardinal de Retz dans une formule fameuse*. « Il avait autant d'esprit qu'un homme puisse en avoir, même de la science ; agréable dans la conversation, du cœur et d'autres bonnes qualités [33]… » Mais il manquait de caractère. « Il avait une sorte d'esprit indécis, voulant et ne voulant pas, changeant d'avis, alternativement dévot et voluptueux, d'une santé médiocre, d'une taille très contrefaite, et dont le vrai penchant eût été du côté de Dieu, si sa légèreté ne l'eût point souvent et dans un même jour fait passer d'une extrémité à l'autre [34]. » Bref, il était hautement influençable. Enfant, sa mère l'avait dorloté, pour tenter de lui faire oublier son handicap physique. Mais il était un homme désormais, et il peinait à trouver sa place dans la fratrie. Car il répugnait à subir l'autorité d'un frère couvert de gloire et crédité de toutes les vertus, à l'égard duquel

---

* « M. le prince de Conti était un zéro, qui ne multipliait que parce qu'il était prince du sang [32]. » Mais Retz ne vise ici que ses aptitudes à la conduite d'un parti, qui étaient en effet déplorables.

il nourrissait une jalousie avivée par la conscience de sa propre incapacité.

Par réaction, il s'attacha à sa sœur. Mais il mit dans cette affection l'outrance propre à leur famille. Il en devint vraiment amoureux, lui vouant une passion « folle », « éperdue ». « Il se l'était mise si avant dans le cœur qu'il ne songeait qu'à faire des choses extrêmes pour en donner des marques. » Il aurait même poussé la provocation jusqu'à « vouloir qu'on crût qu'il avait couché avec elle », mais cette mauvaise langue de Tallemant, qui rapporte ce bruit, n'y croit pas lui-même[35]. Il se borna, semble-t-il, à poursuivre de sa jalousie tous les amants, favorisés ou non, de la belle. Mais cet amour hautement affiché « donna à cette maison un certain air d'inceste », que la malveillance étendit jusqu'aux relations entre elle et son frère aîné – à tort, tient à préciser Retz[36]. Et, ce qui est plus grave, il perturba le climat familial en la dressant contre leur aîné. Seule, elle ne pouvait rien, à eux deux, ils constituaient une force non négligeable, qui eut bientôt l'occasion de se manifester lors de la Fronde.

Qu'ils fussent dociles ou révoltés, en tout cas, le prince, investi de ses nouvelles fonctions de chef de famille, s'estimait responsable d'eux par obligation. Comme le faisait naguère leur père, il guettait, pour le futur cardinal en herbe, les bénéfices ecclésiastiques les plus rémunérateurs et réclamait, pour son beau-frère Longueville, la charge de colonel des Suisses et la possession de l'ensemble des places fortes commandant la Normandie. Mais il attendait d'eux, en retour, une fidélité sans faille. De manière analogue, il étendait son impérieuse protection sur toute leur vaste parentèle et sur les amples réseaux d'affidés et de clients qui gravitaient autour d'elle. Leur poids venait s'ajouter à ses mérites propres pour faire de lui le personnage le plus considérable du royaume. Comment la reine pourrait-elle se permettre de lui refuser quoi que ce soit ? Il se croyait et on le croyait indispensable. Et l'espoir de profiter de sa faveur lui valait chaque jour des « amis » de plus : « Le prince de Condé étant devenu riche et puissant, il fut regardé de toute la cour comme celui dont l'amitié ou la haine allait faire la bonne ou la mauvaise fortune des hommes [37]. »

En cet automne de 1648, il reste, en apparence, le plus solide soutien de la reine et du ministre qui la dirige. Mais leurs relations sont viciées en profondeur parce que, entre eux et lui, la confiance est morte et qu'à la place s'est installé un esprit de compétition permanent, chacune des deux parties s'efforçant de faire plier l'autre. Les rebuffades essuyées, notamment pour l'amirauté, l'ont blessé dans son orgueil, elles ont attisé sa volonté de puissance et suscité chez lui le désir de tester la capacité de résistance de Mazarin. Un dévouement d'apparence irréprochable dissimule donc de sa part un défi : à d'inappréciables services devra répondre une soumission totale à ses volontés. Il se croit assuré de la victoire : il ne devrait faire qu'une bouchée du « faquin » italien venu s'engraisser chez nous. Mais il ne se doute pas – et nul ne se doute – qu'il va être désormais privé des grands affrontements qui chaque année ajoutaient un épisode à sa légende héroïque. L'Espagne ne lui en fournit plus l'occasion : elle a transporté le combat sur le champ politique. Et il s'apprête à découvrir que ce champ exige des talents autres que guerriers.

TROISIÈME PARTIE

La rupture

CHAPITRE NEUF

Un soutien peu sûr

Après sa victoire de Lens, Condé, tenu à l'immobilité par sa blessure, s'était fait soigner sur place, pour pouvoir diriger la prise de Furnes. Il s'offrit ensuite quelques jours de repos à Chantilly, le temps de se rétablir tout à fait et de recueillir des informations. Car pendant qu'il était aux armées, la capitale avait subi une tornade bouleversant le paysage politique. Avant toute chose, il avait besoin de savoir où il mettait les pieds.

« *Un vent de fronde*...* »

La régente avait vu se dissiper très vite le capital de sympathie que lui avait valu son avènement. En optant pour la continuation de la guerre, elle en avait

---

* « Un vent de fronde / S'est levé ce matin : / Je crois qu'il gronde / Contre le Mazarin » : ce célèbre quatrain fut fredonné par la France entière.

accepté les conséquences, notamment la pression fiscale. C'est sur ce dernier point que se concentrait le mécontentement général. La contestation se nourrissait en outre, chez les gens en place, de tous les griefs nés des atteintes portées à leurs pouvoirs traditionnels par le renforcement de l'autorité royale. Nul ne songeait alors à renverser la monarchie. On souhaitait revenir à un « bon vieux temps » largement imaginaire où les volontés du souverain s'accordaient par miracle aux aspirations de leurs sujets*. Depuis des années le parlement de Paris, on l'a vu**, s'appliquait à contrarier les initiatives gouvernementales en matière de fiscalité. Mais il restait dans son rôle de chambre d'enregistrement et se contentait de mener une guérilla d'escarmouches qui permettait, après négociation, d'en limiter la portée.

Quelle mouche le pique, au début de 1648, pour qu'il monte sur ses grands chevaux ? L'objet du conflit ne concerne qu'une étroite catégorie de

---

* Longtemps les études sur la Fronde ont été centrées sur une seule question : fut-elle une préfiguration de la révolution de 1789 ? Beaucoup furent orientées, pour des raisons idéologiques, vers une réponse positive. Actuellement, l'idée prévaut que ce ne fut pas le cas, du moins dans l'esprit des meneurs. Mais comme tout soulèvement populaire, elle aurait pu leur échapper. – Le souci de répondre à cette question a eu pour effet, chez la plupart des historiens, toutes options confondues, de laisser en marge de leur champ de recherche des quantités de données, et notamment l'impact de la guerre étrangère, avec les implications politiques et religieuses qu'elle avait aux yeux des différentes catégories de Français[1].

** On ne répétera jamais assez que le parlement de Paris, tout comme ceux de province, n'est qu'un *tribunal* composé de magistrats ayant acheté leur charge, qui n'ont rien à voir avec des représentants élus.

magistrats, les maîtres des requêtes, que la création de vingt-quatre nouveaux offices va contraindre à partager leurs responsabilités et leurs revenus : une brouille, fort rémunératrice pour le Trésor, qui vendra ces charges très cher, mais aux conséquences limitées. Le ministère se prépare à négocier, comme par le passé : il transigerait à douze. Mais il tente le plus, pour obtenir le moins, et joint au programme du *lit de justice* du 15 janvier un lot de taxes indirectes*. De la routine.

Or ce jour-là, Omer Talon, procureur, donc porte-parole officiel du roi, se livre, en présence du petit Louis XIV et de la reine, à une dénonciation véhémente des abus commis en leur nom. Il évoque les malheureuses victimes des percepteurs d'impôt, « qui ne possèdent aucuns biens en propriété que leurs âmes, parce qu'elles n'ont pu être vendues à l'encan ». Il en appelle à la conscience d'Anne d'Autriche : « Faites, Madame, s'il vous plaît, quelque sorte de réflexion sur cette misère publique dans la retraite de votre cœur ! Ce soir, dans la solitude de votre oratoire, considérez quelle peut être la douleur, l'amertume et la consternation de tous les officiers du royaume, qui peuvent voir aujourd'hui confisquer tout leur bien sans avoir commis aucun crime ; ajoutez à cette pensée, Madame, la calamité des provinces, dans lesquelles l'espérance de la paix, l'honneur des batailles gagnées, la gloire des provinces

---

* Un *lit de justice* est une séance du parlement présidée par le roi en personne, qui entraîne l'enregistrement immédiat des mesures proposées, sans que les magistrats soient autorisés à faire sur elles les « très humbles remontrances » autorisées par la tradition.

conquises, ne peut nourrir ceux qui n'ont point de pain, lesquels ne peuvent compter les myrtes, les palmes et les lauriers entre les fruits ordinaires de la terre[2]. » Après quoi, rentrant dans son rôle, il invita ses collègues à enregistrer les édits. Mais les ondes de choc de son discours n'étaient pas près de s'éteindre. Il avait réussi à élargir un conflit propre à la magistrature en cause nationale et à faire du parlement le meilleur défenseur du peuple opprimé.

Ces critiques ne manquent pas de fondement. Mais elles ne sont pas nouvelles et aucun brutal surcroît de charges ne justifie une intervention aussi véhémente à cette date. Les raisons en sont évidemment politiques et non économiques. Les questions de fiscalité ne sont que le point d'affleurement du grand conflit qui partage le pays sur la poursuite de la guerre. Ceux qui la réprouvent depuis le début n'ont pas désarmé. Ils sont nombreux, surtout dans les milieux religieux, portés par le grand élan de la Réforme catholique, et leurs motivations sont loin d'être méprisables. S'ils jugent le moment venu de passer à l'offensive contre la régente, c'est qu'ils estiment avoir des chances de lui imposer la signature de la paix. Ils misent sur l'immense déception qui a suivi le retrait des représentants madrilènes à Münster. Après les victoires d'Allemagne, on avait cru la paix à portée de main. On vient d'apprendre, hélas, que la guerre va continuer, face à la très catholique Espagne. S'ajoutant à d'anciens et multiples griefs, ce sont les grandes espérances déçues qui servent de détonateur.

Rien ne pourra désamorcer l'offensive ainsi lancée. Dans un premier temps, la cour parvient à circonscrire le débat aux revendications catégorielles des magistrats. Mais elle ne les apaise qu'au prix de concessions qui encouragent les plus hardis à poursuivre. Et c'est l'escalade. La tentative pour diviser les différentes chambres composant le parlement fait long feu. Passant outre aux interdictions, elles décident de créer une instance supérieure qui serait l'émanation des cinq autres, pour débattre de la « réformation de l'État » : la *chambre de Saint-Louis*, ainsi nommée d'après la salle qui lui est affectée, mais aussi en référence symbolique à l'ancêtre de la dynastie. Et ils suspendent le jugement des procès. Une fois entrés, à la mi-juin, dans l'illégalité ouverte, les juges déchaînés ne cessent de démanteler, l'un après l'autre, des pans entiers de l'autorité royale que Louis XIII avait cru léguer à son fils renforcée. Le 31 juillet, un lit de justice solennel consacre une première défaite de la régente, acculée à subordonner toute mesure fiscale à un vote du parlement et à supprimer les intendants*. Celui-ci « a fait les fonctions de roi », note Mazarin dans ses *Carnets* : il s'est arrogé une part essentielle du pouvoir législatif. Anne d'Autriche en verse des larmes de rage ou de désespoir.

Que pouvait faire le gouvernement ? Rien. Les caisses étaient vides. L'État vivait à crédit, les recettes escomptées pour les trois années à venir avaient été affermées à des financiers contre des liquidités immédiates. Le parlement prétendait engager contre ceux-ci des poursuites, afin de leur faire « rendre gorge », tarissant d'ici là les circuits de prêts. Mais en

---

* Les intendants avaient été créés par Louis XIII pour représenter l'autorité royale dans les provinces.

même temps il interdisait toute création de taxes nouvelles. Comment tenir sans argent ? Mazarin en avait profité pour décréter une banqueroute partielle, qui avait l'avantage, tout en soulageant le Trésor, de frapper les divers créanciers détenteurs de rentes sur l'État – donc parmi eux, en juste retour du bâton, un bon contingent de magistrats du parlement. Mais il redoutait l'agitation populaire. Anne d'Autriche avait préféré à l'inconfort du vieux Louvre le bâtiment moderne édifié par Richelieu pour son agrément personnel, qu'il avait légué au roi. Le Palais-Cardinal, désormais nommé Royal, comme nous l'appelons encore, prolongé sur l'arrière par un vaste jardin, était certes plus agréable à habiter. Mais, muni de larges ouvertures et dépourvu de fossés, il était très vulnérable en cas de troubles urbains. La reine ne disposait pour sa défense que de dix à vingt mille hommes*, plus accoutumés à faire la haie lors des cérémonies qu'à réprimer les manifestations hostiles. La sécurité était assurée dans la ville par des milices bourgeoises, au nombre de vingt, issues de la population. Parfaites en temps de paix, elles risquaient de devenir inopérantes face à des émeutiers dont elles pouvaient se sentir solidaires.

Il n'était donc pas question de s'en prendre directement aux magistrats récalcitrants sans l'appui de troupes régulières. Celles de Condé se trouvaient à proximité, mais la menace espagnole les retenait sur la frontière. Que pouvait-on en attendre et quand ?

---

* Les Suisses, les gendarmes et les chevau-légers de la Maison du roi. Les mousquetaires avaient été supprimés en 1646 pour raison d'économies.

D'où la visite éclair du prince à la mi-juillet. Celui-ci était assurément informé des événements et ne les tenait pas pour de futiles « brouilleries », comme ce terme nous incite à le croire. Toutes les formes d'indiscipline – émeutes comme mutineries – appelaient selon lui une ferme répression. Il se faisait fort d'en venir à bout sans peine. Cependant, comme il n'avait pas le don d'ubiquité, il fallait sérier les démarches, commencer par neutraliser l'armée espagnole qui patrouillait en Picardie avant de s'en prendre à la révolte parisienne. Il remplit à merveille, comme on l'a vu, la première partie du programme. Mais pour la seconde, la reine, à bout de forces, à bout de nerfs, n'eut pas la patience d'attendre sa venue. Dans l'euphorie de la victoire de Lens, elle brusqua les choses, poussée par son entourage et contre l'avis de Mazarin, quoi qu'on en ait dit. Elle ordonna l'arrestation de trois des magistrats les plus combatifs. Conduite avec une insigne maladresse, le 26 août, celle du vieux Broussel mit en ébullition tout le quartier du Palais de justice. De proche en proche, l'agitation gagna la ville entière tandis que se répandaient des rumeurs alarmantes et que la foule hurlante réclamait celui qu'elle tenait pour son protecteur. La cour crut pouvoir traiter l'émeute par le mépris. Le lendemain matin la capitale était couverte de barricades. On en compta plus de douze cents. La reine dut céder, une fois de plus. Un nouveau lambeau de son prestige de souveraine s'en allait.

Les *Mémoires* du cardinal de Retz, témoin et acteur de l'épisode, nous en ont laissé un récit partial sans doute mais brillantissime, auquel nous renvoyons le lecteur[3] : notre héros, à nous, n'y était pas. Il ne rentra à Paris que le 19 septembre.

Négociateur improvisé

Sa blessure lui tenant lieu d'excuse, il ne s'était pas pressé. Il n'avait pas envie d'avoir à trancher sur les responsabilités dans le fiasco du 26 août. Il attendait que la situation se fût décantée – chose qui s'opéra très vite au profit de Mazarin, avec l'éviction de deux de ses adversaires politiques, Châteauneuf et Chavigny. La reine se trouvait alors à Rueil, où elle s'était retirée sous prétexte de faire nettoyer le Palais-Royal. Il y fut accueilli « comme le restaurateur des affaires, le vengeur des rébellions passées, l'Hercule qui étoufferait tous les monstres[4] ». Il se croyait très au-dessus de la mêlée, mais il mesura bientôt les inconvénients de l'absence. Entre le duc d'Orléans et lui persistait une rivalité sourde, que parvenait mal à dissimuler une bonne entente de façade. Il lui rendait les honneurs dus à son rang de façon trop appuyée pour être sincère et daubait dans son dos sur sa frilosité en matière militaire. L'autre, en retour, notait tous les manquements, fortuits ou voulus, aux devoirs imposés par ses prérogatives : ainsi des drapeaux pris à l'ennemi, qui s'en étaient allés directement à Notre-Dame pour le *Te Deum* de Lens au lieu de transiter par sa demeure. Lors de la visite éclair du prince à la mi-juillet, il s'était plaint que la reine en eût « appelé un autre à son secours, qui ne la pouvait pas mieux servir que lui, ni avec plus d'affection[5] ». Mais l'intéressé, confiant dans sa supériorité, n'en avait cure. Or il a découvert, avec surprise, que le duc d'Orléans était en train de devenir l'arbitre du jeu politique à Paris.

La reine et son ministre s'étaient réparti les rôles. Détentrice de l'autorité souveraine, elle en tenait le discours officiel. Mais impatiente, impérieuse, maîtrisant mal sa colère, elle dérivait vite vers l'affrontement. Elle renvoyait brutalement les délégués du parlement, quand elle ne leur claquait pas la porte au nez. Lui, étranger sans naissance ni fortune, n'ayant pas d'autorité propre, avait adopté un profil bas. Il se tenait en retrait, n'intervenant que peu et toujours pour l'apaiser, s'efforçant de lui faire accepter ce qu'elle ne pouvait pas empêcher. Il y avait gagné une solide réputation de « timidité », au sens de lâcheté : « Pour pouvoir déterminer le cardinal à ce qu'on désirait de lui, il ne fallait que le maltraiter et le menacer. [...] On le menaçait rarement sans succès[6]. » Les grands y trouvaient leur compte et s'accommodaient de lui.

Il fallait à la cour un interlocuteur qualifié pour négocier avec le parlement : Gaston d'Orléans se découvrit dans ce rôle des talents insoupçonnés. « Rien n'était comparable à la satisfaction que le parlement témoignait avoir du procédé et des belles qualités du duc d'Orléans. Il parlait de bonne grâce et avec éloquence dans leurs conférences publiques et particulières ; il témoignait toujours agir de jugement, répondait à toutes leurs difficultés avec de l'esprit et de la douceur ; et quasi toutes ces choses étant produites par l'occasion, on ne pouvait les attribuer qu'à lui-même. La reine avait sujet d'en être satisfaite. Elle l'était en effet, et paraissait lui être obligée de ses soins et de l'affection qu'il témoignait pour le bien et la paix de l'État, et pour son repos particulier[7]. » Il aurait fait un merveilleux député dans un régime parlementaire moderne.

C'était trop beau. Il prenait goût aux affaires et savourait les succès d'estime qu'elles lui valaient. L'ambition lui poussait, tandis que la reine s'enfonçait dans l'impopularité. Rêvait-il d'être substitué à elle comme régent ? Elle lui mesura désormais les missions et chercha l'appui de Condé. Celui-ci, de son côté, s'était rendu à l'évidence : Monsieur « profitait de son absence pour se rendre maître non seulement du parlement, mais du conseil du roi, de la ville de Paris et de tout le royaume ». Toujours combatif, il entreprit de lui disputer son emprise sur les magistrats. Lors des conférences qui s'ouvrirent à Saint-Germain entre la cour et les députés du parlement, on le vit s'appliquer à le « marquer » de près – au sens que l'on donne aujourd'hui à ce terme dans une compétition sportive –, reprenant à son compte la plupart de ses déclarations, et les faisant répéter en écho par son frère Conti[8].

Hélas, il est loin de le valoir dans ce genre d'exercice. C'est un orateur déplorable, trop rapide et trop tranchant. Dans la discussion, il s'emporte. Tandis que le duc d'Orléans parle sans aigreur, il insulte ses interlocuteurs, tournant leurs propos en ridicule au lieu de les réfuter[9]. Incapable de maîtriser ses gestes, il respire l'agressivité : au point qu'un petit doigt levé suffit à terroriser son auditoire[10]. « M. le duc d'Orléans, qui parlait admirablement », faisait forte impression au parlement. « M. le prince, qui parlait fort mal en public [...], n'y brillait pas tant ; et il ne réussissait seulement qu'aux répliques, sur ce qu'on lui disait d'offensant »[11]. Si l'on ajoute que Gaston d'Orléans – juste retour des choses – n'avait pas le triomphe modeste, on imagine la colère de Condé.

À l'automne de 1648, tous deux ont d'autres soucis en tête que le salut de l'autorité royale. Ils savent que nul ne songe à renverser la monarchie. On conteste en revanche la légitimité de ceux qui l'exercent : la reine et le ministre exécré qu'une propagande déchaînée rend responsable de tous les maux du royaume. Les deux princes songent à tirer leur épingle du jeu au cas où Anne d'Autriche serait contrainte de jeter l'éponge. Ils cherchent donc à préserver leur image auprès de l'opinion et notamment de ce parlement, à qui l'on reconnaît une part de compétence dans la dévolution des régences. Ils ménagent les deux parties.

Ils lâchent la reine, notamment, sur un point qu'elle juge crucial : la mesure dite de sûreté publique, qui exigeait que personne ne pût être gardé en prison plus de vingt-quatre heures – ou tout au moins trois jours – sans être déféré à un tribunal compétent. Question brûlante. Objectivement, cette exigence était fort juste. Mais leur approbation provenait aussi d'arrière-pensées personnelles. Parmi les grands, tous – y compris nos deux négociateurs – avaient subi ou vu subir par des proches une prison préventive souvent fort longue. Ce n'est pas par libéralisme, mais par sens de leur intérêt bien compris, qu'ils souscrivaient à son abrogation. Seulement, celle-ci impliquait que le roi dispose d'autres moyens d'action contre les révoltes nobiliaires, dans un royaume truffé de places fortes inexpugnables – ce qui n'était pas le cas. La reine, voyant se réduire comme peau de chagrin l'autorité qu'elle transmettrait à son fils, en fut ulcérée : il n'aurait pas plus de pouvoir qu'un « roi de jeu de cartes ». Elle signa, la mort dans l'âme, la déclaration du 24 octobre, qui confirmait et au-delà toutes celles qu'on lui avait extorquées antérieurement. Mazarin la consolait en lui disant que ce qu'une loi a décrété, une autre loi peut l'abolir. Ils préparaient ensemble la revanche. Les deux princes, pris entre deux feux, ne l'ignoraient pas. Au moment même où ils approuvaient les négociations avec le parlement, ils savaient pertinemment que les concessions accordées n'étaient que poudre aux yeux.

En porte à faux

La révolte des juges bénéficiait du soutien de la population parisienne, notamment des classes moyennes, frappées dans leurs intérêts par les impôts et taxes accumulés. Le petit peuple avait suivi et le désordre s'installait, aggravé par la paralysie de toute la machine judiciaire : les magistrats, qui avaient suspendu leur travail ordinaire pour s'occuper de politique, réduisaient au chômage technique tout le petit monde de la basoche. Le mouvement, pour une large part spontané, tendait à échapper à ses meneurs. Mais les plus réfléchis d'entre eux savaient qu'ils avaient besoin d'un appui extérieur de très haut niveau. C'est le coadjuteur de l'archevêque, Paul de Gondi, qui se chargea d'approcher Condé.

Jean-François-Paul de Gondi était un de ces cadets poussé malgré lui vers l'Église par son père afin de conserver l'archevêché de Paris, « qui était dans sa maison* » – en quoi l'on constate que l'effort des grands pour s'assurer l'hérédité des charges importantes s'étendait jusqu'aux bénéfices ecclésiastiques eux-mêmes. Ses parents, ardents militants de la Réforme catholique et membres du parti dévot, avaient été tenus à l'écart par Richelieu. Fort peu dévot lui-même, il avait espéré en vain trouver au service des comploteurs le moyen d'échapper à son sort, puis s'était résigné lorsque l'accession d'Anne d'Autriche à la régence lui offrit la coadjutorerie de Paris, avec future succession. Son oncle, âgé et malade, lui abandonna la direction du diocèse. Intelligent, cultivé, excellent orateur, il débordait d'ambitions diverses. L'une, quasi officielle, visait la pourpre. L'autre inavouable et inavouée, mais aisée à deviner, concernait le ministère. Mais son rêve de remplacer Richelieu avait été compromis par l'intrusion inattendue de Mazarin. Il voyait donc avec plaisir s'accumuler les ennuis sur sa tête et il y contribuait par des prêches subversifs. Il avait pour lui un bon nombre de curés et ses aumônes très généreuses lui assuraient la chaleureuse sympathie du petit peuple.

Il eut avec le prince plusieurs entretiens, qu'il nous rapporte à sa façon dans ses *Mémoires*, et il lui fit rencontrer deux des dirigeants du parlement, Longueuil et Broussel. Mais le contact fut mauvais. Condé comprit aussitôt que ces deux hommes n'avaient pas

---

* Trois Gondi, un grand-oncle et deux oncles, l'avaient précédé à la tête du diocèse de Paris.

qualité pour négocier et que le parlement roulait sur sa lancée dans un esprit de surenchère incontrôlable. Il se fâcha, disant « qu'il n'y avait aucune mesure bien sûre à prendre avec des gens qui ne peuvent jamais se répondre d'eux-mêmes d'un quart d'heure à l'autre [...] ; qu'il ne se pouvait résoudre à devenir le général d'une armée de fous [...] ; qu'il était prince du sang, qu'il ne voulait pas ébranler l'État ». Il rompit les pourparlers, donnant aux gens du parlement le sentiment qu'il les trahissait. Retz, après coup, l'accusa d'avoir cédé « à la pente naturelle, qu'il tenait de père et de mère, de n'aimer pas à se brouiller avec la cour »[12].

Et en effet, la reine, sentant le danger, avait réussi à le reprendre en main, en misant à la fois sur sa vanité d'homme et sur sa volonté de puissance – un jeu très calculé, dont les *Carnets* de Mazarin nous ont livré le secret : « Il faut que la reine se souvienne de se plaindre de moi particulièrement à M. le prince, [de lui dire] qu'une telle conduite ne fait pas augmenter son affection ; qu'il faut qu'elle prenne mieux ses mesures à l'avenir, [...] que Dieu l'aidera et ne permettra pas que les mauvais traitements qu'elle a reçus, et en l'autorité du roi [...] et en sa personne [...], que tout cela demeure impuni ; et qu'elle pourrait avoir un ministre qui [s'intéressât] davantage en les offenses qui la regardent que je n'ai fait[13]. » Quel gentilhomme eût résisté à l'appel d'une princesse abandonnée aux injures de ses ennemis ? Toute la tradition chevaleresque incitait Condé à voler à son secours. D'autant qu'il y avait aussi une prime à la clef : non pas, comme dans les romans, la main de l'héroïne, mais la perspective de devenir « l'arbitre du cabinet » en y plaçant des gens à sa dévotion. Ces thèmes étaient également destinés à Monsieur, certes plus pacifique que son cousin, mais qui avait, lui, un candidat de rechange sous la main : l'abbé de La Rivière, qui, depuis des années, dirigeait toutes ses affaires, se voyait d'autant mieux à la place de Mazarin qu'un chapeau de cardinal avait été demandé pour lui à Rome.

La ruse était si grosse qu'elle n'échappa pas à Mme de Motteville. Elle fonctionna cependant et les deux princes se rallièrent au projet de réduire Paris par les armes, au moment même où ils s'apprêtaient à cautionner de leur médiation une énième victoire du parlement. La reine en effet les a dûment prévenus qu'elle n'a pas l'intention de respecter les édits qu'elle va devoir signer malgré elle. Sur les conseils de Mazarin, elle a eu recours à la très ancienne procédure qui veut que, pour pouvoir invoquer la nullité d'un serment, on l'ait *au préalable* certifié issu de la contrainte : « Comme ce qu'on accorde au parlement est du tout extraordinaire et impossible à lui tenir sans abolir la meilleure partie de la royauté, Sa Majesté n'entend pas l'exécuter, quand le temps sera propice pour le déclarer, et dire qu'elle y a été forcée*[14]. » Ce genre de démarche se fait d'ordinaire devant notaire, mais les notaires étant de cœur avec le parlement, elle prit à témoins son beau-frère et son cousin de la violence qui lui était faite : « Il fut arrêté qu'ils feraient ensemble un concordat où la reine

---

* Elle avait procédé de même avant de jurer qu'elle respecterait le testament de Louis XIII. Sur ce genre de démarche, voir *supra*, p. 144, note.

déclarerait pour la décharge de sa conscience, ou plutôt pour réparer sa gloire et son honneur, que c'était à la prière des princes et à la nécessité présente de l'État qu'elle s'était résolue d'accorder au parlement les choses qu'il avait demandées [15]. » Gaston d'Orléans et Condé ne pouvaient donc ignorer qu'Anne était bien décidée à renier sa parole. Et qui ne dit mot consent. Ne nous hâtons pas de leur jeter la pierre. Ils n'étaient pas foncièrement malhonnêtes. Ils s'étaient mis dans une de ces situations où, selon Retz, « on ne peut plus faire que des fautes [16] ». Ils s'en tiraient cahin-caha, chacun selon son tempérament.

Gaston d'Orléans, le plus modéré des deux, n'était pas très fier de lui. Or voici qu'on lui offre un excellent motif de faire marche arrière. Condé, on l'a vu, tient à fixer son cadet dans une carrière ecclésiastique qui, murmurent les mauvaises langues, le dispenserait de partager avec lui l'héritage paternel. La perspective, à long terme, de devenir cardinal, ne semble pas suffire à lui dorer la pilule. C'est donc dans l'immédiat que Condé exige qu'on sollicite en son nom le chapeau réservé à la couronne de France. Fureur du duc d'Orléans : le chapeau en question est promis de longue date à son favori, l'abbé de La Rivière. À l'évidence ce prétendant, de fort modeste origine, ne pèse pas lourd en face d'un descendant de saint Louis. Mais son éviction est un camouflet pour son maître qui, lui, est d'un rang plus élevé que Conti.

Monsieur jeta d'abord feu et flamme, il bouda une quinzaine de jours, retranché dans son palais du Luxembourg, où il se vit courtisé par tous les mécontents du royaume. « Il dit un jour devant tout le monde que la reine était une ingrate, que son ministre était un fourbe, et qu'il manquait de parole à ses amis [17]. » Il menaça de faire cause commune avec le parlement. Et Condé se frottait les mains en se voyant déjà seul aux commandes. Cependant, la querelle des deux maisons princières, qui partageait la cour, ne pouvait se prolonger sans dommages. L'abbé fut assez sage pour comprendre qu'il devait se retirer. Enfin, pour venir à bout de la mauvaise humeur de son beau-frère, la reine fit les premiers pas, elle se rendit au Luxembourg sous prétexte de visite à sa femme qui venait de mettre au monde une fille – une de plus ! Elle le cajola, l'amusa, l'attendrit. Il avait toujours éprouvé quelque amitié pour elle. Il savait la réconciliation indispensable. D'ailleurs, à feindre d'avoir la goutte, il commençait à s'ennuyer et regrettait les tables de jeu du Palais-Royal, plus animées que les siennes. Il ne demandait qu'à sortir d'affaire honorablement. Les deux princes, lassés des chicanes récurrentes que le parlement ne cessait de soulever sur le non-respect des édits, se retrouvèrent d'accord pour engager le combat, Gaston à contrecœur, Condé au contraire très résolu, affirmant à la reine que l'entreprise serait aisée. Elle décida donc de « ne plus parler à ses peuples que par la bouche de ses canons [18] ». Restait à déterminer une stratégie.

« La guerre de Paris »

Beaucoup de temps avait été perdu en tergiversations. Le mois de décembre tirait vers sa fin, avec son lot de fêtes religieuses suspendant toute action militaire. Le calendrier n'offrait plus pour l'opération projetée qu'une fenêtre très étroite. Dès la mi-mars, le retour des beaux jours lâcherait à nouveau les Espagnols sur la Picardie. Le sort de Paris devait être réglé en deux mois.

Au Conseil, les avis furent partagés. Le maréchal de La Meilleraye préconisa une méthode expéditive. Relié à la Bastille toute proche, l'Arsenal, dépôt d'armes et de munitions, servirait à la fois de refuge au gouvernement et de base pour des attaques de nettoyage méthodique lancées à grand renfort d'artillerie contre les quartiers rebelles. Condé penchait pour ce plan, qui aurait permis d'en finir très vite. Mais à quel prix ! Il eût laissé la ville jonchée de cadavres et couverte de ruines et creusé entre la régente et ses sujets un fossé difficile à combler. Mazarin reçut, pour s'y opposer, l'appui de Gaston d'Orléans. La solution retenue consistait à lui couper les vivres. L'approvisionnement de la capitale dépendait étroitement de la campagne environnante. Les abattoirs, les moulins, les fours à pain se trouvaient hors des murs. Qu'on empêche les boulangers de Gonesse et les bouchers de Poissy de livrer leur marchandise, la ville ne tiendrait pas huit jours. Les plus pessimistes portaient leur évaluation jusqu'à quinze. Bref, les délais parurent tenables et l'on se mit à faire la liste des points de passage qu'il faudrait occuper. À la vérité, Condé ne disposait pas des effectifs nécessaires pour un siège en règle. Le blocus ne pourrait être étanche. Mais on comptait qu'une famine partielle suffirait à démoraliser le peuple et à le détacher du parlement.

Il fallait d'abord quitter la ville. Sur la pointe des pieds, car la population, méfiante, commençait de surveiller de près les occupants du Palais-Royal. Sous peu, ceux-ci ne pourraient plus faire un pas sans risquer l'émeute. Pas question, donc, de partir en plein jour et pas question, non plus, de rater son coup ! Un grand luxe de précautions présida à la mise au point de l'évasion. On choisit la nuit du 5 au 6 janvier, où les Parisiens dormiraient du sommeil du juste après avoir joyeusement fêté l'Épiphanie. Outre la reine, le cardinal, le duc d'Orléans et Condé, seuls étaient dans le secret le chancelier, deux maréchaux et deux secrétaires. C'est dans la soirée seulement que les autres participants furent priés de se préparer pour une équipée dont ils ignoraient la destination. Le lieu et l'heure du rendez-vous ne leur seraient dévoilés qu'au dernier moment.

Les deux princes passèrent une partie de la soirée en compagnie de Mazarin chez le maréchal de Gramont, autour d'une table de jeu. Ils s'esquivèrent un peu plus tôt que d'habitude pour organiser le départ de leur famille. Le rassemblement était prévu au Cours-la-Reine vers trois heures du matin. La maison de Condé s'y trouva au grand complet, à l'exception de la duchesse de Longueville qui invoqua pour ne pas bouger l'excuse de sa grossesse très avancée. L'histoire de leur arrivée nocturne à Saint-Germain-en-Laye, sans bagages, dans le château glacial dépourvu de meubles*, a offert aux mémorialistes,

---

* Les résidences secondaires des rois n'étaient pas meublées. À l'occasion de chaque voyage, ils étaient donc précédés de l'intendance, qui assurait le transfert de tout ce qui leur était nécessaire.

puis aux romanciers l'occasion d'un morceau de bravoure dans lequel Alexandre Dumas reste inégalé [19]. Seule la reine, ses deux enfants et le cardinal disposèrent d'un lit de camp. Condé dut se contenter, comme les autres, d'une botte de paille. On peut penser qu'il y dormit aussi bien que sur le sol de Rocroi.

La stratégie prévue était simple. En vidant les boulangeries et les étals, la cour espérait décourager la population et la dresser contre les magistrats rebelles. Mais elle n'avait pas prévu qu'un certain nombre de grands seigneurs, et non des moindres, prendraient le parti du parlement. Dès le 7 janvier, le duc d'Elbeuf vint lui offrir ses services. Il fut suivi le 10 par le prince de Conti et le duc de Longueville. Tel était le fruit des intrigues souterraines mises en œuvre, depuis plusieurs mois, par la duchesse et le coadjuteur, alliés. Beaufort, qui avait réussi à Vincennes une évasion spectaculaire, ne tarda pas à les rejoindre. Bientôt les grands se bousculèrent pour fournir des généraux aux troupes que la ville projetait d'opposer à celles du roi et l'on commença de distribuer les charges. La Bastille se rendit à la première sommation et on y nomma Broussel comme gouverneur.

Les Parisiens, craignant un piège, avaient accueilli fraîchement le frère et la sœur du général en chef de l'armée royale. La colère noire que piqua Condé en découvrant leur désertion les rassura. Sa surprise était totale. Il avait eu vent des contacts que la duchesse avait pris avec le parlement, il l'en avait dissuadée et, comme elle n'en parlait plus, il s'était cru obéi alors qu'elle dissimulait. Il ressentit d'abord cette retraite comme « un outrage fait à sa personne ». Et c'en était un en effet. « Car il est certain qu'un des plus puissants motifs du prince de Conti, et le prétexte le plus agréable dont Mme de Longueville se servit pour le convier à cette entreprise fut le plaisir de montrer à M. le prince son frère qu'il était capable de faire de grandes choses sans lui [20]. » Quant au duc de Longueville, qui suivait en traînant des pieds, il avait échoué à convaincre son jeune beau-frère de faire demi-tour et s'était laissé porter par le flot. L'affaire, d'autre part, compromettait gravement la position de Condé. Il s'était expressément déclaré garant auprès de la reine de la fidélité des siens. Il allait se trouver taxé, soit d'hypocrisie, comme complice de leurs intrigues, soit d'aveuglement et de faiblesse, pour n'avoir pas vu ce qui se passait dans sa propre famille et s'être montré incapable d'y faire régner l'ordre. En dépit de quelques rumeurs, la seconde hypothèse était la bonne et son prestige s'en trouva sensiblement atteint. Toute la pyramide de fidélités suspendue à sa personne risquait d'en être ébranlée. Quant aux retombées politiques de leur coup de tête, inutile de dire qu'elles furent considérables : Paris avait désormais les moyens d'organiser la résistance.

Condé mit à diriger le siège une énergie décuplée par sa colère. Mais il n'était pas possible de respecter le calendrier initialement prévu. Les habitants, prévoyants, avaient rempli caves et greniers. Les magistrats refusèrent donc fièrement d'obéir aux ordres qui leur enjoignaient de se transporter à Montargis et la capitale plongea tout d'abord dans la rébellion avec allégresse. La présence des seigneurs de haut rang donnait aux rebelles un sentiment de sécurité. La duchesse de Longueville venait de mettre au monde un fils, baptisé Charles-*Paris* en l'honneur de la capitale. Elle ne sortait de sa chambre, où elle tenait bureau d'esprit devant la fine fleur de la noblesse, que pour aller en compagnie de Mme de Bouillon s'offrir aux acclamations populaires sur les marches de l'Hôtel de Ville[21]. Conti, en tant que généralissime des armées frondeuses, tenait conseil chez lui sur la conduite des opérations et faisait figure au parlement de porte-parole de ses confrères. À vrai dire, il était manœuvré en coulisse par les deux têtes pensantes du mouvement, le duc de Bouillon et le coadjuteur. Mais cela ne l'empêchait pas de croire qu'il jouait un rôle décisif. Le duc de Longueville, écœuré de n'avoir pas trouvé un rôle digne de lui, était reparti pour la Normandie sous prétexte d'y attiser la révolte, en attendant de voir venir. Hors de portée de la férule familiale, jamais le frère et la sœur de Condé n'avaient été à pareille fête.

Nul ne souffrit de la faim les premières semaines, car le prince, n'ayant pas assez de troupes pour assurer l'étanchéité du blocus, se bornait à interdire les principaux accès routiers et fluviaux, sans pouvoir tarir le flot de porteurs de hottes qui déjouaient la surveillance. En dépit de la crue de la Seine qui transforma tout le centre en petite Venise, la vie s'organisa. Faute de pouvoir fêter le carnaval, on se défoulait en chansons. Le parlement ayant déclaré Mazarin ennemi public et mis sa tête à prix, il fut la cible de pamphlets pleins de verve, parfois très crus, auxquels on donna le nom générique de *mazarinades*. Mais les généraux ralliés à la Fronde reçurent aussi leur lot de quolibets dans des *triolets* fort irrévérencieux. Condé feignait de ne pas prendre cette guerre au sérieux, disant qu'en effet « elle ne pouvait être bien décrite qu'en vers burlesques, parce qu'on y passait les jours entiers à se moquer les uns des autres ». Il ajoutait aux rumeurs sa contribution ironique en faisant courir complaisamment le bruit « qu'il ne se nourrissait que d'oreilles de bourgeois de Paris [22] ». Et il écumait pour se divertir tous les bordels de Saint-Cloud [23].

Mais quand il faisait la guerre, il ne plaisantait pas. Faute de pouvoir se livrer à un siège en règle, il laissa ses troupes ravager à leur guise les campagnes alentour, dans des conditions souvent atroces, afin de suspendre l'aide des paysans. Et il occupa les points stratégiques. Dès le début janvier, il avait renforcé la garde aux ponts de Saint-Cloud et de Sèvres et verrouillé à Saint-Denis la route de Gonesse, puis il bloqua Corbeil, que les Parisiens ne parvinrent pas à reprendre. Ensuite il s'empara tour à tour de Charenton le 8 février, de Montlhéry le 16, de Brie-Comte-Robert le 26. Seuls deux convois de ravitaillement réussirent à se faufiler entre les mailles et leurs chefs pavoisèrent, mais cet apport fut très insuffisant. La distorsion était trop grande entre l'armée régulière de Condé et les pauvres bougres recrutés par le parlement parmi les crève-la-faim réfugiés dans la ville : ceux-ci détalaient comme des lapins à la seule vue de l'ennemi.

Un unique épisode mérita véritablement le nom de combat, celui de Charenton, impitoyable, et il ne laissa que des regrets. Du côté des Parisiens, le brave Clanleu, qui commandait le poste, se fit tuer, préférant une mort honorable au châtiment qui lui était promis. En face, Condé y perdit son meilleur ami,

Coligny, duc de Châtillon. C'était un des plus libertins parmi les petits-maîtres, affichant son impiété et ses multiples amours. Grièvement blessé de deux coups de pistolet, il fut transporté à Vincennes, où il fut veillé toute la nuit par le prince au désespoir, « se tirant les cheveux et faisant d'horribles imprécations* ». Mais, si l'on en croit Lefèvre d'Ormesson, « en lui disant adieu », il lui aurait dit « qu'il le priait de deux choses, l'une de changer de vie, et l'autre de changer son dessein contre Paris », et on assurait qu'il avait fait une fin très chrétienne[25]. Faut-il s'en étonner ? Impiété n'est pas athéisme, mais défi lancé à Dieu : elle n'interdit pas, elle appelle même peut-être, dans un milieu culturel baigné de christianisme, cette forme de « conversion ».

Le recours à l'Espagne ?

Dans l'immédiat, Condé ne semblait pas disposé à relâcher son étreinte sur Paris. Face à lui les rebelles ne pourraient tenir très longtemps. L'enthousiasme faiblissait et leur entente se fissurait. De son côté, la cour savait que le compte à rebours avait commencé pour elle : dès les premiers beaux jours, ses troupes devraient renoncer au siège de la capitale pour affronter l'offensive espagnole annuelle. Les contacts n'avaient jamais cessé entre les deux parties. Le

---

* Détails fournis par Gui Patin[24], qui dit les tenir du chirurgien qui pansa le blessé. Le sarcastique médecin ne parle pas de mort chrétienne, mais confirme qu'il invita Condé à « quitter la vie scandaleuse qu'il avait menée jusqu'alors ».

parlement avait toujours tenu la cour au courant de ses démarches, même répréhensibles. Auprès de la reine, installée à Saint-Germain, ses députés rencontraient Gaston d'Orléans et Condé remplissant assidûment leur devoir de conseil. Jamais le prince, chargé de diriger les opérations du siège, n'avait participé d'aussi près à l'exercice du pouvoir.

Vers le début de février, une ligne de partage se dessina au parlement entre les partisans d'un compromis, encore minoritaires, et les jusqu'au-boutistes résolus à poursuivre jusqu'à la victoire. Ceux-ci s'appuyaient sur les généraux, tous gonflés à bloc par l'espoir de négocier chèrement leur ralliement auprès d'une régente affaiblie par l'éviction probable de son ministre. Mais il y fallait une aide extérieure. Où la chercher, sinon auprès de l'Espagne ? Bien que nous fussions en guerre contre elle depuis huit ans, elle n'était pas perçue par les grands seigneurs comme une ennemie, mais plutôt comme un partenaire avec lequel ils poursuivaient une sorte de duel collectif. La plupart d'entre eux avaient naguère cherché refuge à Bruxelles à l'occasion d'un complot contre Richelieu et y avaient trouvé bon accueil. Ils y conservaient des amis, des attaches familiales. Le recours à l'Espagne ne provoquait en eux aucun débat de conscience. Quelques fanatiques s'offraient même à guider les armées espagnoles jusque dans Paris. Oui, mais l'archiduc, rudement étrillé à Lens l'année précédente, ne se souciait pas de renouveler l'expérience. Il comptait se faire offrir par les Français eux-mêmes la paix blanche que lui refusaient la régente et Mazarin.

Il avait au sein de l'état-major frondeur un relais essentiel, le couple de Bouillon. Le duc, sujet à des crises de goutte répétées, en prenait prétexte pour laisser le devant de la scène au prince de Conti et il tirait les ficelles en coulisses. C'est par lui et par son épouse, née Éléonore de Bergh – une Flamande des Pays-Bas espagnols, pour qui il s'était converti au catholicisme –, que transitaient les consignes en provenance de Bruxelles. Inspiré de la conjuration de Cinq-Mars, leur projet consistait à passer par-dessus la tête du souverain pour traiter directement la paix avec l'Espagne. Pour qu'il eût une apparence de légitimité, il fallait en France une autorité de rechange. Du temps de Louis XIII, ç'avait été son frère Gaston d'Orléans. Désormais, le seul acteur possible pour remplir ce rôle était le parlement de Paris. Et c'est là que les choses se gâtèrent.

À la mi-février, un ballon d'essai fut lancé à cette fin. Il fut convenu que l'archiduc Léopold enverrait un moine bernardin en ambassadeur officieux pour tâter le terrain. Les Bouillon le prirent en charge et lui préparèrent le discours qu'il aurait à tenir au parlement. Première difficulté, l'y introduire. Huit jours plus tôt, sous un prétexte spécieux, la compagnie avait fermé sa porte au nez d'un héraut mandaté par la reine. L'idée de recevoir un envoyé du roi d'Espagne souleva une protestation indignée du président de Mesmes à l'adresse du généralissime, Conti : « Est-il possible, Monsieur, qu'un prince du sang de France propose de donner séance sur les fleurs de lis à un député du plus cruel ennemi des fleurs de lis [26] ? » Rien n'y fit, l'Espagnol obtint son entrée et put présenter les offres de service de son maître. Mais son intervention n'eut pas l'effet escompté, au contraire. Chez ces magistrats nourris de Cicéron, de

Tite-Live et de Tacite, elle réveilla la fibre patriotique assoupie et la collusion avec l'ennemi les offusqua. Un Espagnol en chair et en os, devant eux, chez eux, ce fut pour beaucoup un scandale. Convaincre la reine de signer la « paix générale » était une chose, la signer à sa place, contre son gré, en était une autre, d'autant plus grave que cette signature impliquait une alliance militaire avec l'ennemi. Autant ils trouvaient normal, en matière de fiscalité, de s'arroger le pouvoir législatif aux dépens du roi, autant ils reculaient à l'idée d'usurper le droit de guerre et de paix, privilège régalien s'il en fut jamais, et qui touchait à un domaine étranger à leurs compétences.

Le généralissime, Conti, grisé par les responsabilités inespérées qui lui étaient échues, avait eu l'imprudence de mettre le doigt dans l'engrenage : il avait répondu aux avances de l'archiduc comme s'il avait eu qualité pour négocier en lieu et place du roi ou de la régente – ce qu'avait fait Gaston d'Orléans au temps de la conjuration de Cinq-Mars. Or son messager se fit prendre. Voici quelle fut alors la réaction de Condé : « Mon frère ayant envoyé Bréquigny à Bruxelles pour y négocier avec l'archiduc, il a été pris à son retour sur la frontière chargé de lettres dudit archiduc et du comte de Fuensaldagne [...]. Cet événement m'a extraordinairement touché par la grandeur de la faute d'avoir osé traiter avec le roi d'Espagne pendant une guerre ouverte[27]. »

Le duc de Bouillon et son acolyte le coadjuteur durent se rendre à l'évidence : le parlement ne les suivrait pas. Et l'idée de susciter pour l'y contraindre une révolte populaire, un moment caressée par le duc, fut écartée comme trop risquée[28]. La nouvelle de l'exécution de Charles Ier à Londres, qui fut connue le 19 février et souleva l'indignation, vint s'ajouter aux souvenirs de la Ligue pour rappeler que les révoltes dépassaient parfois les intentions de leurs initiateurs. Mais Bouillon se refusait à abandonner sans avoir joué sa dernière carte. Il annonça que son frère se ralliait à la Fronde et allait venir libérer Paris à la tête de ses troupes, procurant ainsi aux frondeurs les moyens d'imposer la fameuse paix générale. Comment Turenne put-il s'aviser de « se déclarer contre la cour étant général de l'armée du roi » ? En rédigeant ses *Mémoires* vingt-cinq ans plus tard, Retz qualifie cette conduite d'« extravagante » et continue de s'étonner devant « une action sur laquelle [...] le Balafré et l'amiral de Coligny auraient balancé »[29]. Non point parce que ce choix implique une collusion implicite avec l'Espagne contre les troupes royales, mais parce qu'il viole un impératif majeur de l'éthique aristocratique. Turenne se montre infidèle à l'égard du souverain, à qui il a juré fidélité en acceptant la fonction octroyée. Et il aggrave son cas en prétendant entraîner à sa suite des officiers et des soldats qui ont, eux aussi, passé contrat avec le roi. Mais, si stupéfiant qu'il soit pour Retz, le revirement de Turenne n'est pas une surprise pour Mazarin, qui le sentait venir depuis plusieurs mois. Car l'intéressé l'avait prévenu.

Les deux hommes se connaissent bien et s'apprécient. En 1639, ils ont travaillé ensemble à rétablir la paix au Piémont, sur ordre de Richelieu. Depuis 1643, où Turenne a pris le commandement de l'armée d'Allemagne, ils ont étroitement collaboré à la mise au point de la stratégie et à l'organisation matérielle des campagnes. Leur correspondance, très fournie, témoigne de relations confiantes, voire amicales, même s'ils ne s'accordent pas toujours sur la suite à donner aux victoires. Mazarin devrait donc pouvoir compter sur lui. Mais il sait où le bât le blesse. C'est un homme de guerre dur, fier, ambitieux, mais droit. Loin de jalouser son frère, il met son point d'honneur à le défendre, au risque de se compromettre, même quand celui-ci fait des sottises – ce qui lui arrive souvent. À la fin de 1648 il est déçu de n'être pas encore payé de ses services et surtout tarabusté par son frère mécontent du peu qu'on lui propose en récompense de Sedan. À vrai dire, Bouillon n'accepte rien, parce qu'il espère toujours récupérer la principauté perdue. Et Mazarin sait qu'il est inutile de lui offrir quoi que ce soit tant qu'il n'en aura pas fait son deuil. Turenne, écartelé entre l'obligation de fidélité au roi et le devoir de solidarité familiale, choisit de soutenir son frère. Pas de gaîté de cœur. Mais comme il est homme d'honneur, il respecte le code aristocratique qui exige qu'on dénonce les liens antérieurs avant de changer de parti. Il s'y prend même à deux fois. Une mise en demeure d'abord : « J'écris à M. le cardinal Mazarin avec de grandes plaintes du malheur où est notre maison et que j'attends le remède promis pour continuer à m'obliger d'être son serviteur. » Puis un avis de rupture, transmis par un messager : « Je ne peux plus être serviteur de M. le cardinal »[30]. Dans le langage du temps et compte tenu des circonstances, c'est une déclaration de guerre, explicite dès le mois de décembre 1648. À se demander s'il ne cherche pas à fournir à Mazarin le temps d'en prévenir les conséquences fâcheuses !

Celui-ci, comprenant son malaise, fit l'impossible pour le retenir. Il lui accorda tout ce qu'il pouvait désirer pour lui-même, le gouvernement de Haute et Basse-Alsace, la place de Philippsbourg, les bailliages de Haguenau et de Thann, et la promesse de commander l'armée des Pays-Bas l'année suivante. En dernier recours, il lui envoya un coreligionnaire, Henri de Ruvigny, avec qui il le savait lié d'amitié. La démarche échoua. Alors seulement il fit jouer la contre-offensive qu'il tenait toute prête : il expédia à Tübingen auprès des officiers de l'armée d'Allemagne son banquier Barthélemy Herwart, qui leur rappela leurs engagements à l'égard du roi et leur interdit d'obéir à Turenne. Et il assortit l'appel à leur honneur d'arguments sonnants et trébuchants – 300 000 écus en bonne monnaie palpable*. Il leur promit le paiement du reste de leurs arriérés de solde et leur garantit que la France les garderait à son service. Le résultat ne se fit pas attendre. Tous les régiments, sauf un, rejoignirent tour à tour le baron d'Erlach, gouverneur de Brisach, qui se fit un plaisir de les y accueillir. Le 8 ou le 9 mars, Turenne, abandonné, prit le parti de s'enfuir vers la Hollande. Il n'emmenait avec lui que cinquante officiers et cent chevaux de son train [32]. Son ralliement officiel à la Fronde n'avait duré que quatre ou cinq jours.

Si l'on en croit Mme de Motteville, Turenne s'était repenti aussitôt et avait plaidé coupable : « Cette

---

* Contrairement à ce qui a été dit parfois [31], il n'eut pas besoin de la garantie de Condé pour se procurer cette somme : à la date où le prince, en même temps que la reine, mit en gage ses pierreries de famille pour dépanner le Trésor, les Weymariens étaient déjà payés.

même nuit que le ministre coucha à Saint-Germain, M. le prince lui envoya une lettre qu'il avait reçue du vicomte de Turenne, qui, malheureux et humilié, demandait pardon de sa faute. Il le suppliait par cette lettre de lui continuer sa protection, et d'obtenir du ministre sa grâce et l'absolution de son péché[33]. »

La gravité de l'acte commis par Turenne ne fait aucun doute. Aux yeux de tous, et à ses propres yeux, il a franchi un interdit. Bien que le mot de trahison ne soit pas prononcé et qu'on s'en tienne à celui *de faute*[34], celui-ci est chargé d'un tel poids de réprobation morale qu'il en est l'équivalent. Mais pour les grands, l'interdit ne concerne que les relations entre personnes : on trahit son roi, pas sa patrie – la notion de patrie est encore dans les limbes. Il n'en va pas tout à fait de même pour la noblesse de robe et la bourgeoisie, chez qui on voit naître peu à peu le sentiment national.

Une paix boiteuse

Parmi les magistrats, l'intervention de l'envoyé espagnol avait fait bouger les lignes. Elle était apparue pour ce qu'elle était, un coup monté destiné à prolonger le conflit, et on en avait identifié les auteurs. Ceux qui ne voulaient à aucun prix laisser imposer au parlement des engagements inadmissibles en avaient tiré la conclusion qu'ils devaient, au plus vite, travailler à un accord. Sans solliciter de leur corps une autorisation qu'ils étaient sûrs de se voir refuser, le premier président Molé et le président de Mesmes, prirent l'initiative d'engager avec la cour des négociations de paix, se faisant fort d'y rallier ensuite leurs collègues au vu des résultats obtenus. Elles se déroulèrent à Rueil, à partir du 4 mars. La délégation qu'ils présidaient comportait à leurs côtés assez de frondeurs résolus pour les contraindre à manœuvrer prudemment. Comme leur mandat leur interdisait de négocier avec Mazarin, « ennemi public numéro un », celui-ci consentit à diriger les débats de la pièce voisine, par l'intermédiaire du chancelier et des secrétaires d'État : c'était, toutes proportions gardées, la formule qui avait permis en Westphalie d'éviter toute rencontre entre catholiques et protestants ! Chaque partie commença par mettre la barre très haut, avant d'en rabattre. Il y avait urgence : l'armée de l'archiduc se mettait en campagne. À force de discussions, on aboutit à un accord imparfait, mais tenable, que les présidents Molé et de Mesmes signèrent sous leur propre responsabilité le 11 avril. Et ils rentrèrent à Paris en déclarant que la paix était faite.

Les frondeurs irréductibles tentèrent de s'y opposer en s'appuyant sur le peuple. Les deux magistrats faillirent se faire écharper et l'intrépidité de Molé lui valut son heure de gloire. Mais leur calcul était bon : le résultat était acquis. Lors de leurs pourparlers, ils n'avaient oublié – très délibérément ! – qu'une chose : les « intérêts » des généraux. On vit alors se ruer vers Saint-Germain une foule d'envoyés venus chercher pour leurs maîtres la « récompense » de leur soumission. Ils exigeaient places et gouvernements avec une impudence qui indigna Mme de Motteville : « Ils demandaient toute la France[35] ! » Mazarin se fit un malin plaisir d'en publier la liste, afin de les discréditer. Mais il dut se résigner à d'importantes concessions.

Au terme des pourparlers, la paix dite de Rueil fut signée une seconde fois et enregistrée sous sa forme la plus complète le 1er avril 1649. Négociée sous la pression extérieure, cette paix n'est qu'un compromis, visant à effacer trois mois de combats stériles. Elle ramène les adversaires à la situation antérieure au siège : annulation de toutes les mesures prises par le parlement depuis lors, en échange d'une amnistie pour tous les actes délictueux commis pendant cette période. Mais les rapports de force ont changé. Certes la reine n'a pas réussi à « tirer vengeance » du parlement, qui s'est vu confirmer tous les acquis législatifs de l'année précédente. Il fait apparemment figure de vainqueur. Mais elle a marqué un point : il s'en tiendra désormais à ses tâches judiciaires et ne se mêlera plus de réformer l'État. Il interviendra, à titre de tribunal, dans des procès hautement politiques. Certains de ses membres s'engageront, à titre individuel, dans la subversion. Mais il sort de la crise profondément divisé. Jamais plus il ne s'opposera, en tant que corps, à l'autorité royale.

Les frondeurs d'autre part, ont manqué leur double objectif : ils n'ont réussi ni à obtenir l'éviction de Mazarin, ni à contraindre la reine à signer la paix avec l'Espagne. Non seulement le ministre tant honni reste en place, mais il obtient ce que le parlement lui refusait obstinément six mois plus tôt, l'autorisation d'emprunter auprès des financiers l'argent nécessaire pour faire face aux besoins urgents – dont la prochaine campagne contre les troupes de l'archiduc.

Comment s'étonner que le traité de Rueil scandalise les Parisiens et qu'ils s'insurgent contre les magistrats et les généraux ? Ils n'ont besoin de personne pour les y pousser. Qu'on se mette à leur place ! Mazarin avait été dénoncé à ces braves gens comme la source de tous leurs malheurs, un fauteur de guerre qui prolongeait le conflit contre l'Espagne pour s'engraisser à nos dépens. Il suffisait de le chasser pour faire le bonheur de la France. Ils finissent par comprendre qu'ils ont été floués et qu'on s'est moqué d'eux. Ce sont eux qui ont le plus souffert durant le siège. Pour rien ! Ils se réveillent avec la gueule de bois. Ils ne sont pas près de se battre de nouveau pour les grands, ni même pour le parlement. Les factions parviendront à recruter parmi le peuple des équipes d'agitateurs, mais chez les gens aisés, de moyenne bourgeoisie – tous ceux qui peuplent les milices – le désir d'ordre, de paix, de sécurité prévaudra. Condé n'avait pas tort d'ironiser sur cette colère populaire : « Nous ne serons pas désormais en peine d'aller contre les frondeurs, ils n'ont pas attendu à être battus par nous, ils l'ont voulu être par le peuple [36]. » Mais il ne semblait pas se douter alors à quel point lui-même était haï. Un an plus tôt, il était entré en politique en héros de légende, auréolé de la victoire de Lens ; il en sortait souillé par les excès perpétrés par ses troupes sur ses propres compatriotes. La guerre civile n'est bonne pour personne et fait très mauvais ménage avec l'héroïsme.

La fronde parlementaire se termine donc à Rueil sur une paix boiteuse, qui ne règle aucun des problèmes ayant suscité le conflit et ne peut être qu'une trêve. La cour a vu se greffer dessus une révolte nobiliaire, qu'elle a dû apaiser par des largesses, ouvrant la porte à d'autres revendications. Comme cette paix ne comporte ni vainqueurs, ni vaincus, et que chacun relève plus ou moins des deux catégories, elle laisse au fond des cœurs beaucoup de rancœurs et d'insatisfactions. Elle est propice aux bilans et aux règlements de compte. Sur leurs obligations réciproques, un malentendu profond – autant dire un gouffre – sépare Condé de la reine et de son ministre. Le pacte de fidélité qui le liait à eux n'y résistera pas.

CHAPITRE DIX

L'épreuve de force

« Le roi avait accordé la paix au parlement de Paris et à tout ce qui avait soutenu la guerre civile en l'année 1649, et la plus grande partie des peuples l'avait reçue avec trop de joie pour donner sujet d'appréhender qu'on les pût porter une seconde fois à la révolte. Le cardinal Mazarin, raffermi par la protection de M. le duc d'Orléans et de M. le prince, commençait à ne plus craindre les effets de la haine publique, et ces deux princes espéraient qu'il aurait une reconnaissance proportionnée à ses promesses et à ce qu'il leur devait. M. le duc d'Orléans en attendait les effets sans inquiétude, et il était content de la part qu'il avait aux affaires […], mais M. le prince n'était pas si aisé à satisfaire : ses services passés, et ceux qu'il venait de rendre, à la vue du roi, pendant le siège de Paris, portaient bien loin ses prétentions, et elles commençaient à embarrasser le cardinal [1]. »

Les services qu'il venait de rendre ? Quels services ? Ses amis ont la mémoire courte. Ont-ils oublié qu'il avait promis à la reine de réduire Paris en une ou deux semaines au maximum ? Il en fallut douze et l'on dut transiger. Ne porte-t-il pas une part de responsabilité dans le fiasco ? Tout d'abord, ce sont ses tergiversations initiales, à l'automne précédent, qui ont retardé la décision de deux mois, réduisant d'autant le délai disponible pour l'action. Puis la défection de ses frère et sœur, dont il s'était porté garant, a renforcé le parti adverse et incité les grands à se ruer dans la brèche ainsi ouverte. Certes, il a ensuite mené la guerre avec une détermination sans faille. Mais pensait-il à l'intérêt de l'État, ou seulement à se venger d'eux ? Car sa tactique n'a nullement répondu au projet initial. Le choix du blocus avait été dicté par un souci de modération : on voulait seulement donner une leçon aux Parisiens, avec dégâts limités. Or il a laissé ses troupes commettre dans les campagnes d'Île-de-France des violences et des ravages dignes de la campagne d'Allemagne. Et lors des ultimes négociations, alors que Gaston d'Orléans et Mazarin tentaient d'arracher des concessions à la reine, il préconisait de poursuivre le blocus jusqu'à la capitulation*. Non, il n'a pas rempli son contrat.

N'y aurait-il pas là l'occasion de briser enfin le mécanisme associant automatiquement services et récompenses, qui empoisonne depuis des années les relations entre la haute noblesse et la monarchie ? Mazarin juge le moment favorable. Il n'est pas le seul. Le secrétaire d'État, Brienne – pourtant peu suspect de partialité en faveur du ministre –, affirme s'être permis de faire la leçon au prince : « Ce n'est point votre fortune qui fait la grandeur de l'État, mais au contraire la puissance de

---

* En suspendant les livraisons de blé auxquelles la cour avait consenti.

l'État qui a contribué à votre gloire. Tel autre aurait pu commander les armées du roi, qui aurait été aussi heureux que Votre Altesse. Avant que vous eussiez rendu à l'État des services considérables, d'autres l'auraient pu faire aussi ; mais s'il avait fallu les récompenser comme vous l'avez été, on se serait vu contraint de démembrer la monarchie[2]. » N'allons pas si loin. Contre les armées ennemies, Condé est difficilement remplaçable. Mais, en effet, face aux pauvres bougres recrutés par les frondeurs, n'importe quel officier de moindre rang aurait mené la guerre aussi bien – ou aussi mal.

Entre l'humble étranger à l'infinie complaisance et l'arrogant et implacable grand seigneur, chacun sent la rupture inévitable. L'initiative en revient à Condé, mais elle va au-devant des vœux de Mazarin. L'affrontement se déroule tout au long de l'année 1649, sans que se laisse deviner la contre-offensive que prépare en sous-main le ministre. L'orgueil et la colère nourrissent en Condé un de ces aveuglements que nos aînés imputaient à la volonté des dieux, ou de Dieu, à l'égard de ceux qu'ils veulent perdre.

Colère

En ce printemps de 1649, M. le prince est d'une humeur exécrable. Il n'a pas lieu d'être fier de lui. Sa gloire n'a rien gagné dans une opération très peu gratifiante, qui ne lui a permis aucun exploit. Habitué à l'encens des louanges accompagnant ses victoires, il souffre de cette perte de prestige. Et il prend très vite la mesure de ce désamour, parce qu'il se trouve en porte à faux, ne se sentant bien ni à la cour, ni parmi les adversaires du ministre. Tout au long du siège, il s'est comporté comme un fidèle soutien de la reine, c'est certain. Qu'il ait fait preuve dans l'action et dans les négociations du doigté nécessaire pour préparer une issue acceptable est moins sûr. Bref, il s'est montré, comme toujours, un allié difficile. Au fond, la cour se serait volontiers passée de lui. Anne d'Autriche lui prodigue des remerciements de pure forme, des honneurs conventionnels, qui masquent mal l'absence de gratitude véritable. Mais aux yeux de l'opinion, restée très hostile au prétendu « gredin de Sicile », le soutien qu'il lui a apporté est compromettant. Il porte comme une tare le fait d'avoir contribué à le maintenir à son poste et il lui en tient rancune.

La cour attend pour regagner Paris que l'agitation s'y soit apaisée. Le flot de pamphlets n'est pas encore tari et le peuple en furie soustrait au bourreau le libraire coupable d'avoir imprimé le plus ordurier d'entre eux, *La Custode de la reine, qui dit tout**. Les grands, bénéficiaires des largesses récentes, s'en vont tour à tour à Compiègne rendre leurs devoirs à la reine. Certains d'entre eux refusent ostensiblement de *voir* Mazarin. Tous, même les non-frondeurs, s'en tiennent avec lui à la politesse minimale. Condé, qui se sent bien plus proche d'eux que du ministre étranger, a fortement envie de les imiter. Il est d'autant plus enclin à rejoindre son milieu d'origine qu'il prend, au fil des jours, la mesure d'une impopularité dont il ne soupçonnait pas l'ampleur[3].

---

* *Custode* : rideau de lit. – Le pamphlet évoque les relations supposées de la reine et de Mazarin.

Lors de son séjour à Paris à la mi-avril, il fait une découverte désagréable. Si Messieurs du parlement montrent à son endroit quelque politesse, les harengères n'y vont pas par quatre chemins. Un beau jour elles arrêtent son carrosse et le couvrent d'insultes, « pour leur avoir infligé la faim et autres misères » pendant le blocus. Elles le rendent seul responsable « des ruines horribles et des dégâts sans nécessité que ses troupes avaient faits six lieues à la ronde de cette grande ville, où l'on ne pouvait encore oublier qu'elles eussent forcé nombre de femmes et de filles, brûlé et abattu quantité de maisons, coupé les arbres fruitiers et de haute futaie, et commis enfin tout ce que la guerre peut suggérer de barbare et d'inhumain[4] ». Ajoutons que ses soldats jetaient nus dans l'eau glacée des rivières les porteurs de hottes qu'ils avaient surpris. Peut-être pas sur ordre du prince, nous dit-on ? Mais le général en chef est responsable de ses troupes. Furieux, Condé accuse alors Mazarin de rejeter perfidement sur lui ces excès pour le déconsidérer[5]. En était-il besoin ? À coups de mots d'esprit provocateurs, il s'était forgé lui-même durant le siège une réputation de terrifiante férocité.

Il est certain, en revanche, que le duc d'Orléans se fit un malin plaisir d'opposer à la cruauté du prince sa propre mansuétude. Elle n'était plus à démontrer. On savait qu'il ne s'était résigné au siège qu'à regret. Ayant cautionné par sa présence le combat de Charenton, il en avait été horrifié et avait fait éteindre l'incendie allumé par Condé[6]. Durant toutes les négociations, il avait plaidé en faveur de l'accommodement et le parlement lui devait une fière chandelle. La reine lui reprochait certes de pousser la bonté jusqu'à la faiblesse. Mais rien ne pouvait l'empêcher de savourer une popularité qu'il cultivait depuis le début des troubles et lui procurait une douce revanche sur le mépris affiché par son cousin pour ses médiocres talents militaires.

Venant s'ajouter à la colère de se voir traiter de fauteur de guerre et d'affameur du peuple, il y eut encore, pour exaspérer Condé, la pluie de faveurs qui s'abattit sur les anciens frondeurs. Il avait plaidé leur cause auprès de la reine, renforçant ainsi son crédit parmi eux. Mais la récompense escomptée pour ses propres services tardait à venir. À quoi bon servir le roi quand la rébellion payait mieux ? Il venait de procurer à Turenne, grâce à son entremise, non seulement son pardon, mais les établissements attendus depuis longtemps*. Que n'exigeait-il pour lui-même ce qu'il estimait être son dû, au risque de se brouiller avec le présomptueux ministre qui se permettait de le contrarier ? La tentation était d'autant plus forte que sa famille poussait à la roue en réclamant son secours.

Hésitations

Les grands avaient traité en ordre dispersé et obtenu satisfaction en fonction de leur pouvoir de nuisance ou du besoin qu'on avait d'eux. Conti, se croyant encore généralissime des armées de la Fronde, continuait de snober Mazarin en compagnie du coadjuteur et de Beaufort. La cour lui lâcha

---

* Bouillon, en revanche, bénéficia seulement de l'amnistie. C'était déjà beaucoup.

quelques avantages et sa sœur put s'en prévaloir. Mais ils finirent par s'apercevoir qu'ils n'auraient plus guère de poids par eux-mêmes. La duchesse était mal venue en haut lieu, tant l'antipathie que lui portait la reine était patente. Leur mère, qui n'avait pas quitté la cour durant tout le siège, mesura très vite à quel point ils dépendaient, qu'ils le veuillent ou non, de leur aîné. Elle regagna Paris à la hâte pour venir mettre de l'ordre parmi sa turbulente progéniture.

Nul ne sait au juste comment se passèrent les retrouvailles. Mais leur objectif commun était clair : réconciliation. Et elles furent inspirées par un impératif majeur, l'intérêt de leur maison. Que la princesse ait pris, pour tirer d'affaire les deux étourdis, le risque de compromettre l'amitié confiante que lui portait la reine, en dit long sur la prééminence des obligations familiales au XVIIe siècle. Pour les mêmes raisons, Condé, quoi qu'il pense de l'incapacité de son frère, est prêt à remplir ses devoirs envers lui. Plus surprenante en revanche est l'orientation politique qui lui a été suggérée par les siens. Si l'on en croit Mme de Nemours et Mme de Motteville, la responsabilité en incombe pleinement à la duchesse de Longueville. Il avait toujours été très sensible au charme de sa sœur. Il la retrouvait plus sûre d'elle-même, plus séduisante, nimbée de l'auréole d'héroïne conquise pendant le siège. « Elle travailla soigneusement à le détacher des intérêts de la reine. Elle lui fit comprendre qu'il avait tort de se désunir de sa famille, qu'elle pouvait être utile à sa grandeur [...]. Il prit goût enfin aux flatteuses illusions de cette princesse ; et le sang, joint à la politique, le lièrent à elle par de nouveaux liens. Ce redoublement d'amitié et de confiance fit qu'insensiblement il se forma dans l'âme de M. le prince des sentiments dissemblables à ceux qu'il avait eus par le passé, et qu'il s'accoutuma peu à peu à parler du Mazarin avec le même mépris que les frondeurs [7]. » L'offensive se précisa. Mme de Longueville s'efforça de piquer son amour-propre, elle le taxa de faiblesse. Au lieu d'être le « valet du cardinal », lui serinait-elle, il ne tenait qu'à lui de se faire « maître de la cour ». Elle se voyait déjà en dispensatrice suprême des faveurs et des grâces, avec la France entière à ses pieds.

Condé cependant ne voulait pas se laisser entraîner plus loin qu'il n'en avait envie. Il craignait comme le feu qu'on pût le croire « gouverné », surtout par une femme, fût-elle sa sœur. Il décida de s'éloigner. À la fin du mois de mai, il refusa le commandement de l'armée de Picardie sous prétexte que les objectifs ne lui convenaient pas, et il déclara « qu'il voulait aller prendre possession de son gouvernement de Bourgogne, et profiter de la saison d'été pour travailler au rétablissement de sa santé et de ses affaires [8] ». En quittant les siens, il leur dit « qu'il avait fait ce qu'il avait dû en soutenant le cardinal Mazarin, parce qu'il avait promis de le faire ; mais qu'à l'avenir, si les choses prenaient un autre chemin, il verrait ce qu'il aurait à faire [9] ». Le sens de ce voyage était clair : tel Achille au début de l'*Iliade*, il se retirait sous sa tente, afin de n'être lié à la reine par aucun engagement. Et la cour, à juste titre, en fut alarmée.

Nul mot ne convient mieux que celui de retraite à ce séjour en Bourgogne. Il avait besoin de se soustraire aux pressions familiales et de prendre du recul. À cette date, il avait pour en vouloir à Mazarin assez de bonnes et de mauvaises raisons. Mais par tempérament comme par éducation, il n'était pas porté à se révolter contre l'autorité royale. « Son inclination naturelle allait à la paix et à ne se point brouiller à la cour [10]. » Il répugnait à choisir entre le service du souverain, dont son père lui avait intimé de ne jamais s'écarter, et la protection de sa famille, dont les intérêts semblaient le pousser en sens contraire. Il hésitait donc, mal à l'aise, tiraillé entre des exigences contradictoires. Il crut trouver une solution pour les concilier. Jamais le cardinal, toujours prêt à négocier, n'avait été aussi accommodant. Pourquoi s'obstiner à le chasser ? Le prince n'ambitionnait certes pas de gouverner lui-même et il ne disposait pas d'un premier ministre de rechange. En revanche, les troubles récents avaient laissé poindre de possibles candidats : l'abbé de La Rivière, peu dangereux par lui-même, mais qui était l'homme du duc d'Orléans et le coadjuteur de Paris, redoutable manœuvrier, doté d'une clientèle solide, sans compter le vieux Châteauneuf, capable de refaire surface en cas de besoin. Mieux valait mille fois s'entendre avec Mazarin, qui passait pour céder à la moindre pression. Par le ministre, il tiendrait la reine et serait maître du cabinet.

L'historien est stupéfait, après coup, d'un pareil aveuglement. Comment Condé a-t-il pu sous-estimer Mazarin à ce point, comment n'a-t-il rien soupçonné de ses véritables desseins ? À vrai dire, il fut loin d'être le seul. Les préjugés et le mépris de classe se sont ajoutés chez les grands à la xénophobie ambiante pour dénier tout courage et toute hauteur de vues à celui qu'on prend pour un aventurier en quête de fortune. Il faut dire à leur décharge que Mazarin, dans les premières années de la régence, a lui-même joué de cette image pour se protéger. Il affectait la modestie et l'ignorance. Il se défaussait sur sa mauvaise maîtrise du français pour excuser certaines paroles un peu vives. Feignant de ne rien connaître à nos lois et coutumes, il en profitait pour les enfreindre. Lorsqu'il n'était pas le plus fort, il n'hésitait pas à reculer, avalant les insultes sans réagir, impassible. Et nul, parmi ces grands seigneurs irascibles si prompts à dégainer, ne soupçonnait qu'une telle maîtrise de soi exigeait une force supérieure. On ne se méfiait pas de lui, donc il survivait. Et il gouvernait.

Mais ce qui paraît encore plus surprenant, rétrospectivement, est que Condé, premier prince du sang, n'ait pas mesuré que Mazarin travaillait d'abord pour le petit roi, dont il était le parrain, pour la régente, qui l'avait élu en raison de ses capacités et non par caprice, et pour la sauvegarde d'une monarchie dont toute la noblesse était solidaire. Il n'avait encore à cette date aucun établissement et la fortune qu'il commençait à amasser lui servait à assurer les fonctions de représentation indispensables à un ministre. Les mariages de ses nièces n'étaient pas son but premier, mais un élément parmi d'autres de son implantation dans la haute société de son pays d'accueil. Il travaillait d'abord – douze heures par jour et trois cent soixante-cinq jours par an – pour l'État. Quant à l'idée qu'il visait à instaurer en Europe une paix générale durable, elle ne semble pas avoir effleuré l'esprit du héros de la guerre franco-espagnole. L'écrasant mépris pour le parvenu étranger avait occulté chez lui toute lucidité*.

Le suspens

Condé fut rasséréné par son séjour en province. Au début de juillet lui était parvenue une nouvelle qui lui avait mis du baume au cœur. Le comte d'Harcourt, chargé, à son défaut, de la campagne militaire, venait de subir une rude déconvenue devant Cambrai. Une fausse manœuvre de ses auxiliaires allemands avait permis l'entrée d'un gros contingent de renfort dans la place, l'obligeant à renoncer au siège. Quand il rentra à Paris à la fin du mois, il apprit que sa sœur, parlant de sa retraite bourguignonne, avait raconté qu'il était devenu dévot et qu'un chartreux l'avait converti. Il fit son apparition à Compiègne le 6 août, d'excellente humeur, rendit visite à Mazarin, puis à la reine. Il l'assura « qu'il n'était devenu ni frondeur, ni dévot et qu'il renonçait de bon cœur aux sentiments de sa famille, qu'il avoua franchement d'être un peu gâtés [11] ». Il n'avait, semble-t-il, aucun dessein de brouillerie et souhaitait simplement, après avoir repris autorité sur les siens, s'en faire un mérite auprès de la reine pour en tirer davantage.

Restait à mettre en œuvre la stratégie adoptée. Le 18 août, le roi et sa mère firent leur entrée dans Paris.

---

* Certains biographes de Condé (notamment Bernard Pujo et Katia Béguin), privilégiant pour leur documentation les sources condéennes, tendent à partager étroitement le point de vue du prince.

Ils appréhendaient l'accueil que leur ferait la ville, encore secouée de troubles. Ce fut un succès inespéré, « un véritable prodige et une grande victoire pour le ministre ». Les Parisiens tiennent toujours à avoir le roi dans leurs murs non seulement par fierté, mais par intérêt, parce qu'une large part de l'économie est liée dans la ville à la présence de la cour. Son départ avait été ressenti comme une punition et une menace. Son retour présageait prospérité. Le carrosse où il trônait fut accueilli avec des transports d'allégresse. À la portière, au côté de Condé, s'affichait crânement Mazarin. Et loin de le huer, la foule l'admirait, le bénissant d'avoir ramené le roi. Il est vrai qu'il avait fait distribuer quelques gratifications préalables. Mais on oublia visiblement d'applaudir le prince, et celui-ci dut se rendre à l'évidence : le cardinal remontait la pente.

Il avait cru qu'il lui suffirait de demander pour obtenir. Or, au Conseil, il ne parvenait pas toujours à faire triompher ses vues. Cette résistance l'irritait. Sa sœur en profita pour reprendre barre sur lui. « Elle fut cause que ce prince demeura quelque temps dans un état indécis, ne sachant ni ce qu'il haïssait ni ce qu'il aimait. Il semblait au ministre qu'il revenait quelquefois à lui : il recherchait ensuite son frère, le prince de Conti ; il avait des conférences avec les plus dangereux esprits ; il pensait à tout, il écoutait tout et ne voulait rien [...] ; il était alors dans des inquiétudes extrêmes, chagrin et mal satisfait de toutes choses, parce que dans toutes il trouvait du défaut et du mal. » Il se rendait compte que la collaboration à sens unique dont il rêvait avec Mazarin n'était pas viable. Il lui faudrait ou bien le chasser, ou bien diminuer son pouvoir au point qu'il ne soit plus qu'un « ministre en peinture [12] ». Mais dans les deux cas, la rupture avec la reine et le retour des troubles civils paraissaient inévitables. Il y gagna des insomnies qui étaient toutes à son honneur. Mais il se laissa bientôt entraîner sur la pente savonneuse.

L'escalade

Sa sœur disposait d'un argument de choix. Mazarin, on le sait, avait commencé à faire venir ses nièces d'Italie et il leur cherchait des époux, au gré de ses intérêts politiques. La plus âgée des Mancini, Laure, aussi sage que ses cadettes étaient turbulentes, avait été demandée par le duc de Vendôme pour son fils aîné Louis de Mercœur, qui en était tombé amoureux. C'était un beau mariage pour la jeune fille, mais il présentait aussi de solides avantages pour la maison qui l'accueillait : le duc récupérerait l'amirauté, dont il avait naguère détenu la partie bretonne, avec survivance pour son fils cadet, Beaufort, le « roi des Halles » de la Fronde, qu'on espérait ramener ainsi dans le giron de la cour. Dans le flot des négociations accompagnant la paix de Rueil, le prince avait approuvé le projet, sans qu'on sache s'il était au courant des conditions du contrat. Quand la princesse douairière et sa fille les connurent, elles jetèrent les hauts cris : c'était donner à la maison de Vendôme – issue d'Henri IV par la main gauche seulement – un poids qui menacerait la suprématie de celle de Condé, sa rivale de toujours. Et Mme de Longueville « craignit que les prétentions de rang du duc de

Longueville ne fussent troublées par l'élévation du duc de Mercœur[13] ».

Tout d'abord, le prince répugna à rompre sa parole. Mais, pressé par les siens, il chercha un autre prétexte pour s'en prendre à Mazarin. Il demanda, pour son beau-frère de Longueville, la place du Pont-de-l'Arche, une forteresse située à quatre lieues au sud de Rouen, qui commandait l'accès à la Normandie. Le cardinal la lui avait-il formellement promise, ou s'était-il simplement engagé, comme l'affirme Brienne, « à faire tout ce qu'il pourrait pour [le] contenter » ? Bien malin qui verra clair dans cette partie de poker menteur[14]. Toujours est-il que la réponse de la reine fut négative. Il était contraire à l'intérêt du roi de confier à un gouverneur de province la maîtrise de toutes les places qui s'y trouvaient : il en avait cinq sur huit, c'était déjà trop. La réponse étant prévisible, la demande faisait figure de provocation. Comme Mazarin se posait en défenseur des intérêts du royaume, Condé en fit des railleries et, se moquant de sa vaillance supposée, il lui dit un jour, par antiphrase, en le quittant : *Adieu, Mars*[15]. Il lui aurait aussi adressé, dit-on, une missive portant pour suscription *All'illustrissimo signor facchino*, qui se passe aisément de traduction. Tout cela sonnait comme une déclaration de guerre. Réfléchie ou pas ? Quand Condé avait au bout de la langue un bon mot, il ne songeait pas à ses suites. Dans ce cas cependant, il confirma sa rupture quatre jours plus tard en faisant prévenir le ministre, selon les formes, « qu'il ne voulait plus être son ami [...], qu'il se déclarait son ennemi capital ».

Grand branle-bas à la cour. La perspective de voir se ranimer les restes de la Fronde sous la houlette d'un tel chef décida le duc d'Orléans à intervenir. Il bâcla un replâtrage. Les deux adversaires durent se promettre amitié tandis que la reine accordait le Pont-de-l'Arche à Longueville. Et pour fêter le tout, Gaston s'invita à dîner chez le prince en précisant qu'il amènerait Mazarin. Condé, contraint de s'incliner, jugea bon de montrer « de quelle manière il avait l'intention de vivre » désormais avec lui. « Il ne lâcha pas une parole qui ne fût une manière de brocard contre le cardinal, de qui l'air mélancolique fit juger à tous qu'il les ressentait vivement »[16]. Bientôt, il ne put se retenir de pousser son avantage. Le 2 octobre intervint entre les deux hommes un échange de billets signés, dont le texte original fut déposé entre les mains du président Molé. Moyennant la protection que lui garantissait Condé, le cardinal s'engageait à déférer à son avis pour toutes les nominations aux principales charges, y compris dans l'Église, à ne prendre aucune décision importante sans son aval, à ne marier ses neveux et nièces qu'avec son consentement et à soutenir partout et toujours ses intérêts. Autant dire une abdication complète, à laquelle il s'astreignait solennellement par serment. Le traité fut connu de peu de monde, mais il impliquait la rupture du mariage Mercœur, pourtant sur le point de se conclure, qui consacra aux yeux de tous la déchéance de Mazarin. On ne voyait alors en lui, dit Mme de Motteville, qu'un « rebut de la fortune[17] ». « Les railleries qu'on faisait contre lui étaient publiques ; les rues comme les cabinets retentissaient des couplets que l'on chantait pour le rendre ridicule [18]. »

Condé, grisé par ce qu'il croyait être une victoire, rayonnait. N'avait-il pas appris pourtant, sur les champs de bataille, qu'une trop prompte retraite de l'ennemi pouvait faire présager un retour offensif ? Trop, c'est trop. Comment put-il être dupe d'un engagement si outré ? Mme de Longueville elle-même s'inquiéta. Un jour qu'il lui disait d'un air riant et railleur : « Le Mazarin et moi ne sommes plus que deux têtes dans un bonnet », elle répliqua : « Je prie Dieu que vous ne perdiez pas tous vos amis et votre crédit, que l'abbé de La Rivière ni M. le duc d'Orléans ne vous rendront pas, et encore moins le cardinal et la reine » [19]. Elle parlait d'or. La contre-attaque était programmée en effet et la capitulation de Mazarin n'était qu'un piège destiné à endormir Condé en attendant que soient réunies les conditions nécessaires à son arrestation.

Nous le savons par une étonnante lettre d'Anne d'Autriche à son ministre, retrouvée dans les archives du ministère des Affaires étrangères [20] : « Mon cousin, reconnaissant que tant de bienfaits extraordinaires dont j'ai comblé le prince de Condé n'ont pu suffire pour l'obliger à vivre envers moi comme il doit, et qu'il est important de trouver quelque autre moyen de fixer cet esprit et de lui ôter surtout le soupçon qui lui reste que vous ne puissiez oublier facilement la dernière boutade qu'il vient de faire sur le Pont-de-l'Arche ni l'étrange procédé qu'il a tenu envers vous, je juge absolument nécessaire que, pour parvenir à cette fin qui est de la dernière conséquence pour le service du roi, vous ne fassiez point difficulté de lui promettre l'amitié et l'étroite liaison qu'il témoigne souhaiter d'avoir avec vous... » Suivaient la recommandation de secret à l'égard du duc d'Orléans et le rappel que sa « première et principale obligation » est envers elle et le « dispense de toutes les autres, quand elles y sont contraires ». Ce n'est pas, comme on l'a cru, parce qu'il répugne à une humiliante soumission que Mazarin a sollicité – et quasiment dicté – un ordre écrit. C'est pour frapper de nullité, par avance, le serment qu'il s'apprête à prononcer dans son traité avec Condé : il ne le prêtera que sur injonction expresse de la reine, donc sous la contrainte. Et les ordres de celle-ci – qui, elle, n'a pas juré amitié à Condé ! – viendront le cas échéant le délier de tout ce qu'il a pu promettre au prince. En outre, la docilité qui lui est prescrite est présentée pour ce qu'elle est, un leurre, destiné à endormir la méfiance de celui-ci. Apparaît donc en filigrane dans ce texte la décision de mettre fin à ses agissements par la force – d'où le silence exigé à l'égard de Gaston d'Orléans. Et comme il s'agit d'une décision grave, il n'y manque même pas la justification suprême : elle est indispensable au service du roi.

Pourquoi arrêter Condé ? Pour « l'obliger à vivre comme il doit » envers la reine ? L'explication est un peu courte. Elle n'a paru suffisante ni à l'intéressé, ni à tous ceux qui ont soutenu, à tous ceux qui soutiennent encore aujourd'hui, qu'il est « entré en prison le plus innocent des hommes » et en est sorti « le plus coupable ». Faut-il s'en tenir à des motifs personnels, vengeance pour des blessures d'amour-propre chez la reine, élimination d'un adversaire politique pour Mazarin ? On aurait pu trouver assurément, pour freiner les insupportables prétentions de Condé, des moyens plus lents, plus subtils et moins dangereux que l'énorme scandale qu'allait provoquer à coup sûr son arrestation. Mais au contraire, au lieu de borner ses ambitions, tout suggère qu'on l'a poussé dans le sens de sa plus grande pente, comme pour l'amener à faire la démonstration de sa nocivité.

En vérité, ce n'est pas lui, en tant qu'individu, qui est en cause. Il est visé, non pour *ce qu'il a fait* – il n'a point commis de crimes –, mais pour *ce qu'il est*, pour le modèle qu'il offre à la jeune noblesse rebelle à toute règle, dont il est devenu l'idole. Il est un cas à la fois limite et exemplaire de ce qu'il n'est plus possible de tolérer dans un royaume bien gouverné. Mazarin vise, à travers lui, à mettre au pas les grands seigneurs indociles, prêts à passer à l'ennemi à la moindre contrariété et à en exiger « récompense », qui ont troublé de leurs complots et de leurs prises d'armes la première moitié du siècle. Richelieu n'avait pu y parvenir, en dépit d'une impitoyable répression. Il coupait une tête, il en surgissait dix autres, qu'exaltait le devoir de vengeance. Mazarin, lui, a sa méthode, tirée de son expérience internationale. Pour venir à bout de ces révoltés, il faut en faire, non des martyrs – destin héroïque appelant revanche –, mais des vaincus. Il faut les dépouiller de leur prestige en les acculant à l'échec. Il faut aussi rendre honorable et gratifiant, par contraste, le service du roi.

La prison de Condé est un premier pas dans cette voie. La méthode adoptée choque notre conception de la justice. Mais elle n'est aux yeux de Mazarin qu'un pis-aller, pas une méthode de gouvernement. Un souverain de plein exercice se serait contenté de retirer ses charges à Condé et de l'exiler sur ses terres. Pour une régente à l'autorité contestée, la prison est l'unique moyen de mettre hors d'état de nuire des hommes que leur très haut rang et l'appareil militaire dont ils s'entourent rendent intouchables. En l'occurrence, il ne s'agissait pas d'y laisser moisir le prince à vie, mais de gagner du temps jusqu'à la majorité du roi – il s'en fallait de dix-huit mois –, tout en le privant d'ici là de la publicité qui accompagnait ordinairement toutes ses démarches. Bref, de le faire descendre du piédestal où l'avait hissé sa gloire militaire.

Ajoutons enfin que le problème posé par ses agissements n'était pas seulement politique, mais aussi moral et social. En ne respectant rien ni personne, il portait atteinte au bon fonctionnement de la vie quotidienne. Les exactions auxquelles se livraient ses amis exaspéraient les Parisiens. L'arrogance de sa famille révoltait la bonne société. « Insensiblement, explique Mme de Nemours, toute l'aversion qu'on avait eue pour le cardinal se tourna contre M. le prince et contre toute sa maison, à laquelle ils contribuaient plus que tous leurs ennemis : car enfin ils trouvaient que c'était se donner un ridicule que de témoigner quelque attention à se faire aimer. Aussi est-il certain que, dans ce temps-là, M. le prince aimait mieux gagner des batailles que des cœurs. Dans les choses de conséquence ils s'attachaient à fâcher les gens, et dans la vie ordinaire ils étaient si impraticables qu'on n'y pouvait pas tenir. Ils avaient des airs si moqueurs, et disaient des choses si offensantes, que personne ne les pouvait souffrir. Dans les visites qu'on leur rendait, ils faisaient paraître un ennui si dédaigneux, et ils témoignaient si ouvertement qu'on les importunait, qu'il n'était pas malaisé de juger qu'ils faisaient tout ce qu'ils pouvaient pour se défaire de la compagnie. De quelque qualité qu'on fût, on attendait des temps infinis dans l'antichambre de M. le prince ; et fort souvent, après avoir bien attendu, il renvoyait tout le monde, sans que personne eût pu le voir. Quand on leur déplaisait, ils poussaient les gens à la dernière extrémité, et ils n'étaient capables d'aucune reconnaissance pour les services qu'on leur avait rendus. Aussi étaient-ils également haïs de la cour, de la Fronde* et du peuple, et personne ne pouvait vivre avec eux. Toute la France souffrait impatiemment ces mauvais procédés, et surtout leur orgueil, qui était excessif [21]. »

Condé dépasse les bornes

Dans les derniers mois de l'année 1649, trois incidents achevèrent de lui aliéner ce qu'il lui restait de sympathies.

Le premier fut l'affaire dite des tabourets. En présence de la reine, tout le monde se tenait debout, sauf les princesses du sang, qui jouissaient de chaises à dossier, et quelques dames très titrées, nommément désignées, qui avaient droit à des tabourets. L'usage d'un de ces modestes sièges était donc un privilège envié, pour des raisons de confort sans doute, mais surtout parce qu'il attestait un rang très élevé. Condé se mit en tête d'en faire bénéficier une de ses

---

* « De la Fronde » : des membres de la « vieille Fronde », des anciens frondeurs.

protégées, Mme de Pons, que rien ne qualifiait pour une pareille promotion. Sa sœur lui fit proposer, dans la foulée – pour la consoler de son infortune ? –, la princesse de Marcillac, épouse de son amant avoué. Il s'y glissa le nom de quelques autres dames, dont la liste importe peu. Et, pour faire bonne mesure, s'y ajouta la revendication du duc de Bouillon, qui voulait être traité en prince étranger, comme héritier de Sedan, fief d'Empire – une prétention déjà ancienne devenue difficilement soutenable depuis qu'il avait dû céder cette place au roi pour sauver sa vie.

Ne nous y trompons pas, la chose était d'importance. Dans cette société rigoureusement hiérarchisée, tout changement indu déchaînait des perturbations ravageuses. La reine le savait bien lorsqu'elle donna son consentement. La marquise de Pons passait ainsi par-dessus la tête de nobles dames, qui ne manquèrent pas de protester. Il aurait fallu pour les satisfaire décupler le nombre de tabourets. Encouragée en sous-main par le cardinal, la majeure partie de la noblesse se dressa donc en tempête contre cette initiative et la reine, on s'en doute, accéda volontiers à sa requête. Condé fit mine de s'associer de bonne grâce au « renversement » des tabourets injustement accordés. Mais il y gagna le mécontentement de ses amis, humiliés d'avoir été rebutés, et la défiance de tous les autres, inquiets de la désinvolture avec laquelle il se moquait de leurs prérogatives.

Fin novembre, il se livra à un grave affront, qui atteignit personnellement Anne d'Autriche. Elle avait parmi ses familiers, comme officier des gardes du corps de son fils, le baron de Jarzé, un jeune écervelé, assez imprévisible, mais fort dévoué, dont les extravagances l'amusaient. Il jouait auprès d'elle les chevaliers servants et elle tolérait avec un sourire des hommages sans conséquence qui lui permettaient de se croire encore séduisante malgré les années. Il participait à l'occasion aux parties fines menées par l'escouade de petits-maîtres qui papillonnaient autour de Condé, bravant les interdits par goût de la provocation. Il avait été, au début de l'été, un des héros de l'altercation qui avait failli mal tourner entre les amis de Beaufort et les siens, qui passaient encore pour « mazarins » : au restaurant nommé *Le Jardin de Renard*, sur les terrasses des Tuileries, les plats avaient été vidés sur la tête des dîneurs et les épées étaient sorties du fourreau.

Il était tout désigné pour mettre en œuvre l'idée qui venait de germer dans l'entourage du prince. Pourquoi ne pas miser sur la coquetterie d'Anne d'Autriche ? On soutenait « qu'une femme espagnole, quoique dévote et sage, se pouvait toujours attaquer avec quelque espérance », et on voyait dans une nouvelle idylle le moyen de supplanter Mazarin [22]. Jarzé força ses hommages, puis se permit de faire déposer sur le lit de la reine, avec la complicité de sa première femme de chambre, une vraie lettre d'amour. Elle y vit une insulte et se fâcha. Elle n'avait pas tort. Ayant percé à jour la machination, le cardinal lui dicta sa réponse ; on en trouve le texte dans les *Carnets*, conforme aux paroles que reproduit sa biographe : « Vraiment, Monsieur de Jarzé, vous êtes bien ridicule On m'a dit que vous faites l'amoureux. Voyez un peu le joli galant ! Vous me faites pitié : il faudrait vous envoyer aux Petites-Maisons*. Mais il ne faut pas s'étonner de votre folie car vous tenez de race[23]. » Jarzé quitta la cour sous les éclats de rire et l'affaire en fût restée là, si Condé, sous prétexte qu'on avait omis de lui demander son consentement, n'avait pas exigé la réintégration de son protégé, avec des excuses. Il alla jusqu'à proférer des menaces en cas de refus. Ulcérée, la reine céda, mais ne pardonna pas.

Une dernière faute vint s'ajouter à toutes celles que le prince avait déjà commises. À la fin de décembre, on apprit soudain que Mme de Pons – sœur aînée de Marthe du Vigean – venait, grâce à la complicité de Condé, d'épouser secrètement le duc de Richelieu. Manœuvre grossière, énorme camouflet à l'autorité royale. Le prince se contentait-il, comme naguère, de braver les lois par sympathie pour les amoureux en rupture de ban familial ? Pas seulement. L'affaire était également politique, dans l'exact prolongement de celle du Pont-de-l'Arche. Le marié n'avait que dix-huit ans, son épouse, une veuve déjà munie d'enfants, en avait trente-trois – un écart qui, dans ce sens, passait pour rédhibitoire. Le jeune duc, petit-neveu du cardinal, était l'héritier du nom, du titre et des biens de sa lignée. Il était commandant général des galères et gouverneur du Havre, sous la tutelle de sa tante la duchesse d'Aiguillon. En 1643, celle-ci avait été sauvée de la disgrâce par Mazarin et elle lui vouait, ainsi qu'à la reine, une vive reconnaissance. Or la place du Havre manquait au duc de Longueville pour parachever sa mainmise sur la Normandie. Faute de

---

* Les Petites-Maisons étaient un hôpital pour les fous.

pouvoir la faire ôter à Mme d'Aiguillon, Condé avait trouvé avec ce mariage le moyen de s'en emparer. La duchesse, sans défiance vu la différence d'âge, ouvrait largement ses portes à la jeune veuve et celle-ci, aimable, gracieuse, enflamma d'une passion romanesque le cœur du garçon. Il s'échappa la veille de Noël, sous prétexte d'une partie de chasse, pour aller convoler à l'insu de sa tante dans le château de Trie, appartenant aux Longueville. Aux côtés de sa sœur, Condé était là, qui cautionnait la cérémonie. Il lui permit de passer une nuit dans les bras de son épouse pour faire obstacle à une éventuelle demande d'annulation, puis lui enjoignit de gagner Le Havre au grand galop pour s'assurer la possession de la place, puisque son état d'homme marié l'émancipait désormais de la tutelle de sa tante.

Avertie, la reine se fâcha et la duchesse d'Aiguillon cria au rapt. D'après la loi, cette union, contractée par un mineur contre le gré de sa tutrice et par un duc et pair sans l'aval du roi, était doublement nulle sur le plan juridique. Cependant, avant de porter plainte, il fallait de toute urgence empêcher Condé de s'emparer du Havre. La reine envoya le capitaine de ses gardes, de Bar, pour en prendre possession en son nom, mais celui-ci arriva trop tard. Le jeune duc, qui avait déjà reçu le serment de fidélité de la garnison, lui en fit interdire l'entrée. Ayant réussi cependant à pénétrer jusque dans la citadelle, de Bar parvint à le voir, exhiba l'ordre royal qui lui enjoignait de quitter la place. En vain. Le duc refusa de la rendre. Mais il ne la livra pas à Condé qui n'en tira pas le bénéfice escompté.

Dès le lendemain de l'arrestation du prince, le jeune Richelieu comprit que son intérêt, autant que son devoir, lui conseillait de servir le roi. Mazarin s'entremit pour son retour en grâce et il chargea Le Tellier d'amadouer la vindicative duchesse d'Aiguillon, qui n'avait pas renoncé à porter l'affaire en justice. Le duc restait méfiant, craignant pour sa liberté. Quel meilleur moyen de le rassurer que d'accorder le tabouret à sa femme, visible preuve que sa faute était oubliée ? Nous avons peine à le croire : c'est sur ce point que la vieille dame batailla le plus. Au bout du compte, la petite marquise de Pons échappa à la menace d'un couvent et eut la joie de se retrouver duchesse, dotée d'un tabouret parfaitement légitime. Mais le destin, soucieux pour une fois de faire triompher la morale, fit que ce mariage ne fut pas heureux.

Le vrai coupable n'était pas le naïf jeune homme qu'on avait manipulé, mais, bien entendu, Condé. Il semblait désormais capable de tout. La coupe était pleine. L'indignation de la reine était à son comble et une bonne partie de l'opinion la partageait.

Une ténébreuse affaire

Après la paix de Rueil, les membres de la « vieille Fronde », qui avaient mené la danse contre Mazarin dans Paris tout au long du siège, s'étaient rapprochés de Condé dès qu'ils l'avaient vu se détacher de lui. Ils comptaient sur son aide pour obtenir son renvoi. Or, au cours de l'été, ils avaient découvert que le prince ne voulait pas éliminer le cardinal, mais le maintenir à sa botte et faire de lui son laquais. L'apparente réconciliation des deux hommes à l'automne ruinait pour les frondeurs tout espoir d'alliance. Car le coadjuteur notamment, prêt à se joindre à Condé pour sonner l'hallali contre un adversaire qu'il comptait remplacer, était désormais certain que leurs objectifs divergeaient et qu'il n'avait rien à en attendre de bon : visiblement il se moquait d'eux et les sacrifierait à ses intérêts. Mieux valait chercher fortune du côté du ministre, qui avait alors furieusement besoin d'appuis.

Une ténébreuse affaire contribua à endormir la défiance du prince et assura définitivement à Mazarin l'appui des frondeurs. À la mi-décembre, ceux-ci espéraient encore rallumer l'action judiciaire contre le ministre en exploitant la colère des petits épargnants frustrés de leurs revenus par la semi-banqueroute du mois de juin. Le 11 au matin, le syndic des rentiers, Guy Joly, fut victime d'un attentat. Un coup de pistolet fut tiré, il exhiba un trou dans la manche de son pourpoint et une estafilade sur son bras. Le marquis de La Boulaie cria au meurtre, tandis que le président Charton, prétendant avoir été visé, courut au Palais de justice pour tenter d'émouvoir ses collègues. Mais l'affaire fit chou blanc : ni le parlement ni le peuple ne bougèrent. L'affaire sentait trop son coup monté. Nous savons aujourd'hui, grâce aux *Mémoires* de Retz, que le faux attentat fut en effet organisé par les amis du coadjuteur – contre son avis, affirme-t-il [24]. Mais, sur le moment, on n'identifia pas les auteurs.

Au soir du même jour, eut lieu un autre attentat, aussi suspect que le précédent, mais qui, à la différence du premier, souleva d'énormes vagues : car la cible en était M. le prince. Vers midi, un billet anonyme l'avait averti qu'il était menacé. Des bruits alarmistes couraient. Il proposa d'aller réprimer l'agitation, puis, sur les conseils de la reine et de Mazarin, il opta pour un test et envoya dans les rues plusieurs de ses carrosses avec des gens portant sa livrée. L'attaque eut lieu sur le Pont-Neuf, elle blessa ou tua un de ses domestiques, les agresseurs s'enfuirent sans être reconnus. Comme celle du matin, elle parut plus que suspecte. L'idée prévalut qu'elle provenait de même source. Condé resta convaincu que c'était l'œuvre des frondeurs, pour lui faire payer le siège de Paris.

Quelques doutes subsistaient dans les esprits avertis. Le vieux précepte invitant à regarder à qui profite le crime pointait tout droit sur Mazarin : la mort de Condé imputée aux frondeurs l'eût débarrassé de l'un et des autres. Telle est l'idée que soutiendront dans leurs *Mémoires* La Rochefoucauld, Lénet et, avec un bémol important, le cardinal de Retz. Ils cherchent ainsi à se dédouaner eux-mêmes. Mais rien n'incite à penser que le cardinal souhaite voir périr le prince : il veut l'obliger à se soumettre. D'ailleurs l'hypothèse ne tient pas, puisqu'il a lui-même dissuadé Condé de s'aventurer dans les rues comme il s'apprêtait à le faire. On pourrait tout au plus le rendre responsable d'un faux attentat permettant de rendre irréconciliables le prince et les frondeurs. Mais, d'après les *Carnets*, le cardinal semblait croire au contraire à une entreprise de ces derniers aux abois, décidés à « brouiller les affaires » par un meurtre au plus haut sommet : « Je suis averti de plusieurs endroits que je prenne garde à moi […]. La reine doit prendre garde à elle et ne sortir que fort bien accompagnée. Son Altesse Royale tout de même et M. le prince et son frère. [...] On a bu en divers lieux à la santé de Cromwell [...]. Chez le comte de Fiesque, on tient discours les plus méchants et séditieux du monde, concluant que d'une façon ou d'autre, il fallait se défaire de moi »[25]. Qui croire ? L'ambassadeur vénitien avance, lui, une autre hypothèse : l'auteur de l'attentat serait Condé lui-même, en vue de l'attribuer au cardinal et de prouver par là sa cruauté et sa perfidie. Mais si l'accusation de perfidie était à la rigueur soutenable, nul ne croirait à sa cruauté, après qu'il eut donné tant de marques du contraire. Résignons-nous, dans le doute, à n'incriminer personne. Mais le résultat, lui, est très clair : Condé poursuit en justice le coadjuteur et ses amis pour tentative d'assassinat. Ceux-ci n'ont d'autre ressource, pour l'instant, que de se jeter dans les bras de Mazarin.

Depuis trois mois, la duchesse de Chevreuse le leur prêchait. Tout alla très vite. Retz a fourni un récit fort romanesque de sa première visite nocturne au Palais-Royal. Contrairement à ce qu'il feint de croire, la convocation de la reine ne recelait aucun piège : elle avait trop besoin de lui. Un serviteur le prit à minuit au cloître de Saint-Honoré et le mena, par un escalier dérobé, dans le petit oratoire où elle l'attendait. « Elle me témoigna, raconte-t-il, toutes les bontés que la haine qu'elle avait contre M. le prince lui pouvait inspirer, et que l'attachement qu'elle avait pour M. le cardinal Mazarin lui pouvait permettre. Le dernier me parut encore au-dessus de l'autre[26]. » Le cardinal la rejoignit alors pour débattre du prix de ses services. Ils le comblèrent de promesses, qu'il prétend avoir repoussées noblement. Il était trop tôt pour la pourpre, elle eût passé pour le salaire de la trahison. Il se contenta de solliciter un gouvernement militaire pour l'un de ses amis et suggéra que la surintendance des mers serait d'un merveilleux effet pour ramener le duc de Beaufort. « Elle a été promise au père et au fils aîné », protesta le cardinal. « À quoi je lui repartis que le cœur me disait que le fils aîné ferait une alliance qui le mettrait beaucoup au-dessus de la surintendance des mers. » Et Mazarin, avec un sourire, promit d'y songer. Il n'est rien de tel que la nécessité pour rapprocher deux ennemis et tous deux s'entendaient à vêtir d'élégance les marchandages triviaux.

Le coadjuteur retourna au Palais-Royal à plusieurs reprises et l'on commença à parler dans Paris de ces entrevues, qu'on prenait pour une simple venue à résipiscence de sa part. Il s'y rendait en habit de cavalier, déguisé. Le bruit en vint aux oreilles de Condé, qui interrogea Mazarin. Celui-ci s'en tira par une plaisanterie, disant « que ce serait une chose fort plaisante de [le] voir avec de grands canons, un bouquet de plumes, un manteau rouge et l'épée au côté ; et qu'il promettait à Son Altesse de le réjouir de cette vue, s'il prenait envie à ce prélat de le visiter en cet équipage[27] ».

Le prince avait d'ailleurs d'autres soucis : il faisait connaissance avec les lenteurs et le formalisme des institutions judiciaires. Au départ tout lui semblait simple. Il accusait le coadjuteur et Beaufort de tentative de meurtre sur sa personne. Il était sûr de son fait et parlait de se faire justice lui-même, lorsque Mazarin, très subtilement, le détourna de recourir aux voies de fait, toujours sujettes à caution, et lui conseilla de respecter les formes légales en confiant sa cause à la juridiction du parlement. Le malheureux ne savait pas ce qui l'attendait. Il comptait sur une condamnation immédiate. Il eut affaire à un procès à grand spectacle. Mortifié, il s'aperçut avec surprise, puis fureur, que les magistrats, quoique respectueux de son rang dans les formes, le traitaient pour le fond comme un homme ordinaire. Car « la justice égale tout le monde* ». Devant une salle houleuse, car les accusés y avaient des amis et se défendaient bien, l'instruction traînait, faute de preuves. Les seuls accusateurs étaient des « témoins à brevet », autrement dit des indicateurs professionnels, infiltrés dans les assemblées de rentiers. Ils exerçaient une profession déshonorante et de plus ils portaient les noms farcesques de Sociando, Marcassez ou Gorgibus, qui semblaient dissimuler leur identité véritable. Bref, le dossier restait vide : sur la participation des accusés à l'attentat contre le carrosse de Condé, il n'y avait pas la moindre preuve. Le prince s'impatientait, tempêtait, menaçait, sûr de son droit, cherchant la faille du côté du parlement, furieux des succès que s'y taillait l'éloquence éprouvée du coadjuteur. En vain. Au soir de cette séance fameuse, les avocats généraux avaient refusé de suivre les conclusions du procureur et les prétendus accusés sortirent du palais en triomphateurs.

Le prestige conquis par Condé sur les champs de bataille s'en allait par lambeaux dans ce combat pour lequel il n'était pas armé. Il voyait tourner à sa honte un procès dont il avait cru l'issue acquise. Il envoya

---

* Met tout le monde sur un pied d'égalité.

Chavigny, puis le duc de Rohan au coadjuteur pour tenter de l'acheter et, devant son refus, il passa aux menaces et lui fit dire qu'« en tout lieu où il se trouverait à la portée d'un coup de poignard, il éprouverait son juste ressentiment ». Pendant ce temps, le parlement poursuivait ses délibérations dans un climat empoisonné, tandis que se mettaient en place les préparatifs de l'arrestation[28].

Obsédé par le procès, Condé ne soupçonna pas une seconde qu'il était menacé. À titre de précaution, la reine avait prévu de lui joindre son frère Conti et son beau-frère Longueville. La décision fut prise conjointement par elle et par son ministre. Et si cette mesure répondait avant tout pour celui-ci à un dessein politique, on peut être assuré que la fière Anne d'Autriche, elle, aspirait impatiemment à se venger d'un homme qui l'avait si souvent insultée. Pour une mesure aussi grave, l'assentiment du duc d'Orléans était indispensable. Il fallait obtenir son accord à l'insu de La Rivière, qui travaillait pour Condé. On fit flèche de tout bois pour le dresser contre son conseiller, dont le soutien du prince avait décuplé l'ambition et la cupidité. Gaston était pour lors amoureux, selon son habitude, d'une des filles d'honneur de sa femme. L'élue du moment, fort sage, s'était dérobée à ses poursuites en se réfugiant au Carmel, sur les conseils de La Rivière. Jouant les entremetteurs, Mazarin n'hésita pas à promettre au duc que Mme d'Aiguillon dissuaderait les Carmélites de la garder et la jeune fille put donc sortir d'un couvent pour lequel sa vocation chancelait. Mais surtout il apporta au duc la preuve que l'abbé lui cachait ses tractations avec Condé pour le chapeau de cardinal.

La reine le cajola, il céda. Et il sut se taire. On a peine à imaginer le degré de tension qui devait régner le soir quand ils se réunissaient tous chez l'un ou chez l'autre autour d'une table de jeu.

Une fois de plus Anne d'Autriche tint à protéger Mazarin contre d'éventuels reproches ou représailles, grâce à une longue lettre qu'elle lui adressa : « J'ai résolu enfin de ne suivre point votre avis en cette affaire ni celui de quelque autre personne que ce soit qui me voulût persuader de dissimuler plus longtemps les attentats que font lesdits princes contre l'autorité du roi, qui s'en va par terre entièrement. Je vous déclare donc que ma dernière et absolue volonté est de m'assurer de la personne desdits princes sans plus de délai, croyant qu'il n'y a point d'autre voie que celle-là de pouvoir sauver la couronne du roi mon fils, et je vous écris ce mot principalement pour vous dire que, non seulement il serait inutile de me parler davantage pour me détourner de cette résolution, mais que vous me désobligeriez sensiblement et que ce serait me donner lieu de concevoir quelques soupçons contre votre fidélité même [29]. » Elle ne mentait assurément pas en assumant la décision, mais elle gauchissait la vérité en prêtant des réticences à Mazarin. Non seulement il était d'accord, mais il avait ourdi le piège où s'était jeté tête baissée le prince aveuglé d'orgueil. Comme la précédente, c'est là une lettre « ostensive », comme on disait alors : sinon, pourquoi lui écrire alors qu'elle le voyait tous les jours ? Comme il gagna finalement la partie engagée contre Condé, il n'eut besoin d'exhiber ni l'une, ni l'autre de ces lettres pour se justifier. Elles restèrent donc enfouies, toutes deux, dans les archives du Quai d'Orsay.

Au terme de cette année 1649 apparaissent clairement les limites de Condé. Il en sort diminué. Par sa faute. Certes il paraît toujours redoutable. Mais il est moins admiré. Aimé ? mieux vaut n'en pas parler. La reine et Mazarin ont usé de ruse pour venir à bout de lui : ultime ressource des faibles face à l'extrême violence. Mais ils ne l'ont pas pris en traître. Et, en face d'eux, il s'est comporté non pas en naïf, mais en demi-habile. Il a cru jouer au plus fin. Il lui aurait suffi d'ouvrir les yeux, de porter attention aux autres et d'essayer de les comprendre pour éviter de se fourvoyer. La faille est chez lui à la fois intellectuelle et morale. Elle tient évidemment à l'excès précoce de triomphes, qui l'ont privé de l'expérience indispensable pour se former à la vie.

CHAPITRE ONZE

La prison

Comment le cardinal aurait-il pu laisser passer sans réagir une telle accumulation d'outrages ? Les avertissements ne manquèrent pas à Condé. Il les avait balayés d'un revers de main, croyant Mazarin définitivement asservi. Sa mère, sentant changer l'humeur de la reine, l'avait mis en garde. Sa sœur avait invoqué une règle de prudence élémentaire : lui, son frère et son beau-frère ne devaient sous aucun prétexte se rendre ensemble à la cour. Car chacun savait que la cour était à cette époque le seul endroit où l'on pût opérer une arrestation sans encombre : il était interdit de pénétrer armé chez le roi, les grands seigneurs devaient abandonner à la porte leur épée et leur escouade de gardes du corps.

Le 18 janvier 1650, tout sembla normal à Condé lors de sa visite matinale. Il se plaignit de la lenteur des poursuites contre les auteurs de l'attentat manqué contre lui. Il tombait à pic, lui expliqua Mazarin : on espérait s'emparer d'un des suspects le soir même. Il était prévu de disposer à cet effet près du marché aux chevaux une ou deux compagnies de gardes. C'est de lui qu'elles dépendaient* : qu'il y mît donc Miossens ! Puis il s'en alla dîner chez sa mère, qui tenta, en vain, de l'inciter à la prudence.

L'arrestation[1]

Lorsqu'il revint au Palais-Royal un peu avant cinq heures, Condé apprit que la reine était souffrante et lui rendit une brève visite. La princesse douairière se trouvait à son chevet. Rien de grave, le Conseil n'était pas annulé. Il se rendit dans le cabinet servant de salle d'attente, où il rencontra Mazarin, avec qui il eut une assez longue conversation. Comme il se plaignait de l'abbé de La Rivière qui, selon lui, trahissait son maître au profit des frondeurs, on envoya chercher celui-ci pour une explication, laquelle fut orageuse. L'arrivée du duc de Longueville y mit fin. Tiens ! que faisait-il donc là ? Il venait, dit-il, pour soutenir un de ses protégés, dont il devait être question. Bientôt arriva le prince de Conti, qui, ayant récemment obtenu l'accès au Conseil, n'aurait pas raté une séance pour un empire. Le duc d'Orléans, lui, s'était fait porter malade, comme toujours lorsqu'il prévoyait des ennuis. Voyant les trois princes réunis, Mazarin, en leur présence, fit prévenir la reine que tout était prêt et qu'elle pouvait venir. En guise de confirmation, on vit apparaître le petit roi, qui annonça : « Maman dit que l'on passe en la galerie » – cadre ordinaire du Conseil. Puis il disparut, tandis que les princes s'engouffraient tour à tour

---

* En tant que Grand Maître de la Maison du roi.

dans le couloir menant à ladite galerie, sans remarquer que Mazarin s'éclipsait en emmenant La Rivière, qui apprit de lui sa disgrâce.

On ne sait qui – de la reine ou de Mazarin – eut l'idée d'utiliser Louis XIV comme messager, mais on peut être sûr qu'elle ne fut pas due au hasard. Car la reine ne manquait pas de serviteurs pour transmettre ses ordres. On peut l'interpréter de deux façons, qui ne s'excluent pas forcément. Entourer la scène d'un climat naturel, familial, pouvait contribuer à endormir la méfiance de Condé. En était-il encore besoin, à cette heure-là, où les portes du Palais-Royal étaient closes et le piège refermé ? L'essentiel est ailleurs. L'enfant qui dit ici très simplement *Maman*, comme tous les enfants, est le roi. Son intervention, en liaison avec la régente qui gouverne en son nom, l'associe à l'arrestation des princes et, en bonne doctrine monarchique, la justifie. C'est bien ainsi que l'entendait Anne d'Autriche. Elle ne l'avait pas prévenu avant, par crainte de le troubler, mais elle l'emmena ensuite dans son oratoire et il pria très fort avec elle pour que la suite se passe bien.

Dans la galerie parut alors Guitaut, capitaine des gardes de la reine, qui annonça fort poliment aux trois hommes qu'ils étaient en état d'arrestation*. La

---

* Attention. Le *Guitaut* qui intervient ici est François de Comminges, comte de Guitaut, capitaine des gardes de la reine, dit « le vieux Guitaut » ; il lui fut indéfectiblement fidèle. Mais il a un neveu, Guillaume de Comminges, dit « le petit Guitaut », aide de camp de Condé, qui joue un rôle actif dans sa révolte : il sera question de lui plus loin. En revanche le comte Gaston Jean-Baptiste de Comminges, qui, en tant que lieutenant des gardes de la reine, accompagne le prince captif à Vincennes, est un autre de ses neveux.

première réaction de Condé fut l'incrédulité. Puis il protesta, s'indigna : « Je m'en étonne, car j'étais ami de M. le cardinal et serviteur de la reine. » Il exigea de leur parler, se heurta à des refus. Il prit à témoin les ministres présents : « Vous savez que je n'ai jamais rien fait contre le service du roi. » Assis au coin de la cheminée Conti et Longueville, hébétés, patientaient. Guitaut revint : la reine maintenait ses ordres. Il ne restait plus qu'à obéir. « Hé bien, je le veux, dit-il d'un ton paisible, obéissons ; mais où allez-vous nous mener ? Je vous prie que ce soit dans un lieu chaud. — Au bois de Vincennes, lui fut-il répondu. » On les fit descendre tour à tour sur l'arrière du palais par un petit escalier sombre jalonné de gardes. Une autre tradition, sans doute controuvée, conte qu'en s'y engageant, Condé aurait dit à Guitaut : « Voilà qui sent bien les États de Blois*. — Je suis homme d'honneur répondit le capitaine. Il ne s'agit que de Vincennes. » L'analogie s'imposait.

Il fallut quasiment porter le duc de Longueville, paralysé par la goutte. On leur fit traverser le jardin à pied, puis on les mit avec Comminges dans un carrosse à six chevaux flanqué d'une douzaine de gendarmes. C'était bien peu. Jouant sur l'effet de surprise, on avait préféré ne pas attirer l'attention. Si Condé avait pris la précaution de mettre en faction des amis pour surveiller ses allées et venues, ils n'en auraient fait qu'une bouchée. Mais il n'avait rien

---

* Allusion à la mise à mort du duc de Guise, sur ordre d'Henri III, dans le couloir qui menait à la salle du Conseil où il était convoqué, le 23 décembre 1588. – Cet échange de répliques semble inventé après coup. Mais le rapprochement allait de soi.

soupçonné. Le convoi fut bientôt rejoint par une escorte de cinquante chevaux, commandée par Miossens, futur maréchal d'Albret. Ô ironie, c'était celle que Condé avait fournie, sur le conseil de Mazarin, sous prétexte d'arrêter un de ses agresseurs présumés ! On prit la route de Vincennes. En chemin, le carrosse s'embourba et versa, comme tant d'autres, sur ces chemins troués d'ornières. D'un bond, le prisonnier fut dehors. Miossens mit pied à terre, courut, le rattrapa au bord d'un fossé par le haut de ses chausses. Le prince le transperça de son regard : « Je ne prétends pas me sauver, mais véritablement, si vous vouliez… » – ou selon une autre version : « Si tu voulais… » Le comte répondit qu'il était serviteur du roi et tenu à honneur de lui obéir. « Je ne vous prie de rien », trancha sèchement Condé.

Dans le carrosse remis sur ses roues, Comminges avait introduit quelques gardes en renfort pour prévenir toute nouvelle tentative. « Ne craignez rien, personne ne doit venir à mon secours », ironisa le prince avec un éclat de rire. Lorsqu'ils pénétrèrent dans l'enceinte du vieux château et se trouvèrent au pied du sinistre donjon, il parut un peu touché cependant et pria Miossens d'assurer la reine qu'il était son très humble serviteur. Rien n'avait été prévu pour les accueillir. Un autre occupant les lieux, le maréchal de Rantzau, sur le point de sortir le lendemain, leur envoya de quoi souper. Mais dans la chambre qui leur était réservée, on n'avait pas préparé de lits. Sur leur première nuit, la légende fit aussitôt son œuvre puisque deux versions, également de seconde main, divergent. Selon Lénet, « il se jeta tout vêtu sur une botte de paille, où il dormit douze heures sans s'éveiller », montrant ainsi sa grandeur d'âme[2]. Selon Mme de Motteville, ils la passèrent tout entière à jouer aux cartes et le prince s'appliqua, à force de plaisanteries et de mots d'esprit, à combattre la morosité de ses compagnons d'infortune. Il eut avec Comminges une discussion passionnante touchant l'astrologie. Celui-ci avoua plus tard n'avoir jamais connu une semaine aussi agréable que celle qu'il occupa à garder ces prestigieux prisonniers. « Il me dit, affirme la mémorialiste, qu'il avait pleuré en se séparant de lui et que M. le prince en l'embrassant avait eu aussi les larmes aux yeux[3]. » Pour la suite en effet la reine, prudente, lui avait affecté un geôlier moins accommodant, Guy de Bar. Il commença de comprendre qu'il était en cage pour un certain temps.

Anne d'Autriche s'abstint de tout triomphalisme : « Ce que je viens de faire est en mon corps défendant, déclara-t-elle. J'ai longtemps différé et patienté, mais enfin, où il y va du salut de celui-ci (montrant le roi qui était entré avec elle), il n'y a chose à quoi je ne me réso[lv]e[4]. » Le duc d'Orléans, d'autant plus soulagé qu'il avait eu plus d'appréhension, s'écria : « Voilà un beau coup de filet ; on a pris un lion, un singe et un renard ! », tandis que Mme de Motteville louait le ministre de son habileté et souhaitait un favorable succès à sa hardiesse. Le programme prévu comportait cependant quelques accrocs. On avait pu prendre certains serviteurs du prince, parmi les plus actifs, dont le président Jean Perrault, son intendant, que ses campagnes de dénigrement insultantes contre Mazarin désignaient comme un des premiers à neutraliser. Mais on avait raté Mme de Longueville, qui eut le temps de s'enfuir, flanquée du prince de

Marcillac. Les deux frères de La Tour d'Auvergne avaient également pris le large, ainsi que divers amis des princes. Ils comptaient pour les tirer de prison sur un vaste soulèvement, qu'ils se chargeraient d'organiser. En attendant ils allaient veiller à rendre leur captivité supportable.

La vie en prison

Les princes furent installés dans la partie salubre du donjon, au troisième étage, accessible dans sa dernière volée par un unique escalier à vis. La grande salle qui occupait le centre de l'édifice fut affectée aux deux frères, le duc de Longueville étant logé dans une chambre attenante. Dix-huit gardes et trois exempts se relayaient jour et nuit soit dans ces pièces elles-mêmes, soit sur le palier. De Bar, placé à leur tête par la reine, était un officier très discipliné, en qui sa confiance s'était encore accrue depuis qu'il lui avait conservé Le Havre lors du coup de force organisé par Condé*. Il en avait gardé une solide méfiance à l'égard de son illustre captif. Ses instructions l'invitaient à ne pas « se laisser prendre le dessus par M. le prince, qui en ce cas lui en ferait bien tâter » – lui en ferait voir de toutes les couleurs, dirions-nous. Il devait veiller à la sûreté de sa détention, « sans se mettre en peine de l'aversion que ledit prince témoignait pour lui ». Condé eut avec son geôlier des affrontements homériques – il lui lança un jour un chandelier à la tête – et il se plaignit véhémentement

---

* Voir *supra*, p. 355.

de son insolence et de sa brutalité. Rien ne lui fit baisser sa garde. Si, peut-être : au bout d'un mois, un projet d'évasion fut mis au point. Le cerbère était dévot, il allait à vêpres chaque dimanche et les autres officiers se croyaient tenus de l'y accompagner. Un secrétaire de La Rochefoucauld nommé Gourville, homme inventif et déterminé, imagina, avec la complicité de quelques gardes soudoyés, de fermer sur eux les portes de la chapelle et d'en profiter pour libérer les captifs. L'entreprise était chimérique. Elle alla pourtant très loin, puisque la princesse douairière ouvrit généreusement sa bourse pour la financer. Elle avorta, par suite des scrupules d'un des participants, et n'eut d'autre résultat que de resserrer la surveillance[5].

Les trois prisonniers étaient autorisés à mener vie commune. Mais chacun supportait cet enfermement selon son tempérament. M. de Longueville, qui n'avait jamais été très causant, « ne disait mot ; M. le prince de Conti était presque toujours dans son lit ; M. le prince chantait, jurait, entendait la messe tous les matins, jouait au volant, et lisait beaucoup. On dit aussi que le prince de Conti ayant demandé à M. de Bar, qui les gardait, *L'Imitation de Jésus-Christ* pour se consoler, M. le prince lui dit en même temps : "Et moi je vous demande l'*Imitation de M. de Beaufort*, afin que je me puisse sauver d'ici comme il fit il y a deux ans"[6]. » Ce tableau de famille fit le tour de Paris puisqu'on le retrouve sous la plume du bourgeois Gui Patin avec quelques menues variantes : Longueville est triste, Conti pleure et Condé lit des livres italiens ou français et n'oublie pas de dîner[7].

Le prince raillait et faisait le diable à quatre. En pleine nuit, ayant fabriqué une lanterne en papier et fixé une bougie dedans, il la mit à la fenêtre et la garnison alarmée, croyant à un signal pour quelque entreprise, alla réveiller de Bar. Il jouait les tentateurs auprès des gardes et des soldats, « les amorçant tout en riant et goguenardant », leur disant qu'il était possible pour eux, misérables, « d'un seul coup, en le sauvant, de faire une grande fortune ». Il répétait à de Bar « pour le faire estriver*, qu'il avait beau le garder et qu'il se sauverait ». L'autre lui répondait, avec une politesse glaciale, qu'il avait ordre de le « retenir là-dedans mort ou vif [8] ». Et les incidents se multipliaient.

Il avait quelquefois de belles occasions de se distraire. Ainsi, au mois de mai, survint, pour un objet mineur, une pittoresque « brouillerie ». Il faut savoir qu'il coexistait à la Bastille des catégories de personnel distinctes, comme nous dirions aujourd'hui. Les princes avaient été nourris jusque-là aux frais du roi. Soudain, la cour « oublia » de fournir l'argent nécessaire**. De Bar y subvint de sa poche pendant quelques jours, puis il invita les officiers du roi à faire de même et, sur leur refus, il fit faire la cuisine à ses frais par ses propres valets. Mais il demanda aux officiers du roi d'assurer le service et de porter la viande

---

* Enrager.
** L'ordinaire fourni aux prisonniers était maigre. Un usage très ancien autorisait donc les prisonniers de marque à se nourrir à leur goût, mais à leurs frais. Cet usage était devenu la norme. En l'occurrence, la cour, qui, les premiers jours, avait fortement amélioré l'ordinaire pour les princes, voulait, comme il était normal, se décharger de la dépense.

aux prisonniers – tâche non négligeable, il y avait trois étages à monter. Ils refusèrent « pour n'être pas responsables de ladite viande, s'il en arrivait accident » – en clair si elle se révélait empoisonnée. De Bar se jugeant insulté, tomba à coups d'épée sur le plus virulent des opposants, lui faisant une « entamure » sur le crâne. Les prisonniers se firent un plaisir de soutenir la victime, « ils ne voulurent point de viande pour ce repas et se contentèrent du fruit que lesdits officiers du roi leur servirent ». Mais au bout du compte l'incident fut une excellente affaire pour le Trésor royal, puisque les princes décidèrent de se soumettre pour leur nourriture au régime normal, c'est-à-dire d'en assumer la dépense. Leurs propres intendants fournirent désormais aux deux frères « une table de deux plats pour les potages et viandes bouillies, rôties, grosses et menues, et quatre plats de fruits », et au duc de Longueville, qui était au régime, « une table à un seul plat ». Quant aux officiers du roi, tenus d'assurer le service, ils étaient priés de se débrouiller tout seuls pour leur propre nourriture[9].

Avec le printemps, ayant obtenu de se promener sur la terrasse supérieure du donjon, Condé s'était senti pousser des envies bucoliques : il avait planté des œillets. Mais le souci de meubler le temps ne lui faisait pas oublier l'essentiel : quand et comment sortir de là ? Aucune surveillance, si étroite qu'elle fût, n'était capable d'empêcher les correspondances avec l'extérieur. Des filières de transmission furent établies dès les premières semaines, puis elles se perfectionnèrent, se diversifièrent, véhiculant un flot d'informations, posant des questions et apportant des réponses. Le prince de Conti, d'une santé fragile que le séjour continu au lit n'améliorait pas, réclama son valet de chambre, puis son médecin et son chirurgien pour les saignées ; ils faisaient entrer dans la place, sous couleur de médicaments, ce que nous appelons de l'encre sympathique – « des drogues qui, trempées dans l'eau, servaient à écrire une lettre qui demeure blanche et ne paraît sur le papier que quand on le frotte d'une autre trempée de la même manière ». Mais c'est Condé, bien entendu, qui régentait les communications. Les lettres lui arrivaient par divers canaux, selon les possibilités. L'un d'eux consista à les glisser dans des pièces d'or de grande taille, creusées à cet effet [10]. Répondre présentait davantage de difficultés. Sa grande frénésie de lecture ne venait pas seulement du désir de se cultiver. « On lui envoya quantité de livres in-folio, où l'on avait pris soin de faire relier cinq ou six feuilles de papier blanc au dedans et à la fin et on les achetait tous de grand papier, afin qu'il pût écrire dans la marge, qu'il déchirait après, pour envoyer au dehors des billets [11]. » On réussit à glisser dans ses chemises des petits tuyaux de plume et un peu d'encre de Chine. Derrière les rideaux bien clos de son lit, il lisait et écrivait la nuit à la lueur d'une chandelle, caché sous ses couvertures. En cas de pénurie, un fragment d'ardoise pouvait servir à transmettre un message succinct [12].

Il ressortait de ces informations que les plus grands espoirs de délivrance venaient de l'extérieur. Par les voies légales, en faisant pression sur le parlement ? Par la négociation, doublée de force au besoin ? On songea par deux fois à un scénario digne d'Alexandre Dumas, s'emparer de Mazarin et le garder en otage jusqu'à délivrance des captifs*. Par un assaut ? À toutes fins utiles, on trouva le moyen de leur faire passer une canne-épée. Conti, arguant de son infirmité, réclama un bâton, en même temps qu'un lit de camp. Or les montants des lits de camp étaient formés de deux moitiés qu'on dévissait pour le transport. On lui envoya une canne normale et, dans un des demi-montants du lit, creusé, on glissa une épée. Les princes n'eurent qu'à intervertir les deux éléments, dont les pas de vis s'adaptaient exactement : ils disposaient dans la canne d'une épée indécelable, sauf si on la soupesait, si bien qu'ils se relayèrent pour qu'elle fût toujours entre les mains de l'un des trois. Ils n'eurent pas à s'en servir. À l'automne, l'approche des troupes de Turenne fit craindre un raid sur Vincennes et on les transporta au château de Marcoussis**, d'où ils furent ensuite conduits au Havre. La tentative d'évasion commanditée lors du transfert par le duc de Nemours échoua, parce que le garde complice fut changé : Condé n'eut pas à participer à la mise à mort des autres gardes ni à descendre par la fenêtre et à traverser l'étang dans un bateau de cuir bouilli pour rejoindre un gros de cavalerie qui l'attendait*** [13]. Et tout au long du trajet vers Le Havre, qui dura une bonne semaine, l'escorte était trop forte et la surveillance trop étroite pour qu'il se présentât des occasions.

---

* Moyen utilisé par d'Artagnan à la fin de *Vingt ans après* pour libérer Athos.

** Au sud-ouest de Paris. Il aurait fallu pour l'atteindre traverser la Seine et la Marne.

*** Le maître d'œuvre était Isaac Arnauld de Corbeville, un membre collatéral de l'illustre famille.

Il lui fallut donc s'en remettre, pour sa liberté, à l'action de ses amis.

Le soulèvement nobiliaire

L'éviction de l'abbé de La Rivière eut un effet secondaire imprévu, qui modifia l'équilibre des forces. Il fut remplacé auprès du duc d'Orléans par un conseiller autrement ambitieux et pugnace, le coadjuteur en personne, qui gouverna désormais toutes ses démarches. À eux deux, disposant d'une majorité de fidèles au parlement et relayés dans le peuple par les curés de Paris, ils tenaient la capitale. Les amis de Condé comprirent qu'ils n'y seraient pas en sécurité et se rabattirent sur les provinces, où la plupart d'entre eux avaient, comme le prince lui-même, de solides implantations. Ils pensaient, candidement, qu'à leur appel la France entière allait se soulever.

Leur déconvenue fut rude. Ils disposaient dans leurs domaines respectifs de clientèles parfois très étendues, sur lesquelles ils croyaient pouvoir compter puisqu'elles leur devaient tout. Les diverses provinces avaient été agitées, dans les années antérieures et notamment pendant la Fronde parlementaire, par des troubles variés qui donnaient à penser qu'elles étaient prêtes à la révolte. Mais quand on y regarde de près, on constate qu'elles se sentaient peu concernées par les brouilleries parisiennes et qu'elles profitaient surtout de l'affaiblissement du pouvoir central pour tenter de régler à leur profit les problèmes régionaux. Pour l'essentiel elles demandaient à n'être pas accablées d'impôts nouveaux et surtout à échapper au passage des armées. Elles voulaient la tranquillité. Ainsi, lorsque Condé, en engageant le siège de Paris, avait ordonné à ses sujets bourguignons de ne pas broncher, il avait été scrupuleusement obéi. Seules s'étaient agitées la Provence, par suite d'un conflit local entre deux clans rivaux, et la Guyenne, traditionnellement turbulente, parce qu'elle supportait très mal son gouverneur, le duc d'Épernon. Transformer des populations paisibles en militants d'un parti rebelle à l'autorité royale n'allait donc pas de soi.

Quant aux divers gouverneurs de places ou lieutenants qui en tenaient lieu, souvent pris dans des réseaux de fidélités croisées contradictoires, ils avaient pour principal souci de conserver leurs précieuses charges. Face à un avenir incertain, ils se réfugiaient dans un attentisme prudent. Il serait bien temps de se rallier au vainqueur lorsque celui-ci émergerait des turbulences qui se préparaient. Lénet, qui fit fonction de coordinateur du parti des princes, ne rougit pas d'avouer avoir recouru, pour « engager » les récalcitrants, à des menaces et à des mensonges caractérisés quand les promesses ou les gratifications ne suffisaient pas [14].

Mme de Longueville fut la première à en faire l'expérience à ses dépens. Elle avait mis le cap sur la Normandie, dont son époux était gouverneur, comptant la soulever en sa faveur. Cette province avait paru solidaire de lui, durant le siège de Paris, car il était craint. Elle découvrit avec surprise qu'il y était également détesté. Non seulement nul ne consentit à se joindre à elle, mais aucune place ne voulut lui donner asile. Quand un gouverneur s'y montrait enclin, les responsables des villes s'y opposaient. De proche en proche elle atteignit finalement Dieppe, où un fidèle l'accueillit dans la citadelle. Son amant attitré, Marcillac, devenu duc de La Rochefoucauld par la mort de son père, l'y laissa pour aller s'occuper des funérailles. Elle s'y crut en sécurité. Mais à peine les princes sous les verrous, la cour engagea une tournée provinciale de reconquête, en commençant par la Normandie, dont diverses autorités locales lui avaient garanti la fidélité. À l'approche des troupes royales, les habitants de Dieppe firent savoir au gouverneur qu'ils ouvriraient les portes au roi et le sommèrent de lui livrer la fugitive. Elle obtint de lui un bateau pour passer aux Pays-Bas. La nuit où elle devait s'embarquer, la tempête faisant rage, le matelot qui la portait vers la chaloupe fut renversé par une vague, on la repêcha trempée et elle dut se cacher deux semaines dans un château ami avant de trouver place sur un bâtiment anglais. Elle l'avait échappé belle : le commandant du navire français avait ordre de l'arrêter. Elle trouva finalement refuge dans les Ardennes à Stenay, une place forte appartenant à son frère, où elle passa toute l'année qui suivit.

Après la Normandie, ce fut le tour de la Bourgogne, fief de la maison de Condé. Ô stupeur, les populations étaient paisibles et la noblesse divisée. Dijon ouvrit ses portes au duc de Vendôme, que la reine avait nommé gouverneur de la province en remplacement de Condé. Chassés de partout, les partisans du prince se regroupèrent finalement dans la place de Bellegarde, sur la Saône, en faisant le serment de mourir plutôt que de la rendre. Une inondation retarda les opérations militaires, mais réduisit les ressources alimentaires des assiégés. Ceux-ci finirent par capituler et la caravane royale regagna la région parisienne rassérénée.

L'atout secret de Mazarin

Mazarin a fait évidemment usage dans ces deux cas des ressorts habituels – faveurs et gratifications – pour s'assurer le soutien de gens en place. Mais ils n'auraient pas suffi à assurer pareil succès sans la présence du jeune roi. On a pu remarquer jusqu'ici que Condé ne tient de lui aucun compte. Il n'en parle jamais. Comme s'il n'existait pas. Si, pourtant ! il aurait dit un jour, à son sujet : « Il n'y a aucun plaisir à obéir à un sot. » C'est juger un peu vite un enfant qu'il connaît à peine. Certes Louis XIV n'a pas sa vivacité de répartie et ne l'aura jamais. À cette époque il passe pour lent, un peu lourd parfois. Mais on lui a enseigné deux choses, qui font défaut à son brillant cousin : maîtriser sa colère et tenir sa langue. C'est d'abord pour lui que travaille son parrain, qui a pris en main son éducation et le prépare à régner. Condé ne s'est-il pas aperçu qu'il figurait aux côtés de sa mère non seulement dans toutes les cérémonies, mais lors des négociations avec les délégués du parlement ? Le premier samedi suivant le retour de la cour à Paris, elle l'emmena à la messe à Notre-Dame, leur carrosse fut escorté tout au long du trajet par une foule en liesse et, dans l'église, il fallut le soulever très haut pour le montrer au peuple, qui le salua à cris redoublés de *Vive le roi*[15] ! À l'occasion de ses onze ans fut donné, le 5 septembre 1649, un grand bal à l'Hôtel de Ville, qu'il ouvrit avec sa cousine Mlle de Montpensier, et l'on put constater qu'il dansait « à merveille [16] ». Dans les défilés, il se montra un très élégant cavalier.

En d'autres termes, on commence de l'exhiber dans l'exercice de sa fonction. C'est un très bel enfant, gracieux, souriant, à qui la conscience de sa grandeur n'inspire cependant aucune arrogance. En lui s'incarne l'avenir, plein de promesses. En 1643 Condé avait surgi comme un météore dans tout l'éclat de ses vingt-deux ans, auréolé des lauriers de Rocroi, berçant les imaginations et enflammant les cœurs. Sa violence dans la vie civile et sa cruauté lors du siège de Paris ont entamé son image. Redouté mais pas aimé, il reste un héros, mais n'est plus un modèle. Préservé par son jeune âge, l'enfant roi est pur. Il possède à la fois « la beauté et l'innocence [17] ». À la différence de Condé, il bénéficie par sa naissance, bien qu'il ne soit pas encore sacré, de l'onction divine. Devant lui s'ouvrent les portes des forteresses tenues par des Condéens : aucun serment de fidélité au prince ne tient face à celui qui représente Dieu dans le royaume.

Un exemple ? Sa présence assure la reddition de Bellegarde. Le siège piétinait lorsque Mazarin eut soudain l'idée de l'y faire venir. La reine acquiesça en tremblant : ce serait son baptême du feu. Un baptême sans grand danger, à vrai dire, puisque les assiégés, aussitôt avertis de sa présence, décidèrent de suspendre les tirs toute la journée. Vêtu en cavalier, il avait grande allure et il affichait à portée des canons ennemis une intrépidité de bon augure. « Tous les soldats témoignèrent tant de joie de la présence de Sa Majesté et en donnèrent des marques si éclatantes, jetant leurs chapeaux en l'air et faisant retentir toute la campagne des acclamations de "*Vive le Roi !*", que cela causa un grand affolement parmi ceux de Bellegarde, lesquels pourtant, ayant mis toutes leurs troupes sur leurs bastions, répondirent avec les mêmes cris et firent des décharges de leur mousqueterie et artillerie pour saluer le roi [18]... » Il ne restait plus qu'à fournir aux assiégés une sortie honorable. Et parmi eux huit cents cavaliers, conquis, choisirent de s'engager dans l'armée royale plutôt que de rejoindre leurs amis à Stenay. À l'évidence Mazarin, anticipant sur les techniques de ce que nous appelons la communication, tenait avec ce petit roi qu'on pouvait admirer et aimer un personnage l'emportant en charisme sur Condé, qui pourrait se substituer à lui peu à peu dans l'imagination et le cœur des populations de tous âges et de toutes classes.

Le cas des trois princes, même captifs, n'inspirait guère de pitié. Leurs partisans mesurèrent-ils que leur cause souffrait d'un déficit d'humanité ? En tout cas, c'est après les échecs de Normandie et de Bourgogne qu'ils engagèrent dans le combat pour leur liberté les femmes de la famille. Pas n'importe lesquelles. Mme de Longueville était trop marquée par son rôle de pasionaria de la Fronde. Ils la laissèrent à Stenay, à charge de traiter avec les Espagnols. Ils poussèrent sur le devant de la scène les deux princesses, la douairière et la jeune épouse de Condé, qui s'étaient jusque-là tenues à l'écart de la politique. Et ils leur joignirent le petit duc d'Enghien, âgé de sept ans, pour faire pendant à Louis XIV. Trois nouvelles figures, bien faites pour émouvoir.

Une Amazone en campagne

Au lendemain de l'arrestation de Condé, sa mère et son épouse avaient été simplement priées de quitter Paris pour Chantilly. On ne les jugeait pas dangereuses. Bientôt entourées d'une petite cour où brillait spécialement la duchesse de Châtillon, elles s'attachèrent d'abord à y mener une vie sans histoires, à l'écart de la politique. La douairière se rongeait d'inquiétude. Lorsque Lénet, qui tentait d'organiser la résistance en Bourgogne, lui écrivit qu'il serait bon d'y amener le duc d'Enghien, elle se récusa. Elle cacha cette démarche à sa bru, « disant que de telles affaires ne devaient pas être communiquées à une personne de son âge ; qu'à la moindre démonstration qu'elle ferait, on les mettrait l'une et l'autre en prison ; que, pour elle, elle voulait vivre en repos, et pleurer, dans sa retraite de Chantilly, l'infortune de sa maison [19] ». Mais que cela lui plaise ou non, il y venait sans cesse des visiteurs, « des gens de divers endroits comme de Stenay, de Bourgogne, de Berry, on y recevait des avis des choses courantes, sur quoi on prenait résolution qu'on faisait savoir aux affidés [20] ». Bref, par la force des choses, Chantilly devint une manière de centre stratégique pour le parti. L'atmosphère résolument galante qu'on y entretenait à dessein, dans le style des divertissements traditionnels, ne dissimulait qu'à moitié les projets qui s'y tramaient. Et Lénet, sachant que le château risquait de se transformer en prison, préparait tout pour un transfert en province, vers Montrond tout d'abord, puis vers la Guyenne, où les amis de Condé comptaient de solides appuis.

Le lundi 11 avril, on vit divers corps de troupes converger vers le domaine de Chantilly. La douairière dut convenir qu'il n'offrait plus de sécurité et se rallia à l'idée d'un départ. Il n'était que temps. Déjà un gentilhomme ordinaire du roi se présentait, porteur de lettres officielles. Il avait ordre de les conduire, non point en prison, mais chez elles en Berry, à Montrond ! Très exactement là où Lénet avait prévu de les mener ! Tout était donc pour le mieux, puisqu'il y avait accord sur la destination ? Non, bien sûr ! Leur mentor saisit aussitôt le but de la manœuvre : les troupes étaient chargées de les y accompagner, elles entreraient avec elles dans la citadelle, qui passerait ainsi aux mains du roi sans coup férir[21]. Il en conclut qu'il fallait de toute urgence prendre les devants, partir sur-le-champ. La douairière s'écria que c'était une folie, qu'il voulait « les faire tous prendre prisonniers. — Nous le sommes dès à présent, répondit-il ; et quand on nous arrêtera sur la route, il ne saurait nous arriver pis que nous avons ». Son âge lui interdisant évidemment d'affronter un voyage précipité, la princesse laissa partir seuls sa bru et son petit-fils. En un sens, cette solution la rassura et tout d'un coup elle se déclara prête à subir la plus étroite prison pour sauver ses enfants.

Dans l'immédiat, elle se chargea de gagner du temps, pour procurer aux fugitifs une avance confortable. Elle se déclara souffrante, exténuée, et sollicita de son cerbère un délai avant de se mettre en route. Et elle veilla à ce qu'il fût très confortablement installé au château. La jeune princesse, ayant pris froid, était malade pour de bon. Lénet la tira du lit, installa à sa place une de ses filles d'honneur et déguisa en petit prince le fils du jardinier. Cinq jours durant, l'émissaire du roi visita ponctuellement la vraie et la fausse princesse et regarda jouer l'enfant, sans soupçonner une seconde la supercherie, jusqu'au moment où un beau matin il découvrit le château vidé de ses nobles occupantes et de leur suite. Ce délai suffit aux voyageurs. La jeune princesse et son fils, partis le 11 avril à onze heures du soir, accompagnés de quelques cavaliers, purent voyager en paix sous de fausses identités jusqu'en Berry, où ils trouvèrent des relais. Le 14 à minuit, ils débarquèrent à Montrond, en parfaite santé, et la citadelle était sauvée. Mais la Bourgogne était perdue : Bellegarde capitula huit jours plus tard.

C'est alors que refit surface, à Paris, la princesse douairière. À grands fracas, afin d'exciter la compassion[22]. Le 27 avril, un jour de « mercuriales* », elle se présenta devant le parlement pour présenter sa requête : elle demandait que ses fils et son gendre soient déférés au plus tôt devant le tribunal, en vertu de la déclaration d'octobre 1648 qui rendait illégale la détention sans jugement, spécifiant qu'il n'était « pas juste que des princes du sang fussent maintenus en prison sans crime pour satisfaire l'ambition d'un ministre étranger, déclaré ennemi de l'État et banni par arrêt[23] ». Le duc d'Orléans coupa court au mouvement de sympathie qui se dessinait en sa faveur et elle se retira, non pas à Vallery, comme on le dit souvent, mais chez son amie la duchesse de Châtillon, qui

---

* Séances qui se tenaient deux fois l'an, un mercredi, et où le premier président dénonçait les tromperies et désordres advenus dans l'administration de la justice.

l'accueillit dans le château qu'elle possédait dans la vallée du Loing. Mais elle avait soulevé beaucoup d'émotion : « En sortant avec sanglots et larmes, elle a regardé un jeune conseiller [...] qui achetait des gants à une boutique de marchands et, s'arrêtant à lui, a dit : "Est-il possible, monsieur, que l'on ne me fasse point justice ? Cela vous regarde, monsieur, et il vous en pend autant qu'à moi." » Les frondeurs, voyant la vieille dame en suppliante, se sentirent pris de honte [24].

Pendant ce temps, à Montrond où s'étaient regroupés une partie des vaincus de Bellegarde, il fallut se rendre à l'évidence : si la place offrait un refuge temporaire assez sûr, elle ne pouvait, faute du soutien des populations environnantes, servir de base à une opération militaire d'envergure. On décida donc de miser sur la seule province susceptible de concourir à une révolte contre le roi, la très turbulente Guyenne, et Lénet insista pour que fussent associés l'appel au sentiment, afin de s'assurer le soutien des peuples, et le recours à un puissant appareil militaire. Tandis que les ducs de Bouillon et de La Rochefoucauld s'occupaient, dans leurs terres respectives, de battre le rappel de leurs partisans en armes, Lénet se mettait en devoir d'amener à Bordeaux la jeune princesse de Condé et son fils.

Elle ne lui inspirait *a priori* qu'une confiance très limitée. Non que sa bonne volonté fût en cause : elle regorgeait d'enthousiasme, elle se disait prête à tout, même à suivre son fils – de sept ans – à la tête d'une armée ! Tant elle tenait à se montrer digne du héros qui lui avait fait l'honneur de l'épouser. En revanche, il doutait de ses capacités. Une « longue habitude » lui avait fait connaître « la portée de son génie*, beaucoup plus limité qu'il n'eût été nécessaire pour la conduite des affaires, autant grandes que difficiles », qui risquaient de se présenter[25]. Traduisons : il la jugeait sotte. Mais elle était très jeune et, ayant toujours été tenue à l'écart de toutes choses, elle n'avait guère eu l'occasion de se former. Elle fut flanquée de sa dame d'honneur, la comtesse de Tourville, « femme de conduite et de résolution [...], qui ne manquerait pas de lui inspirer les grands desseins qu'on lui pourrait proposer » et pour lesquels on se chargerait de lui fournir les moyens. Elle ne serait donc qu'un instrument entre les mains de ceux qui lui dicteraient ses démarches. Encore fallait-il qu'elle fût capable de jouer le rôle qu'on écrivait pour elle dans la coulisse ! Or elle le joua fort bien.

À Montrond, où la rejoignirent quelques-unes des jeunes femmes de sa suite, évadées de Chantilly, on travaillait activement aux préparatifs. Une grande chasse au chevreuil vint calmer les curiosités, tout en permettant de vérifier la fiabilité du siège conçu pour transporter l'enfant. Elle partit le lendemain à minuit, en carrosse, avec sa suite, sous la protection d'une quarantaine de cavaliers. Au bout de quelques lieues, elle renvoya le lourd véhicule et tous se lancèrent dans la chevauchée. Elle monta en croupe derrière le comte de Coligny-Saligny sur un cheval qui s'appelait Brézé et venait de son père. Commence alors pour elle une équipée qui la transporte dans un autre monde.

---

* Ce terme désigne alors les capacités d'un être, bonnes ou mauvaises.

Elle n'a que vingt-deux ans. Jusqu'alors elle a péri d'ennui dans une existence régie par son époux et sa belle-mère, sous les regards soupçonneux d'une cour méprisante. Deux ans plus tôt, Saint-Maigrin s'était risqué à lui adresser la parole et elle avait osé lui répondre. On en conclut qu'il était amoureux d'elle et des amis charitables conseillèrent au jeune imprudent de renoncer à ces conversations qui, « si elles venaient à la connaissance de M. le prince, ne lui plairaient pas, quoique Mme sa femme fût fort sage et qu'il s'en souciât fort peu ». Et Saint-Maigrin obtempéra [26]. Condé, en effet, ne l'aime pas, mais il est d'autant plus pointilleux sur les honneurs dus à son rang qu'elle ne les méritait pas à l'origine et que c'est à lui qu'elle les doit. Toute offense qu'on lui fait à elle, notamment dans les querelles d'étiquette lors des cérémonies, est ressentie par lui comme une atteinte personnelle. Un regard masculin jeté sur elle est une agression qui le révulse. En écartant tout contact, il dresse autour d'elle une barrière invisible comme celle qui protège les reines, il l'enferme dans une prison de verre. Par orgueil.

Elle était jeune, gaie, coquette, elle avait envie de plaire, de vivre. Ce voyage eut pour elle la saveur de l'imprévu, de l'aventure, voire du romanesque. La traversée du Massif Central dans des conditions précaires ébranlait les rigidités de l'existence ordinaire. Elle modifiait les relations, autorisait les familiarités, abolissait les hiérarchies. Entre des gentilshommes naturellement galants et des filles d'honneur qui n'en avaient que le nom se nouaient des liens que favorisait la dispersion aux étapes. Le premier soir, Coligny-Saligny la fit passer auprès du vieux couple qui les hébergeait pour une femme aimée qu'il avait enlevée et qu'il amenait on ne sait où pour l'épouser. Et eux, jugeant qu'ils devaient se mettre au plus vite en règle avec l'Église, insistèrent pour qu'un prêtre vînt les marier sur place ! À feindre d'en être amoureux, il le devint pour de bon ou passa pour l'être. Rien ne permet de croire qu'elle y répondit. Mais elle encourageait imprudemment les soupirants pétrifiés de respect et, « comme elle n'était pas fournie d'un grand esprit », elle faisait tant de « minauderies indiscrètes » que tout le monde s'en apercevait. Pour avoir mis en garde un de ses amis contre les dangers de s'y laisser prendre, le comte de Saligny eut un peu plus tard avec lui un duel où il le blessa mortellement[27].

À la sortie du Massif Central, fin de l'intermède, dont, sur le moment, aucun détail ne semble être parvenu aux oreilles du prince. Mission accomplie, tout danger est écarté. Dans la vicomté de Turenne la princesse trouve le duc de Bouillon et celui de La Rochefoucauld, accompagnés de six mille fantassins et d'un millier de cavaliers. Elle recouvre son rang et son identité. Elle sort de la clandestinité, « elle marche à la tête d'une armée, elle cherche un asile les armes à la main[28] ». On l'exhibe, en compagnie de son fils, comme tête d'affiche du parti des princes, qui s'apprête à défier ouvertement le roi. Et Condé, suivant du fond de sa prison les péripéties des combats, déclare en riant à son chirurgien : « Aurais-tu jamais cru que ma femme ferait la guerre pendant que j'arrose mon jardin[29] ? »

Elle arriva devant Bordeaux le 31 mai, à la tête des troupes réunies par les deux ducs. C'était une ville turbulente. Elle avait appartenu longtemps aux

Anglais, à qui elle continuait de vendre une bonne part de sa production viticole. Nostalgique du joug léger de l'administration britannique, elle avait très mal accepté les efforts centralisateurs de Louis XIII. Elle se trouvait en conflit chronique avec le duc d'Épernon, gouverneur de Guyenne, qui, par sa brutalité, faisait l'unanimité contre lui. De plus, l'esprit de rébellion restait vivace dans les provinces d'alentour, très marquées par les guerres civiles du siècle précédent. Mais de là à prendre parti pour les princes contre le roi, il y avait loin et les habitants étaient divisés – les notables, redoutant les troubles, étaient pour l'obéissance, mais le peuple, travaillé par les émissaires des princes, poussait à la révolte. Il est permis de se demander ce qui se serait passé si, aussitôt après la pacification de la Normandie et de la Bourgogne, les troupes royales s'étaient présentées devant la ville avec à leur tête Louis XIV en personne – disposé le cas échéant à changer le gouverneur. C'est sans doute ce que craignait Lénet lorsqu'il y expédia en toute hâte la princesse de Condé. À elle était dévolue l'action initiale, déterminante.

Les jurats et le parlement de la ville avaient reçu, par lettre de cachet, l'ordre de lui refuser l'entrée et les portes étaient closes lorsqu'elle se présenta, seule avec son fils et sa propre suite. Mais le peuple ameuté brisa les serrures à coups de hache en criant : *Vive le roi et les princes et point de Mazarin !* On s'écrasait pour la voir, elle et surtout son fils, qu'un gentilhomme portait dans ses bras, vêtu d'une robe de tabis blanc, chamarré d'argent et de passement noir, avec un chapeau couvert de plumes blanches et noires*. « Tout le monde fondait en larmes, en voyant un enfant de sa qualité et de son âge venir chercher refuge contre les violences d'un ministre étranger [30]. » Abrégeons : le bain de foule se termina par leur apparition au balcon de la maison prête à les héberger, au milieu des bénédictions populaires.

Ses mentors n'auraient pu rêver plus grand succès. Très sagement, Bouillon et La Rochefoucauld, avec leurs troupes, étaient restés en attente à Lormont, de l'autre côté du fleuve. Autour de la princesse, pas de soldats, ils auraient fait peur. Elle était apparue dans le rôle d'une femme persécutée en quête de protection pour elle et son enfant. Émouvante, fragile, inoffensive. Et voici que le lendemain lui tomba du ciel l'occasion de montrer sa magnanimité. Dans la nuit était arrivé un messager renouvelant les ordres royaux, qui fut intercepté. On dut l'arracher à la foule qui s'apprêtait à le lyncher et le parlement fut appelé à statuer sur son sort. La princesse, invitée à donner son avis, consulta discrètement ses augures : les deux ducs lui firent parvenir un billet l'incitant à le faire exécuter, Lénet fut d'avis inverse. Elle sauva la vie au malheureux et se concilia ainsi bien des hésitants. Lorsqu'elle se rendit devant les magistrats accompagnée de son fils pour demander officiellement asile, en misant à nouveau sur la compassion, ils hésitèrent, mais finalement l'autorisèrent à demeurer à Bordeaux avec sa seule domesticité, moyennant promesse d'y « vivre en bonne sujette de Sa Majesté ».

---

* L'enfant porte le deuil de son grand-père le maréchal de Brézé, qui vient de mourir.

Elle n'avait encore accompli que la première partie de son programme. Bouillon et La Rochefoucauld avaient traversé le fleuve et s'étaient établis dans le faubourg des Chartrons, où on avait toute facilité pour aller les voir. Il lui fallait maintenant les faire entrer dans la ville en dépit de l'opposition du parlement. Les instances de la jeune femme auprès des magistrats, mais surtout les pressions populaires leur procurèrent une visite. Une fois entrés, ils ne ressortirent pas. Lorsqu'au mois de juillet arrivèrent à Bordeaux le roi, la reine et Mazarin, il était beaucoup trop tard pour éviter l'affrontement. Le siège de la ville donna lieu à des épisodes d'une extrême violence et se prolongea jusqu'à la fin septembre sans qu'elle ait pu être forcée. La princesse de Condé, relevée par les militaires, n'y fit que de la figuration. Mais les meneurs eurent encore recours à elle pour cautionner de son nom le traité avec les Espagnols, dont ils espéraient des secours [31]. Ceux-ci s'étant révélés fort maigres, il fallut composer. Les Bordelais s'inclinèrent *in extremis* pour sauver leurs précieuses vendanges. La régente, pressée de rentrer à Paris où la situation lui échappait, consentit à passer l'éponge et accorda une amnistie générale. La princesse paya de sa personne une dernière fois en faisant amende honorable à ses pieds. Après quoi elle se retira à Montrond, en attendant que d'autres se chargent de délivrer son époux.

Turenne

Pendant que le duc de Bouillon dirigeait les opérations à Bordeaux, son frère Turenne ne chômait pas. Son incartade de l'année précédente l'avait laissé en suspicion et il n'avait pas reçu d'engagement pour la campagne de 1650. Il était libre. Dès l'arrestation de Condé, se sachant menacé, il s'était rué à Stenay, sur la Meuse. La place était forte, elle appartenait au prince en pleine propriété, elle pouvait donc servir de base pour des opérations militaires dans tout le périmètre. Il y fut rejoint par Mme de Longueville, rescapée de sa piteuse équipée normande. Non, il ne se lança pas dans le parti de Condé pour ses beaux yeux turquoise. Il avait pris sa décision bien avant l'arrivée de la duchesse à Stenay, où d'ailleurs il la précéda. Cette fois-ci, n'étant pas chef d'armée, il ne devait rien au roi. En revanche, une dette de reconnaissance le liait au prince, qui était intervenu en sa faveur après la paix de Rueil. Et surtout la solidarité familiale avait joué une fois de plus. C'est sous l'influence de son frère qu'il opta pour la révolte, dans l'espoir tenace de récupérer Sedan. Un espoir auquel les hasards de la géographie semblaient donner de la consistance : leur principauté natale, berceau de leur maison, n'était qu'à une dizaine de lieues de Stenay, comme un fruit désirable. Cela dit, la ville offrait peu de distractions, la belle était privée de son amant en titre, qui guerroyait à Bordeaux, et Turenne, célibataire sans attaches, n'était pas insensible au charme féminin. Il n'est donc pas impossible qu'ils se soient accordé quelques privautés, donnant matière à une légende insistante, qui par la suite servit d'excuse à cette seconde trahison.

Son premier soin fut de chercher une aide extérieure. Le Suédois Wrangel, avec qui il avait tant combattu en Allemagne, ayant refusé tout net, il se tourna vers les Espagnols. Fin avril, Mme de Longueville et lui conclurent avec l'archiduc un traité d'alliance qui fut ensuite ratifié par Philippe IV. Clauses essentielles : signature d'une paix blanche et libération des princes. Sous le nom usurpé de « lieutenant général de l'armée du roi pour la liberté des princes [32] », il prit la tête de troupes mêlant à ses propres régiments un contingent hispanique et prépara alors le coup de main avorté sur Vincennes qui entraîna le transfert des prisonniers*. Mais, l'archiduc répugnant aux opérations avancées en territoire ennemi, il dut se contenter ensuite de cueillir des places frontalières, jusqu'au jour où le maréchal Du Plessis-Praslin, à la tête des vraies troupes royales, l'accula au combat. Dans le village de Sommepy, proche de Rethel, il subit le 15 décembre une défaite écrasante, qui, venant après la capitulation de Bordeaux, sonna le glas de l'appareil militaire condéen. Il se réfugia dans l'évêché de Liège, laissant Stenay partagé entre Français et Espagnols, les premiers tenant la citadelle et les autres la ville, fraternisant, et tous décidés à n'en pas déloger.

---

* Voir *supra*, p. 376.

Le renversement des alliances

Paradoxalement, le désastre de Rethel contribua puissamment à la libération de Condé. La Fronde parlementaire a eu pour résultat de faire émerger dans la compétition pour le pouvoir trois camps : d'un côté Mazarin, à qui la régente l'a confié, de l'autre Condé, et Gaston d'Orléans, gouverné par le coadjuteur, qui le lui disputent. Chacun a besoin, pour s'imposer, de l'un des deux autres. Mais à peine prend-il le dessus que les deux autres songent à se rapprocher contre lui. Aucun ne joue franc jeu dans ces négociations biaisées, tant leurs objectifs divergent. C'est à qui mentira le plus [33]. La manie de signer des traités privés, qui nous paraît si ridicule, est en réalité un signe de défiance chez les partenaires. En notant noir sur blanc le détail des engagements souscrits, ils cherchent à se prémunir contre leur fragilité. Pure illusion, bien entendu : tous ces traités éclosent et se fanent comme fleurs en été.

Mazarin venait de triompher militairement des Condéens. Il crut pouvoir baisser la garde. L'appui des frondeurs lui était beaucoup moins utile. Il savait d'ailleurs combien cet appui était trompeur. En lui apportant son soutien contre les princes, le coadjuteur, sous prétexte de préserver la popularité indispensable à son efficience politique, s'était réservé le droit de fulminer contre lui en public et il s'en donnait à cœur joie, dans l'espoir de miner définitivement son crédit et de prendre un jour sa place. Lorsqu'il présenta la facture, en réclamant le chapeau de cardinal promis, il se heurta à un refus, qui l'indigna d'autant plus que le cardinal feignit de s'en défausser sur le Conseil. De son côté, le duc d'Orléans était furieux contre la régente et son ministre. Resté à Paris lors du siège de Bordeaux, il y avait été chargé de gérer les affaires courantes, sans plus. Or il avait pris des initiatives. Il s'était permis, de son propre chef, de destituer le duc d'Épernon, privant la cour d'un moyen de marchandage avec les Bordelais. Puis il avait répondu favorablement à des propositions de paix que lui soumettait l'archiduc : usurpation de pouvoir évidente, qui risquait de contrecarrer la politique internationale complexe menée par Mazarin. Très habilement, la régente avait feint d'entrer dans son jeu en lui donnant carte blanche et l'archiduc, qui comptait sur un refus du ministre pour agiter l'opinion, s'était retiré brutalement. Elle avait tenté d'apaiser la mauvaise humeur de son beau-frère en le couvrant d'amabilités, mais le coadjuteur ne cessait d'inciter celui-ci à s'assurer une place dans l'État avant la majorité du roi, qui approchait de jour en jour.

À Paris, le temps passant, on oubliait les mauvais souvenirs du siège, on commençait à plaindre les pauvres prisonniers. Les Condéens, sachant ne plus pouvoir compter sur la révolte armée, en revinrent aux voies juridiques. Et ils firent, pour les préparer, un effort de propagande en inondant la ville de pamphlets ou de placards. L'« exil » des princes au Havre semblait présager une captivité prolongée, dans un climat humide, qu'on déclara désastreux pour leur santé. À Vincennes, sur les lieux qu'ils venaient de quitter, leurs amis – Mlle de Scudéry en tête – entretenaient la flamme en déposant des fleurs et en composant des vers, tandis que de nouveaux volumes du

Grand Cyrus venaient raviver la mémoire des exploits du héros. En décembre enfin la princesse douairière, qui vivait retirée chez la duchesse de Châtillon, contribua par sa mort à émouvoir l'opinion en faveur de ses enfants, exclus de la cérémonie funèbre. Les temps étaient mûrs pour un renversement des alliances.

Il fut l'œuvre de la princesse Palatine, Anne de Gonzague, dont la sœur venait d'épouser le roi de Pologne. Elle appartenait à une très ancienne famille princière italienne, dont la difficile reconquête du duché de Mantoue avait consacré la ruine. Après une jeunesse agitée, elle avait épousé un fils cadet de l'Électeur palatin, qui la laissait libre de ses mouvements pourvu qu'elle assurât sa propre subsistance. Elle était encore belle et surtout remarquablement intelligente. Plutôt que de miser sur ses charmes, elle avait choisi de monnayer son entregent auprès des clans antagonistes. Elle servait alors les princes. Elle s'aboucha avec Mme de Chevreuse, capable de lui rendre des points en matière d'intrigue, qui travaillait pour les frondeurs. La duchesse avait une fille fort jolie et d'excellente naissance, puisqu'elle appartenait par son père à la maison ducale de Lorraine. Mais elle n'était pas facile à marier, parce que le vieux duc, qui avait coupé les ponts avec sa mère, n'était pas disposé à la doter, et parce qu'elle était, quasiment de notoriété publique, la maîtresse du coadjuteur. La Palatine proposa la perle rare : le prince de Conti, prêt à tout pour échapper à la condition ecclésiastique.

On n'entrera pas ici dans le détail des entretiens des deux femmes entre elles et avec leurs mandants. Ils aboutirent à une série de quatre traités distincts, ce qui permit de ne communiquer aux différents partenaires que la partie les concernant – il est aisé de deviner pourquoi. Ils ne plaisaient pas à tout le monde, puisque certains Condéens, dont La Rochefoucauld, contactèrent en vain le cardinal en vue d'un rapprochement. Au programme commun des conjurés, la libération des princes et l'éviction de Mazarin, avec en arrière-plan, implicite, la paix générale. Le texte du traité, qui a été conservé, porte le nom des responsables des deux camps. Il y manque, bien sûr, celui de Condé, mais nous savons qu'on lui avait communiqué l'ensemble des dispositions prises – y compris le mariage Conti-Chevreuse – et qu'il avait transmis son accord sur un morceau d'ardoise. Les diverses clauses du document principal, anormalement long, respiraient la défiance et s'efforçaient de prévenir les défections, au cas où le duc d'Orléans ne suivrait pas [34]. Car il ne savait rien encore et l'on n'était pas sûr de lui. Au mois de novembre, il avait écarté une requête déposée au parlement en faveur des princes. Or l'offensive prévue devait être menée au parlement, dans le cadre de la déclaration d'octobre proscrivant le maintien en prison sans jugement. Monsieur hésitait. Jusque-là, il s'était toujours rangé aux côtés de sa belle-sœur. C'est un grand saut dans l'inconnu qu'on lui demandait de faire. Harcelé de pressions diverses, encouragé par son épouse et chapitré par le coadjuteur, il s'y décida dans les derniers jours de janvier. Il signa, coincé par ses amis entre deux portes, « comme il aurait signé la cédule*

---

* Une *cédule* est une promesse de signer sous seing privé – ici un pacte avec les démons.

du sabbat, s'il avait eu peur d'y être surpris par son bon ange[35] ».

Ô surprise : ce velléitaire, une fois engagé, s'accrocha à sa décision avec l'énergie du désespoir. Il refusa de participer au Conseil et même d'adresser la parole à la reine, tant que le ministre auteur de tous les maux serait là. Et il autorisa le coadjuteur à soutenir au parlement, en son nom, une déclaration réclamant la liberté des princes et l'éviction du cardinal, que les magistrats votèrent à une énorme majorité. Alors les événements se précipitèrent. Mazarin et la reine n'eurent pas le temps d'organiser une sortie de Paris qui les eût mis, elle et ses fils, sous la protection des forces armées. Un climat insurrectionnel se développait dans la ville au soir du 6 février, lorsque Mazarin, dont la vie était menacée, résolut de partir discrètement en tenue de cavalier. Il n'alla qu'à Saint-Germain, espérant que la reine l'y rejoindrait. Mais les frondeurs, soupçonneux, veillaient. Gaston d'Orléans avait eu beau affirmer le 8 : « Je ne serai jamais si malheureux que d'empêcher le roi et la reine de faire ce qu'ils voudront[36] », il se laissa arracher par ses amis dans la nuit du 9 février, alors qu'elle se disposait à fuir, l'ordre de fermer les portes de la ville et de mettre les milices en défense. Il envoya même un de ses officiers pour s'assurer que le petit roi dormait bien dans son lit et elle dut introduire à sa suite les meneurs populaires, qu'elle parvint à désarmer par la simplicité de son accueil. L'enfant, tout habillé sous les draps, n'avait pas cillé. Elle était sauvée, mais prisonnière. Un mois durant elle fut confinée dans son palais sans pouvoir sortir. Pressée, menacée, elle eut beau se débattre et pleurer tout son soûl, elle dut souscrire à la libération des princes. Le 10 février, le parlement fit partir pour

Le Havre une délégation chargée de leur rendre la liberté, moyennant l'abandon jusqu'à nouvel ordre de leurs principaux gouvernements et charges. Mazarin décida de la prendre de vitesse et de lui couper l'herbe sous le pied.

Les clefs du Havre

Anne d'Autriche avait réussi à communiquer avec lui. Comme il était sous le coup d'une condamnation et que chacun était invité à lui « courir sus », elle lui conseilla de quitter la France. Mais il avait à faire auparavant une chose essentielle : un détour par Le Havre. Non qu'il désirât voir les princes libres : il aurait bien préféré les garder en prison jusqu'à la majorité du roi ! Mais il tenait à rester maître de leur sort. La reine lui avait fourni les « clefs du Havre [37] » : un document qui lui donnait carte blanche pour traiter avec eux en son nom et enjoignait à leur gardien de lui obéir en tous points, quelque autre ordre postérieur qu'il reçût.

Il arriva au Havre le premier, avec six heures d'avance seulement. Avait-il songé à s'y enfermer et à conserver les princes comme otages jusqu'à ce que la reine fût libérée ? La question ne se posa pas, car il rencontra un obstacle imprévu. Soupçonnant un projet de ce genre, la duchesse d'Aiguillon, à qui appartenait la place, avait fait promettre à de Bar de la lui garder soigneusement. Celui-ci réserva donc au cardinal les honneurs dus à son rang, il salua son arrivée de bruyantes salves d'artillerie, mais, en lui faisant mille excuses, il refusa l'entrée à son escorte.

Seules deux personnes furent autorisées à l'accompagner dans la citadelle. Il y trouva le maréchal de Gramont, que la reine avait envoyé aux princes pour les préparer aux conditions qui leur seraient faites. Autant faire vite : Mazarin, lui, n'avait rien à négocier. Il entra sans façon dans leur chambre en tenue de voyage, les salua, leur fit lire la lettre de la régente qui lui donnait pleins pouvoirs. S'adressant à Condé, « il commença d'abord à justifier sa conduite sur les choses générales ; il lui dit ensuite, sans paraître embarrassé, et avec assez de fierté les divers sujets qu'il avait eus de se plaindre de lui, et les raisons qui l'avaient porté à le faire arrêter. Il lui demanda néanmoins son amitié ; mais il l'assura en même temps qu'il était libre de la lui accorder ou de la lui refuser, et que le parti qu'il prendrait n'empêcherait pas qu'il ne pût sortir du Havre, à l'heure même, pour aller où il lui plairait*[38] ». Il lui rendait donc la liberté sans conditions, lui demandant seulement son amitié pour le roi, la reine et lui-même. Condé « fut facile à promettre ce qu'on désirait de lui ». Très grand seigneur, il remercia et protesta de son dévouement au service des souverains et de son attachement pour le cardinal. Tous deux avaient bien joué leur partie. Allaient-ils se séparer sur cette comédie ? Il n'était que dix heures du matin, personne n'avait mangé. Ils se mirent à table ensemble, ce qui détendit l'atmosphère. Mazarin eut ensuite avec Condé de longs apartés dont peu de chose filtra. Après quoi il l'accompagna jusqu'à son carrosse en lui prodiguant des marques de respect

---

* La Rochefoucauld, qui faisait partie de la délégation, rencontra Condé en cours de route et le ramena à Paris, put avoir de lui un récit de première main.

que le prince, si l'on en croit la rumeur répandue par les frondeurs, accueillit d'un grand éclat de rire. À Paris ceux-ci firent des gorges chaudes de sa déconfiture.

Ils avaient grand tort. Le cardinal n'avait assurément pas la naïveté de croire que Condé lui saurait gré d'une libération qui lui avait été extorquée. Mais en prenant les devants, il empêchait les autres partis de s'en prévaloir. D'une part, il sauvait les apparences. Arrondir les angles, ne jamais rompre les ponts, quel qu'en soit le prix pour l'amour-propre : telle était sa règle d'or. Il avait tiré du prince des mots aimables, des promesses en l'air, sans consistance aucune pour l'instant, mais fondement possible pour une future réconciliation. D'autre part, s'agissant de l'alliance entre les frondeurs et les princes, il avait introduit un ver dans le fruit. Les longues conversations de cette matinée au Havre lui avaient assurément permis de glisser quelque allusion aux ambitions ministérielles du coadjuteur. Il savait bien que le prince redoutait de voir l'ambitieux prélat accéder au pouvoir. La décision de le libérer avait été acquise, au parlement, grâce aux frondeurs. En vertu de la règle impliquant que tout service rendu crée obligation réciproque, Condé aurait dû leur être redevable. Mais puisque Mazarin était arrivé avant et qu'il lui avait offert sa liberté pleine et entière au nom de la reine, le prince pouvait se juger quitte envers ses alliés occasionnels.

En libérant Condé, Mazarin lui avait fourni l'argument nécessaire pour répudier toute dette de reconnaissance à l'égard de ses amis de la veille et rompre les traités qu'il venait à peine de signer. Car il n'était pas près d'oublier qu'il leur devait son incarcération.

CHAPITRE DOUZE

L'échec politique

Le prince de Condé fit à Paris un retour à grand spectacle. « Une foule innombrable de peuple et de personnes de toutes qualités alla au-devant de lui jusqu'à Pontoise. Il rencontra, à la moitié du chemin, M. le duc d'Orléans, qui lui présenta le duc de Beaufort et le coadjuteur de Paris, et il fut conduit au Palais-Royal au milieu de ce triomphe et des acclamations publiques. Le roi, la reine et M. le duc d'Anjou étaient demeurés au Palais-Royal avec les seuls officiers de leur maison, et M. le prince y fut reçu comme un homme qui était plus en état de faire grâce que de la demander[1]. » Deux données ressortent de ce bref compte rendu. L'une saute aux yeux : l'isolement, l'impuissance de la reine et du jeune roi. L'autre se lit entre les lignes : l'effort, très net chez Gaston d'Orléans, pour s'approprier la libération du prince et donner à croire qu'il en est l'auteur, alors que le geste décisif ne vint pas de lui. Preuve, s'il en était besoin, qu'entre les deux hommes, qui ne se sont jamais aimés, l'étroite collusion ici affichée risque de voler très vite en éclats.

Occasions perdues ?

La reine sortait très affaiblie de ces journées dramatiques. L'éloignement de Mazarin, qu'on pouvait croire définitif, créait au plus haut niveau un grand vide et invitait à des réflexions sur le fonctionnement des institutions. Nul ne songeait à remettre en cause la monarchie, incarnée par un enfant innocent. Mais le déferlement de libelles ordurriers sur les relations prétendues d'Anne d'Autriche avec son ministre avait fini par porter atteinte à l'image de celle-ci, que beaucoup jugeaient disqualifiée pour assurer la tutelle de son fils. C'est donc sur la régence qu'on s'interrogeait. Comme aucune « loi fondamentale du royaume » ni même aucune coutume non écrite ne fixaient de règles pour sa dévolution, on avait toujours agi en fonction des circonstances et très souvent en violation des volontés exprimées par le monarque défunt. L'âge requis pour la majorité des rois, longtemps aligné sur le régime normal – vingt et un ans – avait été abaissé à treize par Charles V, en 1369, dans le but d'abréger les périodes d'instabilité que constituaient les régences. Mais dans le cas où cette mesure se révélerait au contraire source de troubles, ne serait-il pas raisonnable de reporter à un âge plus avancé la majorité du roi, en changeant au besoin de régent ?

L'idée n'était pas nouvelle. Il s'y joignait parfois, dans des pamphlets marginaux, l'éventualité d'un changement de dynastie[2]. Mais il est clair qu'en février 1651, l'imminence de la majorité royale – il s'en fallait de huit mois à peine – donnait à la question une importance extrême. Si Louis XIV était déclaré majeur, sa mère, débarrassée du Conseil de régence, serait en mesure de gouverner seule sous le nom de son fils – ce sur quoi elle comptait, et qui advint en effet. Or, à ce qu'on affirmait, les deux années de violences qu'on venait de vivre avaient démontré son incapacité, ainsi que la nocivité du ministre auquel elle s'accrochait. Ne conviendrait-il pas de l'empêcher de nuire en l'écartant de la régence et en confiant à quelqu'un de plus qualifié le soin de conduire l'enfant jusqu'à ce qu'il soit capable de régner ? Il se trouvait alors à Paris une Assemblée de noblesse, formée de gentilshommes de moyenne volée, pour réclamer la liberté des princes. Las d'être totalement exclus du pouvoir, ils avaient profité de l'occasion pour se faire entendre et travaillaient à la « réformation » des maux du royaume. S'appuyant sur leurs collègues ecclésiastiques réunis de leur côté, ils avaient exigé et obtenu la promesse d'une réunion des États généraux, à qui ils proposaient entre autres tâches de réglementer les régences. L'âge de la majorité du roi serait reporté à dix-huit ans. En attendant, le gouvernement serait assuré par un Conseil composé de la reine, du duc d'Orléans, du prince de Condé, et de représentants des trois états du royaume – clergé, noblesse, et tiers –, au nombre de six pour chacun. Et nul n'y aurait voix prépondérante. En fait ils proposaient une forme de monarchie mixte à l'allemande, qui passionne aujourd'hui les historiens des institutions [3]. Le duc d'Orléans et Condé ne prêtèrent l'oreille à l'Assemblée que tant qu'ils y trouvaient leur intérêt. Quand elle leur devint gênante, ils la forcèrent à se saborder, en fixant la réunion des États après les treize ans du roi, autrement dit aux calendes grecques*. Mais ces débats les avaient servis, en lançant des idées en l'air.

En réalité, les deux triomphateurs ne songeaient qu'à proroger, sous une forme ou sous une autre, les prérogatives dont la date fatidique du mois de septembre allait les priver. Adieu, lieutenance générale du royaume, adieu présence de droit au Conseil ! L'idée de prolonger la régence ne leur déplaisait donc pas. Et elle souriait très fort à leurs entourages. Il faut dire que le moment était propice. « Qui tient le roi tient le pouvoir », comme Catherine de Médicis avait pu le constater à ses dépens. Les rebelles avaient déjà fait en direction du coup de force une bonne moitié du chemin : ils tenaient le roi et sa mère. Anne d'Autriche put craindre qu'on ne la mît dans un couvent et qu'on ne lui enlevât son fils [4]. Elle était seule, prisonnière dans son palais, sous la frêle protection des officiers de sa maison, à la merci de la foule parisienne flambant encore de haine contre « le Mazarin », livrée au bon vouloir de son beau-frère et du prince de Condé. « Plusieurs ont cru que M. le duc d'Orléans et lui firent une faute très considérable de laisser jouir la reine plus longtemps de son autorité : il était facile de la lui ôter ; on pouvait faire passer la régence à M. le duc d'Orléans par un arrêt du parlement, et remettre non seulement entre ses mains la conduite de l'État, mais aussi la personne du roi, qui manquait seule pour rendre le parti des princes aussi légitime en apparence qu'il était puissant

---

* De 1614 à 1789, les États généraux ne furent jamais réunis !

en effet. [...] Personne, ajoute La Rochefoucauld, ne se trouvait en état ni même en volonté de s'y opposer[5]. »

Pourquoi reculèrent-ils devant l'entreprise ? Se plaçant sur le plan psychologique et moral, Mme de Motteville leur prête des scrupules : ces mauvais desseins manquèrent d'être exécutés, dit-elle, « parce que dans le fond du cœur du duc d'Orléans il y avait de la bonté, et que dans l'âme de M. le prince on a dû y remarquer une naturelle aversion au mal[6] ». Monsieur était en effet dépourvu de méchanceté, il avait de la sympathie pour sa belle-sœur et il appréhendait les aventures dans lesquelles il s'était laissé entraîner. Quant à Condé, laissons-lui le bénéfice du doute. Une chose est sûre en tout cas : il n'avait rien à gagner dans l'affaire. « Le duc d'Orléans était alors si grand par lui-même et si considérable, qu'on peut presque dire qu'il était aussi absolu en France que s'il en eût été le roi[7]. » Le transfert de régence ne pouvait s'accomplir qu'à son bénéfice. Condé venait de reculer d'un degré dans l'ordre de succession au trône puisque Monsieur avait eu enfin un fils l'été précédent*. Il n'avait aucune envie de laisser gagner en puissance une maison rivale de la sienne. Et la perspective de voir le coadjuteur, bientôt promu cardinal, jouer les éminences grises auprès du nouveau régent ou occuper le ministère lui était intolérable. Comme l'a bien vu La Rochefoucauld, « il ne put se résoudre de laisser passer toute la puissance à M. le duc d'Orléans, qui était entre les mains des frondeurs, dont M. le prince ne voulait pas dépendre. [...] Ils laissèrent donc à la

---

* Au grand désespoir de son père, l'enfant mourut l'année suivante.

reine son titre et son pouvoir, sans rien faire de solide pour leurs avantages[8] ». À la fin du mois de mars, quand les errances de Mazarin eurent cessé et qu'il eut accepté de se fixer à Brühl, sur les terres de l'évêque-électeur de Cologne, Anne d'Autriche put faire lever les gardes, tant aux portes du Palais-Royal qu'à celles de la ville, et elle recouvra sa liberté de mouvements. Mais elle n'en usa pas pour quitter Paris. Elle prit les rênes du gouvernement et s'appliqua à faire éclater la coalition qui l'avait vaincue, tandis que Condé s'occupait, lui, à redresser ses affaires mises à mal par sa captivité.

Reprise en mains

Une année d'absence forcée laisse des traces dans une maison, selon tous les sens de ce terme. Condé s'attacha à rassembler sa famille, à rétablir ses finances, à reconstituer ses réseaux de pouvoir et à ressusciter son armée.

La première bénéficiaire du changement fut sa femme : c'était bien la moindre des choses. Immobilisée à Montrond par une forte fièvre, elle ne put le rejoindre qu'à la mi-mars. Le 18, donnant à son arrivée tout le lustre requis, il alla à sa rencontre, brillamment accompagné, jusqu'à Sainte-Geneviève-des-Bois et il l'amena en grande pompe dans leur hôtel, où tout Paris se pressa pour la saluer. Les visiteurs la trouvèrent embellie et lui découvrirent plus d'esprit qu'ils ne s'y attendaient. « La princesse me parut plus habile qu'à l'ordinaire ; elle était si transportée de joie de voir beaucoup de monde chez elle que, hors de son naturel, elle se surpassait elle-même⁹. » Peut-être, après tout, était-ce son « naturel » qui, étouffé pendant des années par le mépris général, se manifestait au grand jour ? Depuis qu'elle était une héroïne, Condé n'avait plus à rougir d'elle. « Mme la princesse est fort chérie du prince son mari », constatait avec plaisir le peuple parisien¹⁰. Pour la première fois de leur vie, ils formaient un couple uni, bientôt renforcé par leur inquiétude commune pour le jeune duc d'Enghien qui, à Montrond, venait d'être atteint de la variole – vite surmontée, heureusement. Entre eux, les relations conjugales, restées plus qu'épisodiques depuis des années, reprirent et l'année suivante il leur naîtra un second fils*.

Tout n'allait pas aussi bien chez les Longueville. Le duc sortait de prison dégoûté de la guerre civile. Il avait toléré les infidélités de sa femme lorsqu'elles restaient discrètes et son activisme politique lorsqu'il en tirait des retombées – le Pont-de-l'Arche par exemple. Mais il la jugeait responsable des ennuis qui avaient suivi. Il lui coupa donc les vivres, la laissant à la charge de son frère. Lorsqu'elle rentra de Stenay, celui-ci avait prévu pour elle, à Coulommiers, une réception du même type que celle qu'il réservait à son épouse. Mais, le duc de Longueville s'étant dérobé, il alla seul la récupérer à Meaux et dut l'installer chez lui. En juin, une tentative de conciliation échoua : « La duchesse de Longueville a été conduite à Trie [...] par le prince de Condé son frère, pour y voir le duc son mari et l'éclaircir de sa conduite, dont jusques à cette heure il a été si mal content qu'il n'a

---

* Né le 20 septembre 1652, il mourra le 11 avril 1653.

point voulu coucher avec elle et à peine a-t-il mangé[11]. » Les conditions qu'il imposait pour reprendre la vie commune étaient telles qu'elle en conserva une durable terreur, qui pesa sur ses choix politiques ultérieurs : elle était prête à tout plutôt que d'aller s'enterrer auprès de lui en Normandie.

Le reste de la famille ne posa aucun problème. Condé, se sachant mal en cour, affichait la plus étroite union avec le duc d'Orléans. Certes il détestait les frondeurs, entre les mains de qui se trouvait alors Monsieur. Mais il ne pouvait, sauf à passer pour ingrat, se détacher de lui publiquement. Il prit donc soin d'entériner les traités passés en son absence, mais avec son assentiment, qui le liaient aux frondeurs. L'un stipulait l'union de son fils avec une des filles du duc d'Orléans : comme les intéressés n'avaient encore que six et sept ans, on se contenta de dresser le contrat, afin de fixer l'engagement. Un autre mariage, de pleine actualité celui-ci, prévoyait d'unir le prince de Conti à la Mlle de Chevreuse, fille de la duchesse : c'était l'argument massue ayant décidé celle-ci à travailler à la liberté des princes. Le jeune homme s'était déclaré ravi. La séparation d'avec sa sœur avait visiblement amoindri la fascination qu'elle exerçait sur lui. La perspective de se marier l'enchantait. Il accéderait à l'âge adulte et verrait s'éloigner à jamais la crainte d'être voué de force à l'Église. La belle Charlotte était fort séduisante et son promis, conquis, lui fit une cour assidue. Comme ils étaient plus ou moins cousins, on envoya des courriers à Rome pour la dispense. « M. le prince de Conti ne bougeait de l'hôtel de Chevreuse ; M. le prince y allait souvent[12]. » Et comme aucun profit n'était à négliger, celui-ci sollicita le transfert des riches bénéfices ecclésiastiques qu'allait abandonner le futur marié sur la tête du duc d'Enghien : de quoi lui assurer de substantielles rentrées jusqu'à l'âge adulte.

La situation financière de Condé avait été lourdement grevée par son emprisonnement et par la guerre menée par ses partisans. Il avait été privé de ses charges et n'en avait donc plus touché les rémunérations. Dès que son innocence fut reconnue, il obtint d'y être rétabli et réclama le paiement des arriérés qu'il aurait dû percevoir durant son année de captivité. Au début avril, « il reçut en argent ou en bonnes assignations* treize cent mille livres, tant pour ce qu'il lui était dû devant sa prison, que pour ses pensions et revenus de ses gouvernements qui ont couru depuis [...]. M. le prince de Conti et M. de Longueville en ont reçu aussi pour six à sept cent mille livres [13] ». Insatisfait cependant, il en réclame encore fin avril, puis en juillet. Il aurait ainsi tiré de la cour un million six cent mille livres. Il n'était pourtant pas réduit à la mendicité. Les financiers et juristes mis en place par son père pour la gestion de ses affaires privées n'avaient cessé, durant sa captivité, de faire fructifier les biens familiaux [14]. Mais il se montrait, en matière financière, le digne fils de ce père.

---

* Les *assignations* étaient des espèces de bons du Trésor liés à différentes rentrées fiscales à venir. Certaines étaient dites *bonnes*, ou *claires* quand il était certain que les impôts concernés rentreraient ; d'autres, fondées sur des créances insolvables, étaient quasiment pourries. D'où l'importance, pour les gens bien placés, de veiller à la qualité des assignations qu'on leur donnait.

Il avait besoin d'argent pour récompenser ceux qui l'avaient servi et surtout pour reconstituer les réseaux qui étaient le fondement de son pouvoir. Il ne concevait pas de vivre sans disposer d'une armée personnelle. Il en avait eu deux, il n'en a plus, celle de Bouillon a été dispersée à Bordeaux, celle de Turenne a été anéantie à Rethel. Et il n'est pas censé en avoir une, puisque la paix est faite avec la cour. Normalement, les rescapés de la guerre civile doivent se fondre dans les troupes du roi, pour se tourner ensuite contre les Espagnols. Si encore il avait comme naguère la haute main sur une des armées royales ! Mais ces armées ont pour chef suprême le duc d'Orléans et pas lui. Il avait bien tenté de le déposséder en réclamant à son profit, dans leur traité d'alliance, le rétablissement de la fonction de connétable : mais c'était trop demander*. Faute de pouvoir dévoyer une armée royale, il en est donc réduit à s'en procurer une à lui. L'entreprise se développe tout au long du printemps et de l'été. Il regroupe les quelques régiments qu'il a pu réunir avec les débris du désastre et les concentre dans les places qu'il possède en Champagne : ils n'obéissent qu'à lui. Il recrute pour compléter les effectifs.

La reconstruction d'une armée est une œuvre de longue haleine et qui suppose en effet des appuis. Sa femme d'un côté, sa sœur de l'autre avaient traité avec l'Espagne, avec son accord. Les engagements de la

---

* Au connétable, nommé à vie et inamovible, était dévolu le commandement en chef de toutes les armées royales. Cette fonction, qui donnait à son titulaire un pouvoir redoutable, avait été abolie par Louis XIII en 1627.

première, liée à une aide qui n'était jamais venue, se trouvaient caducs. Mais ceux de Mme de Longueville pouvaient servir de prétexte à des contacts. Il la renvoie à Stenay pour préparer le terrain, puis expédie un ambassadeur à Bruxelles. Afin de dégager sa sœur de toute compromission avec l'Espagne et de s'en dissocier lui-même, nous dit-on parfois. Il est permis d'en douter. Le prince et les siens s'étaient engagés à ne pas déposer les armes tant que la régente n'aurait pas consenti à la paix générale. Et, au cas où ils seraient libérés plus tôt, ils promettaient « d'employer leurs personnes, crédit, forces et autorité pour la conclusion et pour l'exécution de la dite paix [15] ». Il n'était nul besoin d'un messager pour exposer à Fuensaldagne une situation qu'il connaît mieux que personne, puisque les troupes espagnoles ont été partie prenante au désastre de Rethel. Il sait très bien que Condé, dans l'immédiat, n'a plus d'armes et ne peut rien.

Les conversations engagées alors ne sont qu'un rideau de fumée, permettant au prince de faire croire qu'il souhaite sincèrement la paix et à l'archiduc d'attribuer une fois de plus son refus d'y souscrire à la mauvaise volonté de la France. Mais dans la coulisse, il est question de tout autre chose, comme l'avoue crûment La Rochefoucauld : « M. le prince avait envoyé le marquis de Sillery en Flandre, sous prétexte de dégager Mme de Longueville et M. de Turenne des traités qu'ils avaient faits avec les Espagnols pour procurer sa liberté ; mais en effet il avait ordre de prendre des mesures avec le comte de Fuensaldagne et de pressentir quelle assistance il pourrait tirer du roi d'Espagne, s'il était obligé de faire la guerre. Fuensaldagne répondit selon la coutume ordinaire des Espagnols, et promettant en général beaucoup plus qu'on ne lui pouvait raisonnablement demander, il n'oublia rien pour engager M. le prince à prendre les armes [16]. »

Plus les semaines passent, plus il devient donc clair que Condé se dote des moyens de reprendre le combat contre la régente. Cela ne signifie pas qu'il y soit décidé. Mais cela constitue une tentation. Ne va-t-il pas, à la première contrariété, se lancer à nouveau dans le jeu bien connu des révoltes nobiliaires ? Or il ne mesure pas que beaucoup de ses soutiens antérieurs risquent de ne pas le suivre cette fois-ci. Lors de sa prison, la noblesse s'était dressée pour sa défense par solidarité de classe et parce qu'elle le jugeait injustement poursuivi. Il s'y ajoutait, quasiment chez tous, le désir de chasser Mazarin. Mais la joie qui l'avait accueilli à sa libération supposait de sa part un engagement implicite : « Tous espéraient également que son retour rétablirait l'ordre et la tranquillité publique [17]. » Désormais il était libre et Mazarin éliminé. Nul ne mettait en cause la monarchie et la fidélité due au roi. On n'avait donc plus de raisons de se battre, le moment était venu d'arrêter les frais. Parmi les nobles qui l'avaient soutenu, très peu l'aimaient. Et certains de ses amis, qui avaient vu leurs terres ravagées et leurs châteaux brûlés, n'avaient pas envie de recommencer. Un malentendu se creuse donc peu à peu entre le prince, qui compte retrouver son réseau de fidèles antérieurs, et divers membres de ce réseau, que le sens de l'État pour certains, le souci de leurs intérêts pour d'autres, détournent de le suivre dans la subversion. Quelques faveurs adroitement dispensées par la régente achèvent de ramener à elle les modérés.

D'autant que Condé a perdu dans l'épisode précédent une partie de son charisme. Certes, à Bordeaux et à Rethel il ne commandait pas ses troupes en personne, mais leur défaite a rejailli en partie sur lui. Il n'est pas sorti de prison seul ou grâce aux siens, d'autres l'en ont sorti et, par là, les artisans de sa liberté ont acquis des droits sur lui : quelle chance avait eue le duc de Beaufort, s'exclama-t-il, « de ne devoir sa liberté qu'à lui-même et à ses domestiques [18] » ! Il ne retrouve pas l'emprise qu'il avait eue sur les esprits, « la crainte qu'on avait de lui était entièrement dissipée [...] on ne revint jamais à cette grande terreur qu'il avait autrefois donnée, quoi qu'il pût faire après cela [19] ». On avait pu l'arrêter et le tenir en prison un an : il n'était plus un surhomme, son insolente fortune l'avait déserté.

Déjà, lors du siège de Bordeaux, des opportunistes comme le duc de Saint-Simon, gouverneur de Blaye, et le comte Du Daugnon, gouverneur de La Rochelle, s'étaient réfugiés dans un attentisme prudent. Bussy-Rabutin avouait ne s'être joint qu'à contrecœur à ses partisans*. Après sa libération, on vit s'éloigner, ouvertement ou sur la pointe des pieds, son beau-frère de Longueville, le maréchal de La Mothe, le duc de Gramont. Le cas des deux frères de La Tour d'Auvergne est significatif. Nul n'était mieux placé

---

* « Ce n'a pas été sans de grandes répugnances, car je sers contre mon roi un prince qui ne m'aime pas. Il est vrai que l'état où il est me fait pitié ; je le servirai donc pendant sa prison comme s'il m'aimait, et s'il en sort jamais, je lui remettrai sa lieutenance, et je le quitterai aussitôt [20]. »

qu'eux pour apprécier les forces en présence. En tant que commandants de ses deux corps de troupes, c'étaient des vaincus. Mais Turenne, en dépit de Rethel, restait le seul grand capitaine dont disposât la France en dehors de Condé : sa présence serait un atout considérable pour l'un ou l'autre camp. La reine le comprit, pas le prince. Tandis que celui-ci les oubliait dans la distribution de récompenses, elle avait joint à l'amnistie accordée aux deux frères la faveur tant attendue : elle leur accorda – enfin dissocié de la possession de Sedan dont ils étaient dédommagés – le statut de princes étrangers qui les plaçait dans la hiérarchie au-dessus des ducs et pairs. Alors Turenne, qui s'était laissé entraîner dans la révolte malgré lui, rompit publiquement ses engagements avec le parti du prince et se retira du jeu. Son frère le duc de Bouillon tarda encore quelques mois, pour voir comment tournerait le vent [21].

Or, après avoir paru très favorable à Condé au printemps, le vent tourna nettement contre lui au cours de l'été.

L'éphémère ascension de Condé

Dès qu'elle fut libre de ses mouvements, la reine prit la direction du gouvernement. Condé et Monsieur, s'en étant exclus l'un l'autre, y virent un moindre mal, tant ils la jugeaient incapable. Ils avaient grand tort. Elle n'avait aucune illusion sur eux ni sur leurs amis. Elle les haïssait. Elle voyait en eux, non sans raison, une menace pour l'autorité royale. Or elle voulait la transmettre intacte à son fils, qu'elle idolâtrait. Elle misa sur leur jalousie. Elle allait tout faire pour creuser entre eux les divisions jusqu'à ce que les treize ans de l'enfant fassent de lui un souverain de plein droit et de libre exercice. Elle ne pouvait songer à rappeler Mazarin auparavant, sous peine de ressouder l'union de ses adversaires. Elle se mit à la tâche courageusement.

À l'école de son ministre, elle avait déjà beaucoup appris. De plus, pour la conseiller à distance, il avait organisé entre Paris et Brühl une correspondance régulière, qui fonctionna cahin-caha en dépit des flottements dus aux délais d'acheminement. Autour d'elle subsistait une partie du personnel mis en place par lui, notamment les trois secrétaires d'État, Servien, Le Tellier et Lionne. Il y avait aussi, comme garde des Sceaux, un revenant du règne passé, le marquis de Châteauneuf, ancien amant de Mme de Chevreuse, qui avait été imposé pour prix de la collaboration des frondeurs à l'arrestation des princes. Il s'y était maintenu contre vents et marées et, depuis le départ du cardinal, qu'il espérait bien remplacer, il faisait figure de premier ministre et jouait son jeu personnel. Le parti du prince était donc mal représenté en haut lieu, tandis que celui de Monsieur semblait y peser davantage.

Condé était mécontent de voir au gouvernement un frondeur notoire. Il regrettait en secret Mazarin, qu'il croyait plus souple. Mais il avait dû, pour sortir de prison, s'associer à la campagne contre le ministre détesté. Une fois libéré, « l'engagement où il était de haïr le cardinal, plus par honneur que par sentiment, l'embarrassait [22] ». N'osant se dédire ouvertement aussitôt après avoir reçu de ses alliés occasionnels un si éminent service, il ne savait comment faire pour rompre. Il chercha donc à se réconcilier avec la reine. Cela tombait bien : elle-même avait été mise en garde contre l'ambitieux coadjuteur dans une des premières directives reçues de Brühl. La princesse Palatine servit à nouveau d'intermédiaire pour nouer entre la reine et le prince un pacte qui promettait à celui-ci un très large accès au pouvoir, en échange de son consentement tacite au retour du cardinal. S'agissait-il de lui tendre un piège ? Pas forcément. Après tout il n'était pas à exclure que, assagi par la prison et calmé dans ses ambitions par une pluie de faveurs, il ne se décide à remplir correctement son rôle de fidèle serviteur de la couronne, comme il s'y était engagé publiquement à plusieurs reprises. Disons plutôt que c'était une mise à l'épreuve, un test. Restait à voir comment il allait se conduire. À vrai dire, elle avait des doutes. Mais une déclaration officielle l'avait lavé de tout crime et il passait donc pour avoir été emprisonné injustement. Elle ne pourrait s'en prendre de nouveau à lui que s'il se mettait une fois de plus dans son tort.

En attendant, elle se servit de lui pour abattre les frondeurs. Une double offensive fut dirigée contre eux en parallèle. En apprenant que le prince de Conti allait épouser Mlle de Chevreuse, Mme de Longueville avait poussé les hauts cris. Elle ne voulait pas qu'un mariage vînt lui ôter le pouvoir qu'elle exerçait sur son jeune frère, qui renforçait son propre poids auprès de leur aîné. Elle répugnait aussi, ajoutaient les mauvaises langues, à faire entrer dans sa famille « une personne qui, étant la femme de son frère, l'aurait précédée partout, et qui, plus jeune et aussi belle, aurait pu l'effacer, ou du moins partager avec elle le plaisir de plaire et d'être louée[23] ». Elle ne cacha pas son opposition et la duchesse de Chevreuse, pour tenter de sauver l'alliance politique, proposa au prince de lui rendre sa parole. Peine perdue. Il attendit seulement pour rendre publique la rupture, de pouvoir s'en défausser sur la reine, qui se fit en effet un plaisir d'interdire une union qu'elle jugeait néfaste pour la couronne. Condé expliqua à son frère que la jeune Charlotte, notoirement maîtresse du coadjuteur, n'était pas digne de lui, et celui-ci déclara « qu'il ne penserait plus à elle ». Forts du pouvoir qu'ils croyaient avoir acquis, les deux frères ne prirent pas la peine de rendre à la duchesse l'indispensable visite de politesse et leur grossièreté scandalisa.

Peu leur importait. Ils venaient en effet de bénéficier d'un coup d'État qui bouleversait à leur profit la composition du ministère. Châteauneuf fut dépossédé des Sceaux au bénéfice du premier président Molé et Chavigny, naguère exclu, revint prendre place au Conseil. Tous deux étaient des partisans du prince. Les tractations préalables entre celui-ci et la reine avaient été menées à l'insu du duc d'Orléans qui, outré de colère, éclata en reproches le lundi saint 3 avril 1651. Elle lui répliqua vertement que « depuis quelque temps, il avait fait tant de choses sans elle et sans sa participation, qu'il ne devait pas trouver étrange si de son côté elle en faisait de même[24] ». Condé, muet, sourire aux lèvres, jubilait dans son coin. Monsieur convoqua chez lui le lendemain les principaux chefs de l'union à laquelle il croyait encore : Condé, Conti, Beaufort, La Rochefoucauld, le coadjuteur et quelques autres. Discussions forcément biaisées, puisque les participants ne savaient pas tout. Une chose est sûre : on proposa d'aller reprendre de force les Sceaux au président Molé, ce qui n'allait pas sans risque, vu l'intrépidité du personnage. En cas de résistance, jusqu'où irait-on ? À la seule évocation du peuple en furie et du bain de sang qui risquait de s'ensuivre, on vit soudain reculer Condé, peu doué, à ce qu'il prétendit, « pour la guerre des pots de chambre », d'autres disent « des grès et des tisons »[25] – entendez les combats de rue. Il se moquait visiblement du monde. Le coadjuteur prit Monsieur à part et lui demanda deux heures pour faire armer les milices, afin d'arrêter les deux princes. La Grande Mademoiselle, expéditive, proposa de le faire sur-le-champ en donnant un tour de clef à la porte de la bibliothèque où ils étaient passés pour bavarder. Son père éluda et elle n'insista pas. Que Molé dût bientôt rendre les Sceaux, non pas à Châteauneuf, mais au chancelier Séguier pour des questions de préséance, ne changea rien au résultat : l'union des deux frondes était morte. Le coadjuteur renonça à son rôle de conseiller auprès de Gaston d'Orléans et se replia sur son archevêché, afin de se consacrer, déclara-t-il, à ses seules tâches ecclésiastiques. Condé s'en réjouit, sans se rendre compte qu'il était pour la reine la cible suivante.

Surenchère périlleuse

Anne d'Autriche en passa par toutes ses conditions et il en fut dupe. Il avait récupéré d'office ses biens et dignités. On put s'étonner qu'il tînt à échanger son gouvernement de Bourgogne contre celui de Guyenne. Était-ce vraiment pour apaiser les Bordelais en les débarrassant du duc d'Épernon ? Pourquoi donc violait-il la règle d'or appliquée par les grands dans les provinces : jumeler les gouvernements avec leurs implantations territoriales ? Ses vastes domaines étaient en Berry et en Bourgogne, pas en Guyenne. Oui, mais les Bourguignons l'avaient lâché, c'est en Guyenne seulement, et non chez lui, que ses partisans avaient trouvé aide et refuge lors de sa prison. L'échange a donc pour but de lui procurer dans la turbulente capitale girondine une base solide pour la reprise de la guerre civile. Et comme il obtint, sans compter Montrond, de conserver Bellegarde et la grosse Tour de Bourges, qu'il s'empressa de faire fortifier, il restait en réalité le maître des provinces qu'il semblait abandonner. En revanche, il plaçait des hommes à lui aux postes clés de la région bordelaise : ainsi La Rochefoucauld, qui lui servirait de lieutenant à Bordeaux, devait aussi être gouverneur de Blaye. Pour son frère, il réclama la Provence. Une large part du Midi risquait ainsi de passer sous son contrôle. Un tel effort de noyautage laissait mal augurer de ses bonnes dispositions envers le roi.

Il fallait du temps pour négocier les désistements et le prince s'impatientait. « Il est extrêmement difficile de vivre quinze jours en bonne intelligence avec lui, sans se porter aveuglément à tout ce qui lui plaît », écrivait Mazarin à Lionne dès la mi-mai[26]. Quant à son attitude à l'égard du ministre, il la subordonnait à la docilité qu'il attendait de lui : il avait bien spécifié à la Palatine qu'il ne s'opposerait pas à son retour, mais « qu'il serait libre d'être son ami ou son ennemi, selon que sa conduite lui en donnerait sujet [27] ». En attendant, il ne cessait de revendiquer, perpétuellement mécontent et plus arrogant que jamais, et ses domestiques, assurés de l'impunité, se permettaient de molester les gens à leur guise [28].

De Brühl, le contrordre vint très vite. Mazarin jugeait excessives les promesses faites à Condé en matière de gouvernements. « Tout, Madame, plutôt que d'accorder à M. le prince ce qu'il demande, aurait-il écrit à la reine. S'il l'obtenait, il n'y aurait plus qu'à le mener à Reims » – pour le faire couronner roi. Cette lettre, suspecte, n'est connue que par les *Mémoires* du cardinal de Retz [29]. Mais une autre lettre, à l'authenticité certaine, conseillait effectivement un renversement de cap : « Il ne faut pas que Sa Majesté ait aucun scrupule de se raccommoder avec des gens qui lui ont fait du mal et qu'elle a juste sujet de haïr et de perdre, car les princes les plus sages en ont usé mille fois de la sorte, quand le bien de leur service l'a ainsi voulu. La règle de leur conduite ne doit jamais être la passion de la haine ou de l'amour, mais l'intérêt et l'avantage de l'État et le soutien de leur autorité [30]. » L'obligeante Palatine, déçue par l'ingratitude du prince, réservait désormais ses services à la reine. Elle aida à organiser, fin mai, puis fin juin, des rencontres secrètes entre Anne d'Autriche et le fringant coadjuteur qui, enjôlé par ses sourires et par la promesse ferme du cardinalat, s'engagea à « disputer le pavé » à M. le prince [31].

Condé a été averti de ces entretiens et a senti le climat se charger de violence. Des rumeurs ont couru, menaçant sa liberté ou même sa vie. Il a pris peur. On peut braver la mort en héros sur le champ de bataille et redouter la captivité ou le coup de poignard dans le dos. Dans la nuit du 5 au 6 juillet, il était au lit lorsqu'on l'avertit que deux compagnies de gardes marchaient vers le faubourg Saint-Germain. Il se crut menacé d'arrestation, s'habilla en toute hâte, sauta sur son cheval et s'enfuit. Ironie du sort : les gardes n'étaient là que pour faire passer sans payer l'octroi un convoi de vin destiné à leur chef. Le prince, s'étant arrêté hors des murs de la ville pour attendre son frère, entendit d'autres chevaux qui trottaient dans sa direction et, pensant qu'un escadron le cherchait, il se retira en hâte du côté de Meudon : ce n'étaient que des coquetiers en route pour le marché matinal. Ses errances nocturnes se terminèrent finalement dans son château de Saint-Maur, où il s'installa. Une telle réaction, proche de la panique, ne manque pas de nous surprendre comme elle a surpris les contemporains. Mais c'est un fait. Tous ses comportements, dans les trois mois qui suivent, portent la marque de la peur. C'est à elle qu'il faut imputer un bon nombre de manquements à l'égard du roi et de la reine, qui passèrent pour gestes de mépris délibéré. Il se conduit en animal traqué.

Cet été-là, comme pour rattraper un an de privations, et sans doute aussi pour refouler l'angoisse, il mène chez lui, à Saint-Maur, dans sa tanière, une vie plus brillante que jamais. Les hommes « se rendent à l'adoration » chez la déesse du lieu, Mme de Longueville, ou papillonnent autour de la duchesse de Châtillon. Le maître de maison y donne à foison chasses, fêtes, festins, jeu, bals et spectacles – en guise de pied de nez à la cour du roi, dont il éclipse l'éclat. Il évitait cependant de se rendre à Paris et, selon le code tacite en vigueur, cette « retraite » préludait à une déclaration de guerre. En même temps, il se mit à harceler le gouvernement par l'intermédiaire du parlement, où il envoyait pour plaider sa cause son frère Conti. Bien que comblé de faveurs, il trouvait toujours prétexte à se plaindre. Il dénonça d'abord la prétendue « entreprise contre sa personne », qui le forçait à se retirer à Saint-Maur. Puis il s'en prit aux trois secrétaires d'État de Mazarin, Le Tellier, Servien et Lionne, dont il exigea le départ, parce qu'ils étaient au gouvernement l'œil et l'oreille de leur maître. La reine céda, mais ils ne furent pas exilés ; elle ne les remplaça pas, pour leur conserver la place, et elle en profita pour éliminer Chavigny. Ensuite il fit mettre en accusation – sans résultat – les messagers qui assuraient la transmission du courrier entre Paris et Brühl. Après quoi ce fut le tour du duc de Mercœur, qui, parce qu'il avait épousé une nièce du cardinal, fut déclaré coupable de collusion avec le proscrit et sommé de s'expliquer devant les juges. Trop, c'était trop. Sa mauvaise foi était évidente : « Il voulait qu'il n'y eût personne à la cour que les siens et tâchait d'en chasser tous les autres [32]. » Il y perdit l'appui de nombreux magistrats et notamment du premier président Molé, qui, désormais, fut tout acquis à la reine.

Il aggrava son cas en venant à Paris remercier le parlement de l'exclusion des « sous-ministres » sans *voir* la reine. Il ne lui a pas rendu l'indispensable visite protocolaire – par crainte d'être arrêté, voire assassiné. Il se trompe. La reine, quand on en avait débattu dans son entourage, avait rejeté avec horreur toute proposition violente et écarté l'idée d'une nouvelle arrestation, qui lui aurait redonné le statut de victime.

Mieux valait le laisser se rendre insupportable et réduire ainsi le nombre de ses partisans, tandis que s'écouleraient les deux mois séparant le roi de sa majorité. Que celle-ci se passe sans heurts, c'est tout ce qu'elle souhaitait. Mais il n'était pas mauvais de le maintenir sous pression : la colère et la peur sont mauvaises conseillères. Le 31 juillet se produisit un incident imprévu. Il suivait le Cours-la-Reine lorsqu'il se trouva soudain face à face avec Louis XIV, qui revenait de se baigner à Saint-Cloud, suivi d'un petit nombre de cavaliers*. Il fit arrêter son carrosse, mais salua de sa portière, sans descendre. Insulte inqualifiable : le roi aurait dû le faire charger par ses gardes, s'écria l'opinion unanime, oubliant que le gros de sa suite n'était pas là. En réalité, le geste du prince, non prémédité, n'avait pas été dicté par l'arrogance, mais par la peur. Trois jours plus tard, il vint faire amende honorable au Palais-Royal. La réception fut fraîche, mais il en sortit libre comme l'air.

À cette date, sa décision était prise : ce serait la guerre. Il avait réuni ses amis et leur avait fait signer un traité – un de plus ! – par lequel ils déclaraient « persister dans la résolution de procurer la sûreté à M. le prince » et aux autres participants « par toutes sortes de moyens, même par les armes », jusqu'à ce qu'ils aient la certitude qu'on ne pût jamais plus rien entreprendre contre eux. « Et s'il arrivait qu'on fût obligé de prendre les armes, on ne pourra les poser [avant] que chacun

---

* Le Cours-la-Reine était une magnifique promenade très fréquentée par la haute société à la mode. Le roi, jugeant qu'un important corps de garde y serait déplacé, avait détourné le gros de sa troupe par le bord de Seine.

des soussignés ne soit satisfait dans ses intérêts »[33]. Quels intérêts ? on en débattrait plus tard. C'était là un texte vague à souhait, irréaliste – comment être sûr que rien ne pourrait être fait contre aucun d'entre eux ? –, mais qui permit aux conjurés de se compter : ni Turenne – on s'en doute –, ni surtout Bouillon – c'est nouveau – ne le paraphèrent. Le cercle des amis se restreignait, mais ils se montraient de plus en plus déterminés. En même temps, Condé amorçait son déménagement vers la province en y expédiant sa femme, son fils et sa sœur dans les tout derniers jours de juillet. Première étape, Montrond, destination ultérieure, Bordeaux. Rien à redire à cela, en apparence du moins : n'était-il pas gouverneur de Guyenne ?

La contre-attaque de la reine

Anne d'Autriche, de son côté, avait également signé un traité, avec les frondeurs : à la clef, un chapeau de cardinal pour le coadjuteur, qui fut effectivement demandé à Rome. Elle se sentit alors capable de contre-attaquer. Choisissant pour le faire le plan juridique, elle soumet le cas du prince au parlement. Ce n'est pas seulement un pis-aller, faute de pouvoir recourir à la force. Elle s'en prend à lui sur le terrain qu'il a lui-même choisi. Depuis sa sortie de prison, il clame son innocence et multiplie ses protestations de fidélité. Décidé à la guerre civile, il tient à se mettre sous la protection de la loi, pour pouvoir invoquer la légitime défense. Elle entreprend donc de montrer le fossé qui sépare son discours et ses actes. Un long réquisitoire, d'une clarté et d'une vigueur remarquables, lu au parlement le 17 août, énumère toutes les faveurs dont il a bénéficié, puis, en grand détail, toutes les atteintes portées par lui à l'autorité royale au cours des derniers mois. Le texte s'en tient au passé récent, puisque le prince a été officiellement blanchi de tout crime antérieur à son retour du Havre. Mais il est plein de sous-entendus. Car les menées qui lui sont reprochées aujourd'hui s'inscrivent dans la droite ligne de celles qui ont précédé son arrestation. De là à conclure que celle-ci était justifiée, il n'y a qu'un pas, aisé à franchir. Le réquisitoire suggère l'idée d'une culpabilité globale, visant l'ensemble de sa conduite depuis plusieurs années, et donne à penser qu'il est irrécupérable [34].

Les jours suivants, Condé vint au palais solidement accompagné, en appela au témoignage du duc d'Orléans, qui, prévoyant des éclats, se fit porter malade, mais n'osa lui refuser une lettre à sa décharge. Puis, comme sur le champ de bataille, au lieu de s'enliser dans la défensive, il attaqua, sans toucher au roi et à la reine, en prenant pour cible leur allié du moment, le coadjuteur. Il y avait évidemment beaucoup à dire sur les fluctuations politiques du prélat, qui venait, fredonnait-on dans les rues, de trahir la Fronde pour un chapeau rouge. Mais en fin de compte l'affrontement fut non pas verbal, mais physique, et il donna lieu à une scène oscillant entre le tragique et le grotesque.

Les magistrats, très ennuyés, ont fini par mettre à l'ordre du jour du 21 août la délibération sur les griefs de la reine. Condé, qui ne fait plus un pas dans Paris sans être entouré d'une escorte en armes, s'est fait accompagner solidement au Palais de justice : dans la Grande Chambre, par les plus titrés de ses amis, l'épée au côté, dans la Grande Salle*, par un large contingent de nobles de moindre volée, armés jusqu'aux dents. Le coadjuteur, de son côté, a battu le rappel de ses partisans et la reine, pour lui permettre de faire le poids, lui a adjoint des soldats de son régiment. Tous étaient prêts à s'entre-égorger au moindre incident. Une altercation ayant surgi entre Condé et le coadjuteur déclencha un tumulte qui fut répercuté dans la Grande Salle et les présidents, inquiets, conjurèrent le prince d'en faire sortir les gens armés. Celui-ci chargea La Rochefoucauld de transmettre l'ordre à ses « amis ». À quoi le coadjuteur répondit : « Je vais prier les miens de se retirer. » Il osait ainsi s'égaler au prince : scandale ! Il y alla pourtant crânement, à la suite de La Rochefoucauld indigné. Il faut savoir ici qu'une petite pièce, dite parquet des huissiers, servait de sas entre la Chambre et la Salle, dont elle était séparée par une porte à deux battants. Lorsque le coadjuteur, mission accomplie, voulut regagner le parquet, La Rochefoucauld, qui était déjà passé, referma sur lui les battants, le coinçant par le cou, la tête d'un côté, le corps de l'autre, tandis que dans la Salle on appelait au meurtre. Le futur auteur des *Maximes* donna-t-il ou non l'ordre de le tuer ? Il s'en défend dans ses *Mémoires*, tout en regrettant que personne ne s'en soit chargé ! Le malheureux fut dégagé par le fils du premier président – un Condéen pourtant – après avoir eu la plus grande peur de sa vie. Il n'était pas le seul. Le parlement tout entier avait échappé par miracle au carnage[35].

---

* La Grande Chambre est aujourd'hui le siège de la 1re chambre du tribunal civil et la Grande Salle est la Salle des pas perdus.

Le premier président suspendit la séance et, sur ordre du roi, aucun des deux adversaires ne remit les pieds au Palais. Mais on doit ajouter, pour la petite histoire, qu'ils se croisèrent le lendemain dans la rue. Le carrosse de M. le prince, solidement accompagné, se trouva nez à nez avec la procession de la Grande Confrérie de Notre-Dame, que conduisait le coadjuteur, flanqué de trente ou quarante curés et suivie de beaucoup de peuple. Quelques cris fusèrent contre le prélat : « Au Mazarin. » Condé descendit de carrosse en l'apercevant. « Il fit taire ceux de sa suite qui avaient commencé à crier, raconta plus tard le cardinal ; il se mit à genou* pour recevoir ma bénédiction ; je la lui donnai, le bonnet en tête, je l'ôtai aussitôt, et je lui fis une très profonde révérence [36]. » Dommage que deux hommes aussi spirituels l'un que l'autre en soient réduits à s'entre-déchirer !

Gaston d'Orléans s'agitait sans parvenir à réduire les antagonismes et n'obtenait que des replâtrages. Le soir du grand affrontement au parlement, le jeune Louis XIV le prit à part et lui demanda de but en blanc s'il continuerait à être contre lui pour son cousin Condé. Il répondit qu'il était pour Sa Majesté et le serait toujours, mais qu'il devait s'entremettre pour faire « un bon accommodement ». À quoi l'adolescent répliqua qu'« *il ne s'en pouvait pas faire à cause que son cousin le prince de Condé avait trop offensé sa maman* [37] ». Il allait être majeur quinze jours plus tard. La quinzaine qui

---

* *Genou* au singulier (Retz a barré l'*x* final dans le manuscrit), parce que Condé n'a mis qu'un seul genou en terre. L'anecdote prend d'autant plus de sel que Condé passait alors pour un mécréant notoire.

suivit revêtit un aspect surréaliste, parce que chacun savait que toutes les décisions prises se trouveraient caduques au jour de la majorité : nul besoin de les annuler, elles tomberaient d'elles-mêmes*. Personne ne voulait prendre la moindre responsabilité. Le parlement, très embarrassé, suspendit ses séances. C'était un tribunal, ne l'oublions pas, et il se trouvait appelé à exercer ses fonctions judiciaires sur un cas dont il se serait bien passé. Par sa déclaration du 17 août, la reine avait porté plainte devant lui contre Condé, qui avait plaidé non coupable. Les magistrats se déclarèrent incompétents et renvoyèrent la balle dans le camp de la cour. Pas à la reine, bien sûr, elle était partie plaignante ! Au duc d'Orléans, jugé seul capable d'imposer sa médiation. Or devant l'ampleur de la tâche, celui-ci se défila. Il se retira dans sa maison de campagne de Limours et opposa tous les délais possibles au premier président qui le suppliait de donner une réponse.

Le temps tournait, jouant pour la reine. Le 1er septembre, elle fit savoir que le prince serait déclaré « net des choses dont on le soupçonnait » s'il remplissait cinq conditions : qu'il *voie* régulièrement le roi ; que ses troupes réintègrent l'armée royale ; qu'il expulse les Espagnols de Stenay ; qu'il réduise les garnisons de toutes ses places ; qu'il cesse de les fortifier. C'était revenir au point de départ. Le 4, le prince vint au parlement nier tout ce qu'on lui imputait. Monsieur, enfin rentré de Limours, lui apporta sa caution, contraignant

---

* En France, le roi n'était pas tenu par les engagements de ses prédécesseurs. Son règne se fondait sur des bases neuves. Il devait confirmer tout ce qu'il conservait du précédent. La coutume s'en était aussi imposée pour les régences.

Anne d'Autriche à capituler. Le lendemain, prête à tout pour que la proclamation de la majorité ait lieu sans obstacles, elle accompagna même l'acquittement de Condé d'une déclaration contre Mazarin récapitulant les griefs antérieurs et le vouant au bannissement à perpétuité. Qu'importait ? Son fils avait atteint ses treize ans, tout cela n'était que du vent, qu'emporterait avec elle la défunte régence.

La cérémonie eut lieu le 7 septembre en grande pompe dans l'allégresse générale. Le jeune roi déclara vouloir gouverner par lui-même. De chaleureux éloges furent prodigués à sa mère, qui l'avait si bien dirigé jusque-là et un grand coup d'éponge fut passé sur toutes les exactions commises par les uns et les autres [38]. Condé s'était retiré en Normandie pour n'avoir pas à y assister : insulte inouïe, qui scandalisa. Lorsque son frère présenta au roi une lettre de sa part, celui-ci, très ostensiblement, la repoussa sans l'ouvrir. Le prince la fit imprimer et la répandit dans Paris comme un libelle, justifiant son absence par sa sécurité menacée. Elle venait avec un temps de retard, puisque son innocence venait d'être confirmée à nouveau, ou avec un temps d'avance, puisque la guerre contre lui n'était pas encore déclarée.

La croisée des chemins

Tous les témoignages contemporains concordent sur un point essentiel : Condé ne voulait pas la guerre civile. De là à en faire un « rebelle malgré lui », le pas fut vite franchi, qui pourtant n'allait pas de soi. Une fois écartée sa responsabilité, on ne s'arrêta pas en si bon chemin.

À qui était la faute ? À son entourage, qui l'y poussa ? Ou à la reine, qui vit dans la guerre l'unique moyen de « ravoir son Mazarin [39] » ? Ah si cet aventurier italien ne l'avait pas fait mettre en prison pour se maintenir au pouvoir, rien ne serait arrivé, la famille royale vivrait dans la plus étroite harmonie et la France en paix.

Trêve de plaisanterie ! Condé aurait assurément souhaité se réconcilier avec la cour. Mais pas à n'importe quel prix. Il ne rabattit rien de ses prétentions, qui, précisément, faisaient l'objet du litige. Il lui aurait pourtant suffi, pour tout apaiser, de s'en tenir dans le royaume à la place prévue pour lui par la coutume. La régente elle aussi aurait préféré éviter la guerre. Elle put espérer, au printemps, que les honneurs et dignités accordées le satisferaient, mais il lui fallait toujours plus [40]. Son année de captivité ne lui avait pas porté conseil. Il n'en avait retiré qu'une défiance exacerbée, qui l'incitait à voir des menaces partout. Il y répondait par des provocations qui, en effet, incitaient la reine à sévir. Cependant il avait suffisamment d'informateurs à la cour pour savoir qu'un second emprisonnement y était jugé contre-productif. Quant aux rumeurs d'assassinat, elles n'auraient pas dû l'affoler, vu le nombre de gardes du corps qu'il traînait à sa suite en permanence.

Son tempérament contribua largement à le pousser à la surenchère. Tout d'abord, c'est un impulsif, qui agit d'instinct, « sans dessein, dit Lénet, et vivant du jour à la journée [41] ». Sous le coup de la colère, de l'amour-propre blessé, de la crainte, il réagit sans réfléchir et sans contrôler ses informations. Tout obstacle l'amène à insister, toute résistance l'invite à vaincre. Ce trait de caractère complique ses relations avec la reine : « moins habile que ses adversaires, il ne prit point assez de soin d'éviter les occasions de la fâcher⁴² », même en des cas sans importance. Et comme elle était aussi assez irascible, le contentieux entre eux s'augmenta chaque jour d'une foule de blessures mineures, qui envenimaient les plaies.

L'autre trait dominant chez lui est une bonne conscience presque candide, associée à son orgueil, qui l'empêche de se remettre en cause. Il a toujours été enclin à rejeter sur autrui la responsabilité de tout ce qui n'allait pas – par exemple les fausses manœuvres lors des campagnes militaires. Il n'a jamais tort. D'où son refus de céder, qui s'apparenterait pour lui à un aveu d'erreur ou de faiblesse. C'est là l'envers de son opiniâtreté au combat qui lui permit tant d'assauts glorieux. Mais, « de son naturel, il n'était pas si redoutable dans le cabinet qu'à la guerre⁴³ ». Il ne valait pas grand-chose en politique. De plus, il subissait l'influence d'un entourage rétréci par le départ des modérés et désormais dominé par les fanatiques, qui le berçaient de chimères et l'entretenaient dans l'idée de son éminente supériorité. Les provinces de l'Ouest lui tendaient les bras : « Il est en votre pouvoir de vous rendre le plus puissant et le plus redoutable prince de la chrétienté, lui écrivait-on du fond du Poitou, toutes choses vous y convient, toute cette province vous y pousse. Je convie Votre Altesse de s'en venir en toute diligence […]. Lorsqu'elle sera ici il n'y a rien qui lui soit impossible. Votre Altesse est persécutée et le sera toujours parce qu'elle a plus de vertu et de mérite que tout le reste de la terre, il faut que par une prompte et généreuse résolution elle se serve de toutes ces grandes qualités pour s'affranchir⁴⁴… »

Il hésita pourtant jusqu'au dernier moment. Lors de la majorité, il tourna autour de Paris sans se résoudre ni à y revenir, ni à s'en éloigner. Il se rendit à Trie, puis à Chantilly, puis à Saint-Maur, tandis que son frère servait d'intermédiaire. Il attendait visiblement quelque chose, un geste, une reprise de contact. Il savait que la reine le haïssait, non sans raison. Mais a-t-il espéré que l'accession au pouvoir de Louis XIV lui offrirait le moyen de rentrer en grâce ? Ici, nous entrons dans le domaine des hypothèses. Un seul indice, important : à la date du 6 septembre, Dubuisson-Aubenay note qu'il prétend demeurer à Trie durant la cérémonie, en soutenant que « le lendemain d'icelle, le roi lui écrira une lettre de cachet lui ordonnant de le venir trouver et demeurer près de sa personne, où il aura toutes sûretés et tous honneurs dus à sa qualité[45] ». Autrement dit, il semble espérer du jeune roi l'abandon de la politique maternelle à son endroit. Il y avait un précédent, bien sûr, encore présent à toutes les mémoires, celui de Louis XIII rejetant violemment – non pas à sa majorité, mais un peu plus tard – sa mère et le favori de celle-ci, Concini. Et il avait personnellement quelque expérience du désir d'émancipation des adolescents face à la domination parentale*. Il pensa sans doute s'entendre plus facilement avec Louis XIV.

La déclaration solennelle du jeune roi lors de la cérémonie lui fut un premier avertissement : « Madame, je vous remercie du soin qu'il vous a plu de prendre de mon éducation et de l'administration de mon royaume. Je vous prie de continuer à me donner vos bons avis, et je désire qu'après moi vous soyez le chef de mon

---

* En 1661, à la mort de Mazarin, les amis du cardinal de Retz, toujours sous le coup de poursuites, croiront encore – bien à tort – que le roi désavouera son ministre !

Conseil. » Et le lendemain même un remaniement ministériel mit les points sur les *i*, Châteauneuf, principal ministre, Molé garde des Sceaux et un protégé de la Palatine surintendant des Finances. Le duc d'Orléans s'entremit en vain. Le prince comprit qu'il n'obtiendrait rien et fila vers le sud. Une ultime tentative pour le retenir échoua, par suite d'une confusion sur le lieu de rendez-vous. À Bourges lui parvinrent enfin des propositions d'accommodement, à condition qu'il se soumît. Il hésitait encore. Il consulta ses fidèles. « Tous conclurent à la guerre, disant qu'à la tête d'une armée, soit que le ministre voulût revenir ou non, il serait forcé de compter toujours avec lui, et que sans doute le cardinal lui accorderait les plus grandes choses qu'il voudrait demander » – toujours le même chantage aux libéralités royales. À Montrond, où il avait rejoint Mme de Longueville, elle poussait à la roue, pour éviter les retrouvailles conjugales en Normandie. « Ce fut là qu'il fut comme forcé de se déclarer contre le roi. Et [...] ce fut une femme qui, dans ce conseil, opina pour la guerre, et l'emporta contre le plus grand capitaine que nous ayons eu de nos jours. Il s'y résolut donc, et leur dit à tous que puisqu'ils la voulaient, il la fallait faire ; mais qu'ils se souvinssent qu'il tirerait l'épée malgré lui, et qu'il serait peut-être le dernier à la remettre dans le fourreau[46]. »

Cela suffit-il à l'exonérer de toute responsabilité ? Mme de Motteville manifeste pour lui une indulgence suspecte parce qu'elle n'aime pas Mme de Longueville. Certes il a eu scrupule à se lancer dans cette guerre et c'est tout à son honneur. Mais ce n'est pas faire l'éloge d'un grand capitaine, d'un chef, que de le montrer manipulé par ses acolytes. S'il s'y laissa conduire « sans que sa volonté y eût aucune part », ce n'est pas bon signe. Se montrer à ce point influençable est une tache à son image : un chef est comptable des actes de ceux qu'il dirige. La vérité est qu'il était pris, depuis longtemps, dans un engrenage qu'il se montra incapable de maîtriser. Mais qu'on ne nous raconte pas qu'il n'y pouvait rien, qu'il fut « rebelle malgré lui », contraint à la guerre. « Il vous était facile de l'éviter », lui écrira plus tard son ami Gramont[47]. Il eut très souvent des occasions de s'accommoder et il les repoussa toujours, par orgueil, par refus de plier, par incapacité foncière à se satisfaire de ce qui s'offrait. Et il n'est pas équitable, pour l'innocenter, de rejeter la faute sur ceux de ses amis à qui il n'a pas su dire non ou sur la régente, qui ne lui a jamais rien demandé d'autre que d'être, à sa juste place, un bon serviteur du roi.

Ce qu'on attendait de lui, une pièce de théâtre l'avait mis en scène en ce printemps de 1651 où il sortait tout juste de captivité. Dans *Nicomède*, Corneille présente un prince de Bithynie qui, maltraité et injustement jeté en prison par un père fort méprisable, se trouve en mesure, à la suite d'une guerre et d'un soulèvement populaire, de chasser celui-ci et de le remplacer. Ce héros, à qui l'auteur a donné tous les traits de Condé, a donc les meilleures raisons de s'en prendre à ce roi – ce qui n'est pas le cas de son homologue français. Or malgré tout, au dénouement, Nicomède, victorieux des ennemis et maître du peuple, mais respectueux de la légitimité, rétablit sur son trône ce roi qui n'en méritait pas tant, et se déclare son loyal sujet, lors d'un dialogue devenu célèbre :

PRUSIAS

Quoi, me viens-tu braver jusque dans mon palais,
Rebelle ?

NICOMÈDE

C'est un nom que je n'aurai jamais.
Je ne viens point ici montrer à votre haine
Un captif insolent d'avoir brisé sa chaîne,
Je viens en bon sujet vous rendre le repos
Que d'autres intérêts troublaient mal à propos...

Condé fut-il flatté de se reconnaître dans le héros ? On ne sait. Mais malheureusement, il n'entendit pas la leçon finale.

QUATRIÈME PARTIE

La fuite en avant

CHAPITRE TREIZE

Espoirs déçus en province

Condé savait fort bien que la majorité du roi allait rendre son autorité absolue, au bénéfice exclusif de sa mère. C'en était fini du Conseil de régence où le prince siégeait de droit aux côtés de Gaston d'Orléans. Tous deux n'auraient accès aux lieux de décision que si Anne d'Autriche le voulait bien. Elle était fière, vindicative et il l'avait terriblement offensée. Il pressentait qu'elle se préparait à le lui faire payer. La nomination au gouvernement de trois de ses adversaires acheva de lui faire comprendre qu'il n'avait rien de bon à attendre d'elle. Il quitta donc Paris pour la province en invoquant sa « sûreté ». Pur prétexte : si la reine avait voulu l'arrêter à nouveau ou le faire assassiner, c'eût été déjà fait, lors de l'explosion de violence qui précéda la majorité. Il n'avait pas l'intention de se tailler en Guyenne une seigneurie où régner paisiblement en maître. Son projet restait le même : réunir en ses mains tous les leviers de pouvoir et caser partout des hommes à lui, afin de ne rencontrer dans le royaume aucun obstacle à ses volontés. Qu'aurait-il fait de ce pouvoir s'il l'avait obtenu ? Il est probable que son insatisfaction foncière l'aurait empêché de s'en satisfaire. Mais l'occasion ne se présenta pas.

Le seul moyen pour lui d'arracher des concessions à la reine étant de les lui imposer les armes à la main, il se prépare à la guerre. Les provinces dont il projette de s'emparer ne sont pas destinées à agrandir ses possessions, mais à lui fournir des moyens de pression pour négocier en position de force. Il ne doute pas un instant d'y parvenir et, jamais avare de promesses, il distribue allègrement d'avance à ses fidèles des gouvernements et des places qui restent à conquérir. Or, de son côté, la reine guette le moment où elle pourra lui imposer ses conditions à elle. Entre eux, les négociations, menées par des intermédiaires propres à être désavoués, ne s'interrompent jamais, baignées de défiance, biaisées, visant à tester la capacité de résistance de l'adversaire et non à conclure. Les premiers temps, il continue de voir en Mazarin un faible, donc peu redoutable, et il se dit prêt à concéder son retour à la reine en échange d'une foule de concessions majeures. Mais quand celui-ci revient pour de bon, au milieu de l'hiver, à la tête d'une armée, il comprend sa méprise et il fait de son éviction, en même temps que de la « paix générale » avec l'Espagne, son principal cheval de bataille. Hélas ! il s'accroche pour sa défense à un argument usé jusqu'à la corde, laissant paraître à nu les ambitions personnelles qui l'inspirent. Comment continuer à prétendre qu'il se bat dans l'intérêt du roi contre le ministre qui usurpe son pouvoir ? Car le roi, désormais majeur, a son mot à dire sur la question et il est d'un tout autre avis. Et Condé commet une grave erreur en omettant de le prendre en compte.

D'autre part ce plan repose sur le postulat que la province suivra. Or la province suit très mal. La chose était prévisible. Lors de son emprisonnement, alors qu'il faisait figure de victime, la visite de la régente accompagnée de son fils avait suffi à pacifier la plupart des provinces. Les populations vont-elles se dresser d'un cœur léger au service d'un prince rebelle à son souverain légitime ? Si lui-même ne semble pas se poser la question, un certain nombre de ses « amis » pressentis le savent et hésitent à s'engager à ses côtés. On ne s'étonnera donc pas qu'il aille de déconvenue en déconvenue et que, dans son camp, se multiplient les défections.

D'ambitieux projets

Le plan de Condé reposait sur son double ancrage territorial, d'un côté la Guyenne, dont il était gouverneur, de l'autre les trois places ardennaises – Stenay, Clermont et Damvillers – qui lui avaient été données en souveraineté. Il prévoyait, à partir du Sud-Ouest et du Nord-Est, une marche combinée de deux armées qui se rejoindraient au Centre et feraient dans Paris une entrée triomphale, en imposant au roi la signature de la paix. La première tâche était de mettre sur pied ces deux armées. Pour commander les restes de ses vieilles troupes, qui avaient trouvé refuge dans les Ardennes, il avait prévu Turenne, qui devrait les joindre à celles que les Espagnols enverraient de Flandre – un retour au programme de l'année précédente, en dépit de la fin piteuse trouvée à Rethel. Il laisserait à Montrond et à Bourges son frère et sa sœur, pour se rendre maîtres du Berry, du Bourbonnais et d'une partie de l'Auvergne et y faire des levées. Lui-même, appuyé sur Bordeaux, s'emparerait de l'Aunis, de la Saintonge, du Poitou, de l'Angoumois, d'une partie de la Gascogne et du Rouergue, grâce à l'appui de divers grands seigneurs – dont on épargne ici la liste au lecteur –, qui furent priés d'y réunir des troupes. Il lui manqua le Béarn : son vieil ami Gramont lui dit très fermement qu'il restait fidèle au roi. Mais comme il pensait tenir la côte de La Rochelle jusqu'à l'estuaire de la Gironde inclus, il pourrait accueillir aisément les vaisseaux de secours espagnols. Si la comparaison n'était pas trop irrévérencieuse, on serait tenté d'évoquer, en lisant ce catalogue[1], la fable de *Perrette et le pot au lait*. La Rochefoucauld le présenta à Bouillon pour le convaincre de s'engager dans l'entreprise. Au lieu de quoi il renforça son attentisme : car le duc était sûr désormais que son frère ne marcherait pas ; mais il lui sembla inutile de désabuser trop tôt les Condéens.

À Bourges, où il se trouvait vers la mi-septembre, le prince eut confirmation qu'on allait se lancer à sa poursuite. La reine, heureuse d'échapper enfin à l'étreinte de la capitale, misait elle aussi sur la province pour restaurer son autorité bafouée*. Elle se mit en route à la fin du mois, avec le roi et toute la cour, à

---

* Le cardinal de Retz s'étend longuement dans ses *Mémoires* (p. 884 sq.) sur la faute cruciale que commirent les frondeurs en la laissant sortir de Paris et qui leur valut la défaite, en oubliant qu'ils n'avaient pas les moyens de l'en empêcher.

l'exception de son beau-frère qui répugnait à quitter sa zone d'influence, limitée à Paris. Condé avait compris qu'il aurait peu de temps pour se préparer au combat. Mais l'accueil de Bourges, à la mi-septembre, avait dissipé ses appréhensions initiales. « Les applaudissements des peuples et de la noblesse avaient tellement augmenté ses espérances qu'il crut que tout le royaume allait imiter cet exemple et se déclarer pour lui [2]. » Il mit donc le cap sur Bordeaux, où « il fut reçu de tous les corps de ville avec beaucoup de joie et où le parlement donna en sa faveur tous les arrêts qu'il put désirer [3] ».

Las ! À peine avait-il quitté le Berry que la situation s'y retournait. Une lettre officielle avait été adressée au maire de Bourges pour lui annoncer la venue du roi. Conti tenta de l'intercepter et fit arrêter le maire. Les habitants indignés envoyèrent alors à la cour un député pour assurer le souverain de leur fidélité, se disant prêts à prendre les armes à son approche pour chasser le prince de Conti – lequel se hâta de se réfugier à Montrond. Le 8 octobre, ils réservèrent au jeune Louis XIV un accueil enthousiaste, qui avait le mérite de la spontanéité. Il les en remercia en faisant raser la redoutable Grosse Tour, dont Condé était gouverneur, et il rédigea une déclaration désignant comme coupables de lèse-majesté, outre le prince lui-même, Conti, la duchesse de Longueville, les ducs de Nemours et de La Rochefoucauld et leurs adhérents [4]. Il ne restait plus aux Condéens que des points isolés, le château de Dijon, la place de Bellegarde, et Montrond, que les proches du prince durent quitter précipitamment lorsqu'un régiment royal vint y mettre le siège*. Tous rejoignirent donc à Bordeaux le gros du parti, sans avoir pu conserver les provinces qui leur avaient été confiées.

L'appui des Espagnols était une pièce essentielle du dispositif prévu. Dès qu'il eut opté pour la guerre, Condé envoya deux émissaires, l'un à Bruxelles, l'autre à Madrid, pour des négociations dont sortirent deux traités, signés respectivement le 26 octobre et le 6 novembre. Ils reproduisaient les termes de celui qu'avaient signé l'année précédente la duchesse de Longueville et Turenne. Condé y parlait comme si Louis XIV n'avait pas plus de consistance qu'un « roi de carte** » que les joueurs manipulent à leur gré, et comme si lui-même avait conservé la part d'autorité dont il jouissait avant la majorité. Bien plus : comme s'il était l'égal du roi d'Espagne ! Les deux parties avaient pour objectif commun la paix. Elles étaient censées combattre, non contre le roi de France, mais contre Mazarin, tenu pour seul responsable de la poursuite des hostilités. Le prince s'engageait à prendre les armes pour la fin proposée et à ne pas les mettre bas avant d'avoir obtenu ladite paix, sauf avec le consentement du roi d'Espagne, lequel promettait en échange à ne pas traiter avec la France sans exiger le rétablissement du prince et de tous ses amis dans leur situation antérieure. L'Espagne y gagnait dans l'immédiat un allié prêt à ouvrir un second front dans l'ouest du royaume, lui laissant les mains libres pour

---

* On ne tenta pas de prendre la place, puissamment fortifiée ; on se contenta fort sagement de la bloquer, en comptant sur l'usure.

** Cette expression vient d'Anne d'Autriche, indignée des empiétements du parlement sur l'autorité royale.

reconquérir le terrain perdu en Flandre. Condé y trouvait la promesse d'un appui militaire et financier qui se révélera décevant. Mais la clause finale assurait ses arrières. Sous quelle forme ? Il serait temps d'y penser lorsqu'on négocierait la paix pour de bon.

Connaissant la lourdeur des institutions ibériques, Condé avait jugé prudent de se procurer plus rapidement des fonds aux dépens du Trésor royal, qui fut pillé sans ménagements partout où c'était possible. Ainsi Gourville conte-t-il dans ses *Mémoires*, en un récit plein d'humour, comment il opéra, pistolet en main, sur un collecteur des tailles poitevin ce que nous appellerions crûment un *hold-up* s'il n'avait eu la délicatesse de laisser une quittance[5]. Et puisqu'il est question de ce pittoresque aventurier, dont on verra plus loin la fortune, signalons au passage qu'il offrit aussi à Condé d'enlever le coadjuteur et de le lui livrer tout vif, à ce qu'il prétendit, dans une de ses places fortes. Il recruta des hommes de main et l'attendit sur le quai près de l'hôtel de Chevreuse où il rendait chaque soir visite à sa maîtresse. L'intéressé leur échappa une première fois parce qu'il en sortit accompagné, puis une seconde fois parce que les guetteurs s'étaient attardés au cabaret. Il n'y eut pas de troisième fois, car le coadjuteur, averti, avait pris ses précautions et porté plainte. L'affaire fut enterrée et les Parisiens se contentèrent d'en rire[6].

Désillusions en Saintonge

À la fin octobre, la cour s'installe à Poitiers, d'où elle compte diriger sa contre-offensive. À Bordeaux, Condé a repris en main famille et amis. Il commence à s'intéresser à son fils et la nouvelle grossesse de sa femme le réjouit. En revanche, l'entente se dégrade entre Conti, qui souhaite un accommodement, et sa sœur, portée aux extrêmes. De plus La Rochefoucauld pardonne mal à celle-ci de lui avoir préféré le jeune et fringant Nemours. Entre eux trois, l'atmosphère devient irrespirable. Les Bordelais eux aussi sont divisés. Après avoir goûté de la guerre civile, ils sont moins tentés d'y revenir. Le parlement et la jurade, porte-parole des gens aisés, sont opposés à une reprise des hostilités, tandis que la moyenne bourgeoisie et le peuple voient dans les troubles une occasion de conquérir plus de libertés. Condé les flatte tous et signe avec eux les traités les plus divers, notamment, avec les plus excités d'entre eux, un ahurissant projet « pour ériger en république la ville de Bordeaux[7] ». Mais une commune opposition à Mazarin cimente ces accords fragiles.

Dans une très vaste zone autour de Bordeaux, la noblesse en revanche tient bon. Mais Bouillon a dû finalement jeter le masque. Sa défection, pourtant prévisible, provoque chez Condé une violente colère. Contraint de revoir son dispositif, celui-ci envoie à Stenay, pour remplacer Turenne, le duc de Nemours, un homme sûr, mais qui est très loin d'avoir le talent et l'expérience équivalents. Mais il apprend, pour compenser, la venue du fidèle Marsin, qui vient de quitter pour le rejoindre son poste de vice-roi de Catalogne, et lui amène une troupe aguerrie de quatre à cinq cents chevaux et six cents fantassins*.

---

* Le cas de Marsin donne lieu chez La Rochefoucauld[8] à une analyse très éclairante sur les mentalités du temps. Selon les cri-

Sur le plan militaire, la situation se présentait bien. Condé ou ses lieutenants s'étaient emparés de Libourne, d'Agen et de Périgueux. Ses arrières ainsi assurés, il se lança à la conquête de la Saintonge. Saintes se rendit sans combattre. Il tenait Taillebourg et Tonnay-Charente. Angoulême lui échappa, mais à la fin octobre, il occupait en aval toute la vallée de la Charente, à l'exception de Cognac. Il envoya pour l'assiéger La Rochefoucauld et le prince de Tarente, tandis que les troupes royales, commandées par le comte d'Harcourt, s'avançaient pour lui porter secours. Il comptait sur la complicité tacite du gouverneur, prêt à rendre la place après un bref baroud d'honneur. Mais dans la ville avaient trouvé refuge bon nombre de nobles favorables au roi, qui imposèrent la résistance. Les assiégeants, confiants, avaient dispersé leurs troupes en deux camps, de part et d'autre de la rivière. Une crue ayant emporté le pont qui les réunissait, d'Harcourt sauta sur l'occasion pour tailler en pièces le contingent de la rive droite. Condé, arrivé à la rescousse trop tard, ne put qu'assister à son écrasement et il dut lever le siège, de très mauvaise humeur. Sans conséquences militaires capitales, l'échec subi se chargea d'une forte valeur symbolique : le héros avait subi une défaite. Et qui plus est, il avait été vaincu par celui qui l'avait naguère

---

tères admis, Marsin est bien coupable de trahison, puisque ses fonctions impliquaient serment de fidélité au roi. Mais comme il doit toute sa carrière à Condé, il est tenu envers lui à la reconnaissance. Il est donc pris dans un conflit de devoirs et n'a point à rougir d'un choix qui n'a rien de déshonorant. Il est vrai qu'il n'est pas français, mais wallon, et que rien ne l'attache à la France en tant que telle.

conduit de Marcoussis au Havre et que ses partisans avaient réduit, dans leurs chansons, au rôle de domestique de Mazarin*.

À La Rochelle l'attendait une autre déconvenue. La ville dépendait du comte Du Daugnon, gouverneur de l'Aunis, dont elle supportait très mal la domination tyrannique. Préférant résider dans sa forteresse de Brouage, il y avait mis pour la tenir des mercenaires suisses, installés dans les trois tours commandant le port – seuls résidus des anciennes fortifications détruites après le célèbre siège. Les habitants virent dans la guerre condéenne une bonne occasion de s'en débarrasser. Ils appelèrent au secours l'armée royale. Le baron d'Estissac – un La Rochefoucauld, oncle du mémorialiste lié à Condé – se mit à la tête de six cents gentilshommes royalistes pour mener l'opération. Deux des tours furent prises. La troisième ne céda qu'à l'arrivée du comte d'Harcourt, les Suisses décidés à se rendre ayant jeté par-dessus bord – ou forcé à se jeter – leur irréductible capitaine.

Condé ne se remit pas de ces échecs. Pourtant, ils étaient modestes en eux-mêmes, et très explicables. Ses troupes, recrutées à la hâte sans discernement, étaient inférieures en nombre, mais surtout en qualité, à celles de son adversaire. « Le plus grand capitaine du monde, sans exception, connut, ou plutôt fit connaître que la valeur la plus héroïque et la capacité la plus extraordinaire ne soutiennent qu'avec

---

* « Cet homme gros et court / Si fameux dans l'histoire, / Le grand comte d'Harcourt, / Tout rayonnant de gloire, / Qui secourut Casal et qui reprit Turin, / Est devenu recors de Jules Mazarin. »

beaucoup de difficulté les nouvelles troupes contre les vieilles[9]. » D'autre part, il n'en avait pas assez, même médiocres, pour mettre des garnisons dans les places conquises. Il ne pouvait donc les conserver qu'avec le soutien de leurs habitants. Or celui-ci lui fit défaut : les populations des villes concernées penchaient toujours du côté du roi. Et la perte de prestige entraînée par ces échecs détourna bientôt de lui un certain nombre d'opportunistes, qui se réfugièrent dans l'attentisme. Il avait accentué sa pression sur la Guyenne en installant les Espagnols à Bourg-sur-Gironde, mais la maîtrise de l'Aunis et de la Saintonge lui échappait. La situation indécise menaçait de s'éterniser lorsque le retour de Mazarin vint soudain changer le cours des événements.

L'union sacrée contre Mazarin

Mazarin n'avait jamais envisagé une seconde d'abandonner la partie. Il se rongeait d'impatience, mais la reine hésitait, tant on lui prédisait de catastrophes si elle se risquait à le rappeler. Il était à l'affût de la moindre occasion. Puisque Condé avait placé l'affrontement sur le terrain militaire, il lui fallait rentrer à la tête d'une armée. Il s'y prépara avec le plus grand soin. À coups d'emprunts et d'opérations risquées, il réunit des fonds, recruta des troupes, fit nettoyer la Champagne des quelques Espagnols qui s'y accrochaient, prépara l'opinion des provinces qu'il allait traverser par une campagne de tracts et s'installa à Dinant, sur la Meuse, pour guetter le moment opportun. Ces préparatifs ne passant pas inaperçus, son retour fut donné pour certain. Mais il s'imposa un délai, pour deux raisons. L'une concernait Condé. La déclaration promulguée par le roi contre le prince le 8 octobre, à Bourges, s'était heurtée à l'obstruction du parlement qui, sous la pression du duc d'Orléans, se refusait à l'enregistrer. Elle n'avait donc pas valeur exécutoire et n'effaçait pas les déclarations d'innocence dont il avait bénéficié précédemment. Le premier président Molé parvint à la faire enregistrer le 4 décembre : les adversaires de Mazarin étaient donc désormais coupables de lèse-majesté. Une fois ce résultat obtenu, il rejoignit la reine qui avait besoin de lui à Poitiers comme garde des Sceaux. En partant, il déclara : « Je m'en vas à la cour et je dirai la vérité ; après quoi, il faudra obéir au roi [10]. » Et il tint parole.

De son côté, l'exilé attendait pour lui-même une déclaration inverse : une invitation officielle à rentrer, signée par le souverain. La reine lui avait fait passer divers messages indiquant qu'elle espérait son retour, mais il tenait à disposer d'un document légalement irréfutable. La lettre attendue, datée du 13 décembre, lui parvint à Dinant, précisant que le roi lui enjoignait de le rejoindre avec son armée. Il passa la frontière la veille de Noël, traversa sans encombre la Champagne, bouscula deux députés du parlement qui prétendaient lui barrer le passage et débarqua le 29 janvier à Poitiers où Louis XIV en personne lui fit l'honneur de venir à sa rencontre pour l'accueillir.

À Paris, la nouvelle avait déchaîné une tempête, dont la première victime fut la célèbre bibliothèque du cardinal, livrée à l'encan*. On avait mis à prix sa tête et le bénéfice de la vente devait servir à financer la prime. Prise d'une sorte de frénésie collective attisée par la rumeur, la ville fut secouée d'émeutes visant à faire pression sur le parlement, tandis que Condé, de Bordeaux, bombardait le duc d'Orléans de lettres impératives. Le prince, en effet, a terriblement besoin de Monsieur, parce que celui-ci possède des troupes. Au début janvier, il le convainc de les mettre en campagne – sous la direction de Beaufort, qui n'est pas un Condéen, mais déteste le cardinal – et il l'engage dans une « union et liaison entière » qui prend la forme d'un traité – encore un ! – à la fin du mois de janvier. Toujours la même rengaine, plus déconnectée du réel que jamais : ils se disent prêts à déposer les armes « si le roi commande à Mazarin de sortir du royaume » et ils prétendent ne prendre « aucun engagement avec l'étranger qui ne soit avantageux au service du roi et de l'État »[11].

Entre-temps, Condé tentait désespérément d'assurer son emprise sur la Guyenne. Il y rencontra le même mélange de succès et de déboires qu'en Saintonge, avec pour résultat la même absence de solidité. Un épisode mineur porta un rude coup à son image, la résistance victorieuse de Miradoux, au sud d'Agen. L'histoire, contée en détail par La Rochefoucauld[12], vaut son pesant de poudre à canon. C'était une toute petite place, installée dans un village perché sur une

---

* C'était une bibliothèque savante de grande qualité, ouverte aux chercheurs. Elle fut dispersée à vil prix, mais on retrouva la trace d'un bon nombre d'acheteurs. Elle fut donc en partie reconstituée et elle forme aujourd'hui le fonds de la Bibliothèque Mazarine.

hauteur et ceint d'un mur auquel s'adossaient des maisons. Le prince pensait la cueillir sans difficulté, pendant que d'Harcourt était loin. Mais le marquis de Saint-Luc s'y était retiré avec les rescapés d'une précédente escarmouche. Ils se mirent en bataille sur l'esplanade devant la porte. Condé les regardait d'en bas, n'osant escalader une pente de grasse terre argileuse coupée de fossés et de haies. Il n'avait pas de canons, il en commanda deux pour le lendemain et le fit savoir dans la place, où il déclencha un sauve-qui-peut. Une partie des fuyards parvint à s'échapper, mais les autres, plutôt que de se laisser prendre, remontèrent dans Miradoux. Aux sommations du prince, ils demandèrent à sortir avec leurs armes et à rejoindre Saint-Luc. Mais il leur offrit seulement de choisir entre se constituer prisonniers de guerre ou servir dans ses troupes – tant il manquait de bonnes recrues ! Ils refusèrent crânement. Les deux canons arrivèrent et les premiers coups firent des dégâts dans la muraille. Mais, sous-estimant la tâche, il n'avait pas commandé assez de munitions, de sorte qu'il devait envoyer des soldats dans le fossé récupérer à mesure les boulets tombés. Enfin une partie de la muraille s'effondra, entraînant des maisons qui agrandirent largement la brèche. « Mais tout ce débris servit d'un nouveau retranchement aux assiégés ; car le toit de la maison où se fit la brèche étant tombé dans la cave, ils y mirent le feu et se retranchèrent de l'autre côté, de sorte que cette cave ardente devint un fossé qui ne se pouvait passer. » Le siège avait beaucoup traîné alors que Condé l'espérait rapide. Le comte d'Harcourt, qu'il croyait arrêté par la Dordogne, eut le temps, au prix d'un vaste détour, de trouver un pont pour franchir l'obstacle. Le prince dut lever le camp en hâte et se trouva contraint à une retraite difficile au moment même où l'arrivée de Marsin lui apportait un secours devenu inutile.

Il fut très mal reçu à Agen. « Il savait que cette ville ne demeurerait dans son parti qu'autant qu'elle y serait retenue par sa présence ou par une forte garnison. Ce fut pour s'en assurer par ce dernier moyen qu'il résolut d'y faire entrer le régiment d'infanterie de Conti et de le rendre maître d'une porte de la ville[13]. » Aussitôt les bourgeois prirent les armes et édifièrent des barricades. Il y en avait dans toutes les rues, surveillées partout par des corps de garde. L'apparition du prince à cheval ne parvint pas à les apaiser et la vue des troupes attisa leur colère. « La nuit approchait, qui aurait augmenté le désordre, et M. le prince se voyait réduit à sortir honteusement de la ville, ou à la faire piller et brûler. » Deux solutions désastreuses : l'une porterait un rude coup à son prestige, l'autre aurait pour résultat de dresser contre lui la province tout entière. Il opta pour la conciliation et permit aux Agenais de recruter eux-mêmes, à ses frais, le régiment qui protégerait la ville, pourvu qu'il en nommât les officiers. Les apparences étaient sauves. Mais il comprit qu'il ne pouvait pas non plus compter sur la Guyenne.

C'était aussi l'avis de Mazarin qui, à Poitiers, avait pris la direction des affaires. Il avait eu la satisfaction, dès son arrivée, de voir Bouillon et Turenne offrir leurs services au roi. Il jugea inutile de poursuivre la réduction du Sud-Ouest, déjà bien avancée, et préconisa le retour vers Paris. Mais il tenait à s'emparer d'Angers, que son gouverneur le duc de Rohan avait soulevée en faveur du prince, avant que les troupes condéennes réunies en Picardie eussent le temps d'intervenir. La citadelle donna du fil à retordre aux assiégeants, mais le duc de Beaufort, envoyé à sa rescousse, arriva trop tard pour l'empêcher de capituler à la fin de février. Condé lui-même n'avait pris nulle part à l'affaire, mais ce fut un coup dur de plus pour son parti et, comme on soupçonna Rohan d'avoir « manqué de fermeté », il y accrut la défiance entre jusqu'au-boutistes et partisans de la négociation.

Décidément tout allait mal pour le prince entre Loire et Garonne, là même où il pensait se constituer un bastion solide. Des nouvelles alarmantes lui parvenaient de Paris, où Chavigny lui écrivait que sa présence était nécessaire. Elle ne l'était pas moins dans la grosse armée – fruit de son alliance avec Monsieur – qui s'était installée sur les terres beauceronnes entre Châteaudun et Montargis. Les troupes de Gaston d'Orléans, commandées par Beaufort, avaient enfin vu arriver le contingent recruté aux Pays-Bas par de duc de Nemours. Condé « eut la joie, écrivit sans sourciller La Rochefoucauld des années plus tard, de voir au milieu de la France une armée d'Espagne, qu'il avait si longtemps attendue, et qui pouvait secourir Montrond, ou venir le joindre en Guyenne ; mais, ajoute le mémorialiste, cette joie fut mêlée d'inquiétudes : il sut que la division et l'aigreur des ducs de Nemours et de Beaufort étaient venues à une extrémité très dangereuse [14] ». Non contents de se jalouser, ses deux chefs, pourtant beaux-frères, divergeaient sur la marche à suivre. Le duc de Nemours insistait pour secourir le prince en Guyenne, tandis que Beaufort voulait rester en Val-de-Loire pour y défendre l'apanage de son patron.

La Guyenne ? Condé ne pouvait plus s'y souffrir. À se voir contraint de lâcher chaque jour quelques lambeaux de terrain faute de troupes suffisantes, il enrageait et son moral était en berne. Ce qu'il vivait n'avait rien à voir avec la guerre, la vraie, où l'on risque la mort, non des égratignures, mais d'où l'on sort grandi. Il avait besoin d'action, de dangers, de défis. Laissant à Marsin et à Lénet le soin de gérer le panier de crabes bordelais, il s'échappa. Sa remontée vers le Nord, accomplie en huit jours à la fin du mois de mars, lui permit de renouer avec l'épopée et de retrouver son aura de héros de légende.

La chevauchée fantastique [15]

Il était en révolte ouverte contre le roi. Le trajet prévu l'obligeait à traverser des régions largement hostiles et s'il tombait entre les mains des autorités locales, c'était l'arrestation assurée. Il décida de voyager sous une identité d'emprunt en très modeste équipage, pour éviter d'être reconnu. Le marquis de Lévis s'en chargea. Sous prétexte de se retirer chez lui en Auvergne, où il possédait de grands biens, il obtint un passeport sur lequel il fit inscrire le nom des serviteurs qui l'accompagneraient. Qui donc irait chercher le prince dans un groupe de neuf personnes, en costume de voyage aux couleurs neutres ? Ils emmenèrent le petit Guitaut, Gourville, dans le rôle capital d'intendant, La Rochefoucauld et son fils de seize ans, le jeune prince de Marcillac, qu'il n'avait pas voulu laisser derrière lui, plus deux autres gentilshommes et un authentique valet de chambre.

Comme on ne manquerait pas, en Guyenne, de découvrir la fuite du prince, la rapidité était essentielle : il leur fallait gagner du terrain avant que l'alerte ne fût donnée, donc marcher aussi vite que d'éventuels courriers. L'itinéraire fut établi avec soin par Gourville. Il gardait en poche la mémoire des lieux où ils devaient passer et des châteaux où ils pourraient être reçus. Les guides qu'il recrutait de place en place pour reconnaître le chemin se révélèrent assez fiables. Quant au reste, il improvisait. Pour ne pas se faire prendre, il fallait éviter les chemins fréquentés, s'écarter des villes et villages dont les portes étaient gardées, marcher quasiment nuit et jour, ne jamais demeurer plus de deux à trois heures au même endroit, sauf hébergement sûr, et s'accommoder pour la nourriture de ce qu'on trouvait.

Il y avait malheureusement des contraintes impératives. On peut demander aux hommes d'aller jusqu'aux limites de leurs forces, pas aux chevaux. Or il était interdit à nos voyageurs clandestins de recourir aux relais de poste, qui fournissaient aux cavaliers des montures fraîches toutes les quatre ou cinq lieues*. Ils se contentèrent donc de ceux qu'ils avaient – d'excellentes bêtes, choisies avec soin –, qui pouvaient, nourris, abreuvés et après deux heures de repos, faire beaucoup mieux que leurs confrères ordinaires. Ils leur adjoignirent quelques recrues achetées en cours

---

* Une lieue valait environ quatre de nos kilomètres. Certains chevaux pouvaient faire beaucoup plus, mais les maîtres de poste tenaient à ménager leurs bêtes.

de route. Ils accordèrent la liberté aux montures fatiguées devenues inutiles, mais celles-ci n'en usèrent pas : accoutumées à circuler en groupe, elles quittaient les champs après s'être gavées de blé en herbe pour rejoindre leurs maîtres au grand trot. Ce n'est donc pas tout à fait sur les « mêmes chevaux » qu'ils accomplirent en huit jours les cent vingt lieues qui les amenèrent à destination. Mais ils y parvinrent grâce aux égards qu'ils eurent pour ces braves bêtes.

Pour les hommes, la plus grande épreuve était liée à la rupture de tous les rythmes biologiques. À dormir par tranches de deux heures, n'importe où, à n'importe quel moment du jour ou de la nuit, ils ne tenaient plus debout et ne savaient plus où ils en étaient. Le jeune Marcillac notamment fut un poids mort pour ses compagnons. Un jour où il s'était endormi sans trouver la force de manger, on l'éveilla, il semblait avoir perdu toute connaissance, ses genoux ne le soutenaient pas, on dut lui asperger le visage d'eau fraîche pour lui faire ouvrir les yeux et le hisser sur sa monture. Un peu plus tard, somnolant sur son cheval, il lui laissa la bride et se retrouva au fond d'un fossé bourbeux d'où on l'extirpa trempé ; Gourville dut faire halte chez un sabotier pour le faire changer de linge et sécher ses habits. Son père, entretemps, s'était offert une crise de goutte. Sur Condé seul, la fatigue semblait ne pas marquer. Tout au long du trajet, il surclassa, de très loin, le reste de l'équipe.

Le départ avait été fixé au dimanche 24 mars, jour des Rameaux, à midi. La date était bien choisie : les gens seraient occupés, dans les jours suivants, par les cérémonies de la Semaine sainte. Quant à l'heure, on n'eût pu trouver mieux pour attirer l'attention ! Cette sortie n'était qu'un leurre pour faire taire les rumeurs concernant son départ : le prince s'en allait à Bordeaux, fit-il savoir, pour deux ou trois jours seulement – le temps de prendre une bonne avance sur d'éventuels poursuivants. Il quitta donc Agen, dignement accompagné comme le voulait son rang. Un peu en aval de la ville, il congédia son escorte et gagna avec ses compagnons la masure où l'attendait Gourville. Ils se mirent en route aussitôt. Le lendemain matin sur les huit heures, ils firent halte dans la grange d'une petite métairie où ils se régalèrent d'un panier-repas : du pain, du vin, des œufs durs, des noix et du fromage, et ils dormirent un moment. Après avoir marché jusque bien avant dans la nuit, ils s'arrêtèrent dans un cabaret de village, qui n'avait à leur offrir que des œufs. « M. le prince se piqua de bien faire une omelette. L'hôtesse lui ayant dit qu'il fallait la tourner pour la mieux faire cuire, et enseigné à peu près comment il fallait faire, l'ayant voulu exécuter, il la jeta bravement du premier coup dans le feu. » Ils repartirent deux ou trois heures avant le jour, parvinrent à se glisser parmi une troupe de muletiers pour passer la Dordogne en bateau sans se faire remarquer. Repartis à trois heures du matin, le mercredi, ils abordèrent un assez gros bourg dont la route longeait la muraille. L'écharpe blanche arborée par Gourville et le fait qu'ils ne cherchaient pas à entrer leur permirent de poursuivre leur route. Une vive émotion les attendait dans le village où ils menèrent ensuite paître leurs chevaux. Un paysan s'écria, en le désignant, qu'il reconnaissait M. le prince. Alors Gourville, plein de présence d'esprit, éclata de rire comme s'il s'agissait d'une méprise, ses compagnons lui firent écho et le pauvre homme ne sut plus qu'en croire.

Le voyage se poursuivit sans incident à travers la vicomté de Turenne, puis au château de Charlus en Auvergne où, pour une fois, ils dormirent dans des draps. Le samedi soir ils arrivèrent au Bec d'Allier, au confluent avec la Loire, à deux lieues de La Charité. Ils y passèrent le fleuve en bateau eux et leurs chevaux. Mal dirigés par leur guide, ils faillirent être arrêtés près d'une des portes de la ville. « La sentinelle ayant demandé "Qui va là ?", conte Gourville, je m'avisai de répondre que c'étaient des officiers du roi qui allaient à la cour, et qui désiraient d'entrer. M. le prince cria que l'on fît dire à M. de Bussy, qui en était gouverneur pour le roi, qu'il le priait de faire ouvrir ; que c'était La Motheville [son nom d'emprunt]… » Il fallait un bon moment pour aller consulter le gouverneur. Nos deux compères en profitèrent pour engager un dialogue truqué. « Je dis tout haut à M. le prince : "Vous avez du temps pour coucher ici ; mais nous autres, dont le congé finit demain, sommes obligés de continuer notre route." Et quelques-uns m'ayant suivi, disant à M. le prince : "Demeurez si vous voulez", il se mit en marche, se plaignant que nous étions d'étranges gens ; mais qu'il ne voulait pas se séparer, et priait que l'on fît ses compliments à M. le gouverneur*. » Et la petite troupe n'attendit pas la réponse !

---

* Bussy-Rabutin, l'ancien petit-maître, brouillé avec Condé, contesta la version de La Rochefoucauld, qui se contente de mettre en doute sa vigilance [16]. Qu'aurait-il dit s'il avait lu la plaisante scène contée par Gourville ? Peut-être n'est-elle pas authentique ?

À partir d'ici, le témoignage de Gourville fait défaut : le prince l'a envoyé à Paris pour annoncer son arrivée au duc d'Orléans. Il est tout près du but, mais les dangers sont beaucoup plus grands. C'en est fini du pittoresque. Il avance sur un terrain peu sûr. Aux contraintes antérieures s'ajoute l'obligation de tenir compte de deux variables : la position respective des deux armées qui évoluent dans le même secteur, celle du roi qui remonte le cours de la Loire par la rive droite et qu'il doit éviter, et celle des princes ses alliés, qu'il cherche à rejoindre sans savoir où elle se trouve.

Il passa le jour de Pâques à Cosne, en se donnant pour serviteur du roi. La cour était arrivée la veille à Gien et s'apprêtait à franchir la Loire. Condé pensait gagner au plus vite Châtillon-sur-Loing, où il trouverait, dans le château de la duchesse, un refuge assuré. Mais il prit peur quand il comprit soudain que sa présence était découverte. Ils avaient croisé deux courriers venant de la cour, l'un avait reconnu Guitaut, et « bien qu'il ne s'arrêtât pas pour lui parler, il parut assez d'émotion sur son visage pour faire juger qu'il soupçonnait que M. le prince était dans la troupe » ; il avait alors guetté le valet de chambre et, sous menace de mort, en avait tiré confirmation. Condé résolut aussitôt de quitter le grand chemin. Il laissa un des siens embusqué près d'un pont, avec mission de tuer le courrier remontant vers Gien – lequel eut la prudence de passer ailleurs. Il envoya à Châtillon son valet de chambre, pour demander qu'on tînt les portes ouvertes. Guitaut étant parti en quête de nourriture, il n'avait plus avec lui que La Rochefoucauld et son fils. Ils erraient au hasard. Par précaution, ils marchèrent l'un derrière l'autre, séparés de cent pas, l'adolescent en tête et son père en queue, pour donner l'alerte d'où qu'elle vînt et permettre à Condé de se sauver. Entendant des coups de pistolet, puis apercevant quatre cavaliers qui venaient vers eux, ils se mirent en défense, prêts à vendre leur peau très cher. Ô joie, ceux-ci étaient menés par Guitaut, parti à leur recherche ! En dépit de l'urgence, ils durent accorder quelques heures de repos aux vaillants chevaux, qui eurent trente-cinq lieues dans les pattes ce jour-là. On murmura ensuite que Sainte-Maure, qui commandait les vingt hommes envoyés par le roi à sa poursuite, le vit passer et ferma les yeux. Nul n'avait envie d'arrêter M. le prince après un pareil exploit.

Condé avait battu un record. De vitesse, d'endurance, d'habileté. Il s'était retrouvé lui-même. Paradoxalement, il l'avait fait dans des conditions inverses de celles qui lui avaient valu sa gloire : en homme traqué, en fugitif. Se déroulant dans un cadre hostile et en partie de nuit, cette course permet de mesurer mieux la part d'instinct qui entre dans son génie militaire, un instinct presque animal. Son regard bleu glacier et son nez aquilin l'ont fait comparer à un aigle. Mais c'est plutôt à un grand fauve que fait penser son comportement lors de cette équipée. Les sens toujours en éveil, il interprète les gestes, les regards, il sent, il flaire le danger. Il a pour y répondre la rapidité du félin, sa cruauté aussi. Si brillant qu'il ait été dans ses études, ce n'est pas un intellectuel. Il a l'esprit de géométrie, il est capable de concevoir des plans, de calculer. Mais ce qui le distingue des autres grands capitaines, cette foudroyante rapidité d'adaptation, qui lui a permis de renverser sur le terrain tant de situations compromises, n'est pas le fruit de la réflexion, mais une réponse instinctive au danger perçu. Dans une société où commencent à s'imposer les règles du savoir-vivre en commun, il reste en lui une sauvagerie primitive, très différente de la brutalité, et qui est adhésion aux lois profondes de la nature.

C'est pourquoi il est si à l'aise dans ce voyage, qui perturbe tant ses compagnons plus asservis au confort. Pour lui, c'est une manière de retour aux sources. Non qu'il envie le sort des paysans, bien sûr. Mais une semaine d'évasion loin des servitudes imposées par son rang vaut bien quelques privations. Il est heureux. Jouer à être un autre, sous un faux nom, en costume d'emprunt l'enchante visiblement, au point de s'essayer à retourner une omelette. Qu'il soit capable de goûter des plaisirs simples et de partager la franche gaîté de ses compagnons l'humanise et le rend sympathique. Et l'on se prend à penser que, élevé autrement, il aurait pu être fréquentable.

Confrontation avec Turenne

Le lundi 1ᵉʳ avril, à Châtillon, Condé retrouvait avec son identité ses fonctions de chef de parti. Il s'informa de son armée, apprit qu'elle se trouvait à quelques lieues plus à l'ouest, et marcha rapidement à sa rencontre. Elle l'accueillit par une explosion de joie. « Jamais elle n'avait eu tant besoin de sa présence, et jamais elle ne l'avait moins attendue [17]. » À Lorris, où il s'arrêta trois ou quatre jours, il remédia à la mésentente entre Beaufort et Nemours, qui la minait, en leur ôtant à tous deux le commandement, principale source de leur jalousie. Puis il alla s'emparer de Montargis. Que faire ensuite ? Ses amis le réclamaient à Paris avec insistance. Mais il jugea qu'une victoire préalable sur les troupes royales aurait sur la situation politique des effets décisifs : « Qui tient le roi tient le pouvoir », et le roi, tout proche, semblait à portée de main.

Les troupes en question consistaient en deux corps d'armée distincts, l'un confié à Turenne, l'autre au maréchal d'Hocquincourt. Ils savaient Condé revenu, mais ne le croyaient pas prêt à l'offensive. Après avoir passé la Loire, Turenne s'était installé à Briare, tandis que d'Hocquincourt avait dispersé ses quartiers dans les villages avoisinant le bourg de Bléneau, avec l'espoir d'y trouver plus aisément du fourrage pour les chevaux. Au soir du 7 avril, Condé, voyant aussitôt le défaut de ce dispositif, fondit sur les dragons du maréchal et les mit en déroute ; quatre quartiers sur cinq furent pris d'affilée, le cinquième tenta en vain de faire face avant d'être submergé. Ses fantassins s'offrirent un vrai pactole en pillant les bagages, mais la nuit permit aux cavaliers royaux de s'enfuir. Turenne, qui couvrait Gien avec l'autre corps d'armée, avait entendu la canonnade et aperçu la lueur des incendies. Se sachant inférieur en nombre, il joua sur la manœuvre. Il fit faire à son armée une marche de nuit silencieuse, sans éclaireurs, et la plaça dans une plaine, en face d'un bois que l'adversaire devrait traverser pour pouvoir se mettre en bataille. Ce bois comportait, en son centre, un seul chemin, plein de fondrières, par lequel la cavalerie ne pouvait passer qu'en défilant, sans charger. Pour obliger Turenne à lâcher pied, Condé envoya dans le bois son infanterie le harceler de mousquetades. Turenne recula en effet et Condé, croyant qu'il battait en retraite, se hâta d'expédier six escadrons de cavalerie dans la plaine pour le poursuivre. Alors Turenne fit volte-face et, avec l'appui de son artillerie placée sur une petite élévation de terrain, dans l'axe du chemin, il chargea, causant beaucoup de pertes dans les rangs adverses. Jamais Condé ne put franchir le défilé qui lui aurait permis de profiter, dans la plaine, de sa supériorité numérique. Il se retira vers Châtillon, tandis que Turenne rejoignait la cour, à qui il venait de rendre un fier service ! Elle continua tranquillement sa route vers la capitale.

Les amis de Condé eurent beau célébrer la rencontre de Bléneau comme une victoire [18], c'était au mieux, sur le plan militaire, un match nul sans conséquences décisives. Et, chose plus grave, le prince n'avait pas atteint son objectif politique. Il souhaitait réduire le roi à sa merci ? Il lui avait au contraire suscité un défenseur déclaré en la personne de Turenne. Furieux, il planta là son armée et se rua vers Paris.

CHAPITRE QUATORZE

La lutte pour Paris

L'issue de la guerre civile se joue à Paris dans l'été et l'automne de l'année 1652, au cours de péripéties dramatiques confuses, qui aboutissent à l'éviction provisoire de Mazarin et durable de Condé. Elles sont pour le jeune roi l'occasion de s'imposer pour la première fois sur la scène politique, tournant ainsi la page de la régence.

Les projets de Condé

Pourquoi, après sa demi-victoire de Bléneau, Condé choisit-il d'abandonner le terrain et de quitter ses troupes pour se plonger à nouveau dans les turbulences de la capitale, qu'il a en horreur ? Les contemporains ont proposé deux explications. L'une est d'ordre romanesque : le héros aurait hâte de retrouver les bras de sa maîtresse, la capiteuse duchesse de Châtillon. L'autre, d'ordre politique, est la nécessité de fixer le duc d'Orléans, qui est en passe de lui échapper, sous l'influence du coadjuteur, promu depuis la mi-février cardinal de Retz. Ce sont là deux incitations, qui ont en effet joué, l'une n'excluant pas l'autre. Mais elles ne suffisent pas à éclairer sa conduite en cet été décisif. Rétrospectivement, celle-ci nous paraît aberrante. À la lumière des événements ultérieurs, nous sommes tentés d'y voir une succession de mesures de fortune, chacune cherchant à remédier à un échec précédemment subi, et nous interprétons l'ensemble comme une course à l'abîme. Or lui-même, sur le moment, n'a pas le sentiment de vivre une tragédie. Il ne se croit nullement perdu. Il reste le héros qui, sur le champ de bataille, puise dans les revers une incitation à poursuivre le combat.

Il n'est ni fou, ni stupide. Tout au plus d'une opiniâtreté qui lui ferme la plupart des portes de sortie, jugées déshonorantes. Quelle est sa stratégie ? Toujours la même. Sachant le trône inaccessible pour lui, il vise à s'approprier la substance du pouvoir et à diriger le pays aux côtés d'un roi présumé incapable, réduit à son rôle de représentation. Pour parvenir à ce résultat, il lui faut s'imposer en tant que force militaire et politique incontournable. Comment ? En agissant comme tel. Mieux que par tous les raisonnements du monde, ne prouve-t-on pas le mouvement en marchant ? À la cour vagabonde qui tourne autour de la capitale sans oser y entrer, il veut opposer le parlement et le peuple unis autour de sa personne. Fort de cette « légitimité », il passerait alors par-dessus la tête du roi et de ses « mauvais conseillers » et, en traitant directement avec l'Espagne, il offrirait aux Français la « paix générale » à laquelle ils aspirent en vain. À cette victoire politique il associerait une victoire militaire sur les armées royales, dont il ne ferait qu'une bouchée grâce à l'appui des troupes venues des Pays-Bas. Le jeune roi et sa mère seraient alors à sa merci.

Ce programme comporte une annexe importante, généralement occultée. La France est à la fois en guerre civile et en guerre contre l'Espagne. Ce n'est pas la première fois que cette dernière interfère dans nos querelles. Pendant près d'un siècle, Bruxelles a servi de refuge aux opposants de tous bords, religieux ou politiques, en lutte contre leur souverain. Le prince ne veut en aucun cas être assimilé à ces transfuges qui ne cherchaient qu'à sauver leur peau. Il se croit encore au temps de la féodalité. Face au roi d'Espagne, il se présente, non en chef de parti sollicitant du secours, mais en souverain offrant son alliance. Souverain de quoi ? Il est clair qu'une telle fiction n'est pas défendable en droit strict. L'Espagne l'admet parce qu'elle y trouve son intérêt : Condé va se charger à sa place de battre les troupes françaises. Mais on pouvait plus facilement feindre d'y croire lorsque, au moment de signer les premiers accords avec l'Espagne, il disposait en propre de bases territoriales. Il tenait alors la Bourgogne et comptait se tailler dans le Sud-Ouest un large fief indépendant – de quoi fournir un fondement à ses prétentions auprès de son « allié ». La perte de ces bases l'affaiblit considérablement. Au printemps de 1652, il ne lui reste plus que Bordeaux, en pleine anarchie, et ses trois places ardennaises, qui ne peuvent guère lui permettre de passer pour l'égal du roi d'Espagne. La maîtrise de Paris, indispensable à une conquête ultérieure du royaume, lui paraît seule en mesure de lui rendre son poids initial face à Philippe IV.

Se concilier Paris ?

Lorsque le 11 avril vers midi le prince fit son entrée dans la ville, couvert des stigmates de sa glorieuse épopée – une barbe de dix-huit jours et une crasse à l'avenant –, il souleva des tonnerres d'acclamations dans une foule convoquée à dessein. L'annonce de sa venue avait pourtant fort contrarié le duc d'Orléans, qui considérait la capitale comme son domaine réservé. Mais, alliance oblige, il alla à sa rencontre et lui prodigua les égards requis, en se berçant de l'espoir que son séjour serait bref[1]. C'était lui livrer la ville. « Je vous ai donné Paris[2] », répliquera-t-il plus tard à des reproches de Condé. En vérité il n'avait pas pu faire autrement. Le prince le savait bien et il s'employa donc à s'y imposer malgré lui.

Il chercha d'abord à le faire par les voies légales. Taxé de lèse-majesté par la déclaration du 8 octobre précédent, il prétendit se justifier devant le parlement des accusations portées contre lui. Il y fut très fraîchement accueilli. Dès le lendemain, dans la Grande Chambre, le président Le Bailleul s'étonna qu'il osât se présenter « dans le sanctuaire de la justice », bien que tenu encore pour criminel. Un peu plus tard, à la Cour des aides, le président Amelot lui asséna quelques vérités bien senties : « Après la déclaration du roi contre M. le prince de Condé, et après plusieurs combats donnés ou soutenus contre les troupes de Sa Majesté, il y a sujet de s'étonner de le voir maintenant revenir non seulement dans Paris sans avoir obtenu des lettres d'abolition et de rémission pour se justifier, mais encore paraître dans les compagnies souveraines, comme triomphant des dépouilles des sujets de Sa Majesté, et, ce qui est de plus étrange, faire battre le tambour pour lever des troupes, des deniers qui viennent d'Espagne, dans la capitale du royaume, qui est la plus fidèle qu'ait le roi. » Condé s'obstina à nier l'évidence, et lors de la conversation privée qui suivit, il invoqua son honneur. À quoi Amelot répliqua : « Si vous eussiez été jaloux de le conserver, vous ne porteriez pas les armes contre le roi, vous ne seriez pas criminel de lèse-majesté »[3].

Paris était donc très loin d'être favorable à Condé. Beaucoup lui préféraient le duc d'Orléans, plus pacifique, et le cardinal de Retz, quoique décrié comme traître à la Fronde depuis son élévation à la pourpre, avait encore de l'audience dans les milieux dévots. Mais une haine commune contre Mazarin rassemblait les gens les plus divers. Il suffisait d'en jouer pour rendre la vie impossible à quiconque ne le vouait pas aux gémonies. À l'instigation du prince, des bandes de criailleurs se mirent à faire, dans les rues, la chasse aux « *mazarins* » ; on arrêtait et on brisait leurs carrosses ; on molestait les gens, on les dévalisait et l'on parlait de les jeter à la rivière. Certains notables n'en réchappèrent que grâce à des amis, qui leur ouvrirent leur porte, au risque de voir leur maison pillée ou brûlée. Les commerçants fermaient boutique. À la tombée de la nuit, les bourgeois tendaient les chaînes pour barricader leur quartier, car des mousquetades nocturnes faisaient craindre les agressions. Les portes étaient gardées et l'on devait pour les franchir produire un passeport. La violence redoublait chaque fois que le parlement devait tenir séance importante : des « émotions » – c'est-à-dire des émeutes ciblées – venaient faire pression pour lui imposer le vote escompté, au point que de nombreux conseillers se terraient chez eux, abandonnant le terrain aux extrémistes. Ce fut le cas notamment entre le 20 et le 25 mai. Les pamphlétaires attitrés du prince, entre autres Dubosc-Montandré, invitaient à recourir aux moyens extrêmes, incluant le meurtre[4]. Le climat était orageux, il courait des rumeurs alarmantes, auxquelles une éclipse de soleil parut apporter confirmation : on allait « vers la ruine de la royauté, la fin de l'État ».

Mais la violence ne produisit pas les effets escomptés. Devant la montée de l'anarchie, les Parisiens n'eurent bientôt plus qu'un désir, voir rétablir l'ordre, la sécurité et la prospérité dans Paris grâce au retour du roi. Le parlement refusa énergiquement d'accorder au prince la délégation d'autorité qu'il exigeait, au mépris de tout droit. Alors celui-ci effectua une démarche du côté de la cour, qu'il jugeait affaiblie après Bléneau. Le 28 avril il envoya Rohan, Chavigny et Goulas*, avec pour consigne expresse de ne pas voir Mazarin, prier le roi de rendre la paix au royaume, « chose aisée par une seule condition », le départ de son ministre. Les trois hommes étaient mal préparés à ce qui les attendait : une scène digne de Molière. Ils furent reçus par le roi en personne, qui leur répondit qu'il désirait la paix et l'accorderait « à

---

* Un serviteur du duc d'Orléans.

quelque condition que ce fût, pourvu qu'elle ne fût pas contre son honneur, son autorité et sa conscience ; et là-dessus il leur ordonna d'en conférer avec le cardinal Mazarin, qui était son premier ministre, et celui en qui il se confiait le plus et reposait de toutes ses affaires ». Ils tentèrent de se récuser, sous prétexte que cela sortait de leurs attributions et « que ce qu'ils en feraient pourrait peut-être nuire à la paix. Le roi répliqua, et avec la meilleure grâce et manière qu'il se peut, qu'ils ne devaient ni ne pouvaient s'exempter de faire ce qu'il faisait lui-même, et qu'il ne croyait pas qu'ils se pussent exempter de le suivre. Et ainsi, les invitant d'aller avec lui, il les mena dans le cabinet où il les mit aux mains du cardinal Mazarin, puis les y laissa, s'en allant à la chasse et la reine aux vêpres ».

Pour eux, le plus rude était encore à venir. « Le cardinal prit la parole et leur dit qu'ils demandaient avant toute chose qu'il eût à se retirer, mais qu'il ne le pouvait et ne le ferait jamais, parce que, quand bien il le voudrait faire et y tâcherait, la reine, et le roi plus que la reine, le lui défendraient et l'en empêcheraient. Et, sur ce propos, il parla le mieux et le plus sensément qu'il se peut dire, leur déduisant l'état des affaires, les intérêts du roi et les siens le mieux du monde... » Et il les congédia après avoir répondu « très bien » à toutes leurs objections[5]. Bien entendu, la scène avait été concertée avec soin entre les deux meneurs de jeu. Mais le jeune Louis XIV y joua son rôle à la perfection, se payant royalement la tête de ses insolents visiteurs. Si, après cet entretien, ceux-ci n'ont pas compris qu'il n'était pas un incapable et, de plus, qu'il apportait un plein soutien à son ministre, c'est vraiment qu'ils ne voulaient pas comprendre. Les pourparlers cependant ne cessèrent pas. Jamais découragés, les négociateurs, qu'ils fussent envoyés par le prince ou par le duc d'Orléans, continuèrent de proposer des accommodements qui permirent surtout à Mazarin d'attiser leurs dissensions, en attendant le jour où les armes auraient tranché.

C'est en réponse, semble-t-il, aux refus essuyés à la cour et auprès des notables parisiens que Condé se livra le même jour 11 mai à deux démonstrations, l'une religieuse, l'autre militaire. Le matin on promenait solennellement la châsse de sainte Geneviève pour demander le départ de Mazarin et la paix. « Pour gagner le peuple et se faire roi des Halles aussi bien que le duc de Beaufort, conte malicieusement Mme de Motteville, il se tint dans la rue et parmi la populace lorsque le duc d'Orléans et tout le monde était aux fenêtres pour voir passer la procession. Quand les châsses vinrent à passer, il courut à toutes avec une humble et apparente dévotion, faisant baiser son chapelet, et faisant toutes les grimaces que les bonnes femmes ont accoutumé de faire ; mais quand celle de sainte Geneviève vint à passer, alors, comme un forcené, après s'être mis à genoux dans la rue, il courut se jeter entre les prêtres : et baisant cent fois cette sainte châsse, il y fit baiser encore son chapelet, et se retira avec l'applaudissement du peuple. Ils criaient tous après lui, disant : *Ah ! le bon prince ! et qu'il est dévot !* [...] Cette action parut étrange à ceux qui la virent [6]. » L'épisode en effet n'ajoute rien à la gloire de Condé et donne à penser qu'il n'était pas très doué pour la démagogie.

Le soir du même jour, il revint à son terrain de prédilection. Comme le lui avait reproché Amelot, il procédait ouvertement, à l'appel d'un tambour portant sa livrée, à des levées dans la ville. Les vagabonds chassés de chez eux par la faim n'y manquaient pas. Il en enrôla entre cinq cents et deux mille selon les témoignages. Ce soir-là, il entraîna hors des remparts cinq escadrons de cavalerie et cinq ou six compagnies d'infanterie nouvellement recrutées, pour leur faire faire l'exercice, puis, leur contingent s'étant gonflé de volontaires accourus, il les lança tous vers dix heures à l'assaut de Saint-Denis, où ils surprirent et capturèrent les quelques Suisses de la garnison. Mais au lendemain d'une journée de pillage, les troupes royales n'eurent aucune peine à les en débusquer. Chargeant à la fois contre les fuyards et contre les Parisiens venus à leurs secours, la cavalerie sema la panique dans leurs rangs et y fit des ravages. L'expérience fut concluante : les miséreux enrôlés pour quelques sous ne font pas de bons soldats, le petit peuple turbulent non plus. Condé préféra louer des professionnels : on parlait de « quinze cents hommes en tout, dont trois cents Allemands et deux cents Espagnols », ou plus exactement wallons[7]. Et il s'occupa de reprendre en mains la grosse armée qu'il avait laissée en attente dans le Gâtinais.

Les combats autour d'Étampes

Partie de Gien après les sueurs froides éprouvées lors du combat de Bléneau, la caravane royale, protégée par Turenne, avait pu regagner sans encombre la région parisienne et s'était installée à Saint-Germain-en-Laye le 28 avril. L'armée de Condé, elle, avait quitté Montargis en direction du nord et s'était emparée d'Étampes. C'était un coup dur pour la capitale, privée du principal marché aux grains de la Beauce. La place offrait en revanche aux Condéens d'excellents remparts et des magasins emplis à ras bord de réserves alimentaires – de quoi leur faire oublier les consignes de sécurité. Le 4 mai, Mlle de Montpensier vint à passer, rentrant d'Orléans où elle avait joué les héroïnes en forçant les autorités à fermer leur porte au roi. On organisa sur l'esplanade face à la ville une revue en son honneur. Cependant Turenne, averti, arriva au prix d'une marche de nuit, juste à temps pour tomber sur les troupes regagnant leurs cantonnements. Il en fit un grand carnage – on parla de deux mille hommes –, mais il ne put prendre la place, autour de laquelle il mit alors le siège. Il y amena le roi, espérant que sa venue renverserait la situation, mais en vain. Il n'y eut pas de miracle, les assiégés résistèrent et le siège traîna, jusqu'à l'entrée en scène d'un troisième larron – et dans son cas le terme de larron ne doit pas être pris seulement au sens métaphorique !

Depuis l'occupation complète de son duché par la France en 1634, Charles IV de Lorraine, chassé de chez lui, s'était fait entrepreneur de guerre, vendant au plus offrant les services de ses troupes, sans distinction de parti. Mais, soucieux de ne pas tuer la poule aux œufs d'or, il ne les engageait qu'en cas de nécessité absolue. Plutôt que de se battre pour un client, il jugeait beaucoup plus rentable de faire payer son retrait par l'adversaire menacé. Indifférent au sort des territoires traversés, il promenait à travers l'Europe une bande de pillards sans foi, ni loi, ni attaches, mais très fidèles à un employeur aussi accommodant, cinq à six mille soldats qui traînaient avec eux tout leur bien, femmes, enfants, valetaille et chariots ployant sous les dépouilles volées, plus vingt mille vaches et moutons qu'ils troquaient à bas prix contre des bottes, baudriers, habits ou chapeaux, parce qu'ils étaient assurés d'en récupérer gratis tant qu'ils voudraient dans les prochains villages – à condition bien sûr, de ne les avoir pas déjà pillés. Et si l'on en jugeait par les ravages opérés, les vétérans de Turenne faisaient à côté d'eux figure d'enfants de chœur.

Ce rusé personnage, haut en couleur, bigame, mal embouché et cynique, mais plein d'esprit, était alors envoyé au secours de Condé par l'Espagne, mais il devait à sa qualité de frère de la duchesse d'Orléans ses entrées au palais du Luxembourg. Il y paradait d'un air goguenard, pendant que son armée, campée en bordure de la forêt de Sénart, écumait méthodiquement les environs. Il était facile à approcher, mais s'entendait en marchandages. Pour obtenir son départ, il en coûta à Mazarin deux bonnes semaines de discussions et quelques importants débours. Tous poussèrent un gros soupir en le voyant tourner les talons le 16 juin. Mais il avait rempli son contrat : sa présence avait entraîné la levée du siège d'Étampes. Libérées, les troupes condéennes se dirigèrent alors vers Paris, talonnées par celles de Turenne. Dans la capitale où redoublaient les tensions, le désir de voir le roi rétablir l'ordre se faisait plus vif. La cour s'en rapprocha, pour être à même de profiter d'un éventuel mouvement populaire en sa faveur. Elle s'établit à Saint-Denis, tandis que, sur le terrain, les armées se préparaient à l'affrontement. Et cette fois, Condé ne laissait à personne la direction des opérations.

Le dernier exploit de Mademoiselle

Il rejoignit ses troupes à Saint-Cloud. Il se savait numériquement trop faible pour affronter celles du roi, mais grâce au pont, qu'il contrôlait, il pouvait les faire passer d'une rive à l'autre pour se soustraire à une attaque. C'est pourquoi Turenne, qui se trouvait à Saint-Denis, fit construire un pont de bateaux sur la Seine près d'Épinay et divisa son armée en deux corps, de part et d'autre du fleuve, afin de pouvoir prendre celle de Condé en tenailles. Celui-ci, pour échapper au piège, décida de quitter Saint-Cloud pour un retranchement plus sûr et il jeta son dévolu sur la presqu'île que forme le confluent de la Seine et de la Marne près de Charenton, où il pourrait attendre les secours en provenance des Pays-Bas. Le plus court chemin étant la ligne droite, il se dirigea vers les remparts au soir du 1er juillet et sollicita à plusieurs portes l'autorisation de traverser la ville avec son armée. Mais sur ordre du maréchal de L'Hôpital, gouverneur de Paris, l'accès lui en fut refusé. Il lui fallait donc la contourner. Il aurait été plus simple de le faire par le sud, mais le duc d'Orléans ne voulut à aucun prix voir la soldatesque approcher de son palais du Luxembourg. Condé fut donc contraint de longer l'enceinte par le nord.

Lorsque Turenne fut informé de son itinéraire, il se précipita pour l'intercepter. Mais Condé avait marché très vite et il réussit à passer, au prix de quelques pertes à l'arrière-garde. Serré de près par ses poursuivants, il atteignit le faubourg Saint-Antoine, où, se voyant rejoint, il se retrancha. Trois routes convergeaient vers la vaste esplanade précédant la porte, que gardait, du côté intérieur, la puissante forteresse de la Bastille. Par un coup de chance, il y trouva, encore debout, les barricades que les habitants avaient dressées pour se protéger contre les Lorrains. Elles s'appuyaient sur les maisons, très denses en ce faubourg commerçant, et desservies par un lacis de ruelles. Pas question d'une bataille rangée, donc, en terrain découvert. C'est un combat de rues, de l'espèce la plus redoutable, qui s'engagea entre huit et neuf heures du matin, le 2 juillet, sous un soleil torride [8].

Condé n'avait alors en face de lui que Turenne. Ayant dû repasser le fleuve, le second corps de royaux commandé par La Ferté n'était pas encore arrivé. La lutte ne se présentait donc pas de façon trop inégale. Elle réunissait, dans chaque camp, la fine fleur de la noblesse. C'était bien plus qu'un simple combat, un affrontement symbolique entre deux mondes, dont le cadre se prêtait à faire un spectacle, une sorte de tournoi sanglant. Tandis qu'Anne d'Autriche s'abîmait en prières au carmel de Saint-Denis, Louis XIV et Mazarin, entourés de leur suite, en observaient les péripéties du haut de la butte de Charonne – à l'emplacement actuel du Père-Lachaise. La présence de Louis XIV, jointe à l'importance de l'enjeu, incitait les uns et les autres à prendre des risques fous. Rien ne pouvait mieux convenir à Condé, qui fit preuve en cette occasion « d'une valeur et d'une capacité surhumaines ». Il affronta personnellement des risques inouïs, notamment dans l'assaut d'une quatrième barricade que les siens mirent leur point d'honneur à attaquer. Il fut pris à partie, dit-on, par Saint-Maigrin qui le haïssait à mort pour l'avoir empêché d'épouser Marthe Du Vigean, et dont « l'opiniâtreté à le vouloir tuer fut cause qu'il fut tué lui-même ». Cinq heures durant, l'issue du combat resta incertaine. Au cœur de la journée, la chaleur devint intolérable. « M. le prince, qui était armé et qui agissait plus que tous les autres, était tellement fondu de sueur et étouffé dans ses armes, qu'il fut contraint de se faire désarmer et débotter, et de se jeter tout nu sur l'herbe d'un pré, où il se tourna et se vautra comme les chevaux qui veulent se délasser ; puis il se fit rhabiller et armer, et il retourna au combat pour l'achever[9]. »

Se produisirent alors deux coups de théâtre successifs – de sens contraire. Le maréchal de La Ferté rejoignit enfin Turenne avec des troupes fraîches et surtout de l'artillerie. Le sort de Condé semblait scellé. Acculée au mur d'enceinte, son armée, prise en enfilade au centre sous le feu de la canonnade et pressée en tenailles sur les flancs par les nouveaux venus, était condamnée. Déjà, sur les hauteurs de Charonne, on criait victoire lorsque soudain, comme sur la scène au dénouement d'une pièce à machines, les vaincus virent s'ouvrir devant eux les lourds vantaux de la porte Saint-Antoine, leur permettant de s'y engouffrer. Puis, dans un vacarme assourdissant, des boulets se mirent à pleuvoir sur leurs poursuivants. Tournant leur tir vers le faubourg, les canons de la forteresse semaient le désordre dans les troupes royales, tandis que la porte se refermait derrière les Condéens sauvés.

L'auteur de ce miracle n'était autre que Mademoiselle, la fille aînée de Gaston d'Orléans. Après avoir longtemps détesté Condé, elle s'était embéguinée de lui et caressait en secret l'idée que, si sa femme toujours dolente avait la bonne idée de disparaître, il ferait – à défaut de Louis XIV – un mari digne d'elle. Lorsque les amis du prince vinrent avertir son père du désastre et le supplier de faire ouvrir la porte aux débris de l'armée en déroute, elle s'indigna de le voir refuser. Elle finit par lui arracher l'ordre de laisser entrer les blessés et menaça d'une émeute le gouverneur de Paris qui renâclait. Elle vit arriver Condé épuisé, couvert de sang et de poussière quoiqu'il ne fût pas touché, qui se lamentait : « Vous voyez un homme au désespoir, j'ai perdu tous mes amis ! » Constatant que les troupes de Turenne allaient s'engouffrer derrière les fuyards, c'est elle qui prit l'initiative de faire tirer les canons de la Bastille pour les arrêter. Elle convainquit sans peine le commandant : le fils du vieux Broussel était tout acquis à sa cause [10]. Il restait deux mille morts sur le terrain, en majorité condéens.

Mademoiselle avait sauvé, non seulement les blessés, mais tous les survivants, qu'on vit défiler entre quatre et six heures sur le Pont-Neuf, au nombre d'environ trois mille hommes, infanterie et cavalerie, tambours, timbales et trompettes sonnant, comme pour célébrer une victoire. Et parmi eux, à côté des écharpes bleues du prince, flottaient des étendards marqués de la croix de Saint-André rouge propre à l'Espagne[11]. La venue de soldats en armes – qu'ils fussent amis ou ennemis – était toujours promesse de troubles et d'exactions. D'abord émus par leur piteux état, les habitants avaient vite jugé leur présence indésirable. Condé eut beau les faire cantonner dans les villages de la périphérie sud, c'était encore trop près. Le gouverneur et les autorités municipales ne cachèrent pas leur réprobation. Condé décida aussitôt de dessaisir les récalcitrants et de les remplacer par des hommes à lui, afin d'assurer son emprise sur la capitale.

Terreur sur Paris

Dès avant le combat du faubourg Saint-Antoine, Condé et le duc d'Orléans avaient prévu, puisque le parlement leur donnait du fil à retordre, de le court-circuiter au moyen d'une assemblée de notables, représentatifs de l'ensemble de la population. Convoquée à l'Hôtel de Ville pour le 4 juillet, elle était appelée à débattre des *voies de sûreté*, ce que nous nommerions nous la sécurité – vaste programme. Profitant du renouveau de prestige que lui avait valu le combat de l'avant-veille, Condé tenta d'en faire un plébiscite en sa faveur. « L'on devait reconnaître Monsieur pour lieutenant général de l'État, avec pouvoir de donner ordre à tout en vertu de l'autorité du roi qu'il avait entre les mains, tant que Sa Majesté serait prisonnière en celles du cardinal Mazarin, déclaré ennemi de l'État, perturbateur du repos public, banni pour jamais du royaume[12]... »

Dès le matin, des agitateurs sillonnaient les rues, pourchassant quiconque penchait pour le cardinal ou simplement montrait trop de mollesse dans son soutien à Condé. Bientôt il fallut, pour pouvoir circuler en sécurité, se déclarer hostile à Mazarin, en portant sur la tête un bouquet de paille. Ceux et celles qui n'en avaient pas étaient arrêtés par la canaille avec menaces de mort. Même les chevaux des carrosses en avaient, tous les soldats de la garde bourgeoise en faction à l'Hôtel de Ville en arboraient à leur chapeau ou à leur mousquet et on en distribuait aux notables à leur entrée, en leur disant : « Point de Mazarin[13] ! » De la place de Grève, noire de monde, montait un grondement sourd. Et très vite, avec la chaleur qui augmentait, on se mit à boire plus que de raison. C'est donc sous une intense pression que s'ouvrit la séance, en l'absence des princes, à deux heures de l'après-midi. Ils étaient là entre trois et quatre cents, tous qualifiés par leurs fonctions – magistrats, membres du Bureau de Ville, représentants des Six Corps de métiers, responsables des quartiers, gens d'Église –, d'opinions diverses, mais issus de la bonne bourgeoisie et peu amis du désordre. Les princes se faisant attendre, on occupa le temps à des discours. Vers quatre heures arriva, apportée par un trompette, une lettre de cachet du roi : il regrettait que la ville eût ouvert ses portes à l'armée rebelle de Condé, qui comportait des contingents espagnols, mais n'en tenait pas rigueur à l'ensemble des Parisiens, à qui il promettait que l'approvisionnement en blé se ferait comme à l'ordinaire. À l'issue des débats qui suivirent, le procureur proposa de députer vers le roi, pour le supplier de revenir à Paris. Il fut contraint, sous les huées, de demander en outre le renvoi de Mazarin. Mais il éluda soigneusement la question de l'union entre la ville et les princes, dont chacun savait qu'elle constituait l'objet central de cette réunion. Ceux-ci, qui comptaient rallier à leur camp les autorités, en étaient pour leurs frais : visiblement l'assemblée ne se laissait pas manipuler. Informés de l'échec, ils firent une brève apparition vers cinq heures. Ils remercièrent les Parisiens de leur accueil de l'avant-veille, évoquèrent brièvement la nécessité de l'union et insistèrent sur l'indispensable départ du ministre étranger, seul obstacle à la paix. Il était tard, les députés décidèrent de remettre la délibération au *lendemain*.

Mais à leur sortie, les princes, entourés par la « populace », dirent eux-mêmes, ou firent dire par quelqu'un de leur suite, « que ces Messieurs assemblés demandaient encore *huit jours* de temps pour faire l'union qu'ils avaient promise », qu'il n'y avait en haut dans la salle que des « *mazarins* » et que c'était au peuple à faire ce qu'il aviserait là-dessus* – en clair, une invitation à l'émeute. Or une émeute est toujours susceptible de dégénérer. On ne sait si le cours de celle qui s'ensuivit fut entièrement programmé par les Condéens ou s'il leur échappa et, dans ce cas, à quel moment. Il est certain, en tout cas, que nombre de leurs soldats, en tenue civile, se trouvaient postés dans les maisons avoisinantes ou mêlés à

---

* Les témoignages comportent quelques variantes sur les paroles prononcées, mais tous sont d'accord pour mentionner un délai important (au minimum quatre ou cinq jours, généralement huit), en contradiction avec la décision de l'assemblée.

la foule, et que des agitateurs affidés exhortaient à égorger et à brûler tous les *mazarins*. On ne sait d'où partit le premier coup de feu. Il en entraîna d'autres, issus du milieu de la foule, qui, tirés de bas en haut, traversaient les plafonds pour atterrir, amortis, dans le plancher de la Grande Salle. Bientôt les coups partirent des maisons d'en face au niveau des deuxième et troisième étages et ils frappèrent horizontalement les fenêtres de l'Hôtel de Ville, obligeant les députés à se jeter par terre. Impossible de riposter : aucun moyen de défense n'avait été prévu. « On reconnut alors (et le maréchal de L'Hôpital le remarqua plus particulièrement) qu'il y avait d'autres gens que du peuple, qui savaient le métier de la guerre, et qui n'étaient pas seulement soldats, mais soldats choisis, et qui agissaient comme ils eussent fait à l'attaque d'une place, selon les règles de la guerre [14]. » Et les députés y virent la preuve d'une conjuration conçue pour les perdre.

Dès qu'ils s'étaient sentis menacés, ils avaient fait fermer les trois portes, exacerbant la fureur au-dehors. On massacra les gardes qui les défendaient. Puis on s'empara de poutres, dont on se fit un bélier pour enfoncer la plus grande. Comme elle tenait bon, ainsi que les deux petites, on les garnit de paille et de fagots arrosés de poix fondue, qu'on enflamma. Une fumée âcre commença d'envahir le bâtiment. Dehors, la fusillade se faisait plus nourrie. En plein tumulte, quelques notables complices, restés sur place, se hâtèrent de faire voter à la sauvette l'union de la Ville et des princes. Ils tentèrent d'en informer le peuple en brandissant des pancartes par la fenêtre, mais rien n'était capable d'endiguer le flot. Chacun tenta de s'enfuir ou de se cacher, pris de panique à l'idée de l'assaut qui se préparait. Quand les portes lâchèrent, la foule se rua à l'intérieur. Curieusement, elle fut moins féroce qu'on ne le craignait. Elle ne venait pas pour tuer, mais pour piller. Ce ne fut pas un massacre généralisé. Les morts – on en releva une trentaine parmi les notables – furent parfois des frondeurs militants qui, comme tels, tentaient de contrôler les émeutiers. Ceux qui affichaient profil bas trouvèrent souvent des agresseurs compatissants ou cupides prêts à les tirer de là moyennant honnête rétribution : ainsi peut-on lire sous la plume de Conrart les pittoresques mésaventures d'un bon nombre de ces rescapés.

C'est là une pièce à ajouter au riche dossier concernant le rôle de Condé dans l'affaire[15]. On ne s'en tiendra ici qu'aux conclusions. En dépit de ses dénégations et des efforts déployés par ses amis ou ses thuriféraires pour l'exonérer de toute responsabilité, les historiens, aujourd'hui, le jugent tous coupable d'avoir planifié l'émeute, en vue de s'assurer par la terreur la docilité des notables parisiens. Reste à savoir s'il doit en assumer tous les développements ou si elle n'a pas dépassé ses prévisions. La relative modération des émeutiers une fois entrés dans l'Hôtel de Ville incline vers la seconde hypothèse : il s'agissait des criailleurs habituels payés pour semer le trouble, et non de meurtriers patentés. Mais une foule en ébullition est moins facile à contrôler qu'une armée sur le champ de bataille et Condé avait raison de se dire peu doué pour les combats de rues.

On a le droit, en revanche, de juger très sévèrement son comportement, ainsi que celui de Gaston d'Orléans, face à la tragédie. Alors que leurs serviteurs horrifiés les pressaient de venir rétablir l'ordre, ils se récusèrent, se déshonorant par leur indifférence affichée. À Gaston qui l'invitait à y aller, Condé répliqua en usant de son ironie habituelle : « Monsieur, il n'y a point d'occasion où je n'aille pour votre service ; cependant je ne suis pas homme de sédition, je ne m'y entends point et j'y suis fort poltron [16]. » En fait il craignait d'être impuissant face à une foule déchaînée : n'aurait-il pas été plus honnête de l'avouer ? Beaufort, qui assistait au spectacle d'une fenêtre voisine, s'abstint d'intervenir. C'est seulement à onze heures du soir que le « roi des Halles » consentit à se joindre à la Grande Mademoiselle pour s'y risquer. Des tonneaux de vin opportunément mis en perce à l'autre bout de la place de Grève leur permirent d'éloigner les derniers émeutiers et d'accéder au bâtiment, d'où ils purent tirer quelques survivants. À la trentaine de cadavres identifiés, il faudrait ajouter les malheureuses victimes anonymes, non « notables », qui avaient été précipitées sans façon dans la Seine et qu'on évalua entre cent et deux cents. Mais les trois bêtes noires des princes, « recommandés par eux au sacrifice [17] » – le gouverneur, le prévôt des marchands et le président de Guénégaud – s'en tiraient sains et saufs, non sans avoir eu grand peur. Tous pensèrent que cela aurait pu être pire.

La sanglante victoire de cette « Journée des Pailles », comme on la nomma, fut pour le parti de Condé un « coup de massue » dont il ne se releva pas [18]. Entre les Parisiens et lui, le divorce était consommé. Certes nul ne put l'empêcher de remanier à son gré l'administration de la ville, qu'il tenait par la terreur. Le duc d'Orléans, ainsi mouillé jusqu'au cou dans la subversion, retrouva son titre de lieutenant général du royaume, en charge de l'État tant que le roi resterait « prisonnier » de Mazarin. Condé lui-même fut promu généralissime des armées, Beaufort fut nommé gouverneur de Paris et Broussel prévôt des marchands. Le chancelier Séguier, à la servilité légendaire, consentit à cautionner cette mascarade. Le prince avait donc mis sur pied, avec la complicité des notables terrorisés, un contre-gouvernement rival du vrai, qui prétendait usurper toutes les fonctions régaliennes. Mais son autorité ne s'étendait guère au-delà des faubourgs. Son armée, très affaiblie, ne lui permettait pas d'affronter celle de Turenne. Maître de la capitale, il en était prisonnier, entouré d'une population épuisée de souffrances qui, de jour en jour, le haïssait davantage.

Lendemains difficiles

La cour, de son côté, était incapable de l'en faire sortir, n'ayant pas les moyens d'investir la ville et moins encore de la reconquérir rue par rue – ce qui eût été politiquement désastreux. La sagesse conseillait de miser sur le pourrissement et d'attendre que le chaudron parisien implose. Une seule chose retenait encore les habitants dans l'obéissance : la crainte des représailles que la cour, leur serinait-on, ne manquerait pas d'exercer sur eux en cas de victoire. Il fallait avant tout les rassurer. Plutôt que de répliquer aux virulentes campagnes de presse des Condéens, elle misa sur le bouche à oreille, avant de passer à la vitesse supérieure au moyen de ligues et de manifestations. Elle se servit d'agents infiltrés, informateurs et au besoin provocateurs, que recrutait et dirigeait l'abbé Basile Fouquet, frère cadet du procureur Nicolas. Simple tonsuré – pour cause de bénéfices ecclésiastiques –, il menait la vie d'un petit marquis, l'épée au côté, hardi, effronté, charmeur, jouisseur, à l'aise dans tous les milieux, où il se glissait comme une anguille. Sa vive intelligence, son imagination féconde et son absence de scrupules faisaient de lui un homme très propre à monter des coups tordus. Il ne fallut guère plus de trois mois à lui et à ses acolytes pour donner aux Parisiens le courage d'exprimer leur dégoût pour les exactions des princes.

En même temps, la cour s'était appliquée à déconsidérer l'administration fantoche mise en place par Condé en lui opposant un pendant légitime. Installée à Pontoise, elle ordonna au parlement de l'y rejoindre, faute de quoi les récalcitrants verraient leur charge supprimée. La recette était à double tranchant, car le succès exigeait un nombre suffisant de réponses positives. L'injonction ne fut d'abord respectée que par quelques magistrats courageux, qui réussirent à sortir de Paris à leurs risques et périls. Mais de treize qu'ils étaient d'abord, ils passèrent bientôt à une trentaine. C'en était assez pour que le « parlement de Pontoise » pût casser les arrêts de son homologue parisien et enregistrer les édits voulus par le roi. Et, à mesure que s'intensifiaient les violences, l'exemple fut suivi, la capitale commença à se vider de ses notables. La désaffection croissante de Paris pour Condé était palpable, et il la supportait très mal.

Sa santé s'en ressentit. Il était depuis longtemps sujet, on l'a vu, à des poussées de fièvre, d'origine paludéenne semble-t-il, qui prenaient un tour aigu quand elles survenaient à la suite de profondes contrariétés. Ce fut le cas à plusieurs reprises dans l'été de 1652. Le 19 juillet, « M. le prince se trouva fort mal, et il eut un accès de fièvre si violent, que son médecin crut que ce serait une fièvre maligne, dont il en commençait déjà à courir beaucoup. Néanmoins il se trouva mieux après avoir été saigné ; et quoiqu'il fût encore assez incommodé, il ne laissa pas de se trouver au parlement le samedi 20 ; mais il fut encore saigné dès qu'il en fut revenu [19] ». Sa nervosité augmentait d'autant et elle se communiquait à tout son entourage. À mesure que l'espace se rétrécissait autour d'eux, ses amis se montraient plus chatouilleux que jamais sur leurs prétendues prérogatives. Une question de préséance jeta l'un contre l'autre les ducs de Nemours et de Beaufort, que séparait depuis longtemps un lourd contentieux d'animosité refoulée. Un duel au pistolet les opposa finalement, à l'initiative du premier, qui, encore mal remis de la blessure reçue 2 juillet, était incapable de tenir une épée. Il fut mortellement atteint au premier tir [20]. Le lendemain, sur un prétexte infime, Condé souffleta un membre de la maison de Lorraine avec une telle violence qu'ils en vinrent aux mains et qu'on dut les séparer [21]. En province, rien n'allait plus. À Bordeaux, que les Espagnols abandonnaient à son sort, les siens avaient perdu tout contrôle sur les partis qui se disputaient le pouvoir. Puis, vers la mi-août, on apprit la chute de Montrond. À bout de vivres et de munitions, la place inexpugnable où Condé avait vécu son enfance et dont il avait fait l'emblème de sa puissance, s'était engagée à déposer les armes le 1er septembre si elle n'était secourue d'ici là – chose impossible. Le coup fut très rude, sur le plan affectif et symbolique à la fois.

Les rangs s'éclaircissaient autour de lui. Beaucoup étaient très las de la guerre. La Rochefoucauld qui, frappé à Saint-Antoine par une balle entre les deux yeux, avait cru ne jamais recouvrer la vue, obtint un congé. Les défections, ouvertes ou discrètes, se multipliaient et Condé sentait Gaston d'Orléans fortement tenté de le lâcher. Une fois encore, la contrariété se traduisit par une crise violente et durable qui le frappa au début octobre, mais elle « ne fut funeste qu'à M. de Chavigny ». Le prince entra en fureur lorsque celui-ci, qui négociait pour le compte de Monsieur, eut l'imprudence de lui rendre visite. L'avalanche d'insultes fut « fort aigre » et le malheureux « en sortit avec la fièvre, qu'il prit de lui, et mourut peu de jours après »[22], tandis que Condé, lui, se relevait plus combatif que jamais.

« Une amnistie sans exemple »

Il n'avait pas tort de craindre une défection du duc d'Orléans. Mais ce n'était là qu'un aspect de l'offensive montée contre lui, dont il ne prit pas tout de suite la mesure. Cette fois-ci, le roi, la reine et Mazarin étaient fermement décidés à crever l'abcès, autrement dit à mettre fin aux marchandages et à le contraindre à capituler, sans contrepartie. Dès le mois de juin, le roi avait pris les devants dans sa réponse à des députés venus lui demander l'éviction du cardinal. Après avoir rappelé ses griefs contre Condé, il y déclarait qu'il ne se séparerait de son ministre que si les princes s'engageaient à remplir certaines conditions, au nombre de douze, impliquant notamment une rupture définitive avec l'Espagne, le démantèlement de leur appareil militaire et la renonciation à leurs prérogatives. C'était les priver de tout pouvoir. Monsieur avait poussé les hauts cris, sans prendre la chose au sérieux[23]. Un bon mois durant il n'en fut plus question, mais l'idée était dans l'air.

Puis, en août, Mazarin prit une initiative inattendue. Puisque les princes voyaient en lui l'unique obstacle à la paix et se disaient prêts à déposer les armes sans conditions s'il était écarté, il offrit de partir pour ôter tout fondement à leur rébellion. Depuis son retour de Brühl, il n'avait cessé de subir des pressions en ce sens, mais il répugnait à s'éloigner sans être sûr de pouvoir revenir. À la fin de l'été cependant, la décomposition avancée du parti condéen lui permit d'envisager une retraite stratégique promettant d'être brève. C'est le parlement de Pontoise qui se chargea de solliciter très respectueusement sa mise à l'écart. Le roi y consentit de bonne grâce, puisque l'intéressé lui-même l'en suppliait. Mais les attendus dont il accompagna son accord, le 12 août, constituaient un panégyrique propre à mettre beaucoup de baume sur les blessures antérieures. Il cédait à ses instances pressantes et lui permettait de se retirer, se privant « avec regret d'un ministre qui l'avait toujours servi avec beaucoup de passion et de fidélité[24] ». En annonçant qu'il consentait au départ du cardinal, le roi paraissait fléchir.

Mais il en profitait pour travailler l'opinion en dénonçant la duplicité de Condé : « On aura peine à croire que l'intention du prince soit de rétablir [dans le royaume] le calme, qu'il publie dépendre de l'éloignement dudit sieur cardinal, en se servant pour l'obtenir de toutes les forces de l'Espagne, qui ne peuvent avoir d'autre intérêt ni d'autre but que d'y entretenir la division [25]. »

Lorsque Mazarin quitta Paris le 19 août, les gens avisés ne furent évidemment pas dupes, ils savaient que son éloignement était provisoire et qu'en attendant de pouvoir rentrer, il dirigerait à distance toutes les démarches du roi. Mais l'argument avancé faisait mouche auprès du public : les princes ont dit et répété qu'ils n'avaient pris les armes que pour obtenir son renvoi ; il est parti ; donc ils doivent déposer les armes. Les deux intéressés finirent par se résigner à l'idée qu'il reviendrait. Condé continuait de le considérer comme un moindre mal au ministère. Mais il comptait, en échange de son retour, extorquer des concessions majeures. Monsieur, lui, souhaitait simplement qu'on passât l'éponge. Il croyait un accommodement possible avec la reine. C'est donc lui qui se fit le porte-parole des rebelles auprès de la cour. Ils répondirent à l'exil de Mazarin, dès le 22 août, par l'envoi d'un long document, exposant leurs revendications, toujours identiques, sur un ton d'une outrecuidance confinant à la provocation. Ils se déclaraient prêts à poser les armes en échange d'une amnistie « en bonne et due forme [...], présupposant que sa sortie hors du royaume soit effective, et pourvu qu'il plaise à Sa Majesté de faire ce qu'il convient pour le repos de son État et ce qui s'est toujours pratiqué en de semblables occasions [26] ». Et Condé exigeait qu'on accorde honneurs et dignités à tous ses amis, qu'on lui laisse le droit de conserver des troupes armées distinctes de celles de roi et qu'on lui donne pleins pouvoirs pour mener en compagnie de Monsieur les discussions avec les Espagnols sur la paix générale. Bref, les princes se croyaient encore au temps où les prises d'armes se terminaient par des concessions ou, au pire, par le retour au *statu quo ante.* Ils sollicitaient des passeports pour les députés qui iraient défendre leurs intérêts auprès de la cour.

Le roi répliqua qu'il était inutile de lui envoyer des députés, puisqu'il n'y avait plus rien à négocier. Il leur enjoignit de déposer les armes *avant* de bénéficier de l'amnistie qu'il voudrait bien leur accorder. Monsieur, qui lui fit dire qu'ils n'y consentiraient qu'*après* l'avoir obtenue « en bonne et due forme », reçut en guise de réponse une volée de bois vert dûment circonstanciée. Quant à Condé, la lettre qu'il adressa au roi lui fut retournée sans avoir été ouverte [27]. Après quoi, sans plus tarder, celui-ci fit publier le 26 août un *Édit d'amnistie* excluant toute discussion. Il y séparait avec soin les meneurs des comparses. Pour rassurer les Parisiens, qui n'avaient pas la conscience tranquille, il tirait un trait sur tout ce qui avait été fait durant les derniers mouvements : « Voulons et nous plaît que le tout demeure nul et comme non advenu, et que la mémoire en demeure à jamais éteinte, supprimée et abolie... » En revanche, les chefs de la rébellion nommément désignés – Monsieur, Condé, Conti, la duchesse de Longueville –, ainsi que leurs plus proches compagnons, avaient trois jours pour se plier aux conditions exigées, faute de quoi ils seraient déchus de la grâce accordée par l'Édit.

Pour Gaston d'Orléans et Condé, ce texte fut comme un coup de foudre. Ils s'indignèrent devant une « amnistie sans exemple » et en réclamèrent une « dans les termes ordinaires », qui pût « établir les choses dans l'état qu'elles étaient auparavant ces mouvements »[28] – très précisément ce dont le roi, instruit par Mazarin, ne voulait plus. Ils eurent de la peine, non seulement à l'admettre – ce qui se conçoit –, mais à le comprendre, tant étaient ancrées chez eux des habitudes ancestrales qui prenaient à leurs yeux valeur de loi. Le droit de discuter d'égal à égal avec le souverain, le devoir de révolte au cas où ils l'estimaient dans son tort, la priorité donnée aux intérêts de leur maison sur ceux du pays, tous ces comportements, reliquats de l'indépendance dont jouissaient au Moyen Âge les grands féodaux, s'appuyaient sur une morale ayant ses propres règles et ses propres exigences – honneur, droiture, courage. Ils ne se rendaient pas compte qu'en refusant d'admettre que ce temps était passé, ils n'avaient cessé de mentir aux autres et de se mentir à eux-mêmes, tout en trahissant la morale dont ils se réclamaient.

Le dernier sursaut

Aucun des deux princes ne respecta l'ultimatum. Le duc d'Orléans y songea, mais n'osa pas. Condé, lui, n'envisagea pas une seconde de se soumettre. La perspective d'une capitulation sans conditions révoltait son orgueil. « Il avait le cœur si grand qu'il ne put jamais se résoudre à dépendre du cardinal Mazarin [29]. » Mais chaque jour qui passait voyait fondre ce qui lui restait de troupes et, à Paris, il faisait désormais figure d'intrus. On n'avait plus peur de lui. Faute d'argent, il avait perdu la clientèle populaire qui lui fournissait des contingents d'émeutiers. Les agents royaux, au contraire, dispensaient libéralement les écus. On put bientôt, sans se faire agresser, substituer du papier à la paille, en signe de ralliement au roi. Le 24 septembre, à l'instigation de l'abbé Fouquet, près de deux mille bourgeois, papillote au chapeau, manifestèrent leur rejet des princes. La ville clamait son désir de paix et implorait à cor et à cri le retour du souverain. C'en était fini des revendications condéennes. Plus question de réclamer la paix générale et l'éviction de Mazarin. On demandait purement et simplement la paix civile, la fin des guerres fratricides. Pour l'Espagne, il serait temps de voir ensuite. Broussel se démit de sa prétendue charge de prévôt des marchands et Beaufort abandonna celle de gouverneur. L'administration légitime trouverait donc place nette et le roi pourrait rentrer dans sa capitale sous les acclamations.

Alors Condé, en désespoir de cause, appela une fois de plus à son secours les Espagnols.

De Bruxelles, l'archiduc suivait attentivement le déroulement du conflit franco-français. Il s'abstenait si possible de s'en mêler, préférant que les autres tirent pour lui les marrons du feu. Cependant, inquiet de voir se profiler le terme d'une guerre civile qui lui était si profitable, il opta pour une démonstration de force. Il envoya donc le comte de Fuensaldagne, flanqué de l'inévitable duc de Lorraine acheté pour la circonstance, s'avancer jusqu'aux alentours de Laon à la tête de vingt-cinq mille hommes. L'armée royale n'en comptait que huit. La cour, installée à Pontoise sous la protection de Turenne, passa quelques jours dans les transes. Mais l'archiduc souhaitait seulement entretenir les dissensions en France pour reconquérir tranquillement le terrain perdu naguère. Il remonta vite vers les places maritimes de Flandre et en profita pour s'emparer de Dunkerque. Il laissait aux Lorrains, grossis de quelques Wurtembourgeois, le soin de fixer les troupes royales en Île-de-France.

Charles IV était donc de retour pour un nouveau tour de piste. En dépit des efforts de Mazarin pour s'en débarrasser, les Lorrains s'incrustèrent. Ils n'étaient pas vraiment dangereux, puisque l'on savait que leur maître répugnait à les exposer au combat. Ils se dérobèrent toujours devant Turenne, bientôt rejoint par La Ferté. Mais leur présence permettait à Condé de faire des sorties en forme de coups de poing qui lui donnaient l'illusion d'être encore un grand capitaine. Il les rejoignit à Grosbois, dans la vallée de l'Yerre, le 8 septembre et s'y installa un temps, dans un climat de chaleureuse fraternisation. Le château où il logeait devint un but d'excursion pour les amazones de la Fronde : il y donna à Mlle de Montpensier et à ses belles amies un dîner qui laissa à celle-ci un grand souvenir[30]. Pensez donc : le prince, qui était d'ordinaire « l'homme du monde le plus malpropre », s'était fort ajusté en son honneur, « il avait la barbe faite et les cheveux poudrés, un collet de buffle avec une écharpe bleue, un mouchoir blanc à son cou ». Mais ces mondanités ne le détournaient pas de son objectif. Il projetait d'attaquer les maréchaux et se plaignait du duc Charles, qui semblait « ne pas y être porté ». Pour retenir cet allié glissant comme une anguille, il lui offrit ses trois places ardennaises – Stenay, Jametz et Clermont. Mais Charles IV ne fit rien, que ronger jusqu'à l'os la région qu'il occupait et qu'il ne quitta que lorsqu'elle fut incapable de nourrir hommes et chevaux.

Pour Condé, Paris était visiblement hors de portée. Le roi y fit un retour triomphal le 21 octobre. Pour couper court aux velléités de résistance qui couvaient, il avait invité les derniers rebelles à se soumettre. Il se contenta d'exiler les plus marquants. Gaston d'Orléans renonça à poursuivre la lutte, accepta finalement l'amnistie et obéit, tout comme sa fille, à la sentence de bannissement qui le frappait. Les plus compromis des conseillers du parlement en firent autant. On annula tous les arrêts illégaux émis durant les troubles par le parlement et celui-ci se vit interdire « de prendre à l'avenir aucune connaissance des affaires de l'État et des finances ». Bref l'autorité royale s'affirmait.

Condé n'avait pas saisi l'ultime perche tendue. Déposer les armes, s'avouer vaincu ? Inimaginable. Sans attendre le retour du roi, il avait quitté la région parisienne dès le 13 octobre, avec son dernier carré de fidèles. Il rejoignit Charles IV qui remontait vers le nord. Dans la plus pure tradition des grands vassaux rebelles, il s'en alla aux Pays-Bas s'offrir à l'archiduc. Il se préparait à mettre, six ans durant, son génie militaire au service de l'Espagne. Une déclaration dénonça les transfuges, le 13 décembre, comme « perturbateurs du repos public et traîtres à leur patrie ».

Elle les dépouillait de leurs charges et dignités, confisquait leurs biens et donnait ordre à tous de leur « courir sus ». Qu'ils soient déclarés *traîtres* non pas à leur souverain, mais à leur *patrie*, affirmait la prégnance du sentiment national, déjà fort dans la bourgeoisie et la robe, mais dont la très haute noblesse croyait jusque-là pouvoir s'affranchir. Avec la défaite exemplaire de Condé, une page se tournait dans l'histoire de celle-ci.

CHAPITRE QUINZE

Au service de l'Espagne

La victoire du roi plaçait Condé devant un choix crucial, un choix très simple, entre deux options également détestables selon lui : se soumettre, ou passer à l'ennemi. Il a choisi la plus mauvaise. Est-ce par aveuglement ? Tel semble être l'avis de La Rochefoucauld, soucieux de l'exonérer moralement : « Sa destinée, qui l'entraînait en Flandre, ne lui a permis de connaître le précipice que lorsqu'il n'a plus été en son pouvoir de s'en retirer[1]. » La destinée a bon dos. Condé était assez intelligent pour comprendre le sens de son choix. Il l'a pris librement, en connaissance de cause. Il en a mesuré les risques et a tout d'abord tenté d'y échapper. En vain. Il est bel et bien devenu, quoiqu'il ait prétendu le contraire, un auxiliaire au service de l'Espagne.

Le « précipice »

En cet automne de 1652, il ne décolérait pas. La défaite le mit hors de lui. Il y répondit par des menaces. En apprenant que les fortifications de Montrond devaient être rasées, il somma Palluau, qui avait reçu la reddition de la place, de ne pas entamer les travaux avant d'avoir reçu de nouveaux ordres de la cour, auprès de laquelle il protestait. « Je vous dirai cependant, ajoutait-il, qu'il est inouï de faire un traitement pareil à une personne de ma condition et que c'est vouloir hasarder toutes les maisons et châteaux des particuliers de tout le royaume, car si l'on me fait ce déplaisir, je n'en épargnerai pas une seule de toutes celles qui tomberont entre mes mains appartenant à ceux de votre parti, lesquelles je suis résolu de faire toutes démolir, brûler et saccager en cas que Montrond le soit. Je vous envoie ce trompette exprès pour vous en donner avis afin que vous y fassiez toutes les réflexions nécessaires[2]. » Le démantèlement étant déjà bien avancé, Palluau, sans s'émouvoir, répondit qu'il était trop tard, mais consentit à suspendre l'opération jusqu'à la réponse de la cour, qui confirma – et la place fut rasée. Le prince en était donc réduit à gesticuler dans le vide : on ne le craignait plus. Dure expérience ! Il quitta la capitale sur un défi : « Les Parisiens souhaitent que le roi revienne, cela ne finira pas la guerre[3]. » Il comptait bien rentrer dans la capitale en vainqueur et en tirer vengeance. Mais puisque la guerre civile était pratiquement terminée, une seule ressource lui restait pour y parvenir, la guerre étrangère aux côtés de l'ennemi.

Des années durant, le recours à un appui extérieur n'avait pas été perçu par les grands comme une trahison. Il passait pour légitime défense en cas d'offense grave du roi. Ainsi en avaient jugé deux membres de la famille de Condé, le connétable de Bourbon au XVIᵉ siècle et, plus récemment, son oncle maternel Henri de Montmorency. Mais tous deux avaient mal fini. L'un, tué sur les murs de Rome à la tête d'une bande d'aventuriers, avait laissé un souvenir détestable de rébellion et de félonie*, l'autre était mort en martyr, mais en avouant et en regrettant son crime**. Dans les deux cas, la trahison était mise à l'index. Condé le savait : il avait lui-même jugé sévèrement son frère pour avoir traité avec l'Espagne durant la Fronde parlementaire***. Il avait pu constater d'autre part, au cours des dix-sept années de guerre franco-espagnole, que le sentiment national faisait des progrès considérables. On avait à plusieurs reprises redouté un assaut des ennemis sur Paris, mais on les avait repoussés, on espérait les vaincre enfin : comment aurait-on pu admettre que les grands fissent appel à eux contre le gouvernement légitime ? Aussi Gaston d'Orléans s'obstinait-il à nier que les troupes amenées des Pays-Bas par Nemours fussent espagnoles, sous

---

* Voici le résumé de sa carrière, fait par André d'Ormesson en janvier 1654 : il avait péri, « tué à l'assaut qui fut donné à Rome, au grand contentement du pape, qu'il avait ruiné, au grand contentement de l'Empereur, auquel il était à charge [...], au grand contentement du roi François, qu'il avait fait prisonnier à la bataille de Pavie et duquel il avait ruiné la fortune par sa félonie et rébellion ». C'est l'analogie entre la situation de Condé et celle du connétable qui a inspiré au magistrat ce rappel [4].

** Voir *supra*, p. 100-105.

*** Voir *supra*, p. 323.

prétexte qu'elles étaient formées de mercenaires étrangers – payés, bien sûr, par l'Espagne ! Maître de son royaume, le jeune roi – à quatorze ans –, incarnait désormais la France. Ce n'était vraiment pas le moment de changer de camp.

Mais Condé, sous le coup de la colère et de la maladie, est incapable de raisonner sainement. Les deux vont ensemble, se nourrissant l'une l'autre, et elles suspendent chez lui la réflexion. Sa santé a été très éprouvée par les excès, les fatigues physiques et les contrariétés, qu'il « somatise ». La trentaine tout juste passée, il s'apprête à connaître les premières atteintes des deux maux endémiques de sa classe sociale, la goutte et la gravelle*. Il a certes encore de la ressource, mais il lui faudrait du repos. Or il réagit à l'inverse. Les difficultés qu'il rencontre sont autant de défis qu'il doit affronter pour prouver à tous et se prouver à lui-même qu'il leur est supérieur. Son refus de se soumettre au roi et d'accepter sa défaite relève d'une impulsion profonde, instinctive, irrationnelle, la même qui le jetait naguère à l'assaut frontal des bataillons de *tercios* au mépris du danger. Il est de ces hommes qui ne renoncent jamais – même si c'est suicidaire. Est-ce le diminuer si l'on ajoute que cette impulsion bénéficie de la vitesse acquise ? Tout a été organisé par lui depuis un an en vue de cette guerre. Faire sa soumission impliquerait une rupture profonde dans son existence, une reconversion difficile à vivre. Plutôt que de peser le pour et le contre, il est

---

* Ou maladie de la pierre, nom donné alors aux coliques néphrétiques.

tellement plus simple de continuer sur sa lancée, en espérant que la chance tournera.

En faisant ce choix, il se sait passible du crime de trahison. Il ne cesse d'y chercher des antidotes. Accusé par la régente d'« intelligence avec les ennemis », peu avant la majorité du roi, il s'était contenté de nier[5]. Désormais, les dénégations ne sont plus de mise. Il s'efforce donc de se justifier. Mais certains arguments, longuement ressassés au début de la Fronde, ont mal supporté l'épreuve du temps. Comment peut-il prétendre encore qu'il sert le roi en combattant pour le délivrer du ministre qui le tient « prisonnier », alors que l'accord entre Mazarin et son filleul, majeur, éclate aux yeux ? Un individu, fût-il prince du sang, a-t-il le droit de venger de prétendues injustices par n'importe quels moyens, y compris une guerre civile qui a ravagé l'Île-de-France ? Plus grave encore, il triche quand il se présente comme seul capable de conclure la paix avec l'Espagne, en omettant de dire qu'il s'est engagé auprès d'elle à la restitution réciproque de toutes les conquêtes. À ce prix-là, n'importe qui en ferait autant. Il sait très bien pourquoi Mazarin a refusé cette paix blanche et il était d'accord, à l'époque, sur la politique suivie, qui lui a d'ailleurs valu ses six années de gloire. Mais il est prêt à dire et à faire n'importe quoi pour éviter que l'étiquette de traître lui soit accolée. D'où l'étonnante fiction dont on a parlé plus haut*, selon laquelle il se présente comme un souverain autonome offrant son alliance au roi d'Espagne. C'est pour donner à cette fiction quelque

---

* Voir au début du chapitre 14.

substance qu'au lieu de se rendre tout droit à Bruxelles, il se lance en s'éloignant de Paris à la conquête de places fortes dans l'Est de la France.

En quête de quartiers d'hiver

À l'origine, une question triviale, qui paraît à première vue très secondaire. L'hiver approche. S'il ne veut pas voir fondre ses troupes, il doit les héberger correctement, car les mercenaires mal logés et mal payés désertent en grand nombre durant la mauvaise saison. Mais où ? L'obligation d'abriter les gens de guerre est toujours mal supportée par les populations, pour des raisons aisées à comprendre. Chacun essayant de s'en décharger sur son voisin, la localisation des quartiers est donc l'objet de discussions épineuses entre responsables militaires. Dans le cas de Condé, elle avait, en plus, des implications considérables.

Dès le 25 novembre, Philippe IV l'avait nommé « généralissime de ses armées », un honneur insigne, mais aussi un moyen de fixer, en le compromettant, un homme qu'on savait coutumier des volte-face. Il s'était engagé auprès de ses nouveaux alliés à prendre ses quartiers en France, accréditant ainsi la fable de sa prétendue autonomie. Hélas, les trois places dont il disposait, ayant leur propre garnison et privées d'arrière-pays sûr, ne pouvaient pas accueillir ses troupes. Qu'à cela ne tienne ! Il allait leur conquérir l'espace requis. Derrière son obstination à hiverner sur le sol français perçait son nouveau projet, une simple variante des précédents : s'assurer, cette fois dans l'Est, une base de départ solide pour lancer des opérations sur Paris.

Face à lui se dressait Turenne, tout acquis au roi désormais. Naguère il n'avait suivi son aîné dans la rébellion qu'à contrecœur. Sa sœur, la vieille demoiselle de Bouillon, dont le dévouement familial n'entamait pas la droiture et qu'il consultait comme un augure, l'avait fermement désapprouvé[6]. Or, récemment, leur frère venait de mourir, alors que s'ouvraient pour lui des fonctions importantes au Conseil, laissant huit enfants à établir. Pour Turenne le temps de marchander ses services au roi était bien passé. Soulagé, il s'attela sans états d'âme à la tâche qui lui était dévolue : stopper l'envol de Condé. Ayant parfaitement compris son plan, il écrivait au secrétaire d'État à la guerre, dès la fin octobre : « Il est extrêmement nécessaire d'empêcher que M. le prince hiverne avec un corps d'armée en France[7]. » Mais la balance des forces était en faveur de son adversaire, qui, avec l'appui du duc de Lorraine, disposait d'une large supériorité numérique. En deux mois, le prince put donc, sans coup férir, cueillir une guirlande de places en Champagne et dans les Ardennes, Château-Porcien, Rethel, Sainte-Menehould, Bar-le-Duc, Ligny, Void et Commercy. Mais à la troisième de ces prises, il fut contraint de renvoyer les régiments de Gaston d'Orléans, que la soumission de leur maître transférait au roi. Il amputait ainsi ses propres effectifs, cependant que Mazarin battait le rappel des troupes disponibles pour envoyer des renforts à Turenne et entretenait avec Charles IV des négociations propres à tempérer ses ardeurs. À partir de la mi-décembre, la situation commença donc de s'inverser. Turenne reprit Bar-le-Duc, Ligny, Void, Commercy et Château-Porcien. Seuls le froid et les intempéries l'empêchèrent de récupérer Sainte-Menehould.

À la Noël, Condé commença de s'affoler. « Monsieur, écrivit-il à don Luis de Haro, premier ministre d'Espagne, il n'est pas possible que je puisse être plus longtemps sans vous faire savoir le mauvais état de mes affaires, par le défaut des choses qu'on m'a promises. Vous savez avec quelle patience j'ai vu, faute d'argent, ruiner mes affaires de Guyenne, perdre Paris, Montrond, Dijon, Bourges et d'autres places qui m'étaient toutes considérables, et avec quelle fermeté j'ai refusé tous les avantages qu'on m'a offerts, pour ne pas manquer à ma parole. Mais je vous avoue que je suis à bout… » Et de se plaindre amèrement qu'il a été « chassé de ses quartiers d'hiver » par les troupes françaises, faute d'avoir reçu de l'Espagne l'indispensable secours en hommes et en argent[8]. Pour les quartiers, il était trop tard. Il avait vendu la peau de l'ours avant de l'avoir tué : son armée dut aller hiverner au Luxembourg. Et surtout, fait beaucoup plus grave, il n'avait pas réussi à s'établir solidement sur le sol français. Quelques places fortes isolées ne constituaient pas une principauté. C'était un échec très lourd et une perte de crédit auprès de ses alliés. Il passa le reste de l'hiver à Stenay, où il fut sérieusement éprouvé par une crise de coliques néphrétiques « avec des vomissements furieux et des efforts inconcevables », au cours de laquelle il finit par évacuer, grâce à des bains adoucissants, « une pierre grosse comme un grain de blé »[9].

Au printemps il se prépara à reprendre la campagne. Il croyait disposer encore d'un atout maître : Bordeaux, porte d'entrée maritime sur l'Atlantique, conservait son prix aux yeux des Espagnols et des Anglais, malgré la perte de la plupart des forteresses environnantes. Mais Conti et Mme de Longueville, incapables de s'accorder ni entre eux, ni avec leurs mentors Marsin et Lénet, furent rapidement dépassés par les conflits internes qui déchiraient la ville. À bout de ressources ils finirent par lâcher prise dans l'été de 1653, trop heureux de bénéficier de l'amnistie offerte. Un reste de leurs troupes rejoignit Condé dans les Ardennes. Mais, du côté adverse, l'armée des assiégeants, sensiblement plus grosse, allait pouvoir renforcer celle de l'Est. Le prince fit des efforts désespérés, avant son arrivée, pour imposer à Turenne une bataille rangée qui lui ouvrirait la route de la capitale. Avec l'ensemble des troupes espagnoles et lorraines – trente mille hommes contre dix-sept mille –, il se crut sûr de la victoire à la fin de juillet, dans les environs de Saint-Quentin. Mais le maréchal profita des hésitations de ses collègues pour se dérober, et l'occasion fut perdue. Condé dut s'en tenir à la guerre de sièges, qu'ils détestaient l'un et l'autre, mais qui lui était alors défavorable, faute d'un appui dans l'arrière-pays. Il perdit Rethel, puis Mouzon et Sainte-Menehould, tandis que le maréchal de La Ferté prenait Clermont-en-Argonne. Il ne réussit, au cours de cette campagne, qu'une seule conquête, à vrai dire lourde de symboles : Rocroi, dont il s'empara quasi par surprise. Elle ne suffit pas à le consoler. En France, elle scandalisa :

> À ton coup d'essai de Rocroi
> Fut défaite l'armée ennemie,
> Et maintenant, contre ton roi,
> Tu parais, avec infamie,
> À la tête des ennemis
> Que ton courage avait soumis.
> Tu veux effacer ta victoire ;
> Mais je plains ton aveuglement :
> Rocroi fut le commencement
> Et sera la fin de ta gloire [10].

Mécontent de lui-même, malade, secoué d'une fièvre violente qui se prolongeait, il était dans un « chagrin effroyable » et rongé de « mélancolie » devant l'effondrement de ses rêves [11]. Il ne possédait plus rien, il n'avait plus rien à offrir. « Déchu de ses espérances et réduit à une condition très périlleuse et misérable [12] », il n'était plus qu'un héros perdu, à la solde des Espagnols, assujetti à leur bon vouloir.

Le roi ne tarda pas à en prendre acte. À la mi-janvier 1654, le parlement fut chargé de lui faire son procès. En était-il besoin ? N'avait-il pas été suffisamment condamné par une série de déclarations royales ? N'était-il pas convaincu des crimes dont il venait d'apporter publiquement la preuve ? Certes. Mais maintenant qu'il avait rompu les ponts avec la France, Mazarin tenait à donner une forme juridique à cette condamnation. Les débats s'ouvrirent le 19 janvier lors d'une séance d'une grande solennité, sous la présidence du roi. Après l'énoncé des plus récents griefs contre lui, le prince fut sommé de se constituer prisonnier pour comparaître en personne dans le délai d'un mois. Comme prévu, il ne se présenta pas. La sentence tomba donc le 27 mars, « le privant du nom de Bourbon et de la qualité de prince du sang et le condamnant à souffrir la mort telle qu'il plairait au roi de l'ordonner », assortie, bien entendu, de la confiscation de ses biens. Mais elle lui accordait, au titre de la contumace, un délai suspensif de cinq ans, pendant lequel les biens en question, mis sous séquestre, mais non aliénés, seraient confiés aux soins de deux administrateurs officiels.

Un tel délai était-il de règle ? Il est probable que les juristes auraient pu, si l'on avait voulu, trouver des moyens juridiques de passer outre. Ne faut-il pas plutôt voir dans le respect de ce délai une sage précaution de Mazarin ? Celui-ci était certain qu'un jour ou l'autre, Condé, absous, reviendrait en France et qu'on devrait alors lui rendre, à défaut du pouvoir de nuisance, les moyens de tenir son rang. Si ses possessions étaient dispersées, il faudrait alors en récupérer les lambeaux auprès des acquéreurs – la quadrature du cercle quand on se rappelait les conflits provoqués à la mort de Louis XIII par les biens saisis et redistribués sous son règne. Mieux valait conserver le tout comme argument éventuel pour négocier. Le prévoyant ministre, qui voyait loin, garda donc sous le coude, à toutes fins utiles, la prodigieuse fortune de Condé.

Celui-ci plaisanta avec deux de ses prétendus « complices » de la condamnation qui les frappait : « J'ai vu les gazettes et l'arrêt de notre penderie, dont je ne me mets guère en peine [13]. » Mais la suspension, même provisoire, de ses revenus ne l'incitait pas à rire.

Retrouvailles familiales ?

La chute de Bordeaux l'obligea à faire le point sur sa situation familiale. En quittant précipitamment la Guyenne, il y avait laissé son épouse enceinte, dont la santé fragile inspirait de fortes inquiétudes. La naissance réussie d'un second fils, le 20 septembre 1652, ne suffit pas à le rassurer. À la Grande Mademoiselle, qui lui en faisait compliment, il répondit « qu'il n'y avait pas sujet de se réjouir, que l'enfant ne pouvait vivre deux ou trois jours ». Le bruit courut ensuite que la princesse était à l'extrémité [14]. L'enfant ne tint guère plus de cinq mois, mais la mère survécut. « La mort de mon second fils m'a causé beaucoup de déplaisir, écrivit-il à Lénet ; je vous prie, sans aucun déguisement, de me mander ce qui est aussi de la maladie de ma femme [...]. Ôtez-moi l'inquiétude où je suis [15]. » Avec l'âge, la fibre paternelle semblait lui venir. Il n'avait, pour assurer la continuité du lignage, qu'un seul enfant mâle, dont il s'était fort peu soucié jusque-là. L'exemple de Gaston d'Orléans, désespéré d'avoir vu périr, à deux ans, le fils que le ciel lui avait enfin accordé après quatre filles, l'avait-il fait réfléchir ? Toujours est-il qu'il porta soudain au sien un intérêt inattendu. Il souhaita l'avoir auprès de lui. A-t-il aussi réclamé sa femme ? La chose est moins sûre.

Pour expédier le jeune garçon de Bordeaux à Bruxelles, la solution la plus sûre était la voie maritime. Mais il avait toujours vécu auprès de sa mère, dont il fallait d'ailleurs régler le sort après la reddition de la ville. Quelque maison religieuse aurait pu fournir à la malheureuse un havre provisoire. Pour la détourner du voyage, on lui en fit une peinture terrifiante. En vain. Elle s'attachait à l'enfant avec l'énergie du désespoir. « Mme la princesse ne voulut point quitter M. son fils, quoiqu'on lui eût dit qu'elle mourrait en chemin. Elle s'embarqua, après avoir communié comme une personne qui croit mourir », conte Mlle de Montpensier[16]. Elle arriva, bien entendu, à bon port et la candidate à sa succession dut rengainer une fois de plus ses espérances déçues. La princesse était de ces éternelles valétudinaires qui survivent à tout.

Ils s'embarquèrent, escortés de Lénet, sur une frégate espagnole qui les déposa à Dunkerque. De là ils gagnèrent Bruges, puis Gand et, le 18 septembre, ils atteignirent enfin leur destination, Valenciennes, où ils furent reçus avec tous les égards de rigueur. C'est là que la princesse était appelée à demeurer. En revanche, l'enfant devait rejoindre à Rocroi son père, qui s'impatientait. Ne nous indignons pas qu'il fût enlevé à sa mère. Il n'était resté que trop longtemps entre des mains féminines, au mépris de l'usage exigeant que les jeunes nobles « passent aux hommes » à sept ans. Il en avait dix. Condé prit en main son éducation et choisit de le confier aux jésuites, comme il l'avait été lui-même. Ceux-ci dirigeaient à Namur un collège très réputé. C'est là qu'entra comme élève le petit duc d'Enghien, doté d'un nouveau prénom : Henri-Jules devint Henri-Louis*. L'histoire ne dit pas si son pupitre fut rehaussé d'une estrade et entouré d'un balustre, mais on peut être assuré qu'il y fut traité selon son rang, comme pouvait le constater le

---

* Rappelons que l'enfant avait pour parrain *Jules* Mazarin.

prince lors de ses fréquentes visites. Tout cela relevait des pratiques normales. Mais une chose mérite remarque, Condé a calqué de plus près encore son comportement sur celui de son propre père : il a arraché son fils à sa femme. Et il l'a fait dans des circonstances qui auraient appelé au contraire un peu d'humanité – non pas à la naissance, mais dix ans plus tard. Des retrouvailles communes, même brèves, auraient pu assurer la transition et adoucir à l'enfant comme à la mère le chagrin de l'arrachement. Au contraire il a coupé le lien avec une extrême brutalité*.

Visiblement la venue imprévue de Claire-Clémence aux Pays-Bas le contrariait très fort. Peut-être espérait-il qu'en France, séparée de lui, elle eût pu obtenir restitution d'une part de ses biens. C'est en tout cas la raison qu'il invoqua auprès d'elle pour la tenir à l'écart aux Pays-Bas huit mois durant, sans la revoir : il avait fait engager en son nom une requête qui ne reçut pas de réponse. Il eut ensuite avec elle des rencontres épisodiques : en mai 1654, un rendez-vous et une nuit passée dans une chambre d'hôtel de Mons ; quelques semaines à Valenciennes, puis dans l'été de l'année suivante à Mons ; d'autres encore, qui aboutirent à la naissance d'une fille le 12 novembre 1656. S'agissait-il d'authentiques rapprochements ou simplement de tentatives concertées pour tenter d'avoir un autre fils ? Faute

---

* Contrairement à ce qu'on peut lire ici ou là, la princesse ne suivit pas son fils à Rocroi et resta consignée à Valenciennes. Mais de loin, les contemporains n'imaginaient pas qu'elle pût en être séparée [17].

d'informations, mieux vaut avouer que nous n'en savons rien.

Les nouvelles concernant le reste de sa famille le surprirent ou l'accablèrent. Bien loin de le rejoindre dans sa révolte, son frère et sa sœur avaient accueilli la paix civile avec soulagement. Mme de Longueville avait l'âme aussi ardente que son aîné et elle rêvait comme lui d'épreuves à surmonter, de défis à relever. Elle avait cherché la grandeur dans le rejet des usages, des devoirs, de la morale. Elle s'était enivrée du pouvoir qu'exerçaient sa beauté et son esprit. Mais elle avait dépassé largement la fleur de l'âge et le milieu dans lequel s'épanouissait son rayonnement avait disparu. De la Fronde, elle avait été l'héroïne ou l'aventurière. Mais la Fronde était finie et son temps à elle était passé. Après quelques errances, elle fit un assez long séjour au couvent de la Visitation de Moulins, auprès sa tante, la veuve d'Henri de Montmorency, qui s'y était retirée. Elle y eut, selon son propre témoignage, une sorte d'illumination : « Il se tira un rideau devant les yeux de mon esprit ; [...] la foi, qui avait demeuré comme morte et ensevelie sous mes passions se renouvela [18]. » Avec l'ardeur qu'elle avait toujours mise en toutes choses, elle « se convertit », comme on disait à l'époque, en changeant non pas de religion, mais de mode de vie. À titre de première pénitence, elle rejoignit son mari en Normandie vers la fin de l'année 1654, et fit amende honorable de ses torts. À l'époque on doutait encore de la solidité de son repentir, mais l'avenir devait montrer que l'on se trompait. Condé ne pouvait lui en vouloir, mais elle était perdue pour lui, du moins pour l'instant.

Conti fut au contraire une rude déception. Il ne se contenta pas d'accepter l'amnistie, il se rua dans la servitude. Il jugeait fou de suivre son frère dans une rébellion chimérique qui leur avait déjà tant coûté. Son absence lui laissait le champ libre. Il rêvait de faveurs, de charges, de responsabilités. Durant les quelques mois de purgatoire passés dans son domaine proche de Pézenas, il s'ennuya ferme. Il avait le goût assez sûr, il distingua et patronna une troupe de comédiens ambulants, que Molière devait rendre célèbre. Mais il ne songeait qu'à retrouver le chemin de la cour. Ses conseillers, qui se souciaient peu de vieillir en Languedoc, l'y poussaient activement. Le moyen le plus rapide et le plus efficace lui parut être le mariage avec... une nièce de Mazarin ! Il fit savoir qu'il « ne se souciait pas quelle nièce on lui donnerait » et n'avait d'autre vue que « d'épouser le cardinal »[19]. On lui offrit tout de même le choix entre deux candidates. À Olympe Mancini, piquante, mais laide, autour de qui le jeune Louis XIV avait beaucoup tourné, il préféra la belle et douce Anne-Marie Martinozzi et s'en trouva bien. Il y gagna aussi de commander en Catalogne. On imagine sans peine la colère de Condé lorsque lui parvint la nouvelle*. Aucun mariage ne pouvait lui être plus désagréable. C'était la revanche du cadet sur son aîné. Quant à Mazarin, il avait perdu un filleul, mais il gagnait un neveu.

Après les amis, tués ou rentrés dans le rang, le frère et la sœur s'éloignaient. Les « alliés » espagnols ne pouvaient les remplacer. Les trois enfants d'Henri de

---

* Le mariage fut célébré au Louvre le 22 février 1654.

Condé et de Charlotte de Montmorency avaient jusque-là formé un bloc compact, traversé de conflits internes d'une extrême violence, mais unis par une connivence quasi structurelle. Solidaires en dépit de leurs dissensions, ils faisaient corps face au reste du monde : une différence de nature les séparait des autres, un fossé, un gouffre. L'aîné – le héros –, promu chef de famille à la mort de leur père, se sentait responsable des deux plus faibles, l'une par son sexe, l'autre par son infirmité. Ils étaient partie prenante dans son être. L'éclatement de la fratrie le laisse comme amputé. Le lot du prince rebelle est désormais la solitude.

Un souverain sans royaume

Il s'accommoda, pour l'hiver de 1653-1654, de Stenay et de Rocroi. Mais il s'y sentait à l'étroit. Comme l'année précédente, il avait réussi à caser ses troupes au Luxembourg, mais il dut y arbitrer les querelles qui les opposèrent à celles du duc de Lorraine pour la répartition des zones disponibles. Il faisait régner l'ordre chez lui. Aussi fit-il pendre à Stenay les responsables d'une conspiration[20]. Pour remédier à sa détresse financière, il se livrait à diverses exactions. Autour des places qu'il détenait, il faisait rançonner les habitants, leur extorquant une sorte d'impôt à son profit exclusif. Les plus hardis de ses hommes étendirent leurs activités plus loin : « L'on disait que M. le prince envoyait des gens déguisés aux environs de Paris pour prendre des personnes de conséquence et les mener prisonniers à Rocroi pour lui servir de représailles[21]. » De préférence des financiers, pour en tirer rançon. Combien y eut-il d'opérations réussies sans laisser de traces ? on ne sait. Mais, un peu plus tard, l'affaire Girardin, de plus vaste envergure, fit un certain bruit parce qu'elle tourna mal. Pour cet important personnage, un fermier des Aides protégé du cardinal et choisi en tant que tel, le montant du rachat était très élevé. Il fut emmené jusqu'à Anvers. Mazarin, par principe, estimait qu'il ne fallait pas céder. La capture du ravisseur vint renforcer sa détermination. De son côté le captif se montrait peu coopératif*. Mais au moment où sa famille s'apprêtait à payer, il mourut dans sa geôle, entraînant – sur un faux prétexte – l'exécution du responsable de l'enlèvement.

Tout cela n'était que tâches de subalternes, avalisées par Condé, mais incapables de satisfaire son appétit de pouvoir. Il avait mieux à faire. Pour réactiver la fiction de son « indépendance », qui souffrait de ses défaites, il s'était doté des attributs de sa souveraineté virtuelle. Pas de roi sans corps diplomatique. De Bordeaux, il avait commencé à mettre sur pied un réseau de représentants auprès des principaux chefs d'État, pour se tenir informé des occasions et assurer à ses « malheurs » une caisse de résonance bienvenue. On épargnera leurs noms au lecteur. Disons qu'il en entretint à Madrid bien sûr, à Rome auprès du Saint-Siège, dans le Saint Empire germanique à Francfort ou à Ratisbonne selon la conjoncture, et même à

---

* « Le prisonnier n'en use pas bien et ne se met du tout point à la raison, peut-être que le temps la lui fera venir[22] », écrivait Condé à son agent le comte d'Auteuil le 7 août 1657.

Londres alors aux mains du régicide Cromwell. Celui-ci cherchait un port pour abriter les vaisseaux anglais et il offrait en échange de fournir « mille Irlandais à douze livres pièce ». Trop tard : Condé n'était plus à même de lui ouvrir La Rochelle ou Bordeaux.

Il lui fallait surtout faire face à d'insolubles embarras financiers. Contrairement à son père, dont la lésinerie était proverbiale, il a conservé l'habitude de dépenser largement sans compter. À Bruxelles, où il s'installe à la fin de mars 1654, il tient d'autant plus à mener grand train qu'il se trouve face à ses hôtes dans une humiliante position de dépendance. Dans sa maison, dirigée par Guitaut, s'est regroupé le petit carré de fidèles qui partage sa destinée, Coligny-Saligny, Bouteville et Marsin, ainsi que Lénet et Viole. Il la monte somptueusement, la décore de tableaux de maîtres flamands, il a carrosse doré et brillant équipage, un ensemble de violons pour les soupers en musique, et les fêtes qu'il donne le disputent en éclat à celles de l'archiduc lui-même. Il entretient également son fils à Namur et sa femme à Valenciennes, dotés eux aussi de « maisons » – le mot désignant à la fois les locaux et le personnel. Bref il tranche du très grand seigneur avec une désinvolture qui relève de l'inconscience. Car tout est acquis à crédit, il accumule les dettes et les créanciers commencent à se lasser.

Comme il ne touche pas un écu de France, c'est auprès de ses « alliés » qu'il réclame à grands cris de quoi le tirer de peine. Il les accable de lettres dont voici un spécimen : « Je me vois réduit à la dernière misère. De quelque côté que je me tourne, je ne vois que ces gens qui me demandent de l'argent et à qui j'en dois de toute manière. Ma femme et mon fils n'ont pas de pain, et il a fallu qu'ils aient vendu leurs chevaux de carrosse pour vivre, après avoir vendu le peu de vaisselle d'argent qui leur restait, et ma femme mis en gage jusques à ses habits. C'est une chose digne de pitié, et à laquelle, si on ne remédie promptement, comme aux autres nécessités dans lesquelles je suis, je me vois dans un abîme duquel je ne pourrai jamais me tirer[23]. » Entre les Espagnols et lui, le contentieux financier était insoluble, parce qu'il reposait sur un double malentendu. Certes ils s'étaient engagés à le prendre en charge. Mais l'étendue de leur contribution n'avait pas été délimitée. Ils pensaient surtout aux dépenses militaires. Ils n'avaient jamais envisagé de l'entretenir sur un pied pareil. Et l'on comprend qu'ils se fussent exaspérés de l'entendre pleurer misère tout en jetant l'argent par les fenêtres pour en mettre plein la vue à la cour de Bruxelles. Le prince, de son côté, les considérait comme taillables à merci et croyait qu'ils se moquaient de lui lorsqu'ils se disaient incapables de lui fournir davantage. Car eux aussi avaient bluffé, dissimulant leurs propres embarras. Toutes les chancelleries d'Europe savaient à cette date que l'Espagne était aux abois financièrement, parce qu'elle manquait de ressources propres et que la rente coloniale qui avait fait sa prospérité était en train de se tarir. À l'or qu'elle tirait d'Amérique se substituait peu à peu l'argent, de bien moindre valeur, et les corsaires raflaient quelques galions au passage. Pendant ce temps, la France, quatre fois plus peuplée et débarrassée de la guerre civile, s'était remise au travail.

Si encore le prince avait inspiré la sympathie, on aurait pu compatir à ses malheurs. Mais il avait conservé, dans ses relations avec ses hôtes, son arrogance habituelle. Lors de sa première visite, il fit à Bruxelles une entrée remarquée. Il avait été reçu avec tous les honneurs dus à son rang. Mais quand il compara l'arrivée du duc de Lorraine avec la sienne, il s'indigna que l'archiduc fût allé au-devant de lui à trois lieues de la ville, alors que pour lui-même il n'avait pas bougé de son appartement. Léopold-Guillaume, frère de l'empereur Ferdinand III, grand maître de l'Ordre teutonique, était un de ces princes de l'Église qui entendaient défendre la foi par les armes. Après avoir longtemps commandé les armées impériales, il avait conservé ses goûts et ses habitudes de moine soldat lorsqu'il avait été nommé en 1647 gouverneur des Pays-Bas. Dans sa maison régnait une austérité que Condé, provocateur, prit plaisir à perturber : « Il était logé chez l'archiduc, faisant un bruit du diable pendant que l'autre priait Dieu, et disant qu'il fallait, ou qu'il pervertît l'archiduc ou que l'archiduc le convertît, et qu'enfin il le mènerait au bordel ou l'autre le mènerait à confesse. Ces paroles si licencieuses ont fort choqué les jésuites qui environnent ce bon prince allemand, et les bourgeois de Bruxelles le prennent du moins pour un hérétique [24]. »

Libertin dans tous les sens du terme, selon son habitude, il se mit à courtiser toutes les femmes accessibles et même quelques-unes qui ne l'étaient pas, semant le trouble dans la bonne société bruxelloise. Bref, d'un bout à l'autre de son séjour, il fit tout pour se rendre odieux à ceux dont il dépendait pour sa subsistance. Ceci explique cela : il lui était insupportable de dépendre de qui que ce fût.

Un allié difficile

En dépit du titre ronflant de généralissime accordé à Condé, c'est l'archiduc, appuyé du comte de Fuensaldagne, qui dirigeait les opérations militaires. Nul ne s'étonnera que l'entente, entre eux et lui, eût laissé à désirer. À la vivacité du prince s'opposait la stratégie prudente des Espagnols. Les uns répugnaient à s'éloigner de leurs bases et refusaient de s'avancer sans avoir assuré leurs arrières, l'autre affectionnait les opérations coups de poing, où pouvait jouer la surprise. Devant leur lenteur à décider, puis à se mouvoir, le prince s'exaspérait, voyant s'échapper l'occasion de victoires qu'il jugeait à portée de main, et il les rendait responsables des échecs subis. Alors que, réunis, ils tenaient Turenne à leur merci devant Saint-Quentin*, et qu'ils pouvaient « prendre en six jours la meilleure ville de la frontière de France, et puis aller à Paris demander la paix les armes à la main[25] », comment le comte avait-il pu faire demi-tour pour protéger un convoi de ravitaillement, qui d'ailleurs s'était mis à l'abri de lui-même ? À croire qu'il faisait exprès de tout gâcher ! De son côté, Fuensaldagne se plaisait à doucher son arrogance, ironisant sur sa méconnaissance du terrain – « Quoi, le prince de Condé vient pour révolter la France, et il n'a pas un guide pour y entrer ? » – et lui rappelant crûment,

---

* Voir *supra*, p. 508.

lorsqu'il poussait à l'action, qu'il courait *sopre cavallos prestados* – sur des chevaux prêtés [26]. Après une autre occasion manquée, Condé explosa, ils en vinrent à des « paroles aigres », qui, selon Lénet, furent à l'origine de leur mésintelligence.

C'est là intervertir la cause et l'effet. Entre eux la mésintelligence est antérieure et leur tempérament respectif n'en est pas la source essentielle. Oui, Fuensaldagne freine délibérément les initiatives de Condé. Sur ordre supérieur. Le prince espérait beaucoup de son alliance avec les Espagnols, mais il s'est fait de lourdes illusions. Autant il leur était utile en France, lorsqu'il y entretenait la guerre civile, autant il devenait chez eux un auxiliaire parmi d'autres. « On n'a plus besoin de moi », gémissait-il dès l'automne de 1653, quand on lui marchandait à nouveau les quartiers d'hiver [27]. Mais a-t-on jamais eu besoin de lui aux Pays-Bas ? Il ne semble pas s'être posé la question. En offrant au roi d'Espagne son fameux génie militaire, avec en prime sa précieuse personne et son humeur altière, il croyait lui faire un inestimable cadeau, qui valait bien le prix qu'il lui coûterait. Mais s'est-il interrogé sur ses objectifs, sur son intérêt, sur ses ressources ? Il se voyait mener en compagnie d'un allié prestigieux une campagne victorieuse qui le ramènerait en triomphe à Paris et lui rendrait les clefs du royaume. Or l'Espagne, désormais sur la défensive, espérait seulement sauver les meubles en obtenant le retour au *statu quo ante*. Elle n'était pas disposée à suivre sur le sentier de l'aventure un prince chimérique, dont elle mesurait soudain la dangerosité.

En optant pour la guerre civile à l'automne de 1651, il avait signé avec elle un traité qui continuait de commander leurs relations : au jour de la paix, il était stipulé que les places conquises en France iraient au prince, tandis que l'Espagne récupérerait toutes celles situées sur ses terres des Pays-Bas. De telles conditions, acceptables au départ, deviennent désastreuses pour Condé en 1654. En ces temps de vaches maigres, pourquoi les Espagnols l'aideraient-ils à faire en France des conquêtes dont ils ne tireront aucun bénéfice ? Il suffit pour comprendre de jeter un coup d'œil à une carte où figure la frontière : tous les objectifs de Condé sont en deçà, tous ceux de ses alliés au-delà. Comment pourraient-ils s'entendre ? D'autant que ceux-ci viennent de subir une déconvenue qui sonne comme un avertissement. Le duc de Lorraine se disposait à passer au service de la France, ses tractations ont été découvertes et l'archiduc a pris les grands moyens : il l'a fait arrêter le 26 février 1654 et transférer à Tolède sous bonne garde. Son frère cadet, François, qui l'a remplacé provisoirement à la tête de ses troupes, n'est pas encore opérationnel.

La désertion de Charles IV renforce chez les Espagnols la défiance que leur inspire depuis toujours l'imprévisible Condé. Ils le soupçonnent de songer à en faire autant. Leur volte-face à Saint-Quentin passe pour être due à la crainte « que la prise de cette place, qui aurait ouvert l'entrée de la Picardie, ne facilitât son accommodement avec la cour [28] ». Moins il prendrait de places, moins il aurait d'atouts pour monnayer un éventuel retour en grâce. Et en regardant plus loin, à l'horizon de la paix générale, ne risque-t-il pas de devenir un danger pour Madrid ? Il tient très fort à être l'artisan de cette paix pour s'assurer en France la place qu'il croit lui être due, la première. Qui sait s'il ne se retournerait pas ensuite contre l'Espagne pour imposer la domination de son pays en Europe ? Il l'a vaincue à Rocroi, à Thionville et à Lens. C'est contre elle qu'il a acquis sa stature de héros. Ne serait-il pas tenté de renouer avec son passé glorieux ? Plus ils y pensent, plus les responsables espagnols sont enclins à maintenir le prince dans les strictes limites de leurs engagements. La paix, c'est leur affaire à eux. Ils sont prêts à en traiter avec Mazarin, qu'ils apprécient à sa juste valeur – ils avaient tenté en vain de le recruter en 1651, lorsque la France l'avait chassé honteusement – et avec qui ils savent qu'on peut mener des négociations serrées, mais réalistes. Ils défendront comme promis les intérêts de leur allié, mais il n'est pas question de le laisser prendre part aux débats. Dur, dur, pour celui qui se donnait pour un souverain à part entière... En attendant, ils le tiennent à l'écart des décisions politiques et évitent même de lui confier à l'avance le but de leur stratégie. Ils le cantonnent dans les opérations sur le terrain, où il excelle, sans se douter que, ce faisant, ils lui offrent le moyen de montrer enfin ce qu'il vaut et de redresser magistralement sa situation.

Condé se couvre de gloire

La défection de Charles IV fut une chance pour Condé. Il se précipita à Bruxelles, sachant qu'on aurait besoin de lui. Il se chargea, pour la campagne qui allait s'ouvrir en 1654, de réunir une armée de près de trente mille hommes et conçut, dans le plus grand secret, un projet de vaste envergure. Mais la France lui imposa tout d'abord une épreuve imprévue. Après le sacre de

Louis XIV, la cour s'était mise en quête d'une action qui permettrait au jeune roi, sans trop de risques, d'officier en personne à la tête de ses armées. La décision fut prise d'assiéger Stenay. Elle atteignit le prince au vif. La place, une des dernières qu'il possédât, avait abrité ses amis au temps de la guerre civile et elle restait tenue depuis lors par la même double garnison franco-espagnole. Pour lui, sa perte aurait autant de portée sur le plan symbolique que sur le plan stratégique. L'investissement, mené par Fabert, commença le 19 juin. On espérait une issue rapide : installée à Sedan, la reine n'attendait que le signal pour venir assister à l'entrée triomphale de son fils. Mais la place, très solidement fortifiée, se défendit bien, tandis que chez les assiégeants la crainte de voir arriver une armée de secours se faisait plus forte. Or Condé demanda en vain à ses alliés de faire jouer une clause du traité, qui obligeait chacun des signataires à secourir toute place de l'un d'entre eux en cas d'attaque : personne ne vint à son aide. Il se résigna donc à abandonner Stenay et à passer directement au plan qu'il avait prévu. La grosse armée hispano-franco-lorraine se mit en route vers un autre objectif, Arras. La capitale de l'Artois était un enjeu également symbolique, mais d'une tout autre importance. Bien que réputée imprenable, elle avait été enlevée aux Espagnols lors de combats héroïques où le prince avait fait ses premières armes sous le nom de duc d'Enghien*. Ils n'étaient jamais parvenus à la reprendre. Mais cette fois, la surprise était telle qu'elle se trouvait en grand danger.

---

* Voir *supra*, p. 138 sq.

Le secret avait été religieusement gardé. La rapidité fut extrême. Entamée le 3 juillet, la circonvallation fut achevée dans la première quinzaine, grâce aux ouvriers recrutés pour les terrassements. Lorsque Turenne, détaché de Stenay et rejoint par le maréchal de La Ferté arriva quelques jours plus tard, l'investissement se trouvait déjà très avancé. Il réussit à faire entrer cinq cents chevaux dans la place, mais ses effectifs étant inférieurs de moitié à ceux des Espagnols, il s'installa sur une hauteur à proximité et se contenta de retarder l'ouverture de la tranchée à force d'escarmouches. Condé, qui le connaissait bien, aurait voulu se débarrasser aussitôt de cette épine dans le flanc, mais ses collègues refusèrent de courir le risque d'une bataille rangée. La faible garnison de la place leur faisait espérer une reddition rapide. Or elle se défendit vigoureusement, opérant même des sorties inopinées qui décimaient les attaquants, tandis que Turenne, selon sa tactique habituelle, s'en prenait à leurs convois de ravitaillement. Le temps jouait contre eux. Dans les Ardennes, Fabert finit par avoir raison de Stenay : la place se rendit le 5 août et Louis XIV put y faire son entrée en grande pompe, libérant l'armée royale, qui se mit en route à marches forcées pour Arras.

Dès lors, les assiégeants devinrent assiégés. L'assaut décisif fut mené par Turenne, grand spécialiste des opérations nocturnes, dans la nuit du 24 au 25 août, à deux heures du matin. Les assaillants s'étaient réparti les divers quartiers où étaient installés les régiments qui bloquaient la ville. On n'entrera pas ici dans le détail des combats. Après quelques velléités de résistance, ce fut une débandade générale. L'attaque ayant ciblé les points jugés les plus faibles, le quartier que commandait Condé s'était trouvé épargné. Au bruit de la fusillade, il se leva, mit ses troupes en bataille et profita de ce que les Français, se voyant victorieux, avaient baissé leur garde, pour contre-attaquer et donner à l'archiduc le temps de s'échapper. Puis comprenant que tous les siens avaient fui et qu'il ne pourrait faire face tout seul au gros de l'armée adverse, il repassa la rivière sur un des ponts de bateaux qui reliaient les quartiers entre eux et ramena son contingent complet à Cambrai, en bon ordre, « au petit pas, n'étant suivi et harcelé de personne ». Il pouvait se le permettre, car son départ avait donné le signal du pillage et nulle force au monde n'aurait pu empêcher les troupes victorieuses de s'approprier un butin qui se révéla considérable. « On a trouvé aujourd'hui beaucoup plus de prisonniers que l'on ne pensait, écrivit Turenne à sa femme le lendemain, et la défaite bien plus grande. M. l'archiduc s'est sauvé avec deux cents chevaux, M. le prince a fait sa retraite avec plus d'ordre, mais n'a emmené ni canon ni bagage [29]. »

Condé ne put empêcher Turenne, sur sa lancée, d'assiéger et de prendre Le Quesnoy. Mais après avoir regroupé les troupes disponibles, il parvint, en serrant de près ses mouvements, à lui couper l'accès à Bruxelles. La déroute devant Arras fut donc pour les Espagnols un grave échec, mais ils échappèrent au désastre grâce à Condé. Philippe IV en personne lui adressa une lettre de félicitations enthousiaste – « J'ai su que tout était perdu et que vous avez tout sauvé » – et pour compenser ses places prises, il lui offrit La Capelle et Le Catelet. Tout sauvé ? C'était peut-être beaucoup dire. Mais la collaboration du prince lui permettait de continuer à croire, pour l'avenir, à une solution militaire favorable.

Il mit encore un an à prendre acte de la médiocrité de ses généraux. Ceux-ci ont évidemment mal vécu la leçon donnée par Condé à Arras. Ils passent donc l'année 1655 à lui mettre des bâtons dans les roues et à le lâcher dans des situations périlleuses. Lors d'un épisode qui ne serait pas passé à l'histoire s'il n'avait donné lieu à un incident, la négligence d'un des lieutenants de Turenne lui permit de se tirer d'un mauvais pas sans difficulté. L'auteur de la bévue, en rendant compte à son chef, avait tenté de se couvrir en évoquant une fuite éperdue et celui-ci, dans une lettre à Mazarin, affirma avoir bousculé les troupes du prince et avoir « suivi les arrière-gardes jusqu'à la place [...] où, ayant rompu le pont, leur dernier escadron a passé à la nage ». Sa lettre fut interceptée et portée à Condé, qui riposta en l'accusant de trahir la vérité et en terminant sur un trait d'ironie perfide : « Si vous aviez été à la tête de vos troupes comme j'étais à la queue des miennes, vous auriez vu que notre dernier escadron n'a pas passé la rivière à la nage [30]. » Turenne ne répondit rien : c'est ce qu'il y avait de mieux à faire. Mais il continua de s'emparer de places, notamment de Landrecies, Condé-sur-l'Escaut et Saint-Ghislain, en exhibant partout le jeune roi, dont il poursuivait l'initiation militaire.

L'humeur du prince était d'autant plus exécrable qu'il avait dû faire quitter Valenciennes à sa femme, parce que la zone des combats s'en rapprochait, mais aussi parce que la ville, aux frais de qui elle était hébergée, refusait d'assurer plus longtemps ce service. Il l'avait installée dans une hostellerie de Malines où, personne ne se souciant de payer, elle avait vu son majordome emprisonné pour dettes. À Bruxelles, nul ne voulait plus lui faire le moindre crédit. Il chargea son émissaire à Madrid de plaider pour lui auprès du roi : « N'ayant trouvé aucun marchand qui m'ait voulu donner de quoi vivre ici, j'ai résolu de m'en aller à Malines me mettre dans ce cabaret – désigne-t-il ainsi le meilleur hôtel de la ville ? –, et de congédier le peu de gens qui me restent, d'y faire venir mon fils et de l'y faire vivre, ma femme et lui, comme des gueux qui vont mendier le pain de porte en porte. Je m'assure que si Sa Majesté savait l'extrémité de ma misère, elle y apporterait quelque remède. »

Ce tableau pathétique, mais quelque peu forcé, a-t-il touché le cœur de Philippe IV ? L'appel adressé le même jour à don Luis de Haro paraît mieux motivé : « Je supplie Votre Excellence de considérer que, sans de promptes assistances d'argent, il ne me sera pas possible de continuer mes services au roi avec honneur ni utilité. [...] Je La supplie de me mander ce que Sa Majesté Catholique veut que je devienne ; car tant que je n'aurai point d'argent, que mes troupes seront sans recrues et sans remontes, mes officiers généraux sans un sol, mes places dégarnies, tous mes amis dans la misère, moi, ma femme et mon fils dans une continuelle gueuserie, je ne sais pas moi-même en quoi je puis être propre au service de Sa Majesté dans un état comme celui-là[31]. » Le fait est, en tout cas, que Condé survécut et qu'il trouva le moyen, le 10 mai 1656, d'accueillir à Louvain en grand équipage don Juan d'Autriche, fils naturel du souverain, qui venait remplacer comme gouverneur des Pays-Bas l'archiduc limogé, accompagné du marquis de Caracena, substitué à Fuensaldagne.

Le nouvel arrivant avait à son palmarès d'honorables succès en Italie et en Catalogne, mais il était jeune et ne connaissait pas le terrain. François de Lorraine, qui avait pris grand soin d'éviter les responsabilités, était passé discrètement au service de la France avec ses troupes à la fin de l'année précédente. Nul ne pouvait disputer au prince la direction des opérations. Il comprit la nécessité de s'entendre avec don Juan et daigna faire un effort d'amabilité en ce sens. D'ailleurs, Turenne ne leur laissa pas le loisir de se quereller : le 15 juin, il investit Valenciennes. L'étendue de la place compliquait le siège : la circonvallation n'avait pu inclure les hauteurs environnantes. Condé, arrivé à la rescousse vers la fin du mois avec ses deux collègues espagnols, s'empressa de les occuper : de là il pouvait observer l'ensemble du camp français, tandis que son propre camp, situé par-derrière, restait invisible. La ville étant traversée du sud au nord par l'Escaut, Turenne avait partagé ses troupes en deux quartiers, l'un à l'est, sur la rive droite, qu'il se réservait, l'autre à l'ouest, sur la rive gauche, qu'il confia au maréchal de La Ferté. Il avait fait construire un double retranchement pour protéger son quartier, mais La Ferté, jugeant la précaution inutile, y avait renoncé pour sa part. Condé connaissait ses deux adversaires, il sut où faire porter l'attaque. Dans la nuit du 15 au 16 juillet, il traversa le fleuve un peu en amont et tomba à l'improviste sur La Ferté, qui fut fait prisonnier et dont les troupes se débandèrent. Il avait neutralisé Turenne en faisant ouvrir des écluses : le fleuve déborda, emportant les ponts construits entre les quartiers et inondant tout le terrain alentour. De l'autre rive, Turenne ne put qu'assister au désastre. Il se retira quant à lui en bon ordre, recueillit les rescapés du naufrage et se mit en position de défense près du Quesnoy.

Alors, comme par le passé, Condé se heurta à son collègue espagnol : pas question de poursuivre l'ennemi, il fallut aller fêter la victoire avec les défenseurs de la place. Mais il prit la chose d'un meilleur cœur. Turenne l'avait contraint de lever le siège d'Arras, il l'a contraint de lever celui de Valenciennes. Les deux rivaux sont quittes. Et à Madrid, l'étoile du prince est au zénith. Il reçoit à nouveau les félicitations du roi et il en conçoit beaucoup d'espoirs. Car il vient de rendre à Philippe IV de fiers services. Sur le terrain, la France dominait très nettement depuis plusieurs années. L'Espagne semblait à bout de souffle. Il vient de lui offrir un sursis, voire un sursaut. Il lui fournit des arguments pour débattre des conditions d'une paix dans laquelle il sera lui-même partie prenante. Plus question de s'incliner sans conditions devant les exigences françaises. Philippe IV et lui, solidaires, peuvent désormais espérer un retour en arrière qui leur rendrait leur position d'avant le conflit : une paix blanche pour l'un, un « accommodement » à l'ancienne mode pour l'autre.

Le problème est que Mazarin, qui parle au nom de Louis XIV et en plein accord avec lui, ne veut ni de l'un ni de l'autre. Après tant d'efforts, il n'est pas disposé à brader la paix. Il lui faut une victoire complète. Il a déjà fait une bonne partie du chemin. Sur le plan diplomatique et sur le plan militaire, en parallèle, la dernière étape de l'interminable conflit est engagée.

CHAPITRE SEIZE

La paix générale et le sort de Condé

Depuis longtemps la France et l'Espagne, épuisées par la guerre, avaient conscience qu'il fallait en finir. Les enjeux étaient considérables. Il en allait de la place respective des deux pays dans une Europe qui s'était profondément modifiée depuis le temps où les Habsbourg prétendaient à la monarchie universelle. La France ne visait pas à écraser sa rivale, elle voulait mettre fin à ses prétentions hégémoniques. Mais l'Espagne se résignait mal à renoncer au rôle séculaire qui lui avait valu un prestige inégalé. Leurs souverains respectifs étaient très proches par le sang : Anne d'Autriche était sœur de Philippe IV. La réconciliation s'imposait. Elle passait, pour la France, par l'acquisition d'une frontière sûre aux confins du Nord-Est, donc par quelques sacrifices territoriaux de la part de l'Espagne – l'abandon des conquêtes faites à ses dépens. Des négociations étaient en cours depuis longtemps, activées ou mises en sommeil suivant les aléas des opérations militaires. Elles n'avaient aucune chance d'aboutir tant que la balance des forces restait équilibrée. Mais au fil des victoires françaises, on s'acheminait laborieusement, les armes à la main, vers une solution diplomatique à laquelle travaillaient les ministres des deux camps.

Condé avait beaucoup à en redouter. D'abord il était évident que, face aux enjeux politiques majeurs, le sort réservé à sa personne ne pesait pas lourd. Pour peu qu'il compliquât gravement la négociation, il risquait d'en faire les frais. Son insistance à rappeler au roi d'Espagne sa promesse de ne pas traiter sans lui trahissait son inquiétude. Il se doutait bien que si un intérêt vital exigeait qu'il fût sacrifié, son allié n'hésiterait guère. Aussi assurait-il une large publicité à cette promesse, afin de lui conférer l'aspect d'un engagement d'honneur auquel il est infamant de se soustraire. D'autre part, il savait également que la paix le priverait de son principal atout, ses qualités de chef de guerre. Tant que le conflit se prolongeait, il restait irremplaçable. Mais ensuite ? Il n'avait donc pas découragé les amis qui, à Paris, travaillaient à son accommodement personnel. Discrètement, bien entendu, puisqu'il était censé ne pas traiter seul. Mais, étant donné que le roi d'Espagne menait aussi des négociations sans l'y associer, pourquoi n'en ferait-il pas autant ? Restait la grande inconnue, Mazarin, diplomate de vocation et de profession, sur les réactions duquel il spéculait à la légère. Le jeu se jouait à trois, et il n'était pas le mieux armé pour s'y imposer.

La période dont on aborde ici l'histoire est dominée par la diplomatie. Ne pas oublier qu'elle a pour règle de cacher son jeu, de plaider le faux pour savoir le vrai, de demander plus pour obtenir moins et qu'il faut donc se garder de prendre pour bon tout ce qui est dit.

Fausse alerte

Au début de 1656, Condé eut de fortes raisons d'être inquiet. Apprenant que les négociations entre Paris et Madrid allaient être relancées, il s'enquit auprès de don Luis de Haro. La réponse ne fut pas rassurante : « Il ne faut rien négliger pour arriver à cette paix. » Le secrétaire d'État aux Affaires étrangères, Hugues de Lionne, homme de confiance de Mazarin, fut envoyé en mission à Madrid pour tenter d'amorcer le processus – dans la plus stricte discrétion, bien sûr, mais le secret fut vite éventé. À son programme, d'une part la conservation des places conquises par la France, d'autre part les intérêts des princes ou provinces engagés dans la lutte et notamment le sort de Condé[1]. En cas d'accord, la réconciliation politique et familiale serait scellée par l'union de l'infante Marie-Thérèse avec Louis XIV, son cousin doublement germain*.

La mission, que la France souhaitait brève et féconde, se prolongea et avorta. L'échec fut imputable à des causes diverses. L'Espagne hésitait devant le projet de mariage. La loi salique n'ayant pas cours

---

* Philippe IV avait épousé en premières noces Élisabeth de France, sœur de Louis XIII (dite Isabella en Espagne), dont il avait eu un fils, Balthazar-Carlos, qui mourut en 1646, et une fille, Marie-Thérèse. Devenu veuf en 1644, il s'était remarié avec sa nièce Marianne, fille de l'empereur Ferdinand III et de sa propre sœur.

chez elle, les filles étaient habilitées à accéder au trône en l'absence d'un héritier mâle. Or Philippe IV et sa seconde épouse, victimes d'un excès de consanguinité, ne parvenaient pas à mettre au monde un fils viable. Si elle n'avait pas de frère, l'infante apporterait dans sa corbeille de noces tous les biens des Habsbourg d'Espagne – une éventualité impossible à envisager s'agissant du roi de France ! Certes, ils pouvaient la donner à un archiduc – il n'en manquait pas à Vienne –, mais ils se priveraient alors d'un atout précieux dans la négociation avec Paris. Car ils savaient qu'Anne d'Autriche souhaitait passionnément avoir pour bru sa nièce et qu'elle pousserait à des concessions dans ce but. Ils conservaient donc cet atout dans leur manche en attendant la fin de la partie. Or Condé leur donna soudain les moyens de la prolonger. La nouvelle de son succès à Valenciennes parvint à Madrid au moment où Lionne s'y trouvait. Les Espagnols reprirent espoir de faire sur le terrain des progrès décisifs. C'est pourquoi les pourparlers, devenus inutiles, furent rompus.

Cette analyse se heurte à une idée abondamment répandue à l'époque et reprise en chœur depuis : l'échec fut imputable à un désaccord sur la place à réserver en France à Condé. Il est exact que don Luis et Lionne en disputèrent âprement, l'un exigeant le rétablissement complet du prince dans sa situation antérieure, l'autre concédant la restitution de ses biens, mais excluant celle de ses charges. Mazarin se montrait très ferme sur ce dernier point. On peut penser cependant qu'ils auraient pu, s'ils avaient voulu, trouver une position commune, puisqu'ils y sont parvenus un peu plus tard*. Mais ce désaccord affiché offrait l'avantage de dédouaner les deux pays de leur responsabilité dans la poursuite de la guerre que l'un et l'autre se jugeaient encore en mesure de gagner. Elle faisait apparaître l'Espagne sous son meilleur jour, fidèle à la parole donnée à son allié, comme l'exigeait l'honneur. En France, elle occultait le rôle joué par la défaite subie à Valenciennes, en projetant la lumière sur l'outrecuidance des prétentions du prince rebelle. Bref, si l'Europe voyait la paix lui échapper, c'était la faute à Condé ! Faire passer le prince pour le principal obstacle à l'entente, alors que ni sa vie ni ses biens n'étaient menacés, était un excellent moyen de le discréditer auprès de l'opinion française. Et qui sait si l'Espagne n'y verrait pas une excuse pour l'abandonner, au nom de l'intérêt général ?

Mais dans l'immédiat, il ne s'en soucia guère. Car ce rideau de fumée cachait un fait essentiel. Il était bel et bien responsable de l'échec des négociations, non par ses exigences excessives, mais par ses victoires. Elles ont un tel retentissement que le sort de la guerre semble reposer entre ses mains. Philippe IV a intérêt à le conserver, Mazarin à le lui enlever. Qu'il continue de servir l'Espagne, elle peut espérer tirer son épingle du jeu à la signature de la paix. Qu'il rentre en grâce à Paris, et la France l'emporte haut la main. Le traître condamné à mort, le transfuge naguère traité avec condescendance, est devenu l'arbitre de la situation, en mesure de tout exiger, d'un côté comme de l'autre. À ce qu'il croit du moins.

---

* Voir *infra*, à la fin de ce chapitre.

Condé arbitre du conflit ?

Philippe IV a compris, il le couvre d'honneurs et même d'argent : d'importants subsides lui sont envoyés en décembre. Pour le fixer, il lui offre le gouvernement des Pays-Bas. Mais le prince n'avait aucune envie de se faire espagnol. Il ne s'était jamais plu à Bruxelles et ne ratait pas une occasion de marquer son mépris pour ses hôtes. Il affichait sa supériorité sur don Juan, « qui tranchait du prince du sang d'Espagne quoiqu'il ne fut que bâtard » et traitait le roi d'Angleterre avec « une familiarité si indécente » qu'il se permit un jour de lui donner une cinglante leçon en prodiguant publiquement au monarque en exil les égards exigés par son rang. La scène racontée par Saint-Simon, mais non confirmée par d'autres témoignages, est suspecte [2]. Mais il est attesté que la bonne entente entre les deux hommes fut éphémère et que Condé se répandit en plaintes contre l'incapacité de son collègue, « négligent au dernier point, ne bougeant presque pas de son lit » et, lorsqu'il venait à l'armée, agissant « si à contretemps et avec tant d'irrésolution » qu'il compromettait tous les plans.

Il a plus que jamais envie de rentrer en France. Sa sœur et son beau-frère plaident sa cause. Des amis officieux s'efforcent de lui préparer le terrain. La toute belle duchesse de Châtillon, qui joignait à son penchant pour la galanterie un goût marqué pour les intrigues politiques, l'avait remplacé dans ses faveurs par l'abbé Fouquet, chef des services secrets de Mazarin, mais elle lui gardait assez de tendresse pour aller le revoir aux Pays-Bas et elle avait débauché à son profit le maréchal d'Hocquincourt, gouverneur de Péronne et de Ham. Comprenne qui pourra ! Mais la France y avait finalement gagné de remplacer à Péronne un auxiliaire douteux par son fils, plus docile. Entre Paris et Bruxelles, l'information, soigneusement filtrée, circulait. Mazarin laissait espérer quelques concessions, dans l'espoir de fissurer l'union entre le prince et le roi d'Espagne. Gourville fut pressenti pour jouer les intermédiaires. Lors de la remontée du prince vers Paris*, nous avons vu cet étonnant personnage servir en tant que secrétaire de La Rochefoucauld. La retraite de son maître l'ayant réduit au chômage, il cherchait de l'emploi, intriguant ici ou là, et après un bref séjour à la Bastille, il avait trouvé le moyen de plaire à Mazarin par sa gouaille et sa bonne humeur. Le ministre le chargea de sonder le prince : « Je pourrais l'assurer des bonnes grâces du roi et d'une amitié très sincère de la part de Son Éminence, et qu'on le rétablirait dans tous ses biens et dans toutes ses charges. Mais comme je représentai que M. le prince aurait peine à manquer aux Espagnols, il me dit que je pourrais encore lui proposer de chercher des moyens pour pouvoir se dégager d'eux avec bienséance[3]. » Le voyage fut annulé, Gourville n'eut pas l'occasion d'exercer sa persuasion sur Condé. Mais celui-ci n'ignorait pas que Mazarin était demandeur.

Au début de 1657, il se sait en position de force et pose à nouveau ses conditions. Il croit donc possible un « raccommodement » avec le cardinal, un raccommodement « libre et sérieux où la confiance soit entière », pourvu qu'il ne lui propose rien sans être

---

* Voir *supra*, p. 457 sq.

assuré de l'obtenir ! « Je désire trouver un rétablissement aux gouvernements et sûretés tant pour moi que pour ceux qui sont avec moi, car autrement je ne veux pas seulement en ouïr parler. [...] Autrement, ajoute-t-il, j'attendrai fort patiemment, mes affaires étant en état à pouvoir me laisser attendre sans inquiétude un plus favorable retour dans la fortune[4]. » Cette lettre à son représentant à Paris, le comte d'Auteuil, appelle plusieurs observations. La première est qu'il se dispose lui aussi à traiter directement de son retour, à l'insu de ses alliés, quitte à les mettre au courant des résultats ensuite – ce qui est de bonne guerre puisqu'ils en font autant. L'autre est qu'il n'a pas vu passer le temps. Il se propose de marchander avec Mazarin, comme au temps de la Fronde et sur un ton de souverain mépris. Il n'a pas compris qu'un des enjeux de la Fronde était précisément de mettre un terme au chantage qu'exerçaient les grands sur le monarque depuis un siècle à la faveur des guerres civiles. Il compte arracher au ministre, comme naguère, un accommodement à sa convenance, tandis que celui-ci veut lui imposer une capitulation.

Et si par hasard Mazarin ne cédait pas, Condé mise sur sa mort. « Je puis bien encore attendre patiemment un changement à ma fortune et sans crainte de vieillir. Je suis grâce à Dieu de beaucoup plus jeune que M. le cardinal et quatre à cinq ans le vieilliront bien plus que moi quinze ou vingt, puisque s'il y a quelque chose à craindre de la vieillesse, cela le regarde bien plutôt que moi. » Il n'oublie qu'une chose : si Mazarin a en effet vingt ans de plus que lui, Louis XIV en a dix-sept de moins. Ou s'il y pense, c'est pour conclure qu'on doit en espérer du changement : « Il faut si peu de choses pour changer la face des affaires… » ajoute-t-il avant de conclure que, « étant au pire », elles ne peuvent que s'améliorer. Argumentation connue. Comme beaucoup de ses contemporains, il demande au passé la clef de l'avenir. L'assimilation de Mazarin à Concini et d'Anne d'Autriche à Marie de Médicis, répandue par les mazarinades, incite à croire que Louis XIV, comme son père, se rebellera contre le favori usurpateur. C'est oublier que Louis XIII, mal aimé de sa mère et ignoré par Concini, avait longuement ruminé ses rancœurs avant de les laisser exploser à peine sorti de l'adolescence. À dix-huit ans bien sonnés, Louis XIV, chéri d'Anne d'Autriche, est un adulte doté d'une remarquable maturité politique, acquise au cours des épreuves traversées, et il voue à son parrain une réelle affection, parce que, en prenant le soin de le former, celui-ci le traite en roi. Ceux qui comptent sur un relâchement de l'autorité royale à la mort de Mazarin en seront pour leurs frais : ils tomberont de Charybde en Scylla.

En attendant un hypothétique changement, Condé n'a qu'une chose à faire, mener pour le compte de l'Espagne une campagne victorieuse. Dès les premiers beaux jours, il prend l'offensive en compagnie de don Juan et reprend aux Français la petite place de Saint-Ghislain. Mais la situation se complique pour lui, car Mazarin, pour en finir avec cette interminable guerre, s'est assuré l'alliance des Anglais. Gros scandale en France ! La veuve de Charles Ier – une sœur de Louis XIII – y avait trouvé refuge avec sa dernière fille lors de la guerre civile et ses fils y avaient fait de nombreux séjours. Ils y étaient encore lorsque le cardinal osa traiter avec Cromwell, révolutionnaire, usurpateur, hérétique et régicide. À sa décharge, il avait eu la préférence, de justesse, sur le roi d'Espagne – signe qu'à Londres on le donnait gagnant. Le traité assignait à la collaboration des limites très étroites, enlever aux Espagnols les places maritimes de Flandre, vitales pour leurs communications avec les Pays-Bas. Le soutien de la flotte britannique, indispensable à l'opération, avait un prix élevé : le port de Dunkerque, une fois reconquis, irait aux Anglais. Mais la France n'étant pas menacée d'une invasion anglaise, cela parut un moindre mal*.

Les effets du traité mirent du temps à se faire sentir, permettant à Condé de remporter encore un succès. Vers la fin mai, Turenne mit le siège devant Cambrai, comptant sur l'effet de surprise. Le temps manquait pour y acheminer des renforts. Le prince seul, à la tête de quatre mille cinq cents cavaliers, ne pouvait se permettre d'attaquer l'armée française. Après avoir erré, de nuit, dans des taillis et des fondrières, il rejoignit la grand-route et résolut de payer d'audace. Tandis qu'un escadron faisait diversion à un bon quart de lieue de là, il divisa sa troupe en quatre groupes échelonnés. Il leur ordonna de foncer tour à tour, au grand galop, sur les détachements postés au long de la route, sans s'attarder à combattre, avec pour seule mission d'atteindre la ville et d'y entrer. Ainsi lancés, ils passèrent sur le ventre des gardes, « sans tirer un seul coup ». Turenne, beau

---

* Mazarin misa, mais à bon escient, sur la mort de Cromwell qui survint en effet en 1658 et entraîna rapidement une restauration, qui permit à la France de racheter Dunkerque.

joueur, rendit hommage à la performance et se résigna à lever le siège. Le sauvetage de Cambrai « accrut grandement la considération du prince parmi les Espagnols[5] ». Jamais celui-ci ne se montra aussi ingénieux, aussi inventif que dans ces campagnes de Flandre, aux côtés de généraux espagnols englués de routine. Mais ce dernier exploit fut dans cette guerre son chant du cygne. La Ferté prit Montmédy en août, Turenne reprit Saint-Venant et surtout, son attaque conjointe avec les Anglais vint à bout de Mardick, une petite place occupant une position stratégique entre Gravelines et Dunkerque, prélude aux grandes manœuvres de l'année suivante.

Comme de coutume, Condé paya d'une longue et violente maladie ses efforts et ses déceptions. Elle débuta à la fin du mois d'octobre par une fièvre opiniâtre, qu'il jugeait seulement pénible et fatigante, mais sans danger. Au bout de trois semaines cependant, son état empira, on le transporta au monastère Saint-Pierre de Gand. « Il dépêcha un courrier à la reine, conte Mme de Motteville, pour la supplier de lui envoyer Guénault, médecin, en qui il avait beaucoup de créance. Elle le fit partir avec soin, et le ministre y contribua de tout son pouvoir, pour montrer à ce grand prince que leur malheur, et non sa haine, les tenait séparés[6]. » Selon Lénet, on lui joignit le chirurgien Dalancé. Il se crut à l'article de la mort, demanda et reçut les derniers sacrements, à la grande satisfaction de la pieuse Motteville. À Paris, le soupçonneux Gui Patin, doyen de la faculté de médecine, diagnostique à distance, en latin, une fièvre double tierce, avec menace d'hydropisie. Et de conclure : « S'il en meurt, il faudra dire *"Belle âme devant Dieu, s'il y croyait*"*⁷. » Il se remit lentement, mais un ressort semblait cassé.

Les conditions auxquelles s'en tenait Mazarin lui paraissaient inacceptables. Il s'entendait de plus en plus mal avec don Juan. Il se sentait un intrus sur une terre où sa présence était mal supportée. « Le prince de Condé a obtenu dans la Flandre les meilleurs quartiers d'hiver pour ses troupes. Le Brabant leur a été accordé, où il a envoyé ses régiments, qui y ont fait tant d'insolences qu'enfin le pays et les paysans se sont soulevés contre eux et ont pris les armes ; mais ils n'ont pas été les plus forts. Nos gens s'en sont rendus maîtres et en ont bien tué. Si bien que tout le pays en est désolé, d'autant plus qu'ils y vivent à discrétion et sans discrétion. Jugez si tous ces gens-là bénissent la guérison du prince de Condé, et s'ils enverront des présents à Guénault pour lui avoir rendu quelque service en sa maladie⁸. » Quand s'ouvre l'année 1658, il est grand temps, de l'avis général, qu'on en finisse.

Le verdict des armes

La campagne commença bien pour les Espagnols. Ils avaient réussi à faire croire au maréchal d'Aumont que les habitants d'Ostende ne demandaient qu'à se rendre à lui et l'imprudent se jeta dans le piège où il fut fait prisonnier. Mais, conformément au traité renouvelé entre Mazarin et Cromwell, l'essentiel de l'effort français se porta sur Dunkerque. Vers la fin de

---

* Le médecin parisien était bien informé, grâce à un réseau de savants correspondants à travers toute l'Europe.

mai, Turenne investit la ville, il établit son camp dans les règles et dès que la circonvallation fut achevée, il ouvrit la tranchée en trois endroits. Les assiégés avaient vu toutes leurs tentatives de sortie repoussées. Condé, affaibli par sa maladie, n'avait pas encore repris de service. Don Juan, piqué d'émulation, voulut profiter de son absence pour se tailler lui aussi un succès. Il décida de faire l'impossible pour secourir la place. En dépit des mises en garde du prince, qui venait de le rejoindre, il s'avança avec précipitation, comptant sur l'effet de surprise, et s'installa à proximité des Français sans attendre l'arrivée de son artillerie. Comptant attaquer leur camp dès le lendemain, il avait jugé superflu d'édifier des protections. Ses troupes se trouvaient « sans canon, sans pain, sans pics ni pelles [9] ».

Or Turenne prit les devants. Durant la nuit, il multiplia les précautions. Il disposait de la supériorité numérique : il laissa suffisamment de troupes devant la ville, pour interdire les sorties, et dans son camp, pour le protéger ; il plaça des postes de gardes à tous les ponts jetés sur les canaux pour assurer ses communications et il fit déposer les bagages en lieu sûr. Puis il mit son armée en bataille. Le terrain, saturé d'eau par une semaine de pluies, puis inondé par l'ouverture des digues, était parsemé de dunes sablonneuses couronnées de broussailles. Coincé entre la mer d'un côté et des marécages de l'autre, il se prêtait mal aux déploiements. Turenne choisit la meilleure position. À l'aube, don Juan, voyant s'avancer l'armée adverse en bon ordre, commença par nier l'évidence et voulut croire à un simple coup de main. C'est alors que Condé, rencontrant le jeune duc de Glocester, eut

La paix générale et le sort de Condé   545

avec lui un dialogue demeuré célèbre : « Vous n'avez jamais vu livrer une bataille ? Dans une demi-heure, vous verrez comment nous en perdrons une [10] ! »

Don Juan dut donc subir la bataille qu'il avait prévu d'imposer à son adversaire. L'espace étant trop étroit, les différents corps se gênaient. Il prit pour lui l'aile droite, sur la dune longeant la mer, et laissa Condé, de l'autre côté, patauger dans les canaux et les fondrières. En face, Turenne, sans affectation propre, veillait à tout. D'abord, il fit porter le plus gros de l'effort sur l'aile droite et le centre espagnols. La cavalerie, couverte par la flotte anglaise, profita de la marée basse pour déborder au galop celle de l'ennemi sur la plage découverte, tandis que les fantassins britanniques, la pique à la main et la Bible en poche, escaladaient la dune sous un feu nourri. Ce fut le signal de la débandade. À l'aile gauche, Condé tenta de résister, crut pouvoir percer les lignes avec ses cavaliers. Bussy-Rabutin, qui menait alors l'assaut contre lui, l'entendit leur crier : « Nous coucherons ce soir à Dunkerque ! » et, la mésentente n'ayant pas tué chez lui la fascination pour le héros, il fut tout près de regretter qu'il n'y soit pas parvenu, « ce qui eût été une des plus extraordinaires actions qui fût jamais faite, qui est de secourir la place après avoir perdu la bataille [11] ». Mais ses troupes se débandèrent, son cheval fut blessé, et il eut tout juste le temps d'en changer pour s'enfuir, laissant sur le terrain ses amis morts ou prisonniers. Dans les milieux médicaux, on raconta « qu'il fut porté en terre sans être reconnu, qu'enfin un des siens l'emporta hors de la mêlée sur ses épaules en un lieu écarté ; qu'on le voulut saigner et que son bras fut piqué, mais qu'il n'en vint pas de sang, tant il était étonné* [12] ». Vrai ou faux ? En tout cas, il l'avait échappé belle.

La bataille du 14 juin, dite des Dunes, sonna le glas des ambitions espagnoles. Dix jours plus tard, Dunkerque se rendit. Turenne assura sa sécurité en s'emparant des petites places avoisinantes. La très grave maladie du roi – sans doute le typhus, contracté sur les champs de bataille pestilentiels en été – suspendit la poursuite des opérations. Dès qu'il entra en convalescence, celles-ci se poursuivirent par la prise de Gravelines. Le reste de la campagne ne fut qu'une promenade militaire. Turenne cueillait une à une les places flamandes : Thielt, Oudenarde, Menin, Ypres, Commines, Ninove. Certaines résistaient quelques jours, d'autres lui ouvraient leurs portes à la première sommation. Il s'enfonçait chaque jour davantage dans les Pays-Bas espagnols, dont la conquête semblait à sa portée. Bruxelles, saisie d'épouvante, se préparait au pire. Condé, obstiné, souhaitait continuer la lutte : il réclama en vain des moyens pour secourir Ypres. Mais il se fit rabrouer poliment par Caracena : « Vous avez fait ce que vous pouviez compte tenu de vos effectifs [...] il ne faut point risquer Bruxelles, car alors on perdrait tout, pour Ypres qui est perdu [13]. » Ce sont les Pays-Bas tout entiers que l'Espagne risquait de se voir arracher. Elle se résigna à abandonner la lutte, rassérénée par la naissance d'un héritier mâle à Madrid**.

---

* Au sens premier de *sous le coup d'une commotion*.
** Philippe-Prosper, né en 1658, devait mourir très vite, mais fut remplacé en 1661 par Carlos (Charles II).

Premiers pas vers la paix

Mazarin n'en demandait pas davantage. La France, victorieuse mais épuisée, renonça à pousser plus loin les conquêtes. Celle des Pays-Bas avait fait partie naguère du programme que lui avait légué Richelieu. Mais il avait compris depuis qu'elle constituerait un *casus belli* avec les Provinces-Unies d'une part, l'Angleterre de l'autre. Les Hollandais préféraient avoir sur leur frontière méridionale une colonie espagnole mollement administrée à distance par la lointaine métropole qu'un royaume riche et puissant. Les Anglais, assez mécontents déjà de voir la France leur disputer la prééminence dans la Manche, ne voulaient à aucun prix la laisser s'installer en mer du Nord, face à l'estuaire de la Tamise, débouché du port de Londres. De plus, il venait de signer avec un groupe de princes allemands la Ligue dite du Rhin, visant à entraver la liberté d'action de l'Empereur qu'on s'apprêtait à élire*. Il en avait profité pour consolider les acquis du traité de Westphalie. Mais sa politique germanique reposait sur l'idée, hautement proclamée, que la France n'avait aucune visée impérialiste et qu'elle revendiquait seulement les zones indispensables à sa sécurité. Les places maritimes de Flandre entraient dans cette catégorie, mais les Pays-Bas en étaient assurément exclus. S'en emparer

---

* Ferdinand III étant mort en 1657, Mazarin avait proposé, comme un ballon d'essai, la candidature de Louis XIV et avait profité des négociations successorales pour mettre sur pied une Ligue permettant aux États signataires de s'opposer en force aux éventuels abus de pouvoir du nouvel élu, Léopold Ier, lequel avait à peine dix-huit ans.

serait tenter le diable et s'exposer à une nouvelle conflagration. Il stoppa donc l'envolée de Turenne, qui passa la fin de l'année à consolider la frontière en fortifiant les places conquises, avant de prendre ses quartiers d'hiver, prêt à parer à toute éventualité. Mais la décision appartenait désormais aux diplomates et le sort de Condé était entre leurs mains.

Son retour en France est assuré. Pour deux raisons. L'Espagne ne songe qu'à se débarrasser de lui. C'est un homme utile en temps de guerre, mais d'un maniement difficile, qui risque, en temps de paix, de se montrer dangereux pour la tranquillité générale. La France, elle, ne peut se dispenser de le rapatrier. D'abord, parce qu'il le souhaite ardemment. Si on l'écarte, il fera tout pour revenir, les armes à la main. Mieux vaut donc l'avoir dedans que dehors. Mais aussi parce que les milieux nobiliaires lui sont restés favorables. Ses récents exploits en Flandre ont réactualisé sa légende en l'enrichissant de nouveaux épisodes. Mlle de Montpensier – toujours amoureuse de lui, il est vrai – fait de la bataille des Dunes un récit d'une partialité scandaleuse : elle le montre optant, faute de moyens, pour une retraite calculée qui laissa le champ libre à un Turenne jusque-là irrésolu, et attribue la victoire du maréchal à sa chance et à la lâcheté des Espagnols. Le fait que Condé se battait dans le camp ennemi ? Oublié ! La haute noblesse, sortie vaincue de la Fronde, continue de se reconnaître dans l'héroïque prince du sang qui a résisté jusqu'au bout. Le tenir durablement écarté ferait de lui un martyr. La seule solution raisonnable est au contraire de le récupérer, en obtenant sa soumission.

Les discussions ne peuvent donc porter que sur les modalités de ce retour.

Très confiant sur ce point au départ, le prince comprit assez vite qu'il avait du souci à se faire. Les négociations pour la paix débutèrent entre la France et l'Espagne au cours de l'hiver 1658-1659. Philippe IV n'avait plus qu'un atout, la main de l'infante Marie-Thérèse, à laquelle Anne d'Autriche tenait très fort pour son fils. Mais il n'avait pas de solution de rechange. Le trône de France était le plus prestigieux de tous. S'il le refusait, il ne pourrait la marier qu'à Vienne, vu son rang d'aînée, et il savait bien que la France reprendrait alors la guerre, pour écarter le risque de voir réunies les deux branches de la maison d'Autriche. À l'automne il hésitait encore, répugnant à faire les premiers pas, jugés humiliants. Paris fit donc circuler le bruit qu'on songeait à un mariage savoyard et organisa une rencontre à cet effet. « Ce ne peut être et ce ne sera pas ! » se serait écrié Philippe IV, qui lança aussitôt un messager sur les routes. Don Antonio Pimentel atteignit la cour à Lyon, au moment même où Louis XIV semblait trouver à son goût la jeune Marguerite, venue de Turin pour le rencontrer. Il offrait « la paix et l'infante ». La Savoie ne put que s'effacer, dans les larmes. Sans influer sur une décision que les deux parties savaient nécessaire, la « comédie de Lyon » avait fait gagner un peu de temps. Dans son principe, la paix était donc acquise.

Restait à en mettre noir sur blanc les conditions. Mazarin et Pimentel y travaillèrent tout l'hiver dans le plus grand secret, chaque pays restant sous les armes en attendant. Elles concernaient non seulement les deux principaux belligérants, mais l'Europe entière, par le biais des alliés engagés de part et d'autre. Condé comprit soudain qu'il n'était que l'un d'entre eux et eut peur d'être oublié. Aussi jugea-t-il bon de rappeler leurs promesses aux Espagnols avec une insistance anxieuse qui lui valut quelques messages rassurants, sans doute mensongers. Le roi d'Espagne était-il vraiment prêt « à rompre la paix et le mariage de l'infante » pour le défendre ? Il est permis d'en douter. Aussi revendiquait-il âprement des compensations, n'hésitant pas à poser ses conditions.

Au cas où la France se montrerait irréductible, on lui offrait à nouveau le gouvernement des Pays-Bas. Il n'en voulait à aucun prix : il y eût été dépendant du roi d'Espagne. Il réclama la Comté de Bourgogne, c'est-à-dire la Franche-Comté, « en pleine souveraineté », « avec les mêmes droits que Sa Majesté Catholique la possède ». Tout bien pesé, disait-il, il préférerait même cette solution à un complet rétablissement dans ses droits en France, pourvu que ceux-ci fussent transférés à son fils et que ses amis retrouvent leurs biens et charges. Il se voyait déjà roi sur un territoire bien à lui – son vieux rêve. Pour mieux convaincre Philippe IV, il enjoignit à ses envoyés de lui « représenter que c'est un pays qui pourra servir de retraite à tous les mécontents de France et que, par toutes sortes de raisons, il sera bien plus utile à l'Espagne entre [s]es mains que dans celles de Sa Majesté Catholique[14] ». Y croyait-il vraiment ? Comment pouvait-il imaginer que l'Espagne lui sacrifie une province paisible et prospère, indispensable à ses communications nord-sud, et qui savait se protéger des conflits, fût-ce en payant tribut annuel au roi de France ?

Quant à Mazarin, on le voyait mal laisser planter une pareille épine sur le flanc est du royaume.

Du côté français, il poursuivait le chantage à la guerre civile. « Je veux bien qu'on le sache ; je ne travaille à autre chose que tantôt surprendre une ville, tantôt en révolter une autre ; je m'applique à cela jour et nuit ; si je pouvais faire révolter toute la France, tant que je serai en l'état où je suis, et attirer tout le monde dans mon parti, je le ferais de tout mon cœur, et l'on aurait grand tort d'en douter. Si la cour est d'humeur de s'irriter de tout ce que je ferai en ce genre, elle s'irritera souvent et je ne m'en inquiète pas [15]. » Mais il avait désormais deux raisons d'optimisme. L'une, que la santé de Mazarin se détériorait à vue d'œil : on le devinait proche du terme. L'autre, inespérée, était le grave désaccord provoqué par l'idylle entre le roi et la nièce du cardinal, Marie Mancini, qui menaçait de compromettre le mariage espagnol, clef de voûte de la réconciliation. On voyait poindre le moment où Louis XIV rejetterait enfin l'insupportable tutelle de son parrain. Il était donc permis de compter sur « quelque changement dans le ministère ».

En dépit de bruits alarmants, il conservait encore bon espoir le 7 mai, lorsque fut signé l'armistice : « Rien au monde ne pouvait me donner plus de joie ; j'en ai une tout à fait tranquille. Il me semble voir le port après un long orage et y arriver assez glorieusement pour en être satisfait [16]. » Il tomba de son haut lorsqu'il apprit le contenu des préliminaires de paix signés le 4 juin, connus sous le nom de « traité de Paris ». Après avoir fait amende honorable, licencié ses troupes et rendu les places qu'il détenait, il récupérerait ses biens – sauf Chantilly –, mais serait tenu de démissionner de ses gouvernements et de ses charges, et ne devrait rien accepter de l'Espagne sans l'aveu du roi de France, qui déciderait de ses lieux de résidence. Lénet tira des excuses embarrassées de don Luis, qui imputait à la « mauvaise conduite » de Pimentel ces clauses déplorables, prétendument opposées aux instructions du roi, et promit de les faire réviser lorsqu'il rencontrerait bientôt Mazarin pour des entretiens complémentaires, sur la frontière. Mais Philippe IV dut entériner le traité en le signant, pour que le cardinal consentît à poursuivre les négociations. Il avait donc bel et bien lâché le prince. Mazarin n'en espérait sans doute pas tant. Ayant obtenu beaucoup, il disposait d'une marge confortable pour les marchandages ultérieurs.

Les conférences de l'Île des Faisans

Le lieu prévu pour la rencontre avait été choisi en terrain neutre, à la limite des deux royaumes. Chaque délégation était logée sur son propre territoire, les Espagnols à Fontarabie, les Français à Saint-Jean-de-Luz. Pour abriter les entretiens des deux ministres, on s'inspira de ce qui avait été fait jadis lors des échanges de princesses : on les installa au milieu de la Bidassoa. Mais au lieu de se contenter d'une plate-forme flottante reliée à chaque rive par un pont de bateaux, on eut recours cette fois à une île, dite des Faisans, et l'on convint qu'elle serait coupée en deux sur toute sa longueur par une frontière virtuelle. Elle fut desservie de chaque côté par un pont improvisé et on y aménagea un luxueux bâtiment de bois. Une vaste salle centrale, où l'intervalle entre les tapis faisait office de limite territoriale, était flanquée d'appartements clos, rigoureusement symétriques. Entre les deux diplomates, tout devait être marqué au sceau de la plus stricte égalité, mais Mazarin, pour bien montrer que la France restait riche, s'efforça d'en mettre plein la vue à ses partenaires. Il arriva avec trente carrosses à six chevaux. Pour décorer la partie française de la grande salle, il avait tiré de ses collections quelques-unes de ses plus belles tapisseries. Mais il affectait l'indifférence pour ces bagatelles. Don Luis, pris de court, ne put que recourir à une solution de fortune – des couvertures de mulet, à vrai dire brodées d'or et frappées à ses armes – qui eut au moins le mérite de l'originalité.

On discuta longtemps sur le nombre et la qualité de leurs conseillers et sur le protocole qui réglerait leurs rencontres. Entre un prince de l'Église, Mazarin, et un grand d'Espagne, don Luis de Haro, comment décider des préséances ? Faute de parvenir à trancher, on renonça aux visites préalables et les conférences purent enfin s'ouvrir le 13 septembre. Chacun avait amené comme secrétaire un diplomate rompu aux négociations difficiles. D'un côté le très habile Hugues de Lionne qui avait déjà servi à Münster et venait de mener à Madrid, trois ans plus tôt, la négociation avortée sans qu'il y eût de sa faute. De l'autre un homme d'expérience, le vieux don Pedro Coloma, dont les années n'avaient pas entamé la vivacité d'esprit. À eux de régler les modalités d'application, à mesure que leurs maîtres posaient les principes. Trois mois durant, diplomates et juristes travaillèrent d'arrache-pied. Le texte fleuve qui sortit de leurs efforts conjugués comportait cent quatre-vingts articles officiels, plus huit secrets. Ils avaient essayé d'éliminer le maximum de points de friction, mais de nombreuses questions restaient en suspens, soit qu'ils n'y aient pas prêté intérêt, soit qu'ils eussent choisi de les ignorer.

Les clauses territoriales élaborées par Pimentel soulevèrent très peu d'objections. Le roi de France gardait les provinces conquises, au nord l'Artois – moins Aire-sur-la-Lys et Saint-Omer –, au sud le Roussillon et la Cerdagne, c'est-à-dire la partie septentrionale de la Catalogne. Il conservait sur la frontière du nord-est d'importantes places, assorties des territoires qui en dépendaient : Bergues, Bourbourg, Gravelines et Saint-Venant en Flandre, Landrecies et Le Quesnoy en Hainaut, Damvillers, Montmédy et Thionville en Luxembourg. En revanche il dut restituer un certain nombre de places flamandes – Comines, Dixmude, Furnes, Menin, Audenarde et Ypres – et toutes celles qu'il détenait encore en Catalogne au-delà des Pyrénées. Il dut faire restituer au Milanais la place de Mortara, conquise par son allié, le duc de Modène, mais la possession définitive de Pignerol cessa de lui être contestée. De plus, les droits sur l'Alsace qui lui avaient été accordés à Münster se voyaient solennellement confirmés. Pour lui, ces acquis, protégeant les principales frontières du royaume, étaient donc tout à fait considérables. Le traité des Pyrénées assurait à ceux de Westphalie la solidité qui leur manquait jusque-là.

La rencontre affichait en outre des objectifs beaucoup plus ambitieux. L'Europe entière avait été impliquée dans le conflit franco-espagnol. Mazarin et don Luis de Haro, engagés à l'égard de leurs alliés respectifs, tenaient le sort de ceux-ci entre leurs mains. Leurs conférences prirent donc très vite la forme d'une sorte de congrès international pour la paix et ils durent subir les assauts d'une nuée de solliciteurs issus de l'Europe entière qui, par eux-mêmes ou par personne interposée, arguaient de leurs relations avec l'un ou l'autre camp pour en tirer des avantages ou espéraient seulement que, dans l'euphorie générale, une amnistie viendrait effacer leurs erreurs passées. « Fontarabie est devenu le rendez-vous de tous les mendiants de l'Europe », gémissait don Luis, et Mazarin lui répondait en souriant : « On voit bien que la comédie est près de finir, car tous les acteurs paraissent sur la scène. » La plupart des participants au conflit s'en tirèrent à bon compte. Il y eut quelques victimes notoires, le cardinal de Retz par exemple, ainsi que le duc de Lorraine, et Charles II d'Angleterre fut invité à patienter quelque temps. Les Portugais, eux, furent sacrifiés, moyennant promesse d'une aide ultérieure. On ne s'attardera pas ici sur la liste des articles qui réglèrent les différends opposant entre eux ou avec le pape les États d'Italie et les cantons suisses. Mazarin et don Luis s'étaient assigné pour tâche – ils l'avaient inscrite noir sur blanc dans l'article 101 – de ramener la paix en Europe du Nord. C'est à Mazarin qu'il revint de pousser l'entreprise jusqu'à son terme. Il sortait en triomphateur de vingt-cinq ans de guerre, maître de la France, arbitre de l'Europe, doté d'un prestige devant lequel tous s'inclinaient.

Le sort de Condé

Condé avait souhaité, dit-on, venir à Fontarabie pour défendre lui-même ses intérêts, mais le cardinal refusa le sauf-conduit nécessaire [17]. Certes, il lui était interdit de s'aventurer en France sans autorisation, mais il aurait tout de même pu tenter de gagner Fontarabie par mer. Il est probable que les Espagnols l'en dissuadèrent, ou que Mazarin leur fit savoir que sa venue serait inopportune. En effet, celui-ci s'appliqua, à partir du moment où furent engagées les négociations, à ne jamais traiter directement avec lui ou avec ses mandataires, soulignant ainsi qu'il n'était à ses yeux qu'un satellite du roi d'Espagne, parmi d'autres. À l'Espagne de s'occuper de lui ! Et le malheureux bouillait d'impatience et de colère à Bruxelles, dépossédé de son avenir, devenu un objet de tractations entre les mains de plus puissants que lui.

Fidèle à ses promesses, don Luis de Haro s'efforça de remettre en cause auprès de Mazarin les mesures arrêtées par Pimentel. Ils étaient fins, tous deux, et hommes d'esprit. Leurs joutes verbales, telles que les rapporte le cardinal dans les comptes rendus qu'il adressa au roi et à la reine [18], témoignent de l'importance que revêtait aux yeux des deux parties le traitement réservé au prince. Anne d'Autriche et Louis XIV lui en voulaient mortellement non seulement de sa rébellion, mais des avanies qu'il leur avait infligées. Traître à sa famille, traître à son souverain, traître à sa patrie, il méritait à leurs yeux un châtiment exemplaire. Non point la mort – les princes du sang étaient sacrés et le temps des échafauds révolu –, mais la privation d'une partie de ses biens et de la totalité de ses charges et dignités. Les Espagnols au contraire exigeaient qu'on lui rendît sans réserve ses prérogatives antérieures. Certes pas par sympathie. Ils souhaitaient se décharger de lui au plus vite. Il leur coûtait très cher et les abreuvait de son amertume. Mais ils étaient publiquement tenus par leurs engagements. Ils l'avaient présenté comme un prince allié avec qui ils étaient liés par un traité. Ils n'en démordraient pas, sous peine de perdre la face, comme don Luis l'avait expliqué à Lionne deux ans plus tôt, avant de le congédier : « Nous avons premièrement regardé le point d'honneur et seulement en second lieu la conservation des États, parce que, sans l'honneur, tout État se perd à la fin et qu'avec l'honneur on peut espérer rentrer dans ceux qu'on a perdus [19]. » Sous ces nobles paroles se cachait le souci de leurs intérêts bien compris. Car Mazarin finit par faire avouer à don Luis que si l'Espagne abandonnait les intérêts d'un allié aussi prestigieux que Condé, elle n'en trouverait jamais plus aucun à l'avenir.

Prince autonome ou sujet rebelle ? Le malentendu semblait sans issue. Les attendus des conditions posées pour lui par les Espagnols tournaient au panégyrique. Mazarin s'indignait des euphémismes qui donnaient à sa rébellion l'air d'une équipée héroïque. Comment laisser dire, écrivait-il à Lionne, qu'il avait toujours souhaité la paix entre les deux couronnes et manifesté sa passion pour le service du roi, « lorsqu'il n'avait rien oublié pour lui ôter la couronne de dessus la tête, s'il avait pu » ? Leurs entretiens, tels que les rapporte le cardinal partagé entre l'indignation et le rire, tournaient au dialogue de sourds. Ils cessèrent finalement d'ergoter sur le vocabulaire pour descendre aux questions concrètes et parler finances. Un prince du sang de la qualité de Condé pourrait-il tenir son rang en France sans places ni gouvernements ? disait l'un. Comme cinquante autres qui n'en avaient jamais eu, répondait l'autre : « Un prince du sang n'en pouvant souhaiter que pour faire du mal, on a grande raison de ne leur en donner pas. Car pour leur sûreté et pour recevoir des marques de respect de tous les Français, ils n'ont autre chose à faire qu'à bien vivre et [...] bien servir le roi, comme ils y sont obligés plus que tous les autres sujets. » Et il souligna que chez nous le sentiment national, désormais très vif, faisait « regarder avec horreur » toute liaison avec les étrangers.

Don Luis avança alors une solution dissuasive, la sachant inacceptable : Philippe IV concéderait à Condé la souveraineté de quelque province dépendant de sa couronne. L'intéressé ne se montrait pas chaud pour devenir roi de Sardaigne ou des Deux-Siciles*, mais il pourrait s'accommoder de la Franche-Comté ou du Cambrésis, prélevé sur les Pays-Bas. Mazarin se récria : si Condé y gagnait, en devenant roi, une élévation de son état, ce serait « un exemple pernicieux pour porter tous les princes à la révolte ». Sur quoi don Luis demanda, d'un ton candide, pourquoi le roi poursuivait le seul Condé de sa vindicte, alors qu'il ne tenait aucune rigueur à tant d'autres rebelles – dont Turenne. Le cardinal noya le poisson en rappelant les concessions accordées par l'Espagne à ses provinces insurgées. Chacun s'étant

---

* La Sicile proprement dite, accompagnée de la Calabre.

livré à son baroud d'honneur, il fallut en venir aux accommodements. Mazarin savait bien qu'on ne pouvait refuser au premier prince du sang, si on l'autorisait à rentrer, tout ce qui relevait du paraître – ses biens, honneurs, dignités et privilèges. Mais il tenait à lui ôter les moyens de se constituer, comme naguère en Bourgogne et en Guyenne, des fiefs quasi indépendants et de s'assurer une importante clientèle nobiliaire.

Dans la principale de ses charges, celle de Grand Maître de France, conférée à vie, il était inamovible. Mais son exercice lui aurait imposé, pour tous les actes importants de la vie publique, une présence aux côtés du roi que ni l'un ni l'autre ne jugeaient possible dans l'immédiat. Il avait lui-même trouvé au problème une solution élégante : il céderait la charge à son fils, sous réserve de « survivance » à son profit pour que, en cas de disparition de celui-ci, elle reste à la famille. Les vraies difficultés concernaient les provinces et places fortes qu'il gouvernait. Le traité de Paris les lui ôtait en totalité. On décida de repartir à zéro. Le prince fut d'abord sommé de restituer les places où il tenait encore garnison – Rocroi, Le Catelet et une autre plus petite – et de licencier ses troupes. On parla ensuite des gouvernements. Pas question de lui laisser celui de Guyenne, province trop turbulente et trop proche de l'Espagne. On lui concéda la Bourgogne. Une faveur, puisqu'il y possédait d'importants domaines. Mais elle n'avait pas bronché lors des troubles récents et ses principales forteresses avaient été démantelées : n'y restaient debout que le château de Dijon et celui de Saint-Jean-de-Losne – pas de quoi servir de point d'appui à une révolte. On y joignit la paisible Bresse. Le Bourbonnais alla à son fils, en échange du duché d'Albret, promis à Turenne. Et l'on prit soin de lui restituer les places qui lui avaient été données en 1648 en récompense de ses services – une façon de montrer que le roi ne reprenait pas les dons glorieusement gagnés. Petite remarque incidente : les places en question – Clermont-en-Argonne, Stenay, Duns et Jametz – étaient situées sur les terres du duc de Lorraine, qui avait refusé les conditions qu'on lui proposait à Saint-Jean-de-Luz. En cas de conflit, Condé serait donc à pied d'œuvre pour les défendre. Et ultime faveur, non des moindres, on lui rendit Chantilly.

Sur chacune de ces concessions, Mazarin avait discuté pied à pied, s'appliquant à les monnayer. Pour ménager l'orgueil hispanique, il avait eu une idée de génie. Puisque Philippe IV était prêt à concéder à Condé quelques territoires, pourquoi ne lui accorderait-il pas des places frontalières, dont celui-ci pourrait ensuite faire hommage à Louis XIV, en échange des grâces obtenues ? Don Luis saisit aussitôt le double avantage de la manœuvre : l'Espagne ne faisait à la France aucune concession supplémentaire et elle récompensait dignement son ex-allié. Il proposa Mariembourg et Philippeville. Mazarin fit grise mine : il fallait au moins leur ajouter Avesnes, une des clefs du Hainaut. Et la France devant montrer, elle aussi, qu'elle savait soutenir ses alliés, il exigea que Juliers fût rendu au duc de Neubourg. Comme l'autre se récriait, prétendait consulter son maître – ce qui prendrait au moins quinze jours ! –, il déclara ne plus vouloir discuter avec un partenaire sans pouvoir, qui n'avait pas, comme lui-même, la capacité de décision. Piqué au vif, don Luis céda.

Le traité comportait en outre, de la part de l'Espagne, un dédommagement financier important. Condé s'en tirait à bon compte. « Il me semble que je sors de tout ceci assez bien et glorieusement », écrivit-il au comte d'Auteuil. Mais on a tort d'affirmer qu'il rentra en France comme il en était parti, jouissant des mêmes prérogatives que naguère. Les apparences étaient sauves, mais il ne retrouvait pas son pouvoir antérieur. Un signe ne trompe pas : il n'a pas réussi à sauver les quelques « amis » dont il exigeait le rétablissement intégral. Ceux-ci récupérèrent leurs biens, non leurs charges. Lors des négociations de paix, il n'a même pas pu débattre personnellement de son propre sort. Mais rien de tout cela ne se voit au premier coup d'œil. Il rentre la tête haute. Cette issue plus qu'honorable, il la doit à Philippe IV et surtout... à Mazarin !

Condé, premier prince du sang, intouchable à ce titre comme l'avait été naguère Gaston d'Orléans, était de plus un héros national, et l'idole de toute une génération. Il aurait été impossible de ne pas lui restituer, à plus ou moins brève échéance, le rang qui lui était dû. Mazarin eut la sagesse de comprendre qu'il valait mieux le faire tout de suite, en oubliant les rancœurs. Mais il en profita pour faire payer par l'Espagne, en bons et solides avantages, la rançon d'un pardon qui, avec le temps, aurait été accordé gratis : « Ce que je puis dire avoir acquis à d'autant meilleur marché, écrit-il, que M. le prince, revenant en France, et témoignant, pendant cinq ou six mois seulement, d'avoir des sentiments conformes à son devoir pour le service du roi, Sa Majesté, de son mouvement, lui aurait donné ce qui lui est accordé par le traité, et même quelque chose de plus, avec autant de facilité que si ce n'avait été qu'une paire de gants [20]. »

La soumission

Mais en contrepartie de ces conditions très généreuses, on exigea préalablement de Condé une amende honorable, dont le texte lui fut dicté et qui figure au traité. Il y déclare « qu'il a une extrême douleur d'avoir, depuis quelques années, tenu une conduite qui a été désagréable à Sa Majesté, qu'il voudrait pouvoir racheter de la meilleure partie de son sang tout ce qu'il a commis d'hostilités dedans et hors de France, à quoi il proteste que son malheur l'a engagé plutôt qu'aucune mauvaise intention contre Son Service et que si Sa Majesté a la générosité d'user envers lui de sa bonté royale, oubliant tout le passé et le retenant en l'honneur de Ses bonnes grâces, il s'efforcera, tant qu'il aura de vie, de reconnaître ce bienfait par une inviolable fidélité, et de réparer le passé par une entière obéissance à tous Ses commandements [...]. Il ne prétend rien en la conclusion de cette paix, pour tous les intérêts qu'il y peut avoir, que de la propre bonté et du seul mouvement dudit seigneur roi, son souverain seigneur [21]... » Moyennant quoi, il sera rétabli dans la libre possession de tous ses biens, honneurs, dignités et privilèges de premier prince du sang de France.

Ce texte vise un double but. En dépit des euphémismes destinés à ménager l'amour-propre du prince, il circonscrit étroitement sa place dans l'État, au-dessous du roi et dans une étroite dépendance. Ce ne sont pas des paroles creuses. Il s'agit pour lui d'un engagement de fidélité personnelle, le plus contraignant qui soit, comme il n'en a jamais souscrit de sa vie : c'est à lui qu'on jurait naguère fidélité. De plus, ce texte, par-delà son cas particulier, affirme haut et fort le caractère discrétionnaire de l'autorité royale, avec laquelle il n'est plus question de négocier – comme avait fini par l'admettre le duc d'Orléans au moment de l'amnistie*. Condé, lui, avait choisi la révolte et tenté jusqu'au bout de poser des conditions à son retour. Et, dans le secret des entretiens de l'Île des Faisans, il est évident que certaines d'entre elles ont pesé, il y a bien eu marchandage indirect, grâce au détour par l'Espagne. Mais la déclaration exigée du prince présente officiellement son pardon comme une pure grâce accordée par le souverain et les insignes faveurs qui l'accompagnent font figure de don gratuit. Quelle meilleure façon de montrer que la révolte ne paie pas et que le respect des lois et le service de l'État, tout en étant plus honorables, se révèlent aussi plus rentables ? La soumission du prince fut une magistrale opération de politique intérieure : récupération du héros qui s'était un temps fourvoyé.

L'intéressé n'avait pas le choix, il accepta les termes du traité. Il lui restait à confirmer personnellement sa soumission au roi, d'abord par écrit, puis de vive voix. La lettre qu'il lui adressa de Bruxelles le 26 novembre paraphrase, en les amplifiant, les termes du traité : « Sire, ayant appris que Votre Majesté, par un excès

---

* Voir *supra*, p. 494-495.

de bonté, a trouvé bon que je me donnasse l'honneur de Lui écrire pour Lui exprimer mes sentiments et la sensible douleur que j'ai de Lui avoir déplu pendant les occasions passées, je n'ai pas cru devoir différer un moment à me servir de la grâce qu'il Lui plaît de m'accorder en Lui envoyant, comme je fais, le sieur de Guitaut, pour rendre mes humbles respects à Votre Majesté en attendant que j'aie l'honneur de les Lui aller rendre moi-même et pour assurer Votre Majesté que ç'a été mon seul malheur qui m'a éloigné de Sa présence, ce qui m'a fait perdre l'honneur de Ses bonnes grâces, protestant à Votre Majesté que j'aimerais mieux être mort que d'avoir jamais eu la pensée de faire aucune chose contre le devoir de ma naissance ni contre le service de Votre Majesté [...]. J'espère effacer par mes actions le souvenir de tout ce qui Lui peut avoir déplu dans ma conduite passée et par la soumission que j'aurai pour toutes les volontés de Votre Majesté Lui faire connaître que je serai toute ma vie inviolablement et avec le respect que je dois, Sire, de Votre Majesté le très humble, très obéissant et très fidèle sujet et serviteur. Louis de Bourbon [22]. »

Cette prose alambiquée est-elle vraiment de lui ? Accoutumé à user de l'ironie comme d'une épée, il brille peu dans le genre protocolaire et le maniement de la brosse à reluire ne lui est pas familier. Mais là, il en rajoute tant que c'est à se demander s'il ne le fait pas exprès, sur le mode parodique. Non, tout de même : le risque eût été trop grand. Mais il est impossible que son esprit caustique n'ait pas perçu l'outrance de ce qu'il écrivait, pour s'en distancier intérieurement. Dans les faits, en revanche, il se montra d'une loyauté à toute épreuve. Il présida au désarmement de ses troupes et veilla à ce que l'Espagne livrât effectivement à la France les places prévues par le traité.

Il lui restait encore à faire au roi l'indispensable visite. La paix était signée, on préparait le mariage de Louis XIV et de l'infante, prévu pour le printemps suivant. La cour avait décidé d'occuper l'hiver en visitant les turbulentes provinces méridionales. Pour la rejoindre à Aix-en-Provence, Condé devrait traverser la France entière. Il était tenu de voyager à titre privé tant qu'il n'aurait pas reçu son pardon. Il quitta Bruxelles le 29 décembre et fila vers le sud aussi vite et aussi discrètement que possible, se permettant seulement une pause de trois jours à Châtillon-sur-Loing dans les bras de la duchesse. Mais plus il approchait du but et plus montait sa nervosité. À Aix, Mazarin non plus n'était pas tout à fait tranquille. Non qu'il fût impressionné par le prince : son propre pouvoir était alors au zénith. Mais il le savait imprévisible et redoutait de sa part un éclat capable de compromettre le scénario prévu. Quelque temps plus tôt, ses partisans n'avaient-ils pas failli retarder la signature du traité en glissant parmi les articles une adjonction conçue en termes « peu convenables à la dignité du roi [23] » ? Certes, à distance, sa lettre au roi était d'une servilité exemplaire, mais qu'en serait-il *in vivo* à la cour ? « Je ne sais pas de quelle sorte il s'y conduira », mais il a grand intérêt à faire paraître « qu'il ne veut rien oublier pour se rétablir dans les bonnes grâces du roi, et, en mon particulier, je réglerai mes sentiments et ma manière d'agir à son égard par celle qu'il tiendra avec moi » [24]. En somme, l'attitude du prince face à Mazarin, qu'il avait jadis abreuvé d'insultes, servirait de test pour mesurer l'étendue de sa soumission.

C'est donc chez le cardinal, indispensable intercesseur, que fut conduit Condé à son arrivée et c'est là qu'il fut hébergé. Nul n'assista à leur premier entretien, mais tous deux en sortirent très satisfaits, s'étant promis mutuellement une « amitié » à laquelle ils avaient intérêt l'un et l'autre – le terme étant à prendre ici au sens politique d'alliance, hors de toute connotation affective. Le lendemain 27 janvier, Mazarin amena le prince à l'archevêché, où logeaient le roi et la reine mère. Pas de témoins, tant pour ménager l'amour-propre du prince que pour prévenir les racontars. Mlle de Montpensier se trouvait chez la reine lorsqu'il arriva. « Elle me dit : "Ma nièce, allez-vous en faire un tour au logis. M. le prince m'a fait prier qu'il n'y eût personne la première fois que je le verrais." Je me mis à sourire de dépit, et lui répondis : "Je ne suis personne ; je crois même que M. le prince sera étonné s'il ne me trouve pas ici"[25]. » L'indiscrète Mademoiselle fut pourtant chassée sans pitié et rien ne transpira de l'entretien. Mais on laissa entendre qu'il s'était passé au mieux, compte tenu de l'inévitable tension, et que le prince s'était même agenouillé devant le roi. C'est seulement le lendemain, lorsqu'il leur présenta ses trois compagnons – Bouteville, Guitaut et Coligny-Saligny – que la reine, en les regardant aimablement, ajouta : « Je pense que ces messieurs sont bien aises d'être ici ; pour vous, dit-elle en se tournant du côté de M. le prince, je vous avoue que je vous ai bien voulu du mal, et vous me ferez bien la justice d'avouer que j'avais raison[26]. » À quoi le prince ne répondit rien, et il n'y avait en effet rien à répondre. Le roi poussa la politesse jusqu'à l'inviter à son mariage, mais, au soulagement général, il refusa. Quelle figure eût-il faite entre les deux rois qu'il avait servis tour à tour l'un contre l'autre ? Il ne lui restait plus qu'à rentrer chez lui et à reprendre ses habitudes, en tâchant d'oublier l'intermède espagnol.

Le 13 février, le parlement enregistra les « lettres d'abolition » annulant ses condamnations antérieures. Attention, il ne s'agissait pas d'un acquittement, qui l'eût déclaré innocent. La procédure d'abolition supposait au contraire sa culpabilité*. Mais, à l'image de Dieu qui efface les péchés par l'absolution, le roi, par l'abolition, pouvait effacer les crimes, faire qu'ils n'aient pas été – et donc interdire d'en parler, en faire disparaître les traces. Son application à Condé illustre à sa manière une obsession de Louis XIV : éliminer de l'histoire de son règne le souvenir de la Fronde. Il est certain que le prince, qui avait toujours clamé son innocence, n'a pas apprécié d'être ainsi marqué. Dans l'immédiat il a choisi la meilleure solution, le silence.

La rencontre de Condé avec Louis XIV fut déterminante pour leurs rapports ultérieurs. Certes, elle fut supervisée par Mazarin. Mais, en sept ans, le roi était passé de l'adolescence à l'âge adulte – une métamorphose – et son règne effectif allait s'ouvrir bientôt. Leur entretien ne servit pas seulement de test pour mesurer l'esprit de soumission chez Condé. Le jeune souverain y mit à l'épreuve sa propre aptitude à en

---

* C'est pourquoi, lors des procès, beaucoup d'accusés, s'affirmant innocents, la refusaient.

imposer à un interlocuteur aux répliques très redoutées : la moindre faute de ton de sa part engendrerait le mépris. D'où une préparation intense et la mise à l'écart des témoins. Mais Mazarin n'avait rien à craindre : son pupille fut parfait. « Il le reçut avec beaucoup de douceur et de gravité. M. le prince le trouva si grand en toutes choses que, dès le premier moment qu'il put l'approcher, il comprit qu'il était temps de s'humilier. L'éclat de la jeunesse du roi, et ce génie de souverain et de maître que Dieu lui avait donné, qui commençait à se faire voir par tout ce qui paraissait extérieurement de lui, persuada au prince de Condé que tout ce qui restait du règne passé allait être anéanti ; et, devenant sage et modéré par ses propres expériences, il fit voir, par ses sentiments et sa conduite, qu'il avait pris un autre esprit et de nouvelles résolutions [27]. »

C'était un nouveau départ, assorti de bien des incertitudes. Condé se voyait condamné à survivre dans un monde qui n'était plus tout à fait le sien.

CINQUIÈME PARTIE

Le survivant

CHAPITRE DIX-SEPT

Purgatoire

Condé rentre chez lui soulagé peu avant la fin de février 1660. Le plus dur est fait. Certes il se doute que le roi ne lui rendra pas de sitôt sa confiance. De plus, la signature de la paix le prive de son meilleur atout : à quoi peut servir son génie militaire dans une Europe pacifiée ? Mais, sur le plan privé, il espère bien reconquérir la place qui était autrefois la sienne. Il n'a que trente-neuf ans. En dépit de ses ennuis de santé, notamment une goutte qui devient chronique, il est un peu tôt pour songer à la retraite ! Il n'oublie pas qu'il est le chef de sa maison, laquelle a beaucoup souffert de son éloignement prolongé. C'est pour la rétablir qu'il se bat et pour en assurer la succession à son fils.

Son retour lui vaut, outre une avalanche de lettres, toute une série de visites, dans lesquelles la curiosité malveillante le dispute à l'amitié vraie. A-t-il vieilli ? Oui, bien sûr : sept ans, c'est long. Plus sec et plus maigre que jamais, il a les traits plus marqués, mais l'intensité du regard n'a pas faibli. En revanche il a perdu de sa superbe et mis une sourdine à son ironie : « Il était né insolent et sans égard, mais l'adversité lui avait appris à vivre », note Bussy-Rabutin[1]. Les différentes expériences qu'il avait faites l'avaient tout à fait changé, il se montrait « aussi grand par son humilité et sa douceur qu'il l'avait été par ses victoires[2] ». Il en devient presque aimable. Moins pour lui-même que pour son fils. Car si la princesse est vouée à vivre à part, comme par le passé, M. le prince traîne partout à sa suite le jeune Henri-Jules, afin de l'introduire dans le monde. Il n'est jamais facile d'être le fils d'un grand homme. Sur la foi de rumeurs venues de Flandre, l'adolescent arrive précédé d'une flatteuse réputation : on lui prête « esprit et sagesse[3] ». Mais les jésuites de Namur ne l'ont guère préparé à la vie de cour et son apparence ne plaide pas en sa faveur : les traits épais, de petite taille, il avait l'air du fils d'un palefrenier. Lors de sa présentation au roi, il déçut : « Il nous parut un petit garçon qui n'était ni bien, ni mal fait, point beau, et rien dans son air qui eût pu faire connaître qu'il était prince du sang. Tout le monde voulut faire plaisir à M. le prince : on fit semblant de l'admirer[4]. » Au grand scandale de Mademoiselle, il s'endormit sur un tabouret dans sa chambre pendant que son père discutait avec elle. Le malheureux n'avait que dix-sept ans, il commençait de faire les frais d'une comparaison que nul n'aurait été en mesure d'assumer. En ce début de 1660, ce père espérait trouver en lui un successeur capable de l'aider à restaurer une maison dont ses récentes incartades avaient failli entraîner la chute. Et il se mit à la tâche, avec la ténacité qu'il apportait à toutes choses.

Il a tiré les leçons de sa défaite. Plus question de révolte, il sait que seule la soumission peut lui permettre de se rétablir. Mais il ne soupçonne pas l'étendue de ce qu'elle exigera. Il croit retrouver la France telle qu'il l'a laissée lorsqu'il s'est enfui sept ans plus tôt. Il ne mesure pas à quel point elle a changé. Pis : il la voit évoluer sous ses yeux, à toute allure. Retrouver sa place ? Fort bien : mais quelle place ? Celle que lui vaut le rang de premier prince du sang se rétrécit à vue d'œil. On change d'époque. Une autre génération prend le relais. Et la malchance des Condé veut que, pour s'imposer dans le monde qui s'élabore sous leurs yeux, le père soit trop âgé et le fils trop jeune.

Un monde en mutation

À partir de la paix des Pyrénées, les acteurs des années antérieures disparaissent très vite ou voient changer leur statut. À peine Condé a-t-il quitté Aix-en-Provence qu'il apprend la mort, à Blois, de son vieux complice le duc d'Orléans, au terme d'un exil d'abord subi avec chagrin, dont il avait dû s'accommoder. Inversement, au mois de mai, Charles II d'Angleterre, qu'il avait connu mendiant des secours aux Pays-Bas, recouvre son trône. Le couple royal de France, marié à Saint-Jean-de-Luz le 9 juin, fait son entrée en grande pompe à Paris le 26 août et s'installe dans les appartements qui lui sont réservés au premier étage du Louvre, tandis qu'Anne d'Autriche rejoint celui qu'elle s'est fait aménager – luxueusement – au rez-de-chaussée, à l'emplacement réservé aux reines mères : la relève des générations s'accomplit. Bientôt le duc de Lorraine, libéré des geôles espagnoles, récupère son duché sous conditions draconiennes. Et Mazarin, à bout de forces, agonise. Condé caresse-t-il encore l'espoir d'un changement qui amènerait au pouvoir un ministre moins intraitable ? Au lendemain même de sa mort, survenue le 9 mars 1661, Louis XIV réunit les grands et leur fait part de sa décision : il gouvernera lui-même et se passera de premier ministre. On l'en crut incapable. On ne se doutait pas que son parrain, en secret, l'initiait depuis des années au métier de roi et qu'ils avaient préparé ensemble le coup de théâtre qui, donnant à croire qu'il possédait infus l'art de gouverner, accréditerait auprès du public son élection surnaturelle. Les gens avertis estimèrent qu'il se lasserait avant six mois, mais à la surprise générale, il persévéra. Il devait tenir cinquante-quatre ans !

Sur le moment, quels que fussent les pronostics, la déclaration du roi s'accompagnait d'un corollaire à portée capitale : la suppression du grand Conseil, où, depuis un temps immémorial, siégeaient de droit les hauts seigneurs du royaume et les membres de sa famille. Il y aurait des conseils plus restreints, à géométrie variable, où des ministres et secrétaires d'État choisis pour leur compétence – autant dire parmi la noblesse de robe – étudieraient les dossiers avec lui et l'aideraient à trancher en connaissance de cause. Les grands feudataires, qui avaient tant abusé du « devoir de conseil », trop souvent mué en instrument de subversion, se trouvaient écartés des instances de décision. Louis XIV n'admit aucune exception à la règle. Il n'hésita pas à en exclure sa propre mère, qui avait gouverné en son nom durant toute sa minorité, pour n'avoir pas à y admettre son épouse, son frère et ses cousins les princes du sang. Elle en souffrit comme d'une ingratitude, mais s'inclina.

La puissance des Condé, avant la Fronde, reposait largement sur leur capacité à procurer à leurs amis et à leurs clients d'importantes charges régaliennes. Forts de leur présence au Conseil et de la large clientèle qu'elle leur permettait d'entretenir dans les provinces qu'ils gouvernaient, ils disposaient de moyens de pression efficaces pour faire prévaloir en haut lieu leurs volontés. Ils pouvaient tout promettre, assurés que leurs promesses seraient tenues. Leur couper l'accès à la source des faveurs royales, les forcer à solliciter le roi, directement ou par l'intermédiaire des ministres, sans garantie de résultat, entraîna pour eux une importante déperdition de pouvoir et de prestige. Un premier avertissement avait été donné à Condé lors du traité de paix. C'est pour des raisons de principe que ses protégés, pourtant très peu nombreux, n'avaient pas retrouvé leurs charges, pourtant peu importantes – une façon de faire savoir que désormais il ne pouvait pas tout. Pour un réseau d'influence tel que le sien, le soupçon d'impuissance est mortel, il le comprend fort bien.

La suite de l'année 1661 – la première sans campagne militaire depuis 1635 – est marquée par le retour des plaisirs, sous le signe de la jeunesse. Le 31 mars, le mariage de Philippe de France, frère du roi, avec Henriette d'Angleterre est célébré, pour cause de deuil récent, dans une intimité où Condé a l'honneur d'être convié. Puis la joie de vivre explose lors du long séjour estival à Fontainebleau, où bals, comédies, promenades, chasses et baignades en Seine se prêtent à multiples chassés-croisés amoureux. Le roi s'amuse. Mais l'été finit sur un rude coup de semonce. Le 17 août, la cour au grand complet avait pu assister à Vaux-le-Vicomte à l'inoubliable fête que le surintendant des finances Nicolas Fouquet offrit très imprudemment à son maître et seigneur, sans se rendre compte qu'une telle splendeur l'offusquait. Le 5 septembre, à Nantes où il l'avait convoqué sous prétexte de tenir les États de Bretagne, le roi le fit arrêter et emprisonner pour prévarication. Le procès dura trois ans. Fouquet n'était pas tout blanc, mais il ne méritait évidemment pas la mort qui fut demandée contre lui par le souverain, ni même la réclusion perpétuelle à laquelle il fut condamné. L'opinion n'avait pas attendu le verdict pour comprendre qu'il payait pour tous les financiers enrichis durant les troubles et qu'on pouvait s'attendre à une reprise en main de la fiscalité par les agents royaux.

À la fin de l'année, autre chute significative, on apprit que le cardinal de Retz était réduit à démissionner de l'archevêché de Paris. Souvenons-nous : nous l'avons laissé prêt à s'entre-égorger au parlement avec les amis de Condé, juste avant son élévation à la pourpre*. À la fin de 1652, après le retour du roi dans la capitale, Mazarin avait organisé son arrestation alors qu'il n'était encore que coadjuteur, afin de l'empêcher de succéder à son oncle à la tête du diocèse de Paris. Mais il avait réussi, de sa prison, à signer les documents requis et avait été proclamé archevêque, à la grande colère du roi. S'étant évadé en 1654, il errait depuis à travers l'Europe, en

---

* Voir *supra*, p. 427-428.

s'efforçant d'administrer son diocèse par vicaires interposés, au prix de troubles auxquels on a donné le nom de Fronde ecclésiastique. Lorsque s'amorcèrent les pourparlers de paix, il alla voir Condé à deux reprises, à Bruxelles, lui offrant ses amis pour reprendre la lutte en France et lui demandant son appui dans les négociations en cours. Mais il n'avait pas la chance d'être prince du sang : il fut exclu du traité des Pyrénées. Il poursuivit donc ses errances dans la clandestinité jusqu'à la mort de Mazarin, nourrissant lui aussi l'espoir d'un changement, qui ne vint pas. Privé de ses revenus, couvert de dettes, il ne lui restait plus qu'à s'incliner lorsque Louis XIV exigea sa démission. Quant au retour en grâce, mieux valait n'y pas songer. Autrement dit, l'autre grand acteur de la Fronde, qui avait joué auprès du clergé un rôle moteur analogue à celui de Condé auprès de la noblesse, se vit écarté de tout pouvoir dans l'Église de France. Tous deux furent contraints de plier, à titre d'exemples : la leçon, mise en œuvre par Mazarin, était claire. Et tous les amateurs de rébellion purent constater, au fil de l'actualité récente, que contrairement à leurs préjugés, ils avaient beaucoup perdu à sa mort : Louis XIV était infiniment moins enclin au pardon que son défunt ministre.

Enfin, pour comble de déception, la maison de Condé fut atteinte de plein fouet dans son vieux rêve d'accession au trône. Au-dessus d'elle, le roi et son frère commençaient de procréer et leurs épouses semblaient devoir être prolifiques. La jeune reine mit au monde un dauphin, le 1ᵉʳ novembre 1661, tandis que sa belle-sœur Henriette entamait une grossesse. L'extinction de la dynastie n'était pas à l'ordre du jour. L'histoire venait de tourner coup sur coup plusieurs pages et tous les événements additionnés conjuguaient leur action pour pousser le prince vers la sortie. Il ne lui restait pour se maintenir qu'une seule solution : s'adapter.

Condé courtisan ?

Il s'était engagé à l'obéissance, il tint parole. Il remplit sans chercher d'échappatoires les devoirs que le roi attendait de lui. La plupart de ceux-ci étaient de pure forme. Faut-il en conclure, comme on le fait très souvent, qu'il devint un plat courtisan ? Saint-Simon est largement responsable de cette idée reçue. Dans les pages furieuses que lui inspire l'autoritarisme écrasant de Louis XIV, le mémorialiste nous le montre avilissant le grand Condé, « devenu la frayeur et la bassesse même, jusque devant les ministres », et faisant de son fils « le plus vil et le plus prostitué des courtisans »[5]. Mais si Saint-Simon peut parler en connaissance de cause de ce dernier, qu'il a vu à l'œuvre, il ne juge du père que par ouï-dire et globalement, sans tenir compte du temps écoulé. Les premières années en effet, Condé s'astreint à remplir les obligations attachées à son rang et à guider les débuts de son fils dans la fonction de Grand Maître, qui lui a été dévolue. C'est le roi qui, dès les retrouvailles d'Aix-en-Provence, a fixé la tonalité de leurs relations. Il a dressé entre Condé et lui la barrière des convenances. On ne peut rien lui reprocher. Il n'est ni chaleureux ni glacial, il est neutre. Jamais il ne se départit avec son cousin de l'extrême politesse derrière laquelle il s'abrite et qui interdit tout éclat en retour. Il se garde avec soin de l'humilier directement, sans lui lâcher pour autant un pouce de terrain en dehors de ce qui lui est dû comme premier prince du sang. Mais il ne l'admet pas parmi ses familiers. Le prince est convié à toutes les manifestations officielles et il s'y plie par devoir d'État. On le voit dans la cavalcade qui marque l'entrée solennelle du couple royal à Paris le 26 août 1660, il est associé aux carrousels, aux bals, aux réceptions, aux voyages, aux divertissements. Il y paraît, en brillant équipage, à la place que lui assigne son rang, la première après Philippe d'Orléans, frère du roi. Mais il n'y fait que de la figuration.

Et certaines de ces manifestations sont dures à supporter. Le roi se sert de lui, l'archétype du héros, comme faire-valoir. Sa présence assidue efface le souvenir des dissensions passées et donne à l'harmonie retrouvée de la famille royale un lustre sans précédent. Sa soumission « volontaire » renforce l'idée que le monarque est l'unique dispensateur des faveurs et des grâces. En voici l'illustration publique. Un grand carrousel fut donné aux Tuileries les 5 et 6 juin 1662. Il comportait « cinq quadrilles, qui représentaient cinq nations : la romaine, la persane, la turque, l'indienne et l'américaine. Le roi était le chef de la première, Monsieur de la deuxième, M. le prince de la troisième, M. le duc de la quatrième, et M. le duc de Guise de la cinquième [6] ». Condé et son fils semblent y être à l'honneur. Regardons-y de plus près. Chaque quadrille avait son emblème et sa devise. Pour celui du roi, le soleil ; à ses pieds dix chevaliers proclamant « Sans toi je ne suis rien », et un lion affirmant « De tes regards vient mon ardeur ». Celui de Condé avait pour emblème le croissant de la nation turque, mais détourné de son sens originel par une devise latine « *Crescit ut aspicitur* » – il augmente selon qu'il est regardé –, qui faisait explicitement référence au soleil et à la lune. Et pour qui n'aurait pas compris, Perrault, dans son compte rendu des festivités, précisait : « Comme le croissant augmente de plus en plus en lumière selon qu'il est regardé du soleil, ainsi le prince qui le prend pour sa devise veut faire entendre que tenant du roi toutes ses grandeurs et tout son éclat, il reconnaît que sa gloire augmentera à proportion des regards favorables qu'il recevra de Sa Majesté[7]. » Rude dévaluation pour celui qui prétendait traiter d'égal à égal avec tous les souverains d'Europe ! Que peut valoir à ses yeux le cordon bleu de l'ordre du Saint-Esprit, qui lui est accordé, à lui et à son fils, dans une promotion de soixante postulants ?

Non content de le réduire à l'état de satellite du Soleil, Louis XIV cherche à substituer peu à peu sa propre image à celle du héros vieillissant. Déjà, du vivant de Mazarin, le jeune roi caracolant – prudemment – à la tête de ses troupes déchaînait l'enthousiasme des combattants. Désormais adulte, il prétendit quelque temps lui disputer aussi la gloire militaire. Et quand on lui objecta que François Ier fut imprudent de hasarder sa vie à la guerre, il répliqua : « Imprudent tant qu'il vous plaira ; mais cette imprudence l'a mis au rang des grands rois. » Un signe ne trompe pas : lors des fêtes de *L'Île enchantée*, c'est à lui que renvoyaient les multiples allusions à César et à Alexandre, dans une vaine tentative pour déposséder

Condé de sa légende[8]. Bref, le prince se voyait rejeté parmi ceux qu'on nomme aujourd'hui les *has been.*

Qu'il en ait été profondément atteint est certain. Il fit comme si de rien n'était et opta pour l'extrême docilité. Poussa-t-il la complaisance au-delà du nécessaire ? Il est difficile d'en juger, tant il reste maître de lui. Il s'impose, pour suivre l'infatigable jeune monarque, un rythme de vie épuisant : « En ce mois de juillet 1662, M. le prince ne bouge d'auprès de la personne du roi dans Saint-Germain-en-Laye et va perpétuellement à la chasse avec Sa Majesté, se rend son sujet, et est fort porté à toutes les volontés et plaisirs de Sa Majesté. Il est devenu fort maigre et atténué des grands travaux et des inquiétudes d'esprit qu'il a soufferts ci-devant[9]. » Mais les crises de malaria ou de goutte lui apportent au moins quelque répit bienvenu. Il se plie à un cérémonial de cour très étranger à ses goûts et à ses habitudes, sans rechigner, ni montrer la moindre mauvaise volonté. Mais il ne tombe jamais dans l'obséquiosité. Il affiche dans l'accomplissement de tâches dérisoires un souci de perfection qui souligne combien il leur est supérieur et il conserve visiblement son quant-à-soi par rapport à celui qui les lui impose. Certes il garde pour lui les remarques acerbes dont il était autrefois prodigue, mais son ironie ne désarme pas. Elle se fait seulement plus discrète. En témoigne par exemple une petite scène contée par Olivier Lefèvre d'Ormesson. Celui-ci se présente au lever de Louis XIV, qui, mécontent de son vote en faveur de Fouquet, fait mine de ne pas l'apercevoir. L'honneur de tendre sa chemise au roi appartient à Condé, le plus titré des hommes présents.

Le prince s'exécute selon le rite, mais il s'aperçoit que, ce faisant, il a occulté la personne du magistrat. « S'étant retourné et [l']ayant aperçu, il se range à côté et [lui] dit tout bas : "Je me range pour vous faire voir depuis les pieds jusques à la tête." Et en effet, il ne se mit plus devant moi [10] », ajoute d'Ormesson. Le roi ne pouvait plus feindre de ne pas le voir.

Bref le personnage de courtisan est un rôle qu'il endosse par force, mais auquel il n'adhère pas. En attendant que Louis XIV, sûr de son pouvoir, revienne à de meilleurs sentiments, il ne lui reste qu'une solution : encaisser les coups et travailler à la remise en état de ses affaires privées.

Un endettement catastrophique [11]

N'en déplaise à la jeune génération, Condé ne se jugeait pas encore mûr pour l'inaction. Il n'avait aucune envie de se laisser piéger par la vie de cour. Mais s'il voulait conserver une relative autonomie, il lui fallait avant toute chose rétablir ses finances. La rébellion est coûteuse, il venait d'en faire l'expérience, comme l'avaient faite avant lui les deux chefs huguenots fondateurs de sa maison. Les seize millions que lui avait laissés son père avaient fondu dans la tourmente. Il quittait les Pays-Bas écrasé de dettes. Dès son rétablissement ses créanciers se bousculèrent pour réclamer leur dû. Ne le plaignons pas trop cependant. Il a échappé de justesse à l'expiration de la contumace et ses biens n'ont donc pas été dispersés. Ils lui sont rendus intacts. À son départ, ses serviteurs et ses amis avaient eu le temps de mettre à l'abri tout ce qui était transportable : les commissaires royaux chargés d'inventorier sa fortune avaient trouvé ses coffres vides, ses châteaux démeublés, sa collection de tableaux envolée. Ses hommes de loi avaient dissimulé des titres de propriété et usé de tous les artifices juridiques pour dériver vers des prête-noms une partie de ce qui lui appartenait. Bref, l'essentiel était sauf. Mais tout cela ne permettait pas d'éponger le passif, ni même d'assurer les dépenses courantes. Il avait, en biens-fonds, un capital très important, qu'il ne voulait pas entamer. Mais il manquait de trésorerie.

Et par malheur, il lui était quasi impossible de faire des économies. À Bruxelles il avait pu compenser sa « gueuserie », toute provisoire, par une arrogance à proportion. En France, écarté des premiers cercles du pouvoir, mais contraint de tenir son rang, il ne pouvait se dispenser de magnificence. Pas question que son train sentît l'économie ! Sa maison se devait de refléter l'éclat de sa grandeur. Son train de vie était somptueux. Le nombre de ses serviteurs dûment recensés se monta lors de son retour à 546 – un pic jamais dépassé [12]. Ses domaines avaient souffert de son absence, ainsi que des combats qui avaient ravagé l'Île-de-France. Par chance il récupéra intact son hôtel parisien, concédé à son frère à la fin de la Fronde et que celui-ci lui rendit. Il y retrouva l'ancienne disposition qui lui permettait de vivre séparé de son épouse, elle d'un côté, lui de l'autre. Saint-Maur était habitable ; il en fit son séjour en attendant la remise en état de Chantilly.

La vieille demeure chère à son cœur appelait de très gros travaux. Les jardins et le parc surtout, pilonnés par le passage répété des troupes, étaient méconnaissables. Il s'en trouvait pleinement maître pour la première fois. Plutôt que de les refaire à l'identique, il décida de les remodeler entièrement. Il repéra toutes les terres environnantes propres à élargir et à arrondir son domaine et il guetta les occasions de les acheter, en usant parfois, pour forcer la main à des propriétaires rétifs, de quelques méthodes peu orthodoxes. La quête, insatiable, se prolongera sur des années. La terre, irriguée par la Nonette et les ruisseaux affluents, regorgeait d'eau. Certes c'était un atout pour les futurs jardins, mais cette eau s'étalait à sa guise en fonction du terrain, contrariée seulement par des routes en chaussée qui déparaient le paysage. La principale d'entre elles, sur l'axe nord-sud, épousait le flanc du château en une double chicane ! Il fallait repenser en totalité l'organisation de l'espace. Pour en jeter les grandes lignes, Condé s'adressa dès 1662, au plus illustre des « jardiniers* », Le Nôtre, qui avait fait à Vaux la démonstration de ses talents et que Louis XIV venait de recruter pour Versailles encore dans les limbes. Et comme il savait que les arbres mettent longtemps à pousser, il lança une campagne de plantations. Mais en attendant de jouir de ces lieux de délices, il fallait les financer.

D'autres dépenses indispensables figuraient à son budget. Il devait répondre aux attentes de ses fidèles. Pour entretenir ses réseaux, il avait eu pour règle naguère de récompenser généreusement ceux qui le servaient bien. Il le faisait alors aux dépens de l'État,

---

* Nous dirions aujourd'hui *paysagistes*. Ce mot existait, mais il désignait les peintres de paysages.

en leur procurant des charges gratifiantes et rémunératrices. Mais ne pouvant plus disposer désormais des nominations aux plus hauts emplois, que le roi se réservait, il se trouvait condamné à puiser dans ses propres deniers. La distribution de faveurs, récompenses et gratifications passait de la sphère publique à la sphère privée, entraînant pour lui une déperdition financière considérable à laquelle il peine à faire face. Pour les emplois de rang inférieur, rien n'est changé, il conserve la haute main sur l'administration locale en Bourgogne grâce aux dynasties familiales mises en place par son père. Pour les autres, il fait ce qu'il peut. Il multiplie dans sa maison les emplois surnuméraires : le nombre croissant de « domestiques », loin d'être un signe d'opulence, témoigne au contraire de la baisse de son crédit en haut lieu. Il procure à ses amis des mariages avantageux. Il accorde quelques pensions. Mais entre les postulants, la compétition est rude et peut devenir explosive. S'étant vu concéder par le roi un unique cordon bleu pour un des siens, il a choisi le « petit Guitaut ». Pour le comte de Coligny-Saligny, qui ronge son frein depuis longtemps, c'est la goutte d'eau qui fait déborder le vase : jugeant ses mérites indignement méconnus, il se sépare du prince, dévoré d'une haine qu'il déverse dans des *Mémoires* vengeurs. La fidélité des serviteurs se nourrit pour un peu d'honneurs et pour beaucoup d'argent – toutes choses dont Condé n'a pas sous la main une réserve inépuisable.

Devant l'urgence, il se résigne à affermer à des financiers les revenus escomptés pour les deux années à venir, du moins ceux qui ne sont pas frappés de saisie sur plainte d'un créancier. C'est là un engrenage redoutable, parce que les dettes s'engendrent les unes les autres à l'infini, comme le démontrent depuis des années les finances royales. Il faudrait, pour en sortir, disposer de sommes qui y soient soustraites. Mais Condé a engagé non seulement les rentrées provenant de ses biens propres, mais les rémunérations attachées à ses charges et à celles de son fils – notamment leurs gouvernements de province et la grande maîtrise de la Maison du roi. Quant aux revenus extraordinaires, ils ne rentrent pas. Le procès engagé pour l'héritage de Richelieu contre la duchesse d'Aiguillon est loin d'être réglé. L'indemnité promise par Madrid – 1 400 000 livres –, prétendument exposée aux caprices des vents et aux rapines des corsaires anglais, n'arrive qu'au compte-gouttes. Car chacun sait que le Trésor espagnol est vide : la dot de l'infante Marie-Thérèse reste impayée. Il est vrai que la France n'insiste pas trop : la renonciation de la jeune femme à l'héritage paternel est subordonnée au versement effectif de sa dot – belle créance à toutes fins utiles. Mais Condé, lui, réclame à cor et à cri et finit par obtenir quelques acomptes.

Le prince se trouve donc pieds et poings liés à la merci des hommes d'affaires. Par bonheur pour lui, nombre d'entre eux sont ses obligés, tenus à son égard par une dette de reconnaissance. Personnellement, ils ne lui marchandent donc pas les avances. Mais ils sont d'autant plus impitoyables dans la gestion de ses biens. Il ne faut pas regarder de trop près aux méthodes dont ils usent pour intimider les débiteurs récalcitrants ou pour décourager les créanciers trop peu conciliants. Avec des résultats décevants. On n'entrera pas ici dans le détail de leurs comptes, que

Katia Béguin a débroussaillés en partie avec une patience de bénédictin[13]. Il suffit de savoir qu'en 1669, lorsque Gourville devient l'intendant du prince, le montant de ses dettes avoisine encore huit millions de livres.

À la lumière de ces quelques données, il convient donc de nuancer les éloges si naïvement prodigués au désintéressement supposé de Condé. Il est aussi âpre au gain que l'avait été son père et aussi peu scrupuleux sur les moyens de se procurer des ressources. Inversement, gardons-nous de pousser à l'extrême notre indignation. Il se comporte comme le font en son temps tous ceux qui approchent des lieux de pouvoir. Qu'on étudie la fortune de Richelieu, de Mazarin, des princes de Condé ou de différents personnages de moindre envergure, les résultats diffèrent en degré, mais pas en nature. Et si on ne s'attache qu'aux mécanismes financiers, on ne peut qu'en être scandalisé. Mais en réalité la prévarication, quasiment inévitable, s'inscrit dans un ensemble qui impose en contrepartie une large redistribution, par la pratique du patronage, du mécénat, de la charité. En somme, tout dépend de ce qu'on fait de l'argent. Le prince Henri de Condé se contentait de thésauriser : il joignait à la cupidité l'avarice. Son fils le Grand Condé partage l'une, mais pas l'autre. Il est aussi désinvolte à dépenser qu'il est âpre à recueillir. Il a d'abord utilisé son argent à faire la guerre, contre son roi. Quasiment ruiné, il refuse de s'asservir à sa relative pauvreté. Il la nie. Naguère, arrivant aux Pays-Bas en transfuge, il avait relevé la tête et s'était présenté, contre toute évidence, comme une puissance autonome : et cela avait marché, on avait fini par le prendre pour tel. Il fait de même, désormais, en ce qui concerne son prestige : bien qu'il vive à crédit, il se donne les apparences de la richesse. Dans les deux cas éclate le volontarisme qui est une des clefs de son caractère. Parmi tous les grands, également privés d'accès aux sources du pouvoir, il passe pour celui dont le patronage est le plus généreux dans l'immédiat et surtout le plus prometteur pour l'avenir et il reconquiert peu à peu son ancienne primauté. Des perspectives nouvelles s'ouvrent à lui.

Le trône de Pologne

Les changements récemment advenus avaient également fait une victime en la personne d'Anne de Gonzague, princesse Palatine. La fin de la Fronde l'avait privée du rôle d'intermédiaire, voire d'agent double, entre la cour et les princes, où son entregent faisait merveille*. Mazarin, reconnaissant, mais surtout prudent – car elle savait beaucoup de choses –, lui avait procuré la charge honorifique et rémunératrice de surintendante dans la maison de la jeune reine. Mais dès la mort du cardinal, Louis XIV, qui ne l'aimait pas, la contraignit de démissionner au profit de son ancienne conquête, Olympe Mancini, comtesse de Soissons. Elle se trouvait donc doublement au chômage. Mais elle ne pouvait concevoir de rester tranquille. L'âge venant – elle était née en 1616 – son penchant pour le libertinage fléchissait, elle se sentait attirée par la dévotion, sans que celle-ci parvînt à tuer

---

* Voir *supra*, p. 397.

en elle un goût et un sens inné de l'intrigue politique. C'était, comme Condé, un esprit libre, audacieux, dépourvu de préjugés. L'admiration qu'elle lui portait se mua, non pas en amour, mais en une amitié solide et durable.

Dès la signature de l'armistice en 1659, elle avait songé à procurer un point de chute au guerrier privé d'emploi. Elle crut trouver la solution en Pologne grâce à sa sœur, Marie, qui avait eu un destin peu ordinaire. Leur père, Charles de Gonzague, appartenait à une des plus anciennes familles du Gotha européen et se trouvait apparenté à diverses maisons régnantes d'Italie, d'Allemagne, de Grèce. Il n'était que duc de Nevers lorsque l'extinction de la branche aînée qui régnait sur Mantoue fit de lui l'héritier de cette principauté italienne. Au prix d'un premier affrontement avec les Habsbourg, la France avait réussi à le mettre en possession du duché de Mantoue, malgré la présence d'un autre prétendant. Mais il s'y était ruiné. À sa mort, son fils lui succéda en Italie, l'aînée de ses filles obtint le Rethélois et Nevers, et la cadette resta en France avec elle. Sur le marché du mariage, leur nom et leur brillante parentèle ne compensaient qu'imparfaitement la modestie de leur dot – sauf si la politique s'en mêlait.

Or ce fut le cas au début de la régence d'Anne d'Autriche, lorsque le roi de Pologne Wladislas IV, devenu veuf, se mit en quête d'une nouvelle épouse, susceptible de lui apporter argent et secours. La France saisit l'occasion de contrebalancer à Varsovie l'influence dominante de l'Empereur. Elle y mit le prix – un très gros prix, mais l'enjeu en valait la peine. Marie de Gonzague, née en 1611, avait passé la trentaine. Le temps était loin où elle faisait tourner la tête de Gaston d'Orléans, réduisait le marquis de Gesvres au désespoir et adressait des lettres enflammées au beau Cinq-Mars, favori de Louis XIII. Elle avait l'âme aventureuse, de l'intelligence et du courage à revendre. Ni les rigueurs du climat polonais, ni le portrait qu'on lui fit de son futur époux ne la rebutèrent. Le mariage fut célébré à Paris, par procuration, le 5 novembre 1645, avant d'être béni de nouveau et consommé en Pologne. Elle reçut alors le nom de Louise-Marie*. En l'espace de deux ans, elle prit dans sa nouvelle patrie une place telle que, lorsque son mari mourut en 1648, elle parvint à assurer la transition. À défaut d'héritier direct, le souverain défunt avait un frère cadet, Jean-Casimir, qui, voué à l'Église et entré chez les jésuites, était devenu cardinal. Celui-ci n'avait aucun goût pour le pouvoir, mais, selon une pratique courante en pareil cas, il fut relevé de ses vœux afin de monter sur le trône. Après quoi il épousa sa belle-sœur.

Louise-Marie resta donc reine et mit son énergie au service de son royaume dans la période catastrophique, dite du « Déluge », qui s'ensuivit. Très étendue à l'époque, notamment vers l'est puisqu'elle englobait, sous le nom de grand-duché de Lituanie, une large part de la Russie et de l'Ukraine actuelles, la Pologne se trouvait exposée, de par sa configuration géographique et la diversité de ses composantes humaines, aux convoitises déchaînées de ses puissants

---

* Le prénom de Marie étant réservé en Pologne à la Vierge, il convenait, pour les reines comme pour les humbles femmes, de ne jamais le leur attribuer en première position.

voisins – en l'occurrence les Habsbourg de Vienne, les Suédois et les Moscovites, avec en prime les Ottomans du côté sud. N'ayant pas pu donner d'enfants viables à son époux vieillissant, Louise-Marie envisageait l'avenir avec inquiétude, car la couronne de Pologne était élective. Bien qu'on la qualifie parfois de république, il s'agissait plutôt d'une oligarchie de type féodal, dans laquelle les feudataires, soucieux de préserver avant tout leur liberté, réservaient le contrôle de toutes les décisions importantes – levées d'argent et de troupes – à leur assemblée générale, la Diète. Quant aux affaires courantes, elles étaient menées par les plus grands d'entre eux, les magnats. Leur roi était enserré dans un réseau d'obligations qui lui étaient l'essentiel du pouvoir, à moins qu'il ne fût capable de jouer de leurs divisions. Au siècle précédent, le futur Henri III, élu dans des conditions analogues, n'avait pas demandé son reste lorsque la mort de Charles IX l'avait fait roi de France, il s'était enfui à grandes guides d'un pays dont il gardait un souvenir de cauchemar.

Les héritiers en ligne directe bénéficiaient d'une assurance pour l'élection au trône, même les filles, à défaut de postérité mâle. Mais en cas de rupture dynastique, la compétition était ouverte et les étrangers y partaient favoris – un atout pour les candidats venus de France : elle était loin, on en attendait des subsides sans avoir à redouter une annexion. Cette xénophilie, surprenante à première vue, s'explique aisément. D'abord, la fonction, ainsi limitée, n'était pas tellement enviable. Et puis, les magnats se jalousaient trop pour laisser de bon gré triompher l'un d'entre eux. D'autre part l'élection d'un étranger présentait deux avantages : pour la suite elle promettait à la Pologne l'appui de son pays d'origine et dans l'immédiat elle permettait aux Électeurs de remplir leur escarcelle à ses dépens. Car un usage bien établi voulait qu'on achète les votes, par l'entremise d'intermédiaires judicieusement choisis. Sans garantie de résultat, bien entendu, mais avec la certitude d'échouer si l'on tentait de s'y dérober. Les Polonais raffolaient donc des élections et s'entendaient à les faire durer, à cette réserve près que leurs voisins voraces en profitaient pour reprendre contre eux leurs assauts.

En 1659, ils avaient fortement besoin d'aide extérieure, et c'est alors que la sœur de Louise-Marie envisagea de leur envoyer Condé. Les négociations avec l'Espagne étaient en cours, il n'avait pas encore quitté les Pays-Bas. Il répondit fort sagement que la décision dépendait du roi de France. L'année suivante, Mazarin parvint à imposer la paix dans cette partie de l'Europe et sauva provisoirement la Pologne des griffes de ses agresseurs. Le projet fut donc mis en sommeil. Mais Louise-Marie tenait à son idée. S'il se révélait impossible de mettre le prince de Condé sur le trône de Pologne, son fils, le duc d'Enghien, pourrait faire l'affaire.

Deux candidats, au choix, le père ou le fils ?

Louise-Marie avait pu observer la méthode mise au point par les Habsbourg pour conserver dans leur famille le titre impérial. Le Saint Empire romain germanique était en effet, comme la Pologne, une entité politique élective*. Pour éviter les turbulences d'une élection à chaud après un décès, ils avaient trouvé une solution élégante : chaque empereur faisait élire son successeur *de son vivant*, avec le titre de roi des Romains, la prise de pouvoir étant à son décès automatique et immédiate. Ils s'en étaient très bien trouvés, sauf dans quelques cas de mort imprévue**. Louise-Marie en rêvait pour son pays, mais la Diète s'y opposa vigoureusement. Elle chercha donc un autre moyen d'éviter le périlleux interrègne qu'elle redoutait. Et elle en trouva un, compliqué certes, mais praticable. Il lui suffirait d'adopter une de ses nièces, qui deviendrait ainsi héritière légitime. Le prince qu'on lui ferait épouser serait ensuite grand favori pour recueillir le trône de Pologne. Le choix se porta sur la seconde, Anne de Bavière, dont le mariage devint dès lors un enjeu politique d'importance et Mazarin y souscrivit. Cette solution excluait évidemment Condé. Plusieurs noms furent avancés. Mais la Palatine tenait absolument à lier sa famille à celle du prince : elle imposa le duc d'Enghien.

À la fin de 1660, l'affaire semble bien engagée. Au vu des propositions de l'émissaire polonais, Louis XIV accorde « au prince de Condé et au duc

---

* À ceci près qu'il y avait infiniment moins d'Électeurs, sept ou huit selon les époques.

** On en avait eu une illustration en 1657 : Ferdinand III avait fait élire roi des Romains son fils aîné, mais celui-ci était mort et lui-même l'avait suivi avant d'avoir eu le temps d'accomplir la démarche en faveur de son second fils. L'élection, plus ouverte, permit à Louis XIV de présenter sa candidature, sans espoir de succès, mais qui affaiblit la position du nouvel élu auprès des princes allemands.

d'Enghien l'autorisation de briguer la succession à la couronne de Pologne [14] ». Pourquoi aux deux ? En vérité les Polonais n'ont que faire du jeune garçon frais émoulu du collège. Ils rêvent de voir son père, le héros tant célébré, mettre ses talents militaires à leur service. D'où des démarches discrètes pour tenter d'obtenir son accord. On reviendrait au projet initial d'élection anticipée, en espérant que, pour obtenir Condé, la Diète se montrerait plus accommodante. Mais la réponse du prince est négative, elle ressemble à toutes celles qu'il a faites aux Espagnols pour le gouvernement des Pays-Bas. Pas question pour lui d'accepter une quelconque dépendance : s'il part pour la Pologne, c'est pour y être roi, rien d'autre. « À l'âge que j'ai, de m'en aller en Pologne, être successeur du roi, cela ne me convient pas [...]. Si c'était pour que le roi se retirasse dès à présent et qu'aussitôt après l'élection je fusse déclaré roi de Pologne et que j'en fisse effectivement toutes les fonctions », alors on pourrait y songer, à condition, ajouta-t-il « que cela ne nuisît pas à l'affaire de mon fils » [15]. Deux raisons distinctes de refuser, dont on ne sait laquelle prime sur l'autre. En tout état de cause, Louise-Marie ne peut pas pousser son mari dehors pour faire place au nouveau venu ! Les discussions s'enlisent et la Diète, en dépit des écus largement distribués par la France, se sépare en remettant à plus tard l'examen de la question.

Durant tout l'hiver suivant, la Pologne doit faire face à une sédition interne doublée d'une attaque moscovite. La reine crie au secours. Louis XIV, peu désireux de s'en mêler directement, propose de mettre à sa disposition une armée suédoise, qui serait confiée à Condé, et envoie quelques subsides. Mais, la concorde civile étant rétablie, le projet est abandonné.

Condé prend alors des initiatives. Il décide de mettre en route la première partie du plan initial – l'adoption d'Anne de Bavière par le couple royal et son mariage avec le duc d'Enghien – avec l'espoir que la Diète finira par suivre. À dire le vrai, il est permis de se demander si le trône de Pologne entrait seul en compte dans sa décision. Car peu de temps auparavant, il avait fait pressentir pour son fils... Devinez qui ! Mlle de Montpensier ! La duchesse de Longueville s'était chargée de la démarche, qui déplut à sa destinataire. « Elle me témoigna la passion que M. le prince avait pour ce mariage. Je m'en excusai sur la différence de l'âge de M. le duc au mien* ; je lui en parlai avec toutes les marques d'estime et d'amitié qui pouvaient lui persuader que j'étais très reconnaissante des sentiments de M. le prince. Je n'en parlai à qui que ce soit : ainsi cela ne fit aucun bruit. » Mais elle ne tarit pas de critiques sur ce prétendant trop évidemment intéressé : « Quoiqu'on dise qu'il a de l'esprit et du savoir, une âme basse ne plaît point [16]. » Il est peu probable que Mademoiselle ait inventé une aussi surprenante proposition. Elle donne à penser que le prince, asphyxié financièrement, s'était mis en quête pour son fils d'une épouse très bien pourvue. Celle-ci, fille du premier lit de Gaston d'Orléans et richissime par héritage maternel, était un des plus

---

* Elle avait dix-huit ans de plus que lui !

beaux partis du royaume*. En revanche, ses demi-sœurs furent écartées, bien que deux d'entre elles eussent l'âge requis, parce que leur père ne pouvait les doter grassement : l'avis de la princesse de Condé, qui leur était favorable, ne compta pour rien.

Le mariage polonais ne manquait pas, lui, d'attraits substantiels. Le couple royal était riche. La reine offrit à sa nièce des pierreries de grand prix, son époux lui céda deux duchés de bon rapport en Bohême. Et elle serait leur seule héritière. Les actes officiels furent signés et ratifiés à Varsovie au mois d'août 1663. En France, Louis XIV présida aux fiançailles et au mariage, les 10 et 11 décembre. Était-ce le signe que l'ancien rebelle avait trouvé pleinement grâce à ses yeux ? Pas tout à fait. Le jeune marié déplora que le souverain, en dépit des « amitiés » prodiguées, n'ait pas fait à sa femme tout l'honneur qu'ils eussent pu souhaiter, ni à lui-même les avantages qu'il en attendait [17]. Le roi continuait en effet de se défier de Condé. Au mois de mai, contaminé par la rougeole au chevet de sa femme – c'était alors une maladie dangereuse –, il avait examiné avec Le Tellier à qui il pourrait laisser la régence s'il venait à disparaître. Sa mère ? elle était malade. La reine était trop jeune et Monsieur « ne paraissait pas encore d'humeur à s'appliquer aux affaires ». Il ajouta « qu'il craignait M. le prince et qu'il jetait les yeux sur le prince de Conti, parce qu'il était vertueux et homme de bien [18] ». Pourquoi donc

---

* Ses déceptions sentimentales défrayèrent la chronique des années durant. Elle refusa tous les partis comme indignes d'elle, avant de s'éprendre, sur le tard, d'un audacieux gentilhomme sans fortune, Lauzun, que Louis XIV lui interdit finalement d'épouser.

soutenait-il le projet polonais ? Dès l'automne, l'ambassadeur de Danemark explicita crûment ses motivations : « Encore que le roi de France n'espérât point que la chose eût une issue favorable, il semble qu'il pût être convié d'y entrer pour deux avantages qui ne laissaient pas de lui revenir : l'un que l'espérance d'un beau royaume tiendra toujours le duc d'Enghien et le prince de Condé son père dans la soumission envers Sa Majesté très chrétienne, l'autre que durant le temps que le prince de Condé et le duc d'Enghien rouleront ce dessein, ils ne penseront point à d'autres intrigues et consommeront plutôt leurs grands biens que de les accroître et songeront plus à s'acquérir des amis étrangers que français [19]. » Il n'était donc pas étonnant que l'affaire s'enlise : Sa Majesté n'était pas pressée de la faire aboutir.

Condé, lui, s'impatiente. Son fils, dûment marié, est pleinement adulte. Qu'attend-on pour lui donner les moyens de faire ses preuves ? « Je voudrais qu'il pût apprendre son métier – celui des armes, bien sûr –, montrer ce qu'il vaut et voir quelques belles occasions [20]. » Il le pousse, le met en avant avec une opiniâtreté telle que le roi croit y discerner la preuve que son ambition n'est pas morte : elle semble s'être simplement reportée sur la génération suivante. Alors, plus il insiste, moins il obtient. En 1664, l'Empereur, menacé jusque dans Vienne par les Turcs, appela toute la chrétienté à son secours et Louis XIV – d'assez mauvaise grâce, pour cause d'alliance traditionnelle avec la Sublime Porte – se résigna à envoyer un contingent : une occasion pour les militaires de mettre fin à leurs vacances forcées.

Mais la candidature du duc d'Enghien fut écartée sur un prétexte. Condé proposa alors d'envoyer son fils en Pologne participer aux combats contre les Moscovites. Nouveau refus : le roi craint d'encourager là-bas les cabales. Est-ce un hasard si le prince traîne tout au long de l'été 1664 les séquelles d'une crise de goutte traitée par le mépris ? Bourdelot lui conseille de se ménager et lui fait ingurgiter, pour remettre ses intestins en état, « une limonade faite avec de l'eau de poulet » qui compenserait l'absence de fruits [21]. Mais il ne connaît pas de remède miracle contre les contrariétés.

Entre-temps, la situation en Pologne s'est compliquée. L'année suivante, en proie à une attaque du tsar sur leurs frontières et, au cœur du pays, à une rébellion menée par un autre candidat à la succession, le roi et la reine semblent aux abois. Condé offre d'aller en personne diriger la répression. Mais Louise-Marie l'en dissuade : sa réputation de dureté est telle qu'il ferait l'unanimité contre lui parmi ses compatriotes, dont il menacerait « la liberté ». Coup de théâtre : Louis XIV décide soudain d'intervenir. Un subside d'un million prélude à l'envoi d'une armée, dont le prince prendrait le commandement. Les alliés suédois sont convoqués, les itinéraires fixés. Mais la guerre qui éclate avec l'Angleterre impose un nouveau délai. Bientôt, contre les Russes qui viennent de les battre à plates coutures, les Polonais réclament à cor et à cri la venue de l'invincible guerrier : « Pourvu que la cour ne veuille pas faire le choix de M. le duc [...]. C'est M. le prince qu'ils veulent [22]. » Hélas, le héros est immobilisé par la goutte et, à Varsovie, la reine épuisée se meurt.

Elle s'éteint le 10 mai 1667, emportant avec elle les ambitions polonaises des Condé. Ils ne seront rois ni l'un ni l'autre. Renonçant à poursuivre la lutte seul, Jean-Casimir abdique deux ans plus tard, il trouve refuge en France et revient à l'état ecclésiastique, dont il conservait la nostalgie. Il finira ses jours sous l'habit clérical à l'abbaye Saint-Taurin d'Évreux. Henri-Jules de Bourbon n'a pas tiré de son mariage le bénéfice escompté. Il se retrouve lié à une femme « également laide, vertueuse et sotte », si l'on en croit cette mauvaise langue de Saint-Simon, dont il fera son souffre-douleur dans ses crises de colère. Elle eut tout de même le mérite de lui apporter le confortable héritage laissé par sa tante et mère adoptive, qui comportait notamment les pierreries de sa dot, et elle lui donna dix enfants, dont cinq atteignirent l'âge adulte.

La fin du purgatoire

La forclusion du rêve polonais coïncide avec le moment où l'ancien rebelle est pleinement réintégré à son pays d'origine. La venue de l'âge, la fatigue, les désillusions ont achevé de le ramener sur terre. Il est décidé à vivre dans la France telle qu'elle est devenue. Cet épisode a rempli dans son existence le rôle d'une sorte de sas de décompression. Jamais il ne s'y est engagé à fond, comme il le faisait autrefois dans chacune de ses entreprises, et les obstacles rencontrés, loin de le stimuler, l'ont laissé quasi indifférent. Avait-il véritablement envie du trône de Pologne ? Pour lui-même, sûrement pas. Pour son fils, sans doute. Mais ce fils était unique. N'était-ce pas le jeter, trop jeune, dans une aventure périlleuse où il risquait d'être broyé ? La perpétuation de la lignée serait mieux assurée sur place, en France, à l'ombre du pouvoir royal – un pouvoir acceptable, parce qu'exercé par un souverain légitime et non par un premier ministre usurpant l'autorité suprême. Après des années de turbulences, chacun s'inclinait de bon gré devant le jeune roi, qui ramenait la paix et rétablissait l'ordre. L'heure n'était plus à la contestation. À l'aube de son règne, une « contagion d'obéissance » s'empara des anciens « mécontents » de tous bords, conduisant à un consensus général autour de sa personne. Pour Condé, qui a enfin tiré un trait sur ses espoirs successoraux, il n'y a rien là de rebutant. Lui-même est un autocrate, plus encore sans doute que Louis XIV. Il se fait exactement la même idée de la monarchie absolue, c'est-à-dire « sans liens », où le roi ne doit de comptes à personne qu'à Dieu. Il est capable d'apprécier la performance de Louis XIV dans l'exercice de son métier. Il avait naguère écrasé l'adolescent d'un jugement sans appel. Mais celui qu'il avait cru sot se révélant intelligent et efficace, il trouve normal de le soutenir – à condition d'en toucher les dividendes.

Face à lui, les préventions de Louis XIV contre lui se sont atténuées peu à peu, avant de tomber tout à fait vers 1666-1667. Le roi ne juge plus nécessaire de l'éloigner, au contraire. D'abord parce que son propre pouvoir est désormais affermi. Il ne se sent plus contesté. Tout lui réussit. Il est heureux. *L'Île enchantée* offre en raccourci une métaphore du bonheur dans lequel il baigne, en tant que roi et en tant qu'homme. Il a tout fait pour effacer le souvenir de la Fronde, pour l'« abolir », au sens juridique du terme, et l'ensevelir dans le silence comme si elle n'avait jamais été. Dans le cas de Condé, six ou sept ans de défiance, assortie de vexations, ont servi de mise à l'épreuve. Or le prince s'est conduit d'une façon irréprochable et sa parfaite aménité forme un heureux contraste avec ses emportements de jadis. Il semble méconnaissable. En vérité, sa docilité doit beaucoup à l'extrême tendresse qu'il porte à son fils : la future carrière du jeune duc d'Enghien dépend du roi.

Mais, à elle seule, cette docilité ne suffirait pas à le faire rentrer en grâce. Car il ne manque pas de courtisans serviles pour peupler les antichambres royales. C'est son rôle comme gouverneur de Bourgogne qui le qualifie vraiment auprès de Louis XIV. La province lui avait été restituée après démantèlement de ses forteresses, la rendant inapte à héberger des subversions militaires. Mais il y était maître de l'administration grâce aux réseaux constitués autrefois par son père. D'une génération à l'autre, leurs fidèles se relayaient pour occuper toutes les fonctions importantes, leur conférant à l'échelon régional un pouvoir considérable. Mais tandis que l'un se servait de ce pouvoir pour faire pression sur les souverains successifs, l'autre le mit au contraire au service du roi.

L'Ancien Régime, on le sait, avait laissé subsister entre les provinces une grande diversité institutionnelle. Ainsi l'on distinguait, pour la perception de l'impôt direct, les pays d'élection et les pays d'États. Dans les premiers – en dépit de leur nom qui peut nous induire en erreur – le montant escompté de l'impôt direct était réparti entre les différentes unités territoriales par des officiers royaux, qui se chargeaient ensuite de les collecter. Dans les seconds, comme la Bourgogne, le Conseil du roi se bornait à fixer ce montant global, à charge pour les autorités locales – en l'occurrence les États – d'en assurer la répartition et la perception. Autrement dit, une marge de manœuvre était laissée aux notables du cru. Relativement mince pour la taille annuelle, qui réservait peu de surprises, elle devenait considérable en cas de besoins exceptionnels, pour la guerre par exemple ou pour d'importants travaux de construction. Le soin de faire pression sur les administrés, toujours récalcitrants en matière fiscale, était confié sur place à un intendant*. Sa tâche était spécialement ingrate lorsque se multipliaient les réformes, comme au début du règne de Louis XIV. Entre les États et lui, le gouverneur se trouvait en position d'arbitre. Les litiges étaient nombreux. Condé, très habilement, choisit le jeu de la conciliation. Disons pour simplifier qu'il usait de son influence sur les membres des États pour faire accepter des mesures impopulaires, mais obtenait en retour quelques allègements pour ses administrés [23]. On demandait le plus pour avoir le moins. Donnant donnant, on négociait et l'on coupait la poire en deux. Pas forcément en parties égales : le roi y gagnait, et le prince aussi, au passage, et ses principaux fidèles également. Mais les Bourguignons étaient moins lourdement taxés que d'autres provinces, ils pouvaient échapper au logement des gens de guerre et à d'autres obligations. Au total, toutes les

---

* D'abord chargés d'inspections occasionnelles, les intendants étaient devenus permanents sous Louis XIII, soulevant des tempêtes de protestations qui aboutirent, sous la régence, à leur suppression. Dès la fin de la Fronde, Mazarin les avait rétablis.

parties prenantes s'en trouvaient bien. Condé faisait figure dans sa province de défenseur des « libertés », tout en obtenant de Colbert un brevet d'efficacité pour sa collaboration à la remise en ordre de la fiscalité. Par la douceur et non par la violence : une vraie métamorphose.

Au bout de six ans, Condé, ayant fait ses preuves, était quitte de son purgatoire. Le roi n'avait plus grand-chose à craindre de lui. L'heure avait sonné de lui confier à nouveau des responsabilités militaires dans les opérations qui se préparaient. À portée limitée tout d'abord, pour le cas où le retour au combat lui ferait tourner la tête, puis, bientôt, aux commandes des armées.

CHAPITRE DIX-HUIT

Les derniers feux de la gloire

Depuis que la bataille des Dunes avait fait déposer les armes à la France et à l'Espagne, la paix intérieure régnait en Europe, à peine troublée par divers coups de main lancés par des voisins sur la Pologne. Un vaste élan de solidarité avait même réuni les adversaires de la veille pour faire barrage aux Ottomans devant Vienne. Mais il était évident que la plupart des acteurs de la guerre de Trente Ans n'étaient pas satisfaits des mesures imposées par le traité des Pyrénées et s'inquiétaient notamment de la montée en puissance de la France. Celle-ci paraissait d'autant plus redoutable que la branche madrilène des Habsbourg était condamnée à plus ou moins brève échéance à cause de la santé du jeune roi, dont les abus de consanguinité dans sa famille avaient fait un semi-dégénéré*. Tous s'attendaient donc à de vastes redistributions territoriales et tâchaient

---

* Né en 1661, Charles II d'Espagne – à ne pas confondre avec son homonyme anglais – survivra cependant jusqu'en 1700. On le savait incapable de procréer.

d'avancer leurs pions en conséquence. Très logiquement Louis XIV songeait à renforcer ses frontières du Nord et de l'Est, par où le royaume était vulnérable. Turenne ne se consolait pas d'avoir dû renoncer à la conquête des Pays-Bas espagnols, en 1658, lorsque Mazarin, sachant qu'elle entraînerait une vive réaction chez les Hollandais et chez les Anglais, avait brisé tout net son élan*.

En revanche la France de Louis XIV, qui avec la paix retrouvait la prospérité, se sentait désormais assez forte pour affronter la colère de ses voisins. À Londres, Charles II, tout juste rétabli sur son trône, dépendait étroitement des subsides français pour financer un train de vie que son parlement jugeait dispendieux. Les Anglais disputaient aux Hollandais la maîtrise sur le commerce maritime international, au point d'en venir à des affrontements récurrents. Or les Provinces-Unies, soudées face à l'étranger par leur calvinisme intransigeant et par leur constitution républicaine, étaient déchirées de l'intérieur par un conflit politique et économique : le pouvoir était pour lors entre les mains de la riche bourgeoisie marchande des provinces côtières – principalement la Hollande –, soucieuse de maintenir la paix indispensable au commerce, mais l'ancienne noblesse, puissante dans les provinces rurales de l'intérieur, aspirait à s'en emparer si un conflit international rendait ses services

---

* Rappelons à nouveau qu'il ne faut pas confondre les *Pays-Bas* espagnols formés de dix provinces (= la Belgique actuelle) et la république des *Provinces-Unies*, qui sont au nombre de sept (= les Pays-Bas actuels). La *Hollande* est la plus importante d'entre celles-ci. Aussi son nom sert-il souvent à désigner l'ensemble. De même le terme de *Hollandais* désigne l'ensemble des habitants.

« *Le roi s'amuse à prendre la Flandre...* * »

À toutes fins utiles, Louis XIV avait profité du havre de paix qui suivit la mort de Mazarin pour se préparer à une guerre éventuelle. La réorganisation des armées fut l'œuvre conjointe de Turenne, alors au faîte de sa carrière, et d'un débutant, fils de Le Tellier, qui deviendra marquis de Louvois**. Une trentaine d'années, c'est-à-dire une bonne génération, les séparait. Mais le vétéran couvert d'honneurs, appuyé sur le roi dont il assurait l'éducation militaire, se trouvait alors en plein accord avec son jeune collaborateur sur les premières mesures à prendre, concernant les effectifs et la discipline d'une part et, d'autre part, la logistique, afin d'assurer l'approvisionnement en nourriture et en munitions à partir de dépôts disposés d'avance[2]. Vers 1666, l'outil était prêt. Donc la tentation de s'en servir était forte. Louis XIV, jeune, ardent, vigoureux, partageait avec la noblesse d'épée, qui formait son environnement naturel, la passion de la gloire. À part l'Église, où le nombre de hautes fonctions restait limité, toute autre voie que le métier des

---

* « ... et Castel-Rodrigue à se retirer de toutes les villes que Sa Majesté veut avoir » : cette formule célèbre de Mme de Sévigné, dans une lettre à Pomponne du 1er août 1667[1], témoigne de l'état d'esprit qui régnait alors en haut lieu.

** Turenne est né en 1611 et Louvois en 1641. Pour mémoire : Condé est né en 1621 et Louis XIV en 1638.

armes était fermée à cette jeunesse, sous peine de déroger. Elle ne pouvait et ne voulait rien faire d'autre. Était-il possible de la maintenir durablement dans l'oisiveté ? Au cours d'un siècle de conflits quasi ininterrompus, elle avait fini par considérer la guerre comme état normal. Les exploits accomplis sur le champ de bataille étaient pour elle le plus sûr moyen d'ascension sociale. Elle entretenait dans l'entourage du roi un climat belliqueux auquel il était difficile de résister.

Pour attaquer les Pays-Bas, il fallait pourtant un prétexte. Celui qu'invoqua Louis XIV avait un double fondement. Il rappela tout d'abord que la renonciation de l'infante Marie-Thérèse était liée, d'après le traité, au versement de la dot, en quatre échéances à dater du mariage. Les délais étaient passés et il n'avait pas reçu la moindre somme. La renonciation se trouvant caduque, il se disait donc habilité, après la mort de Philippe IV en 1665, à réclamer la part de son épouse. L'ensemble de l'héritage revenait – il ne le niait pas – au fils du défunt, comme héritier mâle prioritaire. Sauf, affirma-t-il, dans certains cantons du Brabant, où avaient cours d'autres règles. Les juristes lancés sur cette piste exhumèrent des documents qui, en cas de mariages successifs, donnaient la préférence aux enfants du premier lit, même filles, sur ceux du second, même garçons. C'était, bien sûr, le cas de Marie-Thérèse. Il présenta donc en son nom une longue liste de revendications, dont Anvers, Alost, Malines, la haute Gueldre et le Brabant, Cambrai, Namur, le Hainaut, le reste de l'Artois, une partie du Luxembourg et une autre de la Franche-Comté. En vérité, il sollicitait abusivement les textes : ce droit, dit de *dévolution*, jouait entre les particuliers, mais n'avait jamais été appliqué aux successions royales. En revanche, il aurait pu protester à bon droit contre l'injuste différence de traitement entre les deux infantes : Marguerite-Thérèse, née du second lit, n'avait pas eu à renoncer à l'héritage paternel lorsqu'elle avait épousé tout récemment son cousin l'empereur Léopold, et elle était donc censée, à la mort de son frère, lui en apporter la totalité*. Mais Louis XIV se garda d'attirer l'attention sur ce point alors qu'il s'apprêtait à signer avec ledit Léopold des accords ultra-secrets pour le futur partage de la succession d'Espagne. Il s'en tint donc à la dévolution.

La régente d'Espagne ayant répondu à l'ultimatum français par un refus, une armée de plus de cinquante mille hommes se mit en route pour les Pays-Bas au mois de mai 1667. Condé n'y avait pas été convié. Mais le duc d'Enghien fut autorisé à y faire ses premières armes comme volontaire. Il se battit fort bien. À la tête d'un parti de cinq cents chevaux, il réussit à bousculer un parti adverse. Le roi prit la peine d'en informer son père, en ajoutant qu'il avait dû tempérer sa témérité et lui faire promettre de ne pas « se laisser emporter au torrent de son ardeur pour la gloire ». Bref il ne déparait pas la troupe des jeunes risque-tout que la présence du roi aiguillonnait. C'était un bon départ. Comme il n'était chargé d'aucune responsabilité, nul ne pouvait préjuger de ses aptitudes à

---

* La question ne se posa pas. Mariée à 15 ans, elle mourut à 22 après lui avoir donné quatre enfants, parmi lesquels seule une fille vécut.

conduire des opérations. Mais Condé, lui, avait des doutes, car ses tentatives pour lui enseigner les rudiments de l'art militaire étaient restées vaines.

Les effectifs atteignaient le chiffre considérable de soixante-dix mille combattants. Face à une telle marée humaine, le marquis de Castel-Rodrigo, gouverneur des Pays-Bas, avec ses vingt mille hommes n'avait aucune chance. La campagne se transforme donc en une simple promenade militaire, voire en un tournoi où les vaillants chevaliers rivalisent de prouesses en l'honneur des dames qui patronnent l'expédition : la reine, dont on défend les « droits », et les deux maîtresses rivales, l'ancienne et la nouvelle – Mmes de La Vallière et de Montespan –, attendent à Compiègne pour fêter le retour des héros. L'armée française est partagée en trois corps : celui du centre que commande le roi, appuyé par Turenne, est encadré de part et d'autre par les maréchaux d'Aumont et de Créqui. Les places ennemies tombent les unes après les autres, avec une rapidité accrue grâce à Vauban, dont les compétences en fortifications sont aussi bien offensives que défensives : Bergues, Furnes, Armentières, Courtrai, Binche, Charleroi, Ath, Douai, Audenarde, Alost ne tiennent pas plus de quatre ou cinq jours après tranchée ouverte. La perle de cette guirlande est la très grosse place de Lille, qui résista neuf jours avant de s'incliner le 28 août. Le roi laissa alors à Turenne le soin d'« achever la saison », c'est-à-dire de consolider les acquis, en attendant que la régente d'Espagne se résigne à traiter.

Cette campagne triomphale a un résultat imprévu : elle aboutit à une semi-disgrâce de Turenne. Pourquoi ?

Louis XIV s'y est montré brillant, il a payé de sa personne, il a pris des risques, parfois jugés excessifs, et surtout il a multiplié les initiatives, au mépris des conseils de son mentor à la prudence légendaire. Et comme tout lui a réussi, il juge son éducation militaire achevée et entend commander lui-même aux maréchaux, fussent-ils chevronnés, comme il commande à ses secrétaires d'État. Il ne veut plus être « gouverné ». Le récit qu'il fait de cette campagne dans ses *Mémoires* est un hymne à sa propre capacité de décision, couronnée par une éblouissante série de succès. Mais le désaccord avec Turenne était également plus profond. Il portait à la fois sur la manière de conduire les armées et sur la stratégie politique qui inspirait la campagne. Le maréchal, médiocre courtisan, ne mâchait pas ses critiques. Il se plaignait de la lourde escorte que traînaient avec eux trop d'officiers : il y avait dans l'armée « trop de chariots, trop de chevaux et trop de bagages », il fallait en renvoyer la moitié. Bref il réprouvait la guerre fête, la guerre spectacle où se complaisaient le roi et ses courtisans. D'autre part et surtout, il déplorait la légèreté du souverain, insoucieux des inévitables retours de bâton de la part des États voisins. Il avait désapprouvé le siège de Lille. Il argua de l'épuisement des troupes pour empêcher une marche sur Bruxelles, qui aurait livré au roi la totalité des Pays-Bas – aisément certes, mais au risque de voir une guerre limitée dégénérer en conflit européen[3]. Il finit par exaspérer le roi.

Condé contre Turenne ?

Turenne, seul à porter le titre de maréchal général, se croyait tout permis ? Pour le ramener à plus de retenue, il n'existait qu'un seul moyen, mettre fin à l'ostracisme de l'unique héros capable de le surclasser, Condé, dont le prestige légendaire était resté intact, préservé des échecs et des critiques par l'inaction. Louis XIV disposait pour s'assurer la docilité de l'ancien rebelle d'un puissant moyen de pression : il tenait dans ses mains la carrière de son fils. Dès la fin de septembre, sa décision fut prise : « Le roi le fit appeler dans son Conseil et lui dit qu'il le priait d'une grâce qui était de vouloir commander une armée de vingt-cinq mille hommes en Allemagne, et que, s'il voulait, M. le duc serait son lieutenant. À quoi M. le prince ayant fait les remerciements et témoigné que M. le duc n'était pas capable de cette charge, le roi lui répliqua qu'il commanderait donc la cavalerie. Ce retour si surprenant en grâce, ajoute Lefèvre d'Ormesson, donna bien de la joie à M. le prince, et fit raisonner tout le monde. L'on dit que c'était M. Colbert et Mme de Chevreuse qui l'avaient fait pour opposer M. le prince à M. de Turenne[4]... » Ces conjectures n'étaient qu'à demi exactes : la nomination visait bien indirectement Turenne, dont chacun savait que l'armée d'Allemagne était la chasse gardée ; mais elle venait du roi lui-même. L'information fut aussitôt diffusée dans le public : « M. le prince de Condé ira bientôt vers la Franche-Comté, faire revue des troupes que nous avons en ce pays-là, écrit Gui Patin le 18 octobre, et [...] il partira tôt après pour faire la guerre en Allemagne, avec M. le duc d'Enghien, son fils unique[5]. »

Soyons justes, l'irritation contre Turenne n'était pas seule en cause dans la décision de Louis XIV. Il avait aussi d'excellentes raisons pour confier un commandement à Condé. Mais il tenait à les dissimuler. Les allusions répétées à l'Allemagne n'étaient qu'un rideau de fumée destiné à détourner l'attention. L'opération prévue visait en réalité la Comté* – autrement dit la Franche-Comté – autre province espagnole, limitrophe de la Bourgogne dont le prince était gouverneur. Celui-ci serait donc à pied d'œuvre pour l'organiser. Les Comtois étaient gens paisibles, que l'âpreté de leurs montagnes et la modicité de leurs ressources mettaient à l'abri des convoitises. L'Espagne les autorisait à acheter leur neutralité auprès de leurs voisins moyennant un tribut annuel raisonnable. Leurs quelques places fortes, de construction ancienne et mal entretenues, mobilisaient des garnisons réduites. Mais ils étaient durs à la peine et farouchement attachés à leurs libertés. Le succès de l'attaque reposait donc sur la surprise. La prétendue campagne en terre germanique permit à Condé de faire en Bourgogne ses préparatifs de guerre sans les inquiéter : renforcement des défenses locales, recueil d'informations sur l'adversaire, mise en place de la logistique, rassemblement de troupes de diverses provenances : à la fin de janvier 1668, tout était prêt.

Le 2 février, en plein hiver, donc, Condé et ses deux lieutenants généraux pénétrèrent brusquement

---

* Dans ce cas, le mot est resté féminin, selon l'usage ancien.

en Franche-Comté à la tête de quinze mille hommes. Trois semaines plus tard, les principales places de la province étaient prises, quasiment sans coup férir : Salins, Besançon, Joux, puis Dole – la capitale – et Gray. Le roi arriva juste à temps pour participer à l'assaut de ces deux dernières villes avant de recueillir les lauriers préparés à son intention [6]. Une anecdote contée par Lefèvre d'Ormesson nous fait entrevoir un Condé plein d'humour et de gaîté : quelqu'un lui ayant dit, en parlant du siège de Dole, « que la gloire qu'il y avait acquise lui avait coûté, et qu'il y avait perdu ses souliers, il dit, en riant, qu'on l'avait dit ; mais que la vérité était qu'étant à l'attaque des gardes, on lui vint dire que le roi s'était avancé [...], et qu'il y avait couru à toutes brides pour faire retirer le roi, qui s'était trop mis en péril, et qu'ayant mis pied à terre dans un lieu fort humide, son soulier y était demeuré, et qu'il avait été obligé de se rechausser devant le roi*[7] ».

Ce dialogue date des tout premiers jours de mars. Condé était visiblement euphorique. Depuis son adolescence à Montrond, la Franche-Comté faisait partie de ses rêves récurrents Le roi, satisfait, venait de lui octroyer le gouvernement de la province conquise, tout en lui enjoignant de rejoindre l'armée de la Sambre, dont il lui confiait le commandement. Hélas, il n'eut le temps de jouir ni de l'un ni de l'autre. Les pays voisins s'inquiétaient sérieusement des ambitions de Louis XIV. Les Hollandais, se jugeant

---

* Ce que Condé omet de dire, c'est que ses pieds sont si enflés par la goutte qu'il ne peut enfiler de bottes et qu'il doit se rendre sur le champ de bataille en bas de soie et souliers.

menacés par la progression française en Flandre, réussirent à réunir autour d'eux, dans une Triple Alliance, l'Angleterre et la Suède*. Le Hollandais Jean de Witt proposa sa médiation. Au grand désespoir des militaires, le roi renonça donc à poursuivre son avancée aux Pays-Bas et transigea. Un choix lui fut offert. Il n'hésita pas une seconde. Par le traité d'Aix-la-Chapelle, signé le 2 mai, il accepta, pour conserver ses récentes conquêtes en Flandre, de restituer la Franche-Comté à l'Espagne. Condé n'en fut donc gouverneur que quelques semaines. Associé aux négociations, il n'eut pas à en subir, comme Turenne, la révélation brutale. Mais il se trouva, comme lui, mis en disponibilité pour quatre ans. Il avait l'habitude, il s'en accommoda. La fragilité de cette paix lui présageait une nouvelle chance.

La guerre de Hollande et le passage du Rhin

Louis XIV ne pardonna pas aux Hollandais le coup d'arrêt donné à ses projets sur les Pays-Bas. À ses motifs présents de colère s'ajoutait un important contentieux. Leur défection à la veille des traités de Westphalie avait empêché l'Espagne de signer la paix. Par la suite, les griefs politiques, économiques et religieux n'avaient cessé de s'accumuler. Cette petite république, se donnant pour havre de liberté,

---

* L'entrée de l'Angleterre dans la Triple Alliance fut imposée au roi Charles II par son parlement et son opinion publique. La Suède, longtemps alliée de la France, avait pris ses distances après la paix de Westphalie.

accueillait les dissidents en tous genres. Mais elle ne prodiguait la tolérance qu'à l'égard des minorités inoffensives, et pourchassait le « papisme », dont le « fils aîné de l'Église » se proclamait défenseur. Surtout, elle pratiquait depuis une dizaine d'années un impérialisme commercial agressif qui gênait considérablement les efforts de Colbert pour développer la marine marchande. Et ne voilà-t-il pas qu'elle se haussait du pied en célébrant sa grandeur dans une médaille ornée de belles devises latines – tout aussi bien que le roi de France[8].

Celui-ci prépara sa riposte. Sur le plan diplomatique, il s'efforça d'isoler les Hollandais. Sa belle-sœur Henriette, très aimée de son frère Charles II, parvint, juste avant sa mort tragique, à détacher d'eux l'Angleterre. Puis il obtint l'appui de deux de leurs voisins, l'évêque de Münster et l'archevêque de Cologne. Pour la préparation militaire, Louvois, se surpassant, donna dans le gigantesque. Les deux armées majeures étaient de taille inégale. L'une, menée par le roi avec Turenne pour second, comptait quatre-vingt mille hommes, la deuxième, commandée par Condé, quarante mille. Elles étaient destinées aux opérations principales. Un contingent annexe, de trente mille hommes, fourni par les princes allemands et confié au duc de Luxembourg, devait la garder de toute agression venue de l'est. Au total cent cinquante mille hommes : du jamais vu à l'époque ! Un marteau-pilon pour écraser une mouche ? C'est ce que pensaient peut-être les deux maréchaux chevronnés, qui jugeaient plus maniables les unités moins lourdes. Louis XIV, lui, n'aimait pas les opérations coup de poing, toujours hasardeuses, il leur préférait les sièges, avec balayage méthodique du terrain. Mais quelle que fût la stratégie adoptée, la disproportion flagrante des troupes laissait espérer un dénouement aussi rapide qu'aux Pays-Bas ou en Franche-Comté.

Le rendez-vous général fut fixé aux alentours de Maëstricht le 18 mai. Sans s'attarder à prendre cette place, on laissa un régiment pour la bloquer et l'on se dirigea vers Neuss, sur le Rhin, où l'Électeur de Cologne hébergeait pour la France un vaste dépôt d'armes. Un peu plus loin, pénétrant en territoire hostile, les deux armées décidèrent de se séparer afin de contrôler les deux rives du fleuve. Condé profita du pont construit par un de ses lieutenants à Kaiserswerth pour faire passer la sienne sur la rive droite. Toutes deux descendirent le cours du Rhin en se bornant à cueillir sans grande résistance les diverses places qui jalonnaient la route. Elles allaient si vite qu'elles prirent de l'avance sur le gros de l'artillerie et du matériel nécessaire à fabriquer des ponts de bateaux*. Or la zone qu'elles abordaient comportait justement des cours d'eau à traverser, et pas des moindres. C'est là que prit place le célèbre épisode du passage du Rhin [9].

Après Emmerich le fleuve, alors au sommet de sa puissance, se sépare en deux bras. Le plus gros, celui de gauche, qui prend le nom de Waal, file sur

---

* Il s'agissait de *pontons* de cuivre – inventés par un officier nommé Martinet – qu'on pouvait transporter sur des charrettes et qu'on assemblait ensuite. Ils permettaient d'embarquer sans peine les chevaux. Condé n'avait pu amener avec lui que quelques bateaux de cuivre.

Nimègue, puis vers l'ouest. Celui de droite, qui conserve le nom de Rhin, se dirige nord-ouest vers Arnhem, avant de se séparer à nouveau en deux, plus loin, en direction de Rotterdam ou d'Utrecht. La pointe de l'embranchement initial était protégée par le fort de Schenck et tout le terrain de là jusqu'à Arhnem et Nimègue était coupé de canaux et de digues qui le rendaient quasi impraticable. Mais une chaussée le long du Rhin assurait la circulation. Louis XIV avait prévu de contourner cette région par l'est pour atteindre directement le cœur du pays*. Il n'aurait eu à franchir que l'Yssel, un fleuve côtier de faible importance**. Mais c'est précisément sur l'Yssel que Guillaume d'Orange, pour parer à cette démarche prévisible, avait établi une forte ligne de défense. Ne voulant pas perdre du temps à faire un très long détour ou à attendre l'arrivée du matériel, les troupes françaises étaient donc contraintes de passer le Rhin entre le fort de Schenck, qui gardait l'embranchement et la place d'Arnhem.

Le 11 juin, dès l'aube, Condé partit quasiment seul pour ne pas donner l'alerte, grimpa sur une colline, examina le terrain et envoya des éclaireurs dans le clocher d'un village et le long du fleuve pour avoir plus de détails sur le dispositif ennemi. Puis il plaça l'unique batterie dont il disposait dans un endroit choisi avec soin. Et il prêta l'oreille aux renseignements. La partie lui ayant paru jouable, il prévint le roi, qui donna son accord et le rejoignit. Mais il

---

* Voir cartes p. 773 sq.
** Ou plus exactement, soit l'Yssel lui-même, soit le canal qui, le reliant au Rhin, formait avec lui un angle ouvert.

espérait encore l'arrivée du matériel pour le pont et accordait peu de crédit au bruit qui courait sur l'existence d'un gué, près d'une vieille tourelle servant de poste de douane, comme l'indiquait son nom de *Tolhuis*. Le comte de Guiche, un casse-cou qui à trente ans avait à se faire pardonner d'innombrables incartades, s'en alla le reconnaître. Il s'aperçut que de chaque côté la pente était douce et qu'il n'y avait guère qu'une vingtaine de pas à nager au milieu. Petite précision utile pour l'intelligence de la suite : ce ne sont pas les hommes qui nagent, mais les chevaux, avec sur leur dos les hommes en tenue de combat. Le lendemain, il en informa Condé, qui tint à vérifier par lui-même : « Allons-nous-en voir ensemble. » Tandis qu'ils essuyaient quelques salves adverses, il énuméra au téméraire toutes les raisons de ne pas s'y risquer. Mais, excités par l'annonce que le prince était là, les volontaires s'offraient en nombre. Six d'entre eux, débarrassés de leurs sacs et de leurs manteaux, s'avancèrent à l'abri d'un rideau de saules, on leur montra le chemin, ils passèrent « d'un tel air, en menaçant les vedettes ennemies qui étaient de l'autre côté de l'eau », que Condé donna le feu vert au reste de l'escadron et la « fine fleur de la chevalerie » passa derrière eux. Pour retenir son fils, il avait dû s'emparer des rênes de son cheval.

Tel fut l'exploit qui fit vibrer tout Paris. La suite ne fut pas aussi aisée qu'on l'espérait. Les Hollandais avaient peu de troupes dans ce secteur, mais elles se défendirent. Le bruit des mousquetades effraya les chevaux dont certains perdirent pied, entraînant leurs cavaliers dans le courant, « d'où personne ne revenait ». Quelques-uns manquèrent le gué par leur faute, parce que, « ayant demandé le bon endroit à un des gardes qui revenaient, il leur dit qu'il fallait tenir la droite ; mais ils ne comprirent pas que la droite pour ce guide qui revenait était la gauche pour eux ». On vit le Rhin charrier pêle-mêle « hommes, chevaux, étendards et chapeaux ». Sur la fin de la traversée, de Guiche lui-même, renversé par un collègue, dut son salut à la « hardiesse » de sa monture. Son cas n'est pas exceptionnel : « Un chevalier de Nantouillet était tombé de cheval. Il va au fond de l'eau ; il revient, il retourne, il revient encore. Enfin il trouve la queue d'un cheval, s'y attache. Ce cheval le mène à bord ; il monte sur le cheval, se trouve à la mêlée, reçoit deux coups dans son chapeau, et revient gaillard. » Mme de Sévigné, qui conte l'histoire, oublie de nous dire comment il a récupéré son chapeau – ou celui d'un autre. Mais on n'a pas voulu laisser passer ici l'occasion de rendre hommage à ces braves bêtes, qui payaient un si lourd tribut aux combats des humains.

Deux mille cavaliers étaient passés avec succès et le comte de Guiche pourchassait le long du Rhin les patrouilles ennemies lorsque Condé, « voyant désormais l'affaire sans péril », se décida à traverser le fleuve à son tour, sur le léger bateau en cuivre dont il se faisait toujours accompagner. Pourquoi pas à gué ? De mauvaises langues murmurèrent qu'il redoutait le contact de l'eau froide sur ses pieds perclus de goutte*. Il voulait sans doute aussi surveiller et

---

* Selon l'abbé de Choisy, c'est pour éviter une fâcheuse comparaison que Condé empêcha le roi de passer à la nage à la tête de

protéger son fils, plus deux ou trois jeunes gens de très haute extraction*. Il venait tout juste de quitter la rive lorsque déboula hors d'haleine son neveu de Longueville, au retour d'une longue tournée du côté de l'Yssel. « Il cria qu'on l'attendît, ou qu'il s'allait mettre à la nage. M. le prince, qui connaissait son neveu, eut peur qu'il ne fît ce qu'il disait, et que son cheval presque rendu ne le fît noyer. Il fit retourner à terre et le prit dans son bateau. » Leurs montures suivaient dans l'eau.

À peine débarqués, les jeunes gens sautèrent en selle et, rejoints par un groupe de volontaires, se mirent à courir vers une barrière où s'étaient retranchés quelques ennemis. « L'émulation et la jalousie de gloire entre M. le duc et M. de Longueville excitèrent leur témérité. » Voyant son fils filer au grand galop, « M. le prince baisse la main** et leur regagne le devant ; il leur crie de faire halte, et l'obtient pour le moment, leur disant d'attendre les troupes qui venaient. Cependant l'un d'un côté, l'autre de l'autre, s'échappant encore, il leur regagne la tête pour une seconde fois ; mais à la vérité, il ne les arrêta qu'à dix pas des ennemis ». Ici les témoins divergent. Selon Guiche, Condé « prit un parti de

---

ses gardes du corps. Or il n'a jamais été question que Louis XIV prenne part personnellement à cette action hasardeuse. Il l'a autorisée et s'est réjoui de son succès. Il coordonnait alors les mouvements de toutes les armées.

* Le prince de Marcillac, fils aîné de La Rochefoucauld, le duc de Bouillon, neveu de Turenne. Le duc de Longueville, neveu de Condé par sa mère, était de notoriété publique le fils de La Rochefoucauld (voir *supra*, p. 288).

** Lâche la bride à son cheval.

hauteur, voyant qu'il n'y en avait point d'autre : il leur crie de mettre les armes bas ». Entendant nommer le prince, les ennemis crurent un instant qu'il s'agissait de celui d'Orange et ils hésitèrent à tirer. Selon Choisy, c'est Marcillac et quelques autres qui les invitèrent à se rendre. Mais sur la suite, tous sont d'accord : alors que, pris à revers, ils s'y préparaient, « à condition d'avoir bon quartier », Longueville s'élança en criant : « Tue, tue, point de quartier. » « Ce peu d'ennemis au désespoir se ravisent, s'aperçoivent que les nôtres ne sont que dix ou douze, qui se viennent enferrer eux-mêmes au milieu d'eux, n'ayant que leur épée pour la plupart, car les pistolets de ceux qui avaient passé à la nage ne pouvaient plus tirer. » Ils firent alors une décharge qui tua le jeune exalté « tout raide », fit un autre mort et blessa gravement le reste de l'équipe*.

Dans la lutte qui s'ensuivit, Condé se trouva face à un capitaine hollandais qui lui mit son pistolet à la tête. D'un mouvement sec, il détourna le coup, mais la balle en partant l'atteignit au poignet, « à un endroit douloureux et fâcheux ». L'os fut-il « fracassé » ou simplement « froissé » ? on ne sait. Mais tous les témoins sont d'accord pour louer l'endurance du prince : « L'on peut dire avec vérité que jamais homme ne fit moins d'état d'un bras cassé. » Il poursuivit le combat, eut un cheval tué sous lui, et continua de donner ses ordres jusqu'à ce que le secteur fût entièrement nettoyé. C'est seulement alors

---

* Selon d'autres témoins, il fut impossible de dire qui avait tiré en premier, mais le refus d'accepter la reddition ne fait pas de doute : et c'était une faute grave, qui s'ajoutait aux précédentes.

qu'il alla se faire panser au village de Tolhuis. Sa blessure, sérieuse, exigeait une immobilisation.

Avant de quitter l'armée, il s'occupa de rapatrier son neveu. Il lui fit repasser le Rhin dans le même bateau qui l'avait fait traverser vivant. « Je vis, oui, je vis de mes propres yeux, conte plus tard l'abbé de Choisy, le corps mort de M. de Longueville qu'on rapporta sur un cheval, la tête d'un côté et les pieds de l'autre. Des soldats lui avaient coupé le petit doigt gauche, pour avoir un diamant. Non, je ne crois pas avoir jamais été ni pouvoir jamais être aussi touché que je le fus. [...] Je ne pouvais pas me consoler en pensant qu'un jeune prince ambitieux, galant, sujet à ses passions, avait été tué tout roide ; et les suites d'une éternité malheureuse me faisaient tourner la tête. [...] Je ne me remis l'esprit qu'en apprenant que M. de Longueville, avant que de partir pour l'armée, avait fait une confession générale aux Chartreux, et s'était disposé à une mort véritablement chrétienne. » Il avait fait aussi son testament. Pour que rien ne manque à la tragédie, une tradition affirme que la Pologne, de nouveau en quête d'un roi, avait envoyé pour lui offrir la couronne des émissaires qui ne purent que s'incliner devant son cadavre. On laissera au lecteur le soin de découvrir chez Mme de Sévigné l'émotion du Tout-Paris, le « chagrin à fendre le cœur » de Mme de Longueville, la douleur stoïquement refoulée de La Rochefoucauld[10]. L'opinion n'en jugea pas moins, avec raison, que l'intéressé était pleinement responsable de sa mort.

Le passage du Rhin eut pour effet de débusquer Guillaume d'Orange des positions qu'il occupait sur l'Yssel. Pour éviter d'être pris en tenailles, il évacua ses quartiers à la hâte dans la nuit qui suivit, laissant le champ libre aux armées de Louis XIV. Mais, ayant conservé ses troupes intactes, il reconstitua sa ligne de défense un peu plus loin. Le passage du Rhin n'eut donc aucun effet décisif sur le cours de la guerre. Mais comme la campagne de Hollande avait été jusque-là avare de faits d'armes glorieux et qu'elle le fut encore plus par la suite, l'épisode fut exploité au maximum par les thuriféraires officiels. Il devint prétexte à célébrer l'héroïsme de Louis XIV, qui, tel Alexandre au Granique, avait passé un grand fleuve face à l'ennemi. Sur l'affrontement entre le Roi-Soleil et le Rhin divinisé, Boileau commit une Épître laborieuse qui nous tombe des mains aujourd'hui à moins qu'elle ne soulève nos éclats de rire. Au moins le nom de Condé est-il associé chez lui à celui du roi [11]. Mais Bussy-Rabutin se montre sceptique : « Deux mille chevaux passent pour en aller attaquer quatre ou cinq cents. Les deux mille sont soutenus d'une grande armée, où le roi est en personne, et les quatre ou cinq cents sont des troupes épouvantées par la manière brusque et vigoureuse dont on a commencé la campagne. [...] Si le prince d'Orange avait été à l'autre bord du Rhin avec son armée, je ne pense pas que l'on eût essayé de passer à nage devant lui. Cependant c'est ce que fit Alexandre au passage du Granique. Il passa avec quarante mille hommes cette rivière à nage, malgré cent mille qui s'y opposaient. Il est vrai que s'il eût été battu, on aurait dit que c'eût été un fou ; et ce ne fut que parce qu'il réussit, que l'on dit qu'il avait fait la plus belle action du monde [12]. » Ce point de vue sera partagé au XVIIIe siècle par Voltaire.

Pour en revenir à Condé, qui joua tout de même un rôle important dans l'épisode, la leçon dut être amère. Ces jeunes gens, qui méprisent si allègrement le danger et bravent la mort, il ne les comprend que trop. Il a été un des leurs. Avec cette différence qu'il la bravait moins étourdiment. Ce ne sont plus des enfants : ils ont entre vingt-quatre et vingt-neuf ans. Interdits de duels, condamnés à une longue période de paix, ils ont continué de cultiver les valeurs guerrières de leurs aînés, cristallisant autour du nom de Condé leur aspiration à la gloire. Leur impétuosité longtemps refoulée a trouvé un exutoire dans l'exploit qui s'offrait, ils se sont lancés tête baissée à l'aveuglette. De la guerre, ils ignorent quasiment tout. Ils n'ont jamais pris part à une bataille. Ils ont assisté à des sièges faciles où la garnison demandait grâce dès la tranchée ouverte. Lui, au contraire, avait passé son stage de volontaire à observer et à apprendre. Et Longueville, en refusant le quartier à des ennemis acculés, qui le demandaient, a commis une lourde faute à la fois politique et morale, qu'avait su éviter le vainqueur de Rocroi. Bref ils ont tout à apprendre. Mais en ont-ils la volonté ? Est-il sûr, d'autre part, que la guerre telle que la conçoit le roi leur en fournira les moyens ?

Et puis, à titre personnel, il est partagé entre le chagrin d'avoir perdu son neveu et le soulagement de voir son fils sain et sauf. Mais où était donc le duc d'Enghien lorsque Longueville s'est lancé en avant ? Il ne fait pas partie des blessés qu'énumèrent les témoins. On ne le cite pas non plus comme miraculé. Il n'était donc pas dans le peloton de tête qui fut fauché par la fusillade. Il était en retrait – et son père aussi, en train de le retenir une fois de plus, selon toute probabilité, par la bride de son cheval. C'est d'une certaine distance que le prince « cria » aux ennemis de mettre bas les armes, trop tard pour arrêter l'élan de son neveu. Au vu du désastre, il dut se sentir une certaine culpabilité : il n'avait pas été capable de tenir ces jeunes fous. Pourquoi ? Parce qu'il était obsédé par la sécurité de son fils, qui primait pour lui sur toutes choses. Mme de Sévigné eut-elle vent de quelque rumeur ? Son intuition maternelle lui a-t-elle suffi pour comprendre ? C'est à elle qu'on laissera ici le mot de la fin sur le rôle de Condé à Tolhuis : « M. le prince a été père uniquement, en cette occasion, et point du tout général d'armée. Je disais hier que, si la guerre continue, M. le duc sera cause de la mort de M. le prince ; son amour pour lui a passé toutes ses autres passions [13]. »

Désillusions

Le passage du Rhin eut d'autant moins d'influence sur la suite des opérations, qu'il ne fut pas exploité. Condé, avant de quitter l'armée, conseilla d'envoyer aussitôt quelques escadrons se saisir d'Amsterdam. Mais le roi préféra assurer préalablement ses arrières. Il s'en alla assiéger Utrecht, tandis que Turenne perdait du temps à s'emparer d'Arnhem, puis de Nimègue. Il est facile de dire après coup, avec Voltaire, que la prise d'Amsterdam aurait ruiné à jamais les Provinces-Unies. Encore fallait-il être sûr qu'elle réussît. Or, huit jours après l'épisode de Tolhuis, le Grand Pensionnaire de Hollande, Jean de Witt, que

Guillaume d'Orange taxait de défaitisme, prit la décision d'ouvrir les écluses de Muiden – décision héroïque parce qu'elle sacrifiait tout le riche arrière-pays de la province, désormais recouvert par les eaux du Zuyderzee*. Mais Amsterdam, désormais une île et ravitaillée par mer, devenait imprenable. Louis XIV avait misé sur une guerre éclair : il était loin du compte. Il s'entêta, eut l'imprudence de refuser les conditions pourtant très favorables offertes par les Hollandais – cession de tout le pays au sud de la Meuse – et répondit par des exigences inacceptables. La situation se trouva donc bloquée.

Condé rongeait son frein à Arnhem, immobilisé par sa fracture du poignet, compliquée d'un abcès et conjuguée avec une attaque de goutte. Pour son retour, comme il voyageait à titre privé, il coupa au plus court, à travers les Pays-Bas. Il y conservait des amis, qui lui firent fête, notamment son fidèle Marsin, qui avait naguère quitté Barcelone pour le suivre jusqu'à Bruxelles**. Le vice-roi l'honora d'une visite. Tous le priaient d'user de son influence pour améliorer les relations entre la France et l'Espagne. Irréprochable, il leur répondit que Louis XIV n'était pas homme à « se laisser échauffer ou refroidir par qui que ce soit » et qu'il ne se conduisait « que par la raison et par ses véritables intérêts »[14]. Il s'en alla

---

* On dit souvent que tout s'est joué à Muiden, où un coup de main sur les écluses faillit réussir. Mais les Hollandais pouvaient fort bien ouvrir des brèches dans leurs digues n'importe où avant l'arrivée du gros de l'armée, comme ils l'ont d'ailleurs fait plus tard.

** Voir *supra*, p. 448-449. Ce Wallon, ne retrouvant pas en France la place qu'il espérait, avait choisi de se fixer aux Pays-Bas.

ensuite retrouver sa famille et terminer à Chantilly sa convalescence.

Entre-temps, la situation internationale avait évolué. En Hollande l'invasion et la défaite avaient provoqué un sursaut national, dont bénéficia politiquement Guillaume d'Orange, qui incarnait la résistance. Ses partisans déclenchèrent une émeute qui massacra Jean de Witt et son frère, arrachant le pouvoir à la riche bourgeoisie commerçante et rétablissant au profit du jeune prince la charge, avant tout militaire, de stathouder général. Celui-ci, vouait une haine viscérale aux Français en général et à Louis XIV en particulier, dont il était par tempérament le plus exact contraire. Il pouvait compter sur la flotte, qui accumulait les victoires, pour assurer la sécurité de ses côtes. Afin de mener sur terre la lutte à outrance, il renforça l'alliance amorcée par Jean de Witt avec l'Électeur de Brandebourg et avec l'Empereur, auxquels se joignit bientôt l'inévitable duc de Lorraine. C'était encore à une coalition, bien plus dangereuse que la précédente, que la France allait devoir faire face. Elle se trouvait sur la défensive. Aux Pays-Bas, les Espagnols, forts de l'appui de Guillaume, reprenaient le combat. Mais surtout le danger allait se porter sur la vallée du Rhin, menaçant directement l'Alsace. Tout le cours du fleuve, de sa sortie de Suisse jusqu'aux zones inondées de Hollande, risquait d'être le lieu de nouveaux affrontements.

Dès la fin octobre, Condé fut donc prié de reprendre du service et expédié à Metz à titre dissuasif, pour décourager les envahisseurs, avec ordre de détruire le pont de Strasbourg – ville libre dont les autorités avaient de fortes complaisances pour le parti adverse. Mission accomplie, il mit ses troupes en quartiers d'hiver du côté de Trèves, alla inspecter les places fortes d'Alsace dont il dénonça le mauvais état, et regagna Paris fatigué au début février. Cette fois, il avait véritablement retrouvé la confiance du roi. Celui-ci daignait le consulter sur les décisions à prendre et lui faire part des projets qu'il envisageait tous azimuts. Et il accueillit favorablement une demande de promotion pour un de ses protégés. Cette bienveillance nouvelle devait beaucoup à la défaveur de Turenne, qui venait d'avoir un accrochage violent avec Louvois pour cause de désaccord sur la façon de mener les opérations. Condé se montrait alors sinon plus docile – il refusa fermement, en rentrant d'Alsace, de repartir à la conquête de la Franche-Comté –, du moins plus mesuré dans la formulation de ses refus. Le roi voulait éviter de se les aliéner tous les deux.

Le flottement dans les directives que dénonçait Turenne provenait du fait que l'échec de la guerre de Hollande et ses conséquences avaient mis à bas les plans préalablement conçus. Non seulement on n'en avait pas de rechange, mais la situation politique évoluant de jour en jour, il fallait sans cesse modifier ceux qu'on élaborait. D'où une suite d'ordres et de contrordres, entraînant pour les troupes marches et contre-marches à la rencontre d'adversaires multiples évoluant sur un espace très étendu. On ne suivra pas ici jour par jour celles de Condé, commandant en chef de l'armée de Flandre, pour qui l'année 1673 se passa à monter une garde inutile dans une Hollande à moitié noyée sous les eaux, jusqu'au jour où le roi se décida à l'évacuer en totalité, se bornant à s'emparer de la forteresse frontalière de Maëstricht. Mais la menace sur le Rhin se précisait, Turenne arriva trop tard pour empêcher les coalisés de prendre Bonn et seul l'hiver stoppa leur avance. Condé, bien que profitant du repos offert aux guerriers par la métropole flamande, écrivit à Louvois, de Lille, une lettre désabusée : « Je vous avoue que ce n'est pas une petite mortification dans la passion extrême que j'ai pour le service du roi de lui être aussi inutile que je l'ai été dans cette campagne [...]. Cependant ce me serait une consolation bien grande si, ne pouvant rien faire ici, je voyais que mon fils pût au moins rendre un service au roi près de sa personne [15]. » Mme de Sévigné a vu juste : que ne peut sur un homme l'amour paternel !

Griefs

Car Condé, s'il parlait plus doux, n'en pensait pas moins que Turenne. Si le roi avait misé sur la jalousie pour entretenir entre eux une saine émulation, il s'était bien trompé. Ils avaient mis de côté les susceptibilités liées à la hiérarchie et Turenne se moquait bien d'être théoriquement subordonné au prince, qui, de son côté, s'adressait à lui comme à un égal. Tous deux, au terme de leur carrière, n'avaient plus rien à prouver. Ils travaillèrent en étroite liaison, dont témoigne leur correspondance, pleine d'avis et de suggestions. Une commune animosité cimentait leur union sacrée contre Louvois. Le personnage était assurément déplaisant. Dur, sévère, direct voire brutal, il manquait de diplomatie, ignorait l'art d'enrober les ordres de flatteries. Les grands seigneurs supportaient mal d'en recevoir de ce parvenu qu'ils taxaient d'arrogance. En fait, il avait l'orgueil de sa fonction. Les volontés qu'il imposait n'étaient pas siennes, il était la courroie de transmission de celles de Louis XIV. Il lui arrivait, bien sûr, de les influencer, mais elles sortaient de cette alchimie muées en dogme par l'approbation royale. Or ils étaient en train, à eux deux, de transformer entièrement la façon de mener la guerre. Autant Turenne avait appuyé avec chaleur la mutation lorsqu'elle concernait les troupes et l'intendance, autant il se rebella quand elle toucha à l'organisation du commandement.

La monarchie française réservait traditionnellement au roi le rôle de chef suprême des armées. Mais les minorités, qui l'en rendaient incapable, favorisaient l'émergence de grands capitaines. Ce fut le cas durant le long ministère de Mazarin, qui offrit à Condé et à Turenne une part d'initiative considérable dans la conduite de la guerre. Or voici que soudain Louis XIV, revendiquant la place qui était sienne, prétendait commander en chef, réduisant les grands capitaines à lui servir de seconds. Sur le théâtre des opérations il tenait la vedette et eux jouaient les utilités ; ils préparaient le terrain pour qu'au dénouement il pût venir, tel un *deus ex machina*, recueillir l'hommage des vaincus. Ou alors on leur confiait des missions annexes, que nous dirions de maintenance, pour veiller sur les régions conquises. Et, dans ce cas, on leur marchandait les troupes en nombre et en qualité, le souverain se réservant les meilleures. Comment n'auraient-ils pas souffert d'être ainsi ravalés ?

Il y avait plus grave. L'obstination de Louis XIV à se réserver la direction des opérations militaires ne tenait pas au seul désir de gloire, comme on l'a dit trop souvent. Elle s'inscrivait dans une politique d'ensemble. En décidant de créer une armée de métier, méthodiquement organisée et dépendant directement du ministère, il bousculait les habitudes des nobles, qui répugnaient à obéir. Ils considéraient le service armé comme une contribution volontaire – certes très recherchée –, mais qui laissait à chacun une part de liberté considérable dans le choix de son affectation. Ainsi put-on voir, au départ de la campagne de Hollande, trois maréchaux refuser de servir dans l'armée principale, que menait le roi, parce qu'ils auraient été placés sous l'autorité d'un autre maréchal, Turenne, moins titré qu'eux dans la hiérarchie nobiliaire, qui y commandait en second : ils prétendaient n'obéir, à défaut du roi, qu'à un prince du sang. Inutile de dire que Condé approuva les sanctions qui les frappèrent. Mais l'idée que les carrières devaient être gérées à l'ancienneté par les soins du ministère ne lui parut pas la solution au problème. Car en privant les officiers supérieurs du privilège de choisir leurs seconds, elle nuisait à la cohésion dans leur état-major. Louis XIV en était conscient, mais il savait aussi que ce privilège favorisait la formation dans l'armée de réseaux de fidèles autour d'un chef charismatique, capable de les entraîner dans n'importe quelle dérive : il n'avait pas oublié la Fronde princière.

Condé et Turenne ne peuvent que faire le gros dos. Quand Louvois renchérit et se mêle de leur pratique quotidienne, ils pestent en privé contre ses consignes tatillonnes. Mais les distances et la lenteur des communications leur offrent une bonne marge pour l'exécution. Le ministre lui-même est obligé de convenir qu'il existe des tas de choses « qui peuvent paraître fort avantageuses quand on raisonne sur une carte et se trouvent fort impraticables quand on les veut exécuter [16] ». Ils n'en font qu'à leur tête et ils font bien, car ils aiment leur métier. Hélas, leur colère enfle face à des directives générales, qui leur paraissent déplorables. Face aux forces considérables réunies par les coalisés, ils préconisent tous deux de regrouper nos armées pour tenter de leur infliger des coups décisifs, tandis que le roi, refusant le risque d'une bataille, s'obstine à multiplier inutilement les sièges – bref, à reproduire la stratégie qui avait montré ses limites dans la longue guerre franco-espagnole. « Ce qu'on fera, disait Condé après la perte d'une place, c'est que nous prendrons une autre place, et ce sera pièce par pièce. Il y avait un fou, le temps passé, qui disait dans un cas pareil : "Changez vos villes de gré à gré, vous épargnerez vos hommes" [17]. » Mais le résultat ne pouvait être alors que le *statu quo*.

Au printemps de 1674, le prince, exaspéré par l'absurdité de la « stratégie de cabinet » qui lui est imposée, passe de la soumission maussade à l'obstruction assumée. Pour l'année qui s'ouvre, le roi se réserve la conquête de la Franche-Comté. Il charge Condé, à la tête d'une armée modeste, de contrer l'offensive des Hispano-Hollandais en Flandre tandis que Turenne, encore plus maigrement doté, se bornera à contenir les Impériaux sur le Rhin. Condé est invité à prendre des places quasiment *ad libitum* : si les plus considérables – Valenciennes ou Mons – sont vraiment hors de portée, lui explique Louvois, qu'il se rabatte sur de plus modestes ! Turenne, lui, est simplement prié de n'en pas perdre. Tous deux jugent catastrophique le plan de campagne adopté.

Seule la conquête de la Franche-Comté répond aux espérances. Certes les Comtois, échaudés six ans plus tôt, ont tenté de se protéger. Mais du côté français, les préparatifs ont été à la hauteur. À la mi-mai, la cause était entendue. Il avait simplement fallu quelques jours de plus pour faire capituler Besançon : de quoi apporter un surcroît de lustre au vainqueur. Et cette fois-ci, la province ne serait pas bradée dans un échange, elle resterait à la France. À ce beau résultat, le duc d'Enghien, successeur de son père comme gouverneur de Bourgogne, avait largement contribué, en assurant la mise en place de la logistique selon les instructions reçues. Le roi en fit compliment à Condé, qui lui fit parvenir des remerciements en ajoutant : « J'espère qu'à mesure que mes incommodités me rendront inutile à Son service, il pourra se rendre capable de Lui en rendre à ma place[18]. » Le jeune duc, lui, eut l'imprudence de réclamer le gouvernement de la nouvelle conquête. Éconduit, il quitta la cour sur un coup de colère et rejoignit son père à l'armée de Flandre. Nul ne s'en émut : les manifestations de ce genre n'étaient plus de saison. Mais elle faisait tache sur ses états de service.

Cette déconvenue, on s'en doute, n'améliore pas l'humeur de Condé, déjà mauvaise. Depuis des mois, il oppose aux injonctions de la cour une inébranlable force d'inertie. Car il sait qu'un siège causerait à son armée des pertes qu'aucun avantage solide ne compenserait. Que ne lui donnait-on des troupes capables de faire face aux effectifs ennemis ? Au lieu d'éparpiller les forces françaises en divers corps détachés, pour occuper le terrain, pourquoi ne se bornait-on pas à deux puissantes armées qui, en Flandre et en Allemagne, décourageraient tous les assauts ? Faute de mieux, contraint de faire avec ce dont il dispose, il guette patiemment l'occasion d'engager une bataille en terrain favorable, et il se moque des reproches du ministre et des quolibets que lui valent à Paris sa pusillanimité supposée.

La dernière bataille de Condé : Sennef

À force d'attendre, il voit se présenter l'occasion [19]. En juillet 1674, une triple armée coalisée, commandée en chef par Guillaume d'Orange, se rassemble en Brabant du côté de Namur. Elle comporte, outre des Hollandais, un contingent d'Impériaux emmenés par le comte de Souches, et des Hispano-Lorrains avec le prince de Vaudémont. Avec soixante mille hommes, sa supériorité numérique est incontestable. Quant à l'armée de Condé, les divers témoignages oscillent entre trente-deux et cinquante mille. La vérité, sans doute intermédiaire, devait approcher quarante mille*. Quel que fût l'écart, il interdisait un combat

---

* Le chiffre est controversé parce que Louvois, accusé ensuite d'avoir mis Condé en péril en lui refusant des renforts, a cherché,

frontal. Dans les cas de ce genre, la seule solution consiste à fractionner l'adversaire pour l'attaquer en plusieurs vagues successives. Technique vieille comme le monde, dont l'histoire romaine offre un exemple épuré avec la légende des Horaces et des Curiaces.

Condé commença par implanter son camp sur un site naturel idéal : une colline bordée de trois côtés par une petite rivière appelée le Piéton et un de ses affluents, qu'il fortifia avec soin. Un poste d'observation en hauteur, un refuge inexpugnable : il ne se pouvait rien de mieux, à condition que le séjour n'y dure pas trop longtemps, le fourrage n'ayant été prévu que pour trois semaines. Les coalisés s'installèrent à trois lieues de distance. Dix jours durant, les deux armées s'observèrent. Condé, selon son habitude, s'échappait avec une faible escorte pour explorer les alentours : il avait besoin de « sentir » le terrain. Mais il ne donnait aucun signe d'impatience : il attendait. Enfin, désespérant de le voir bouger, Guillaume d'Orange l'abandonna à ce qu'il croyait être du découragement et, dans la nuit du 9 au 10 août, il se mit en route pour Mons. Une ancienne voie romaine jalonnée de villages traversait des prairies parsemées de haies, de boqueteaux, de ruisseaux. Laissant sur les bas-côtés la valetaille avec tous les impedimenta, il y mit le gros de l'armée, contrainte de s'étirer en longueur sur deux à trois lieues.

Ses préparatifs n'étant pas passés inaperçus, Condé avait placé des troupes en embuscade. Il guettait.

---

semble-t-il, à minimiser l'écart. La Fare, qui a pris part au combat, parle de trente à trente-deux mille.

À l'aube du 11 août, il laissa d'abord défiler l'avant-garde, formée par les Impériaux, puis le centre, tenu par les Hollandais, et vers dix heures du matin, lorsqu'ils eurent pris suffisamment d'avance, il lança ses troupes sur le village de Sennef, où se trouvaient encore les fantassins de l'arrière-garde et la cavalerie hispano-lorraine qui les couvrait. À onze heures, Vaudémont blessé était prisonnier, l'arrière-garde n'existait plus. Condé se mit alors à poursuivre l'armée ennemie, en détruisant de proche en proche les contingents qu'il rejoignait. Il devait faire vite, tant que l'avant-garde n'avait pas compris ce qui se passait à l'arrière. Déjà il abordait les fantassins hollandais, repliés dans le prieuré Saint-Nicolas. Il les culbuta.

Intervint alors le tournant du combat. De loin il aperçut le gros des ennemis en train de renverser ses lignes pour faire front contre lui. Il pouvait encore se replier vers le Piéton, sur un beau succès, quasiment sans pertes, mais il choisit de les poursuivre. Il ne parvint pas à les empêcher d'occuper le village du Feyt sur une hauteur. Il recourut alors à des assauts directs, tels qu'il les avait pratiqués jadis contre les *tercios* à Rocroi, chargeant lui-même à la tête de ses cavaliers. Trois vagues successives échouèrent. Lorsqu'il en ordonna un quatrième, « tous ceux qui entendirent cette proposition en frémirent, dit Montglat, et il parut visiblement qu'il n'y avait plus que lui qui eût envie de se battre encore ». Les Suisses, eux, refusèrent de marcher et la situation fut bloquée. Entre les assauts, les quatre escadrons de la Maison du roi avaient dû tenir, huit heures durant, sous le feu de leur artillerie, « sans autre mouvement que celui de se presser à mesure qu'il y avait des gens tués*[20] ». Seule la nuit interrompit le combat vers 11 heures.

Les uns et les autres, tombant d'épuisement, s'étaient endormis sur place. Un peu plus tard venant on ne sait d'où, une « décharge terrible » réveilla tout le monde. L'obscurité augmentant la peur, ce fut une panique éperdue. Toute la cavalerie s'enfuit. À lui tout seul, le premier écuyer du prince eut toutes les peines du monde à le hisser sur son cheval – il était en bas de soie et chaussures de ville, pour cause de goutte ! Il rallia ses troupes à tâtons, projetant de reprendre l'attaque au lever du jour. Ce fut pour constater, ô miracle, que les ennemis également frappés de terreur, avaient décampé en toute hâte et pris la route de Mons.

Le combat finit donc faute de combattants, mais Condé, resté maître du terrain, put à bon droit se déclarer vainqueur, bien que Guillaume d'Orange eût fait célébrer un *Te Deum* de son côté. Cependant ce fut une de ces victoires dont on n'ose se réjouir, tant les pertes étaient lourdes – trois mille tués et quatre mille blessés. Seule consolation, celles de l'ennemi – onze à douze mille tués et blessés – étaient très supérieures. Selon La Fare, il était regrettable que Condé n'eût pas décroché au moment crucial où les Impériaux se préparaient à entrer en piste, il aurait pu regagner le camp du Piéton en épargnant beaucoup de vies. À Paris, on ne manqua pas de le lui reprocher. Mais comment aurait-il pu lâcher prise ? Pour la

---

* *Se presser* : resserrer les rangs en se rapprochant pour combler les vides. Mme de Sévigné parle ici d'après informations directes : son fils y était et y fut légèrement blessé.

première fois depuis des années, il se voyait offrir l'occasion d'un véritable exploit, comme il les aimait, un de ceux qui constituaient un défi et exigeaient un engagement personnel total. Certes, il s'est conduit de façon déraisonnable, ou plus exactement irrationnelle. À son général de cavalerie Fourilles, qui, objectant que le terrain était défavorable et les soldats fourbus, déconseillait l'assaut final, il répliqua brutalement : « Assez, Monsieur, c'est de l'obéissance qu'il me faut et non point des conseils » et il l'envoya à la mort. Mais ce fut pour le remplacer lui-même en disant : « Ce que Fourilles n'a pu faire, Condé le fera[21]. » Et il l'a fait, sans emporter totalement la victoire, mais sans avoir reculé. Une résurgence du passé, un retour de flamme avaient ressuscité, pour le meilleur et pour le pire, celui qu'il avait été jadis, l'amoureux de l'impossible.

Le héros, un temps éclipsé, est revenu, indestructible, impérissable, tel qu'en lui-même la mémoire des hommes s'apprête à le figer. Lorsque les coalisés le voient s'avancer vers Audenarde, qu'ils devaient assiéger, ils font demi-tour sans demander leur reste. Lorsqu'il se présente enfin devant le roi, à Saint-Germain, perclus de goutte, le grand escalier lui réserve une dernière épreuve. Mais tout en haut des marches qu'il a gravies avec peine, Louis XIV l'accueille d'un mot appelé à passer dans l'histoire : « Mon cousin, quand on est aussi chargé de lauriers, on ne peut marcher vite ! » Il a raison de ne pas marchander les hommages à celui qui a fourni dans ce combat comme la quintessence de lui-même. Sennef est, dans sa conception, un pied de nez à la « stratégie de cabinet », qui lui enjoignait de s'en tenir aux sièges.

Dans son déroulement initial – un cas d'école –, il donne à tous les capitaines à venir une leçon technique sur les moyens de compenser l'infériorité numérique. Dans sa poursuite et son dénouement, il lance un défi pathétique à la condition humaine et à ses limites, à la décrépitude, à la mort. Une fois encore, celle-ci n'a pas voulu de lui. Mais sa victoire reste imparfaite. Et chacun comprend, lui le premier, que c'était son chant du cygne.

L'adieu aux grands capitaines

Dans l'hiver qui suit, c'est à Turenne qu'il appartient d'accomplir à son tour une prouesse. À l'origine, même révolte devant des directives jugées absurdes. Certes la situation était grave sur le front de l'Est. Avec les faibles forces qui lui étaient concédées, le maréchal s'épuisait à contenir les assauts répétés des armées impériales et de leurs alliés. L'incendie du Palatinat, avec l'aval du roi, n'avait pas suffi à les arrêter*. Au début août 1674, il reçut l'ordre d'évacuer l'Alsace et d'y démanteler toutes les places, en ne conservant que les deux clefs de la vallée du Rhin, Brisach et Philippsbourg. Indigné, il s'y refusa : c'était

---

* Les troupes allemandes, ne disposant pas d'intendance, étaient habituées à se nourrir sur le pays occupé. C'est pour leur ôter cette ressource et donc les éloigner de l'Alsace, que le Palatinat fut réduit à une terre brûlée, après évacuation de ses habitants cependant. Une précaution que n'avait pas prise le futur maréchal de Luxembourg dans des villages proches d'Utrecht, à la grande indignation de Condé, qui mesurait fort bien l'effet déplorable exercé sur les populations par les violences.

ouvrir la porte à l'invasion de la Lorraine et de la Champagne. Mais à l'automne, il ne put empêcher les coalisés de pénétrer en Alsace, où ils se sentirent assez tranquilles pour étaler largement leurs quartiers d'hiver. Turenne conçut alors une manœuvre d'une hardiesse inouïe, et parvint à la faire accepter au roi grâce au succès de Condé à Sennef, qui libéra pour lui des renforts. Il était cantonné près de Saverne, à l'entrée nord de l'Alsace. Il feignit de quitter la province, puis, après avoir pris des dispositions minutieuses, il se mit en route le 29 novembre avec trente mille hommes pour contourner les Vosges sur leur flanc ouest. Le trajet, calculé au plus court, dura un mois, par un froid intense, dans des routes de moyenne montagne couvertes de neige. Mais ces efforts payèrent. L'effet de surprise fut total, le 29 décembre, lorsqu'il tomba sur les Impériaux à Mulhouse et les écrasa. Poursuivant sur sa lancée, il battit une semaine plus tard près de Colmar les escadrons du Brandebourg en conduisant ses fantassins sur des chemins escarpés pour les prendre à revers. À la mi-janvier, les coalisés avaient évacué entièrement l'Alsace et Turenne put rentrer à Paris en triomphe dans l'allégresse générale.

Songea-t-il à la retraite, comme il en fit confidence au cardinal de Retz ? À soixante-trois ans, il jouissait encore d'une excellente santé et l'année suivante, au mois de mai, il fut renvoyé en Allemagne pour parachever son œuvre, avec carte blanche du roi : « Vous aurez la liberté de faire avec les troupes qui sont sous vos ordres ce que vous estimerez plus à propos pour le bien de mon service et la gloire de nos armes. » Dans le pays de Bade, il avait en face de lui, à la tête des Impériaux, Montecuccoli, un des plus brillants capitaines du temps. En juillet l'un et l'autre aspiraient à une bataille frontale, décisive. Le 27, près de Sasbach, Turenne se rendit avec son état-major sur une petite colline afin d'inspecter le dispositif adverse. C'est là qu'un coup de canon tiré de loin au hasard vint le faucher en plein corps. Une mort subreptice, à laquelle le destin n'avait pas voulu donner la forme d'une défaite. Il partit en pleine gloire, accompagné de pleurs unanimes.

Condé, ayant reçu l'ordre d'assurer sa relève en Allemagne, obtempéra. Mais le cœur n'y était plus. Il rêvait, conte Mme de Sévigné, d'avoir un entretien de deux heures avec l'ombre de Turenne, « pour prendre la suite de ses desseins et entrer dans les vues et les connaissances qu'il avait de ce pays [22] ». Face aux incursions de Montecuccoli en Alsace, il resta sur la défensive, en « bon joueur d'échecs », temporisant avec l'espoir que le manque de ravitaillement obligerait l'ennemi à repasser le fleuve – ce qui se produisit en effet. Mais il sollicita ensuite la permission de se retirer. Ses efforts et ceux de Turenne n'avaient pas été vains. Leur disparition de la scène militaire, loin d'inciter leurs adversaires à poursuivre leurs avantages, contribua à dissocier les coalisés. Il fallut encore trois ans et d'importantes victoires en Méditerranée, pour les amener à signer en 1678 la paix de Nimègue, qui assurait à Louis XIV la possession de la Franche-Comté et de douze places conquises en Flandre.

Les deux grands capitaines avaient donc bien mérité de la patrie. Mais le type de guerrier qu'ils incarnaient appartenait au passé. La guerre ne serait plus jamais ce qu'elle était, un terrain d'accomplissement individuel, l'exercice d'un art. Dans ces conditions valait-il la peine d'y poursuivre une carrière contre vents et marées ? Le duc d'Enghien concluait que non. À la suite de déceptions répétées, il écrivit à Gourville, qui l'encourageait à persévérer : « Je ne vois pas comment je pourrais m'attirer la considération que mon père n'a pas puisque assurément je ne peux faire mieux que lui [...] et je ne sais s'il ne serait pas plus sûr de s'ôter l'ambition que vous me voulez donner[23]. » Le prince savait d'ailleurs que son fils ne serait jamais qu'un bon exécutant. Abandonnant l'espoir de lui transmettre sa succession à la tête des armées, il se résigna à le voir y tenir, sans enthousiasme, les seconds rôles. Dans les années qui lui restaient à vivre, il put du moins partager avec lui sa passion pour le fleuron de leur patrimoine familial : Chantilly, dont il rêvait de faire un paradis sur terre.

CHAPITRE DIX-NEUF

Le souverain de Chantilly

En quittant les armées au comble de la gloire, Condé prend à Chantilly une retraite qui n'en est pas une, sur le plan de la vie sociale du moins. Il s'y aménage, en toute indépendance, l'existence d'un mécène éclairé. Or la chose n'allait pas de soi. À cette date où Louis XIV entreprend de contrôler et de centraliser autour de sa personne l'ensemble des activités artistiques et culturelles, on peut s'étonner de le voir tolérer chez son illustre cousin un mode de vie si contraire à celui qu'il impose non seulement à ses proches, mais aux membres des plus grandes familles. La fréquentation assidue de la cour, la participation à son rituel quotidien et à ses fêtes témoignent de leur docilité. Bientôt la prison ne sera plus nécessaire pour châtier les imprudents : l'exil y suffira, parfois limité à un séjour dans un de leurs châteaux, perdu au fond de la campagne. Que le premier prince du sang ait pu se soustraire à cette obligation, avant même d'avoir sa santé pour excuse, est en soi une anomalie. Que son repli sur Chantilly n'ait pas abouti à une éviction complète, mais au contraire à l'émergence d'un pôle d'attraction puissant en est une autre. Et que la création d'une cour autonome, non point simple réplique en miniature de celle de Versailles, mais dotée d'une physionomie originale, ait reçu l'entière approbation du souverain est encore plus surprenant. Ce résultat, très improbable au départ, fut le fruit d'une évolution, au cours de laquelle le prince apparut aux contemporains comme métamorphosé, lorsqu'il consacra à d'autres objets que la guerre ses très remarquables capacités.

La résurrection de Chantilly

À son retour des Pays-Bas, Condé, devançant une éventuelle sentence de relégation*, se soumit de lui-même à un de ces exils à domicile réservés à ceux qui n'étaient pas bien en cour. Il s'installa à Chantilly. Tout l'y incitait à la prudence. C'était un lieu chargé d'histoire, celle du royaume et la sienne propre entremêlées, où restaient inscrites en lettres de sang la grandeur et la chute de la maison de Montmorency**. Du haut de la terrasse du château, la statue de son grand-père le connétable régnait sur un peuple de fantômes, ses ancêtres. Autour d'eux avait brillé une cour, dont l'éclat reflétait leur puissance et aussi leur non-conformisme. Mais en 1632 la rébellion et la défaite du dernier d'entre eux avaient condamné le

---

* Il était prévu initialement, dans le traité de Paris, que Condé se verrait assigner ses lieux de résidence par le roi.

** Voir *supra*, p. 45 sq. et 100 sq.

domaine à une longue éclipse. Seule une brève éclaircie, au début de la régence, lui avait rendu un temps sa fonction de villégiature d'été. Ensuite la révolte du prince y avait fait assigner à résidence sa mère et sa femme, sous étroite surveillance, et depuis leur évasion, le domaine était resté quasi à l'abandon. Une histoire hautement instructive pour le rebelle au repentir incertain à qui l'on avait accordé la faveur inespérée de le lui restituer : donnant donnant, cette faveur avait pour contrepartie sa non-ingérence dans le domaine politique.

Si les enseignements du passé n'étaient pas suffisants, l'exemple récent de Fouquet pouvait y ajouter sa leçon. Certes il n'y avait rien de commun, à l'époque, entre le premier prince du sang, héros à la gloire inégalée, et un parvenu à la fortune suspecte*. Mais la comparaison s'impose entre Vaux et ce que sera un peu plus tard Chantilly. Louis XIV, a-t-on coutume de dire, fut jaloux de la splendeur étalée par Fouquet, en un temps où lui-même ne possédait rien d'approchant ; il aurait encouragé au contraire celle de Chantilly, parce qu'alors Versailles surpassait tout. C'est oublier que la jalousie ne s'accommode d'aucune rivalité, même modeste. Le vrai crime de Fouquet n'était pas d'être trop riche, mais d'être ambitieux. Il visait la succession de Mazarin. En affichant d'avance, lors de la fameuse fête, le style de vie convenant à un premier ministre, il croyait se qualifier pour l'emploi. C'était mettre la charrue avant les bœufs, usurper des signes de grandeur auxquels il

---

* Encore que, en matière de finances, les Condé eussent été d'une cupidité bien supérieure...

n'avait pas droit et, beaucoup plus grave, ne tenir aucun compte du jeune Louis XIV, en prenant le cardinal pour seul obstacle à sa montée au pouvoir. Fouquet avait engagé toute sa fortune au service de son ambition politique, il perdit sur les deux tableaux. La leçon rejoignait celle du vieux prince Henri II de Condé, qui conseillait d'inverser les priorités. Son fils était désormais mûr pour l'entendre. Restait à la mettre en pratique.

Jusqu'à son vrai retour en grâce, en 1667, Condé conserve un profil bas. Impératif majeur, retrouver à tout prix la faveur du roi. Non par des démonstrations spectaculaires, mais par l'abstention. Ne se mêler de rien, ne pas critiquer ? Dure épreuve pour un esprit aussi caustique. La mise à l'écart imposée lui facilite cette reconversion. Très vite s'amorce le basculement décisif, insolite, qui fera de Chantilly sa résidence principale, au détriment de son domicile parisien. Il peut être attribué tout d'abord au souci de discrétion. La distance lui fournit une excuse pour se dérober aux divertissements ordinaires qui font le quotidien des courtisans. Le partage des rôles avec son fils, toujours volontaire pour y prendre part au-delà même de ses obligations de Grand Maître, lui permet de jouer, lui, les ermites à la campagne. Mais le goût qu'il éprouve pour ce séjour ne cesse de croître. Le fait qu'il partage avec son épouse leur hôtel parisien le détourne de la capitale, qu'il n'a jamais aimée. Il y étouffe. Ce n'est pas un citadin. Il lui faut de l'air, du mouvement, de l'espace, de l'action et il partage avec Louis XIV une totale indifférence aux intempéries. Un signe qui ne trompe pas :

il s'intéresse davantage aux extérieurs qu'au château lui-même.

C'est la première fois qu'il est chez lui, dans des lieux où le passé est assez proche pour qu'il s'y sente enraciné, mais assez lointain pour qu'il n'en subisse pas le poids au quotidien. Il n'y endosse les vêtements de personne, n'y est prisonnier d'aucune habitude. Il est libre. Il est seul maître à bord. Le domaine, une fois détournées les routes qui le traversaient de part en part, constitue dans la région une enclave, qu'il protégera bientôt d'un mur d'enceinte. Il y jouit d'une sorte d'autonomie, que respecte le roi tant que lui-même ne trouble pas l'ordre du royaume. Il a ses propres gardes et nul ne s'y aventure sans son aval, sinon les biches et les sangliers. Il est indépendant, il n'obéit à personne. Souverain sans partage d'une minuscule principauté, il la régit à son gré, hors de toute contrainte, il y trouve du plaisir et il s'y détend.

Durant la première décennie, il y mena une existence assez retirée, que vint animer en 1663 le ménage de son fils et de sa belle-fille. À partir de cette date, la mère de la jeune femme, Anne de Gonzague, y fit de très fréquents séjours, au cours desquels elle tenait le rang de maîtresse de maison. Tout juste sortie de trois années de crise où elle avait repris goût « aux douceurs célestes » des maisons religieuses [1] elle était retombée dans le libertinage – celui de l'esprit tout au moins – et professait un scepticisme bien accordé à celui du maître des lieux. Leur temps se partageait entre les échanges épistolaires avec la Pologne et la conduite des travaux à Chantilly. Occupé à remodeler la nature au gré de ses désirs, il ne songeait pas encore à faire de son domaine un haut lieu de culture, au sens intellectuel du terme. Cela viendrait plus tard, lorsque ses arbres auraient poussé et que sous lui ses jambes se déroberaient. Pendant ce temps, Chantilly au fil des jours prenait à ses yeux un prix toujours croissant. De lieu d'asile provisoire, quasi imposé, il se muait en lieu de vie librement élu et définitif.

Un chantier permanent

Les travaux répondirent tout d'abord à une vue d'ensemble. Condé jetait sur les vastes horizons entourant le château le même regard d'aigle que sur le terrain où il disposait ses troupes avant la bataille. Cette fois, ce n'étaient pas des hommes qu'il y distribuait à sa guise, mais des haies, des bosquets, des futaies entières et des ruisseaux, des rivières, des étangs – qu'il peupla de végétaux et d'animaux selon son cœur. Un travail de démiurge, qui lui prit non pas sept jours, ni même sept ans, un travail jamais achevé qu'il poursuivit jusqu'à la veille de sa mort, dans sa quête de l'impossible perfection. Lorsqu'il en prit possession, le domaine comportait environ deux cent cinquante arpents*. À coups de rachats et de remembrements successifs, il en décupla la surface. Ses acquisitions portèrent sur les villages bordant la route à l'est et à l'ouest de Chantilly, mais surtout sur les grands espaces boisés qui s'étendaient au sud et dépendaient d'abbayes voisines, Maubuisson, Royaumont, ou Chaalis, qui lui céda les futaies

---

* Dans cette région, un arpent mesurait au minimum 30 ares, ce qui donne pour 250 arpents 7 500 ares, c'est-à-dire 75 hectares. 3 000 arpents font donc autour de 900 hectares.

et étangs de Commelles. Du cardinal de Retz, alors commendataire de Saint-Denis, il obtint, outre le village de Gouvieux, les bois portant le nom de l'abbaye. Dans cet ensemble forestier, il fit tracer un remarquable réseau de routes, dont quelques-unes subsistent : le Carrefour de la Table, d'où elles partaient en étoile, figure encore, souligné d'un gros point rouge, sur les cartes actuelles.

Dès l'origine, il considéra son domaine comme un ensemble, extensible certes, mais qui devait être conçu et organisé comme tel. Nul n'était plus qualifié pour le satisfaire que Le Nôtre. Issu d'une famille de « jardiniers », il était devenu beaucoup plus qu'un dessinateur de parterres. Il avait suivi des cours d'architecture, lu des ouvrages d'optique, d'où son obsession de la perspective. À Chantilly, le château, centre du paysage, devait être à la fois le lieu où convergeraient les regards des arrivants et celui d'où s'étendraient ceux des habitants, vers un vaste panorama ouvert à l'infini. La tâche n'était pas facile, avec ce château triangulaire, fait de deux morceaux accolés, planté sur un piton rocheux enserré par la rivière, et dont l'entrée n'était accessible que par un pont. Il s'y ajoutait une importante dénivellation. Le Nôtre, rompant avec les règles en usage, adopta donc une solution d'une grande hardiesse. Comme point central, il choisit la statue du connétable, placée sur l'esplanade face à la porte principale, mais de l'autre côté du bras d'eau. Raison de plus pour structurer l'espace par de grands axes très apparents – des routes ou de larges allées, un grand canal – dont des transversales venaient adoucir la disposition très géométrique. Afin de discipliner une nature inculte, il fallut assécher les prés humides, détourner la Nonette et ses ruisseaux affluents, combler des étangs, mais aussi creuser des canaux : gigantesques travaux qui débordèrent les dix premières années. Les espaces ainsi délimités reçurent d'emblée leur future destination, ceux qui étaient destinés à des arbres appelant plantation immédiate. Il les conçut en jouant d'une part sur les contrastes entre l'ombre et la lumière, dans l'alternance des bosquets et des parterres, d'autre part sur les miroirs d'eau qui, égayés par des jets ou des cascades, s'animaient de reflets en perpétuel mouvement. Les grandes lignes une fois achevées, c'est à La Quintinie, non moins célèbre en sa partie, que furent confiés le choix et l'entretien des espèces végétales.

On a dit parfois – et ce n'est pas faux – que Condé n'a fait aucun effort d'originalité dans l'aménagement de son parc et qu'il s'est plié, en bon courtisan, aux impératifs du moment. Difficile d'y échapper quand on avait les mêmes maîtres d'œuvre que le roi, qui leur consentait, pas toujours de bonne grâce, quelques loisirs pour travailler à Chantilly. Lorsqu'ils n'étaient vraiment pas libres, ils lui recommandaient leurs neveux ou leurs élèves – gens de très haut niveau eux aussi, mais gardant tous l'œil fixé sur Versailles. Les parterres de Condé sacrifièrent donc à des modes, comme celle des « broderies* ». Il eut tout ce qu'il fallait avoir, une volière, un labyrinthe, une ménagerie, un potager, une orangerie dernier cri – et nous en passons. Mais on a tort de le lui reprocher.

---

* Dessins tracés sur les parterres au moyen de lignes de végétaux nains, généralement des buis taillés.

Ces merveilles n'étaient pas censées exprimer ses goûts personnels, elles avaient pour fonction de manifester aux yeux de tous son rang, son crédit, son prestige : elles se devaient de rivaliser, inférieures certes en dimension, mais pas en qualité, à celles qu'on pouvait admirer à Versailles. De ses préférences à lui, on peut cependant se faire une idée.

Il a des goûts et des curiosités de naturaliste. La recherche des essences rares, des fleurs inconnues, poussée à un tel degré, n'a rien à voir avec l'ostentation, elle relève d'un état d'esprit bien connu, celui du novateur, épris d'expériences inédites, ou du collectionneur, toujours en quête du spécimen qui lui manque. Pourquoi donc planter des vignes à Chantilly, sans intention certes de concourir à la consommation du château ? À titre expérimental, pour voir ce qu'elles donnent. Il a consulté les meilleurs vignerons de Bourgogne et il opte, comme eux, pour des cépages pris à Meursault, « car les vins blancs, dit-il, viendront et réussiront mieux à Chantilly que les autres*[2] ». Sa passion pour les arbres et surtout pour les fleurs, bientôt connue de l'Europe entière, suscite des cadeaux qui lui viennent de toutes parts. Elle lui vaut d'entretenir avec des gens qui la partagent une correspondance de spécialistes. Ainsi d'un érudit hollandais qui lui envoie un colis contenant notamment « de grosses *mescrées* qui fleurissent l'été, cent sapins d'espèces rares, de jeunes lauréoles, des églantines aux feuilles de très bonne odeur, et des

---

* Il faut savoir qu'au XVIIe siècle les vignobles étaient nombreux en Île-de-France. Mais leur production, réservée à la consommation locale, était de médiocre qualité.

carasus avinus qui font des fleurs en forme de fleurs de sycomore mais blanches, des plants de digitales de diverses couleurs ». Le cadeau reçu du prince en retour – des platanes, des lilas, les altéas, des narcisses de Constantinople – permettra au destinataire de faire de son jardin « un petit Chantilly »[3].

Cet intérêt pour les végétaux, qui s'étend aussi, en moins marqué, aux animaux, fait-il de son domaine un rival du Jardin des Plantes ? Non, bien sûr. Des trois mille arpents qu'il comporte, la portion livrée aux soins des jardiniers ne constitue qu'une faible partie. Tout le reste est formé de bois de haute futaie, parfois coupés d'étangs. Chantilly comporte en réalité trois sortes de lieux juxtaposés : les jardins proprement dits, dessinés au cordeau ; le parc ombragé, compromis entre la nature et l'art, où des sentiers capricieux conduisent le promeneur à des haltes accueillantes ; et l'authentique forêt, où il dispose d'un espace brut, sauvage, quasi inviolé. À cette forêt, hormis la percée de voies d'accès, il se garde de toucher. Il peut s'y promener, voire s'y perdre, et surtout pratiquer la chasse à domicile, à deux pas de chez lui – un plaisir que Louis XIV doit aller chercher à Fontainebleau. Chantilly offre deux visages : l'un pour être vu et l'autre plus secret, à usage personnel, entre lesquels le parc offre un palier de transition. Et l'on verra plus loin que la vie qu'y mène le prince est en effet conforme à cette dichotomie.

Mais avant d'abandonner le chapitre des travaux, il faut dire un mot de celui sans qui rien de tout cela n'aurait pu être mené à bon port : Gourville. Condé n'avait pas oublié ce serviteur de La Rochefoucauld qui s'était montré si précieux lors de sa chevauchée vers Paris au mois de mars 1652. Libéré par son maître à la fin de la Fronde, il s'était découvert des talents de financier et avait fait des affaires prospères grâce à divers services rendus à Mazarin et à Fouquet au temps où ils étaient bien ensemble. Mais après la mort du cardinal, il fut entraîné dans la chute du surintendant et condamné, par contumace, à être pendu. Il avait donc jugé prudent de prendre ses distances à Londres d'abord, puis à Bruxelles et à La Haye. Il s'y était fait de nombreuses relations, qui lui valurent d'être chargé par le ministre Hugues de Lionne de quelques-unes de ces missions qu'on préfère tenir secrètes. Rentré à Paris, mais toujours sous le coup de sa condamnation, il retrouva Condé au moment où s'effondrait le rêve polonais et celui-ci le chargea de veiller à l'acheminement des pierreries qui revenaient à son fils sur l'héritage de la reine Louise-Marie – mission remplie avec succès. Sur l'honnêteté du personnage, qui tenait d'un Gil Blas ou d'un Figaro avant la lettre, il y aurait eu beaucoup à redire. En revanche, il se montrait d'une fidélité absolue à l'égard de ceux auprès de qui il s'engageait. En 1669, Condé le prit à son service avec le titre de « surintendant des maisons et affaires de Monsieur le Prince », qui valait sauvegarde, et il l'envoya à Madrid négocier le paiement des arriérés du traité des Pyrénées. Les résultats obtenus, bien que partiels, tenaient du miracle. Gourville s'attaqua alors à la situation financière de son nouveau maître, il obtint de ses principaux créanciers un réaménagement de ses dettes, il s'appliqua à renverser la tendance et parvint, au bout de dix ans, à un budget où les rentrées surpassaient largement les dépenses[4]. Lui aussi se prit de passion pour Chantilly, où il se sentait chez lui. C'est aux quarante mille livres qu'il réservait chaque année pour les travaux que le domaine dut sa splendeur. Mais il ne se borna pas à gérer les finances du prince, il prit en main, jusque dans les moindres détails, la direction de sa maison. Et celui-ci n'eut qu'à s'en louer.

Chantilly, point de mire de l'Europe

Jusqu'en 1667, la vie mondaine de Condé était restée limitée et l'on ne recevait guère à Chantilly que des amis proches. Il avait, depuis son retour en France, une troupe de comédiens attitrée, mais elle ne se produisait que rarement chez lui, que ce fût à Paris ou à la campagne ; le reste du temps, elle vivait de tournées en province ou même à l'étranger. Ses divertissements personnels relevaient du domaine privé, parce qu'il était encore en semi-disgrâce. La faveur très remarquée que constitua son retour aux armées et les succès qu'il y remporta eurent pour effet immédiat de diriger sur lui une intense curiosité. Il dut alors faire face à un défilé de visites qu'il ne pouvait éluder. Tous ceux qui comptaient à Paris voulurent le voir en majesté, dans le cadre à sa mesure qu'il était en train d'aménager. Tous les notables étrangers de passage tinrent à honneur d'y être reçus. Par bonheur ses obligations militaires, en l'éloignant, lui procuraient quelque répit, tandis qu'en son absence, Gourville, avec un solide aplomb, faisait les honneurs de la maison à sa place.

Les lieux se prêtaient aux grandes fêtes dont Fouquet à Vaux, puis Louis XIV à Versailles lors des

Plaisirs de l'Île enchantée, avaient fixé la formule. Celles de Condé ne furent pas en reste : repas en plein air, concerts, comédie, jeux variés et feu d'artifice, auxquels s'ajoutait un extra très prisé, la chasse, s'étalaient sur plusieurs jours. La première d'entre elles fut donnée en l'honneur du souverain démissionnaire de Pologne, Jean-Casimir, père adoptif de la jeune duchesse d'Enghien. Il y en eut d'autres. On se contentera ici d'évoquer la plus célèbre, celle que le prince offrit au roi du 23 au 25 avril 1671. À vrai dire, le terme d'*offrit* est impropre, car en réalité Louis XIV s'invita. Ou plus exactement il lui fit savoir qu'il lui faisait la grâce de l'autoriser à l'inviter. Il avait plu à torrents pendant les trois jours précédents, et l'on trembla. Mais le ciel se montra clément et l'on put dresser sur les pelouses les tentes abritant la soixantaine de tables requises. La fête eut droit dans la *Gazette* à deux comptes rendus aussi plats l'un que l'autre, l'un bref, pour l'édition normale, l'autre plus détaillé, dans un supplément. Arrivés en fin d'après-midi le jeudi 23, le roi et la reine visitèrent d'abord les jardins, puis « dans une feuillée à portiques éclairée par une infinité de lustres », ils savourèrent une collation de confitures variées, agrémentée d'un concert. Vu du parc, le château parut tout en feu, illuminé par un nombre extraordinaire de lustres. Le souper, servi « avec une somptuosité singulière », fut suivi du feu d'artifice, qui, si l'on en croit Mme de Sévigné – mais elle parle par ouï-dire –, fut un peu éclipsé par l'éclat de la lune. Le tout dans une débauche de jonquilles, comme l'impliquait la saison.

Hélas, la journée du lendemain fut assombrie par un drame, sur lequel glisse le récit officiel. C'est donc à la marquise qu'il faut ici recourir[5]. Sur les festivités régnait Vatel, « le grand Vatel », qui avait déjà officié comme maître d'hôtel chez Fouquet avant de passer au service de Condé. Au souper, « il y eut quelques tables où le rôti manqua », pour cause de convives en surnombre. « "Je suis perdu d'honneur, s'écria Vatel ; voici un affront que je ne supporterai pas." N'ayant pas dormi de douze nuits, la tête lui tournait et il ruminait sa défaillance. Gourville prévint le prince. Celui-ci alla jusque dans sa chambre et lui dit : "Vatel, tout va bien ; rien n'était si beau que le souper du roi." Il lui dit : "Monseigneur, votre bonté m'achève ; je sais que le rôti a manqué à deux tables. — Point du tout, dit M. le prince ; ne vous fâchez point : tout va bien" ». Le lendemain était un vendredi, jour maigre. « À quatre heures du matin, Vatel s'en va partout ; il trouve tout endormi. Il rencontre un petit pourvoyeur qui lui apportait seulement deux charges de marée ; il lui demanda : "Est-ce là tout ?" Il lui dit : "Oui, Monsieur." Il ne savait pas que Vatel avait envoyé à tous les ports de mer. Il attend quelque temps ; les autres pourvoyeurs ne viennent point. Sa tête s'échauffait ; il croit qu'il n'aura point d'autre marée. Il trouve Gourville et lui dit : "Monsieur, je ne survivrai pas à cet affront-ci ; j'ai de l'honneur et de la réputation à perdre." Gourville se moqua de lui. Vatel monte à sa chambre, met son épée contre la porte, et se la passe au travers du corps, mais ce ne fut qu'au troisième coup, car il s'en donna deux qui n'étaient pas mortels ; il tombe mort. La marée cependant arrive de tous côtés. On cherche Vatel pour la distribuer. On va à sa chambre. On heurte, on enfonce la porte, on le trouve noyé dans son sang. On court à M. le prince, qui fut au désespoir. » Que le lecteur se rassure, Gourville fit le nécessaire pour que le drame passât inaperçu : « On dîna très bien, on fit collation, on soupa, on se promena, on joua, on fut à la chasse. Tout était parfumé de jonquilles, tout était enchanté. » Et le lendemain le roi s'en alla, ravi de son séjour.

La fête avait coûté une fortune. Loin d'en taire le montant, on le claironna : 180 000 livres au total. Près de 200 000 au dire de Mme de Sévigné : 50 000 écus pour la fête et de 16 000 pour le feu d'artifice*. La vente de bois que possédait le prince en Bretagne en couvrit tout juste le montant. Ce n'était pas, en dépit des apparences, de l'argent jeté par les fenêtres. « Pareille prodigalité illustre la vertu agissante d'une forte dépense comme soutien du crédit », explique Katia Béguin[6] : qu'on se le dise, le prince était à nouveau solvable – ou du moins le paraissait. Mais le message concernait surtout sa place dans le royaume : il redevenait fréquentable. Sorti du purgatoire, définitivement pardonné, il tenait son rang avec la magnificence requise, Chantilly en était la vitrine et les fêtes le rituel obligé. Cependant, quand il faisait ses comptes, le fidèle intendant pensait à part lui qu'il valait mieux ne pas les multiplier et il s'efforça de freiner les dispendieuses débauches d'imagination qu'elles ne manquaient pas de provoquer chez le duc d'Enghien. Il trouva heureusement auprès du prince un soutien efficace.

---

* Rappel : l'écu valait trois livres.

« *Le prince le plus éclairé de son siècle* [7] »

Pas plus qu'à l'obligation de donner des fêtes, Condé ne pouvait échapper au mécénat. Outre le mythe du prince lettré, hérité de la Renaissance, il existait en la matière deux modèles récents : Mazarin qui privilégiait les arts, et Fouquet, à qui il avait abandonné le patronage des écrivains. Dans son effort centralisateur, Louis XIV avait chargé Colbert, ministre de la Culture avant la lettre, de régenter ces deux domaines. Mais sur ses choix pesaient, sauf en matière musicale, des arrière-pensées politiques. Il restait donc de la place pour un mécénat privé, dont le maître de Chantilly se chargea tout naturellement [8].

Il était infiniment plus cultivé que la plupart des grands seigneurs exclusivement adonnés au métier des armes. Toute culture est plus ou moins sélective. La sienne s'orientait vers les ouvrages de l'esprit. Certes il acheta pour décorer Chantilly des tableaux de maître et d'admirables tapisseries, il recourut à des sculpteurs pour orner les bas-côtés du grand escalier et il entretint des musiciens – toutes choses faisant partie des normes requises pour un château, mais qui semblent avoir tenu dans ses occupations une place moindre que les livres. C'est un intellectuel plus qu'un artiste. Mise à part la botanique, sa culture – chose rare dans son milieu – passe par l'écrit. Jeune, il avait acquis chez les jésuites une solide formation classique, puis il s'était poli dans le salon de Mme de Rambouillet, invité à juger entre les mérites respectifs de poètes ou d'épistoliers. Il fut toujours grand liseur. Il mettait à profit les temps morts qui scandaient les campagnes, et notamment les sièges, pour dévorer le dernier roman de La Calprenède ou relire les *Commentaires* de César et l'*Histoire romaine* de Tite-Live. Lorsqu'il en eut le loisir, son goût pour les livres ne connut plus de limites.

Cette volonté de tout savoir, cette curiosité encyclopédique, qui avaient hanté tant d'esprits éminents à l'aube de la Renaissance, étaient alors en train de capituler devant l'extension rapide de la science. Mais elles répondaient si bien à la soif d'impossible qui l'habitait qu'il en fut malgré tout possédé. L'hôtel de Condé comportait, comme il se doit, une bibliothèque – signe extérieur de culture indispensable à un prince. Mais elle atteignait dix mille volumes et il en était lui-même le premier usager. Il ne cessa, depuis son retour, de l'enrichir. Il contrôlait de très près les achats. Son intérêt ne souffrait aucune exclusive, allant des grands textes médiévaux, qu'il fit copier à la main faute d'édition disponible, jusqu'aux publications les plus récentes, comme les *Mémoires* de Pontis, qu'il lut en 1676 « d'un bout à l'autre avec le même appétit[9] » que Mme de Sévigné. Il lançait ses rabatteurs vers les ouvrages rares, inédits ou interdits.

Ainsi adossés à une très vaste culture, les jugements instinctifs qu'il portait sur les œuvres qu'on lui soumettait ne se trouvaient pas remis en cause par la réflexion ultérieure. Il jugeait vite, et bien. Les conseils qu'il donnait aux auteurs ne manquaient pas de pertinence et il arrivait à Boileau d'obtempérer. Il exerça donc, qu'il l'ait cherché ou non, un magistère d'autant plus important en matière littéraire qu'un avis favorable de sa part était un passeport pour le succès. Tant et si bien que Charles Perrault, pourtant académicien déjà, lui écrivait en lui envoyant un ouvrage : « Je souhaite extrêmement, Monseigneur, qu'il ait le bonheur de vous agréer non seulement parce qu'une approbation comme la vôtre est le plus grand éloge qu'on puisse souhaiter, mais parce qu'elle me serait un gage assuré de celle de toutes les personnes de bon goût [10]. » Ses choix furent en général ratifiés par la postérité. Jeune, il avait beaucoup admiré Corneille, dont il agréa la dédicace pour *Rodogune*. Mais il lui préféra ensuite Racine, dont il soutint la *Bérénice* contre la tragédie rivale du vieux dramaturge et *Phèdre* contre la cabale montée autour de la pièce homonyme de Pradon. Il aima Molière, sans faire la fine bouche devant les farces, et il s'engagea publiquement en sa faveur.

Le combat pour Molière

À son retour des Pays-Bas, il avait découvert *Les Précieuses ridicules*, jouées exprès pour lui chez une amie en 1660, et il en conçut pour l'auteur une vive admiration. On ignore ce qu'il pensa de *L'École des femmes* et de la polémique qui s'ensuivit. Reste une question : c'est tout de même à l'hôtel de Condé que furent jouées dans l'hiver de 1662-1663 deux pièces satiriques d'une extrême violence contre l'auteur, réputé maître d'impiété et de vice*. À l'initiative de qui ? on ne sait. Mais – réparation éclatante – le

---

* *Le Portrait du peintre*, de Boursault, et *L'Impromptu de l'hôtel de Condé*, de l'acteur Montfleury. La querelle était alimentée par la rivalité entre la troupe de l'hôtel de Bourgogne et celle de Molière.

prince l'invita au début de l'automne à passer une semaine à Chantilly, où il lui fit jouer tout son répertoire. Et pour les festivités accompagnant le mariage de son fils, le 11 décembre suivant, il choisit *L'Impromptu de Versailles*, cinglante réplique aux détracteurs de la pièce controversée. Dès lors son admiration pour Molière se doubla d'un soutien énergique. Il est vrai qu'il pouvait se le permettre. Il n'était plus seul. C'est à Versailles qu'avaient eu lieu les premières représentations de *L'Impromptu*, sur commande de Louis XIV.

Molière s'était montré combatif – ce qui n'était pas pour déplaire au prince. Non content d'avoir fait scandale en ridiculisant à travers Arnolphe l'autorité maritale aveugle et bornée, le comédien récidiva l'année suivante pour *Les Plaisirs de l'Île enchantée*, en fournissant au roi, à côté de *La Princesse d'Élide*, d'inspiration galante, une comédie féroce en trois actes, *Tartuffe ou l'Imposteur*, mettant en scène un aigrefin qui, sous couleur de direction de conscience, s'introduisait dans une famille pour la gruger. Visait-il uniquement les faux dévots, comme il le soutint pour sa défense, ou également les vrais, qui se dressèrent aussitôt contre lui ? Comment d'ailleurs faire le départ entre l'authentique charité chrétienne et l'activisme sincère, mais dévoyé, qui poussait certains membres de la Compagnie du Saint-Sacrement, au nom de l'ordre moral, à épier la vie de leurs voisins et à les ramener de force dans le droit chemin* ? Condé n'aimait pas ces ennemis de la liberté. Louis XIV,

---

* La Compagnie avait été supprimée en 1660, mais les dévots n'avaient pas renoncé à leurs pratiques.

quant à lui, les redoutait à un double titre, peu soucieux comme roi de voir se développer dans l'État leur pouvoir occulte, et exaspéré à titre personnel de les entendre dénoncer publiquement les écarts de sa vie privée. Mais le tollé fut tel que *Tartuffe* ne put échapper à une interdiction qui se voulait définitive. Il faut dire que, dès l'année suivante, Molière avait aggravé son cas avec un *Dom Juan*, dont le protagoniste, incarnant selon la tradition un « libertin » notoire, ne doit sa damnation finale qu'à sa métamorphose en faux dévot. De quoi enfoncer davantage l'objet initial du scandale ! Rien n'y fit, ni le changement de nom – provisoire – de la pièce et du personnage, ni les remaniements du texte, ni l'addition de deux actes, qui permettait de démasquer l'escroc et de célébrer le « prince ennemi de la fraude » venant assurer le triomphe de la justice. En août 1667, l'archevêque de Paris menaça d'excommunication quiconque verrait ou lirait l'œuvre impie. La mort d'Anne d'Autriche, qui soutenait les opposants, ne suffit pas à les désarmer. Il fallut attendre 1669 pour que la pièce fût autorisée.

Au plus fort de la querelle, Condé, plus libre que le roi à l'égard de l'Église, avait manifesté publiquement son soutien à Molière, en lui commandant au moins quatre représentations privées de *Tartuffe* – deux données au Raincy chez la Palatine en 1664 et 1665, puis deux autres en 1668, l'une en plein Paris, à l'hôtel de Condé, au mépris de la sentence épiscopale, et la seconde à Chantilly. C'est à lui que Molière attribue la réflexion qui fit mouche : « Finissons par un mot d'un grand prince sur la comédie de *Tartuffe*. Huit jours après qu'elle eut été défendue, on représenta devant la cour une pièce intitulée *Scaramouche ermite* ; et le roi, en sortant, dit au grand prince que je veux dire : "Je voudrais bien savoir pourquoi les gens qui se scandalisent si fort de la comédie de Molière ne disent mot de celle de *Scaramouche*" ; à quoi le prince répondit : "La raison de cela, c'est que la comédie de *Scaramouche* joue le ciel et la religion, dont ces messieurs-là ne se soucient point ; mais celle de Molière les joue eux-mêmes ; c'est ce qu'ils ne peuvent souffrir"*. »

Les dédicaces, on le sait, supposent l'accord du dédicataire. Molière s'en était abstenu, par discrétion, lorsque la querelle autour de lui battait son plein. En 1668, quand elle fut en voie d'apaisement et que Condé eut retrouvé sa place auprès d'un roi dont les amours illégitimes, sanctifiés par les victoires, faisaient figure de repos mérité du guerrier, Molière lui dédia avec son assentiment, loin de toute polémique, une comédie exquise, où la légèreté voile à peine l'irrévérence, et qui respire la joie de vivre : *Amphitryon*.

Un mot pour en terminer avec le théâtre. En ces années où triomphait l'opéra, sous sa forme francisée par Lully, il est permis de s'étonner qu'un passionné de spectacles comme Condé y soit resté étranger. Les conditions matérielles y furent peut-être pour quelque chose : les opéras sont œuvres malaisément transportables. Mais son abstention tient sans doute davantage à son moindre goût pour la musique et surtout pour l'expression des émotions et des sentiments, qu'il

---

* Ce sont les derniers mots de la *Préface* à *Tartuffe*, publié en 1669 avec Privilège du Roi.

convient selon lui de refouler. Ce qu'il apprécie chez Molière est l'observation critique des mœurs. En vieillissant, il a renoncé aux romans. Sa tournure d'esprit le porte désormais vers les sciences plutôt que vers la littérature.

Curiosités scientifiques

Condé avait hérité de son père, si curieux que cela puisse paraître, une académie scientifique, comme il en avait fleuri beaucoup dans la première moitié du siècle. Plus exactement il avait récupéré dans sa domesticité, à son retour des Pays-Bas, l'homme qui en était à la fois l'âme et la cheville ouvrière et qui revenait, lui, de chez Christine de Suède à Stockholm. À vrai dire, l'intéressé devait son recrutement non à ses compétences scientifiques, mais à ses talents de médecin. Nous l'avons déjà rencontré dans l'exercice de cette fonction. De son vrai nom Pierre Michon, il avait changé son patronyme contre celui de Bourdelot, emprunté à ses oncles maternels. Ceux-ci avaient acquis une notoriété parmi les érudits du début du siècle, qui, ignorant les interdits et les frontières, échangeaient par voie épistolaire des vues originales sur les questions controversées. Ils disposaient d'un large réseau de correspondants à travers l'Europe, dont leur neveu hérita lorsqu'il fonda son académie vers 1640. Henri II de Condé, tout dévot qu'il fût, tenait à son médecin. Il ferma donc les yeux sur les réunions qui rassemblaient dans son hôtel des gens dont les convictions religieuses sentaient parfois le fagot, mais qui faisaient autorité en matière scientifique. À sa mort, Condé lui conserva sa protection, un temps suspendue par la Fronde et ses suites.

Bourdelot traînait avec lui une réputation méritée de mécréant et de débauché. Raison de plus pour que le prince lui ouvrît discrètement sa porte : ses curiosités le poussaient dans le même sens que les adeptes du « libertinage érudit » – même quand il frayait avec celui des mœurs. Et contre toute attente, l'académie reprit vie. Son siège était à Paris. Elle tenait ses réunions tous les mardis et organisait périodiquement des conférences ouvertes aux amateurs avertis. De Chantilly, le prince en supervisait les activités, tandis que Bourdelot soignait sa goutte.

L'animateur était d'abord un médecin, fils de chirurgien, un homme tôt confronté avec le malade, qui invoquait, contre l'enseignement théorique dispensé par la Faculté, l'autorité de l'expérience. Comment pouvait-on traiter selon des théories vieilles de deux millénaires – celles d'Hippocrate et de Galien –, alors qu'il suffisait d'observer le réel ? Il bannissait donc les saignées et les émétiques*, qui affaiblissaient le malade au lieu de le remettre sur pied. Il avait constaté, en revanche, que la plupart des ennuis de ses nobles patients provenaient d'une alimentation trop riche. Il astreignait donc Condé à la diète, le soignait avec des purgations douces et vaquait « à l'humectation et au rafraîchissement » de ses entrailles au moyen d'« eau de poulet » et de jus d'orange. Puis, proscrivant le gibier échauffant, il le mettait au « régime blanc » à base de volaille. Contre la goutte, il

---

* Les vomitifs très violents – auxquels on ajoutait les clystères (lavements) : voir *Le Malade imaginaire*…

considérait le lait, si possible d'ânesse, comme une panacée. Ne rions pas : faute d'agir vraiment sur les symptômes, il réduisait temporairement la cause première.

Ce détour par la médecine n'est pas inutile pour comprendre comment Condé aborde les sciences. Il répugne à l'abstraction et à la méthode déductive qui enchaîne logiquement les conclusions successives. Plus attiré par la physique et les sciences naturelles que par les mathématiques, il préfère partir du concret, des phénomènes constatés, et se demande s'ils sont reproductibles par l'expérience. Il n'est pas le seul : c'est la démarche qui détermine la plupart des progrès scientifiques à l'époque. Il s'intéresse à toutes les questions qui font alors l'objet de débats. Dès 1648, il se passionne pour la querelle du vide, qu'on croyait impossible sur la foi d'Aristote et dont Pascal prouve expérimentalement l'existence au sommet du Puy-de-Dôme. L'héliocentrisme, encore tenu pour hypothèse non vérifiée, recueille son assentiment. Autre question d'actualité : la circulation du sang, sur laquelle la Faculté récuse les découvertes de Harvey. Autour de Condé, non seulement on y souscrit, mais on encourage les premières tentatives de transfusion. On observe la réfraction de la lumière, qui conditionne toute l'optique. On se penche même sur la génération des insectes : est-elle spontanée ou non ? la réponse ne viendra que beaucoup plus tard. Dans tous ces domaines, qui dépassent ses compétences, Condé n'est assurément qu'un suiveur. Mais il a un double mérite : celui de repérer d'un coup d'œil sûr les interrogations majeures, puis, chaque fois, de prendre parti pour les novateurs. Et il apporte à ceux-ci la caution de son patronage.

C'est dans ce cadre qu'il faut placer sa défiance face aux superstitions, aux sortilèges, à toutes les prétendues manifestations du surnaturel. N'oublions pas que l'époque en regorgeait. Nous avons peine à imaginer aujourd'hui à quel point l'univers quotidien de nos aînés leur semblait peuplé de forces occultes. En plein XVIIe siècle, le cardinal de Retz, qui ne péchait pas par excès de crédulité, n'hésitait pas à avouer qu'il avait « souhaité toute sa vie voir des esprits ». En fait, ces prétendus diables se révélèrent être des capucins rentrant chez eux dans la lumière incertaine de l'aube, mais les voyageurs détrompés continuèrent de croire qu'on pouvait rencontrer des êtres d'un autre monde [11]. Au fil du siècle, les progrès du rationalisme commencèrent à inspirer des doutes sérieux sur beaucoup de ces croyances, sans pour autant mettre en cause l'existence de Dieu. La vie de Condé comporte par exemple un épisode qui a prêté à scandale jusque chez ses biographes récents. Aidé de la princesse Palatine et de Bourdelot, il aurait brûlé un fragment de la « vraie croix », celle sur laquelle était mort le Christ. Faut-il penser pour autant que tous trois étaient athées ? Le médecin oui, c'est quasiment certain, mais la Palatine sûrement pas, et pour Condé, nul ne sait. Il n'y avait en tout cas chez eux aucune volonté de sacrilège – lequel d'ailleurs suppose la foi. Ils ne bravaient pas Dieu, mais les superstitions répandues en son nom. Ils soupçonnaient cette prétendue relique d'être un faux et ils lui appliquaient, pour vérifier, la méthode expérimentale. Le morceau de bois brûla, comme n'importe quel autre, ce qui confirma leur diagnostic. L'existence de Dieu n'avait rien à y voir.

L'Église n'avait donc rien à leur reprocher ? Oh que si ! D'abord elle était indirectement visée puisqu'elle couvrait la tromperie en accréditant les reliques. Et surtout, plus encore que le geste lui-même, elle réprouvait la démarche intellectuelle qui l'avait inspiré. Ils avaient commis le péché de curiosité, celui qui valut à Adam et Ève d'être chassés du paradis. Cette même démarche, si elle se généralisait, risquait de mettre à bas l'explication du monde tirée de l'Écriture sainte. Or elle s'imposait dans les sciences et commençait d'être mise en œuvre dans l'exégèse des textes sacrés. Si l'on s'applique à vérifier l'authenticité, non pas seulement d'un morceau de bois, mais des livres qui fondent la révélation, tout l'édifice du dogme risque d'en être ébranlé. Condé avait assurément compris la signification de sa petite expérience et il en avait mesuré la hardiesse. Sa position personnelle lui assura l'impunité et l'Église choisit fort sagement de n'en point parler.

D'après ce qui précède, nul ne s'étonnera que l'intérêt du prince ait dérivé de la physique vers la métaphysique : les deux domaines restaient étroitement imbriqués. Il les cultivait en parallèle. Son goût pour les philosophes se traduisit même dans son parc par une allée à eux consacrée*. Descartes l'attira sans doute, à l'origine, par sa réputation de non-conformisme : il était mort en 1650 à Stockholm, où l'avait accueilli l'excentrique reine Christine, mais

---

* Sans doute par allusion aux déambulations d'Aristote et de ses disciples. L'allée figure encore sur les cartes actuelles.

l'interdiction de toute oraison funèbre lorsqu'on rapatria ses cendres en 1667 lui avait valu un regain d'intérêt. Si l'on en croit Mme de Sévigné, le cartésianisme était à la mode et alimentait en sujets de conversation les belles dames des salons. Qu'en a retenu le prince ? Difficile à dire. D'après la marquise, il aurait rechigné à voir dans les animaux de simples machines [12]. Plutôt qu'une pensée philosophique cohérente, il semble avoir trouvé, dans le doute qui fait le fondement de la *Méthode*, de quoi légitimer en raison la propension à l'examen critique qui lui était propre. Il ne cherchait pas de certitudes. Comme il l'avait fait toute sa vie dans tous les domaines, il allait au-delà de l'acquis, il élargissait son champ d'étude, il poussait son enquête hors des sentiers battus, vers les limites. Il s'intéressait à tous ceux qui avaient maille à partir avec l'opinion dominante. Il soutint Malebranche lorsque l'effort de celui-ci pour concilier la foi et la raison lui valut des ennuis avec les autorités ecclésiastiques. Plus typique encore, en 1673, son désir de rencontrer Spinoza, le fameux philosophe hollandais d'origine juive, qui, osant se dire matérialiste et athée, s'était attiré la vindicte de toutes les communautés confessionnelles d'Europe, à commencer par la sienne. Il l'invita à venir le voir à Utrecht et lui offrit l'hospitalité en France, que celui-ci refusa.

N'en concluons rien sur les convictions personnelles du prince. En avait-il d'ailleurs ? Dans le vaste champ culturel, il se plaisait à « zapper » – si l'on peut se permettre cette métaphore anachronique – toujours à contre-courant, dans les marges. S'il fallait le définir d'un mot, ce serait le scepticisme. Ainsi s'explique l'étonnante réussite de la petite cour qu'il réunit autour de lui dans les dix dernières années de sa vie.

Un havre de liberté

Que Condé ait couvert de sa protection un bon nombre de mal-pensants est incontestable et tout à son honneur, à nos yeux du moins. Mais nous aurions grand tort de lui prêter un sectarisme qui lui était étranger. Il appréciait les libres-penseurs, mais jamais il ne prétendit faire de Chantilly un haut lieu de la libre-pensée. Il savait en revanche ce dont il ne voulait à aucun prix : voir son Eldorado devenir un Versailles au petit pied en le laissant envahir par la société de cour tout entière vouée à l'adulation du souverain. Il la connaissait bien, puisqu'il y jouait de temps en temps sa partie comme courtisan. Il répugnait à être à son tour, chez lui, le destinataire d'hommages convenus. En dehors des fêtes, où il sacrifiait aux obligations inhérentes à son rang, il se procura donc pour la vie courante, une société qui lui fut agréable.

Comme tous les hommes d'action mis à la retraite, il craignait terriblement l'ennui. Dans son emploi du temps, la lecture fut complétée par la controverse. C'était une variante un peu particulière de la conversation si prisée dans les salons ou de la dispute pratiquée dans les collèges. Loin de viser comme elles à l'équilibre entre interlocuteurs, elle avait pour but de mettre en valeur les dons éminents du prince. Comme l'a noté La Fontaine, les « contestations », qu'il aimait « fort vives », représentaient pour lui un substitut de la guerre : « Autrefois la fortune ne l'aurait pas bien servi si elle ne lui avait opposé des ennemis en nombre supérieur et des difficultés presque insurmontables. Aujourd'hui il n'est point plus content que lorsqu'on le peut combattre avec une foule d'autorités, de raisonnements et d'exemples ; c'est là qu'il triomphe. Il prend la victoire et la raison à la gorge pour les mettre de son côté. » Il lui fallait donc des partenaires capables de dénicher des sujets propres à la discussion – il en faisait une grosse consommation – et de lui donner la réplique avec assez de talent pour qu'il éprouve le plaisir de la lutte avant celui du triomphe. Attention ! il ne devait pas perdre : « Il aime extrêmement la dispute et n'a jamais autant d'esprit que quand il a tort[13]. » C'était sans doute vrai, puisque Boileau fait exactement la même remarque : « Je serai toujours de l'avis de M. le prince, même lorsqu'il a tort ! » Mais le fait qu'on puisse en plaisanter ôte à son désir de gagner tout aspect déplaisant.

Pour s'introduire dans la familiarité du prince, il n'était qu'un sésame : avoir de l'esprit, de la culture et le sens de la répartie. Peu importaient les convictions philosophiques ou religieuses des participants. Elles étaient disparates ? Tant mieux : comment débattre avec des gens qui sont tous du même avis ? Le plus grand éclectisme présidait à leur recrutement, qui procédait par le bouche à oreille. Aux habitués de la maison se joignaient des invités occasionnels, comme Boileau ou Bossuet, qui, à leur tour, lui recommandaient leurs amis. Dans l'entourage immédiat de Condé figuraient des libertins avoués comme Bourdelot, ou comme ce fantasque protestant gascon, auteur d'un livre sur les *Préadamites*, Isaac de La Peyrère, dont il avait fait son bibliothécaire pour le sauver de la prison*. Mais ils y voisinaient avec des jésuites, comme le Père Bergier, familièrement appelé le *berger* ou le *pastor fido*, et le Père Talon, inépuisable pourvoyeur d'anecdotes sur la cour et la ville [14]. Nul ne leur demandait de jeter leur soutane aux orties et ils n'exigeaient pas des mécréants qu'ils se convertissent. Personne ne faisait de prosélytisme. Chacun respectait l'opinion des autres. Leurs joutes intellectuelles ne prétendaient pas imposer une vérité univoque, elles se contentaient de pourchasser les préjugés. Leurs picoteries réciproques, en forme d'espiègleries de collégiens, faisaient partie du jeu qu'ils menaient en commun pour le plus grand amusement du maître. Leur capacité à vivre ensemble, à discuter ensemble en dépit de leurs divergences faisait en effet de Chantilly un îlot de paix face à la montée de l'intolérance. Condé n'eut pas les moyens de s'opposer à la révocation de l'Édit de Nantes, sur laquelle on ne lui demanda pas son avis. Mais il garda toute sa sympathie à ses amis et à ses serviteurs protestants et les protégea de la persécution autant qu'il le put.

La vie à Chantilly n'était pas seulement douce, elle était gaie. Sur la porte on aurait pu inscrire : « Hors d'ici les fâcheux, les rabat-joie, les hypocrites. » À la différence du roi, Condé pouvait choisir son entourage. Dès l'instant qu'elle n'avait pas de vocation politique et ne visait qu'au plaisir, sa petite cour privée

---

* Les Préadamites étaient selon lui des hommes antérieurs à Adam, qui seraient les ancêtres des non-juifs.

était libre. Il eut pour premier soin d'en bannir tout luxe superflu. Indifférent à son apparence, il avait fui toute sa vie les contraintes vestimentaires et plus encore les impératifs de la mode. En vieillissant il se néglige, comme son père. Avec sa barbe mal taillée, pleine de tabac, et ses cheveux gras en broussaille, il a tout l'air d'un brigand. Il supprime toute étiquette. Hors des séances de controverse, chacun peut aller et venir à sa guise dans le parc, voire y chasser, sous l'œil protecteur de quelque veneur. Il règne dans ce milieu à dominante masculine une extrême liberté de langage, pourvu que la forme en soit piquante. Luimême a toujours eu l'esprit caustique et il a conservé, de sa jeunesse, le goût des œuvres libertines. De La Fontaine, il a goûté les *Contes* autant que les *Fables*. Il entretient à demeure des poètes dont l'unique fonction est de l'approvisionner en chansons galantes. Le plus inventif d'entre eux se nommait Lignières, dont la production est en partie perdue parce que l'héritier du Grand Condé, pour protéger la mémoire de son père, en a fait un autodafé. Voici, sur le thème quasi obligé de Condé et de César, une variation imprévue, qui a échappé aux foudres de la piété filiale :

> Prince, en parlant de vos exploits,
> Soit dans la paix, soit dans la guerre,
> On vous compare quelquefois
> À celui qui donna des lois
> Aux maîtres de toute la terre.
> De votre honneur je suis jaloux :
> Ce parallèle me fait peine ;
> César, à le dire entre nous,

Fut bien aussi bougre que vous,
Mais jamais si grand capitaine [15].

Les dames, cependant, ne restaient pas étrangères aux préoccupations de ces messieurs. Lorsqu'on mit à la mode des robes de dentelle légère ajourée à porter sur un fond *ad libitum*, Condé leur fit dire « que leurs transparents seraient mille fois plus beaux si elles voulaient les mettre à cru sur leurs belles peaux [16] ». On ne s'ennuyait donc pas à Chantilly. Est-ce la raison pour laquelle le jeu, à très grosses mises, qui a infecté la cour des rois successifs deux siècles durant, semble ne pas y avoir sévi. C'est, dira-t-on, parce qu'un bon nombre des hôtes de Condé n'auraient pas eu les ressources nécessaires pour y faire face. C'est surtout parce que ces hôtes, tous intelligents et instruits, avaient trouvé pour meubler leur temps des activités autrement enrichissantes, au sens figuré du terme.

Chantilly constitua donc, tant que vécut le prince, un pôle culturel indépendant, un refuge pour les esprits rebelles à l'ordre moral et au religieusement correct. Il offrait un espace de vie privée capable de rivaliser, pour la forme, avec les splendeurs de Versailles, mais qui leur opposait, de par son climat de liberté, un contraste saisissant. Le roi chercha-t-il à y couper court ? Il semble au contraire s'en être accommodé. Condé y offrait aux raisonneurs impénitents un exutoire où s'évaporait en controverses la virulence sous-jacente à toute contestation. Il leur fournissait une sécurité matérielle incitant peu à la subversion et, le cas échéant, il les aidait à exercer eux-mêmes sur leurs publications le minimum d'autocensure qui les mettrait à l'abri des poursuites. En somme, il veillait à ce qu'on y pratiquât sans danger pour l'ordre public, sans scandale, un anticonformisme à usage interne, complémentaire en un sens de la politique officielle, puisque récupérant ceux qui risquaient d'en être les rebuts. Ce patronage second, auquel le roi laissait une bonne marge d'autonomie, remplissait sur le plan culturel un rôle parallèle à celui du patronage administratif en Bourgogne : loin de s'opposer à l'autorité royale, il lui servait de relais, en contribuant indirectement à la stabilité générale. Était-ce pour Condé un reniement que de renoncer à la rébellion ? Il n'avait jamais voulu abattre ni la monarchie, ni la religion, piliers de l'État. Il souhaitait seulement qu'il y subsiste, à l'écart du conformisme, diversité et liberté. L'image qu'il donne de lui dans ses dix dernières années n'est pas celle d'un coupable repenti, mais celle d'un homme réconcilié avec lui-même, par-delà ses contradictions. Pour ses admirateurs, le héros, débarrassé de ses impuretés, est désormais en cours de « déification ».

L'« apothéose »

Les contemporains furent vivement frappés par la métamorphose du prince. Qu'étaient devenus son orgueil, son arrogance, sa propension à humilier, son ironie blessante, son égoïsme forcené ? Dès son retour, on s'aperçut que ce n'était plus le même homme : « M. le prince, que les différentes expériences qu'il avait faites avaient tout à fait changé, faisait voir qu'il était aussi grand par son humilité et sa douceur qu'il l'avait été par ses victoires [17] », note Mme de Motteville, qui attribue un tel miracle au charisme du jeune souverain que Dieu avait donné à la France. On pouvait cependant se demander si ce changement résisterait à l'épreuve du temps. Or son humeur accommodante subsista. Elle résista même au regain de gloire que lui apporta son retour aux armées : « Qu'on lise le récit qui courut à Paris après la bataille de Sennef, écrit Nicole, on y trouvera cette grande action diminuée de moitié. Il semble que M. le prince en était simple spectateur. Il était partout et il ne paraît presque nulle part, et jamais rien ne fut plus obscurci que ce qu'il a contribué au succès de ce combat [18]. » Et l'on sent bien que la pieuse Motteville et l'austère janséniste pensent tous deux à une intervention de la grâce divine.

Certains, plus prosaïquement, ne virent dans son comportement insolite que servilité et bassesse courtisanes, aux fins de recueillir les bénéfices de la faveur. Mais ceux qui le connaissaient mieux l'attribuèrent à une révolution intérieure voulue : « Devenant sage et modéré par ses propres expériences, il fit voir, par ses sentiments et sa conduite, qu'il avait pris un autre esprit et de nouvelles résolutions [19]. » Il n'a pas fait de confidences qui nous soient parvenues. Mais on peut essayer de deviner, à travers le regard de ceux qui le touchaient de près. Tout suggère qu'il a fait un retour sur lui-même, en quête des causes de son échec. En tout premier lieu, la violence. Inhérente à son tempérament, elle flambe en lui depuis toujours, en dépit des efforts de ses éducateurs pour la briser. Elle a nourri son héroïsme, comme celui d'Alexandre. Sans le conduire jusqu'au crime comme son homologue antique, elle lui a inspiré bien des excès et lui a valu bien des inimitiés. Il ne peut l'éteindre. Mais il peut en refréner les manifestations. N'est-ce pas une faiblesse que d'être incapable de se contrôler ? Il n'est pas impossible que l'extraordinaire maîtrise de soi dont témoigne Louis XIV l'ait éclairé sur ses propres déficiences. Il a pu mesurer, pour l'avoir subie, la force répulsive de cette inaltérable courtoisie sur laquelle nul n'a de prise. Un fait est attesté, en tout cas : il a entrepris de combattre sa propension à la colère.

Laissons ici la parole à Gourville pour deux anecdotes tirées de la vie quotidienne. La première se place juste après Sennef, où il avait violemment reproché aux Suisses d'avoir compromis la victoire en refusant de remonter à l'assaut. « M. le prince avait très souvent trouvé bon que, quelque temps après qu'il s'était fâché, je lui parlasse des petits mouvements de colère qu'il avait eus. Le lendemain, le voulant faire ressouvenir de ce qui s'était passé, il me dit qu'il était vrai qu'il s'était un peu échauffé contre ces messieurs ; mais que, quand il s'agissait de s'éclaircir d'une chose d'aussi grande importance que pouvait être celle-là, il ne s'en voulait fier à personne. Je crois pourtant que c'était une raison qu'il se donnait à lui-même pour excuser son petit mouvement de colère. Il savait bien qu'il y était sujet ; mais comme dans le moment il eût bien voulu que cela n'eût pas été, ceux qui ne s'en scandalisaient pas lui faisaient un grand plaisir. » Autre témoignage, venant d'un tiers : « J'ai ouï dire à M. de Palluau [...], qu'un jour M. le prince lui avait parlé avec beaucoup de colère ; et qu'étant prêt de monter à cheval, on avait donné une casaque à

M. le prince, qui s'approcha de M. de Palluau, et lui dit : "Je te prie de me boutonner ma casaque" ; celui-ci répondit : "Je vois bien que vous avez envie de vous raccommoder avec moi ; allons, j'y consens, soyons bons amis" ; que M. le prince en avait fort ri, et que cela lui avait fait grand plaisir*[20]. »

L'effort pour dominer sa colère est certain. La lutte contre l'orgueil, sans donner lieu à des témoignages aussi précis, apparaît par exemple dans son refus des louanges dithyrambiques, devenu sous la plume des écrivains un lieu commun élogieux : ainsi La Fontaine prétend-il redouter, s'il le mettait au-dessus de César et d'Alexandre, d'offenser « la délicatesse qu'il a sur le fait des panégyriques[21] ». Mais il est surtout perceptible dans l'attention que porte désormais Condé aux autres. Avec l'égocentrisme a disparu le mépris dont il écrasait naguère tout ce qui n'appartenait pas à son cercle étroit. Qu'il ait pris la peine, au soir de la réception du roi, d'aller lui-même réconforter Vatel, dans sa chambre, parce qu'il le savait désolé d'avoir manqué à servir correctement quelques tables, n'est qu'un détail, mais qui en dit long. Il est capable de se mettre à la place d'autrui et de comprendre ses sentiments.

À l'évidence la métamorphose psychologique et morale de Condé est le fruit d'un travail de soi sur soi délibéré. Il a mis au service de ce travail sa puissante volonté, avec des résultats que nul n'aurait osé espérer. Il est impossible de démêler les motivations, évidemment complexes, qui furent à la racine d'une

---

* De la part du prince, c'était faire – gauchement ? – le premier pas.

aussi profonde reconversion. Mais on ne saurait la réduire à l'ambition ou à l'intérêt, parce qu'elle affecte tout l'être. L'hypocrisie lui répugne. Il préserve sa dignité, lors des obligations qu'il remplit à la cour, en accomplissant strictement, à la perfection, ce qu'exige son rôle, sans le moindre ajout personnel – autrement dit, sans s'y engager. Et il y va le moins possible, pour se retirer chez lui, où prévaut pour chacun non seulement la liberté de dire ce qu'il pense, mais celle d'être soi-même.

Ses années de vieillesse s'articulent donc autour d'un effort pour atteindre, dans tous les domaines où il s'aventure, une manière de perfection. Par là il reste fidèle à cette soif d'impossible, d'absolu, qui le jetait jadis dans l'action. Ses amis ne s'y sont pas trompés : faute d'adversaires à affronter, son dernier combat a consisté à se vaincre soi-même. Voici l'avis de La Fontaine : « Jules César est un homme qui a eu moins de défauts et plus de bonnes qualités qu'Alexandre. Par ses défauts mêmes il s'est élevé au-dessus de l'homme : que l'on juge de quel mérite ses bonnes qualités pouvaient être ! M. le prince participe de tous les deux. N'est-il pas au-dessus de l'homme à Chantilly, et plus grand cent fois que ses deux rivaux n'étaient sur le trône ? Il y a mis à ses pieds des passions dont les autres ont été esclaves jusques au dernier moment de leur vie[22]. » Et voici celui de Saint-Évremond :

À ta vertu, Condé, tu t'es enfin soumis,
Tu n'étais pas encore au comble de la gloire,
Sennef, Lens, Fribourg et Nördlingen et Rocroi
N'étaient que des degrés pour monter jusqu'à toi.

> Le vainqueur s'est vaincu, c'est sa grande victoire,
> Tranquille et glorieux,
> Il vit à Chantilly comme on vit dans les deux [23].

Il a tiré de cet ultime triomphe des satisfactions inespérées. Sans renoncer entièrement au monde, il a trouvé, comme dit La Fontaine – qui s'y entend sur ce chapitre – « le secret de jouir de soi [24] ». La sérénité ? Le bonheur ? Un état en tout cas, qui est celui qu'on prêtait aux dieux – ceux de l'Olympe, bien sûr. « Voilà l'homme le plus extraordinaire qui ait jamais mérité d'être mis au nombre des dieux. [...] On prépare son apothéose au Parnasse [25]. » « M. le prince est dans son apothéose de Chantilly, il vaut mieux que tous vos héros d'Homère* [26]. »

Loin de porter tort à la réputation de Condé, les épreuves, la défaite, la venue de l'âge, ont renforcé et magnifié son image. Il est plus grand que jamais. Mais c'est au prix d'une mutation dans l'idée qu'on se faisait de l'héroïsme, qui, de purement guerrier qu'il était, s'est enrichi d'exigences morales et sociales. Sa métamorphose a fait oublier ses fautes passées. Face à la servilité ambiante, sa rébellion de jadis fait figure de courageuse réaction contre une autorité royale oppressive – ce qui n'était pas le cas. Investi à la fois des valeurs nouvelles de civilité, d'« honnêteté », et des valeurs anciennes revisitées, il accède de son vivant à l'intemporelle pureté des héros de légende.

---

* Le mot concerne sa personne et non son domaine = il est en pleine apothéose.

CHAPITRE VINGT

L'avenir de la lignée

Lors de son adieu définitif aux armes, Condé n'a que cinquante-quatre ans. Aux yeux du monde, il a réussi sa mutation. La retraite, ordinairement fatale aux héros guerriers qui omettent de se faire tuer au combat, n'a pas entamé son image, au contraire. Mais sa « déification » ne lui épargne ni l'inévitable décrépitude de son corps, ni les soucis familiaux. S'il s'accroche à la vie avec toute l'ardeur dont il est capable, c'est en partie pour tenter d'assurer au mieux la transmission du flambeau familial à sa descendance.

Vieillesse ennemie

Sa réaction instinctive est de nier la vieillesse dans la vie privée aussi bien que sur le champ de bataille. Il se comporte comme s'il ne souffrait pas et comme s'il devait vivre cent ans. La gestion efficace de Gourville le met à l'abri de tout souci financier. Lui-même contribue à ces heureux résultats en imposant à Chantilly, au quotidien, une relative frugalité et en faisant valoir ses droits sur tous les héritages qui passent à sa portée. Si l'on y ajoute trois mariages richement dotés, on ne s'étonnera point qu'il ait transmis à son fils une des plus grosses fortunes du siècle[1]. Il peut donc, sans l'amputer gravement, poursuivre les embellissements de son domaine.

La dénivellation entre les bâtiments et les jardins posait de très gros problèmes. Il décida de procéder à un remaniement complet des accès au château et de l'esplanade. Les travaux, commencés en 1673, s'étalèrent sur plus de douze ans et firent appel à la collaboration de Le Nôtre pour les plans et de l'architecte Gittard pour la construction. Leur chef-d'œuvre est le Grand Degré, « ouvrage capital qui assure la jonction de la terrasse et des parterres grâce à ses trois rampes supérieures – une axiale et deux latérales – harmonieusement unies par un repos commun où prend naissance l'unique rampe inférieure[2] ». Pour meubler les grottes et les niches ménagées dans les soubassements, le sculpteur Jean Hardy fournit deux figures de dieux-fleuves, et deux couples d'amoureux mythologiques, Alphée et Aréthuse et Acis et Galatée.

Avec la multiplication des bassins, des jets d'eau, des cascades, la Nonette avait vite montré ses limites. Du temps du connétable, des sources avaient été captées dans des réservoirs souterrains que Condé remit en service. Jacques de Manse construisit pour lui, en 1677-1678, une machine hydraulique élévatrice, qui desservait grâce à la hauteur de pression toutes les eaux jaillissantes du jardin*. Puis en 1682 fut mise en chantier la construction d'une orangerie neuve sur l'emplacement de l'ancienne, très délabrée, qu'il avait fallu abattre.

Le souverain des lieux a suivi de près l'avancement de tous ces travaux en de longs échanges épistolaires avec les maîtres d'œuvre. A-t-il pu les inspecter régulièrement sur place ? c'est moins sûr. Sa santé se dégrade irrévocablement. Non, il ne semble plus avoir de ces accès de fièvre aiguë qui le mettaient autrefois au bord du délire – sans doute parce qu'il est soumis à moins de tensions. Mais la goutte, devenue chronique, ne le lâche guère. Les crises se rapprochent. En parcourant les correspondances du temps, celles de Bourdelot, de Gui Patin ou de la marquise de Sévigné, on en trouve mention chaque année. En 1680, le roi tint à l'associer à sa grande tournée d'inspection dans les places du Nord. Il essaya de s'y soustraire en invoquant sa santé. En vain. La crise de goutte qu'il eut à Cambrai au début août témoigna qu'il ne mentait pas, mais elle s'accompagna d'une forte fièvre, due très probablement à la contrariété. Il mit deux mois à se remettre. Le 20 septembre, la *Gazette* annonça sa complète guérison, mais quinze jours plus tard, Mme de Sévigné gémissait encore : « M. le prince est bien malade ; la France pourrait bien perdre ce héros[3]. »

La plupart du temps, le héros tentait de nier la maladie et de la cacher. Mais elle ne se contentait pas de le faire souffrir, de le torturer dans son lit par des

---

* Le bâtiment qui l'abritait existe encore, mais il se trouve en pleine ville.

élancements qui l'empêchaient de fermer l'œil. Elle l'atteignait dans un domaine essentiel, bien visible : la mobilité. Elle lui interdisait de chausser des bottes. On l'avait vu à Sennef, en souliers de ville, incapable de se hisser seul sur un cheval. Comment guider l'animal si on n'a pas la maîtrise de ses jambes ? Alors il adapta ses activités. Adieu la chasse à courre, au sanglier ou au cerf, où l'on affronte la bête. Il la remplaça par la chasse au tir, apanage des dames ou des rois valétudinaires comme Louis XIII, et l'on repeupla pour la circonstance la faisanderie. Elle exigeait, outre un bon coup d'œil et de bons réflexes, un minimum de marche à pied. Afin de faire face à une aggravation, il s'initia à la chasse au vol, alors tombée en désuétude. Il engagea des fauconniers et apprit à dresser les oiseaux. Les promenades dans le parc, il les fit en voiture, puis en chaise à porteurs quand il souffrit trop des cahots.

A-t-il pu étrenner le Grand Degré, à un moment où monter des marches était pour lui un supplice ? Les travaux n'étaient pas tout à fait achevés à sa mort. Il en fut de même pour les remaniements entamés en 1684 dans le petit château, non par souci esthétique, mais pour répondre à des impératifs fonctionnels. Le vieux manoir des Montmorency était truffé d'escaliers qui se prêtaient mal à la manœuvre de chaises à porteurs. Condé projeta donc de se loger dans le bâtiment annexe, disposé jusque-là pour abriter le personnel domestique. Il commanda à Mansart l'aménagement d'appartements non pas au rez-de-chaussée, mais au premier étage, qui auraient communiqué avec le grand château par un pont sur le fossé. Il n'eut pas le temps d'en profiter. Son fils les fit achever en y installant notamment la fameuse Galerie des Batailles qu'il avait prévue lui-même et commandée à Sauveur-le-Conte pour immortaliser ses exploits.

L'éclatement de la fratrie

En retrouvant sa place dans le royaume, le prince pensait retrouver aussi son rôle de chef de sa maison. Or il découvrit que son frère et sa sœur s'étaient éloignés de lui sans recours, non seulement sur le plan politique – cela, il le savait depuis leur acceptation de l'amnistie –, mais sur le plan psychologique et moral. En ce qui concerne Conti, ce fut une surprise, pas une déception. Ce cadet disgracié par la nature et jaloux avait toujours tenté de se distinguer en s'opposant à lui. Il avait profité de l'exil de son aîné pour occuper le terrain laissé libre et son mariage avec une nièce de Mazarin lui avait valu le gouvernement de Languedoc et le commandement des armées en Catalogne – deux emplois où, sans briller, il n'avait pas démérité. Il avait été fort débauché, disait-on. Pas plus qu'un autre, semble-t-il, et moins que son frère en tout cas. Mais il avait eu la malchance de tomber sur une maîtresse qui lui avait communiqué la syphilis, qu'il transmit à son épouse. Contrairement aux Mazarinettes qui défrayèrent la chronique, Anne-Marie Martinozzi était pleine de vertus et profondément pieuse. Elle ramena son mari à la pratique religieuse et tous deux se lancèrent ardemment dans l'action catholique militante, sollicités à la fois par la Compagnie du Saint-Sacrement – Conti y fut affilié – et par les amis de Port-Royal, et oscillant entre les uns et les autres. Lorsque Condé revint des Pays-Bas, bardé de scepticisme, il trouva son frère engagé à fond dans le parti dévot et incarnant tout ce que lui-même ne pouvait souffrir. Il n'en tira qu'un bénéfice : tout occupé aux « restitutions » des biens mal acquis qu'exigeaient de lui ses directeurs de conscience, celui-ci n'avait fait aucune difficulté pour lui rendre l'hôtel familial parisien et son contenu. Mais aucun dialogue n'était plus possible entre eux. La maladie l'emporta très vite, en 1666. Des trois enfants terribles de la fratrie, c'était le plus jeune et le premier à partir. Il n'avait que trente-six ans et laissait deux fils, l'un de cinq, l'autre de deux ans, dont leur mère s'occupa.

Condé avait toujours été très proche de sa sœur Geneviève. Il la savait revenue depuis longtemps de ses folies anciennes. Sa conversion l'avait ramenée au foyer conjugal et il s'était réjoui de la revoir menant auprès de son époux une existence normale. Mais, déjà elle avait rencontré la mère Angélique, approuvé les écrits d'Antoine Arnauld et pris pour confesseur Singlin. Dès son veuvage en 1663, elle se tourna vers la vie religieuse et son histoire devint indissociable de celle de Port-Royal, dont elle soutint toutes les luttes, notamment lors du refus de signer le formulaire*.

---

* La doctrine de Jansénius avait été condamnée à Rome comme hérétique, sur la base de cinq propositions tirées de son livre, l'*Augustinus*. Tous les ecclésiastiques français furent sommés de signer un formulaire par lequel ils souscrivaient à cette condamnation. Ses disciples refusèrent en arguant que les propositions incriminées, effectivement hérétiques, ne figuraient pas dans le livre. Le roi, exaspéré par les polémiques religieuses, poursuivit

Pendant qu'on négociait la « Paix de l'Église », elle abrita dans son hôtel parisien Arnauld et Nicole menacés d'arrestation. Condé, par affection pour elle et répugnant à l'intolérance, montra quelque sollicitude pour eux. Il moucha publiquement un excité qui menaçait de « couper le nez à tous les jansénistes » en s'écriant : « Ah ! monsieur, je demande grâce pour le nez de ma sœur ! » Il dénonça l'absurdité des poursuites contre le Père Desmares, un très brillant prédicateur, en ironisant : « On me l'avait bien dit que cet homme était dangereux : si je l'entendais une seconde fois, il me convertirait. » Il fit – en vain – quelques requêtes en leur faveur auprès du roi, mais n'insista pas [4]. Il en connaissait l'inutilité.

L'année 1672 éprouva durement la duchesse. Elle avait deux fils. L'un, né en 1646, montrait depuis longtemps des signes de déséquilibre mental si importants qu'on se rendit à l'évidence : jamais il ne pourrait recueillir les titres et biens de son père. Il voulut être d'Église, mais se conduisit à Rome de façon si étrange qu'on le jugea incapable de la prêtrise. On lui trouva asile – au sens psychiatrique du terme – dans un couvent d'où il ne devait jamais sortir. Le second au contraire, fruit de la liaison de la duchesse avec La Rochefoucauld, mais accepté par le duc comme son héritier, était brillant. Il avait toutes les qualités – et tous les défauts – des jeunes gens de sa classe et de son âge. Sa mort absurde, lors du passage du Rhin, fut pour sa mère un coup dont elle ne se remit jamais. Condé, impliqué dans le drame bien qu'il n'en fût pas

---

les jansénistes jusqu'à ce que la « Paix de l'Église » ait trouvé un compromis. Le conflit se réveilla par la suite.

responsable*, se trouva alors rapproché d'elle : ils communièrent dans le chagrin. Mais leur entente retrouvée fut compromise par un autre deuil familial.

Au début de cette même année, Mme de Longueville avait vu disparaître sa belle-sœur de Conti, dont elle était très proche. Toutes deux partageaient la même foi et menaient action commune. Mme de Sévigné, sympathisante, les surnommait les Mères de l'Église[5]. Fidèle aux dernières volontés de leur père et à ses propres convictions, la princesse avait mis ses enfants entre les mains des jansénistes, et pas des moindres : c'est Lancelot en personne qui dirigea leur éducation. Ils furent donc élevés selon les fameuses méthodes pratiquées dans les « petites écoles » de Port-Royal, qui leur assurèrent une solide formation classique. Mais l'enseignement religieux s'appuyait dans leur cas sur un extrême rigorisme moral. Le prince de Conti, naguère protecteur de Molière, avait pris feu et flamme contre le théâtre dans la fameuse querelle qui divisait alors l'opinion. Il était même l'auteur d'un opuscule publié par les soins de sa veuve, le *Traité de la comédie et des spectacles selon les traditions de l'Église*, où il les dénonçait comme écoles de corruption incompatibles avec la vie chrétienne.

La mort de la princesse laissait ses enfants doublement orphelins. Ils allaient avoir respectivement onze et huit ans. Ils se trouvaient trop proches du trône pour que le roi se désintéressât de leur sort. Du vivant de leur mère, il ferma les yeux. Mais elle avait, par testament, confié leur éducation à Mme de Longueville, Condé en tant que chef de famille n'étant leur tuteur

---

* Voir *supra*, p. 620.

que sur le plan juridique. Mme de Sévigné et ses amis crurent pouvoir respirer, l'avenir de leur âme était préservé : « Je disais, s'exclame-t-elle, qu'il n'y avait que le diable qui gagnait à cette mort, et qui allait reprendre de l'autorité dans l'esprit de ces deux petits princes ; mais afin qu'en nul lieu l'on ne s'en réjouisse, les voilà retombés en main sûre et chrétienne[6]. » Mais la marquise avait crié victoire trop tôt. Le roi usa d'un détour pour les arracher aux jansénistes : il invita leurs éducateurs à les conduire au théâtre. Ceux-ci, s'y refusant, durent se retirer. Les enfants eurent dès lors l'honneur insigne d'être élevés à la cour avec le dauphin, du même âge que l'aîné. Condé, lui, restait leur tuteur légal. À notre connaissance, il n'intervint pas dans l'affaire. Par esprit de soumission, par lâcheté, par prudence, car il savait qu'il ne pourrait rien ? ce n'est pas sûr. Peut-être aussi pensait-il très sincèrement que des jeunes gens de leur rang ne devaient pas être élevés comme des clercs et que leur place était auprès du roi, dans la plus pure tradition familiale. Mais Mme de Longueville fut mortellement blessée et ses relations avec lui en furent affectées. Sa sœur très chère, quasiment son double, était définitivement perdue pour lui.

Un scandale à l'hôtel de Condé

Un an plus tôt, sa femme était sortie de son existence, ou plus exactement il l'en avait exclue, à la suite d'une sombre affaire dont elle fut à la fois la vedette et la victime. Il n'avait jamais pu la supporter. Depuis son retour des Pays-Bas, il s'arrangeait pour la rencontrer le moins possible. Ils se croisaient lors des cérémonies officielles, où elle tenait sa place. Il séjournait peu dans leur hôtel parisien où leurs appartements étaient séparés. Elle n'était pas admise à Chantilly, mais il lui laissait Saint-Maur pour l'été. Négligée, méprisée, isolée, elle se rongeait d'ennui et passait sa colère sur les gens placés par le prince pour diriger sa maison et, du même coup, la surveiller. « Sachez un peu tout ce que ma femme a fait à Saint-Maur, écrivait-il à son secrétaire en 1664 ; mandez-moi ce qu'elle fait ou dit, et si elle continue toujours dans ses emportements. » De plus, elle passait pour se livrer à des dépenses inconsidérées. Elle se serait montrée trop généreuse avec ses serviteurs, notamment avec un valet de pied nommé Duval. On l'avait renvoyé, mais elle continuait de lui verser une pension.

Le 13 janvier 1671, sur les trois heures, Olivier Lefèvre d'Ormesson dînait avec d'autres magistrats lorsqu'on leur annonça « que Mme la princesse venait d'être assassinée dans sa chambre par un de ses valets de pied ». L'un d'eux se rendit sur place et dit à son retour « que c'était un nommé Duval, qui avait été son valet et que M. le prince avait chassé de sa maison, lequel était entré dans la chambre de Mme la princesse après son dîner, et l'ayant trouvée seule lui avait demandé de l'argent, et elle l'ayant refusé sur ce qu'elle n'en avait point, il avait tiré son épée et l'avait frappée dans le corps ». Que le lecteur se rassure, elle n'était pas morte : le terme d'assassinat pouvait s'employer pour une simple agression. « Cette action fut aussitôt répandue partout et trouvée fort extraordinaire. » Dès le lendemain, le bruit courut « que l'histoire de Mme la princesse était une infamie, que l'on voulait étouffer cette affaire, et que M. le duc d'Enghien avait fait évader ce Duval, afin qu'on ne le prît point ». C'était de sa part une attitude prudente et il semble en effet que le valet fut relâché après un premier interrogatoire. Mais, ne sachant pas où se cacher, il fut retrouvé et parla de nouveau. Alors ses déclarations ne purent être dissimulées. On apprit donc que « deux hommes, l'un nommé Duval, l'autre Rabutin*, avaient pris querelle dans l'antichambre de Mme la princesse et tiré l'épée ; qu'elle, ayant accouru au bruit pour les séparer, avait été blessée par l'un d'eux ». Le procureur confirma à d'Ormesson que cette nouvelle version était la vraie, à cette réserve près que l'altercation avait eu lieu non pas dans son antichambre, mais dans sa propre chambre[7].

La *Gazette* fournit le 17 janvier une troisième version, prenant en compte les données avérées, mais les noyant dans un tel verbiage qu'il était impossible d'en tirer une conclusion. En voici la substance. Attirée par du bruit dans son antichambre, elle accourut et « se sentit, à l'instant, blessée au-dessus de la mamelle droite, sans qu'elle pût savoir de quelle manière la chose lui était arrivée ». Mais elle confirma avoir reconnu Duval quand un petit page témoigna l'avoir identifié à son départ. On l'arrêta donc et il déclara qu'en sortant de l'appartement de la princesse, il avait trouvé le nommé Rabutin qui l'avait insulté, avait mis

---

* Un cousin éloigné de Bussy-Rabutin, le correspondant de Mme de Sévigné.

la main à l'épée, ce qui l'avait contraint d'en faire autant. « Qu'il se souvenait avoir vu la princesse entrer avec précipitation, mais qu'il ne pouvait dire qui, de lui ou dudit Rabutin, l'avait blessée », tant il se trouvait surpris.

La confrontation des trois versions attire l'attention sur des points importants. La première, qui ne fait intervenir qu'un seul agresseur, était presque croyable. À condition toutefois que Duval, comme Rabutin, se mît hors de portée des argousins et disparût. Or le malheureux se fit reprendre. Donc on fut bien obligé de tenir compte du second acteur. Mais le fait que sa présence n'eut pas été mentionnée dès le début inspira des doutes sur la version initiale. Que faisaient donc ces deux garçons dans la *chambre* de la princesse, lieu privé ? D'où l'insistance à déplacer la scène vers l'*antichambre*, lieu de passage, en dépit des indices matériels. Et pourquoi s'étaient-ils battus ? On n'en disait rien. D'après les témoignages, elle n'avait pas perdu connaissance, ses blessures étaient sans gravité, elle en savait donc plus qu'elle ne voulait le dire, mais elle refusa de répondre, et pour cause. Elle ne cessa de mentir, par omission, sur les responsabilités de chacun dans la querelle, puis explicitement, à propos du lieu de l'agression. Rabutin étant introuvable, peut-être espérait-elle sauver Duval ? N'ayant pas en effet de quoi le condamner à la potence, on se rabattit sur les galères. Il fut joint à la « chaîne » qui descendait vers Marseille*, mais il mourut en cours de route, sans qu'on sache comment.

---

* Les condamnés aux galères faisaient le trajet à pied, enchaînés les uns aux autres.

Le jeune Rabutin, qui avait réussi à se cacher parmi les mousquetaires, le temps d'organiser sa fuite, ne remit jamais les pieds en France. Il prit du service dans les armées impériales. Joli garçon, il conquit le cœur et la main d'une noble et riche héritière danoise et fit une très belle carrière. La princesse se retrouvait seule, livrée en pâture à l'opinion et promise à la vengeance de son époux.

Le public, dans son ensemble, ne crut pas un mot de la version édulcorée. Aux yeux de tous, il s'agissait d'un affrontement entre un amant congédié et son successeur en titre. Seuls variaient le jugement porté sur l'affaire et les termes pour en parler. L'ambassadeur savoyard, sévère pour la coupable, déclare brutalement : « Il y a longtemps que cette princesse avait des commerces infâmes avec ses valets. » Mais d'autres semblent trouver normal qu'elle ait cherché des consolations. Dans une lettre à son cousin, Mme de Sévigné enrobe élégamment les choses, mais suggère beaucoup : « Mme la princesse ayant pris il y a quelque temps de l'affection pour un de ses valets de pied nommé Duval, celui-ci fut assez fou pour souffrir impatiemment la bonne volonté qu'elle témoignait aussi pour le jeune Rabutin, qui avait été son page. Un jour qu'ils se trouvaient tous deux dans sa chambre, Duval ayant dit quelque chose qui manquait de respect à la princesse, Rabutin mit l'épée à la main pour l'en châtier ; Duval tira aussi la sienne, et la princesse se mettant entre-deux pour les séparer, elle fut blessée légèrement à la gorge. On a arrêté Duval et Rabutin est en fuite ; cela fait grand bruit en ce pays-ci*. Quoique la noise soit honorable, je n'aime pas qu'on nomme un valet de pied avec Rabutin... » À quoi Bussy-Rabutin fit écho : « L'aventure de notre cousin n'est ni belle, ni laide : la maîtresse lui fait honneur et le rival de la honte. » Sur ce dernier point, Bussy rejoint l'ambassadeur de Savoie : le tort de la princesse n'était pas d'avoir des amants, mais de ne pas les choisir parmi la noblesse. Le malheureux Duval méritait-il un tel mépris ? La curiosité ou la pitié l'emportèrent un instant sur les préjugés chez la marquise. Lorsqu'elle rencontra par hasard la chaîne des galériens en partance pour le Midi, elle alla lui parler : il lui parut « homme de bonne conversation »[8]. Peut-être n'était-il pas indigne, après tout, de l'affection ou de l'amour que lui porta Mme la princesse.

Condé était immobilisé à Chantilly par la goutte lorsqu'il apprit la nouvelle. Il entra dans une de ses colères terrifiantes, contre lesquelles il n'avait pas encore entrepris de lutter. Il faut dire que le scandale était énorme et que les rimailleurs s'en donnaient à cœur joie. Il circulait une fable mettant en scène une lionne délaissée de son noble époux, que consolaient par leurs caresses un chien et un chat jaloux l'un de l'autre. Elle se terminait sur une « moralité » particulièrement désobligeante :

C'est en vain, grandeur et prudence,
Que vous pensez changer les arrêts du destin :
D'un faible chat, d'un indigne mâtin,

---

* *Ce pays-ci* ou *ce pays-là* sont des expressions consacrées pour désigner la cour.

> Le grand Lion reçoit tout l'outrage qu'il craint,
> Malgré tout son esprit et toute sa puissance*[9].

Les âmes compatissantes que choquait sa dureté à l'égard de sa femme inclinaient à penser qu'il ne l'avait pas volé et les rieurs n'étaient pas mécontents de le voir atteint dans son orgueil. Même si c'est injuste, les maris trompés sont toujours ridicules. Dans son cas, on pouvait s'en donner à cœur joie. Personne ne semble s'être souvenu, cependant, que son histoire familiale offrait un précédent beaucoup plus grave**. Mais on ne sait jamais ce qui peut sortir d'un scandale.

Sa réaction fut d'une extrême brutalité. Il sollicita du roi une sentence d'exil contre la coupable. Il refusa de la revoir. Le duc d'Enghien alla donc informer sa mère qu'elle serait détenue en Berry à Châteauroux. En même temps, il fut chargé de lui faire signer des actes notariaux par lesquels elle lui abandonnait tous ses biens, sous réserve d'usufruit cependant. Mais comme elle n'en aurait pas la gestion, cela voulait dire qu'elle ne disposerait d'aucune liquidité. On lui laissait ses pierreries et sa vaisselle d'argent pour son usage quotidien. Un mois après le drame, elle partit pour le vieux château fort où elle allait passer le reste de ses jours. Les apparences étaient sauves, elle y avait une « maison » digne d'elle.

---

* L'outrage en question étant les cornes qu'il sent pousser sur son front.

** À la mort de son grand-père paternel, sa grand-mère avait été accusée de l'avoir empoisonné, avec la complicité d'un jeune écuyer son amant, jetant sur la naissance de son père un soupçon de bâtardise (voir *supra*, ch. II).

Mais, si l'on en croit le malveillant ambassadeur savoyard, « elle n'aura pas d'hommes qui l'approchent et que des enfants en dessous de douze ans pour pages et laquais [10] ». Elle y fut gardée longtemps en prison dans la vieille bâtisse et n'obtint que plus tard la liberté de se promener dans la cour, toujours sous bonne garde. Mlle de Montpensier, qui répugne à blâmer Condé, s'en tient dans ses *Mémoires* à la version édulcorée de l'affaire et, comme elle réprouve le châtiment infligé à la malheureuse, elle en rejette la responsabilité sur son fils : « M. Le duc fut accusé d'avoir conseillé à M. le prince le traitement que recevait Mme sa mère ; il était bien aise, à ce que l'on disait, d'avoir trouvé un prétexte de la mettre dans un lieu où elle ferait moins de dépense que dans le monde [11]. » Le moins qu'on puisse dire pourtant est que le père et le fils étaient d'accord.

Il y a peu de chances pour que l'on découvre la vérité sur ce qui s'est passé à l'hôtel de Condé dans la chambre de la princesse – quelque chose d'assez grave en tout cas pour que tous les documents concernant l'affaire aient disparu des archives publiques ou privées. Ce nettoyage méthodique est par lui-même un aveu. Le souci des convenances l'emporta par la suite chez une bonne partie des biographes, qui se rabattirent sur la maladie mentale pour expliquer l'internement de la princesse. Et de rappeler que sa mère avait perdu la raison aux approches de la quarantaine. L'explication offrait l'avantage d'exonérer la maison de Condé d'une lourde hérédité, ainsi imputable à l'ascendance Richelieu. Oubliait-on qu'il fallut enfermer le fils aîné de Mme de Longueville ? Et d'ailleurs, le terrible cardinal et l'indomptable héros n'avaient-ils pas en eux un grain de folie, qu'on dit proche du génie ? Elle a tant de visages que l'invoquer hors de tout diagnostic médical précis n'a pas de sens. En l'occurrence, la médecine ne pesait pas lourd dans ce débat. Faire passer la princesse pour folle avait pour fonction d'expliquer décemment un fait divers pitoyable, fruit d'un mariage que son époux n'avait jamais accepté.

Une fois confinée à Châteauroux, on l'oublia. Son fils même n'alla jamais la voir. Sur le tard cependant, Mme de Longueville en fit honte à son frère. À sa demande, Condé autorisa le Père Tixier, un des jésuites hébergés à Chantilly, à la visiter : « Vous verrez s'il manque quelque chose à Mme la princesse, car enfin c'est ma femme, telle qu'elle est, et je ne veux pas que rien lui manque, mais ne lui parlez point du tout de moi. » Elle tint au bon père quelques propos étranges, qui manquaient de cohérence, mais qui, pris isolément, n'étaient pas absurdes : l'idée que le prince voulait se défaire d'elle l'obsédait. Et elle y joignit une réflexion ambiguë : « M. le prince m'a bien méprisée, mais, ma foi, je l'ai bien méprisé aussi[12] ! » Le père la quitta convaincu qu'elle « n'était guère sage » – une conclusion équivoque.

Comme on le verra plus loin, la disparition du prince ne mit pas fin à sa captivité. Elle ne mourut qu'en 1694 et fut enterrée sur place, avec les honneurs dus à son rang, dans la chapelle même du château qu'elle n'avait pas quitté vingt-sept ans durant. Il y eut à Paris, comme il se devait, une cérémonie, mais ce qui lui restait de famille refusa de s'y associer.

La relève des générations

Sur la vie familiale des gens de cette époque, les tableaux généalogiques ne fournissent que des vues très partielles, parce qu'ils omettent les enfants disparus en bas âge. Condé avait été marié jeune, à vingt ans à peine. À la naissance de son fils en 1643, il n'avait que vingt-deux ans. Ce fils, seul survivant de trois enfants, fut à son tour, marié à vingt ans, au mois de décembre 1663. Et deux ans plus tard, la duchesse d'Enghien inaugura une série de dix maternités qui s'échelonnèrent, à intervalles d'un ou deux ans, jusqu'en 1679. Dès lors la vie familiale du prince fut rythmée par les naissances et les morts de ses petits-enfants. Or il se montra un grand-père très attentionné, au moins pour la partie masculine de sa descendance. L'aînée fut une fille, Marie-Thérèse, une déception donc. Mais ses vœux furent comblés par la venue d'Henri, en 1667, puis celle de Louis en 1668, suivis par une fille Anne. Mais déjà, l'aîné des garçons avait été emporté par la mort. Qu'à cela ne tienne, il fut remplacé, à l'identique si l'on ose dire, par un autre Henri, qui naquit en 1672, auquel vint s'adjoindre en 1673 un Louis-Henri. S'y retrouve qui pourra ! Hélas, entre 1675 et 1677 disparaissent, en même temps qu'Anne, les deux derniers garçons. Les quatre maternités suivantes ne produisent que des filles, Marie-Louise, Marie-Louise-Bénédicte, Marie-Anne, qui toutes survivront, sauf une petite dernière qui ne vécut pas assez pour recevoir un prénom.

Un tel calendrier implique beaucoup d'émotions. Certes le prince et son fils menaient vies séparées. Mais ils étaient l'un et l'autre passionnément attachés à leur maison. Or, en dépit des louables performances de la duchesse d'Enghien, l'avenir de ladite maison n'était qu'imparfaitement assuré. Sur les dix enfants qu'elle avait mis au monde, la déperdition – de moitié – était inégalement répartie. Des six filles, quatre survivaient, des quatre garçons un seul. Condé reportait sur ce petit-fils quelques-uns des espoirs que son fils avait déçus. Gardons-nous de croire que les « égarements » prêtés un peu partout au malheureux Henri-Jules sur la foi de Saint-Simon, qui le haïssait, soient la cause des chagrins de son père. C'est seulement après sa mort, de l'aveu même du mémorialiste, qu'il se livra à des excentricités incongrues comme de « se prendre pour un chien, ou quelque autre bête » ou de s'imaginer qu'il était mort et n'avait pas besoin de se nourrir [13] ! Condé, lui, n'eut d'abord à déplorer que son inaptitude à conduire une armée et sa propension à l'obséquiosité courtisane. Mais à mesure que le jeune Louis grandissait, de nouveaux motifs de mésentente surgirent entre eux.

Le grand-père avait pour son petit-fils de grandes ambitions. Il tenta de lui faire appliquer le modèle éducatif qui avait été le sien. Hélas l'enfant, peu doué et très coléreux, manquait de goût pour les études. Mis en pension au collège de Clermont, chez les jésuites, il tira peu de profit de leur enseignement. Au terme de ses deux années de philosophie, il échoua, bien qu'on ne lui eût pas opposé les meilleurs candidats, à la traditionnelle « dispute » qui lui aurait valu sa peau d'âne. Il vint alors vivre auprès de son père, qui suivait la cour. Pour qu'il poursuive ses études, son grand-père recruta dans chaque discipline des spécialistes de qualité. C'est ainsi que La Bruyère entra dans la maison de M. le duc comme précepteur pour l'histoire, la géographie et la philosophie. S'il y découvrit lui-même sur la noblesse de cour de quoi faire son miel pour les *Caractères*, il parvint tout juste à inculquer à son disciple, en matière historique, les quelques faits indispensables à qui veut éviter de se couvrir de ridicule. Mais il en aurait fallu davantage au jeune garçon pour tenir sa partie dans un salon. Il lui manquait l'aisance, l'esprit, l'usage de la conversation, l'instinct qui fait le départ entre ce qu'on doit dire et ce qu'on doit taire. Il se montrait en revanche très doué pour l'équitation et la chasse et ne rêvait qu'aux fêtes de cour. Le grand-père se plaignait. Mais le père n'en avait cure. Le glorieux modèle incarné par le prince était périmé. Il y avait maintenant des moyens plus simples de s'assurer une place en haut lieu.

Pourquoi se fatiguer alors que la faveur royale vous tend les bras ? De son mariage avec la reine, Louis XIV n'avait conservé qu'un seul enfant sur six – un fils par bonheur. Mais la mortalité infantile s'était montrée plus clémente à l'égard de ceux que lui avaient donnés ses prolifiques maîtresses. Il avait la fibre paternelle très prononcée. D'abord discret du vivant de sa mère, il les avait ensuite tirés de l'ombre, légitimés, titrés et appelés auprès de lui. Déjà, certaines des filles atteignaient l'âge du mariage. Quel meilleur moyen de faire oublier leur bâtardise que de les implanter dans les plus hautes familles du royaume ? Le premier à succomber aux sirènes fut l'aîné des Conti, Louis-Armand, qui vivait à la cour depuis qu'on l'avait arraché à l'austérité janséniste. Il épousa, le 27 décembre 1679, Mlle de Blois, treize ans, fille de la duchesse de La Vallière. « Ils s'aiment comme dans les romans, conte Mme de Sévigné. Le roi s'est fait un grand jeu de leur inclination. Il parla tendrement à sa fille, et qu'il l'aimait si fort qu'il n'avait point voulu l'éloigner de lui. La petite fut si attendrie et si aise qu'elle pleura », et le roi feignit de croire que c'était par aversion pour son futur mari. « Elle redoubla ses pleurs ; son petit cœur ne pouvait contenir tant de joie. » Le roi conta cette scène à qui voulait l'entendre. Conti nageait dans l'euphorie et toute la cour dans l'attendrissement. Le jeune homme eut la délicatesse d'aller voir Louise de La Vallière, au Carmel où elle avait pris l'habit. Sa piété l'impressionna. « Il l'aime et l'honore tendrement. Elle est son directeur ; il est dévot et le sera comme son père », ajoute notre délicieuse cancanière[14]. Mme de Longueville, qui ne partageait pas ce pronostic optimiste, ne s'était pas déplacée pour la cérémonie. M. le prince, lui, s'était laissé faire : on l'avait rasé, frisé – un événement ! – revêtu d'un habit étincelant de pierreries et son épée était garnie de diamants.

Ce mariage avait mis en appétit le duc d'Enghien. Pour son fils, il lui fallait aussi une fille du roi. Il dut s'armer de patience : l'aîné de Mme de Montespan était un garçon. Il attendit que Mlle de Nantes approchât de l'âge nubile, fixé par l'Église à douze ans, puis profita, dit-on, d'une visite du roi à Chantilly pour lui arracher son consentement. L'essentiel était qu'ils fussent unis devant Dieu, pour le reste, on pouvait patienter. Le mariage, célébré en grande pompe le 24 juillet 1685, donna lieu à un simulacre de consommation*. Puis l'heureux époux fut renvoyé à ses études, auxquelles il préféra ostensiblement la chasse au loup. Et le grand-père de renouveler en vain ses plaintes : « Il deviendra un fort bon veneur, mais ignorant de tout ce qu'il faut qu'il sache [15]. »

Condé avait pourtant affiché face à ce mariage une satisfaction sans réserve. Avait-il oublié le temps où il accablait de son mépris la bâtardise des Vendôme, issus des amours d'Henri IV avec Gabrielle d'Estrées ? Moins de vingt ans plus tôt encore, il avait cherché pour son fils une princesse étrangère, certes adoptive, mais avec des droits sur le trône de Pologne, se comportant ainsi en prince souverain. Mais en matière de politique matrimoniale comme en matière d'éducation, il se sentait dépassé. Impossible de lutter contre l'ordre nouveau qui s'instaurait. Il baissa les bras. Par la suite, les Condé n'hésitèrent plus à mêler leur sang à celui des maîtresses royales Quatre filles à marier, voilà qui ne permettait pas de faire la fine bouche. Toutes étaient de très petite taille, pas forcément jolies. Le prince n'était plus là lorsque trois d'entre elles furent casées, l'une avec son second cousin de Conti, une autre avec le duc du Maine, fils du roi et de Mme de Montespan ; pour la dernière, on se contenta – mais oui ! – d'un Vendôme. Il en resta une, qui se morfondit jusqu'à vingt-cinq ans sans trouver preneur. En s'apparentant au roi, par la main gauche, les Condé se haussaient, colonisaient les plus hautes marches de la hiérarchie, mais

---

* C'est-à-dire qu'on les mit au lit publiquement et qu'ils y passèrent ensuite quelques heures côte à côte, sous surveillance, avant de regagner leurs appartements respectifs.

au prix d'un renoncement définitif à ce qui avait été des années durant le rêve secret de leurs aînés : le trône.

Une « conversion » pas comme les autres

Il y a dans la vie un âge pour tout. Nos aînés l'admettaient beaucoup mieux que nous, qui nous obstinons, en prolongeant la jeunesse, à occulter la mort. En ce siècle épris de spiritualité où la religion irriguait en profondeur vie publique et vie privée, ils pensaient, eux, qu'il fallait s'y préparer, pour assurer leur salut éternel. Rien ne leur paraissait plus désastreux qu'une mort subite, qui exposait le défunt à paraître devant son créateur en état de péché mortel, dépourvu du viatique que constituaient les derniers sacrements. La vie étant pleine de tentations, l'usage se répandit d'interposer entre elle et la mort, comme un sas de décontamination, une étape intermédiaire consacrée à la méditation et à la pénitence. Le mot de « conversion » désignait dans ce cas, non point un passage d'une religion à une autre, tel qu'on l'exigeait alors des protestants, mais une révolution intérieure, qui s'accompagnait en général, sous le nom de « retraite » d'un renoncement aux activités mondaines. On badinait parfois sur ce thème, comme dans ce quatrain :

> Pendant une aimable jeunesse,
> On n'est bon qu'à se divertir ;
> Et quand le bel âge nous laisse,
> On n'est bon qu'à se convertir.

Mais son auteur, Mme de La Sablière, le moment venu, prêcha très honnêtement d'exemple. Dans le dernier tiers du XVIIᵉ siècle, les conversions se multiplièrent parmi les nostalgiques d'un passé perdu, notamment les anciens frondeurs, que le nouveau régime laissait sur le bord du chemin. Autant d'âmes à sauver que se disputaient jansénistes et jésuites, prompts à faire sonner leurs victoires lorsque leurs pénitents étaient de qualité*.

Condé avait vu se convertir deux femmes qui le touchaient de très près, la duchesse de Longueville et la princesse Palatine. Elles s'étaient éloignées de lui. Mais leur mort l'atteignit profondément. Le retour de sa sœur à la foi était ancien, mais la mort de son fils l'ancra dans une existence quasi monastique, en étroite liaison avec Port-Royal. Elle se fit construire près de l'abbaye des Champs une maison où elle passait une partie de l'année. Sa seule présence servit de sauvegarde aux dernières moniales que la politique d'uniformisation religieuse condamnait à l'extinction. Elle mourut le 15 avril 1679, ayant racheté par une pénitence de vingt-sept ans les folles années où elle avait brûlé sa vie. « Elle eût eu peu de défauts, si la galanterie ne lui en eût donné beaucoup. Comme sa passion l'obligea à ne mettre la politique qu'en second dans sa conduite, d'héroïne d'un grand parti, elle en devint l'aventurière. La grâce a rétabli ce que

---

* Celle du cardinal de Retz en 1675 avait fait grand bruit. Mais elle suscita des polémiques parce que ce ne fut qu'une fausse sortie : il ne put renoncer à la pourpre, faute de l'accord du pape, et il quitta de lui-même le couvent de bénédictins où il prétendait terminer ses jours. Cependant il vécut à l'écart du monde – contraint et forcé – jusqu'à sa mort.

le monde ne lui pouvait rendre [16]. » Son frère assista à son oraison funèbre aux Grandes Carmélites. C'est pour lui que l'on était venu en foule, pour revoir le héros et « lui rendre ces respects sur une mort dont il avait encore les larmes aux yeux [17] ». Et d'un même cœur, quelques-uns pleuraient aussi La Rochefoucauld, disparu un mois avant elle. Le prince survivait, tel un témoin d'un temps évanoui.

Anne de Gonzague elle aussi, avait coupé les ponts avec le monde depuis 1671. Son incrédulité invétérée céda brusquement à la suite d'un « songe miraculeux, de ceux que Dieu même fait venir du ciel par le ministère des anges [18] ». Elle se consacra dès lors à la prière et aux œuvres de charité. Elle mourut le 6 juillet 1684 en disant : « Je m'en vais voir comment Dieu me traitera ; mais j'espère en ses miséricordes [19]. » Nul ne sait ce que ressentit Condé à cette nouvelle. Il n'accompagna pas son fils, sa bru et son petit-fils aux Carmélites du Faubourg Saint-Jacques le 9 août de l'année suivante pour entendre l'oraison funèbre de sa vieille amie prononcée par Bossuet. Mais à cette date, lui-même était déjà revenu à la pratique religieuse, au terme d'une conversion qui ne ressemble à aucune autre.

Le 15 avril 1685 en effet, il fit ses Pâques en privé, devant tous ses gens assemblés, dans la chapelle de Chantilly. Quelques jours plus tard, il vint à Paris renouveler son geste en public, dans l'église de Saint-Sulpice, sa paroisse. Ensuite, la chose cessa de faire événement, donc on cessa d'en parler et il eut la paix. Visiblement, il avait réduit la publicité au strict minimum. Il n'avait pas voulu voir son cas exploité par les prédicateurs en quête d'exemples édifiants.

Aucun des ténors de la controverse religieuse ne fut son initiateur. Aucun ne put se prévaloir personnellement de sa conversion. Il en décida lui-même, de son propre mouvement. Il ne fit pas appel à Bossuet, mais à un de ses anciens condisciples du collège de Bourges entré dans la Compagnie de Jésus, le Père Agard Des Champs, sans notoriété particulière, mais à qui le liaient des souvenirs communs. Il le convia à Chantilly et passa cinq jours enfermé en sa compagnie, pour des entretiens dont rien ne filtra. Après quoi il s'en alla communier. Pas d'illumination subite, dont on l'aurait invité à faire état ; pas de chemin de Damas. Il faut en conclure que sa décision était acquise et qu'il fut surtout question entre eux des formes que prendrait son retour dans le giron de l'Église.

Et sur ce dernier point encore, il divergea des modèles ordinairement pratiqués. Certes on ne pouvait lui demander de se retirer du monde, puisque c'était déjà fait. Mais Chantilly était une retraite de luxe, pour sybarites, plutôt qu'un lieu de pénitence. Or aucun changement n'intervint dans son mode de vie. Il restait frugal, par goût, mais ne s'imposa pas de macérations. Il n'abandonna rien de ce qui lui tenait à cœur, comme les embellissements du château et du parc. S'est-il répandu en aumônes, a-t-il fait œuvre de bienfaisance, s'est-il dévoué aux malheureux ? À vrai dire, en cette sinistre année 1685, sa sollicitude est allée surtout à des huguenots en butte aux « missionnaires bottés » de Louvois. Ses lectures attestent-elles qu'il renonçait à ses curiosités suspectes et que sa raison s'inclinait devant l'autorité de la Révélation ? point du tout. Nous savons aujourd'hui, par sa correspondance avec son bibliothécaire, qu'il continuait de commander en Hollande des ouvrages de controverse religieuse, qu'il lisait des mémoires sur la conversion d'Henri IV ou l'*Histoire des révolutions arrivées dans l'Europe en matière de religion*, de Varillas[20], et d'une manière générale tous les livres défendus. Bref c'était un converti très peu orthodoxe. Il ne se comportait pas en pécheur repenti. Avait-il le sens du péché, d'ailleurs ? Aussi a-t-on pu douter de sa sincérité et tenter d'expliquer sa décision par des motifs plus terre à terre.

Son rang et son passé glorieux faisaient de lui, quoi qu'il en eût, un homme public très en vue. Pouvait-il continuer, au moment où la dévotion s'imposait au sommet de l'État, de donner l'exemple d'une impiété sereine ? Il est évident qu'une pression considérable s'exerçait pour le ramener à la norme. Seul, il eût pu être tenté d'y résister. Mais il avait charge d'âmes. Son courtisan de fils, qui aspirait alors à devenir le gendre du roi, poussait à la roue. L'avenir de sa maison, fondé sur la faveur royale, exigeait le conformisme. Il s'y résigna. Mais cette explication, assurément valable en partie, n'épuise pas le sujet. Car elle est tout à fait compatible avec des préoccupations personnelles.

Quand il revint aux sacrements, Condé, disait-on, n'avait pas communié depuis dix-sept ans. Voilà qui nous ramène à 1668. Mais à cette date, la recherche ne donne rien. En revanche, un épisode plus ancien est éclairant. À la fin de l'année 1657, durant son séjour chez les Espagnols, il tomba très gravement malade, on le crut perdu*. Informé de son état, il

---

* Voir *supra*, p. 542-543.

demanda alors à recevoir les derniers sacrements. Autrement dit, l'imminence de la mort avait ranimé en lui l'inquiétude religieuse, intéressée peut-être, mais qui montrait que la rupture avec l'enseignement reçu n'était pas totale. En réalité, la seule chose dont nous soyons sûrs, c'est qu'il détestait toutes les manifestations extérieures de la foi – bénédictions, processions, fêtes carillonnées, culte des saints – qui entretenaient la ferveur populaire. Il en avait fait l'objet de ses sarcasmes, en même temps que la dévotion outrée. Mais son désir de savoir, axé au départ sur la connaissance du monde physique, le portait, on l'a vu, vers la philosophie. Son mépris pour la superstition n'avait d'égal que sa passion croissante pour les ouvrages traitant de théologie. Ce n'est pas là le fait d'un indifférent. Son retour vers Dieu, s'il eut lieu, fut le terme d'un itinéraire intellectuel au moins autant que le fruit d'un élan du cœur et son refus de lui donner le retentissement ordinaire en pareil cas témoigne qu'il n'a pas abdiqué son orgueil légendaire : sa conversion ne regarde que lui. Ce n'est pas une raison cependant pour la juger insincère. Que croyait-il au juste ? Nous ne le savons pas. Le savait-il lui-même d'ailleurs ? A-t-il trouvé toutes les réponses à son insatiable questionnement ? Mais s'il fallait absolument le classer quelque part, ce serait entre les hétérodoxes plutôt qu'entre les athées.

Des neveux selon son cœur

S'il se voyait, au moment de sa conversion, voué au morne dépérissement préludant à la mort, il se trompait. Les années 1685 et 1686 vinrent lui apporter un lot tout à fait imprévu de soucis, de chagrins et de joies. Terriblement déçu par sa propre descendance, il avait trouvé quelques consolations dans ses neveux. Les deux fils de son frère, Louis-Armand, prince de Conti, et François-Louis, prince de La Roche-sur-Yon, promettaient de lui ressembler. Intelligents, spirituels, hardis, ils rêvaient d'action et de gloire. Ils avaient tous les dons, notamment celui de capter la sympathie*. Et eux, au moins, ne se satisfaisaient pas de l'existence qu'on leur offrait à la cour.

Il faut dire que, depuis quelques années, le climat n'y était plus à la fête, il avait viré à la dévotion. En 1680, l'affaire des poisons avait révélé des abîmes inquiétants. Louis XIV découvrait que, pour conquérir son cœur et le retenir, de nombreuses femmes, sans aller forcément jusqu'aux messes noires, étaient prêtes à lui faire ingurgiter d'assez répugnantes mixtures magiques. Il mesurait soudain l'exemple fâcheux que donnaient ses débordements amoureux. Mme de Montespan cédait la place à celle qu'on surnommait « madame de maintenant » et qui, après la mort de Marie-Thérèse en 1683, devint sous le nom de marquise de Maintenon la toute-puissante épouse secrète. À l'ordre du jour : assainissement des mœurs, respect de la morale et de la religion. La cour y perdait en gaîté ce qu'elle gagnait en vertu et la jeunesse s'y ennuyait. Et lorsque aucune guerre ne servait d'exutoire aux ardeurs inemployées des jeunes gens, certains

---

* L'aîné n'eut pas le temps de faire ses preuves. Mais le cadet inspira à Saint-Simon un long portrait posthume qui n'est, à quelques réserves près, qu'un dithyrambe [21].

se livraient à quelques-uns des excès qu'on nommait « débauches », où entrait pour beaucoup le plaisir de défier des normes étouffantes. Parmi eux, au premier rang, les neveux de Condé. L'aîné n'était-il pas le gendre du roi ? Ils oubliaient que leur qualité les exposait au moins autant qu'elle les protégeait. Or ils donnaient le mauvais exemple.

Dans un premier temps, le roi se fâcha lorsque leur indiscipline eut des retombées politiques. Rien n'était plus loin de leurs intentions, au contraire. En 1685, les Ottomans menaçaient à nouveau les marches de l'Europe. Les deux garçons avaient demandé et obtenu la permission d'aller se joindre aux Polonais pour les combattre. Fous de joie, les voilà aussitôt sur la route. Hélas ! ils font des émules, les demandes se multiplient et Louis XIV perçoit à juste titre un désaveu dans cette envie de fuir qui s'empare de la jeune génération. Non content d'interdire tout départ, il révoque l'autorisation donnée aux Conti. Pas question pour ceux-ci de renoncer à un si beau projet ! Discrètement avertis, ils prennent le large, hors de portée des messagers officiels. Mais où aller ? Pas en Pologne, ils y seront rejoints. D'ailleurs, c'est en Hongrie qu'on se bat ! Mais là-bas, ce sont les Habsbourg de Vienne qui mènent la lutte – pas vraiment des amis de la France – et Louis XIV n'a aucune envie d'intervenir à leurs côtés*. Peu importe à nos étourdis : ils s'engagent finalement dans un contingent au service

---

* Il n'avait soutenu que mollement l'Empereur lors des précédentes avancées turques et n'avait eu aucune part à la victoire de Kahlenberg qui, en 1683, avait sauvé Vienne sur le point d'être prise d'assaut par les Turcs.

de l'Empereur. Partis en toute hâte, ils manquent d'équipement et d'argent. Ils appellent donc leur oncle au secours. Face à leur coup de tête, celui-ci est partagé. Il déplore leur imprudence, mais il les comprend si bien ! Il leur envoie finalement le nécessaire par Gourville. S'ils se couvrent de gloire là-bas, comme il l'espère, leur cause sera défendable.

Or elle est bientôt compromise par l'inexcusable légèreté de leurs amis restés en France, à qui ils ont demandé de leur envoyer des nouvelles. Alors chacun apporte son lot de potins, si possible épicés, sur les coulisses de la cour, et ils en font des envois groupés. Le roi, intrigué par la fréquence de ces courriers, les fit surveiller et on en arrêta un. « On a pris toutes ces lettres, s'indigne Mme de Maintenon, et l'on en a trouvé plusieurs pleines de ce vice abominable qui règne présentement, de très grandes impiétés et de sentiments pour le roi bien contraires à ceux que tout le monde lui doit et bien éloignés de ceux que devraient avoir les enfants de gens comblés par lui de bienfaits et d'honneurs[22]. » Entre autres gentillesses, la bonne dame y était traitée de « vieille dévote dupant un vieillard imbécile » et le roi de « gentilhomme campagnard affainéanti auprès de sa vieille maîtresse ». Certains avaient eu l'imprudence de signer leurs chroniques : deux fils de La Rochefoucauld et un petit-fils de Villeroy purent ainsi être arrêtés ou exilés. Les Conti n'en étaient que les destinataires. Lorsqu'ils rentrèrent de Hongrie au mois de septembre après avoir pris une part brillante à un siège et à une bataille, leurs lauriers furent impuissants à les protéger. Condé eut beau plaider leur cause, le roi les accueillit d'un mot glacial : « Je suis bien aise de vous voir de retour : des princes de mon sang sont mieux près de moi que partout ailleurs. » Leur refus de révéler les noms des auteurs restés anonymes vint renforcer sa colère. Ils ne furent pas chassés de la cour, mais y vivre en disgrâce était en soi un châtiment.

Le destin se chargea du sort de l'aîné. La princesse de Conti tomba malade. C'était la petite vérole, on la crut perdue. Son époux se rendit à son chevet, fut contaminé, et tandis que la sortie de l'éruption la mettait, elle, hors de danger, il perdit connaissance et mourut très rapidement – sans confession, souligne Mme de Sévigné consternée[23]. Condé obtint que le cadet hérite du titre libéré par l'aîné, mais non qu'une place honorable à la cour lui soit rendue. Pour le mettre à l'abri de la rancune royale et pour tenter de lui glisser un peu de plomb dans la tête, il l'emmena chez lui à Chantilly.

Ce fut un séjour bénéfique pour tous deux. « M. le prince le héros ne se cachait pas d'une prédilection pour lui au-dessus de ses enfants ; il fut la consolation de ses dernières années[24]. » À vingt et un ans, le jeune rebelle insolent, railleur, avait tout du cheval échappé, mais il promettait beaucoup. Sa figure charmante compensait ses épaules trop hautes et sa tête un peu penchée. Curieux de toutes choses, il les abordait avec un esprit lumineux, juste, exact, qui n'oubliait rien et portait des jugements sans méprise ni confusion. Il passa à Chantilly « tout le temps de sa disgrâce, faisant un usage admirable de tout l'esprit et de toute la capacité de M. le prince, puisant à la source de tout ce qu'il y avait de bon à apprendre sous un si grand maître, dont il était chèrement aimé[25] ». Condé, privé d'action, trouvait à l'instruire un antidote contre l'ennui. Il ne pouvait rêver intelligence plus réceptive et plus réactive. Et au contact de ce jeune garçon qui lui rappelait tant celui qu'il avait été, il se mettait à espérer que le type de héros qu'il avait incarné n'était pas disqualifié sans remède. Il connut en outre, grâce à lui, un bonheur dont ses enfants l'avaient frustré, celui de transmettre à sa postérité un héritage moral.

La mort d'un héros

En cette fin d'été 1686, le prince désespérait de l'avenir de son neveu. La promotion dans l'ordre du Saint-Esprit, rendue nécessaire par sa qualité, ne changea rien à sa mise à l'écart. L'humeur du roi était sombre. Depuis des mois il souffrait d'une fistule anale et ses médecins, las de le soigner en vain à coups d'emplâtres et de cautérisations, l'invitaient à recourir à la chirurgie, pour une opération qu'on savait très douloureuse et assez redoutable*. De rémissions en rechutes, il hésitait. Condé, qui tenait à peine debout, se traîna jusqu'à Versailles dans l'espoir qu'une démarche personnelle l'amadouerait. En vain. Il regagna Chantilly où il reçut pour quelques jours son petit-fils le duc de Bourbon accompagné de son épouse. Ce fut pour lui une dernière joie d'arrière-saison.

---

* Les chirurgiens durent s'y reprendre à plusieurs fois, entre le 18 novembre et le 13 décembre[26].

Ensuite, les événements s'emballent. Mais à mesure que s'enchaînent les faits et gestes qui conduisent, en l'espace d'un mois, à la mort prévisible du héros, la légende s'en empare, les met en scène, les magnifie, avant même que les récits officiels ne viennent les fixer pour la postérité. Et chacun, à commencer par le prince, y fait si bien ce qu'on attend de lui que, malgré les flots de larmes qui furent alors versés, l'émotion en est pour nous altérée. Affaire de style. Au XVIIe siècle la grandeur rimait parfois avec grandiloquence. Voici donc comment les contemporains virent – ou furent invités à imaginer – la mort de Condé[27].

À Fontainebleau où le jeune couple a rejoint la cour pour la saison des grandes chasses, la petite duchesse de Bourbon est prise d'un malaise le 9 novembre. Le lendemain on diagnostique la petite vérole. Débandade générale. Seuls restent sur place ses père et mère, Louis XIV et Mme de Montespan, tous deux immunisés. Condé à Chantilly s'inquiète : son petit-fils, lui, ne l'est pas. En route vers Fontainebleau, il le croise sur le chemin du retour : on l'a fait partir en lui laissant peu d'espoir. Il arrive juste à temps pour assister à l'extrême-onction. Les prêtres expulsent, selon l'usage, les proches de la moribonde. Mme de Montespan rentre à Paris. Le prince, effondré, reste assis dans l'antichambre. Survient le roi, qui veut dire un dernier adieu à sa fille. Condé se dresse, s'interpose, lui interdit la porte, invoquant le risque de contagion : « Je n'ai plus la force de vous empêcher de passer ; mais si vous voulez entrer, il faudra au moins me passer sur le ventre[28]. » Le roi fait demi-tour et le prince tombe évanoui. Le mot, le geste ne dépareraient pas une tragédie de Corneille !

Ils sont en apparence gratuits : la contagion ne menace pas le roi, dont chacun sait qu'il a déjà eu la maladie. Mais pour le héros à bout de forces, c'est une ultime occasion de se mettre en danger, d'affronter la mort, avec le désir secret, peut-être, qu'elle voudra enfin de lui.

Les médecins une fois de plus s'étaient trompés. La petite duchesse se rétablit. Laissant sa fille sous la garde du prince, le roi repartit pour Versailles, où l'attendaient les chirurgiens. Le prince, resté à Fontainebleau, s'affaiblissait de jour en jour. Aucun symptôme de variole. Mais il était miné par de la fièvre, digérait très mal et peinait à respirer. Se sentant perdu, il insista pour qu'on le ramène chez lui, à Chantilly, puis le 10 décembre au matin, il y renonça : il n'était plus transportable. « Il jouissait encore de tout son esprit. » Il fit mander son fils et son neveu, ainsi que le Père Des Champs, mais, craignant de ne pas tenir jusqu'à leur arrivée, il prit ses dernières dispositions avec l'aide de ceux qui étaient sur place, Gourville et le Père Bergier.

Laissons la parole à ce dernier, dont le récit constitue sur ces moments cruciaux un des rares témoignages directs. « Il demanda du papier et une plume : il écrivit une page entière de sa main. [...] Elle regardait particulièrement Mme la princesse sa femme, pour laquelle il a conservé jusqu'à la mort tous les sentiments que la bonté, la justice et la religion peuvent inspirer à un bon mari et à un parfaitement honnête homme. Il prenait même, dans cet écrit tout de sa main, la liberté de conjurer le roi d'étendre ses soins jusque sur cette princesse et de vouloir bien lui prescrire la manière dont il fallait qu'elle vécût ; ce que Sa Majesté a accordé avec une très grande bonté. » Inutile de dire que la lettre en question ne fut jamais retrouvée. Mais nous savons, par le journal de Dangeau, que Gourville rendit compte au roi, le 16 décembre, « des choses dont M. le prince en mourant l'avait chargé ». Et nous savons aussi, par les contemporains, ce qu'avait décidé leur très grande bonté à tous deux : la maintenir jusqu'à sa mort dans sa prison de Châteauroux. Mlle de Montpensier en fut choquée [29]. Georges Mongrédien, dans sa biographie du prince [30], qualifie de mensonger le récit du Père Bergier. Ce n'est pas tout à fait le cas. Car celui-ci ne dit rien d'inexact *stricto sensu*. C'est pour son bien et dans son intérêt qu'on prétendit fixer le sort de la princesse ; mais il s'abstient de dire en clair quel fut ce sort – au point que des historiens s'y sont trompés et l'ont cru libérée.

Dans l'après-midi, Condé voulut adresser au roi en guise d'adieu, une lettre solennelle. N'ayant plus la force d'écrire, il la dicta, nous dit-on. Cette lettre-là ne s'est pas perdue. Aussitôt recopiée et diffusée en feuilles volantes, elle fut ensuite publiée par le Père Bergier :

> « Je supplie très humblement Votre Majesté de trouver bon que je Lui écrive pour la dernière fois de ma vie. Je suis dans un état où apparemment je ne serai pas longtemps sans aller rendre compte à Dieu de toutes mes actions. Je souhaiterais de tout cœur que celles qui le regardent fussent aussi innocentes que celles qui regardent Votre Majesté. Je n'ai rien à me reprocher sur tout ce que j'ai fait. Quand j'ai

commencé à paraître dans le monde, je n'ai rien épargné pour le service de Votre Majesté et j'ai tâché de remplir tous les devoirs auxquels ma naissance et le zèle sincère que j'avais pour la gloire de Votre Majesté m'obligeaient. Il est vrai que, dans le milieu de ma vie, j'ai eu une conduite que j'ai condamnée le premier et que Votre Majesté a eu la bonté de me pardonner. J'ai ensuite tâché de réparer cette faute par un attachement inviolable à Votre Majesté et mon déplaisir a toujours été de n'avoir pu faire d'assez grandes choses qui méritassent les bontés que vous avez eues pour moi. J'ai au moins cette satisfaction de n'avoir rien oublié de tout ce que j'avais de plus cher et de plus précieux pour marquer à Votre Majesté que j'avais pour Elle et pour son État tous les sentiments que je devais avoir. »

Dans le paragraphe suivant il implorait très humblement le roi en faveur du prince de Conti.

« [...] Il y a plus d'un an qu'il soupire et qu'il se regarde dans l'état où il est comme s'il était en purgatoire. Je conjure Votre Majesté de l'en vouloir sortir et de lui accorder un pardon général. Je me flatte peut-être un peu trop, mais que ne peut-on pas espérer du plus grand roi de la terre, de qui je meurs, comme j'ai vécu, le très humble, très obéissant et très fidèle serviteur et sujet.

LOUIS DE BOURBON »

Cette lettre est superbement écrite. Trop sans doute pour avoir été dictée, telle quelle, par un moribond dont le style, on le sait, manquait d'élégance. Si on la compare à celle qu'il avait envoyée à Louis XIV à son retour des Pays-Bas, on mesure la différence*. Le plus probable est qu'elle est l'œuvre du bon jésuite. Mais il ne faut pas pour autant la disqualifier : elle traduit assurément la pensée du prince, qui n'avait pas changé depuis lors.

Il s'assoupit ensuite pendant que Gourville, sur son ordre, mettait au net un testament où figurait, à côté de divers legs destinés à ses domestiques, une somme de cinquante mille écus, « pour être distribués dans les lieux où il avait causé les plus grands désordres pendant la guerre civile ». Il eut la force de le signer[31]. Est-il permis de dire que c'était là bien peu de chose, eu égard à la somme de misères dont sa révolte fut responsable ?

Le lendemain 11 décembre, à six heures du matin, son fils arriva porteur d'une heureuse nouvelle : le prince de Conti était pardonné. Louis XIV, au plus fort d'une période où les chirurgiens, en le charcutant quasi chaque jour, lui infligeaient le martyre, n'abandonnait aucune de ses affaires, même mineures. Lorsqu'il apprit que Condé entrait en agonie, il avait décidé, sans en être sollicité, d'accomplir de lui-même le geste auquel il s'était refusé jusque-là – hommage au héros réconcilié, mais aussi, à l'adresse de l'opinion, acte de souveraineté régalienne.

La grande lettre à son adresse n'était pas encore partie. Condé put y faire ajouter un mot de remerciement :

---

* Voir *supra*, p. 563-564.

« Mon fils vient de m'apprendre en arrivant la grâce que Votre Majesté a eu la bonté de me faire en pardonnant à M. le prince de Conti. Je suis bien heureux qu'il me reste assez de vie pour en faire mes très humbles remerciements à Votre Majesté. Je meurs content si Elle veut bien me faire la justice de croire que personne n'a eu pour Elle des sentiments si remplis de respect, de dévouement et, si j'ose dire, de tendresse. »

Il fit ensuite ses adieux à son fils : « Si je vous ai été bon père, vous m'avez été bon fils. » Puis il passa des mains des médecins à celles des prêtres. Il se confessa au Père Des Champs, qui venait d'arriver, reçut tous les sacrements et rendit son dernier soupir à sept heures un quart du soir[32]. Son corps rejoignit ceux de ses ancêtres dans le caveau de famille du château de Vallery. Son cœur, scellé dans un réceptacle de vermeil, fut déposé dans l'église des jésuites de la rue Saint-Antoine. Après de multiples vicissitudes, il fut rapatrié, avec ceux des siens, dans la chapelle du château de Chantilly. Il était de retour chez lui.

ÉPILOGUE

À l'heure du bilan, que reste-t-il du prince de Condé ? Des grands personnages qui occupèrent le devant de la scène durant la minorité de Louis XIV et s'affrontèrent lors de la Fronde, il fut, et de très loin, le plus prestigieux et le plus célèbre. Mais la Fronde n'est qu'un épisode insignifiant à l'échelle de l'histoire de France, sans parler de celle de l'Europe et du monde. Son principal titre de gloire est avant tout d'avoir été un homme de guerre génial. Il suffit à lui assurer pendant près de trois siècles une admiration quasi continue. C'est donc par là qu'il convient de commencer.

Pourquoi fut-il qualifié de héros, lui, et non Turenne ? Qu'a-t-il de plus, ou de moins ? Le parallèle à peine esquissé par Bossuet mérite d'être poursuivi. Vivacité d'un côté, prudence réfléchie de l'autre. Incontestablement Condé a plus de panache : une folle bravoure, qui le pousse à s'exposer sans mesure à la tête de ses troupes, une extrême rapidité de réaction, une inventivité permanente, un goût marqué pour l'obstacle à franchir ou la situation désespérée à rétablir. À croire, parfois, qu'il cherche exprès la difficulté, pour avoir la joie de la résoudre. Ses combats offrent des cas, tous différents, qui apportent des solutions aux divers problèmes techniques posés par l'inégalité du terrain, la disparité des effectifs et les aléas de toute sorte. Dans un domaine où les batailles sont aussi étroitement codées que les duels – auxquels elles s'apparentent d'ailleurs –, il invente des coups. Inspiré, il a ce que Bossuet appelle des « illuminations ». Les grandes batailles qu'il mena sont comme indépendantes de leurs enjeux. L'intérêt se porte non pas sur le *pourquoi*, mais sur le *comment*. On peut les isoler des circonstances historiques, les raconter sous forme de morceaux choisis, on pourrait même en tirer un *Art de la guerre*. Nul ne s'étonnera qu'elles eussent été au programme des études dans toutes les écoles militaires d'Europe et que Napoléon en ait fait son profit.

Turenne est capable lui aussi d'initiatives originales d'une grande hardiesse, comme en témoigne sa dernière campagne d'Alsace, et il sait improviser au besoin. Mais il préfère calculer avec soin son action. Condé, lui, répugne à s'asservir à des plans, qu'il modifie sans cesse. L'un est plus souple, l'autre plus rigoureux. Mais surtout une différence radicale les sépare. Pour Turenne, la guerre est un métier. Il se bat pour obtenir un résultat – conquérir une place forte, réduire un adversaire aux abois afin de le contraindre à signer la paix. Pour Condé, elle est au contraire un jeu, un plaisir, voire une drogue. Il se bat pour rien, ou plus exactement pour mettre à l'épreuve ses capacités, pour faire l'éclatante démonstration de sa valeur. Peu importe contre qui : la gloire acquise dans les rangs espagnols est de même nature que celle obtenue naguère contre eux. Et, à la limite, peu importe que son action soit victorieuse ou non : en mesurant son mérite à l'aune des difficultés surmontées, il parvient à transmuer les retraites en exploits.

La conduite des armées est pour lui un exercice individuel. C'est pourquoi il a beaucoup de peine à collaborer avec d'autres généraux, dont il méprise les avis. Il s'entend également très mal avec les politiques, qui, eux, visent les résultats. Pourquoi prendre d'assaut une place si on peut l'obtenir par la négociation ? Pourquoi continuer la guerre si l'adversaire est mûr pour traiter ? À deux reprises, Turenne se résigne, la mort dans l'âme, à suspendre sur ordre de Mazarin une campagne victorieuse devenue sans objet*. Il privilégie l'efficacité sur la quête de l'exploit. Il travaille en liaison avec les autorités, même s'il lui arrive de méconnaître leurs ordres quand il les juge stupides ; mais, dans ce cas, il désobéit pour mieux répondre à l'esprit des instructions reçues. Condé, lui, refuse les directives ou en tout cas les outrepasse : il prétend décider par lui-même. Il rêve de poursuivre indéfiniment une activité qui est sa raison d'être.

Mieux vaut donc, pour sa réputation posthume, isoler son génie stratégique des sources intimes auxquelles il s'abreuvait, car il a fini par en faire un assez

---

* En 1648, après la victoire de Zusmarshausen, il renonce à marcher sur Vienne et en 1658, après les Dunes, à poursuivre la conquête des Pays-Bas.

mauvais usage. Aux yeux de l'historien, son bilan politique est très largement négatif.

Certes les batailles qui ont fondé sa gloire ont fait apparaître avec éclat la supériorité militaire de la France sur l'Espagne. Mais elles n'ont pas « sauvé le royaume », parce que le royaume, à la mort de Louis XIII, n'était une proie pour personne – sûrement pas pour une Espagne déclinante sur le plan démographique et économique et pour un empereur d'Allemagne aux prises avec la menace protestante au nord et la menace ottomane au sud. Les places frontalières qu'on s'échangeait au gré des combats n'étaient pas vitales pour nous. Les vrais enjeux étaient à la fois politiques et religieux : ils concernaient le partage de l'Europe entre Catholicisme et Réforme et le rôle que la France prétendait y jouer, avec des incidences capitales sur le plan intérieur. La guerre était donc étroitement tributaire de la diplomatie, qui poursuivait les négociations en parallèle. Étroitement concertées avec Mazarin, ce sont les campagnes victorieuses de Turenne en Allemagne qui ont permis la signature des traités de Westphalie en 1648. Condé, au contraire, a annulé la majeure partie des acquis de ses années fabuleuses par sa révolte, qui a ravagé férocement les provinces où elle s'est déployée, puis a prolongé la guerre extérieure en donnant un nouveau souffle aux armées espagnoles. Une dizaine d'années ont été ainsi perdues pour la paix, un beau gâchis, auquel s'est largement associée, il faut bien le dire, une majorité de Français déchaînés contre un ministre injustement décrié. Au bout du compte, c'est à Turenne que revient le mérite d'avoir débarrassé l'Île-de-France des dernières troupes qui y sévissaient à la fin de

1652, puis d'avoir remporté aux Dunes la victoire décisive qui ouvrit la voie au traité des Pyrénées.

La révolte de Condé ne fut-elle qu'un accident, comme on se plaît à le dire ? Elle obéit au contraire à une logique implacable. L'extrême héroïsme militaire n'est durablement praticable que s'il s'accompagne du pouvoir suprême, comme chez Alexandre de Macédoine. Mais aucune autorité – qu'elle soit monarchique ou autre – ne peut tolérer sans réagir qu'un particulier se substitue à elle et lui impose ses volontés. Les souverains se sont toujours défiés de leurs trop puissants vassaux. D'où les efforts du vieux prince de Condé pour encadrer l'ambition de son fils. Jeune, impulsif, celui-ci accroît ses exigences lorsque son père n'est plus et s'efforce de s'approprier tous les leviers de pouvoir. Or il commet la lourde erreur d'en sous-estimer les détenteurs légitimes. Anne d'Autriche n'est pas une incapable, elle est courageuse et énergique. Quant à Mazarin, il cache sous une apparence débonnaire une intelligence et une force de caractère exceptionnelles. Et tous deux ont un objectif précis : transmettre à Louis XIV un royaume en état de marche.

Condé, lui, réclame à tort et à travers. S'il se heurte à des refus, il les prend pour offenses personnelles et il multiplie provocations et insultes. Lorsque la reine le mit en prison, il n'avait certes commis aucun crime tombant sous le coup de la loi, mais il était loin d'être sans reproche et le jeu qu'il jouait avait peu à voir avec l'intérêt de l'État. Il pratiquait déjà une forme de rébellion larvée, qui passa tout naturellement, lors de sa sortie, à la vitesse supérieure. Sa révolte ouverte ne fut que la manifestation de convictions largement partagées. Il était l'héritier d'une longue lignée de rebelles, parmi lesquels son père, rallié à la monarchie par nécessité mais en rechignant, faisait figure d'exception. Après des années de troubles et de désordres, le renforcement de l'autorité royale les indignait ; tous se disaient victimes, habilités à tirer « vengeance » des « mauvais traitements » que leur infligeait le souverain. C'était là, très exactement, le genre de comportement que Mazarin, après Louis XIII et Richelieu, voulait éradiquer à jamais. L'irruption brutale de Condé dans le jeu politique lui fournit l'occasion de faire avec lui un exemple qui servirait de leçon générale.

Son rang élevé et sa gloire exceptionnelle le qualifiaient comme porte-étendard d'une noblesse nostalgique de ses anciennes prérogatives. Mais en poussant ses exigences à l'extrême, il mettait à mal le *modus vivendi* qui avait, depuis le début de la régence, limité les tensions entre elle et le pouvoir royal. Car celui-ci s'en tirait jusqu'alors en neutralisant les uns par les autres les bénéficiaires de faveurs judicieusement dosées. Mais lorsque Condé prétendit les monopoliser, il fit exploser le système et appela par ses excès la riposte résolue dont il fut victime. Il entraîna dans sa chute l'ensemble de ceux qui avaient partagé ses illusions et soutenu son action. Il contribua à hâter et à durcir les mesures qui, entre autres, écartèrent du Conseil la noblesse d'épée au profit de celle de robe. Ironie du sort : il se trouva donc avoir joué contre son camp et travaillé contre ceux dont il personnifiait la cause.

Il a finalement rempli sans le vouloir et peut-être sans le savoir le rôle que lui avait assigné la stratégie subtile du cardinal. Son cas a démontré que la guerre n'avait vocation ni à fournir une arène aux amateurs de gloire, ni à leur ouvrir le chemin du pouvoir politique. Il a exorcisé les chimères dont se repaissaient encore les grands et les a ramenés à leur rôle de premiers serviteurs de l'État, en démontrant que le jeu pervers des services marchandés ne payait pas. Le diplomate l'a emporté sur le militaire. Nul ne sait ce que le prince a pensé de la stupéfiante mais incontestable victoire de Mazarin. Ce qui est sûr est qu'il en a tiré les conséquences et qu'il a renoncé à chercher une revanche sur le plan politique. La prise de pouvoir par Louis XIV lui facilita la transition. Il se comporta, un bon quart de siècle durant, de façon irréprochable.

Ses funérailles furent l'occasion de faire prévaloir auprès du public la thèse de l'égarement passager. Parmi les contemporains, bien peu y croyaient. Mais admettre la culpabilité du prince aurait jeté l'anathème sur l'ensemble de la noblesse qui, à un moment ou à un autre, avait trempé dans la Fronde. Tous se souvenaient d'un temps où l'indiscipline était glorieuse et les « crimes de lèse-majesté honorables [1] ». Ils ne le sont plus lorsqu'on le porte en terre. L'amnistie a effacé le passé, mais les cendres sont encore chaudes, mieux vaut ne pas les remuer. Tout autant que pour le défunt, la thèse du malheureux accident vaut pour l'auditoire rassemblé à Notre-Dame autour du catafalque. Oublier la Fronde : telle est la consigne – très surprenante pour nous, si friands de commémorations, si attachés au « devoir de mémoire ». Louis XIV sacrifie sans hésiter au maintien de la paix civile le souvenir de ceux grâce à qui elle fut rétablie, sa mère Anne d'Autriche et son parrain, Mazarin, afin d'extirper des mentalités nobiliaires le penchant endémique à la rébellion. À cet effet, le silence est plus efficace que la polémique. Mais il sait que les peuples ont besoin de héros, et lui-même a besoin d'excellents généraux. Le personnage de Condé se prête aisément à récupération. Il suffit de mettre l'accent sur ses exploits militaires, puis sur sa soumission à l'ordre régnant et l'on obtient un héros idéal, offert à l'admiration des siècles à venir.

*

Une biographie n'est pas seulement l'histoire d'une carrière, elle est aussi celle d'un homme. Or Condé reste pour nous chargé de mystère. En partie parce que les documents font défaut. Mais également parce que l'ambiguïté semble lui être consubstantielle, comme l'ont bien ressenti les contemporains. Sa personnalité, telle qu'elle apparaît à travers ses actes, est un nœud de contradictions.

Au cœur de sa vie, alors qu'il n'a pas quarante ans, une métamorphose extraordinaire accompagne la réinstallation en France de l'ancien rebelle, au point qu'on se demande s'il s'agit bien du « même homme ». Oui, affirme vigoureusement Bossuet. Mais le prélat est-il convaincant lorsqu'il s'efforce de déceler dans la première partie de son existence, la manifestation des « vertus » – bonté, clémence, patience et douceur – dont il fit surtout montre par la suite ? La démonstration sonne faux. Non point que Condé eût été tout le contraire. On aurait également tort, comme le fit Coligny-Saligny, de ne voir en lui que malignité. Mais parce que les notions de vertus et de vices sont impropres à le cerner. Pour décrire les caractères, le XVIIᵉ siècle a eu le grand mérite de mettre au point des catégories psychologiques – dont nous sommes encore tributaires –, mais qui ont l'inconvénient de viser l'essence intemporelle des êtres et de les figer de façon immuable*. Or Condé s'y prête très mal, parce qu'il est d'humeur instable. Est-il bon, est-il méchant ? La question n'a de sens que pour les êtres accoutumés à l'introspection et guidés par des considérations d'ordre moral. Ce n'est pas son cas : il est tantôt l'un tantôt l'autre, au gré des mouvements qui l'agitent. Très instinctif, il réagit dans l'instant, de façon irrationnelle, et il réfléchit ensuite. Il y a chez lui quelque chose d'animal, un sens du danger, un instinct de survie, qui explique en partie son génie militaire – un comportement de grand fauve. La crainte d'être à nouveau prisonnier joue pour beaucoup dans sa fuite en avant après sa libération. Il n'est sur ce point, comme sur tant d'autres, qu'un cas limite. Il pousse au paroxysme et traduit immédiatement en actes une impulsivité présente chez chacun d'entre nous à l'état latent, et que nous sommes mieux à même de comprendre aujourd'hui qu'au XVIIᵉ siècle.

Sa conduite n'obéit pas à des préceptes, à des devoirs. Il est mû par des passions, diverses mais toujours violentes. D'où une morale à usage personnel où les mêmes actes sont permis ou répréhensibles en fonction des circonstances : ainsi du respect de la parole donnée, impératif entre gens de qualité, mais

---

* Les innombrables portraits qui ont fleuri à cette époque en sont une illustration éloquente.

qu'on peut parfois négliger avec un allié occasionnel et qu'il est recommandé de violer à l'égard de Mazarin. Ses passions dominantes sont de nature personnelle. La principale est sa propre grandeur, inlassablement poursuivie, qui lui inspire les plus brillants exploits, mais lui dicte le mépris dont il accable ses congénères. Il lui doit une louable indifférence pour les signes extérieurs superflus : nul n'est plus simple que lui dans son mode de vie, nul ne s'accommode mieux de l'inconfort et de la fatigue. Peu ménager de la vie de ses hommes, qu'il conduit lui-même à l'assaut, il épargne l'ennemi vaincu : nulle cruauté chez lui. Lorsqu'il aime, c'est avec outrance, comme pour Marthe du Vigean ; mais il hait son épouse à proportion. Et dans la seconde partie de sa vie, l'intense amour qu'il voue à son fils est sans aucun doute partie prenante dans le sacrifice de son orgueil face à Louis XIV : pour lui, l'avenir de l'adolescent, et au-delà, celui de sa lignée, priment tout. Et comme il est de tempérament violent, excessif, les passions lorsqu'elles se contrarient déchaînent en lui des turbulences qui se répercutent physiquement : son corps sans cesse malmené paie le prix des épreuves et des contrariétés subies. Bref, c'est un de ces êtres imprévisibles, mais fascinants qui ne laissent personne indifférent, qu'on peut aimer ou haïr, mais qu'il est impossible de mépriser.

Reste tout de même chez lui, sur le plan psychologique, une énigme cruciale : que pensait-il, tout au fond de lui-même, de son recours à la guerre civile et de son séjour auprès les Espagnols ? En principe il n'appartient pas à une biographie historique de sonder les reins et les cœurs, mais celle-ci ne peut éluder la question, parce que les documents surabondent : il en a lui-même beaucoup parlé ! Jamais sous forme de confidences, mais toujours en situation. Or les propos qu'il a tenus, soit sur le moment, soit *a posteriori*, sont tous sujets à caution.

Qu'il se soit lancé dans la fuite en avant à la légère, sans réfléchir, serait plausible. Mais les témoignages de ses amis le montrent au contraire pesant alors le pour et le contre et rejetant sur eux la responsabilité de la décision*. Il est certain qu'il opte pour la guerre civile en la sachant périlleuse, voire suicidaire. Alors, pourquoi s'y engage-t-il malgré tout, en refusant de l'assumer ? Tout se passe comme s'il répugnait à tirer au clair la raison de ses actes, comme s'il se dérobait devant certaines évidences. Plus généralement, on voit coexister en lui, tout au long de sa carrière, une remarquable capacité d'analyse et de surprenants dérapages. Quand il se sent sûr de lui – face à l'ennemi sur le champ de bataille par exemple –, il voit clair et juste. Mais lorsqu'il se sait menacé, sur le terrain politique notamment, sa lucidité vacille ; il perd le sens des proportions, il interprète à faux les réactions adverses, il grossit les contrariétés, il amplifie les échecs. Accoutumé à en imposer aux hommes, il admet mal que les faits lui donnent tort. D'où sa fâcheuse tendance à se défausser sur autrui des opérations militaires décevantes et à nier la réalité lorsqu'elle lui déplaît. Refermé sur lui-même par son égocentrisme, il refuse de regarder en face les affronts qu'il inflige à l'autorité royale et affirme qu'il n'a jamais songé qu'à servir le roi et l'État. Il affiche « sa forte répugnance pour tout ce

---

* Voir *supra*, p. 430-436.

qui ressemble à une guerre civile », au moment même où il s'apprête à s'y jeter. Il ment aux autres, assurément, pour des motifs tactiques ; mais il ne parviendrait pas à le faire avec un tel aplomb s'il ne se mentait d'abord à lui-même.

Un tel déni de réalité était possible, à la rigueur, dans le feu de l'action. Mais lorsqu'il regagne la France, vaincu et pourtant réintégré dans ses biens et titres, il ne peut s'exempter d'un retour sur son passé. Il implore très humblement de Louis XIV le pardon de sa faute. Mais quelle faute ? Tout au fond de lui-même, se sent-il coupable moralement ? Il semble bien que non. Il n'est pour rien, dit-il, dans ce qui est arrivé, tout est imputable à son malheur, à sa destinée. Le cas de Turenne fournit à nouveau un contre-exemple éclairant. Celui-ci a trahi deux fois, on le sait, pendant une semaine, puis pendant un an, après mûre réflexion et pour des raisons précises. Il en mesurait la gravité et il s'en est sincèrement repenti. Il raisonnait en homme normal, moderne, et nous n'avons aucune peine à le comprendre. Condé, au contraire, nous donne l'impression d'appartenir à un autre temps, une autre planète – proche des héros d'Homère dont le cœur était une arène que se disputaient des passions, conçues comme puissances extérieures à eux. Il regrette assurément d'avoir commis une erreur de jugement sur les rapports de force. Il l'a payée, comme on paie une fausse manœuvre sur le champ de bataille. Éprouve-t-il du repentir ? Peut-être. Du remords ? Sûrement pas : ce serait se renier lui-même. Les reproches qu'il s'adresse ne sont pas d'ordre moral, mais psychologique : c'est son addiction à la violence qui l'a perdu. Elle l'a coupé du monde et des autres. Il s'en corrige au prix d'un prodigieux effort. Il reste donc bel et bien le même, comme l'a senti Bossuet. Mais la spécificité de son être ne se définit pas par la conjonction de qualités qui lui seraient inhérentes. Ce qui structure sa personnalité d'un bout à l'autre de sa trajectoire est cet élan, ce besoin éperdu de perpétuel dépassement, servi par une inébranlable volonté. N'est-ce pas là, d'ailleurs, la clef de son stupéfiant déni de réel ? Il n'est pas possible de se soustraire à l'humaine condition et de défier la mort sans que s'inhibent la raison et le sentiment. Il n'est pas d'héroïsme sans folie.

Il préférait la chasse à la prise et la conquête à l'exercice du pouvoir. En cette seconde moitié du XVIIᵉ siècle, un tel itinéraire menait à Port-Royal. Son frère, sa sœur et sa belle-sœur l'avaient poussé jusqu'à son terme. Lui s'est arrêté à mi-chemin, refusant de donner à son retour à la pratique religieuse le retentissement habituel. Il convient de respecter sa décision, sans pour autant douter de sa sincérité, mais sans l'enrôler de force parmi les parangons de vertus chrétiennes. Nous sommes donc condamnés à nous accommoder d'un personnage impossible à définir, à cataloguer, à juger : complexe, ambigu, attachant par la multiplicité des interrogations qu'il soulève. Très proche de nous, parce que les passions qui habitent son cœur sont les nôtres, et très éloigné, parce qu'elles s'exaspèrent chez lui jusqu'à l'incandescence et ravagent les alentours. Profondément différent aussi, selon le témoignage de ses contemporains, comme s'il était d'une autre nature, comme si une mystérieuse frontière séparait le héros de l'humanité commune.

*

Un homme d'une pareille stature ne se coulait pas aisément dans le rôle taillé pour lui à sa mort. On proposait à l'admiration publique un héros politiquement et religieusement correct, ramené à la norme, alors qu'il y a là contradiction dans les termes. Un héros est par définition celui qui échappe aux normes. Tel était apparu Condé tout au long de sa vie, tel il reste dans la mémoire des hommes. Le retour aux fondamentaux s'amorce dès ses dernières années, avant même la tentative de récupération. Vaincu ou pas, c'est l'insoumis qui jouit d'un prestige intact. En témoigne le fait que son apparente servilité politique perturbe les observateurs, qui se partagent. Est-il encore un héros ? Certains voient dans cette docilité une faiblesse, une abdication, une déchéance. Le cardinal de Retz – ancien rebelle lui-même – déplore qu'il ait hésité à s'affranchir de l'autorité royale et n'ait donc pu « remplir son mérite*[2] ». Un peu plus tard, Saint-Simon s'indigne devant sa « bassesse » courtisane. D'autres au contraire admirent chez lui la reconversion qui lui a permis de transférer la quête de la grandeur de la sphère publique à la sphère privée et de substituer aux fastes de la gloire les satisfactions d'une victoire de soi sur soi. De promouvoir, donc, une autre forme d'héroïsme, distincte de la première, mais qui, loin de le ramener à la règle commune, le hisse au rang des divinités de l'Olympe. Ce nouveau modèle est lui aussi animé par la revendication de liberté, dans le domaine de l'esprit cette fois-ci. Face à

---

* Portrait rédigé en 1675, avant la mort du prince.

la montée du dirigisme culturel et aux pressions de l'ordre moral, Condé, franc-tireur de la pensée, incarne le refus de l'obéissance aveugle et la préservation de la liberté intérieure.

Par la suite, à mesure que passe le temps et que s'estompe le souvenir de la guerre civile, son image se décante. La part irrecevable de sa carrière est oubliée, d'un consentement commun. Ne reste que le gagneur de batailles, dernière incarnation d'un modèle héroïque suranné dont la noblesse désormais docile cultive la nostalgie. Bref, il entre de plein droit dans le cercle très fermé des personnages de légende sur qui l'on peut rêver et fantasmer à sa guise. Il n'intéresse que moyennement le XVIIIe siècle, plus soucieux de paix que de guerre. Mais il offre à Napoléon, outre des leçons de stratégie, une source d'émulation, une référence à égaler, puis à dépasser grâce à la détention conjointe du pouvoir politique. Après le désastre de 1815, il sert implicitement de contre-exemple à l'aventurisme impérial : Alexandre Dumas donne de lui dans *Vingt ans après* une image d'une idéale pureté. En parallèle, la recherche historique ravive le souvenir de son passage à l'ennemi, mais revu et corrigé par le romantisme, qui reconnaît en lui un frère des personnages hugoliens. Le duc d'Aumale le décrit alors sous les traits d'un soldat d'aventure dont « le cœur ulcéré a soif de vengeance » : « Enflammé par la fièvre, l'imagination du héros égaré entrevoit la fortune grandiose des capitaines qui se taillent une souveraineté sur les frontières des vieux États. » Au fil des métamorphoses, se partageant entre la grande et la petite histoire, pour ne rien dire du roman, il traverse, non sans une importante déperdition, les bouleversements politiques et sociaux qui ont marqué la fin du XIXᵉ siècle et le XXᵉ.

Qu'en est-il à l'aube du XXIᵉ siècle ? Son prestige de grand capitaine a résisté tant que les guerres s'en sont tenues à des affrontements classiques, fût-ce à une plus vaste échelle. Mais de nos jours, la guerre moderne offre aux généraux peu d'occasions de s'illustrer par des exploits individuels : ils la dirigent de leur bureau. La chance de survie de Condé est ailleurs. Indépendamment des événements auxquels il fut mêlé, il intéresse comme archétype. Il est celui qui se joue des obstacles et va jusqu'au bout de lui-même, qui s'élève au-dessus de la condition humaine et en rejette les limites, qui défie le destin et la mort, qui peut tout : un conquérant de l'impossible, un surhomme. Le rêve de toute-puissance, vieux comme le monde, est fécond, il entretient l'esprit d'aventure, le goût de la compétition, l'amour du risque, indispensables à toute société vivante. Il a eu de tout temps et il a encore de multiples domaines d'application. Superman fait toujours recette – quitte à revêtir des habits de pacotille.

Mais l'exemple de Condé est là pour rappeler que lorsque le héros met en jeu, autour de lui, une part de la collectivité qui l'entoure, il risque d'y provoquer de graves dommages collatéraux. Tout est possible ne signifie pas tout est permis. Pour ne s'être pas posé la question à temps, le prince s'est fourvoyé, au-delà du seuil où le refus de s'incliner cesse d'être un exploit pour devenir une faute – dans tous les sens de ce terme. Mais il a prouvé par la suite que la perpétuelle surenchère dans la performance n'est pas une fatalité et qu'il existe d'autres façons de se dépasser que la course aux lauriers. Il a fait de sa vie privée un modèle de perfection concertée, conquise sur ses propres passions – quasiment surnaturelle. Aussi faut-il admirer en lui, plus que les batailles remportées, l'extraordinaire mutation finale qui lui a permis, une fois sa défaite acceptée, de préserver sa dignité sans déchoir. Le « Grand Condé » – qu'on se le dise ! – n'est pas seulement le vainqueur de Rocroi, c'est aussi, et surtout, le seigneur de Chantilly.

NOTES ET RÉFÉRENCES

Prologue

1. Mme de Sévigné, Lettre à Bussy-Rabutin du 10 mars 1687, *Correspondance*, t. III, p. 283-284.
2. Bussy-Rabutin, Lettre du 31 mars 1687, dans Mme de Sévigné, *op. cit.*, p. 285.
3. La Rochefoucauld, *Mémoires*, p. 99.
4. Bossuet, *Oraison funèbre du prince de Condé*, dans *Œuvres*, p. 298.

Première partie

LE MIRAGE DU TRÔNE

1. Une famille de rebelles

1. Saint-Simon, *Mémoires*, année 1709, ch. VIII.
2. La Noue, cité dans Petitot, 1re série, Collection des Mémoires relatifs à l'Histoire de France, t. 20, p. 134.
3. Déclaration célèbre citée par Jean-Pierre Babelon, *Henri IV*, p. 220.
4. Sully, *Œconomies royales*, coll. Petitot, 2de série, t. 1, p. 402.
5. Henri de Navarre, Lettre à la comtesse de Guiche du 10 mars 1588.
6. *Ibid.*
7. Tallemant des Réaux, *Historiettes*, t. I, p. 691, note 3.
8. Cité par J.-P. Babelon, *op. cit.*, p. 667.

9. Tallemant, *op. cit.*, t. I, p. 23.
10. Propos cités par J.-P. Babelon, *Chantilly*, 1999, p. 59. L'ouvrage comporte une histoire détaillée du château, avec des plans et de magnifiques photographies.
11. Voir Tallemant, *op. cit.*, t. I, p. 65-67. Visiblement, Tallemant n'aime pas les Montmorency.
12. Cet épisode est emprunté pour partie aux *Mémoires* de Bassompierre (coll. Petitot, 2e série, t. 19, p. 376 sq.) et pour partie aux *Historiettes* de Tallemant (t. I, p. 67-74). Le récit de l'un est tardif, celui de l'autre est de seconde main. Mais les principaux faits, confirmés par d'autres sources, sont avérés.
13. Tallemant, *loc. cit.*
14. Voir Katia Béguin, *Les Princes de Condé*, p. 29.

2. DE LA RÉVOLTE À L'ALLÉGEANCE

1. Lettre à Pereisc du 19 juillet 1609, citée dans Tallemant, *op. cit.*, p. 755.
2. L'Estoile, *Journal de Henri IV*, coll. Petitot, 1re série, t. 48, p. 267.
3. *Ibid.*, p. 268-269. Ces propos impliquent que le père en question n'était pas le jeune page Belcastel, qu'on aida à s'échapper et que nul n'a jamais retrouvé, mais un personnage beaucoup plus haut placé, en vue à Paris à cette date. Mais personne n'a cherché à suivre cette piste – et pour cause.
4. Mme de Motteville, *Mémoires*, t. 37, p. 203.
5. Les détails suivants sont tirés de Tallemant (*op. cit.*, texte complété par des notes) et des *Mémoires* de Fontenay-Mareuil (coll. Petitot, 1re série, t. 50, p. 16-17).
6. Sully, *Mémoires*, coll. Petitot, 2e série, t. 8, p. 135-137. La scène est rapportée quasiment dans les mêmes termes par Bassompierre, *op. cit.*, p. 422-423.
7. Témoignage du cardinal Bentivoglio, alors nonce à Bruxelles, dans son *Histoire générale des guerres de Flandres et relation de la fuite hors de France d'Henry de Bourbon, prince de Condé* (BnF, fonds Dupuy), cité par B. Pujo, *Le Grand Condé*, p. 16.
8. Texte cité par A. Adam dans l'annotation de l'*Historiette* consacrée à « La Princesse de Condé », malheureusement sans indication de date ni de source (Tallemant, *op. cit.*, p. 756). Le caractère scabreux du texte peut expliquer qu'il ait été laissé dans l'ombre par les chercheurs.

9. Tallemant, *op. cit.* Voir les notes 3 et 4 des pages 756 et 757.
10. Lettre citée par Caroline Bitsch, *Vie et carrière d'Henri II de Bourbon, prince de Condé*, p. 111.
11. Propos cités par M. Carmona, *Marie de Médicis*, p. 235, sans indication de référence.
12. Bassompierre, *op. cit.*, t. 19, p. 448.
13. Fontenay-Mareuil, *Mémoires*, 1re série, t. 50, p. 110 et 336.
14. *Ibid.*, p. 227.
15. Les *Mémoires* de Richelieu (t. 2 bis, p. 322-344) comportent un récit détaillé de tout cet épisode, insistant sur le danger couru par le roi.
16. Richelieu, *loc. cit.*, p. 352.
17. Voir notamment Tallemant, *op. cit.*, t. I, p. 1074-1075.
18. Fontenay-Mareuil, *op. cit.*, p. 336.
19. Tallemant, *op. cit.*, p. 759, note 3.
20. Selon les ambassadeurs vénitiens cités par Pierre Chevallier, *Louis XIII*, Fayard, 1979, p. 226.
21. Fontenay-Mareuil, *op. cit.*, p. 546.
22. Louis de Pontis, *Mémoires*, t. 31, p. 347. Certes, ces *Mémoires*, rédigés par un solitaire de Port-Royal d'après ses récits oraux et publiés après sa mort, ne sont pas de sa main. Mais Richelieu (*op. cit.*, t. 22, p. 213), qui fournit moins de détails, confirme la traîtrise des habitants, qui avaient juré de ne plus porter les armes contre le roi. Bassompierre (*op. cit.*, t. 20, p. 418) signale que les émissaires royaux furent pris en traîtres à leur arrivée et que les défenseurs se battirent avec la dernière énergie.
23. Bassompierre, *op. cit.*, t. 20, p. 365.
24. Richelieu, *op. cit.*, t. 23, p. 76.
25. *Ibid.*, p. 79.
26. Cité par Arlette Jouanna, *Le Devoir de Révolte*, p. 216.
27. *Ibid.*, p. 217.
28. Tallemant, *op. cit.*, t. I, p. 420, et Mme de Motteville, *op. cit.*, t. 37, p. 204.

3. UNE ÉDUCATION EN VASE CLOS

1. Pierre Lénet, *Mémoires*, t. 54, p. 166.
2. *Ibid.*, p. 170.
3. *Ibid.*
4. *Ibid.* Toutes les citations qui suivent proviennent de cette source.

5. Le Père Chérot, *L'Éducation du Grand Condé*, 1894, cité par C. Bitsch, *op. cit.*, 2008, p. 361.
6. Cité par B. Pujo, *op. cit.*, p. 24.
7. Lénet, *op. cit.*, p. 173.
8. *Ibid.*
9. Le Père Anselme, cité par François Bluche, article « Montmorency », *Dictionnaire du Grand Siècle*, p. 1060.
10. Louis de Pontis, *op. cit.*, t. 32, p. 175.
11. Noémi Hepp, « Considérations morales et politiques autour d'Henri de Montmorency », *Ethics and politics in seventeenth-century France, Essays in Honour of Derek A. Watts*, University of Exeter Press, 1996, p. 83-91 (les notes et références ont malencontreusement été omises à l'impression).
12. Récit de Puységur, cité par Noémi Hepp, *op. cit.*, p. 87.
13. Sur cette question, voir les détails dans K. Béguin, *op. cit.*, p. 34 sq.
14. Tallemant, *op. cit.*, t. I, p. 421.
15. Lénet, *op. cit.*, t. 54, p. 168-169.
16. Voir A. Jouanna, *op. cit.*, p. 219-220.
17. Le récit de ce voyage doit beaucoup à l'ouvrage de B. Pujo, *op. cit.*, p. 28-29.
18. Lettres des 28 mai et 1er juin 1636.

4. La découverte du monde

1. Lettre du 4 septembre 1639.
2. Mme de Motteville, *op. cit.*, t. 37, p. 221. Ce portrait évoque Condé en 1647. Mais les principaux traits physiques sont déjà présents chez l'adolescent.
3. Lénet, *Mémoires*, cités par B. Pujo, *op. cit.*, 1647.
4. Mme de Motteville, *op. cit.*, p. 182.
5. Tallemant, *op. cit.*, t. I, p. 443.
6. *Ibid.*, p. 74.
7. Mme de Motteville, *op. cit.*, p. 239-240.
8. Lettre du 4 juin 1637, citée par B. Pujo (*op. cit.*, p. 35), qui y voit, lui, une manifestation d'amour filial et de soumission.
9. Lénet, cité par B. Pujo, *op. cit.*, 1647.
10. Lettre du 2 octobre 1637, citée par B. Pujo, *ibid.*, p. 35.
11. Prescriptions reproduites ici d'après B. Pujo, *ibid.*, p. 36.
12. Lettre du 26 septembre, citée par C. Bitsch, *op. cit.*, p. 338.
13. Lettre du 17 octobre, *ibid.*

14. Lettre du 4 septembre 1639, citée par B. Pujo, *op. cit.*, p. 40.
15. Extraits cités dans B. Pujo, *ibid.*, p. 44, et C. Bitsch, *op. cit.*, p. 368.
16. Tallemant, *op. cit.*, t. I, p. 308 (voir aussi les notes, p. 986).
17. *Ibid.*, p. 316.
18. *Ibid.*, p. 326.
19. Cette lettre et les suivantes sont citées d'après B. Pujo, *op. cit.*, p. 45-46.
20. Montglat, *Mémoires*, t. 49, p. 267-285.
21. *Ibid.*, p. 280.
22. *Ibid.*, p. 284.
23. Mlle de Montpensier, *Mémoires*, t. 40, p. 408.
24. Lettre du 30 août 1641, citée par B. Pujo, *op. cit.*, p. 51.
25. Lettre à Chavigny du 30 septembre 1641, citée par C. Bitsch, *op. cit.*, p. 370.
26. Lettre du 26 septembre 1642, à Bourbon-Lancy, citée par B. Pujo, *op. cit.*, p. 56.
27. La Rochefoucauld, *op. cit.*, p. 61.

Deuxième partie

LES ANNÉES PRODIGIEUSES

5. NAISSANCE D'UN GRAND CAPITAINE

1. Maréchal de Gramont, *Mémoires*, t. 56, p. 349.
2. Informations dues respectivement à O. Lefèvre d'Ormesson, *Journal*, éd. A. Chéruel, à la date de mai 1643, t. I, p. 55, et au duc d'Enghien, lettre à son père, Amiens, 23 avril, citée par B. Pujo, *Le Grand Condé*, p. 63.
3. Lettre du 14 mai, citée par K. Béguin, *Les Princes de Condé*, p. 89.
4. Bossuet, *Oraison funèbre du prince de Condé*, dans *Œuvres*, p. 194.
5. Voir Plutarque, *Les Vies des Hommes illustres*, La Pléiade, t. II, p. 363.
6. Indication fournie par Montglat (*Mémoires*, t. 49, p. 424), qui donne un assez bon compte rendu de la bataille.
7. Bossuet, *loc. cit.*
8. Abbé Arnauld, *Mémoires*, t. 34, p. 216.

9. Dubois de Lestournières, *Mémoire fidèle des choses qui se sont passées à la mort de Louis XIII*.

10. O. Lefèvre d'Ormesson, *op. cit.*, t. I, p. 58-59.

11. Dans sa lettre au prince de Condé du 20 mai, La Moussaye, qui avait pris part à la bataille, attribue conjointement au duc et à Gassion le mérite d'avoir retourné une situation quasi désespérée, mais ne fournit pas de détails sur la manœuvre décisive. Les manuels de Malet-Isaac l'attribuent au duc. De même, la biographie de B. Pujo (*op. cit.*, p. 69). Dominique Paladilhe, s'appuyant sur Lénet, montre bien le duc rejoignant Sirot, mais il passe sous silence le rôle de Gassion.

12. Propos rapportés par Lénet (cités par B. Pujo, *op. cit.*, p. 75).

13. Tite-Live, *Histoire romaine*, XXII, 51.

14. Lettre du duc de Longueville, 2 juin 1643, citée par B. Pujo, *op. cit.*, p. 75.

15. Lettres citées par B. Pujo, *op. cit.*, p. 77, d'après les archives de Chantilly.

16. O. Lefèvre d'Ormesson, *op. cit.*, t. I, p. 95.

17. *Ibid.*, p. 98.

18. *Ibid.*, p. 108-109 et note 2. Sur tout cet épisode, nous suivons la chronologie extrêmement précise fournie par ce diariste.

19. *Ibid.*, t. I, p. 88.

20. Lettre du prince de Condé à son secrétaire, Girard, du 13 août 1643, citée par B. Pujo, *op. cit.*, p. 79.

21. O. Lefèvre d'Ormesson, *op. cit.*, p. 129.

22. À deux reprises, semble-t-il : selon une lettre à Servien, citée par B. Pujo, *op. cit.*, p. 83, d'après Georges Mongrédien, *Le Grand Condé*, et selon d'Ormesson, *loc. cit.*

23. Lettre du 24 juillet 1644, citée par B. Pujo, *op. cit.*, p. 89.

24. Détails rapportés par O. Lefèvre d'Ormesson, *op. cit.*, p. 207.

25. Voir sur ce point le *Turenne* de Jean Bérenger, p. 205-208.

26. Lettre de Grotius, citée dans l'*Histoire des princes de Condé* du duc d'Aumale, t. IV, et reproduite par B. Pujo, *op. cit.*, p. 95.

6. LE NOUVEL ALEXANDRE

1. Bossuet, *op. cit.*, p. 204.
2. BnF, ms suppl. franç., 925, f° 155 bis, cité dans le *Journal* d'O. Lefèvre d'Ormesson, t. I, p. 89, note 3.
3. La Calprenède, Épître dédicatoire de *Cléopâtre*, 1647.
4. Mme de Motteville, *Mémoires*, t. 37, p. 203-204.
5. Cf. Tallemant des Réaux, *Historiettes*, t. I, p. 420, et K. Béguin, *op. cit.*, p. 48 sq.
6. Mme de Motteville, *op. cit.*, p. 182.
7. Cardinal de Retz, *Mémoires*, Le Livre de Poche, coll. « La Pochothèque », p. 281.
8. *Ibid.*, p. 273.
9. *Ibid.*, p. 408.
10. L'histoire est contée un peu partout, avec de menues variantes (O. Lefèvre d'Ormesson, Retz, La Rochefoucauld, etc.). Le récit le plus détaillé est celui de Mme de Motteville (*op. cit.*, t. 37, p. 37-45). Mlle de Montpensier (*Mémoires*, t. 40, p. 427-429) reproduit le texte des billets. On n'eut pas grand-peine à identifier les amants concernés.
11. Henri de Campion, qui s'était engagé à contrecœur dans l'entreprise à l'instigation de son frère Alexandre, la raconte dans ses *Mémoires* (p. 153-164).
12. Récit détaillé du combat chez O. Lefèvre d'Ormesson, *op. cit.*, t. I, p. 128.
13. Mme de Motteville, *op. cit.*, t. 37, p. 129-135.
14. Anecdote citée par Saint-Évremond, *Œuvres en prose*, éd. Ternois, t. IV, p. 170-171.
15. Passage tiré de mémoires inédits cités en note dans le *Journal* d'O. Lefèvre d'Ormesson, t. I, p. 221.
16. *Ibid.*
17. Mme de Nemours, *Mémoires*, t. 34, p. 406-410.
18. P. Lénet, *Mémoires*, t. 53, p. 72.
19. Cité par K. Béguin, *op. cit.*, p. 435.
20. Mme de Motteville, *op. cit.*, t. 37, p. 221.
21. Compliment qui lui fut décerné dans une lettre citée par K. Béguin, *op. cit.*, p. 81 et note 1.
22. Cf. Tallemant, *op. cit.*, t. II, p. 337-349, et les notes.
23. Mme de Motteville, *op. cit.*, t. 37, p. 130-135.
24. K. Béguin, *op. cit.*, p. 82.
25. Motteville, *op. cit.*, t. 37, p. 144.
26. Mlle de Montpensier, *op. cit.*, t. 40, p. 452.

27. Motteville, *op. cit.*, t. 37, p. 146.

28. L'histoire de Saint-Étienne et de Mlle de Sallenauve est racontée en détail par Tallemant, *op. cit.*, t. II, p. 452-457 et les notes.

29. O. Lefèvre d'Ormesson, *op. cit.*, t. I, p. 668. Cf. aussi le *Journal* de Dubuisson-Aubenay, t. I, p. 154.

30. Tallemant, *op. cit.*, t. II, p. 1005, note 6, et p. 1231, note 6.

7. LA QUÊTE DE L'IMPOSSIBLE

1. O. Lefèvre d'Ormesson, *op. cit.*, t. I, p. 363-364.
2. Maréchal de Gramont, *op. cit.*, t. 56, p. 362.
3. Informations fournies par B. Pujo, *op. cit.*, p. 102.
4. Montglat, *op. cit.*, t. 50, p. 9.
5. Gramont, *op. cit.*, p. 366.
6. *Ibid.*, p. 379.
7. O. Lefèvre d'Ormesson, *op. cit.*, t. I, p. 337.
8. Mme de Motteville, *op. cit.*, t. 37, p. 137-138.
9. Lettre de Jacques Dupuy à M. de Grémonville, du 5 décembre 1645, citée en note dans le *Journal* d'O. Lefèvre d'Ormesson, t. I, p. 335.
10. Turenne, *Lettres*, éd. Huart, p. 418-419. Extrait cité par J. Bérenger, *op. cit.*, p. 218-219.
11. O. Lefèvre d'Ormesson, *op. cit.*, p. 359.
12. Montglat, *op. cit.*, p. 38.
13. O. Lefèvre d'Ormesson, *op. cit.*, p. 362.
14. Montglat, *op. cit.*, p. 40.
15. Mme de Motteville, *op. cit.*, p. 194.
16. *Ibid.*
17. Montglat, *op. cit.*, p. 44.
18. O. Lefèvre d'Ormesson, *op. cit.*, p. 366.
19. Voir sur ce point J. Bérenger, *op. cit.*, p. 228 sq.
20. Texte cité dans le *Journal* d'O. Lefèvre d'Ormesson, p. 228, note 3.
21. Pour tout le récit de cette campagne, cf. les *Mémoires* du maréchal de Gramont, t. 56, p. 399-409.
22. Mlle de Montpensier, *op. cit.*, t. 41, p. 7-8.
23. Cité par B. Pujo, *op. cit.*, d'après le duc d'Aumale, *Histoire des princes de Condé*, t. V.
24. Couplets extraits du *Recueil* de Maurepas, II, p. 367, cités dans le *Journal* d'O. Lefèvre d'Ormesson, t. I, p. 388.
25. Mme de Motteville, *op. cit.*, p. 421-422.

8. LE PRIX DE SES SERVICES

1. B. Pujo, *op. cit.*, p. 137.
2. Voir sur cette question le *Dictionnaire des Institutions* d'Adolphe Chéruel, aux articles « gouvernements » et « provinces », et surtout le *Dictionnaire du Grand Siècle*, sous la direction de François Bluche, aux articles « gouvernements » (de places et de provinces), p. 667-671.
3. La Rochefoucauld, *Mémoires*, p. 83.
4. O. Lefèvre d'Ormesson, *op. cit.*, t. I, p. 57.
5. *Ibid.*
6. Lettre du 7 juin 1644 à Guiche, citée par B. Pujo, *op. cit.*, p. 85.
7. *Mémoires* du comte de Brienne (le père), t. 36, p. 107.
8. Tallemant, *op. cit.*, t. II, p. 83.
9. Lettre du 23 mai 1643, citée par B. Pujo, *op. cit.*, p. 75.
10. Lettre du 23 mai 1643, citée par K. Béguin, *op. cit.*, p. 96.
11. Sur cette affaire, et sur le conflit qui opposa Enghien à la reine en matière de nominations militaires, voir K. Béguin, *op. cit.*, p. 95-102.
12. *Ibid.*, p. 99-101.
13. Voir Michel Pernot, *La Fronde*, p. 61.
14. Lettres citées par B. Pujo, *op. cit.*, p. 114-115.
15. O. Lefèvre d'Ormesson, *op. cit.*, t. I, p. 352.
16. Mme de Motteville, *op. cit.*, t. 37, p. 180-181.
17. De Dijon, le 17 octobre 1646, lettre citée par B. Pujo, *op. cit.*, p. 114.
18. O. Lefèvre d'Ormesson, *op. cit.*, p. 372.
19. Mme de Motteville, *op. cit.*, p. 205.
20. Voir K. Béguin, *op. cit.*, p. 53.
21. Mme de Motteville, *op. cit.*, t. 37, p. 205.
22. *Ibid.*, p. 200.
23. O. Lefèvre d'Ormesson, *op. cit.*, p. 355.
24. Lettre à Mazarin, du 29 juin 1648, citée par B. Pujo, *op. cit.*, p. 129.
25. Point de vue exprimé dans son *Journal* par O. Lefèvre d'Ormesson, *passim*.
26. Retz, *op. cit.*, p. 406.
27. Mme de Nemours, *op. cit.*, p. 405-406.
28. Mme de Motteville, *op. cit.*, p. 241.
29. Mme de Nemours, *op. cit.*, p. 409.

30. Sur le rôle de La Rochefoucauld auprès de Mme de Longueville, les *Mémoires* de Mme de Motteville (t. 38, p. 128-130) sont d'une extrême sévérité.
31. O. Lefèvre d'Ormesson, *op. cit.*, t. I, p. 351-352.
32. Retz, *op. cit.*, p. 405.
33. Gourville, *Mémoires*, t. 52, p. 293.
34. Abbé de Choisy, *Mémoires*, p. 177.
35. Tallemant, *op. cit.*, t. II, p. 356.
36. Retz, *op. cit.*, p. 377.
37. Mme de Motteville, *op. cit.*, t. 37, p. 211.

Troisième partie

LA RUPTURE

9. UN SOUTIEN PEU SÛR

1. Voir notamment Simone Bertière, *Mazarin*, ch. 10.
2. Omer Talon, *Mémoires*, t. 61, p. 114-121.
3. Retz, *Mémoires*, p. 325-344.
4. Goulas, *Mémoires*, t. II, p. 379.
5. Mme de Motteville, *Mémoires*, t. 37, p. 422.
6. Mme de Nemours, *Mémoires*, t. 34, p. 396.
7. Mme de Motteville, *op. cit.*, t. 37, p. 411.
8. *Ibid.*, t. 38, p. 58 sq.
9. O. Lefèvre d'Ormesson, *Journal*, t. I, p. 592-593.
10. Retz, *op. cit.*, p. 366, et Mme de Nemours, *op. cit.*, t. 34, p. 401.
11. Mme de Nemours, *op. cit.*, t. 34, p. 511. La remarque est plus tardive, mais elle a une portée générale.
12. Retz, *op. cit.*, p. 222.
13. Mazarin, Carnet X, p. 77-78, cité par A. Chéruel, *Histoire de France pendant la minorité de Louis XIV*, t. III, p. 93.
14. *Ibid.*, p. 71, p. 91.
15. Mme de Motteville, *op. cit.*, t. 38, p. 83.
16. Retz, *op. cit.*, p. 317.
17. Mme de Motteville, *op. cit.*, p. 103.
18. *Ibid.*, p. 132.
19. A. Dumas, *Vingt ans après*, ch. LVI.
20. Mme de Motteville, *op. cit.*, p. 158.
21. On trouve dans les *Mémoires* de Retz (p. 400-401) une très brillante évocation de ce climat.

22. Mme de Nemours, *op. cit.*, p. 420 et 429.
23. O. Lefèvre d'Ormesson, *op. cit.*, p. 668.
24. Gui Patin, *Correspondance*, t. I, p. 413-414.
25. O. Lefèvre d'Ormesson, *op. cit.*, p. 658.
26. Retz, *op. cit.*, p. 429.
27. Lettre à M. Girard du 12 mars 1649, citée par B. Pujo, *Le Grand Condé*, p. 151. – L'épisode figure dans le *Journal* de d'Ormesson, p. 706.
28. On pourra lire dans les *Mémoires* de Retz les interminables discussions où tous deux débattent de cette question.
29. Retz, *op. cit.*, p. 471.
30. Textes cités par Jean Bérenger, *Turenne*, p. 272-273.
31. Cf. B. Pujo, *op. cit.*, p. 152.
32. Lettre d'Henri Groulart de La Court du 16 mars 1649 (Aff. Étr., ALL. t. CXXV, f°s 375-376).
33. Mme de Motteville, *op. cit.*, p. 231-232.
34. Cf. aussi La Rochefoucauld, *op. cit.*, p. 87.
35. Mme de Motteville, *op. cit.*, p. 247. Elle reproduit (p. 254-260) la liste de leurs prétentions.
36. Dubuisson-Aubenay, *Journal*, t. I, p. 183.

10. L'ÉPREUVE DE FORCE

1. La Rochefoucauld, *op. cit.*, p. 93.
2. Brienne, *Mémoires*, t. 36, p. 156.
3. *Ibid.*, p. 146.
4. O. Lefèvre d'Ormesson, *op. cit.*, t. I, p. 739.
5. La Rochefoucauld, *op. cit.*, p. 94.
6. G. Dethan, *La Vie de Gaston d'Orléans*, p. 266.
7. Mme de Motteville, *op. cit.*, t. 38, p. 272-273 et 277-278. Cf. aussi Mme de Nemours, *op. cit.*, t. 34, p. 429.
8. Brienne, *op. cit.*, p. 145-146.
9. Mme de Motteville, *op. cit.*, p. 282.
10. *Ibid.*, p. 278.
11. *Ibid.*, p. 316.
12. *Ibid.*, p. 337.
13. La Rochefoucauld, *op. cit.*, p. 100.
14. Brienne, *op. cit.*, p. 155. On trouvera dans le *Mazarin* de Simone Bertière (p. 358 sq.) le récit de cet épisode et des suivants, fait du point de vue du cardinal.

15. Mme de Motteville, *op. cit.*, p. 346. L'insulte, qui fit un bruit considérable, se trouve rapportée par la plupart des mémorialistes.
16. Lénet, *op. cit.*, t. 53, p. 44.
17. Motteville, *op. cit.*, t. 38, p. 357.
18. Lénet, *op. cit.*, t. 53, p. 42.
19. *Ibid.*, p. 43-44.
20. Archives des Affaires étrangères, FRANCE, t. CXXII, pièce 243, minute de la main de Lionne. Le texte en est cité intégralement par A. Chéruel, *op. cit.*, t. III, p. 297-298, mais il l'interprète de façon erronée.
21. Mme de Nemours, *op. cit.*, t. 34, p. 437-438.
22. Motteville, *op. cit.*, t. 38, p. 400 sq.
23. *Ibid.*, p. 405-406, et Mazarin, *Carnet XIII*, p. 95, cité par A. Chéruel, *op. cit.*, t. III, p. 339-340.
24. Retz, *op. cit.*, p. 579 sq.
25. *Carnet* imprimé à Tours, p. 42, cité par A. Chéruel, *op. cit.*, t. III, p. 331-332.
26. Retz, *op. cit.*, p. 606.
27. Guy Joly, *Mémoires*, t. 47, p. 95. Cf. aussi Lénet, *op. cit.*, p. 96.
28. Sur toute cette affaire, voir Retz, *op. cit.*, p. 589-597, et S. Bertière, *La Vie du cardinal de Retz*, p. 220-223.
29. Archives des Affaires étrangères, FRANCE, t. CXXVIII, pièce 7, citée par A. Chéruel, t. III, p. 358-358.

11. LA PRISON

1. L'arrestation des princes a donné lieu à de très nombreux récits, souvent inspirés les uns des autres, avec des variantes mineures. On a recouru ici de préférence à celui de Mme de Motteville, qui se trouvait aux côtés de la reine le jour de l'arrestation (*Mémoires*, t. 38, p 435-451), pour le début, et à celui de Dubuisson-Aubenay, rédigé au lendemain même de l'événement, pour le trajet jusqu'à l'installation à Vincennes (*Journal*, t. I, p. 203-210). Celui de Mlle de Montpensier (*Mémoires*, t. 41, p. 77-79) donne quelques détails vivants sur la manière dont le duc d'Orléans, puis la reine, ont vécu l'épisode.
2. Lénet, *Mémoires*, t. 53, p. 92.
3. Mme de Motteville, *op. cit.*, t. 38, p. 451.
4. Dubuisson-Aubenay, *op. cit.*, t. I, p. 205.
5. Voir Gourville, *Mémoires*, t. 52, p. 226-231.

6. Abbé de Choisy, *Mémoires*, p. 48. Choisy dit tenir ses informations du premier écuyer Béringhen.

7. Gui Patin, lettre du 1er mars 1650, *Correspondance*, t. II, p. 547.

8. Dubuisson-Aubenay, *op. cit.*, p. 223-224.

9. *Ibid.*, p. 263-264.

10. Retz, *op. cit.*, p. 695, et Guy Joly, *op. cit.*, t. 47, p. 102.

11. Gourville, cité par B. Pujo, *op. cit.*, p. 174.

12. Guy Joly, *op. cit.*, t. 47, p. 117.

13. *Ibid.*, t. 47, p. 112-113, et Abbé Arnauld, *Mémoires*, t. 34, p. 288-289.

14. Voir sur cette question l'analyse de K. Béguin, *Les Princes de Condé*, p. 112-118.

15. Mme de Motteville, *op. cit.*, t. 38, p. 329.

16. O. Lefèvre d'Ormesson, *op. cit.*, t. I, p. 767.

17. Mme de Motteville, *op. cit.*, t. 39, p. 16.

18. Lettre de Mazarin à Lionne, du 11 avril 1650.

19. Lénet, *op. cit.*, t. 53, p. 90.

20. *Ibid.*, p. 119.

21. *Ibid.*, p. 151.

22. Dubuisson-Aubenay, *op. cit.*, t. I, p. 253.

23. M. Pernot, *La Fronde*, p. 173-174.

24. Voir Retz, *op. cit.*, p. 615.

25. Lénet, *op. cit.*, t. 53, p. 109.

26. Mlle de Montpensier, *op. cit.*, t. 41, p. 51.

27. Comte de Coligny-Saligny, *Mémoires*, p. 20-31.

28. Lénet, *op. cit.*, p. 267-268.

29. *Ibid.*, t. 54, p. 94-95.

30. *Ibid.*, t. 53, p. 285.

31. Voir le texte de sa lettre dans les *Mémoires* de Lénet, t. 53, p. 245.

32. Mme de Motteville, *op. cit.*, t. 39, p. 12.

33. Voir sur ce thème une page très lucide de Lénet, *op. cit.*, t. 54, p. 47.

34. Voir sur cette affaire le *Mazarin* de S. Bertière, p. 387 sq. Les curieux pourront lire le texte du traité à la fin du tome III des *Mémoires* de Retz dans la Collection des Grands Écrivains.

35. Retz, *Mémoires*, Le Livre de Poche, coll. « La Pochothèque », p. 694.

36. Dubuisson-Aubenay, *op. cit.*, t. II, p. 14.

37. L'expression – au sens figuré – se trouve chez Mme de Motteville, *op. cit.*, p. 133, et chez La Rochefoucauld, *op. cit.*, p. 132.

38. La Rochefoucauld, *op. cit.*, p. 137.

12. L'ÉCHEC POLITIQUE

1. La Rochefoucauld, *op. cit.*, p. 139.
2. Voir Hubert Carrier, *Le Labyrinthe d'État*, p. 95-101, et surtout p. 256-261.
3. Voir M. Pernot, *op. cit.*, p. 253-254.
4. Voir, entre autres, Mme de Motteville, *op. cit.*, t. 39, p. 188, et Montglat, *Mémoires*, t. 50, p. 276 et 282.
5. La Rochefoucauld, *op. cit.*, p. 139-140.
6. Mme de Motteville, *op. cit.*, t. 39, p. 180.
7. *Ibid.*, p. 107.
8. La Rochefoucauld, *op. cit.*, p. 139-140.
9. Mlle de Montpensier, *op. cit.*, t. 41, p. 134. Mme de Motteville, elle, persiste à la croire sotte (*op. cit.*, p. 80-81).
10. Dubuisson-Aubenay, *op. cit.*, t. II, p. 57.
11. *Ibid.*, p. 79.
12. Mlle de Montpensier, *loc. cit.*, p. 134.
13. Dubuisson-Aubenay, *op. cit.*, pièce annexe citée en note, t. II, p. 46.
14. Sur la fortune des Condé et leur sens aigu de leurs intérêts, voir K. Béguin, *op. cit. passim*.
15. B. Pujo, *op. cit.*, p. 185.
16. La Rochefoucauld, *op. cit.*, p. 150. Cf. aussi Montglat, *op. cit.*, t. 50, p. 283.
17. La Rochefoucauld, *op. cit.*, p. 139.
18. Mme de Motteville, *op. cit.*, p. 206.
19. Mme de Nemours, *op. cit.*, t. 34, p. 504.
20. Bussy-Rabutin, Lettre du 2 juillet 1650, dans Mme de Sévigné, *Correspondance*, t. I, p. 13-14.
21. Pour l'histoire du parti condéen pendant toute cette période, voir La Rochefoucauld, *op. cit.*, 4ᵉ partie, p. 139-163.
22. *Ibid.*, p. 186-187.
23. *Ibid.*, p. 179.
24. *Ibid.*, p. 197.
25. Retz, *op. cit.*, p. 746, et La Rochefoucauld, *op. cit.*, p. 145.
26. Lettre du 20 mai 1651.
27. La Rochefoucauld, *op. cit.*, p. 142.
28. Dubuisson-Aubenay, *op. cit.*, p. 56.
29. Retz, *op. cit.*, p. 754.
30. Mazarin, *Lettres à la Reine*, 12 mai 1651, éd. Ravenel, p. 59-60.

31. Voir S. Bertière, *La Vie du cardinal de Retz*, ch. IX, « Retz et la Reine », p. 243-273.
32. Dubuisson-Aubenay, *op. cit.*, p. 85.
33. Texte cité par B. Pujo, *op. cit.*, p. 190, d'après un document du 22 juillet 1651 conservé aux Archives de Chantilly.
34. Ce texte, signé du roi, est reproduit *in extenso* dans les *Mémoires* de Mme de Motteville, t. 39, p. 245-251.
35. Cet épisode a donné lieu à de nombreux récits, dont Retz, *op. cit.*, p. 852-858, La Rochefoucauld, *op. cit.*, p. 159-162, Dubuisson-Aubenay, *op. cit.*, p. 105-107, Mme de Motteville, *op. cit.*, t. 39, p. 267-270, etc.
36. Retz, *op. cit.*, p. 863. Voir la version de La Rochefoucauld, *op. cit.*, p. 163.
37. Dubuisson-Aubenay, *op. cit.*, p. 107.
38. On trouvera le récit de la cérémonie chez Mme de Motteville, *op. cit.*, p. 278-293.
39. Gui Patin, Lettre du 27 juin 1651, *Correspondance*, t. II, p. 586.
40. Voir Mme de Motteville, *op. cit.*, p. 208.
41. Lénet, *op. cit.*, t. 53, p. 51.
42. Mme de Motteville, *op. cit.*, p. 236.
43. *Ibid.*, p. 3-4.
44. Lettre du marquis de Lusignan, 23 juillet 1651, citée par K. Béguin, *op. cit.*, p. 130.
45. Dubuisson-Aubenay, *op. cit.*, p. 114.
46. Mme de Motteville, *op. cit.*, p. 296.
47. Lettre citée par K. Béguin, *op. cit.*, p. 131.

Quatrième partie

LA FUITE EN AVANT

13. ESPOIRS DÉÇUS EN PROVINCE

1. La Rochefoucauld, *Mémoires*, p. 166-167.
2. *Ibid.*, p. 168.
3. *Ibid.*, p. 169.
4. Épisode rapporté par A. Chéruel, *Histoire de France sous le ministère du cardinal Mazarin*, t. I, p. 17-19.
5. Gourville, *Mémoires*, t. 52, p. 238.
6. Retz, *Mémoires*, p. 892-895.
7. Voir A. Chéruel, *op. cit.*, p. 57-60.

8. La Rochefoucauld, *op. cit.*, p. 180-181.
9. Retz, *op. cit.*, p. 883.
10. *Ibid.*, p. 909.
11. D'après B. Pujo, *Le Grand Condé*, p. 20.
12. La Rochefoucauld, *op. cit.*, p. 186-189.
13. *Ibid.*, p. 193.
14. *Ibid.*, p. 194.
15. Cette chevauchée a donné lieu à deux récits de première main, l'un par Gourville (*op. cit.*, p. 254-261), l'autre par La Rochefoucauld (*op. cit.*, p. 200-203), concordants pour le fond, mais très différents pour le ton, qui se complètent.
16. Cf. les *Mémoires* de La Rochefoucauld, p. 627, note 1 de la p. 201.
17. *Ibid.*, p. 203.
18. Voir dans les *Mémoires* de Mlle de Montpensier, t. 41, p. 213, le texte de la lettre où le prince lui fait un récit très flatteur de la bataille.

14. LA LUTTE POUR PARIS

1. Retz, *op. cit.*, p. 962.
2. G. Dethan, *La Vie de Gaston d'Orléans*, p. 293.
3. Textes cités intégralement par Conrart, *Mémoires*, t. 48, p. 33-39.
4. Sur les mazarinades, voir M. Pernot, *La Fronde*, p. 293 et *passim*, Christian Jouhaud, *La Fronde des Mots*, ainsi que l'ensemble des travaux d'H. Carrier (les pages 133-138 du *Labyrinthe de l'État* traitent de Dubosc-Montandré). En 1652, le cardinal de Retz parvint à répliquer aux pamphlétaires condéens sous le couvert de l'anonymat.
5. Dubuisson-Aubenay, *Journal*, p. 212-213.
6. Mme de Motteville, *Mémoires*, t. 39, p. 333-334.
7. Dubuisson-Aubenay, *op. cit.*, t. II, p. 230.
8. Voir un récit détaillé dans les *Mémoires* de La Rochefoucauld, p. 221-227.
9. Détails fournis par Conrart, *op. cit.*, t. 48, p. 112.
10. Voir le récit de son exploit dans les *Mémoires* de Mlle de Montpensier, t. 41, p. 254-275.
11. Dubuisson-Aubenay, *op. cit.*, t. II, p. 245, et Mlle de Montpensier, *loc. cit.*
12. *Mlle de Montpensier, op. cit.*, t. 41, p. 277 sq.

13. Dubuisson-Aubenay, *op. cit.*, t. II, p. 247. C'est à ce *Journal*, écrit sur le vif, que nous empruntons de nombreux détails.
14. Conrart, *op. cit.*, p. 119.
15. Voir, dans *Le Grand Condé* de G. Mongrédien, l'examen des différents points de vue fournis par les contemporains sur la responsabilité de Condé. Les quelques données recensées depuis ne remettent pas en cause ses conclusions.
16. Mlle de Montpensier, *op. cit.*, t. 41, p. 279.
17. Dubuisson-Aubenay, *op. cit.*, p. 250.
18. Mlle de Montpensier, *op. cit.*, p. 285.
19. Conrart, *op. cit.*, p. 158.
20. Récit du duel chez Mlle de Montpensier, *op. cit.*, p. 286-292, et chez Conrart, *op. cit.*, p. 171-179.
21. Dubuisson-Aubenay, *op. cit.*, p. 266.
22. La Rochefoucauld, *op. cit.*, p. 231.
23. Informations tirées de la dernière livraison du *Journal du Parlement*, intitulée *Relation contenant la suite et conclusion du Journal de tout ce qui s'est passé au Parlement, pour les affaires publiques, depuis Pasques 1652, jusques en janvier 1653*, p. 12-15.
24. *Relation…*, p. 113.
25. *Ibid.*, p. 59.
26. *Ibid.*, p. 128-129.
27. Dubuisson-Aubenay, *op. cit.*, p. 280.
28. *Relation…*, p. 142-151 pour le texte de l'Édit et p. 157 pour la réaction des princes.
29. Montglat, *Mémoires*, t. 50, p. 376.
30. Mlle de Montpensier, *op. cit.*, p. 312-318.

15. Au service de l'Espagne

1. La Rochefoucauld, *op. cit.*, p. 233.
2. BnF, Fonds français, ms. 10224, f°45, lettre citée par Pierre-Georges Lorris, *La Fronde*, Albin Michel, 1961, p. 405-406.
3. *Relation…*, p. 312.
4. Appendice au *Journal* d'O. Lefèvre d'Ormesson, t. II, p. 681.
5. Voir B. Pujo, *op. cit.*, p. 191.
6. Voir sa lettre du 16 février 1650, dans le *Turenne* de J. Berenger, p. 287.
7. Turenne, lettre à Le Tellier du 28 octobre 1652.

8. Lettre publiée d'après l'original par *Relation...*, à la date du 25 décembre 1652, p. 262.

9. Détails empruntés à B. Pujo, *op. cit.*, p. 217.

10. Couplet cité en note dans le *Journal* d'O. Lefèvre d'Ormesson, t. II, p. 676.

11. Mlle de Montpensier, *op. cit.*, t. 41, p. 416-417.

12. André d'Ormesson, Appendice au *Journal* de son fils, t. II, p. 678.

13. Lettre à Lénet et Viole, citée d'après l'*Histoire des Princes de Condé*, du duc d'Aumale, t. VI, par la plupart des biographes.

14. Mlle de Montpensier, *op. cit.*, t. 41, p. 331.

15. Lettre citée par B. Pujo, *op. cit.*, p. 219.

16. Mlle de Montpensier, *op. cit.*, p. 410.

17. Les précisions factuelles fournies dans cette page viennent de B. Pujo, *op. cit.*, p. 223.

18. *Dictionnaire de Port-Royal*, à l'article qui porte son nom.

19. Daniel de Cosnac, *Mémoires*, t. I, p. 131.

20. Gui Patin, Lettre du 21 février 1654, *Correspondance*, t. I, p. 203.

21. André d'Ormesson, octobre 1653, Appendice au *Journal* de son fils Olivier, t. II, p. 677.

22. Voir le récit de l'affaire dans K. Béguin, *Les Princes de Condé*, p. 134.

23. Lettre datant de la fin 1654, citée par G. Mongrédien, *op. cit.*, p. 135.

24. Lettre de Saint-Évremond au duc de Candale, du 12 mai 1653, citée par G. Mongrédien, *op. cit.*, p. 131.

25. Lettre à Lénet du 29 juillet 1653, citée par B. Pujo, *op. cit.*, p. 221, d'après le duc d'Aumale, *Histoire des Princes de Condé*.

26. Abbé de Choisy, *Mémoires*, p. 59. L'anecdote est de seconde main, mais l'abbé était très bien renseigné.

27. Lettre à Lénet du 12 décembre 1653, citée par A. Jouanna, *Le Devoir de révolte*, p. 243.

28. *Mémoires* du prince de Tarente, cités par A. Chéruel, *op. cit.*, t. II, p. 105.

29. Turenne, *Lettres*, éd. Huart, p. 497.

30. Voir A. Chéruel, *op. cit.*, t. II, p. 293-294, et B. Pujo, *op. cit.*, p. 234.

31. Lettres du 15 janvier 1656 (et non 1655) à don Luis de Haro, citées par B. Pujo, *op. cit.*, p. 237.

16. LA PAIX GÉNÉRALE ET LE SORT DE CONDÉ

1. Sur l'ensemble de la négociation, voir A. Chéruel, *op. cit.*, t. III, ch. 1.
2. Saint-Simon, *Mémoires*, ch. LXVIII.
3. Gourville, *op. cit.*, t. 52, p. 311.
4. Lettre au comte d'Auteuil, 29 mars 1657, citée par B. Pujo, *op. cit.*, p. 241-242, d'après les archives de Chantilly.
5. Gourville, *op. cit.*, p. 312.
6. Mme de Motteville, *op. cit.*, t. 39, p. 421-422.
7. Gui Patin, Lettre du 6 décembre 1657, *op. cit.*, t. I, p. 233.
8. Gui Patin, Lettre du 26 février 1658, *ibid.*, t. II, p. 377.
9. Coligny-Saligny, *Mémoires*, p. 57.
10. Ce « mot historique » a donné lieu à des variantes mineures. Nous le citons d'après A. Chéruel, *op. cit.*, t. III, p. 155, qui l'a tiré des *Mémoires* du duc d'York.
11. Bussy-Rabutin, *Mémoires*, t. II, p. 66.
12. Gui Patin, *op. cit.*, t. II, p. 401.
13. Lettre citée par B. Pujo, *op. cit.*, p. 248.
14. Lettres à ses envoyés, Lénet et Caillet, des 14 avril et 11 mai 1659, citées par G. Mongrédien, *op. cit.*, p. 139-140.
15. Lettre à son agent, d'Auteuil, citée par G. Mongrédien, *ibid.*, p. 137.
16. Lettre citée par G. Mongrédien, *ibid.*, p. 142.
17. B. Pujo, *op. cit.*, p. 254.
18. Ces comptes rendus ont été recueillis et publiés en 1745 par l'abbé d'Allainval, sous le titre de *Lettres où l'on voit la négociation pour la paix des Pirénées (sic)*. Sauf avis contraire, les citations figurant dans ce chapitre en sont tirées.
19. Propos cités dans *Dictionnaire du Grand Siècle*, article « Lionne », p. 883.
20. Lettre citée par A. Chéruel, *op. cit.*, t. III, p. 249.
21. Texte cité par G. Mongrédien, *op. cit.*, p. 144.
22. Texte cité par B. Pujo, *op. cit.*, p. 256.
23. Maréchal de Gramont, *Mémoires*, t. 57, p. 45.
24. Lettre à Turenne du 16 décembre 1659, citée par A. Chéruel, *op. cit.*, p. 301.
25. Mlle de Montpensier, *op. cit.*, t. 42, p. 451.
26. Coligny-Saligny, *op. cit.*, p. 61.
27. Mme de Motteville, *op. cit.*, t. 40, p. 39.

Cinquième partie

LE SURVIVANT

17. Purgatoire

1. Dans le portrait qu'il fait de lui sous le nom de Tyridate (*Histoire amoureuse des Gaules*, éd. Folio, p. 109).
2. Mme de Motteville, *Mémoires*, t. 40, p. 114.
3. *Ibid.*
4. Mlle de Montpensier, *Mémoires*, t. 42, p. 521.
5. Saint-Simon, *Mémoires*, ch. LIII.
6. Mme de Motteville, *op. cit.*, t. 40, p. 167.
7. Voir Mark Bannister, *Crescit ut aspicitur, Condé and the Reinterpretation of Heroism*, dans *Ethics and Politics in Seventeeth-century France*, University of Exeter Press, 1996.
8. Voir la Notice de *La Princesse d'Élide* dans les *Œuvres complètes* de Molière, La Pléiade, t. I, p. 745.
9. *Journal* d'O. Lefèvre d'Ormesson, t. II, p. 659, note de la main de son père André.
10. *Ibid.*, p. 344.
11. Ce développement doit beaucoup à la thèse de K. Béguin, *Les Princes de Condé*. Fondée sur l'étude méthodique de leurs clientèles, elle apporte sur leur politique financière une masse d'informations précieuses, mais très techniques, à laquelle nous renvoyons le lecteur désireux de creuser la question.
12. *Ibid.*, p. 161.
13. *Ibid., passim*.
14. Cité par B. Pujo, *Le Grand Condé*, p. 267.
15. *Ibid.*, p. 268.
16. Mlle de Montpensier, *op. cit.*, t. 43, p. 41.
17. Lettre à la reine de Pologne, citée par G. Mongrédien, *Le Grand Condé*, p. 154.
18. Mme de Motteville, *op. cit.*, t. 40, p. 187.
19. Lettre de l'ambassadeur danois à Paris, 12 octobre 1663, citée par B. Pujo, *op. cit.*, p. 282.
20. Lettre à la reine de Pologne, citée par B. Pujo, *op. cit.*, p. 284.
21. Précisions données par B. Pujo, *ibid.*, p. 287.
22. Lettre envoyée de Pologne à Condé, citée par G. Mongrédien, *op. cit.*, p. 156.
23. Voir une analyse technique de ces mécanismes dans la thèse de K. Béguin, *op. cit.*, p. 318-328.

18. Les derniers feux de la gloire

1. Mme de Sévigné, *Correspondance*, t. I, p. 88.
2. Voir F. Bluche, *Louis XIV*, p. 326-330, et J. Bérenger, *Turenne*, p. 375-391.
3. Sur l'état d'esprit des Bruxellois, voir Charles-Édouard Levillain, *Vaincre Louis XIV*, Champ Vallon, 2010, p. 141. Sur l'ensemble des relations entre Turenne et Louis XIV à cette date, voir J. Bérenger, *op. cit.*, p. 386-391.
4. O. Lefèvre d'Ormesson, *op. cit.*, t. II, p. 524.
5. Gui Patin, *Correspondance*, t. III, p. 667.
6. Voir dans les *Mémoires* de Louis XIV (éd. J. Longnon, p. 261-268) le récit de cette campagne où il tend à faire de Condé un simple exécutant obéissant à ses ordres.
7. O. Lefèvre d'Ormesson, *op. cit.*, p. 543.
8. Sur cette médaille, voir les précisions données par Voltaire dans *Le Siècle de Louis XIV*, ch. X.
9. Nous nous appuierons pour l'évoquer sur trois sources principales : un récit très détaillé du comte de Guiche, acteur des événements (publié à la suite des *Mémoires* de son père le maréchal de Gramont, t. 57, p. 105-118) ; une lettre de Pellisson, datée du 14 juin, reproduite en larges extraits dans une note de la *Correspondance* de Mme de Sévigné (t. I, p. 1296, note 1 de la p. 534) ; deux témoignages de l'abbé de Choisy, d'une part une lettre à Bussy-Rabutin du 15 juin, donc contemporaine des faits, reproduite dans cette même Correspondance (p. 1309, note 1 de la p. 547), d'autre part un récit tardif figurant dans ses *Mémoires* (p. 32-33). Ces témoignages concordent pour l'essentiel, mais chacun apporte son lot de détails qui permettent, joints à quelques autres sources, de mieux saisir comment se déroula l'épisode.
10. Mme de Sévigné, lettre à Mme de Grignan, du 20 juin 1672, *op. cit.*, p. 537.
11. Voir Boileau, fin de l'Épître IV, dans *Œuvres*, La Pléiade, p. 116-117.
12. Lettre de Bussy-Rabutin à Mme de Sévigné, figurant dans la *Correspondance* de celle-ci, p. 541.
13. Mme de Sévigné, *loc. cit.*
14. B. Pujo, *op. cit.*, p. 316.
15. Lettre citée par B. Pujo, *op. cit.*, p. 325.
16. Lettre du 20 octobre 1673, citée par B. Pujo, *op. cit.*, p. 326.

17. Propos cités par Mme de Sévigné, lettre du 6 juillet 1676, *op. cit.*, t. II, p. 326.

18. Lettre à Le Tellier du 18 mai 1674, citée par B. Pujo, *op. cit.*, p. 330.

19. Nous disposons de deux récits dus à des témoins oculaires. Gourville, qui traversa la bataille en vrai valet de comédie, couard mais industrieux, donne des aperçus ponctuels souvent fort drôles (*Mémoires*, t. 52, p. 463-468). La Fare, qui s'est battu pour de bon, fournit un long compte rendu très précis, qui semble fiable (*Mémoires*, coll. Petitot, t. 65, p. 194-203).

20. Mme de Sévigné, Lettre du 5 septembre 1674, *op. cit.*, t. I, p. 698.

21. D'après Gilbert Bodinier, « article *Sennef* », *Dictionnaire du Grand Siècle*, p. 1438.

22. Mme de Sévigné, Lettre du 26 août 1675, *op. cit.*, t. II, p. 74.

23. Lettre du 29 septembre 1674, citée par K. Béguin, *op. cit.*, p. 274.

19. LE SOUVERAIN DE CHANTILLY

1. Voir *Oraison funèbre d'Anne de Gonzague* par Bossuet, *Œuvres*, p. 145.

2. Lettre citée par B. Pujo, *op. cit.*, p. 351.

3. Détails empruntés à B. Pujo, *op. cit.*, p. 351.

4. Sur ces questions très techniques, cf. K. Béguin, *op. cit.*, notamment p. 289 sq., et *passim*.

5. Mme de Sévigné, Lettres des 24 et 26 avril 1671, *op. cit.*, t. I, p. 234-236.

6. K. Béguin, *op. cit.*, p. 335.

7. Formule empruntée à la lettre d'un solliciteur, en date de 1685, citée par K. Béguin, *ibid.*, p. 357.

8. La thèse de K. Béguin, très technique par ailleurs, contient une analyse du mécénat de Condé (*op. cit.*, ch. 12) qui rejoint en partie la nôtre. Elle apporte sur ses bénéficiaires des précisions auxquelles nous nous reporterons ici.

9. Mme de Sévigné, *op. cit.*, t. II, p. 368.

10. Lettre citée par K. Béguin, *op. cit.*, p. 357.

11. Retz, *Mémoires*, p. 264.

12. Mme de Sévigné, *op. cit.*, t. I, p. 337.

13. La Fontaine, « Comparaison d'Alexandre, de César et de Monsieur le Prince », 1684, dans *Œuvres diverses*, p. 681.

14. G. Mongrédien, *op. cit.*, p. 214-216.

15. Texte cité par G. Mongrédien, *ibid.*, p. 199.

16. Mme de Sévigné, *op. cit.*, t. II, p. 442.

17. Mme de Motteville, *op. cit.*, t. 40, p. 114.

18. Nicole, *Essais de Morale*, t. III, « De la charité et de l'amour-propre ».

19. Mme de Motteville, *op. cit.*, t. 40, p. 39.

20. Gourville, *op. cit.*, t. 52, p. 466-467.

21. La Fontaine, *loc. cit.*, p. 685.

22. La Fontaine, « Parallèle... », *op. cit.*, p. 690.

23. Saint-Évremond, *Stances irrégulières*, cité par B. Pujo, *op. cit.*, p. 361.

24. La Fontaine, *loc. cit.*, p. 691.

25. La Fontaine, *loc. cit.*, p. 681.

26. Mme de Sévigné, Lettre à Mme de Grignan, du 23 juillet 1677, *op. cit.*, t. II, p. 501.

20. L'AVENIR DE LA LIGNÉE

1. Voir K. Béguin, *op. cit.*, « Une immense fortune », p. 278-298. Mais ses analyses portent sur la fortune de la famille, dans son ensemble, sans qu'on puisse distinguer l'apport propre du Grand Condé, dont le fils fut, en matière de cupidité, un brillant émule.

2. J.-P. Babelon, *Chantilly*, p. 85.

3. Mme de Sévigné, *op. cit.*, t. III, p. 34.

4. Sur les relations entre les différents personnages évoqués ici et les milieux jansénistes, voir le *Dictionnaire de Port-Royal* aux articles qui les concernent.

5. Mme de Sévigné, Lettre du 13 mars 1671, *op. cit.*, t. I, p. 183.

6. Mme de Sévigné, Lettre du 5 février 1672, *ibid.*, t. I, p. 431.

7. O. Lefèvre d'Ormesson, *op. cit.*, t. II, p. 608-609.

8. Mme de Sévigné, Lettre du 23 janvier 1671, *op. cit.*, t. II, p. 147 ; réponse de Bussy, *ibid.*, p. 149 ; lettre de Mme de Sévigné du 10 avril 1671, *ibid.*, p. 216.

9. *Le Lion, le chat et le chien*, fable d'auteur anonyme, citée par G. Mongrédien, *op. cit.*, p. 183.

10. Cité par G. Mongrédien, *ibid.*, p. 185.

11. Mlle de Montpensier, *op. cit.*, t. 43, p. 297.

12. Cité par G. Mongrédien, *op. cit.*, p. 185.

13. Saint-Simon, *op. cit.*, année 1709, ch. VII.

14. Mme de Sévigné, Lettres du 27 décembre 1679, *op. cit.*, t. II, p. 775 et des 5 et 19 janvier 1680, p. 786 et 800.
15. Lettre citée par K. Béguin, *op. cit.*, p. 277.
16. Retz, *op. cit.*, p. 406.
17. Mme de Sévigné, Lettre du 12 avril 1680, *op. cit.*, t. II, p. 903.
18. Bossuet, *Oraison funèbre d'Anne de Gonzague...*, *op. cit.*, p. 149.
19. Mot cité par. F. Bluche, *Dictionnaire du Grand Siècle*, article « Palatine », p. 1142.
20. K. Béguin, *op. cit.*, p. 361-362.
21. Saint-Simon, *op. cit.*, année 1709, Mort et caractère de M. le prince de Conti.
22. Mme de Maintenon, Lettre du 27 septembre 1685.
23. Mme de Sévigné, Lettre du 24 novembre 1685, *op. cit.*, t. III, p. 242.
24. Saint-Simon, *loc. cit.*
25. Mme de Sévigné, *op. cit.*, t. III, p. 265.
26. Voir Stanis Perez, *La Santé de Louis XIV, une bio-histoire du Roi-Soleil*, Champ Vallon, 2007, p. 82-87.
27. Voir les *Mémoires* du marquis de Sourches des 10 et 11 décembre, le *Journal* de Dangeau des 11 et 12 décembre, la *Gazette* du 14 décembre ; puis le récit du Père Bergier et les *Oraisons funèbres* de Bossuet et de Bourdaloue. Le récit de Bossuet, dans l'oraison funèbre, est moins fiable, parce que le prélat était tenu de suivre les informations fournies par le fils du prince.
28. Cité par B. Pujo, *op. cit.*, p. 381, d'après le récit de la mort de Condé par le Père Bergier.
29. Mlle de Montpensier, *op. cit.*, t. 43, p. 493.
30. G. Mongrédien, *op. cit.*, p. 241.
31. Gourville, *op. cit.*, t. 52, p. 497.
32. Ce récit de la mort de Condé doit beaucoup à celui de B. Pujo (*op. cit.*, p. 380-383), à la réserve d'une erreur sur la date (le prince est bien mort le 11 décembre 1686 et non le 4). Il avait fait l'objet, dès le XVIIe siècle, d'une idéalisation délibérée.

Épilogue

1. Mme de Motteville, *Mémoires*, t. 39, p. 44.
2. Retz, *Mémoires*, p. 403.

Annexes

MAISON ROYALE DE FRANCE
(BRANCHE DES BOURBONS)

Charles de Bourbon, duc de Vendôme († 1538), ép. Françoise d'Alençon

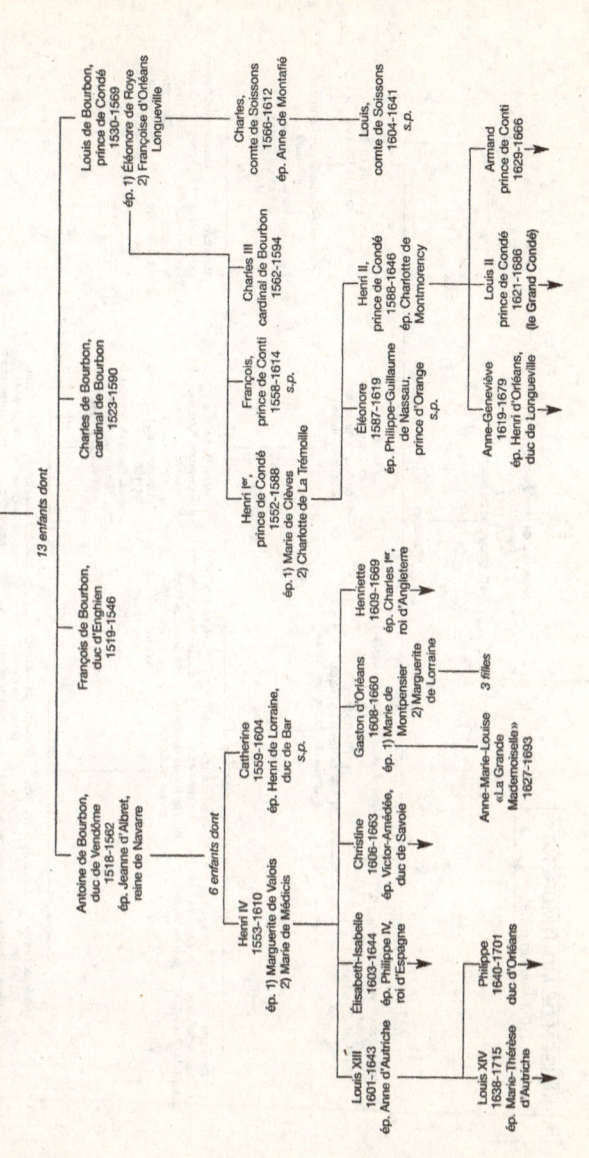

13 enfants dont

- **Antoine de Bourbon, duc de Vendôme, 1518-1562**
  ép. Jeanne d'Albret, reine de Navarre
- **François de Bourbon, duc d'Enghien, 1519-1546**
- **Charles de Bourbon, cardinal de Bourbon, 1523-1590**
- **Louis de Bourbon, prince de Condé, 1530-1569**
  ép. 1) Éléonore de Roye
  2) Françoise d'Orléans Longueville

Descendance d'Antoine de Bourbon — 6 enfants dont :

- **Henri IV, 1553-1610**
  ép. 1) Marguerite de Valois
  2) Marie de Médicis
- **Catherine, 1559-1604**
  ép. Henri de Lorraine, duc de Bar
  s.p.

Enfants d'Henri IV :

- **Louis XIII, 1601-1643**
  ép. Anne d'Autriche
- **Élisabeth-Isabelle, 1603-1644**
  ép. Philippe IV, roi d'Espagne
- **Christine, 1606-1663**
  ép. Victor-Amédée, duc de Savoie →
- **Gaston d'Orléans, 1608-1660**
  ép. 1) Marie de Montpensier
  2) Marguerite de Lorraine
- **Henriette, 1609-1669**
  ép. Charles Ier, roi d'Angleterre

Enfants de Louis XIII :
- **Louis XIV, 1638-1715**
  ép. Marie-Thérèse d'Autriche →
- **Philippe, 1640-1701**
  duc d'Orléans →

Enfants de Gaston d'Orléans :
- **Anne-Marie-Louise « La Grande Mademoiselle », 1627-1693**
- 3 filles

Descendance de Louis de Bourbon, prince de Condé :

- **Henri Ier, prince de Condé, 1552-1588**
  ép. 1) Marie de Clèves
  2) Charlotte de La Trémoille
- **François, prince de Conti, 1558-1614**
  s.p.
- **Charles, comte de Soissons, 1566-1612**
  ép. Anne de Montafié

- **Louis, comte de Soissons, 1604-1641**
  s.p.

Enfants d'Henri Ier de Condé :
- **Éléonore, 1587-1619**
  ép. Philippe-Guillaume de Nassau, prince d'Orange
  s.p.
- **Henri II, prince de Condé, 1588-1646**
  ép. Charlotte de Montmorency

Enfants d'Henri II de Condé :
- **Anne-Geneviève, 1619-1679**
  ép. Henri d'Orléans, duc de Longueville →
- **Louis II, prince de Condé, 1621-1686** (le Grand Condé) →
- **Armand, prince de Conti, 1629-1666**

MAISON DE MONTMORENCY
(tableau simplifié)

Anne, duc de Montmorency, connétable
1492-1567
ép. Madeleine de Savoie

12 enfants dont

Henri Ier, duc de Montmorency, connétable
1534-1614
ép. 1) Antoinette de La Marck
   2) Louise de Budos des Portes

- **François, duc de Montmorency**, ép. Diane d'Angoulême, fille légitimée d'Henri II — s.p.
- **Charlotte**, ép. Charles de Valois (bâtard de Charles IX)
- **Marguerite**, ép. Anne de Lévis, duc de Ventadour →
- **Henri II, duc de Montmorency, maréchal de France** 1595-1632, ép. Marie-Félicie des Ursins — s.p.
- **Charlotte-Marguerite** 1594-1650, ép. Henri II de Bourbon prince de Condé
  - **Anne-Geneviève** 1619-1679, ép. Henri d'Orléans, duc de Longueville →
  - **Louis II de Bourbon, duc d'Enghien, puis prince de Condé (le Grand Condé)** 1621-1686 →
  - **Armand de Bourbon, prince de Conti** 1629-1666 →

Éléonore
ép. François de La Tour d'Auvergne, vicomte de Turenne 1526-1557

- **Henri de La Tour, vicomte de Turenne, duc de Bouillon** 1555-1623
  ép. 1) Charlotte de La Marck, †1594, s.p.
     2) Élisabeth de Nassau, fille de Guillaume d'Orange †1642
  - **Frédéric-Maurice, duc de Bouillon** 1605-1652 →
  - **Henri, vicomte de Turenne** 1611-1675 — s.p.

Jeanne
ép. Louis de La Trémoïlle, duc de Thouars

- **Charlotte-Catherine de La Trémoïlle** 1567-1629, ép. Henri Ier de Bourbon, prince de Condé 1552-1588
  - **Éléonore** 1587-1619, ép. Philippe-Guillaume de Nassau, prince d'Orange — s.p.
  - **Henri II de Bourbon, prince de Condé** 1588-1646, ép. Charlotte-Marguerite de Montmorency →

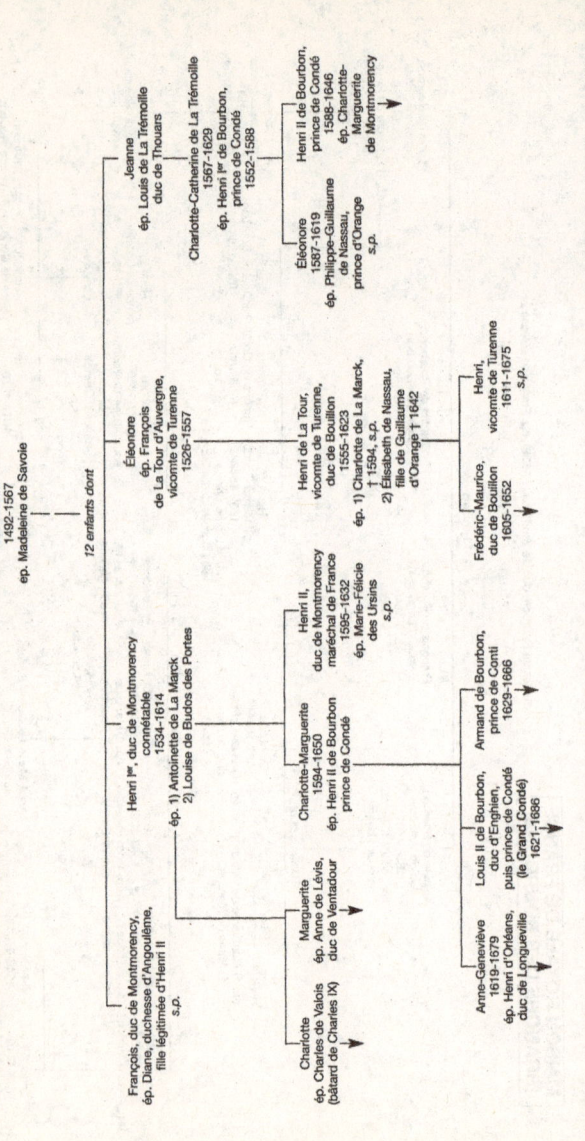

MAISON DE BOURBON-CONDÉ

Louis Ier de Bourbon, prince de Condé, marquis de Condé, comte de Soissons, d'Anisy et de Vallery, duc de Vendôme, dit le Prince de Condé et Monsieur le Prince. Né à Vendôme le 7 mai 1530, mort à Jarnac le 13 mars 1569 [protestant].

Épouse :
1°) le 22 juin 1551 Éléonore de Roye [protestante].
2°) le 8 novembre 1565 Françoise d'Orléans-Longueville.

Enfants
- du premier mariage :
1) Henri Ier, qui suit.
2) François, prince de Conti, marié deux fois, mort le 19 août 1614, sans postérité.
3) Charles, né le 30 mars 1562, cardinal, mort le 30 juillet 1594.
- du second mariage : Charles, comte de Soissons, 1566-1612, père de Louis, 1604-1641, sans postérité.

Henri Ier de Bourbon, duc d'Enghien, puis prince de Condé, appelé Monsieur le Prince. Né le 29 décembre 1552 à La-Ferté-sous-Jouarre, mort le 5 mars 1588 à Saint-Jean d'Angély [protestant].

Épouse :
1°) en juillet 1572 Marie de Clèves, morte en couches le 30 octobre 1574.
2°) le 16 mars 1586 Charlotte-Catherine de La Trémoille, morte le 28 août 1629 à Paris [protestante].

Enfants
- du premier mariage : Catherine de Bourbon, octobre 1574 - 30 décembre 1595, dite Mlle de Bourbon.
- du second mariage :
1) Henri II, qui suit.
2) Éléonore de Bourbon, 30 avril 1587 - 20 janvier 1619, mariée en novembre 1606 à Philippe-Guillaume de Nassau, prince d'Orange, mort le 21 février 1618, sans postérité [protestants].

Henri II de Bourbon, duc d'Enghien, puis prince de Condé, appelé Monsieur le Prince. Né posthume le 1er septembre 1588 à Saint-Jean-d'Angély, mort le 26 décembre 1646 à Paris [protestant, puis catholique].

Épouse le 17 mai 1609 Charlotte-Marguerite de Montmorency, née en 1593, morte le 2 décembre 1650 [catholique].

Enfants :
1) Anne-Geneviève de Bourbon, née au château de Vincennes le 27 août 1619, mariée le 2 juin 1642 à Henri II d'Orléans, duc de Longueville (1595-1663), morte à Paris le 15 avril 1679.

Deux enfants :
a) Jean-Louis-Charles, comte de Dunois, dit l'abbé d'Orléans, 1646-1694.
b) Charles-Paris, comte de Saint-Paul, puis duc de Longueville (fils adultérin né de sa liaison avec La Rochefoucauld), 28/29 janvier 1649 12 juin 1672.
2) Louis II, qui suit.
3) Armand de Bourbon, prince de Conti, né le 11 octobre 1629, mort le 21 février 1666. Marié le 22 février 1654 à Anne-Marie Martinozzi, née en 1637, morte le 4 février 1672.
Deux enfants :
a) Louis-Armand de Bourbon, prince de Conti, né le 4 avril 1661. Marié en janvier 1680 à Mlle de Blois, fille de Louis XIV et de Mlle de La Vallière. Mort le 9 novembre 1685. Sans postérité.
b) François-Louis de Bourbon, prince de La Roche-sur-Yon, puis de Conti, né le 30 avril 1664. Marié à sa cousine Marie-Thérèse de Bourbon-Condé le 29 juin 1688. Mort le 22 février 1709. Postérité.

Louis II de Bourbon, duc d'Enghien, puis prince de Condé, duc de Bourbon, de Châteauroux, de Montmorency, de Bellegarde et de Fronsac, dit Le Grand Condé, né à Paris le 8 septembre 1621, mort à Fontainebleau le 11 décembre 1686.

Épouse : le 11 février 1641 Claire-Clémence de Maillé-Brézé, née le 25 février 1628, morte à Châteauroux le 16 avril 1694.

Enfants :
1) Henri-Jules, qui suit.
2) Louis, 20 septembre 1652 - 11 avril 1653.
3) Mlle de Bourbon, 12 novembre 1656 - septembre 1660.

Henri-Jules de Bourbon, duc d'Enghien, puis prince de Condé, duc de Bourbon, de Châteauroux, de Montmorency, de Bellegarde et de Fronsac. Né le 29 juillet 1643, mort le 1er avril 1709.

Épouse le 11 décembre 1663 Anne de Bavière.

10 enfants :
1) Marie-Thérèse, née le 1er février 1666, mariée le 29 juin 1688 à son cousin François-Louis de Bourbon-Conti, morte en 1732.
2) Henri, duc de Bourbon, 9 novembre 1667 - 8 juillet 1670.
3) Louis, duc de Bourbon, qui suit.
4) Henri, comte de Clermont, 3 juillet 1672 - 6 juin 1675.
5) Louis-Henri, comte de La Marche, puis de Clermont, 9 novembre 1673 - 21 février 1677.
6) Anne, demoiselle d'Enghien, 11 novembre 1670 - 27 mai 1675.
7) Marie-Louise, demoiselle de Condé, 11 août 1675 - 23 octobre 1700.
8) Marie-Louise-Bénédicte de Bourbon, née le 8 novembre 1676, mariée à Louis-Auguste de Bourbon, duc du Maine, le 19 mars 1692, morte le 23 janvier 1753.
9) Marie-Anne, demoiselle de Montmorency, puis d'Enghien, née le 24 février 1678, mariée le 15 mai 1710 à Louis-Joseph, duc de Vendôme, morte en 1718.
10) Mlle de Clermont, 17 juillet 1679 - 17 septembre 1680.

Louis III de Bourbon, né le 11 octobre 1668, mort le 4 mars 1710. [Avait renoncé aux titres de duc d'Enghien et de prince de Condé, et n'était que duc de Bourbon.]

Épouse le 24 juillet 1685 Mlle de Nantes, fille de Louis XIV et de Mme de Montespan, 1673-1744.

9 enfants, dont :
1) Louis-Henri, qui suit.
2) Louise-Élisabeth, 1693-1713.
3) Charles de Bourbon, comte de Charolais, 1700-1760.
4) Louis de Bourbon, comte de Clermont, 1709-1771.

Louis-Henri de Bourbon, « monsieur le duc de Bourbon », 1692-1740, premier ministre de 1723 à 1726.

Épouse :
1°) Marie-Anne de Bourbon-Conti.
2°) Charlotte de Hesse.

Un seul fils.

Louis-Joseph de Bourbon, prince de Condé, 1736-1818.

Épouse :
1°) Charlotte de Rohan-Soubise.
2°) Marie-Catherine de Brignole, princesse de Monaco.

Un seul fils.

Louis-Henri-Joseph de Bourbon, duc de Bourbon, prince de Condé, 1756-1830.

Épouse : Louise Marie d'Orléans (sœur de Philippe-Égalité, tante de Louis-Philippe Ier).

Un seul fils.

Louis-Antoine-Henri de Bourbon, duc d'Enghien, 1772-1804.

Épouse Charlotte de Rohan.

Sans postérité.

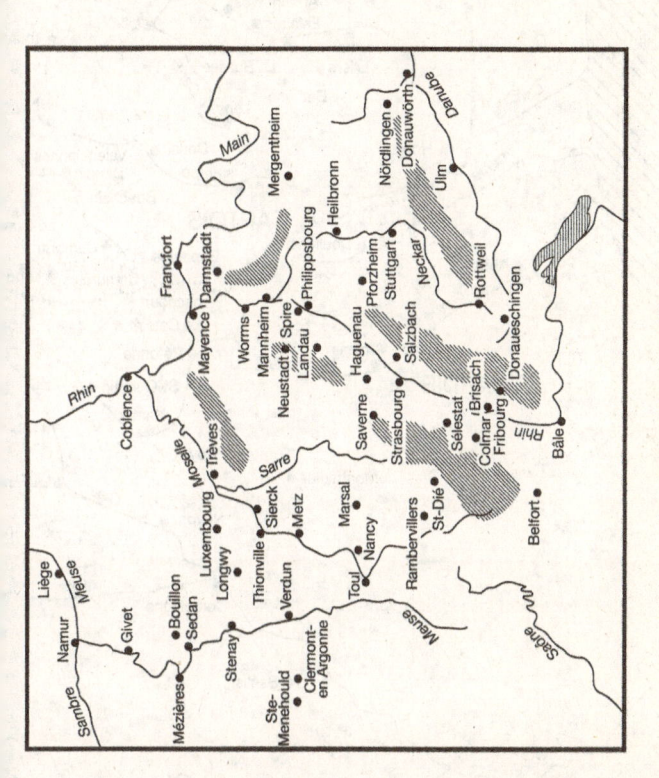

LA MOYENNE VALLÉE DU RHIN

LES CHAMPS DE BATAILLE DU NORD-EST

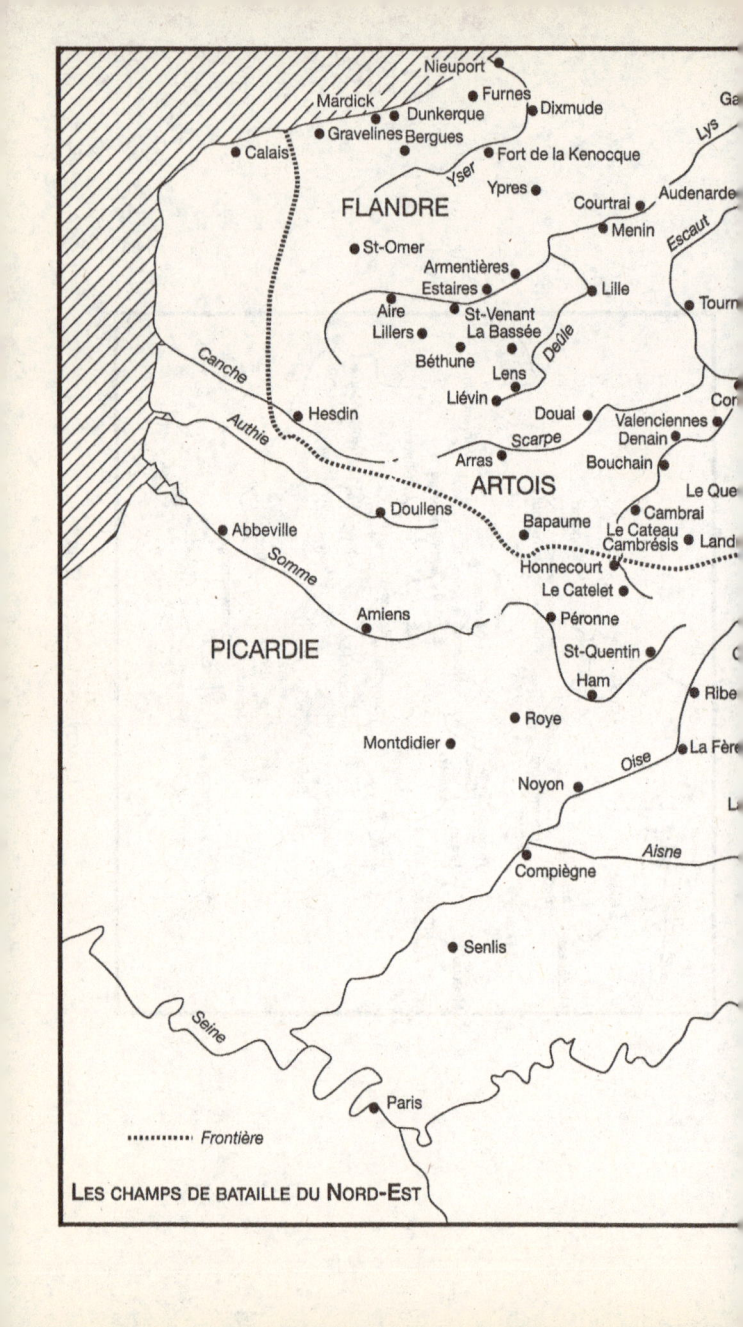

Map labels

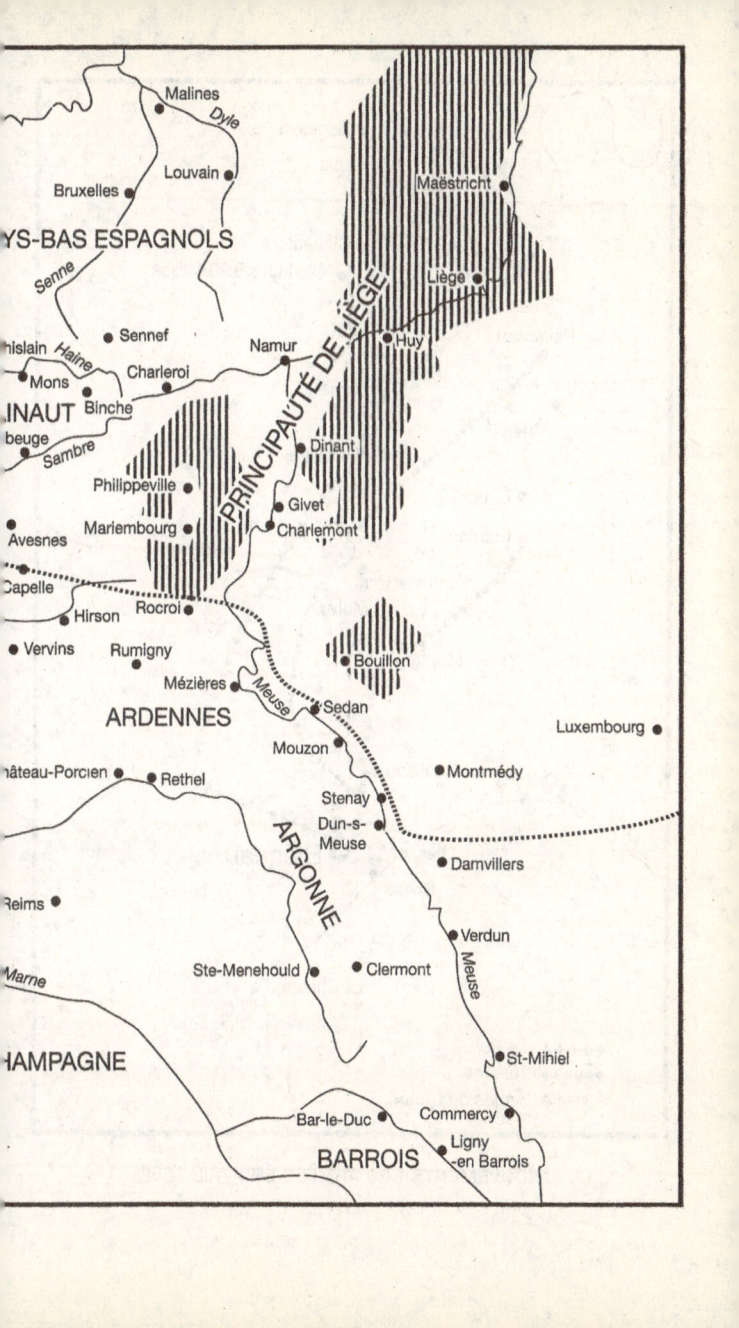

YS-BAS ESPAGNOLS
Malines
Dyle
Louvain
Bruxelles
Maëstricht
Senne
Liège
Sennef
Ghislain
Haine
Namur
Huy
Mons
Charleroi
Binche
PRINCIPAUTÉ DE LIÈGE
HAINAUT
Maubeuge
Sambre
Dinant
Philippeville
Mariembourg
Givet
Charlemont
Avesnes
Capelle
Hirson
Rocroi
Bouillon
Vervins
Rumigny
Mézières
Meuse
Sedan
ARDENNES
Mouzon
Luxembourg
Château-Porcien
Rethel
Montmédy
Stenay
Dun-s-Meuse
ARGONNE
Damvillers
Reims
Verdun
Marne
Ste-Menehould
Clermont
Meuse
CHAMPAGNE
St-Mihiel
Bar-le-Duc
Commercy
BARROIS
Ligny-en Barrois

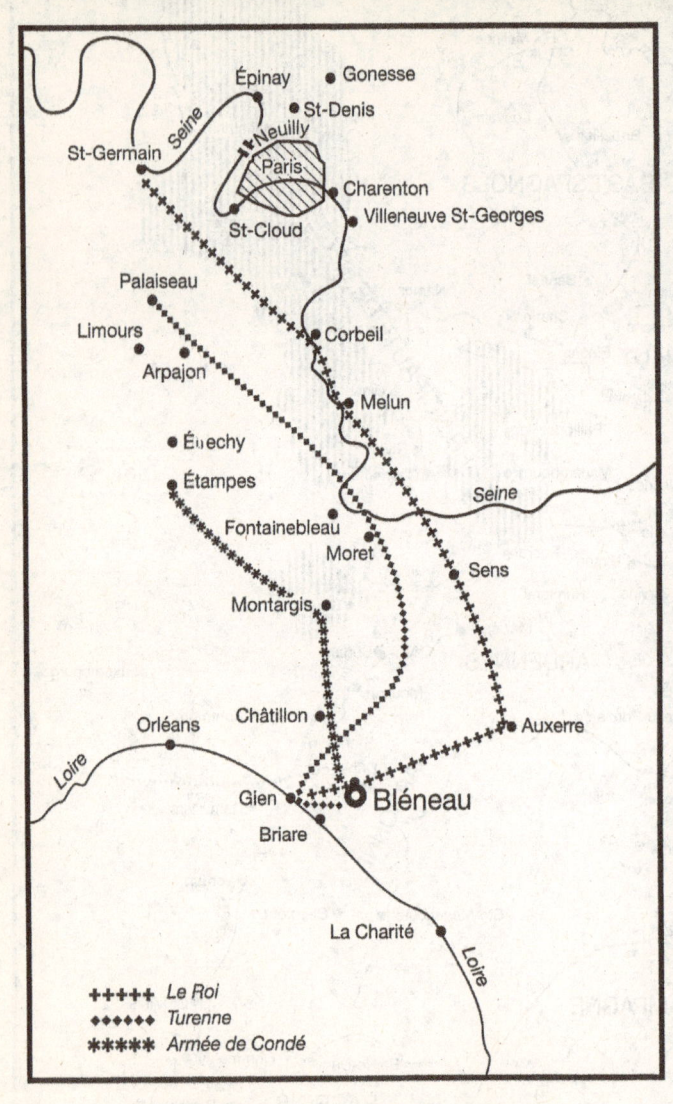

MOUVEMENTS DES ARMÉES EN AVRIL 1652

LA GUERRE DE HOLLANDE

REPÈRES CHRONOLOGIQUES

1587	5 mars	Mort d'Henri Ier de Bourbon-Condé.
	1er sept.	Naissance d'Henri II de Bourbon-Condé (posthume).
1589	1er août	**Assassinat d'Henri III, avènement d'Henri IV.**
1600	17 déc.	Mariage d'Henri IV et de Marie de Médicis.
1601	27 sept.	Naissance du dauphin, futur Louis XIII.
1609	17 mai	**Mariage d'Henri II de Condé et de Charlotte de Montmorency.**
1610	14 mai	**Assassinat d'Henri IV, avènement de Louis XIII.**
1615	25 nov.	Mariage de Louis XIII et d'Anne d'Autriche.
1616	1er sept.	Arrestation d'Henri II de Condé.

1617	24 avril	Mise à mort de Concini, prise du pouvoir par Louis XIII.
1618	23 mai	Défenestration de Prague, début de la guerre de Trente Ans.
1619	29 août	Naissance d'Anne-Geneviève de Bourbon-Condé.
	20 oct.	Libération d'Henri II de Condé.
1621	31 mars	**Mort de Philippe III d'Espagne, avènement de Philippe IV.**
	8 sept.	**Naissance de Louis II de Bourbon, duc d'Enghien, futur « Grand Condé ».**
1624	29 avril	Entrée de Richelieu au Conseil.
1626	19 août	Exécution de Chalais à Nantes.
1627	25-26 déc.	Mort de Vincent II de Gonzague duc de Mantoue.
1627-1628		Siège de La Rochelle.
1629	5 mars	Louis XIII force le pas de Suse. Le duc de Savoie traite et les Espagnols quittent Casal.
	28 juin	« Édit de grâce d'Alès ».
	11 oct.	Naissance d'Armand de Bourbon-Condé, prince de Conti.
1630	26 oct.	Intervention de Mazarin à Casal : *« Pace ! pace ! »*
	10-12 nov.	« Journée des Dupes », éviction de Marie de Médicis.

Repères chronologiques 781

1631	avril	Entrée en campagne de Gustave-Adolphe en Allemagne. Henri II de Condé gouverneur de Bourgogne.
1632	1ᵉʳ sept.	**Défaite d'Henri II de Montmorency à Castelnaudary. Exécution à Toulouse le 30 octobre.**
1635	19 mai	**La France déclare la guerre à l'Espagne.**
1636	7 juillet	Prise de La Capelle par les Espagnols, suivie par celle du Castelet.
	août	Échec d'Henri II de Condé devant Dole.
	15 août	Prise de Corbie par les Espagnols. Paris menacé.
	14 nov.	Corbie reprise par les troupes françaises. Offensive espagnole stoppée.
1637	12 févr.	Ferdinand III succède à son père l'empereur Ferdinand II.
1638	2 mars	Victoire de Bernard de Saxe-Weimar à Rheinfelden.
	11 avril	Prise de Fribourg-en-Brisgau par Bernard de Saxe-Weimar.
	22 août	Victoire navale de Sourdis à Guétary.
	5 sept.	**Naissance de Louis XIV.**
	7 sept.	Grave échec d'Henri II de Condé à Fontarabie.
	14 sept.	Reprise du Castelet.
	18 déc.	Prise de Brisach, pour le compte de la France, par Bernard de Saxe-Weimar.
1639	16 juillet	Mort de Bernard de Saxe-Weimar.
1640	4 janv.	Arrivée de Mazarin en France.

	7 juin	Émeute à Barcelone. Révolte de la Catalogne, qui appelle la France au secours.
	10 août	**Prise d'Arras** par les troupes françaises. Baptême du feu du duc d'Enghien.
	21 sept.	Naissance de Philippe, second fils de Louis XIII et d'Anne d'Autriche.
	1er déc.	Révolte du Portugal. Proclamation d'indépendance. Jean IV roi.
	16 déc.	Traité d'alliance de la France avec la Catalogne.
1641	11 févr.	**Mariage du duc d'Enghien avec Claire-Clémence de Maillé-Brézé.**
	21 avril	Défaite française à Honnecourt.
	6 juillet	Bataille de La Marfée. Mort du comte de Soissons. Bouillon pardonné.
	9 nov.	Mort du cardinal-infant, frère d'Anne d'Autriche.
	25 déc.	Traité de Hambourg, fixant pour lieux du Congrès de la Paix Münster et Osnabrück et pour date d'ouverture le 25 mars 1642.
1642	fin janvier	La conjuration de Cinq-Mars se noue.
	3 févr.	Louis XIII et Richelieu quittent Fontainebleau pour le Roussillon.
	13 mars	Signature par l'Espagne du traité de Gaston d'Orléans et de Cinq-Mars.
	26 mars	Le duc d'Enghien préside les États de Bourgogne.
	10 avril	Capitulation de Collioure.
	13 avril	Le duc d'Enghien rejoint Richelieu à Narbonne.
	9 mai	Début du siège de Perpignan. Louis XIII s'y rend, laissant Richelieu à Narbonne.

	fin mai	Le roi, malade, s'apprête à regagner Paris.
	27 mai	Richelieu erre en Provence (Agde, Marseillan, Arles).
	9-12 juin	Découverte du complot. Arrestation de Cinq-Mars.
	14 juin	Traité de Paris, ancrant la Savoie dans l'orbite française.
	23 juin	Arrestation de Bouillon, qui sauvera sa vie en échange de Sedan.
	28 juin	Entrevue de Louis XIII et de Richelieu à Tarascon.
	3 juillet	Mort de Marie de Médicis à Cologne.
	9 sept.	Capitulation de Perpignan.
	12 sept.	Exécution à Lyon de Cinq-Mars et de Thou.
	29 sept.	Mazarin assure l'entrée des troupes françaises à Sedan. Prise de Salses, achevant la conquête du Roussillon.
	4 déc.	**Mort de Richelieu.**
	5 déc.	Mazarin appelé au Conseil par Louis XIII.
1643	21 avril	Déclaration testamentaire de Louis XIII. Baptême du futur Louis XIV : Mazarin parrain.
	14 mai	**Mort de Louis XIII.**
	18 mai	Lit de justice déclarant la reine régente sans limitation. Mazarin chef du Conseil.
	19 mai	**Victoire du duc d'Enghien à Rocroi.**
	1er juin	Bulle *In Eminenti*, condamnant l'*Augustinus* de Jansénius.
	août	Antoine Arnauld, *Traité de la fréquente Communion*.
	10 août	**Prise de Thionville par le duc d'Enghien.**
	2 sept.	Arrestation du duc de Beaufort et dispersion des *Importants*.

	3 sept.	Victoire navale du duc de Maillé-Brézé à Carthagène.
	déc.	Ouverture des négociations de paix à Münster et à Osnabrück.
	3 déc.	Turenne nommé lieutenant général de l'armée d'Allemagne.
1644	29 juillet	Mort du pape Urbain VIII.
	début août	**Victoire de Fribourg-en-Brisgau sur les Bavarois** par le duc d'Enghien et Turenne.
	10 août	Prise de Gravelines par le duc d'Orléans.
	9 sept	Prise de Philippsbourg par le duc d'Enghien et Turenne.
	15 sept.	Élection du pape Innocent X (Giambattista Pamfili).
	16 sept.	Prise de Mayence par Turenne.
1645	6 mars	Victoire des Suédois sur les Impériaux à Jankowitz.
	5 mai	Défaite de Turenne par Mercy à Mergentheim.
	14 juin	Défaite de Charles Ier devant les troupes de Cromwell à Naseby.
	3 août	Victoire du duc d'Enghien et de Turenne à Nördlingen. Mort de Mercy.
	5 nov.	Mariage par procuration de Louise-Marie de Gonzague avec le roi de Pologne.
	19 nov.	Trèves est reprise aux Espagnols par Turenne.
1646	14 juin	Victoire navale et **mort du duc de Brézé devant Orbitello.**
	29 juin	Prise de Courtrai par le duc d'Orléans.
	25 août	Prise de **Mardick** par le duc d'Enghien

	7 sept.	Prise de **Furnes** par le duc d'Enghien.
	28 sept.	Échec de Turenne et de Wrangel devant Augsbourg.
	7 oct.	Mort de l'infant Balthazar-Carlos.
	11 oct.	Prise de **Dunkerque** par le duc d'Enghien.
	11-23 oct.	Prise de Piombino et de Portolongone.
	21-22 nov.	Le duc d'Harcourt contraint de lever le siège de Lérida.
	26 déc.	**Mort d'Henri II de Bourbon, son fils le duc d'Enghien devient prince de Condé.**
1647	24 janv.	« Les nouvelles sont que les Hollandais ont signé la paix avec l'Espagne. »
	30 janv.	Charles Ier livré au parlement par les Écossais.
	13 mars	Armistice d'Ulm entre la France et la Suède d'une part et la Bavière d'autre part.
	27 mars	Départ de Condé pour la Catalogne.
	14 avril	Mort de Frédéric-Henri, prince d'Orange. Son fils Guillaume II devient stathouder.
	17 juin	**Échec de Condé devant Lérida.** Levée du siège.
	7 juillet	Révolte de Naples contre les Espagnols. Bref règne de Masaniello.
	11 sept.	Arrivée en France d'Anne-Marie Martinozzi et de Victoire (Laure), Olympe et Paolo Mancini.
1648	15 janv.	Le parlement refuse d'enregistrer les édits promulgués par la régente.

30 janv.	Traité de La Haye entre l'Espagne et les Provinces-Unies, reconnaissant l'indépendance de celles-ci. Les Espagnols se retirent des négociations, afin de poursuivre la guerre.
13 mai	**« Arrêt d'Union », début de la Fronde parlementaire.**
17 mai	Victoire de Turenne et Wrangel sur les Impériaux à Zusmarshausen.
31 mai	Le duc de Beaufort s'évade de Vincennes.
15 juin	Le parlement vote la mise en place de la chambre Saint-Louis.
18 juillet	Banqueroute partielle.
19-22 juil.	Visite éclair de Condé à Paris.
31 juillet	Déclaration royale accédant à toutes les demandes du parlement.
20 août	**Victoire de Condé sur les Espagnols à Lens.**
26 août	*Te Deum*. Arrestation de Broussel. Soulèvement populaire. Barricades.
28 août	La reine cède et libère Broussel.
13 sept.	Départ de la cour pour Rueil.
18 sept.	Arrestation de Chavigny, exil de Châteauneuf.
20 sept.	Arrivée de Condé à la cour.
24 oct.	Nouvelle déclaration royale confirmant celle du 31 juillet. **Signature des traités de Westphalie.** L'Empereur renonce à la guerre.
30 oct.	Retour de la cour à Paris.
6 déc.	Purge du parlement à Londres. La révolution anglaise s'emballe.

1649	5-6 janv.	La cour quitte Paris de nuit et se réfugie à Saint-Germain.
		Début du siège de la capitale.
	7 janv.	La cour ordonne le transfert du parlement à Montargis.
	8 janv.	Mazarin déclaré perturbateur du repos public.
	9 janv.	Conti et Longueville offrent leurs services aux Parisiens.
	11 janv.	Conti généralissime des troupes de la Fronde.
	13 janv.	Prise de la Bastille par les frondeurs.
	13-15 janv.	La Seine débordée inonde Paris.
	15 janv.	Condé installe une garnison à Corbeil.
	20 janv.	Le duc de Longueville s'en va tenter de soulever la Normandie.
	24 janv.	Les frondeurs tentent en vain de reprendre Corbeil.
	25 janv.	Le duc de Longueville rallie la Normandie aux frondeurs.
	30 janv.-9 févr.	Exécution de Charles Ier à Londres.
	7 févr.	Proclamation de la République en Angleterre.
	8 févr.	**Prise de Charenton par l'armée royale.**
	12 févr.	Le parlement refuse de recevoir un héraut du roi.
	19 févr.	Réception de l'envoyé espagnol par le parlement.
		On apprend à Paris l'exécution du roi d'Angleterre.
	25 févr.	Sermon incendiaire du coadjuteur.
	26 févr.	Prise de Brie-Comte-Robert par l'armée royale.
	28 févr.	Le parlement nomme des députés pour négocier.

4-11 mars	Conférence de Rueil. Le parlement renonce à exiger le renvoi de Mazarin.
11 mars	Paix signée à Rueil avec les délégués du parlement.
16-30 mars	Conférence de Saint-Germain pour l'accommodement des princes.
22 mars	Retraite des Espagnols.
1er avril	La paix est officiellement déclarée par le parlement.
30 avril	La cour quitte Saint-Germain pour Compiègne.
22 mai	Projet de mariage du duc de Mercœur avec Laure Mancini.
26 mai	Victoire du duc d'Épernon sur les Bordelais révoltés.
9 juin	Déroute des frondeurs aixois devant le comte d'Alais.
18 juin	Esclandre de Beaufort au *Jardin de Renard*.
3 juillet	Les Français doivent lever le siège de Cambrai, entrepris le 24 juin.
26 juillet	Le duc d'Épernon chassé de Bordeaux par une émeute.
juillet	Attaque des jésuites contre les « cinq propositions » tirées de l'*Augustinus*.
18 août	Retour du roi et de la cour dans la capitale.
fin sept.	Condé apparemment maître des affaires.
début oct.	Querelle des « tabourets ».
11 déc.	Faux attentat contre Guy Joly. Attentat manqué contre Condé. Tractations entre Mazarin et les frondeurs.
26 déc.	Mariage du duc de Richelieu patronné par Condé à l'insu de la cour.

1650	18 janv.	**Arrestation des princes.** Incarcération à Vincennes.
	21 janv.	Mme de Longueville part soulever la Normandie.
	5 févr.	Entrée du roi à Rouen.
	1er-21 avril	Siège et capitulation de Bellegarde.
	fin avril	Mme de Longueville et Turenne signent un traité avec les Espagnols.
	été	Campagnes de pacification en province.
	29 août	Transfert des princes à Marcoussis.
	5 oct.	Entrée du roi et de la reine à Bordeaux.
	15-25 nov.	Transfert des princes au Havre.
	2 déc.	Mort de la princesse douairière, mère de Condé.
	14-15 déc.	**Victoire des troupes royales sur Turenne à Rethel.**
1651	fin janv.	Union de la « vieille Fronde » avec le parti des princes.
	2 févr.	Rupture publique entre Gaston d'Orléans et Mazarin.
	6-7 févr.	Départ nocturne de Mazarin.
	9-10 févr.	Le peuple empêche le roi et la reine de quitter Paris.
	13-16 févr.	Les princes, libérés par Mazarin au Havre, rentrent à Paris en triomphe.
	3 avril	Remaniement ministériel du lundi saint, favorable aux Condéens.
	5 avril	Rupture entre les deux Frondes.
	11 avril	Mazarin s'installe à Brühl.
	15 avril	Rupture du projet de mariage Conti/Chevreuse.
	été	La reine obtient l'appui du coadjuteur contre promesse du cardinalat.
	21 août	Affrontement au parlement entre le coadjuteur et La Rochefoucauld.

	6 sept.	Condé s'enfuit de Paris. Déclaration royale contre Mazarin.
	7 sept.	**Proclamation de la majorité de Louis XIV.**
	27 sept.	La cour quitte Paris pour poursuivre Condé, se soustrayant ainsi à la pression des frondeurs.
	fin oct.	Mazarin quitte Brühl et rassemble des troupes à la frontière.
	31 oct.	La cour arrive à Poitiers.
	6 nov.	Signature d'un traité entre Condé et le roi d'Espagne.
	15 nov.	Échec de Condé devant Cognac.
	12 déc.	Le roi rappelle officiellement Mazarin.
	24 déc.	Mazarin arrive à Sedan avec une petite armée.
	29 déc.	Le parlement met sa tête à prix et fait vendre sa bibliothèque.
1652	24 janv.	Alliance de Condé et de Gaston d'Orléans contre Mazarin.
	28 janvier	Mazarin rejoint la cour à Poitiers.
	19 févr.	Le coadjuteur est élevé à la pourpre par Innocent X. Averti le 1er mars, il prend le nom de cardinal de Retz.
	28 févr.	Angers capitule devant les troupes royales.
	3-4 mars	Une armée recrutée aux Pays-Bas par Nemours passe la Seine à Mantes.
	7 mars	La cour se met en route pour Paris.
	15 mars	Les troupes de Nemours et de Gaston d'Orléans font leur jonction à Châteaudun.
	23-24 mars	Vente aux enchères de la bibliothèque de Mazarin.

24-31 mars	**Chevauchée fantastique de Condé au départ d'Agen.**
27 mars	Entrée de Mademoiselle à Orléans.
7 avril	Victoire de Condé sur les troupes royales à **Bléneau.**
11 avril	Condé arrive à Paris.
28 avril	La cour arrive à Saint-Germain-en-Laye.
4 mai	Turenne bloque les Condéens dans Étampes.
18 mai	Prise de Gravelines par les Espagnols.
2 juin	Charles IV de Lorraine à Villeneuve-Saint-Georges.
16 juin	Départ négocié de Charles IV.
29 juin	La cour s'installe à Saint-Denis.
2 juillet	**Combat du faubourg Saint-Antoine** entre les troupes de Condé et celles de Turenne.
4 juillet	« Journée des Pailles » à Paris. **Incendie et massacre à l'Hôtel de Ville.**
17 juillet	La cour s'installe à Pontoise.
30 juillet	Beaufort tue en duel son beau-frère Nemours.
31 juillet	La cour ordonne au parlement de la rejoindre. 17 magistrats obéissent.
9 août	Mort du duc de Bouillon.
19 août	Exil volontaire de Mazarin.
1er sept.	**Prise de Montrond par Palluau.**
16 sept.	Les Espagnols reprennent Dunkerque.
11 oct.	Philippe IV reprend Barcelone et soumet les Catalans.
13 oct.	**Condé quitte Paris.**
21 oct.	Retour du roi à Paris. Amnistie générale, sauf pour les principaux Condéens. Les Espagnols reprennent Casal.

	22 oct.	Déclaration royale interdisant au Parlement de s'occuper d'affaires d'État et de questions financières.
	26 oct.	Louis XIV rappelle Mazarin.
	17 nov.	**Condé nommé généralissime de l'armée espagnole.**
	19 déc.	Arrestation du cardinal de Retz.
1653	3 févr.	Retour triomphal de Mazarin à Paris.
	mai	Arrivée en France des deux sœurs de Mazarin et de quatre de leurs enfants.
	31 mai	Bulle *Cum occasione*, condamnant les « cinq propositions » tirées de l'*Augustinus*.
	27 juillet	Fin de la guerre en Guyenne. **Fin de la Fronde.**
	16 déc.	Cromwell nommé Protecteur de la république d'Angleterre.
1654	21 mars	Prise de possession de l'archevêché de Paris au nom de Retz.
	7 juin	**Sacre de Louis XIV à Reims.**
	8 août	Évasion du cardinal de Retz.
	25 août	**Condé et les Espagnols contraints de lever le siège d'Arras.**
1655	14 juillet	Prise de Landrecies par les Français.
	3 nov.	Traité de Westminster : accords commerciaux avec l'Angleterre.
1656	12 avril	Traité d'alliance de Charles II d'Angleterre (en exil), avec l'Espagne.
	15-16 juillet	**Turenne contraint d'abandonner le siège de Valenciennes.**
	sept.	Prise de La Capelle par Turenne.

1657	17 mars	L'Assemblée du Clergé impose la signature d'un formulaire contre l'*Augustinus*.
	23 mars	Traité de Paris entre la France et Cromwell.
	1ᵉʳ avril	Mort de l'empereur Ferdinand III.
	31 mai	Condé oblige Turenne à lever le siège de Cambrai.
	juin	Guerre entre la Suède et le Danemark.
	6 août	Prise de Montmédy par les troupes royales.
	3 oct.	Prise de Mardick, aussitôt remise aux Anglais en gage pour Dunkerque.
1658	28 mars	Renouvellement de l'alliance avec l'Angleterre.
	14 juin	**Bataille des Dunes : Turenne écrase Condé et les Espagnols.**
	25 juin	Capitulation de Dunkerque. Grave maladie de Louis XIV.
	18 juillet	Élection de Léopold, roi de Hongrie, à l'Empire.
	14-15 août	Signature de la Ligue du Rhin.
	27 août	Capitulation de Gravelines.
	3-13 sept.	Mort de Cromwell.
	24 oct.	Défaite navale des Suédois dans le Sund, par les Danois et les Hollandais.
	nov-déc.	Voyage de la cour à Lyon, sous prétexte de négocier pour Louis XIV un mariage savoyard. Philippe IV consent à la paix et offre la main de sa fille.
1659	18 janv.	Victoire des Portugais sur les Espagnols à Elvas.
	7 mai	Suspension d'armes entre la France et l'Espagne.

	4 juin	Préliminaires de paix entre la France et l'Espagne (traité de Paris).
	août-nov.	**Conférences de l'Île des Faisans** (ouvertes le 13 août).
	août	La cour prend le chemin du Midi.
	7 nov.	**Signature de la paix des Pyrénées** et du contrat de mariage du roi.
1660	20 janv.	**Amende honorable de Condé devant le roi.**
	2 févr.	Mort de Gaston d'Orléans.
	4 avril	Déclaration de Bréda préalable à la restauration de Charles II d'Angleterre.
	5 avril	Turenne fait maréchal général.
	3 mai	Traité d'Oliva, entre Suède, Pologne et Brandebourg, grâce à la médiation française.
	8-18 mai	Restauration de Charles II en Angleterre. Il entre à Londres le 29 mai.
	5 juin	Traité de Copenhague entre Suède et Danemark.
	9 juin	**Mariage de Louis XIV et de Marie-Thérèse d'Autriche.**
	26 août	Entrée solennelle du couple royal à Paris.
1661	9 mars	**Mort de Mazarin.** Le lendemain, Louis XIV annonce qu'il gouvernera par lui-même.
	31 mars	Mariage de Philippe d'Orléans et d'Henriette-Anne d'Angleterre.
	été	Séjour de la cour à Fontainebleau.
	23 avril	Arrêt du Conseil imposant la signature du formulaire.
	juillet	Liaison de Louis XIV et de Louise de La Vallière.

	17 août	Fête de Vaux-le-Vicomte.
	5 sept.	**Arrestation du surintendant Fouquet.**
	1er nov.	Naissance de Louis, qui sera dit « le Grand Dauphin ».
	24 nov.	Conversion de Mme de Longueville.
1662	26 févr.	Le cardinal de Retz démissionne de l'archevêché.
	oct.-nov.	Le roi rachète Dunkerque et en prend possession.
1663	11 déc.	**Mariage d'Henri-Jules de Bourbon-Condé et d'Anne de Bavière.**
1664	7-14 mai	*Les Plaisirs de l'Île enchantée*, à Versailles.
	29 nov.	Lecture privée de *Tartuffe* chez Anne de Gonzague au Raincy.
	20 déc.	Condamnation de Fouquet.
1665	17 sept.	Mort de Philippe IV d'Espagne. Avènement de Charles II.
1666	20 janv.	Mort d'Anne d'Autriche.
	12 févr.	Mort du prince Armand de Conti.
1667	10 mai	Mort de Louise-Marie de Gonzague, reine de Pologne.
	27 août	Prise de Lille par Louis XIV.
1668	févr.	Conquête de la Franche-Comté par Condé.
	2 mai	Paix d'Aix-la-Chapelle.
	11 oct.	Naissance de Louis III de Bourbon-Condé.
	23 oct.	Conversion de Turenne au catholicisme.

1670	30 juin	Mort d'Henriette d'Angleterre, duchesse d'Orléans.
1671	13 janv.	**Agression contre la princesse de Condé.** Scandale.
	23-25 avril	Réception de Louis XIV à Chantilly. Suicide de Vatel.
1672	4 févr.	Mort d'Anne-Marie Martinozzi, princesse de Conti.
	12 juin	**Passage du Rhin.** Mort de Charles-Paris, duc de Longueville.
1673	17 févr.	Mort de Molière
1674	11 août	**Bataille de Sennef.**
	déc.	Campagne victorieuse de Turenne en Alsace.
1675	27 juillet	**Mort de Turenne.**
1679	15 avril	Mort d'Anne-Geneviève de Bourbon, duchesse de Longueville.
	24 août	Mort du cardinal de Retz.
1680	16 janv.	Mariage de Louis-Armand de Bourbon-Conti avec Mlle de Blois.
	17 mars	Mort de La Rochefoucauld.
	23 mars	Mort de Nicolas Fouquet à Pignerol.
1682	6 août	Naissance du duc de Bourgogne.
1683	30 juillet	Mort de la reine Marie-Thérèse.
	12 sept.	Au Kahlenberg, la victoire de Jean Sobiseski sur les Turcs sauve Vienne.
	9-10 oct.	Mariage secret de Louis XIV avec Mme de Maintenon.

	19 déc.	Naissance de Philippe d'Anjou, futur Philippe V d'Espagne.
1684	6 juillet	Mort d'Anne de Gonzague, princesse Palatine.
1685	15 avril	Retour de Condé à la pratique religieuse.
	24 juillet	Mariage de Louis III de Bourbon avec Mlle de Nantes.
	17 oct.	**Révocation de l'Édit de Nantes.**
	9 nov.	Mort du prince Louis-Armand de Conti.
1686	11 déc.	**Mort de Louis II de Bourbon, prince de Condé.**
1687	10 mars	Oraison funèbre de Condé par Bossuet.

ORIENTATION BIBLIOGRAPHIQUE

Manuscrits

Les Archives concernant la famille de Bourbon-Condé sont conservées au château de Chantilly. Elles ont été soigneusement classées et partiellement expurgées au cours des siècles. Il s'agit d'un fonds considérable, dans lequel les recherches sont difficiles. B. Pujo les a explorées et en a reproduit divers extraits dans sa biographie de Condé. Elles justifieraient une publication sélective analogue à celle qui a été faite par A. Chéruel pour la Correspondance de Mazarin.

Imprimés

SOURCES IMPRIMÉES

(Quand le lieu de publication n'est pas spécifié, il s'agit de Paris. Pour les mémorialistes, l'indication « coll. P. » renvoie – sauf avis contraire – à la collection des *Mémoires pour servir à l'Histoire de France* de Petitot, 2de série, 1820-1829, dont les volumes sont numérotés de 1 à 78.)

Arnauld (abbé Antoine), *Mémoires*, coll. P., t. 34.

Bossuet, *Oraison funèbre du prince de Condé*, dans *Œuvres*, La Pléiade, 1961.

Brienne (Henri de Loménie de), *Mémoires*, coll. P., t. 35-36.

Brienne (Louis de), dit le jeune Brienne, *Mémoires*, éd. P. Bonnefon, 3 vol., 1916-1919.

Bussy-Rabutin (Roger de), *Histoire amoureuse des Gaules*, Folio, 1993.

— *Mémoires*, éd. Lalanne, 2 vol., 1857.

Campion (Henri de), *Mémoires*, éd. M. Fumaroli, « Le Temps retrouvé », 1967.

Choisy (abbé de), *Mémoires*, éd. G. Mongrédien, « Le Temps retrouvé », 1983.

Coligny-Savigny (comte de), *Mémoires*, éd. Monmerqué, 1841.

Dubuisson-Aubenay, *Journal des guerres civiles, 1648-1652*, éd. G. Saige, 2 vol., 1883-1885.

Du Plessis-Praslin, *Mémoires*, coll. P., t. 57.

Fontrailles, *Relation des choses particulières de la cour pendant la faveur de M. le Grand*, coll. P., t. 54.

Goulas (Nicolas), *Mémoires*, éd. Ch. Constant, 3 vol., 1879-1882.

Gourville (Jean Hérault de), *Mémoires*, coll. P., t. 52.

Gramont (maréchal de), *Mémoires*, coll. P., t. 56-57.

Joly (Guy), *Mémoires*, coll. P., t. 47.

Journal contenant ce qui s'est fait et passé en la cour de Parlement de Paris..., communément appelé Journal du Parlement, chez Gervais et Langlois, plusieurs livraisons successives entre 1648 et 1652.

La Châtre (comte de), *Mémoires*, coll. P., t. 51.

La Fayette (Mme de), *Histoire de Madame Henriette d'Angleterre*, coll. P., t. 64-65.

La Fontaine, *Œuvres diverses*, éd. P. Clarac, La Pléiade, 1948.

La Porte, *Mémoires*, coll. P., t. 59.

La Rochefoucauld, *Mémoires*, La Pléiade, 1950.

Lénet (Pierre), *Mémoires*, coll. P., t. 53-54.

Loret, *La Muze historique ou recueil de lettres en vers contenant les nouvelles du temps*, éd. Ravenel et La Pelouze, 4 vol., 1857-1891.

Louis XIV, *Mémoires pour l'instruction du dauphin*, éd. Longnon, 1927.

Mazarin, *Lettres du cardinal Mazarin où l'on voit le secret de la négociation des Pirénées*, éd. d'Allainval, 2 vol., 1745.

— *Lettres du cardinal Mazarin à la Reine... écrites pendant sa retraite hors de France en 1651-1652*, éd. Ravenel, 1836.

— *Lettres du cardinal Mazarin pendant son ministère*, éd. Chéruel et d'Avenel, 9 vol., 1872-1906.

Molé (Mathieu), *Mémoires*, éd. Champollion-Figeac, 4 vol., 1855-1857.

Montglat, *Mémoires*, coll. P., t. 49-51.

Montpensier (Mlle de), *Mémoires*, coll. P., t. 41-43.

Motteville (Mme de), *Mémoires*, coll. P., t. 37-40.

Nemours (Mme de), *Mémoires*, coll. P., t. 34.

Ormesson (Olivier Lefèvre de), *Journal*, éd. Chéruel, 2 vol., 1860-1861.

Patin (Gui), *Lettres*, éd. Réveillé-Parise, 3 vol., 1846.

Pontis (Louis de), *Mémoires*, coll. P., t. 31-32.

Retz (cardinal de), *Mémoires*, éd. S. Bertière, Le Livre de Poche, coll. « La Pochothèque », 1998.

Richelieu, *Lettres, instructions diplomatiques et papiers d'État*, éd. d'Avenel, 10 vol., 1853-1877.

Sévigné (marquise de), *Correspondance*, éd. R. Duchêne, La Pléiade, 3 vol., 1972-1978.

Tallemant des Réaux, *Historiettes*, éd. A. Adam, La Pléiade, 2 vol., 1960.

Talon (Omer), *Mémoires*, coll. P., t. 60-63.

ÉTUDES

1) *Ouvrages ou articles importants entièrement ou largement consacrés à Condé et à sa carrière (par ordre chronologique)*

DESORMEAUX, *Histoire de Louis de Bourbon, prince de Condé, surnommé le Grand*, 4 vol., 1766.
GOURDAULT, *La Jeunesse du Grand Condé*, Tours, 1866.
CHÉROT (Père Henri), *L'Éducation du Grand Condé*, Desmoulins, 1894.
DUC D'AUMALE, *Histoire des princes de Condé*, 7 vol., Calmann-Lévy, 1896.
CONDÉ, *Lettres inédites à Marie-Louise de Gonzague, reine de Pologne*, publiées par Émile Magne, Émile-Paul frères, 1920.
NOAILLES (vicomte de), *La Mère du Grand Condé, Charlotte-Marguerite de Montmorency, princesse de Condé (1594-1650)*, Émile-Paul frères, 1924.
CAMON (général), *Condé et Turenne*, Berger-Levrault, 1933.
MALO (Henri), *Le Grand Condé*, Albin Michel, 1937.
MONGRÉDIEN (Georges), *Le Grand Condé*, Hachette, 1959.
WATTS (Derek A.), « La notion de patrie chez les mémorialistes d'avant la Fronde. Le problème de la trahison », in *Les Valeurs chez les Mémorialistes français du XVIIe siècle avant la Fronde*, Actes du Colloque de Strasbourg-Metz 18-20 mai 1978, éd. Klincksieck 1979, p. 195-209.
DUHAMEL (Pierre), *Le Grand Condé ou l'orgueil*, Perrin, 1981.
HOMBERG (Octave) et JOUSSELIN (Fernand), *La Femme du Grand Condé*, Plon, 1983.
BLANCPAIN (Marc), *Le Mardi de Rocroi*, Hachette, 1985.
— *Monsieur le Prince*, Hachette, 1986.
BÉRENGER (Jean), *Turenne*, Fayard, 1987.

GOUBERT (Pierre), *Mazarin*, Fayard, 1990.

PUJO (Bernard), *Le Grand Condé*, Albin Michel, 1995.

BANISTER (Mark), « *Crescit ut aspicitur*. Condé and the Reinterpretation of Heroism, 1650-1662 », in *Ethics and Politics in the Seventeenth-Century France, Essays in Honour of Derek A. Watts*, University of Exeter Press, 1996, p. 119-128.

HEPP (Noémi), « Considérations morales et politiques autour d'Henri II de Montmorency : Une polyphonie discordante », in *Ethics and Politics in the Seventeenth-Century France, Essays in Honour of Derek A. Watts*, University of Exeter Press, 1996, p. 83-91.

BÉGUIN (Katia), *Les Princes de Condé, rebelles, courtisans et mécènes dans la France du Grand Siècle*, Champ Vallon, 1999.

DULONG (Claude), *Mazarin*, Perrin, 1999.

BERTIÈRE (Simone), *Mazarin, le maître du jeu*, de Fallois, 2007 ; Le Livre de Poche n° 31283.

PETITFILS (Jean-Christian), *La Transparence de l'aube*, Perrin, 2007.

PALADILHE (Dominique), *Le Grand Condé, héros des armées de Louis XIV*, Pygmalion, 2008.

BITSCH (Caroline), *Vie et carrière d'Henri II de Bourbon, prince de Condé (1588-1646)*, Champion, 2008.

BABELON (Jean-Pierre), *Chantilly*, éd. Scala, 2008.

2) *Ouvrages généraux*

(Tous les ouvrages traitant de l'histoire du XVIIe siècle sont amenés à parler de Condé. Les répertorier n'aurait pas de sens. Seuls seront donc signalés ici, par ordre alphabétique, ceux auxquels nous avons plus spécialement recouru.)

BABELON (Jean-Pierre), *Henri IV*, Fayard, 1989.

BERCÉ (Yves-Marie), *La Naissance dramatique de l'absolutisme*, Seuil, 1992.

BERTIÈRE (Simone), *La Vie du cardinal de Retz*, de Fallois, 1990.

BLUCHE (François), *Louis XIV*, Fayard, 1986.

— *Dictionnaire du Grand Siècle*, Fayard, 1990.

CARRIER (Hubert), *Le Labyrinthe de l'État. Essai sur le débat politique en France au temps de la Fronde (1648-1653)*, Champion, 2004.

CHÉRUEL (Adolphe), *Histoire de France pendant la minorité de Louis XIV*, Hachette, 4 vol., 1879-1880.

— *Histoire de France sous le ministère de Mazarin*, Hachette, 3 vol., 1882.

CONSTANT (Jean-Marie), *Les Conjurateurs. Le premier libéralisme politique sous Richelieu*, Hachette, 1987.

CORVISIER (André), *Dictionnaire d'art et d'histoire militaires*, PUF, 1988.

DESSERT (Daniel), *Argent, pouvoir et société au Grand Siècle*, Fayard, 1987.

DETHAN (Georges), *La Vie de Gaston d'Orléans*, de Fallois, 1992.

FEILLET (Alphonse), *La Misère au temps de la Fronde et saint Vincent de Paul*, Didier, 1868.

JOUANNA (Arlette), *Le Devoir de révolte : la noblesse française et la gestation de l'État moderne, 1559-1661*, Fayard, 1989.

PERNOT (Michel), *La Fronde*, de Fallois, 1994.

PETITFILS (Jean-Christian), *Louis XIV*, Perrin, 2005.

PILLORGET (René et Suzanne), *France baroque, France classique*, Laffont, Bouquins, 1995.

SÉRÉ (Daniel), *La Paix des Pyrénées, vingt-quatre ans de négociations entre la France et l'Espagne (1635-1659)*, Champion, 2007.

INDEX DES NOMS DE PERSONNES

Nota : Le Grand Condé, omniprésent, n'a pas sa place dans cet index. Dans le corps du récit, il porte, jusqu'à la fin de 1646, le nom de duc d'Enghien, puis il est appelé le prince de Condé, ou M. le prince. Mais son fils, devenu à son tour duc d'Enghien, figure sous ce nom dans l'index.

Adam (Antoine), 65-66.
Aiguillon (duchesse d'), nièce de Richelieu, 214, 280, 354-356, 362, 400, 586.
Albert, archiduc d'Autriche, gouverneur des Pays-Bas jusqu'en 1621, 62, 66-68.
Albret (marquis d'), voir Miossens.
Albuquerque (duc d'), 169-170.
Alençon (François, duc d'), 4ᵉ fils d'Henri II et de Catherine de Médicis, 92-93.
Alexandre le Grand, roi de Macédoine, 16, 170, 197-198, 262, 580, 623, 676, 678-679, 725.
Alexandre VII, pape, 555.
Allainval (abbé d'), *556n*.
Amelot, 470-471, 475.
Ancre (maréchal d'), voir Concini.
Angélique (Mère), Angélique Arnauld, abbesse de Port-Royal, 686.

Angoulême (Diane, duchesse d'), 47, 49.
Angoulême (duc d'), 181.
Anne d'Autriche, reine de France, 10, 14, 73, 84-85, 103, 129, 158, 161, 179-182, 202-206, 220, 232, 240, 257-262, 264, 266-286, 288-293, 297-309, 311-316, 321, 323, 326, 328-359, 362-372, 379-381, 392, 399-408, 413-434, 441-446, 451-452, 469, 473, 479, 491-492, 504, 532, 535, 539-540, 542, 549, 556, 566, 573-575, 589, 596, 662, 724-728.
Anne de Bretagne, duchesse de Bretagne et reine de France, 45.
Anselme (Père), *101n*.
Archiduc, gouverneur des Pays-Bas, voir Albert, puis Léopold-Guillaume.
Arioste (l'), 51, 53.
Aristote, 210, 666, 668.
Arnauld (abbé Antoine), *174n, 376n*, 686, 687.
Aubignac (abbé d'), 210.
Aumale (duc d'), 20, *195n, 255n, 510n, 521n*, 735.
Aumont (maréchal d'), 543, 609.

Auteuil (comte d'), 517, 539, *551n*, 561.

Babelon (Jean-Pierre), *34n, 42n, 46n, 682n*.
Balthazar-Carlos, infant d'Espagne, 534.
Bannister (Mark), *580n*.
Bar (Guy de), 355, 370-374, 400.
Bassompierre (François de), 48-49, 52-53, *62n, 74n*, 82.
Bavière (Maximilien, duc de), 185, 192, 234, 243, 250, 256-258.
Beaufort (François de Vendôme, duc de), 204, 206-208, 270, 316, 337, 344, 353, 360, 372, 403, 415, 419, 453, 456-457, 464, 474, 487, 488, 490, 496.
Beck, général espagnol, 170, 183, 185, 261.
Béguin (Katia), 21, *54n, 104n, 167n, 201n, 216n-220n, 275n-278n, 283n*, 342, *378n, 411n, 433n, 436n, 517n, 582n, 583n*, 587, *602n, 642n, 653n*, 657, *658n, 660n, 681n, 702n, 707n*.
Belcastel, 38, *59n*.
Belin (comte de), 42.

Index des noms de personnes 807

Bellegarde (duc de), 69, 107, 109.

Benjamin (M. d'), écuyer, 125, 126.

Bentivoglio (cardinal), *64n.*

Bérenger (Jean), *193n, 243n, 251n, 325n, 506n, 606n, 610n.*

Bergier (Père), 672, *714n,* 715-716.

Bergin (Joseph), 283.

Béringhen, *372n.*

Bérulle (cardinal de), 87.

Bitsch (Caroline), *68n, 99n, 132n, 135n, 148n.*

Bluche (François), *101n, 265n, 606n, 705n.*

Bodinier (Gilbert), *638n.*

Boileau (Nicolas), 623, 659, 671.

Boisdauphin (chevalier de), 219.

Bossuet (Jacques Bénigne), Monsieur de Meaux, 12, 13, 170, *172n,* 198, 262, *647n,* 671, 705, 706, 721-722, 728, 733.

Bouchu, 127.

Bouillon (Henri de La Tour d'Auvergne, vicomte de Turenne, puis duc de), prince de Sedan, mort en 1623, 52, 75.

Bouillon (Mlle de), fille du précédent, 506.

Bouillon (Frédéric-Maurice de La Tour d'Auvergne, duc de), fils du précédent, 150, 268-269, 285, 318-325, 337, 352, 371, 386, 389-392, 412, 415, 426, 444, 448, 455, 506.

Bouillon (Éléonore de Bergh, duchesse de), 318, 322.

Bouillon (duc de), fils des précédents, 620.

Bourbon (maison de), 28-29, 36, 40, 184-185.

Bourbon (Charles de), connétable, mort en 1527, 44, 502.

Bourbon (Charles de), comte puis duc de Vendôme, mort en 1538, grand-père d'Henri IV, 28.

Bourbon (Antoine de), fils du précédent (1518-1562), père d'Henri IV, 28, 33.

Bourbon (Louis Ier de), frère du précédent (1530-1569), premier prince de Condé, voir Condé.

Bourbon (Henri Ier de), fils du précédent (1552-1588), prince de Condé, voir Condé.

Bourbon (Henri II de), fils du précédent (1588-1646), prince de Condé, « Monsieur le Prince » jusqu'en 1646, père de C., voir Condé.

Bourbon (Anne-Geneviève de), sœur de C., voir Longueville.

Bourbon (Armand de), frère de C., voir Conti.

Bourbon (Henri-Jules de), fils de C., voir Enghien.

Bourbon (Louis de), fils de C. (1652-1653), 409, 511.

Bourbon (Mlle de), fille de C., 513.

Bourbon (Henri, duc de), petit-fils de C., 698.

Bourbon (Louis III, duc de), petit-fils de C. (1668-1710), 698-701, 705, 713.

Bourbon (Mlle de Nantes, puis duchesse de), épouse du précédent, 701, 714.

Bourbon (Marie-Thérèse de), petite-fille de C., princesse de Conti, 698, 702.

Bourbon (Marie-Louise de), petite-fille de C., duchesse du Maine, 698, 702.

Bourbon (Marie-Louise-Bénédicte de), petite-fille de C., duchesse de Vendôme, 698, 702.

Bourbon (Marie-Anne de), petite-fille de C., 698.

Bourbon-Lancy, 153, 155, 156n.

Bourdaloue (Louis), 13, 714n.

Bourdelot (Pierre Michon, dit), médecin, 145, 598, 664, 665, 667, 671, 683.

Bourgogne (les ducs de), 110, 138.

Boursault (Edme), 660.

Bouteville (François de Montmorency, comte de), 100.

Bouteville (comtesse de), épouse du précédent, 220.

Bouteville (Isabelle-Angélique de Montmorency-Bouteville), fille des précédents, voir Châtillon.

Bouteville (François-Henri de Montmorency), fils des précédents, maréchal duc du Luxembourg, 100, 518, 566, 639.

Bouthillier (Claude), père de Chavigny, 179.

Bouthillier (Mme), son épouse, 136.

Bréquigny, 323.

Brienne (Henri-Auguste de Loménie, comte de), *272n*, 281, 333, *334n*, 345.

Broussel (Pierre), 303, 309, 316, 481, 488, 496.

Broussel, fils du précédent, 481.

Bussy-Rabutin, 11, 200, **222**, 415, 461, 545, 572, *616n*, 623, 691, 694.

Caillet, *550n*.
Calvin (Jean Cauvin, dit), 40.
Campion (Alexandre de), *207n*.
Campion (Henri de), *207n*.
Candale (duc de), *520n*.
Caracena (marquis de), 530, 546.
Cardinal-infant, voir Ferdinand d'Autriche.
Carmona (Michel), *68n*.
Carrier (Hubert), *404n*, *472n*.
Castel-Rodrigo (marquis de), 606, 609.
Catherine de Médicis, reine de France, 31, 32, 35, 406.
César (Jules), 16, 198, 204, 580, 659, 673, 678, 679.
Chabot, voir Rohan.
Chalais, 85, 204.
Charles Quint, empereur d'Allemagne et roi d'Espagne, 44, 232, 246.
Charles V, roi de France, 404.
Charles IX, roi de France, 32, 92, 181, 406, 591.
Charles Ier, roi d'Angleterre, 324, 537, 540.
Charles II, roi d'Angleterre, 555, 573, 605, 614, 615.
Charles II, roi d'Espagne, 546, 604, 607.
Charton, 357.
Châteauneuf (Charles de L'Aubépine, marquis de), 66, 304, 340, 417-420, 435.
Châtillon-Coligny (duc de), 285.
Châtillon-Coligny (Maurice de), fils aîné du précédent, 199, 206, 208, 217-219, 288.
Châtillon (Gaspard de Coligny, duc de), frère du précédent, 217-219, 224-225, 320.
Châtillon (Isabelle-Angélique de Montmorency-Bouteville, duchesse de), épouse du précédent, 213, 219, 223-224, 383, 385, 397, 423, 467, 537, 565.
Chavigny (Léon Bouthillier, comte de), 148, 179, 304, 362, 419, 424, 456, 472, 491.
Chérot (Père), *99n*.
Chéruel (Adolphe), *166n*, *265n*, *310n*, *311n*, *347n*,

354n, 359n, 363n, 445n, 448n, 523n, 528n, 534n, 545n, 562n, 565n.

Chevallier (Pierre), *81n.*

Chevreuse (Claude de Lorraine, duc de), 397.

Chevreuse (Marie de Rohan, duchesse de), 359, 397, 417, 419, 611.

Chevreuse (Charlotte de Lorraine, Mlle de), fille des précédents, 398, 410, 418, 447.

Choisy (abbé de), *291n, 372n, 522n, 616n,* 619, 621, 622.

Chrétienne de France, duchesse de Savoie, 132.

Christine, reine de Suède, 664, 668.

Cicéron, 322.

Cinq-Mars (Henri d'Effiat, marquis de), 103, 151-153, 269, 322-323, 590.

Claire-Isabelle-Eugénie (infante d'Espagne), gouvernante des Pays-Bas, 62.

Clanleu, 319.

Clément VII, pape, 502.

Clément VIII, pape, 41.

Clément X, pape, 704.

Clermont (Robert, comte de), 6ᵉ fils de saint Louis, 26.

Clermont (Henri, comte de), petit-fils de C., 698.

Clermont (Louis-Henri, comte de), petit-fils de C., 698.

Clèves (Marie de), voir Condé.

Clèves et Juliers (duc de), 62.

Coadjuteur (le), voir Retz.

Cœuvres (marquis de), 65.

Coislin (Mme de), 219.

Colbert (Jean-Baptiste), 603, 611, 615, 658.

Coligny (Gaspard, amiral de), 33, 34, 324.

Coligny (Maurice de), voir Châtillon.

Coligny-Saligny (Jean, comte de), 387-388, *389n,* 518, *544n,* 566, 585, 728.

Coloma (don Pedro), 553.

Comminges (Jean-Baptiste, comte de), 367-370.

Concini, maréchal d'Ancre, favori de Marie de Médicis, 74-75, 77, 434, 540.

Condé (maison de), 12, 36, 54, 91, 187, 203-208, 270, 280, 283, 315, 408, 577, 587, 644, 684, 696.

Condé (Louis Iᵉʳ de Bourbon, prince de), arrière-grand-père de C., 27-36, 73, 80, 83, 300, 581-582.

Condé (Éléonore de Roye, princesse de), arrière-grand-mère de C., 29.
Condé (Henri Ier de Bourbon, prince de), grand-père de C., 33-41, 52, 54, 72, 84, 582, 695.
Condé (Marie de Clèves, princesse de), 35.
Condé (Charlotte-Catherine de La Trémoille, princesse de), grand-mère de C., 37, 42, 60, 64, 84, 95, 695.
Condé (Henri II de Bourbon, prince de), père de C., 16, 25-26, 40-42, 54-95, 100, 103-133, 140, 143-145, 148-151, 155-157, 163-167, 176, *177n*, 178, 184-189, 201-202, 208, 215, 219, 249, 255-256, 270-273, 275, 286, 290, 310, 340, 411, 512-513, 515, 518, 582, 585-587, 601, 646, 663-665, 673, 724-726.
Condé (Charlotte-Marguerite de Montmorency, princesse de), mère de C., 25, 45, 47-48, 51-54, 60, 63-68, 76-79, 83-85, 92-94, 98-105, 116-120, 130-135, 147-150, 156, 186-189, 201-202, 206, 212, 220, 240, 276, 310, 338, 344, 365, 372, 382-387, 397, 516, 574-575, 645.
Condé (Claire-Clémence de Maillé-Brézé, duchesse d'Enghien puis princesse de), épouse de C., 135-136, 142-143, 146, 149, 157, 186-189, 203, 216, 279-281, 284, 313, 382-392, 408-410, 413, 426, 448, 481, 511-513, 518-519, 528-530, 572, 574, 583, 596, 645-646, 688, 697, 730.
Conrart, *471n*, *480n*, *485n*, 486, *490n*.
Conti (Armand de Bourbon, prince de), frère de C., 79-80, 120, 135, 290-291, 306, 312, 316-318, 322-323, 337, 343, 362, 366, 368, 372, 375-376, 397-398, 410-411, 418-419, 424, 445, 448, 455, 494, 508, 515, 596, 685, 688, 701, 709, 711, 717-719.
Conti (Anne-Marie Martinozzi, princesse de), épouse du précédent, 515, 685-688, 733.
Conti (Louis-Armand de Bourbon, prince de), fils

des précédents, 685-689, 700, 709-713.
Conti (Mlle de Blois, puis princesse de), épouse du précédent, 700, 712.
Conti (François-Louis de Bourbon, prince de La Roche-sur-Yon, puis prince de Conti), frère du précédent, 685-689, 708-712, 715-719.
Corbeville (Isaac Arnauld de), 376.
Corneille (Pierre), 15, 121, 200, 436, 660, 714.
Cosnac (Daniel de), *515n*.
Créqui (maréchal de), 609.
Cromwell (Oliver), 359, 518, 541-543.

Dalancé, chirurgien, 542.
Dangeau, *714n*, 716.
Descartes (René), 668.
Des Champs (Père Agard), 706, 715, 719.
Desmares (Père), 687.
Desmarets de Saint-Sorlin, 143.
Dethan (Georges), *336n*, *470n*.
Dubois de Lestournières, *176n*.
Dubosc-Montandré, 472.
Dubuisson-Aubenay, *224n*, *330n*, *370n*, *373n*, *374n*, *385n*, *399n*, *409n*, *410n*, *411n*, *422n*, *424n*, *428n*, *429n*, *434*, *473n*, *475n*, *482n*, *483n*, *487n*, *490n*, *494n*.
Du Daugnon (comte), 415, 450.
Dumas (Alexandre), 316, 375, 735.
Dunois, compagnon de Jeanne d'Arc, 203.
Dunois (Jean-Louis-Charles, comte de), fils du duc de Longueville, 687, 696.
Du Plessis (Nicole), sœur de Richelieu, 136.
Du Plessis-Praslin (maréchal), 394.
Dupuy (Jacques), *241n*.
Duval, 690-694.
Du Vigean (Marthe), 143, 209, 211-213, 215, 289, 354, 480, 730.

Elbeuf (duc d'), 316.
Eléonore, reine de France, 44.
Elisabeth de France, reine d'Espagne, 73, 534.
Empereur (l'), voir Ferdinand III de 1637 à 1657, puis Léopold Ier.
Enghien (Claire-Clémence, duchesse d'), voir Condé.

Enghien (Henri-Jules de Bourbon, duc de), fils de C., 10, 186-189, 208, 280, 382-392, 410-411, 426, 448, 513, 517-519, 528-530, 549, 559, 571-573, 577-580, 585, 591-602, 608-612, 618-620, 624-625, 633, 642, 646-647, 657, 661, 673, 681, 684, 695-702, 704-706, *714n*, 715, 718, 730.

Enghien (Anne de Bavière, duchesse d'), épouse du précédent, 593-600, 647, 655, 698, 701-705.

Entragues (Henriette d'), 43, 48, 66.

Épernon (maison d'), 89.

Épernon (Jean-Louis de Nogaret de La Valette, duc d'), mort en 1642, 38, 69, 131, 266.

Épernon (Bernard de Nogaret, duc de La Valette, puis duc d'), fils du précédent, 130-132, 378, 390, 396, 421.

Erlach (baron d'), 194, 260, 326.

Espenan (d'), 165, 169, 181.

Estissac (baron d'), oncle de La Rochefoucauld, 450.

Estrées (Gabrielle d'), 41, 204, 702.

Fabert (Abraham), maréchal, 270, 525-526.

Ferdinand III, empereur d'Allemagne, 185, 195, 234-235, 241, 243, 250, 256-258, 520, 534, 547, 593.

Ferdinand d'Autriche, dit le cardinal-infant, frère de Philippe IV et d'Anne d'Autriche, gouverneur des Pays-Bas jusqu'à sa mort en 1641, 140.

Fiesque (comte de), 359.

Fontaines (Fuentes), 63, 169, 172.

Fontenay-Mareuil (marquis de), *60n*, 74, *77n*, 81-82.

Fouquet (abbé Basile), 489, 496, 537.

Fouquet (Nicolas), 576, 581, 645-646, 653-654, 656, 658.

Fourilles, 638.

Francine, écuyer, 117.

François Ier, roi de France, 44-45, 70, 264, 265, 580.

François II, roi de France, 29, 92-93.

Fuensaldagne (comte de), 323, 413-414, 496, 521-522, 530.

Fuentes (comte de), voir Fontaines.

Galien, 665.
Gassion (Jean de), maréchal, 165, 167, 169, 171, 176-177, 181-182, 190, 249, 257, 274-275.
Gesvres (marquis de), 183, 590.
Girard (secrétaire), 127, *188n*, *323n*.
Girardin, 517.
Gittard (Daniel), 682.
Glocester (duc de), fils de Charles Ier d'Angleterre, 544.
Gomberville, 198.
Gondi (Jean-François-Paul de), coadjuteur puis archevêque de Paris, cardinal de Retz, mémorialiste, voir Retz.
Gondi (famille), 309.
Gondi (Jérôme de), banquier, 72.
Gontier (Père), 96.
Gonzague (Anne de), princesse Palatine, 183, 397, 418, 421-422, 435, 588, 593, 647, 662, 667, 704-705.
Gonzague (Charles de), duc de Mantoue, 589.
Gonzague (Louise-Marie de), reine de Pologne, 397, 588-589, 653.
Gorgibus, 361.
Goulas (Nicolas), 102, *304n*, 472.
Gourville (Jean Hérault de), *291n*, 372, *375n*, 447, 457-462, 538, 587, 642, 652-654, 656-657, 677, 681, 711, 715-716, 718, 748.
Gramont (Antoine, duc de), maréchal, 12, *163n*, 217, 235, 238, 240, 244, 254, 315, 401, 415, 436, 444, *565n*, *616n*.
Grémonville (M. de), *241n*.
Grignan (Mme de), *622n*, *680n*.
Grotius, ambassadeur, 744.
Groulart de La Court (Henri), *326n*.
Guébriant (maréchal de), 186-190.
Guénault, médecin, 122-123, 261, 542-543.
Guénégaud, 487.
Guiche (comte de), fils du maréchal de Gramont, *271n*, *616n*, 618-620.
Guiche (comtesse de), *37n*.
Guillaume Ier d'Orange-Nassau, dit le Taciturne, mort en 1584, 269, 617.

Index des noms de personnes

Guillaume II de Nassau, 247.

Guillaume III de Nassau, stathouder de Hollande, puis roi d'Angleterre, 617, 622-627, 634-637.

Guise (les), 29, 39, 44.

Guise (Henri Ier, duc de), 1549-1588, dit « le Balafré », 39, 324, 368.

Guise (Henri II, duc de), 1614-1664, 208, 579.

Guitaut (François de Comminges, comte de), dit « le vieux Guitaut »), 367, 368.

Guitaut (Guillaume de Comminges, dit « le petit Guitaut »), 367, 457, 462-463, 518, 564, 566, 585.

Habsbourg (maison de), 10, 62, 138, 150, 180, 186, 232, 258, 532, 535, 589, 591, 592, 604, 710.

Hannibal, 178.

Harcourt (comte d'), maréchal, 252, 342, 449, 450, 454.

Hardy (Jean), 682.

Haro (don Luis de), 507, 529, *529n*, 534, 553, 555-556.

Harvey (William), 666.

Henri II, roi de France, 28, 29, 35.

Henri III, duc d'Anjou, puis roi de France, 32-35, 38-40, 44, 130, 368, 591.

Henri IV (Henri de Navarre), roi de France, 26, 30, 34, 39-46, 49, 54-55, 58-59, 62-63, 65, 67-70, 76, 92, 100, 138, 204, 269, 344, 702, 707.

Henriette-Marie de France, reine d'Angleterre, 540.

Henriette d'Angleterre, duchesse d'Orléans, 12, 575, 577, 615.

Hepp (Noémi), *102n*.

Herwart (Barthélemy), 326.

Hippocrate, 665.

Hocquincourt (maréchal d'), 465, 537.

Homère, 680, 732.

Huart (Suzanne d'), *243n*, *527n*.

Hugues Capet, roi de France, 26.

Isembourg (duc d'), 169.

Jansénius (Corneille Jansen, dit), 686.

Jarzé (baron de), 352-354.

Jean-Casimir, roi de Pologne, 397, 590, 599, 655.

Jeanne d'Albret, 28-29.

Joly (Guy), 357, *360n*, *375n*.
Jouanna (Arlette), 86, *107n*, *522n*.
Jouhaud (Christian), *472n*.
Juan d'Autriche (don), 529-530, 537, 540, 543-545.

Königsmark, 236.

La Boulaie (marquis de), 357.
La Bruyère (Jean de), 699.
La Buffetière (M. de), 96, 110, 117, 127.
La Calprenède, 199, *200n*, 659.
La Fare, *634n*, 635, 637.
La Ferté ou la Ferté-Senneterre (duc de), maréchal, 165, 169, 171, 173, 177, 479-480, 497, 508, 526, 530, 542.
La Fontaine (Jean de), 670, *671n*, 673, 678-680.
La Meilleraye (maréchal de), 138, 190, 314.
La Mothe-Houdancourt (maréchal de), 251, 415.
La Moussaye (François de), *177n*, 217, 224, 238.
Lancelot (Claude), 688.
La Noue, *33n*.
La Peyrère (Isaac de), 672.

La Rivière (abbé de), 311-312, 340, 347, 362, 366-367, 377.
La Rochefoucauld (François VII, prince de Marcillac, puis duc de), 13, 158, *206n*, 268, 289, *327n*, *332n*, *336n*, *345n*, 358, 372, 379, 386, 389, 391-392, 398, *400n*, 401, *403n*, 407, *408n*, 413, *414n*, *416n*, 419, *420n*, 421, *422n*, 428, *429n*, 444-445, 448-450, 453, 456-457, 461-462, *464n*, *479n*, 491, 500, 538, 620, 622, 652, 687, 705, 711.
La Sablière (Mme de), 704.
La Tour d'Auvergne, voir Bouillon (duc de) et Turenne.
La Trémoille (Jacqueline de), 38.
La Trémoille (Jeanne de Montmorency, duchesse de), mère des deux suivants, 35.
La Trémoille (Claude, duc de), 35.
La Trémoille (Charlotte-Catherine de), voir Condé.
Lauzun, 596.
La Valette (duc de), voir Épernon.

Index des noms de personnes

La Valette (cardinal de), fils du duc d'Épernon, frère du duc de La Valette, 119, 131.

La Vallière (marquis de), 173.

La Vallière (Louise, duchesse de), 609, 701.

Le Bailleul, président au parlement, 470.

Lebègue (Perpétue), 93.

Lefèvre d'Ormesson (André), 502, *509n*, *517n*, *581n*.

Lefèvre d'Ormesson (Olivier), *166n*, 176, *177n*, 184, 187, *189n*, *192n*, *199n*, *206n*, *208n*, *211n*, 224, *230n*, *240n*, *241n*, *245n*, *249n*, *252n*, *256n*, *269n*, *281n*, 282, *283n*, *285n*, 290, *291n*, *306n*, *319n*, 320, *323n*, *336n*, *381n*, *502n*, *509n*, 581, 611, 613, 690.

Lenclos (Anne, dite Ninon de), 224.

Lénet (Pierre), *91n-96n*, 96, *99n*, *100n*, 105, *106n*, *117n*, *125n*, 142, 155, *177n*, *178n*, *215n*, *346n*, *347n*, 358, *360n*, 369, *370n*, 378, 383-384, 386, *387n*, *389n*, 390-391, *392n*, *395n*, 432, 457, 508, *510n*, 511-512, 518, *521n*, 522, 542, 552.

Le Nôtre (André), 584, 649, 682.

Léopold Ier, empereur d'Allemagne, 547, 589, 597, 608, 627, 710, 724.

Léopold-Guillaume de Habsbourg, archiduc, 257-261, 321-323, 328, 330, 394-396, 413, 496-498, 518, 520-521, 523, 527, 529.

Lescot, évêque de Chartres, 291.

Lesdiguières (François de Bonne, duc de), 89, 266.

L'Estoile (Pierre de), 58-59.

Le Tellier (Michel), 236, 282, 356, 417, 424, *506n*, 596, 606, *633n*.

Levillain (Charles-Édouard), *610n*.

Lévis (marquis de), 457.

L'Hôpital (François de), maréchal, 165-169, 173, 176, 177, 181, 272, 478, 485.

Lignières, 673.

Limeuil (Isabelle de), 31.

Lionne (Hugues de), *347n*, *382n*, 417, 421, 424, 534-535, 553, 557, 653.

Longnon (Jean), *613n*.

Longueuil, conseiller au parlement, 309.

Longueville (Henri II d'Orléans, duc de), 292, 316, 317, 318, 345-346, 354, 362, 366, 368, 371-372, 374, 409, 415, 620-622, 624.

Longueville (Anne-Geneviève de Bourbon-Condé, duchesse de), 78, 205-206, 208, 212, 214, 287-288, 290, 315, 317-318, 338-339, 344, 347, 355, 370-378, 382, 393-394, 409, 413, 418, 423, 435, 445-446, 494, 508, 514, 595, 622, 688-689, 696-697, 701, 704.

Longueville (Charles-Paris, duc de), 318, 411, 620, 687-688, 704.

Lorraine (Charles IV, duc de), 48, 397, 476, 497, 506, 516, 520, 523, 555, 560, 574, 627.

Lorraine (François, duc de), 523, 530.

Lorris (Pierre-Georges), *501n*.

Louis (saint), roi de France, 11, 25, 26, 30, 35, 203, 312.

Louis XI, roi de France, 138.

Louis XII, roi de France, 264.

Louis XIII, roi de France, 19, 43, 68-69, 73-85, 92, 95, 99-100, 103-105, 109, 124, 131-132, 134, 138, 143, 149, 151-153, 157, 161-167, 175, 179-180, 185, 188, 197, 202, 213, 218, 232, 251, 266, 269-270, 274, 301, 311, 322, 390, 412, 434, 510, 534, 540, 590, 602, 684, 724, 726.

Louis XIV, roi de France, 9-10, 15, 101, 129, 150, 162, 179-180, 204, 232, 299, 301, 308, 316, 322-325, 332, 337, 340, 345, 352, 356, 367, 373-374, 380-385, 389-394, 396-400, 403-406, 416, 421-432, 434-435, 441-446, 449-457, 465, 467-473, 476-482, 491, 500-506, 509, 515, 525-526, 531, 534, 538-540, 547, 549-551, 556-567, 571-574, 577-584, 588, 593-594, 596-598, 600-602, 605-608, 610-612, 614-619, 623, 626-627, 630-631, 638, 641, 643-646, 650, 652, 654-655, 657-658, 661-663, 672-677, 683, 686-688, 700, 702, 709-710, 714-719, 721, 725, 727, 730, 732.

Index des noms de personnes 819

Louis de France, le Grand Dauphin, 577, 688, 700.
Louise de Savoie, mère de François Ier, 44.
Louvois (François-Michel Le Tellier, marquis de), 606, 615, 628-629, 632, 634, 706.
Lully (Jean-Baptiste), 663.
Lusignan (marquis de), *433n*.
Luxembourg (maréchal de), voir Bouteville.

Maillé-Brézé (Claire-Clémence de), voir Condé.
Maillé-Brézé (maréchal Urbain de), beau-père de C., 136, 142, 280, 391.
Maillé-Brézé (Armand de), beau-frère de C., 136, 278-279.
Maine (duc du), fils légitimé de Louis XIV et de Mme de Montespan, 702.
Maine (Mlle du), 44.
Maintenon (Françoise d'Aubigné, marquise de), 709.
Malebranche (Nicolas), 669.
Malherbe (François de), 51, 58.
Mancini (Marie), 551.
Mansart (Jules-Hardouin), 684.
Manse (Jacques de), 682.
Marcassez, 361.
Marcillac (prince de), voir La Rochefoucauld.
Marcillac (princesse de), 352.
Marcillac (prince de), fils des précédents, 457, 459, 462, 620-621.
Marguerite de France, dite de Valois, 40.
Marguerite-Thérèse, infante d'Espagne, 608.
Marianne, reine d'Espagne, régente, 534, 608.
Marie de Médicis, reine de France, 42-43, 51, 65, 67-68, 70-72, 75, 77-79, 81, 83, 95, 103, 107, 270, 540.
Marie-Thérèse, reine de France, 12, 534-535, 549, 565, 573, 577, 579, 586, 596, 607, 655, 700, 709.
Marillac (Michel de), 103.
Marillac (Louis de), maréchal, 103, 105.
Marsin, dit aussi Marchin, 238, 448, 455, 457, 508, 518, 626.
Martinet, officier, 616.
Mayenne (duc de), 44.
Mazarin (Jules), cardinal, 10, 14-15, 21, 155, 179-180, 182, 184-185, 189-191, 193, 196, 201-208, 219, 231-236, 240-247, 250, 252-254, 256-260, 262,

267-271, 274, 277-287, 289, 293, 297, 301-318, 321, 324-349, 353-370, 375, 380-382, 390, 392, 395-396, 398-408, 414, 417, 421-422, 424, 429, 431-432, 434-435, 442, 446, 448, 450-455, 467, 471-474, 477, 479, 482-484, 488, 491-497, 504, 506, 509-510, 512-517, 524, 528, 531, 533-543, 547-561, 565-568, 574, 576-577, 580, 587-588, 592-593, 602, 605-606, 630, 645, 653, 658, 685, 723-730.

Melo de Braganza (don Francisco), 166, 167, 170.

Mercœur (Louis de Bourbon-Vendôme, duc de), 204, 344-345, 424.

Mercœur (Laure-Victoire Mancini, duchesse de), 344, 424.

Mercy (comte de), général lorrain, au service de la Bavière, 190, 192-193, 235, 237, 239.

Mérille (Edmond), juriste, 99-100.

Mesmes (Henri II de), président au parlement, 322, 328.

Miossens, futur maréchal d'Albret, 213, 366, 369.

Miramion (Mme de), 222.

Modène (duc de), 554.

Molé (Mathieu), premier président du parlement, 327, 328, 346, 419-420, 424, 435, 452.

Molière, 87, 472, 515, *581n*, 660-664, 688.

Mongrédien (Georges), *189n*, *486n*, *519n*, *520n*, *550n*, *551n*, *562n*, *596n*, *672n*, *674n*, *695n-697n*, 716.

Monsieur, voir Orléans (Gaston d').

Montbazon (duchesse de), 205-209.

Montecuccoli (Raimondo, prince), 641.

Montespan (Françoise de Rochechouart, marquise de), 609, 701-702, 709, 714.

Montfleury (Antoine-Jacob), 660.

Montglat (marquis de), 139, *141n*, 171, *236n*, *245n*, *249n*, *406n*, *414n*, *496n*, 636.

Montmorency (maison de), 46, 100, 104, 202, 220, 284, 644, 684.

Montmorency (Anne de), le « grand connétable »,

Index des noms de personnes

arrière-grand-père de C., 45-46.
Montmorency (François de), fils aîné du précédent, 45.
Montmorency (Henri Ier de), fils cadet du précédent, connétable, grand-père de C., 44-49, 51-53, 65-68, 102-104, 502, 514.
Montmorency (Charlotte-Marguerite de), fille d'Henri Ier, mère de C., voir Condé.
Montmorency (Henri II de), fils d'Henri Ier, oncle de C., 95, 101-104, 156, 187, 266, 502, 514.
Montpensier (Marie de), duchesse d'Orléans, 84.
Montpensier (Anne-Marie-Louise d'Orléans, duchesse de), fille de Gaston d'Orléans et de la précédente, dite la « Grande Mademoiselle », 143, *144n*, 204, *206n*, *221n*, *255n*, *366n*, 381, *388n*, *409n*, *410n*, *466n*, 476, *481n-482n*, *487n*, *490n*, 497, *509n*, 512, 548, 566, 595, 696, 716.
Montreuil, médecin, 110.
Moret (comtesse de), 187.
Motteville (Mme de), *59n*, *87n*, 117, *118n*, 120, *201n*, 202, *206n*, *209n*, *216n*, 220, *221n*, *241n*, 248, *260n*, 281, *282n-284n*, 288, *289n*, *293n*, *304n*, *306n*, 311, *312n*, *313n*, *317n*, 326, 328, 338, *339n*, *345n*, 346, *353n*, *366n*, 370, *380n*, *381n*, *385n*, *394n*, *400n*, *406n*, 407, *409n*, *415n*, *427n*, *428n*, *431n*, *432n*, *433n*, 435, 474, 542, *568n*, *572n*, *579n*, *597n*, 676, *727n*.
Mugnier (Père), 126-128, 148.

N., fils d'Henri IV et de Marie de Médicis, 43, 65, 69.
Nantouillet (chevalier de), 619.
Napoléon Ier, empereur, 239, 722, 735.
Nassau, voir Guillaume de.
Nemours (duc de), 141, 376, 445, 448, 456, 464, 490, 502.
Nemours (Marie d'Orléans-Longueville, duchesse de), 212, *288n*, *289n*, *305n*, *306n*, *307n*, *319n*, 338, *339n*, 350, *351n*, *415n*.
Neubourg (duc de), 560.
Nicole (Pierre), 676, 687.

Orange (princesse d'), Éléonore-Charlotte de Bourbon,

sœur d'Henri II de Condé, épouse de Philippe-Guillaume de Nassau, 63, 64.

Orgères (d'), 127.

Orléans (Gaston, duc d'), « Monsieur », 43, 69, 92, 101, 107, 150, 152, 155, 158, 163, 176, 179, 184, 190, 203-204, 226, 244-246, 260, 267, 273, 276, 281, 289, 304-307, 311-315, 321-323, 332-333, 336, 340, 346-348, 362, 366, 370, 377, 385, 395-396, 398-399, 403, 405-407, 410, 412, 416-417, 419-420, 427, 429, 430, 435, 441, 452-453, 456, 462, 467, 470-472, 474, 478, 481-482, 487-488, 491-495, 498, 502, 506, 511, 561, 563, 573, 579, 590, 595-596.

Orléans (Marguerite de Lorraine, duchesse d'), « Madame », 203, 398, 477.

Orléans (Philippe d'), voir Philippe de France.

Ornano (maréchal d'), 85.

Paladilhe (Dominique), *177n*.

Palatine (princesse), voir Gonzague (Anne de).

Palluau (comte de), 501, 677, 678.

Pascal (Blaise), 49, 666.

Patin (Gui), 320, 372, *432n*, *516n*, 542, *543n*, *546n*, 611, *612n*, 683.

Pelletier (Père), 95, 96, 99, 109, 111, 117, 126.

Pellisson, *616n*.

Pereisc (Nicolas-Claude Fabri de), *58n*.

Perez (Stanis), 762.

Pernot (Michel), *279n*, *385n*, *405n*, *472n*.

Perrault (Charles), 580, 659.

Perrault (Jean), intendant de C., 370.

Philippe VI, roi de France, 27.

Philippe II, roi d'Espagne, 32.

Philippe III, roi d'Espagne, 62.

Philippe IV, roi d'Espagne, 73, 180, 234, 243, 257, 261, 394, 470, 505, 527, 529, 531-532, 534-537, 549-550, 552, 558, 560-561, 607.

Philippe de France, duc d'Anjou, puis d'Orléans, frère de Louis XIV, 316, 399, 575-579.

Philippe-Prosper, infant d'Espagne, 546.

Pimentel (don Antonio), 549, 552, 554, 556.

Pisany (marquis de), 41-42, 217.
Plutarque, *170n*.
Pluvinel (Antoine de), 124.
Pomponne (Simon Arnauld, marquis de), 606.
Pons (marquise de), 352-356.
Pontis (Louis de), *82n*, *102n*, 659.
Poussart du Vigean (Louis), frère de Marthe, 217.
Pujo (Bernard), 21, *64n*, *99n*, *109n*, *117n*, *122n*, *125n-126n*, *128n*, *133n*, *135n*, *138n*, *147n*, *156n*, *166n*, *177n-178n*, *181n*, *184n*, *188n-189n*, *191n*, *195n*, *236n*, *255n*, *263n*, *271n*, *275n*, *281n-282n*, *285n*, *323n*, *326n*, *342*, *375n*, *413n*, *425n*, *453n*, *504n*, *507n*, *511n*, *513n*, *521n*, *528n-529n*, *539n*, *546n*, *556n*, *564n*, *594n*, *597n-598n*, *629n*, *632n*, *633n*, *651n-652n*, *680n*, *714n*, *719n*.
Puységur (marquis de), *102n*.

Rabutin (Jean-Louis de), 691-694.
Racine (Jean), 15, 660.
Rambouillet (marquise de), 41, 52, 119, 126, 217, 658.
Rantzau (maréchal de), 190, 244, 246, 261, 369.
Ravaillac (François), 67.
Retz (Jean-François-Paul de Gondi, cardinal de), coadjuteur, puis archevêque de Paris, 198, 205, *206n*, 287, *288n*, 290-292, 303, *304n*, *306n*, 310, 312, 316, 318, *322n*, 324, 337, 340, 357-362, *375n*, 377, *386n*, 395-399, 402-403, 407, 418-420, 422, 426-429, 434, 444, 447, *451n-452n*, 468, *470n*, 471, *472n*, 555, 576, 640, 649, 667, 704, *705n*, 734.
Richelieu (Armand Jean Du Plessis, cardinal de), *75n*, 79, *82n*, 83-86, 99, 101, 104, 107-108, 116, 118, 125-127, 130-131, 133-135, 138, 142-143, 146-157, 161, 179, 186-187, 204, 214, 218, 266-268, 270, 279-280, 283, 302, 309, 321, 325, 349, 547, 586-587, 696, 726.
Richelieu (Armand Jean de Vignerot, duc de), 354, 355.
Rodolphe II, empereur d'Allemagne, 62.
Rohan (Henri de Chabot, duc de), 213, 215,

220-221, 238, 362, 455, 456, 472.
Rohan (Marguerite de), épouse du précédent, 221.
Roye (Éléonore de), voir Condé.
Ruvigny (Henri de), 326.

Sablé (marquise de), 219.
Saint-André (maréchal de), 31.
Saint-Cyran (Duvergier de Hauranne, abbé de), 87.
Sainte-Maure, 463.
Saint-Étienne, *223n*.
Saint-Évremond, *210n*, *520n*, 679.
Saint-Luc (marquis de), 454.
Saint-Maigrin (marquis de), 210, 388, 480.
Saint-Simon (duc de), gouverneur de Blaye, 415.
Saint-Simon (duc de), fils du précédent, mémorialiste, 9, 31, 537, 578, 599, 699, 709, *712n*, 734.
Saligny, voir Coligny-Saligny.
Sallenauve (Mlle de), *223n*.
Sarasin (Jean-François), écrivain, 203, 213.
Sarrazin (Jean), ingénieur, 98.
Sauveur-le-Conte, peintre, 685.
Savoie (Victor-Amédée Ier, duc de), 103.
Savoie (Marguerite de), fille du précédent, 549.
Saxe-Weimar (Bernard de), 186, 194.
Schomberg (maréchal de), 102.
Scudéry (Madeleine de), 200, 396.
Séguier (Pierre), chancelier, 179, 219, 315, 328, 420, 488.
Servien (Abel), *189n*, 287, 417, 424.
Sévigné (marquise de), 10-11, *12n*, 13-14, 222, *415n*, 606, *616n*, 619, 622, *623n*, 625, 629, *632n*, 637, 641, 655, *656n*, 657, 659, 669, *674n*, *680n*, 683, 688-689, 691, 693, *694n*, 701, *705n*, 712, *713n*.
Sillery (marquis de), 413.
Singlin (Antoine), 686.
Sirot (baron de), mestre de camp, 165, 167, 169, 171-173, 177.
Sociando, 361.
Soissons (Charles de Bourbon, comte de), demi-frère d'Henri Ier de Condé et cousin germain d'Henri IV, 36, 68.
Soissons (Louis de Bourbon, comte de), fils du précédent, 103, 150-151.

Index des noms de personnes 825

Soissons (Olympe Mancini, comtesse de), 515, 588.
Souches (comte de), 634.
Sourches (marquis de), *714n*.
Spinola (Antonio), grand capitaine, génois, au service de l'Espagne, 64, 68.
Spinoza (Baruch), 669.
Stendhal (Henri Beyle, dit), 52.
Sully (Maximilien de Béthune), *36n*, 56, 61-62, 69-70, 90.

Tacite, 323.
Tallemant des Réaux, *42n*, *47n-48n*, 52, *58n*, *60n*, 65-66, *76n*, *78n*, *87n*, *105n*, 106, *119n*, 135, 136, 138, 201, *219n*, *223n*, *224n*, *274n*, 292.
Talon (Omer), 299, *300n*.
Talon (Père), 672.
Tarente (prince de), 449, *523n*.
Tasse (le), 51.
Tavannes (marquis de), 127.
Thou (François de), 153.
Tite-Live, 178, 323, 659.
Tixier (Père), 697.
Toulongeon, 217.
Tourville (comtesse de), 387.
Toussy (Mlle de), 223.
Turenne (Henri de La Tour d'Auvergne, vicomte de), 12, 19, 174, 190-194, 231, 235-243, 247, 250, 252, 256-258, 262, 269, 274, 277, 324-327, 337, 376, 389, 393, 412-413, 416, 426, 443, 446, 448, 455, 461, 464-466, 475-481, 488, 497, 506-508, 521, 526-528, 530-531, 541-542, 544-546, 548, 558, 560, *565n*, 605-606, 609-612, 614-615, 620, 625, 628-633, 639-641, 721-724, 732.
Turenne (vicomtesse 527.

Urbain VIII, pape de 1623 à 1644, 103.
Ursins (Marie-Félice des), épouse d'Henri II de Montmorency, 101.

Varillas (Antoine), 707.
Vatel, 656, 678.
Vauban (Sébastien Le Prestre de), 609.
Vaudémont (prince de), 634, 636.
Vendôme (Charles de), voir Bourbon.
Vendôme (maison de), descendants d'Henri IV et de Gabrielle d'Estrées, 204, 207, 270, 344, 702.
Vendôme (César de Bourbon, duc de), fils légitimé

d'Henri IV, 105, 204, 279, 344, 379.
Vendôme (Alexandre de Bourbon, grand prieur de), son frère, 204.
Viau (Théophile de), 101.
Vignoles (François de), 93.
Villeroy (Nicolas de Neuville, duc de), 711.
Viole, conseiller au parlement, *510n*, 518.
Voiture (Vincent), 119, 121, 211, 255.
Voltaire, *615n*, 623, 625.

Werth (Jean de), 238.
Witt (Jean de), Grand Pensionnaire de Hollande, 614, 625, 627.
Wladislas IV, roi de Pologne, 589.
Wrangel, général suédois, 243, 258, 394.

York (duc d'), fils de Charles Ier d'Angleterre, *545n*.

REMERCIEMENTS

Je tiens à dire ici ma gratitude à tous les amis – trop nombreux pour être cités individuellement – qui ont eu la patience, lors de la rédaction de ce livre, de partager les interrogations et mes doutes, de me soutenir de leurs encouragements et de m'épargner quelques recherches en me fournissant d'utiles informations.

Je remercie d'autre part très chaleureusement mon éditeur et ami Bernard de Fallois et toute son équipe, qui n'ont ménagé ni leur temps ni leur peine pour que cet ouvrage bénéficie d'une présentation de grande qualité, comme tous ceux que j'ai publiés grâce à eux.

Table

Prologue 9

PREMIÈRE PARTIE
LE MIRAGE DU TRÔNE

1. UNE FAMILLE DE REBELLES 25
La malédiction des cadets (26). – Un rebelle flamboyant, Louis de Bourbon, premier du nom (28). – Un rebelle rechigné, Henri Ier de Bourbon (33). – L'ombre de la bâtardise (36). – Henri II de Condé, héritier putatif du trône (40). – Le côté des Montmorency (46). – Le roi et les sortilèges (50).

2. DE LA RÉVOLTE À L'ALLÉGEANCE 55
Un amour pas comme les autres (56). – « L'enlèvement innocent » (60). – Du bon usage de la subversion (69). – Les fruits de la prison (75). – Plus hostile aux huguenots que le roi lui-même (80). – Le ralliement sans réserve (83).

3. Une éducation en vase clos 89
L'implantation berrichonne (89). – La petite enfance (93). – Collégien à Bourges (96). – La chute des Montmorency (100). – Les embarras du prince de Condé (105). – Le bilan d'une éducation (111).

4. La découverte du monde 116
La revanche de la princesse (118). – L'Académie royale (123). – Le gouvernement de Bourgogne (127). – Marchandages matrimoniaux (134). – Premières armes (137). – Un mariage imposé, deux victimes (142). – Échappatoires (146). – L'initiation à la politique (150). – L'adieu à Richelieu (154).

DEUXIÈME PARTIE
LES ANNÉES PRODIGIEUSES

5. Naissance d'un grand capitaine 161
Préparatifs (164). – Rocroi (167). – Les leçons d'une victoire (173). – Le siège de Thionville (178). – Interlude (185). – La campagne d'Allemagne (189).

6. Le nouvel Alexandre 197
Une parfaite incarnation du héros (198). – Le milieu familial (201). – L'affaire des lettres perdues (205). – « La seule que ce prince ait véritablement aimée... » (209). – « Le protecteur des fidèles amants » (216). – La tentation libertine (223).

7. La quête de l'impossible 229
Les enjeux de la guerre (231). – 1645 : Nördlingen (235). – 1646 : Dunkerque (243). – 1647 : la Catalogne (250). – 1648 : Lens (256).

8. Le prix de ses services 263
Tout service mérite salaire (264). – L'irruption du duc d'Enghien (270). – L'amirauté (278). – Un héritier bien pourvu (283). – « Un certain air d'inceste » (286).

TROISIÈME PARTIE
LA RUPTURE

9. Un soutien peu sûr 297
« Un vent de fronde... » (297). – Négociateur improvisé (304). – En porte à faux (308). – « La guerre de Paris » (313). – Le recours à l'Espagne ? (320). – Une paix boiteuse (327).

10. L'épreuve de force 332
Colère (334). – Hésitations (337). – Le suspens (342). – L'escalade (344). – Condé dépasse les bornes (351). – Une ténébreuse affaire (356).

11. La prison 365
L'arrestation (366). – La vie en prison (371). – Le soulèvement nobiliaire (377). – L'atout secret de Mazarin (380). – Une Amazone en campagne (383). – Turenne (393). – Le renversement des alliances (395). – Les clefs du Havre (400).

12. L'échec politique 403
Occasions perdues ? (404). – Reprise en mains (408). – L'éphémère ascension de Condé (416). – Surenchère périlleuse (420). – La contre-attaque de la reine (426). – La croisée des chemins (431).

QUATRIÈME PARTIE
LA FUITE EN AVANT

13. Espoirs déçus en province 441
D'ambitieux projets (443). – Désillusions en Saintonge (447). – L'union sacrée contre Mazarin (451). – La chevauchée fantastique (457). – Confrontation avec Turenne (464).

14. La lutte pour Paris 467
Les projets de Condé (467). – Se concilier Paris ? (470). – Les combats autour d'Étampes (475). – Le dernier exploit de Mademoiselle (478). – Terreur sur Paris (482). – Lendemains difficiles (488). – « Une amnistie sans exemple » (491). – Le dernier sursaut (495).

15. Au service de l'Espagne 500
Le « précipice » (501). – En quête de quartiers d'hiver (505). – Retrouvailles familiales ? (511). – Un souverain sans royaume (516). – Un allié difficile (521). – Condé se couvre de gloire (524).

16. La paix générale et le sort de Condé 532
Fausse alerte (534). – Condé arbitre du conflit ? (537). – Le verdict des armes (543). – Premiers pas vers la paix (547). – Les conférences de l'Île des Faisans (552). – Le sort de Condé (556). – La soumission (562).

CINQUIÈME PARTIE
LE SURVIVANT

17. PURGATOIRE 571
Un monde en mutation (573). – Condé courtisan ? (578). – Un endettement catastrophique (582). – Le trône de Pologne (588). – Deux candidats, au choix, le père ou le fils ? (592). – La fin du purgatoire (599).

18. LES DERNIERS FEUX DE LA GLOIRE 604
« Le roi s'amuse à prendre la Flandre… » (606). – Condé contre Turenne ? (611). – La guerre de Hollande et le passage du Rhin (614). – Désillusions (625). – Griefs (629). – La dernière bataille de Condé : Sennef (634). – L'adieu aux grands capitaines (639).

19. LE SOUVERAIN DE CHANTILLY 643
La résurrection de Chantilly (644). – Un chantier permanent (648). – Chantilly, point de mire de l'Europe (654). – « Le prince le plus éclairé de son siècle » (658). – Le combat pour Molière (660). – Curiosités scientifiques (664). – Un havre de liberté (670). – L'« apothéose » (675).

20. L'AVENIR DE LA LIGNÉE 681
Vieillesse ennemie (681). – L'éclatement de la fratrie (685). – Un scandale à l'hôtel de Condé (689). – La relève des générations (698). – Une « conversion » pas comme les autres (703). – Des neveux selon son cœur (708). – La mort d'un héros (713).

ÉPILOGUE 721

Notes et références 739

ANNEXES

Tableaux généalogiques
   Maison royale de France (branche
    des Bourbons) 765
   Maison de Montmorency 766
   Maison de Bourbon-Condé 767

Cartes
   La moyenne vallée du Rhin 773
   Les champs de bataille du Nord-Est 774
   Mouvements des armées en avril 1652 776
   La guerre de Hollande 777

Repères chronologiques 779

Orientation bibliographique 799

Index des noms de personnes 805

Remerciements 827

*Du même auteur
aux Éditions de Fallois :*

LA VIE DU CARDINAL DE RETZ, 1990. *Prix d'Histoire du Nouveau Cercle de l'Union, Grand Prix « Printemps » de la Biographie, Prix XVIIe siècle.*

LES REINES DE FRANCE AU TEMPS DES VALOIS.

1. « Le beau XVIe siècle », 1994.
2. « Les années sanglantes », 1994.

LES REINES DE FRANCE AU TEMPS DES BOURBONS.

1. « Les Deux Régentes », 1996. *Grand Prix d'Histoire Chateaubriand de la Vallée aux Loups.*

2. « Les Femmes du Roi-Soleil », 1998. *Prix Hugues Capet.*

3. « La Reine et la favorite », 2000. *Prix des lecteurs des Bibliothèques de la Ville de Paris.*

4. « Marie-Antoinette l'insoumise », 2002. *Grand Prix de la Biographie de l'Académie française, Prix des Ambassadeurs, Prix des Maisons de la presse.*

Apologie pour Clytemnestre, 2004. *Prix Océane des lecteurs de la Ville du Havre.*

Mazarin, le maître du jeu, 2007. *Classé Meilleure Biographie de l'année 2007 par le magazine* Lire.

Dumas et les mousquetaires. Histoire d'un chef-d'œuvre, 2009.

Le Procès Fouquet, 2013.

Composition réalisée par FACOMPO (Lisieux)

Achevé d'imprimer en décembre 2014 en France par
CPI Bussière à Saint-Amand-Montrond (Cher)
N° d'impression : 2013192
Dépôt légal 1re publication : février 2014
LIBRAIRIE GÉNÉRALE FRANÇAISE – 31, rue de Fleurus
75278 Paris Cedex 06

31/7531/2